OBSESSION TOURMENTÉE

MON TOURMENTEUR : TOMES 1 ET 2

ANNA ZAIRES

♠ MOZAIKA PUBLICATIONS ♠

Dépôt légal © 2020 Anna Zaires & Dima Zales
http://annazaires.com/series/francais/

Publié par Mozaika Publications, une mention légale de Mozaika LLC.
www.mozaikallc.com

Couverture : Najla Qamber Designs
najlaqamberdesigns.com

e-ISBN: 978-1-63142-555-4
Print ISBN: 978-1-63142-556-1

MON TOURMENTEUR

MON TOURMENTEUR : TOME 1

PARTIE I

5 ANS PLUS TÔT, MONTS DU CAUCASE DU NORD

eter

— PAPA !

Le cri aigu est suivi par l'écho de petits pieds alors que mon fils se propulse dans l'encadrement de la porte, ses boucles foncées bondissant autour de son visage illuminé.

En riant, j'attrape son petit corps robuste comme il se jette sur moi.

— Je t'ai manqué, *pupsik* ?

— Oh oui !

Ses petits bras entourent mon cou et j'inspire profondément, sa douce odeur d'enfant emplissant mon nez. Bien que Pasha ait presque trois ans, il sent encore le lait, le bébé en bonne santé et l'innocence.

Je le serre fort et la froideur qui m'habite est chassée par une chaleur lumineuse qui emplit ma poitrine. La sensation est douloureuse, comme si j'étais submergé dans de l'eau chaude après avoir été gelé, mais c'est une bonne douleur. Elle me fait sentir vivant, remplit toutes les fissures vides en moi, jusqu'à ce que j'aie presque l'impression d'être complet et de mériter l'amour de mon fils.

— Tu lui as manqué, dit Tamila, en entrant dans le hall.

Comme toujours, elle se déplace discrètement, presque sans bruit, les yeux baissés. Elle ne me regarde pas directement. Depuis son enfance, on lui a appris à éviter le regard des hommes. Je ne vois donc que ses longs cils noirs, alors qu'elle fixe le plancher. Elle porte un foulard traditionnel qui dissimule sa longue chevelure foncée, et sa robe grise est longue et informe. Pourtant, elle me semble toujours belle, aussi belle que lorsqu'elle s'est glissée dans mon lit, trois ans et demi plus tôt, pour échapper à un mariage avec un ancien du village.

— Et vous m'avez tous deux manqué, dis-je, alors que mon fils pousse sur mes épaules, voulant être reposé.

En souriant, je le dépose au sol et il attrape immédiatement ma main, la tirant vers lui.

— Papa, veux-tu voir mon camion ? Veux-tu, papa ?

— Bien sûr, dis-je, en souriant de plus belle, alors qu'il me tire à sa suite vers la salle de séjour.

— Quel genre de camion ?

— Un gros camion !

— Oh, montre-le-moi.

Tamila nous suit, et je réalise que je ne lui ai pas encore adressé la parole. En m'arrêtant, je me retourne et regarde ma femme.

— Comment vas-tu ?

Elle me jette un œil à travers ses cils.

— Je vais bien. Je suis heureuse de te voir.

— Et je suis heureux de te voir.

Je veux l'embrasser, mais je la rendrais mal à l'aise si je le fais devant Pasha, alors je me retiens. Je lui caresse plutôt la joue, doucement, puis je laisse mon fils me tirer vers son camion, celui que je lui ai envoyé de Moscou, il y a trois semaines.

Il me montre avec fierté toutes les particularités de son jouet alors que je m'accroupis à ses côtés, en observant son visage animé. Il possède la beauté sombre et exotique de Tamila, jusqu'aux cils, mais il a un peu de moi aussi en lui, même si je ne peux pas vraiment mettre le doigt dessus.

— Il possède ta témérité, dit Tamila doucement, en s'agenouillant près de moi. Et je crois qu'il sera aussi grand que toi, même s'il est probablement trop tôt pour le savoir.

Je la regarde. Elle me surprend souvent ainsi, m'observant avec tant d'attention que j'ai l'impression qu'elle lit dans mes pensées. Bien qu'il ne soit pas difficile de deviner mes pensées ; j'ai tout de même demandé un test de paternité avant la naissance de Pasha.

— Papa, papa.

Mon fils tire sur ma main à nouveau.

— Joue avec moi.

Je ris et reporte mon attention sur lui. Pendant l'heure qui suit, nous jouons avec le camion et une dizaine d'autres jouets, chacun d'entre eux, un type de véhicule. Pasha est obnubilé par les véhicules-jouets, des ambulances aux voitures de course. Peu importe le nombre de jouets que je lui offre, il joue uniquement avec ceux qui possèdent des roues.

Après le jeu, nous dînons, et Tamila donne le bain à Pasha avant l'heure du coucher. Je remarque que la baignoire est craquée et je prends note d'en commander une nouvelle. Le petit village de Daryevo est haut dans les monts Caucase et difficile d'accès. Je ne peux donc pas demander une livraison normale d'un magasin, mais j'ai les moyens de faire monter des choses ici.

Lorsque je mentionne l'idée à Tamila, elle relève les yeux et me lance l'un de ses rares regards directs, accompagné d'un sourire lumineux.

— Ce serait vraiment bien, merci. Je dois essuyer le plancher pratiquement tous les soirs.

Je lui retourne son sourire et elle termine le bain de Pasha. Une fois qu'il est sec et vêtu de son pyjama, je le porte jusqu'à son lit et lui lis une histoire de son livre préféré. Il s'endort presque immédiatement et j'embrasse son front lisse, mon cœur se serrant sous l'effet d'une émotion puissante.

De l'amour. Je le reconnais, même si je ne l'ai jamais ressenti avant, même si un homme comme moi n'a aucun droit de le ressentir. Aucun de mes actes passés n'a d'importance ici, au cœur de ce petit village du Daguestan.

Lorsque je suis auprès de mon fils, le sang sur mes mains ne brûle pas mon âme.

Soucieux de ne pas réveiller Pasha, je me lève et sors silencieusement de la petite pièce qui lui sert de chambre. Tamila m'attend déjà dans notre chambre, alors j'enlève mes vêtements et la rejoins dans le lit, lui faisant l'amour aussi tendrement que je le peux.

Demain, je devrai faire face à la laideur de mon monde, mais ce soir, je suis heureux.

Ce soir, je peux aimer et être aimé.

— NE PARS PAS, PAPA.

Le menton de Pasha tremble alors qu'il retient avec peine ses larmes. Tamila lui a dit quelques semaines plus tôt que les grands garçons ne pleurent pas, et il fait de son mieux pour être un grand garçon.

— Je t'en prie, papa. Reste un peu plus longtemps.

— Je serai de retour dans deux semaines, lui dis-je, en m'accroupissant à la hauteur de ses yeux. Je dois aller travailler, vois-tu.

— Tu dois toujours travailler.

Son menton tremble un peu plus et ses grands yeux bruns débordent de larmes.

— Pourquoi je ne peux pas y aller avec toi ?

Des images du terroriste que j'ai torturé la semaine dernière emplissent mon esprit, et il me faut toute ma force pour garder une voix égale, alors que je lui réponds :

— Je suis désolé, Pashen'ka. Mon travail n'est pas un endroit pour les enfants.

Ou même pour les adultes, mais je me tais. Tamila sait un peu ce que je fais au sein d'une unité spéciale de la Spetsnaz, les forces spéciales russes, mais elle ignore tout des réalités sombres de mon monde.

— Mais je serai tranquille.

Il pleure maintenant à chaudes larmes.

— Je te le promets, papa. Je serai tranquille.

— Je sais.

Je l'attire contre moi et le serre étroitement, son petit corps tremblant sous les sanglots.

— Tu es mon bon garçon, et tu dois être bon pour maman pendant mon absence, oui ? Tu dois prendre soin d'elle, comme un grand garçon.

Ces mots semblent magiques, car il renifle et se recule.

— Oui.

Son nez coule et ses joues sont humides, mais son petit menton est résolu lorsqu'il croise mon regard.

— Je vais prendre soin de maman, je le promets.

— Il est si intelligent, dit Tamila, en s'agenouillant à mes côtés pour prendre Pasha dans ses bras. Il semble plus près des cinq ans que des trois ans.

— Je sais.

Ma poitrine se gonfle de fierté.

— Il est incroyable.

Elle sourit et croise mon regard à nouveau, ses grands yeux bruns si semblables à ceux de Pasha.

— Sois prudent et reviens-nous vite, d'accord ?

— D'accord.

Je me penche pour lui embrasser le front, avant d'ébouriffer la tignasse soyeuse de Pasha.

— Je serai de retour en un clin d'œil.

Je me trouve à Grozny, en Tchétchénie, vérifiant une piste concernant un nouveau groupe radical d'insurgés, lorsque j'apprends la nouvelle. C'est Ivan Polonsky, mon supérieur à Moscou, qui m'appelle.

— Peter.

Sa voix est d'une rare gravité, lorsque je prends l'appel.

— Il y a eu un incident à Daryevo.

Mes entrailles se glacent.

— Quel genre d'incident ?

— Une opération qui ne nous a pas été communiquée. L'OTAN était impliquée. Il y a eu des… victimes.

La glace en moi se répand me déchirant de ses rebords tranchants et j'ai toutes les peines du monde à prononcer les mots, ma gorge serrée.

— Tamila et Pasha ?

— Je suis désolé, Peter. Certains villageois ont été tués pendant l'opération et...

Je l'entends déglutir.

— ... les rapports préliminaires démontrent que Tamila était dans les victimes.

Mes doigts serrent le téléphone à le briser.

— Et Pasha ?

— Nous ne le savons pas encore. Il y a eu plusieurs explosions et…

— Je suis en route.

— Peter, attends…

Je raccroche et sors à la course.

Je vous en prie, je vous en prie, je vous en prie, faites qu'il soit vivant.

Je n'ai jamais été religieux, mais alors que l'hélicoptère militaire passe au-dessus des montagnes, je prie, je supplie et je marchande avec ce qu'il y a là-haut, peu importe ce dont il s'agit, pour un petit miracle, pour sa clémence. La vie d'un enfant est insignifiante à l'échelle de l'univers, mais elle m'est essentielle.

Mon fils est ma vie, ma raison d'être.

Le grondement des hélices est assourdissant, mais ce n'est rien par rapport aux hurlements dans ma tête. J'ai peine à respirer, je ne peux pas penser à travers la rage et la peur qui m'étouffent de l'intérieur. J'ignore comment Tamila est morte, mais j'ai vu assez de cadavres pour imaginer son corps, pour imaginer avec une précision acérée comment ses yeux magnifiques sembleront vides et aveugles, sa bouche molle et tâchée de sang sec. Et Pasha…

Non, je ne peux pas y penser. Pas avant d'être sûr.

Ce n'était pas censé arriver. Daryevo est à des lieues de tout point chaud du Daguestan. C'est un petit village pacifique, sans aucun lien avec des groupes d'insurgés. Ils devaient y être en sécurité, loin de la violence de mon univers.

Faites qu'il soit vivant. Faites qu'il soit vivant.

Le trajet semble éternel, mais enfin, nous passons le couvert nuageux et j'aperçois le village. Ma gorge se resserre, me coupant le souffle.

De la fumée monte de différents bâtiments dans le centre et des soldats armés parcourent le village.

Je saute de l'hélicoptère au moment même où il touche le sol.

— Peter, attends. Tu as besoin d'une autorisation, lance le pilote, mais je cours déjà, écartant les gens sur mon passage.

Un jeune soldat tente de m'arrêter, mais je lui arrache son M16 et le mets en joue.

— Montre-moi les corps. Tout de suite.

Je ne sais pas si c'est l'arme ou la note meurtrière dans ma voix, mais le soldat obéit, se déplaçant en hâte vers une cabane au bout de la rue. Je le suis, l'adrénaline comme une vase toxique dans mes veines.

Faites qu'il soit vivant. Faites qu'il soit vivant.

J'aperçois les corps derrière la cabane, certains soigneusement disposés, d'autres empilés sur l'herbe parsemée de neige. Il n'y a personne autour ; les soldats doivent tenir les villageois éloignés pour l'instant. Je reconnais certains des morts immédiatement ; l'ancien du village fiancé à Tamila, la femme du boulanger, l'homme qui m'a déjà vendu du lait de chèvre, mais il y en a d'autres que je ne reconnais pas, en partie en raison de l'ampleur de leurs blessures, mais aussi parce que je n'ai pas passé beaucoup de temps au village.

Je n'ai pratiquement *pas* passé de temps ici, et maintenant ma femme est morte.

Me ressaisissant, je m'agenouille près d'un corps féminin élancé, dépose le M16, et déplace le foulard couvrant son visage. Une partie de son visage a été pulvérisée par une balle, mais je peux suffisamment distinguer ses traits pour savoir qu'il ne s'agit pas de Tamila.

Je passe au prochain corps de femme, celui-ci est troué de plusieurs balles dans la poitrine. Il s'agit de la tante de Tamila, une femme timide dans la cinquantaine qui m'avait adressé moins de cinq mots au cours des trois dernières années. Pour elle et le reste de la famille de Tamila, j'étais un étranger, un étranger effrayant venant d'un monde différent. Ils n'avaient pas compris la décision de Tamila de m'épouser, ils l'avaient même condamnée, mais Tamila n'en avait cure.

Elle avait toujours été indépendante comme ça.

Un autre corps féminin attire mon attention. La femme est étendue sur le côté, mais la douce courbe de son épaule est douloureusement familière. Ma main tremble alors que je la retourne, et une douleur cuisante me transperce lorsque j'aperçois son visage.

La bouche de Tamila est aussi molle que je l'imaginais, mais ses yeux ne sont pas vides. Ils sont fermés, ses longs cils roussis, et ses paupières sont collées par le sang. Sa poitrine et ses bras sont couverts de sang, rendant sa robe grise presque noire.

Ma femme, la belle jeune femme qui avait eu le courage de choisir sa propre destinée, est morte. Elle est morte sans jamais avoir quitté son village, sans avoir vu Moscou comme elle en rêvait. Sa vie s'est éteinte avant qu'elle n'ait la chance de vivre, et tout est de ma faute. J'aurais dû être là, j'aurais dû les protéger, Pasha et elle. Bordel, j'aurais dû être au fait de cette putain d'opération ; personne n'aurait dû se trouver ici sans en avoir informé mon équipe.

Je sens la rage m'envahir, combinée à une douleur et à une culpabilité atroces, mais je l'écarte et m'efforce de continuer mes recherches. Il n'y a que des adultes dans les rangées, mais il y a encore cette pile.

Faites qu'il soit vivant. Je suis prêt à tout du moment qu'il est vivant.

J'ai les jambes en coton alors que je m'approche de la pile. Le sol est jonché de membres arrachés et les corps sont mutilés au point d'empêcher toute identification. Il doit s'agir des victimes des explosions. J'écarte chaque corps, fourrageant à travers les membres. L'odeur viciée de sang et de chair calcinée pèse dans l'air. Un homme normal aurait vomi depuis longtemps, mais je n'ai jamais été normal.

Faites qu'il soit vivant.

— Peter, attends. Une équipe spéciale est en route et elle ne veut pas que nous touchions aux corps.

Il s'agit du pilote, Anton Rezov, qui s'approche de l'arrière de la cabane. Nous travaillons ensemble depuis des années et je le considère comme un ami proche, mais s'il tente de m'arrêter, je le tuerai.

Sans répondre, je poursuis ma tâche macabre, observant chaque membre et buste brûlé avant de l'écarter. La plupart des restes semblent appartenir à des adultes, bien que je tombe aussi sur quelques membres appartenant à des enfants. Ils sont toutefois trop gros pour être ceux de Pasha et je suis assez égoïste pour m'en réjouir.

Puis, je l'aperçois.

— Peter, tu m'as compris ? Tu ne peux rien faire pour l'instant.

Anton fait mine d'agripper mon bras, mais avant qu'il puisse m'atteindre, je me retourne, ma main se resserrant automatiquement. Mon poing s'écrase contre sa mâchoire et il chancelle sous le coup, ses yeux roulant dans leurs orbites. Je ne le regarde pas tomber ; je suis déjà en mouvement, fourrageant dans la pile de corps, jusqu'à atteindre la petite main que j'ai aperçue plus tôt.

Une petite main serrant une petite voiture brisée.

Je vous en prie, je vous en prie. Faites que ce soit une erreur. Faites qu'il soit vivant. Faites qu'il soit vivant.

Je me mets à la tâche comme un homme possédé, toute mon attention fixée sur un seul but : atteindre cette main. Certains des corps sur le dessus sont pratiquement entiers, mais je ne sens pas leur poids alors que je les écarte violemment. Je ne sens pas la douleur de mes muscles éreintés ni la puanteur révoltante de la mort violente. Je me contente de me baisser, de soulever et de jeter les corps, jusqu'à me retrouver entouré de corps et ensanglanté.

Je ne m'arrête qu'au moment où le petit corps est entièrement exposé, et qu'il ne reste plus aucun doute.

En tremblant, je tombe à genoux, mes jambes incapables de me soutenir.

Par un quelconque miracle, la moitié droite du visage de Pasha est intacte, sa douce peau de bébé n'arbore pas même une égratignure. L'un de ses yeux est fermé, sa petite bouche entrouverte, et s'il avait été étendu sur le côté comme Tamila, on aurait pu croire qu'il dormait. Mais il n'est pas étendu sur le côté et je vois le trou béant où l'explosion a pulvérisé la moitié de son crâne. Il lui manque son bras gauche et la moitié de sa jambe en dessous du genou. Son bras droit, toutefois, est indemne, ses doigts serrant convulsivement la petite voiture.

Au loin, j'entends un hurlement, un son brisé et fou empli de rage inhumaine. Ce n'est que lorsque je me retrouve à serrer le petit corps contre moi que je réalise que le cri vient de moi. Je me tais alors, mais je ne peux m'empêcher de me balancer d'avant en arrière.

Je ne peux arrêter de le serrer contre moi.

Je ne sais pas combien de temps je reste ainsi, serrant les restes de mon fils, mais il fait noir lorsque les soldats de l'équipe spéciale arrivent enfin. Je ne les repousse pas. Ça ne sert à rien. Mon fils n'est plus, sa lumière éclatante s'étant éteinte avant même d'avoir eu la chance de briller.

— Je suis désolé, dis-je dans un murmure, alors qu'ils me traînent au loin.

Avec chaque mètre de distance entre nous, je sens le froid en moi croître, les vestiges de mon humanité s'écoulant de mon âme. Il n'y a plus de supplication, plus de marchandage avec quiconque ou quoi que ce soit. Je suis sans espoir, dépourvu de chaleur et d'amour. Je ne peux plus revenir en arrière et serrer mon fils plus longtemps, je ne peux plus rester avec lui comme il me l'a demandé. Je ne peux pas amener Tamila à Moscou l'an prochain comme je le lui ai promis.

Je n'ai plus qu'une seule chose à faire pour ma femme et mon fils, une chose qui me forcera à vivre.

Je les ferai payer.

Chacun de leurs tueurs.

Ils répondront de ce massacre de leurs vies.

ÉTATS-UNIS, AUJOURD'HUI

Sara

— Tu es sûre de ne pas vouloir aller prendre un verre avec les filles et moi ? demande Marsha, en s'approchant de mon casier.

Elle s'est déjà débarrassée de son uniforme d'infirmière pour enfiler une robe sexy. Avec son rouge à lèvres éclatant et ses boucles blondes flamboyantes, elle ressemble à une version plus vieille de Marilyn Monroe et elle aime faire la fête autant qu'elle.

— Non, merci. Je ne peux pas.

Je tempère mon refus d'un sourire.

— La journée a été longue et je suis éreintée.

Elle lève les yeux au ciel.

— Évidemment. Tu es perpétuellement éreintée ces jours-ci.

— Le résultat de travailler.

— Oui, si tu travailles quatre-vingt-dix heures par semaine. Si je ne te connaissais pas, je croirais que tu veux te tuer à la tâche. Tu n'es plus une interne, tu sais ? Tu n'as pas à supporter tout ça.

Je soupire et attrape mon sac.

— Quelqu'un doit rester de garde.

— Oui, mais pas toujours toi. C'est vendredi soir, et tu as travaillé tous les week-ends depuis un mois, en plus de tous les quarts de nuit. Je sais que tu es le plus récent ajout, mais...

— Je n'ai rien contre les quarts de nuit, l'interromps-je, en me dirigeant vers le miroir. Le mascara que j'ai appliqué ce matin a laissé des taches foncées sous mes yeux, et j'utilise une serviette en papier humide pour les effacer. Ça n'améliore pas vraiment mon apparence hagarde, mais je suppose que ça n'a pas d'importance, puisque je m'en vais directement à la maison.

— Parce que tu ne dors pas, dit Marsha, en se plaçant derrière moi.

Je me prépare, sachant qu'elle est sur le point d'aborder son sujet préféré. Bien qu'elle soit mon aînée de quinze ans, Marsha est ma meilleure amie à l'hôpital et elle exprime de plus en plus ses inquiétudes.

— Marsha, je t'en prie. Je suis trop fatiguée pour ça, dis-je, en rassemblant mes boucles indisciplinées en une queue de cheval.

Je n'ai pas besoin d'un sermon pour savoir que je m'épuise à la tâche. Mes yeux noisette sont rougis et larmoyants dans le miroir et j'ai l'impression d'avoir soixante ans, et non vingt-huit.

— Oui, parce que tu travailles trop et que tu ne dors pas assez.

Elle se croise les bras.

— Je sais que tu as besoin d'une distraction après toute cette histoire avec George, mais…

— Mais rien.

En me retournant, je la fixe du regard.

— Je ne veux pas parler de George.

— Sara…

Elle fronce les sourcils.

— Tu dois arrêter de te punir. Ce n'était pas de ta faute. Il a *choisi* de prendre le volant ; c'était *sa* décision.

Ma gorge se serre et mes yeux me piquent. Avec horreur, je réalise que je suis sur le point d'éclater en sanglots, et je me détourne dans un effort pour me contrôler. Seulement, je ne peux pas m'enfuir ; le miroir me fait face et il reflète tout ce que je ressens.

— Je suis désolée, chérie. Je suis complètement insensible. Je n'aurais pas dû dire ça.

Marsha semble réellement pleine de regrets alors qu'elle s'approche et me serre doucement le bras.

Je prends une profonde inspiration et me retourne vers elle à nouveau. Je *suis* éreintée, ce qui n'aide pas aux émotions qui menacent de me submerger.

— Ça va.

Je me force à sourire.

— Ce n'est rien. Tu devrais y aller ; les filles t'attendent probablement.

Et je dois retourner chez moi avant de m'écrouler et de pleurer en public, ce qui serait le summum de l'humiliation.

— D'accord, chérie.

Marsha me sourit, mais je vois la pitié dans son regard.

— Repose-toi ce week-end, d'accord ? Promets-moi de le faire.

— C'est d'accord… *maman.*

Elle lève les yeux au ciel.

— Oui, oui, j'ai compris. Je te vois lundi.

Elle sort du vestiaire, et j'attends une minute avant de la suivre, évitant ainsi de croiser son groupe d'amies près des ascenseurs.

J'ai eu plus de pitié que je ne peux en supporter.

En mettant le pied dans le parc de stationnement de l'hôpital, je vérifie mon téléphone par habitude, et mon cœur s'emballe lorsque je vois un texto d'un numéro bloqué.

Je m'arrête et glisse un doigt incertain sur l'écran.

Tout va bien, mais je dois remettre la visite de ce week-end, dit le message. *Problème d'horaire.*

Je soupire de soulagement et, du coup, je sens la culpabilité familière m'envahir. Je ne devrais pas me sentir soulagée. Je devrais espérer ces visites, plutôt que de les voir comme une obligation désagréable. Je ne peux pourtant pas changer la façon dont je me sens. Chaque fois que je rends visite à George, je me remémore cette nuit-là, et je perds le sommeil pendant plusieurs nuits.

Si Marsha croit qu'il me manque du sommeil maintenant, elle devrait me voir après l'une de ces visites.

Après avoir remis mon téléphone dans mon sac, je m'approche de ma voiture, une Toyota Camry, la même que j'ai depuis cinq ans. Maintenant que j'ai remboursé mes prêts d'études en médecine et que j'ai quelques économies, je pourrais me permettre mieux, mais je n'en vois pas l'utilité.

George était le fanatique de voitures, pas moi.

La douleur me transperce, familière et tranchante, et je sais que le texto en est la cause. Ça, et ma conversation avec Marsha. Dernièrement, je peux passer des jours sans penser à l'accident, suivre ma routine sans l'incroyable culpabilité qui me pèse, mais ce n'est pas l'un de ces jours.

C'était un adulte, dois-je me rappeler, répétant ce que tout le monde me dit toujours. *C'était son choix de prendre le volant ce jour-là.*

Rationnellement, je sais que ces mots disent vrai, mais même si je les entends souvent, ils ne s'imprègnent pas. Mon esprit est pris dans une boucle, rejouant sans fin cette soirée, et aussi fort que je le veuille, je ne peux pas empêcher l'affreuse bobine de tourner.

Ça suffit, Sara. Concentre-toi sur la route.

En prenant une inspiration pour me calmer, je sors du parc de stationnement et me dirige vers ma demeure. Le trajet dure quarante minutes, soit quarante minutes de trop en ce moment. Mon estomac se serre et je réalise qu'une des raisons de mon émotivité actuelle est que je suis sur le point de commencer mes règles. En tant qu'obstétricienne-gynécologue, je connais mieux que quiconque l'effet puissant des hormones, et lorsque le syndrome post menstruel est combiné à de longues heures et à des souvenirs de George… Disons que c'est un miracle que je ne sois pas déjà une fontaine de sanglots.

Oui, c'est ça. Ce ne sont que mes hormones et la fatigue. Je dois retourner chez moi et tout ira bien. Déterminée à reprendre le contrôle, j'allume la radio à une station pop de la fin des années quatre-vingt-dix, et commence à chanter en chœur avec Britney Spears. Ce n'est peut-être pas la musique la plus sérieuse, mais elle est joyeuse et c'est exactement ce qu'il me faut.

Je ne me laisserai pas m'écrouler. Ce soir, je *vais* dormir, même si je dois prendre un somnifère pour y arriver.

MA MAISON SE TROUVE DANS UN CUL-DE-SAC BORDÉ D'ARBRES, juste après une route à deux voies traversant des champs. Comme bien d'autres dans le beau quartier d'Homer Glen, en Illinois, elle est énorme : cinq chambres et quatre salles de bain, en plus d'un sous-sol totalement aménagé. Avec son énorme cour arrière et tous les chênes qui l'entourent, elle donne l'impression d'être située au milieu d'une forêt.

Elle est parfaite pour cette grande famille que George voulait et horriblement solitaire pour moi.

Après l'accident, j'avais pensé vendre la maison et me rapprocher de l'hôpital, mais je ne pouvais pas m'y résoudre. C'est toujours le cas. George et moi avions rénové la maison ensemble, modernisant la cuisine et les salles de bain, décorant méticuleusement chaque pièce pour y donner une ambiance accueillante et chaleureuse. Une ambiance *familiale*. Je sais que les chances d'avoir cette famille sont maintenant inexistantes, mais une partie de moi s'accroche à ce vieux rêve, à la vie parfaite que nous étions censés avoir.

— Trois enfants, au moins, m'avait dit George lors de notre cinquième rendez-vous. Deux garçons et une fille.

— Pourquoi pas deux filles et un garçon ? Avais-je demandé, en souriant. Qu'en est-il de l'égalité des sexes et tout ça ?

— En quoi deux contre un est-il égal ? Tout le monde sait

que les filles font n'importe quoi de nous, et lorsqu'il y en a deux…

Il frissonna dramatiquement.

— Non, il nous faut deux garçons pour équilibrer la famille. Sinon, papa sera dans de beaux draps.

J'avais éclaté de rire et lui avais frappé l'épaule, mais secrètement, j'aimais l'idée de deux garçons se chahutant et protégeant leur petite sœur. Je suis enfant unique, mais j'avais toujours voulu un grand frère, et il m'était facile d'adopter les rêves de George.

Non. N'y pense pas. Difficilement, je repousse les souvenirs, parce que bons ou mauvais, ils mènent tous à cette soirée, et je ne peux pas l'affronter maintenant. Les crampes sont de plus en plus douloureuses et c'est à peine si je peux garder les mains sur le volant alors que j'entre dans mon garage pour trois voitures. J'ai besoin d'un Advil, d'un coussin chauffant et de mon lit, dans cet ordre, et si j'ai de la chance, je vais m'endormir tout de suite, sans l'aide d'un somnifère.

En retenant un grognement, je ferme la porte du garage, entre le code de l'alarme et me traîne dans la maison. Les crampes sont si horribles que je suis incapable de marcher sans me plier en deux. Je me rends donc directement à l'armoire à pharmacie dans la cuisine. Je ne prends même pas la peine d'allumer les lumières ; l'interrupteur se trouvant loin de l'entrée du garage. Et puis, je connais suffisamment la cuisine pour m'y déplacer dans le noir.

J'ouvre l'armoire et je trouve au toucher le flacon d'Advil. Je prends deux comprimés, puis je me rends à l'évier, emplis ma main d'eau et avale les comprimés. En haletant, j'agrippe le comptoir de cuisine et j'attends que le médicament fasse effet avant de tenter quelque chose d'aussi ambitieux que de me rendre à la chambre principale à l'étage.

Je le sens une seconde avant qu'il ne frappe. C'est subtil, le simple déplacement de l'air derrière moi, un soupçon de quelque chose d'étranger… le sentiment d'un danger soudain.

Un frisson me passe dans le cou, mais il est trop tard. Une seconde, je suis debout devant l'évier, et la suivante, une grande main recouvre ma bouche, alors qu'un corps solide et grand me coince contre le comptoir par l'arrière.

— Ne crie pas, murmure une profonde voix masculine à mon oreille.

Quelque chose de froid et de tranchant se presse contre ma gorge.

— Tu ne veux pas que ma lame glisse.

3

Je ne crie pas. Pas parce que c'est la bonne chose à faire, mais parce que je ne peux pas prononcer un mot. Je suis figée de terreur, absolument et totalement paralysée. Tous mes muscles sont de marbre, y compris mes cordes vocales, et mes poumons ont cessé de fonctionner.

— Je vais retirer ma main, murmure-t-il à mon oreille, son souffle chaud sur ma peau moite. Et tu vas rester silencieuse. Compris ?

Je ne peux pas même gémir, mais je réussis tout de même à hocher faiblement la tête.

Il baisse la main, son bras s'enroulant maintenant autour de ma cage thoracique, et mes poumons choisissent ce moment pour recommencer à fonctionner. Sans le vouloir, je prends une inspiration sifflante. Immédiatement, la lame presse davantage contre ma peau, et je me fige à nouveau en sentant du sang chaud couler le long de mon cou.

Je vais mourir. Oh, mon Dieu, je vais mourir ici, dans ma propre cuisine.

La terreur est une créature monstrueuse en moi, me transperçant de ses serres glacées. Je ne me suis jamais trouvée aussi près de la mort. Quelques centimètres à droite et…

— Tu dois m'écouter, Sara.

La voix de l'intrus est douce, en contraste avec le couteau s'enfonçant dans ma gorge.

— Si tu coopères, tu pourras t'en sortir vivante. Sinon, tu finiras dans un sac mortuaire. C'est ton choix.

Vivante ? Un éclat d'espoir transperce le brouillard de panique qui emplit mon cerveau, et je réalise qu'il a un léger accent. Une touche exotique. Du Moyen-Orient, peut-être, ou de l'Europe de l'Est.

Étrangement, ce détail me recentre un peu, m'offrant quelque chose de concret sur lequel mon esprit peut s'accrocher.

— Q-que voulez-vous ?

Les mots ne sont qu'un murmure tremblant, mais je suis stupéfaite de pouvoir parler. Je me sens comme un cerf devant les phares d'une voiture, paralysée et dépassée, mon raisonnement étrangement lent.

— Seulement quelques réponses, dit-il, en relâchant quelque peu le couteau.

Sans l'acier glacial se pressant contre ma peau, une partie de ma panique se résorbe, et je remarque d'autres détails, comme le fait que mon agresseur me dépasse d'au moins une tête et qu'il est bourré de muscles. Le bras autour de ma cage thoracique me fait l'effet d'une tige d'acier et il n'y a aucune flexibilité dans le corps massif qui se presse contre mon dos, aucune trace de douceur palpable. Je suis une femme de taille moyenne, mais je suis mince avec une ossature délicate. S'il est aussi musclé que je le crois, il doit faire pratiquement le double de mon poids.

Même sans le couteau, je serais incapable de m'en sortir.

— Quel genre de réponses ?

Ma voix est un peu plus ferme cette fois. Il a peut-être seulement l'intention de me voler et il veut la combinaison du coffre. Il sent bon, comme le détergent à lessive et la peau d'un homme en bonne santé, alors il n'est probablement pas un consommateur de meth ou un voyou de bas quartier. Un cambrioleur professionnel, alors ? Si c'est le cas, je lui laisserai avec plaisir mes bijoux et l'argent pour les cas d'urgence que George a caché dans la maison.

— Je veux que tu me parles de ton mari. Plus particulièrement, je veux savoir où il se trouve.

— George ?

Mon esprit s'embrouille alors qu'un nouvel effroi me submerge.

— Q-quoi… pourquoi ?

La lame se presse davantage contre ma peau.

— Je pose les questions.

— J-je vous en prie, dis-je d'une voix étranglée.

Je ne peux pas penser ni me concentrer sur autre chose que le couteau. Des larmes brûlantes coulent sur mes joues et je tremble de tous mes membres.

— Je vous en prie, je ne…

— Répond à ma question. Où se trouve ton mari ?

— Je…

Oh, mon Dieu, que dire ? Il doit être l'un d'entre *eux*, la raison de toutes ces précautions. Mon cœur bat si fort que je me sens près de l'hyperventilation.

— Je vous en prie, je ne… Je n'ai pas…

— Ne me mens pas, Sara. Je dois savoir où il se trouve. Maintenant.

— Je ne sais pas, je le jure. Je vous en prie, nous sommes…

Ma voix se fêle.

— Nous sommes séparés.

Le bras qui retient ma cage thoracique se resserre et le couteau s'enfonce un peu plus.

— Tu souhaites mourir ?

— Non. Non, je ne veux pas. Je vous en prie…

Je tremble encore plus fort, les larmes inondant mon visage sans relâche. Après l'accident, il y a eu des jours où je pensais vouloir mourir, lorsque la culpabilité et la douleur des regrets m'écrasaient, mais maintenant, avec la lame contre ma gorge, je veux vivre. Je le veux tant.

— Alors, dis-moi où il se trouve.

— Je ne sais pas !

Mes genoux sont sur le point de céder, mais je ne peux pas trahir George ainsi. Je ne peux pas l'exposer à ce monstre.

— Tu mens.

La voix de mon agresseur est glaciale.

— J'ai lu tes messages. Tu sais exactement où il est.

— Non, je…

J'essaie de trouver un mensonge plausible, mais je n'y arrive pas. La panique laisse un goût âcre sur ma langue alors que des questions affolées se pressent dans mon esprit. Comment a-t-il pu lire mes messages ? Quand ? Depuis combien de temps me traque-t-il ? Est-il l'un d'entre *eux* ?

— Je… je ne sais pas de quoi vous parlez.

Le couteau s'enfonce davantage et je ferme les yeux avec force, mon souffle s'échappant en sanglots étouffés. La mort est si près que je peux la goûter, la sentir… je la ressens dans toutes les fibres de mon corps. C'est l'odeur métallique de mon sang et la sueur froide qui coule dans mon dos, le fracas de mon pouls à mes tempes, et la tension de mes muscles frémissants. Dans une seconde, il entaillera ma jugulaire et je me viderai de mon sang, ici sur le plancher de ma cuisine.

Est-ce ce que je mérite ? Est-ce ainsi que j'expie mes péchés ?

Je serre les dents pour m'empêcher de parler.

Pardonne-moi, George. Si c'est ce dont tu as besoin…

J'entends le soupir de mon agresseur et, l'instant d'après, le couteau disparaît et je me retrouve basculée sur le comptoir. Mon dos cogne contre le marbre et ma tête tombe vers l'arrière dans l'évier, les muscles de mon cou se tendant sous la pression. En haletant, je donne des coups de pieds et tente de le frapper, mais il est trop fort et trop rapide. En un instant, il saute sur le comptoir et me chevauche, me retenant en place sous son poids. Il attache mes poignets avec quelque chose de solide et d'incassable avant de les attraper d'une main. Malgré tous mes efforts, je suis incapable de me libérer. Mes talons glissent inutilement sur le comptoir lisse et les muscles de mon cou brûlent sous l'effort de retenir ma tête. Je suis impuissante, immobilisée et je sens monter en moi un autre type de panique.

Je vous en prie, mon Dieu, non. Tout, sauf un viol.

— Nous allons essayer autre chose, dit-il, en laissant tomber un bout de tissu sur mon visage. Voyons voir si tu es vraiment prête à mourir pour ce salaud.

Haletante, je bouge la tête de tous les côtés, en tentant de repousser le tissu, mais il est trop long et j'ai de la peine à respirer sous lui. Veut-il m'étouffer ? Est-ce son plan ?

Puis, la poignée du robinet grince, et tout prend son sens.

— Non !

Je me débats avec plus de force, mais il agrippe mes cheveux de sa main libre, me retenant sous le robinet, la tête vers l'arrière.

Le choc initial de l'eau n'est pas si mal, mais en quelques secondes, l'eau coule dans mon nez. Ma gorge se contracte, mes poumons se convulsent et tout mon corps se soulève alors que je m'étouffe et suffoque. La panique est instinctive et incontrôlable. Le tissu est comme une patte mouillée appuyée contre mon nez et ma bouche, les bloquant. Je suffoque, je me noie. Je ne peux plus respirer, plus respirer…

Le robinet se referme, et le tissu est retiré de mon visage. En toussant, j'inspire avec peine, en sanglotant, la respiration sifflante. Mon corps tremble et je combats un haut-le-cœur, et des points blancs dansent devant mes yeux. Avant que je puisse me reprendre, le tissu claque à nouveau sur mon visage et le robinet s'ouvre une seconde fois.

Cette fois, c'est encore pire. Mes voies nasales brûlent sous l'effet de l'eau, et mes poumons s'affaiblissent à chercher de l'air. J'ai des nausées et je suffoque, m'étouffant et pleurant. Je ne peux pas respirer.

Oh, mon Dieu, je suis en train de mourir ; je ne peux pas respirer…

L'instant d'après, le tissu disparaît, et j'inspire convulsivement.

— Dis-moi où il est, et j'arrêterai.

Sa voix est un murmure sinistre au-dessus de moi.

— Je ne sais pas ! Je vous en prie !

Je peux goûter le vomi dans ma gorge, et savoir qu'il recommencera me glace le sang. Il était facile d'être courageuse avec le couteau, mais pas avec ça. Je ne peux pas supporter de mourir ainsi.

— Dernière chance, dit doucement mon bourreau, en laissant tomber le tissu mouillé sur mon visage.

Le robinet commence à grincer.

— Arrêtez ! Je vous en prie !

Le cri vient de mes entrailles.

— Je vais vous le dire ! Je vais vous le dire.

L'eau se referme et le tissu est retiré de mon visage.

— Parle.

Je sanglote et je tousse trop fort pour former une phrase cohérente, alors il me descend du comptoir jusqu'au plancher, puis s'accroupit pour m'encercler de ses bras. Pour un spectateur, cela a tout d'une étreinte consolatrice ou de l'étreinte protectrice d'un homme amoureux. Pour ajouter à l'illusion, la voix de mon tortionnaire est douce et tendre alors qu'il murmure à mon oreille :

— Dis-moi, Sara. Dis-moi ce que je veux savoir, et je partirai.

— Il est…

Je m'arrête une seconde avant de dévoiler la vérité. L'animal paniqué en moi veut survivre à tout prix, mais je ne peux pas. Je ne peux pas mener ce monstre vers George.

— Il est à l'hôpital Advocate Christ, dis-je d'une voix étranglée. L'unité de soins de longue durée.

C'est un mensonge, et apparemment pas un très bon, car les bras qui m'entourent se resserrent jusqu'au point de me broyer les os.

— Ne me raconte pas de putains de conneries.

La note tendre de sa voix est remplacée par une rage mordante.

— Il n'y est plus… depuis des mois. Où se cache-t-il ?

Je sanglote davantage.

— Je… je ne…

Mon agresseur se relève, m'entraînant avec lui, je crie et je me débats alors qu'il me tire vers l'évier.

— Non ! Je vous en prie, non !

Je suis hystérique alors qu'il me dépose sur le comptoir, mes mains liées se balançant alors que j'essaie de lui griffer le visage. Mes talons frappent le marbre comme il me chevauche, me coinçant sous lui à nouveau, et ma gorge s'emplit de bile comme il agrippe mes cheveux, arquant ma tête vers l'arrière dans l'évier.

— Arrêtez !

— Dis-moi la vérité, et j'arrête.

— Je… je ne peux pas. Je vous en prie, je ne peux pas !

Je ne peux pas faire ça à George, pas après tout ce qui s'est passé.

— Arrêtez, je vous en prie !

Le tissu mouillé claque contre mon visage, et ma gorge se convulse sous la panique. L'eau est fermée, mais je me noie déjà ; je ne peux pas respirer, pas respirer…

— Bordel !

Je suis brusquement tirée du comptoir et jetée au sol, où je m'écrase en un tas tremblant et sanglotant. Seulement, cette fois-ci, aucun bras ne me retient et je réalise vaguement qu'il s'éloigne.

Je devrais me relever et fuir, mais mes mains sont liées et mes jambes refusent de bouger. Je réussis avec peine à rouler sur le côté et je tente de me traîner sur le sol. La peur m'aveugle, me désoriente, et je ne vois rien dans l'obscurité.

Je ne *le* vois pas.

Cours, ordonné-je à mes muscles tremblants et sans force. *Lève-toi et cours.*

Inspirant profondément, j'attrape quelque chose, un coin du comptoir, et je me remets sur mes pieds. Il est pourtant trop tard ; il est déjà de retour, son bras de fer entourant ma cage thoracique de l'arrière.

— Voyons voir si nous avons plus de chance ainsi, murmure-t-il, lorsqu'une chose froide et pointue me pique le cou.

Une aiguille, réalisé-je avec horreur, avant de sombrer dans le néant.

UN VISAGE FLOTTE DEVANT MES YEUX. C'EST UN VISAGE séduisant, beau, malgré la cicatrice qui traverse son sourcil gauche. Des pommettes hautes et saillantes, des yeux d'un gris acier bordés de cils noirs, une forte mâchoire assombrie par une barbe naissante ; un visage masculin décide finalement mon esprit. Ses cheveux sont épais et foncés, plus longs sur le dessus que sur les côtés. Pas un vieil homme alors, mais pas non plus un adolescent. Un homme dans la force de l'âge.

Les traits froncés sont figés en un masque hostile et sinistre.

— George Cobakis, dit la bouche sculptée et dure.

C'est une bouche séduisante, bien dessinée, mais j'entends les mots comme s'ils sortaient d'un mégaphone au loin.

— Sais-tu où il se trouve ?

Je hoche la tête, du moins j'essaie. Ma tête semble lourde, mon cou étrangement douloureux.

— Oui, je sais où il se trouve. Je croyais que je le connaissais aussi, mais ce n'était pas le cas, pas vraiment. Peut-on vraiment connaître quelqu'un ? Je ne crois pas, du moins, je ne *le* connaissais pas vraiment. Je croyais que oui, mais non. Toutes ces années ensemble et tout le monde croyant que nous étions si parfaits. Le couple parfait, disaient-ils. Peux-tu le croire ? Le couple parfait. Nous étions la crème de la crème, la jeune médecin et le journaliste prometteur. Ils disaient qu'il finirait par remporter un Pulitzer.

J'ai vaguement conscience de babiller, mais je ne peux pas m'arrêter. Les mots déboulent, toute l'amertume et la douleur accumulées.

— Mes parents étaient si heureux, si fiers le jour de notre mariage. Ils n'avaient aucune idée, ignoraient ce qui suivrait, ce qui nous attendait…

— Sara. Concentre-toi sur moi, dit la voix dans le mégaphone.

Je détecte une trace d'accent étranger. Il me plaît, cet accent, me donne envie de tendre la main et de la presser contre ces lèvres sculptées, puis de laisser courir mes doigts sur cette mâchoire solide pour découvrir si elle est rugueuse. J'aime lorsque c'est rugueux. George revenait souvent de ses voyages à l'étranger, la mâchoire rugueuse, et j'aimais ça. Même si je lui disais de se raser. Il était plus beau fraîchement rasé, pourtant j'aimais sentir la rugosité de son chaume parfois, j'aimais la sentir contre mes cuisses lorsqu'il…

— Sara, ça suffit, m'interrompt la voix, et les traits séduisants et exotiques se renfrognent davantage.

Je parlais à voix haute, réalisé-je, mais je ne suis pas

embarrassée, pas du tout. Les mots ne m'appartiennent pas ; ils sortent de leur propre chef. Mes mains bougent aussi d'elles-mêmes, tentant d'atteindre ce visage, mais quelque chose les arrête. Lorsque je baisse ma tête lourde pour voir ce qui se passe, je vois une attache en plastique autour de mes poignets, une grande main masculine recouvrant mes paumes. Elle est chaude, cette main, et elle retient mes mains sur mes genoux. Pourquoi ? D'où vient-elle, cette main ? Lorsque je relève les yeux avec confusion, le visage est plus près, les yeux gris fixant les miens.

— J'ai besoin que tu me dises où se trouve ton mari, articule la bouche, et le mégaphone s'approche. Il semble être tout à côté de mon oreille. Je grimace, mais en même temps, cette bouche m'intrigue. Ces lèvres me donnent envie de les toucher, de les lécher, de les sentir sur… attends. Elles me demandent quelque chose.

— Où se trouve mon mari ?

Ma voix semble ricocher contre les murs.

— Oui, George Cobakis, ton mari.

Les lèvres m'attirent pendant qu'elles forment les mots et l'accent caresse mes entrailles, malgré l'effet persistant de mégaphone.

— Dis-moi où il est.

— Il est en sécurité. Il est dans une résidence protégée, dis-je. Ils peuvent le trouver. Ils ne voulaient pas qu'il publie cette histoire, mais il l'a fait. Il était brave comme ça, ou stupide… probablement stupide, non ? Et puis, il y a eu l'accident, mais ils peuvent encore s'en prendre à lui, parce que c'est ce qu'ils font. La mafia se fout qu'il soit un légume maintenant, un concombre, une tomate, une courgette. Bon, la tomate est un fruit, mais il est un légume. Un brocoli, alors ? Je ne sais pas. Ce n'est pas important de toute façon. Ils veulent en faire un exemple, menacer les autres journalistes qui leur tiennent tête. C'est ce qu'ils font, la manière dont ils fonctionnent. Tout est question de corruption et de petites enveloppes, et lorsqu'on le dévoile...

— Où se trouve cette maison ?

Les yeux d'acier brillent d'un éclat sombre.

— Donne-moi l'adresse de la maison.

— Je ne connais pas l'adresse, mais elle est sur un coin de rue près de la buanderie chez Ricky, à Evanston, réponds-je à ces yeux. Ils m'y conduisent toujours, alors je ne connais pas l'adresse exacte, mais j'ai aperçu cet immeuble d'une fenêtre. Il y a au moins deux hommes dans cette voiture et ils conduisent pendant des heures, changeant parfois de voiture aussi. C'est à cause de la mafia, parce qu'ils pourraient les surveiller. Ils m'envoient toujours une voiture, mais pas ce week-end. Un problème d'horaire. Ça arrive parfois ; les quarts des gardes ne le permettent pas toujours et...

— Combien de gardes y a-t-il ?

— Trois, parfois quatre. Ce sont d'imposants militaires ou ex-militaires, je ne sais pas. Ils ont simplement cet air. Je ne sais pas pourquoi, mais ils ont tous cet air. C'est comme la protection des témoins, mais pas vraiment, parce qu'il a besoin de soins spéciaux et je ne peux pas quitter mon emploi. Je ne veux pas quitter mon emploi. Ils m'ont dit qu'ils pouvaient me faire changer d'endroit, disparaître, mais je ne veux pas disparaître. Mes patients ont besoin de moi, et mes parents aussi. Que ferais-je avec mes parents ? Ne plus jamais les voir ou les appeler ? Non, c'est fou. Alors, ils ont fait disparaître le légume, le concombre, le brocoli...

— Sara, chut.

Des doigts se pressent contre ma bouche, interrompant le torrent de paroles, et le visage s'approche encore davantage.

— Tu peux arrêter maintenant. C'est fini, murmure la bouche sensuelle, et j'ouvre mes lèvres, aspirant ces doigts.

Je peux goûter le sel et la peau, et je veux plus, alors je passe ma langue sur les doigts, suivant le contour rugueux des callosités et le contour émoussé des ongles courts. Ça fait si longtemps que je n'ai pas touché quelqu'un, et mon corps s'échauffe de cet avant-goût, de l'éclat de ces yeux d'argent.

— Sara…

La voix à l'accent est plus basse maintenant, plus profonde et plus douce. Elle me fait moins l'effet d'un mégaphone, et plus d'un écho sensuel, comme la musique d'un synthétiseur.

— Tu ne veux pas de ça, *ptichka*.

Oh, mais je le veux. Je le veux tant. Je continue de passer ma langue sur ces doigts et je regarde les yeux gris s'assombrir, les pupilles se dilatant visiblement. C'est un signe d'excitation, je sais, et j'ai envie de plus. J'ai envie d'embrasser ces lèvres sculptées, de frotter ma joue contre cette mâchoire rugueuse. Et ces cheveux, ces cheveux épais et foncés. Seraient-ils souples ou moelleux au toucher ? Je veux le savoir, mais je ne peux pas bouger mes mains, alors je me contente de plonger ces doigts plus profondément dans ma bouche, les prenant de mes lèvres et de ma langue, les suçotant comme s'il s'agissait d'un bonbon.

— Sara.

La voix est rauque et voilée, le visage froncé sous l'effet d'une faim difficilement contenue.

— Tu dois arrêter, ptichka. Tu le regretteras demain.

Le regretter ? Oui, probablement. Je regrette tout, tant de choses, et je relâche les doigts pour le lui dire. Mais avant de pouvoir prononcer un mot, les doigts s'éloignent de mes lèvres, et le visage se recule.

— Ne me laisse pas.

C'est une plainte pathétique, comme celle d'un enfant accaparant. Je veux davantage de ce contact humain, de cette connexion. Ma tête me fait l'effet d'un sac de roches et j'ai mal partout, surtout près de mon cou et de mes épaules. J'ai aussi des crampes au ventre. Je veux que quelqu'un me brosse les cheveux et me masse le cou, qu'on m'étreigne et qu'on me berce comme un bébé.

— Je t'en prie, ne me laisse pas.

Quelque chose qui ressemble à de la douleur traverse le visage de l'homme, et je sens à nouveau la piqûre froide de l'aiguille sur mon cou.

— Au revoir, Sara, murmure la voix, et je suis partie, mon esprit flottant comme une feuille dans le vent.

Sara

Le mal de tête. C'est la première chose qui me frappe. Mon crâne semble se morceler, les vagues de douleur pulsant dans mon cerveau.

— Dr Cobakis… Sara, m'entendez-vous ?

La voix féminine est douce et tendre, mais elle m'emplit d'appréhension. Il y a de l'inquiétude dans cette voix, accompagnée d'une insistance contenue. J'entends perpétuellement ce ton à l'hôpital et ce n'est jamais bon signe.

En tentant de ne pas bouger ma tête qui cogne, je me force à soulever mes paupières et je bats spasmodiquement des cils dans la lumière éclatante.

— Que… où…

Ma langue est épaisse et lourde, ma bouche est douloureusement sèche.

— Voilà, prenez une gorgée.

Une paille est placée près de mes lèvres et je l'attrape, aspirant avec avidité l'eau. Mes yeux commencent à s'ajuster à l'éclairage et je peux apercevoir la pièce. C'est un hôpital, mais pas le mien, vu le décor inconnu. D'ailleurs, je ne me trouve pas où je suis habituellement. Je ne suis pas près du lit d'hôpital de quelqu'un ; je suis étendue dans un lit.

— Que s'est-il passé ? demandé-je, d'une voix rauque.

Alors que mon esprit s'éclaircit, je prends conscience d'une nausée et d'un éventail de douleurs. Mon dos me fait l'effet d'une énorme ecchymose, et mon cou est raide et sensible. Ma gorge est quant à elle à vif, comme si j'avais crié ou vomi, et lorsque je soulève une main pour la toucher, je sens un bandage épais sur le côté droit de mon cou.

— Vous avez été attaquée, Dr Cobakis, me dit doucement une femme noire d'âge mûr.

Je reconnais cette voix, c'est celle qui a parlé plus tôt. Elle est vêtue d'un uniforme d'infirmière, mais elle ne ressemble pas à une infirmière. Lorsque je la fixe d'un regard vide, elle ajoute :

— Dans votre maison. Il y avait un homme. Vous souvenez-vous de quoi que ce soit ?

Je bats des cils, tentant avec peine de comprendre cette déclaration déroutante. J'ai l'impression qu'on a bourré mon cerveau d'une énorme boule de coton à côté du tambour battant.

— Ma maison ? Attaquée ?

— Oui, Dr Cobakis, répond une voix masculine et je tressaille instinctivement, mon cœur battant la chamade, avant de reconnaître la voix. Mais vous êtes en sécurité, maintenant.

C'est terminé. Nous sommes dans un établissement privé où nous traitons nos agents. Vous êtes en sécurité, ici.

Tournant avec précaution ma tête douloureuse, je fixe l'agent Ryson et mes entrailles se serrent devant l'expression de son visage pâle et ravagé. Des bribes de mon calvaire me reviennent à l'esprit et, avec les souvenirs, je suis envahie de terreur.

— George, est-il…

— Je suis désolé.

Le visage de Ryson se rembrunit davantage.

— La propriété a aussi été attaquée la nuit dernière. George… Il ne s'en est pas sorti. Ni lui ni les trois gardes.

— Quoi ?

C'est comme si un scalpel s'était enfoncé dans mes poumons. Je suis incapable de saisir ses paroles, d'en assimiler l'énormité.

— Il… il ne s'en est pas sorti ?

Puis, le reste de ses mots me frappe.

— Et les trois gardes ? Que… comment…

— Dr Cobakis, Sara.

Ryson s'approche.

— Je dois savoir exactement ce qui s'est passé la nuit dernière, pour qu'il soit appréhendé.

— Il ? Qui est-*il* ?

Il était toujours question d'*eux*, la mafia, et je suis trop hagarde pour comprendre le changement brusque de pronom. George est mort. George et trois gardes. Je suis incapable de le comprendre, alors je n'essaie pas. Du moins, pas pour l'instant. Avant de me laisser envahir par le chagrin et la douleur, je dois retrouver la mémoire et reconstituer cet horrible casse-tête.

— Elle ne s'en souvient peut-être pas. Le cocktail dans son

sang était assez puissant, dit l'infirmière et je réalise qu'elle doit être avec l'agent Ryson.

Cela explique pourquoi il parle si librement devant elle, alors qu'il est d'ordinaire discret à un point qui frôle la paranoïa.

Pendant que j'assimile ce point, la femme s'approche. Je suis branchée à un appareil de surveillance des signes vitaux, et elle vérifie le brassard entourant mon bras, puis elle sert légèrement mon avant-bras. Je jette un œil à mon bras et un étau enserre ma poitrine lorsque j'aperçois la mince ligne rouge autour de mon poignet. La même marque entoure mon autre poignet.

Une attache. Le souvenir me frappe brusquement. Mes poignets étaient retenus par une attache.

— Il m'a soumise à la quasi-noyade. Lorsque j'ai refusé de lui dire où se trouvait George, il a planté une aiguille dans mon cou.

Je réalise que j'ai parlé à voix haute en voyant l'horreur sur les traits de l'infirmière. L'agent Ryson se maîtrise davantage, mais je sais que je l'ai choqué.

— Je suis vraiment désolé.

Sa voix est tendue.

— Nous aurions dû le prévoir, mais il ne s'était pas attaqué aux familles des autres et vous ne vouliez pas déménager... Nous aurions tout de même dû savoir que rien ne l'arrêterait.

— Quels autres ? Qui est-il ?

Je hausse le ton, alors que d'autres souvenirs me submergent.

Le couteau contre ma gorge, le tissu mouillé sur mon visage, l'aiguille dans mon cou, je ne peux pas respirer, pas respirer...

— Karen, elle a une crise de panique ! Fais quelque chose.

La voix de Ryson est affolée alors que l'appareil se met à

sonner. Je suis en hyperventilation et je tremble, pourtant je trouve la force de regarder l'appareil. Ma tension artérielle monte en flèche et mon pouls est dangereusement rapide, mais voir ces chiffres me calme. Je suis médecin. C'est mon milieu, ma zone de confort.

Je peux y arriver. *Inspire. Expire.* Je ne suis pas faible. *Inspire. Expire.*

— C'est bien, Sara. Respire.

La voix de Karen est douce et apaisante alors qu'elle caresse mon bras.

— Tu t'en sors bien. Prends une autre inspiration profonde. Voilà. Bravo. Une autre. Et une autre…

Je suis ses douces directives tout en fixant les chiffres sur l'appareil, et lentement, la sensation de suffocation s'estompe et mes signes vitaux se stabilisent. D'autres sombres souvenirs se présentent à moi, mais je ne suis pas prête à leur faire face et je les repousse, claquant aussi fermement que possible une porte mentale.

— Qui est-il ? demandé-je, lorsque je peux à nouveau parler. Que voulez-vous dire par « les autres » ? George a rédigé cet article seul. Pourquoi la mafia en a-t-elle après quelqu'un d'autre ?

L'agent Ryson lance un regard à Karen avant de se tourner vers moi.

— Dr Cobakis, j'ai peur que nous n'ayons pas été totalement honnêtes avec vous. La situation réelle n'a pas été mentionnée pour vous protéger, mais nous avons clairement échoué.

Il prend une inspiration.

— La mafia locale n'en avait pas contre votre mari. C'était un fugitif international, un criminel dangereux que votre mari a croisé lors d'un mandat à l'étranger.

— Quoi ?

Ma tête bat douloureusement et j'ai peine à assimiler les révélations. George avait commencé comme correspondant à l'étranger, mais au cours des cinq dernières années, il avait couvert de plus en plus d'histoires nationales. Je m'étais questionnée à ce sujet, vu sa passion pour les affaires étrangères, mais lorsque je l'avais interrogé, il m'avait dit vouloir passer plus de temps avec moi, et j'avais laissé tomber le sujet.

— Cet homme possède une liste de gens qui lui ont fait du tort, du moins selon lui, dit Ryson. J'ai bien peur que George ait été sur cette liste. Les circonstances exactes à ce sujet et l'identité du fugitif sont classifiées, mais après ces événements, vous méritez de connaître la vérité, du moins tout ce que je peux vous révéler.

Je le fixe du regard.

— Un seul homme ? Un fugitif ?

Un visage s'impose à mon esprit, un visage masculin à la beauté rude. C'est flou, comme un rêve, mais je sais que c'est lui, l'homme qui s'est introduit chez moi et qui m'a fait ses choses terribles.

Ryson acquiesce.

— Oui. Il est bien entraîné et dispose de vastes ressources, ce qui explique pourquoi il a réussi à nous échapper si longtemps. Il a des connexions partout, de l'Europe de l'Est à l'Amérique du Sud, jusqu'au Moyen-Orient. Lorsque nous avons appris que le nom de votre mari était sur cette liste, nous avons déplacé George dans une propriété protégée et nous aurions dû faire de même avec vous. Nous avons cru simplement que...

Il s'interrompt et secoue la tête.

— Je suppose que ça n'a plus d'importance. Nous l'avons sous-estimé, et maintenant quatre hommes sont morts.

Morts. Quatre hommes sont morts. Ça me frappe soudainement, le fait que George n'est plus. Je ne l'avais pas assimilé avant, pas vraiment. Mes yeux me brûlent et ma poitrine semble être dans un étau. Dans un éclair de lucidité, les pièces du casse-tête prennent leur place.

— C'est moi, n'est-ce pas ?

Je m'assieds, en ignorant la vague d'étourdissement et de douleur.

— Je suis responsable. J'ai avoué l'endroit où se trouvait George.

Ryson lance un autre regard à l'infirmière et mon cœur s'arrête. Ils ne répondent pas à ma question, mais leurs expressions en disent long.

Je suis responsable de la mort de George. Des quatre morts.

— Ce n'est pas de votre faute, Dr Cobakis.

Karen effleure à nouveau mon bras, ses yeux marron emplis de sympathie.

— Le produit qu'il vous a injecté aurait fait parler quiconque. Connaissez-vous le thiopental sodique ?

— Le barbiturique anesthésiant ?

Je la regarde sans comprendre.

— Bien sûr. Il était largement utilisé pour induire l'anesthésie avant que le propofol devienne la norme. Qu'est-ce que… oh.

— Oui, dit l'agent Ryson. Je vois que vous connaissez son autre utilisation. Il est rarement utilisé ainsi, du moins en dehors du monde du renseignement, mais il est très efficace comme sérum de vérité. Il abaisse les fonctions cérébrales corticales plus élevées et rend les sujets bavards et coopératifs.

Et il s'agissait dans ce cas-ci d'une version de synthèse, du thiopental associé à des composés que nous n'avons jamais vus avant.

— Il m'a droguée pour me faire parler ?

Mon estomac se révolte à cette idée. Cela explique le mal de tête et mon esprit brumeux. L'idée qu'on m'a fait ça, que j'ai été profanée ainsi me donne envie de frotter l'intérieur de mon crâne à la javel. Cet homme ne s'est pas seulement introduit chez moi, il s'est introduit dans mon esprit, en a forcé la porte comme un voleur.

— C'est ce que nous croyons, oui, dit Ryson. Vous aviez une grande quantité de ce produit dans votre système, lorsque les agents vous ont trouvée liée dans votre salon. Il y avait également du sang sur votre cou et vos cuisses et ils ont tout d'abord pensé que...

— Du sang sur mes cuisses ?

Je me prépare à entendre une autre atrocité.

— A-t-il...

— Non, ne vous inquiétez pas, il ne vous a pas malmenée ainsi, dit Karen, en lançant un regard noir à Ryson. Nous avons réalisé un examen complet à votre arrivée et ce n'était que du sang menstruel. Il n'y avait aucun signe de traumatisme sexuel. À l'exception de quelques ecchymoses et d'entailles superficielles à votre cou, tout va bien, ou du moins tout ira bien, une fois que la drogue se dissipera.

Bien. Un rire hystérique se bouscule dans ma gorge et j'ai besoin de toutes mes forces pour le retenir. Mon mari et trois autres hommes sont morts par ma faute. Ma maison a été envahie ; mon *esprit* a été envahi. Et elle croit que tout ira bien ?

— Pourquoi avoir inventé ce mensonge au sujet de la mafia ?

fais-je, en tentant de contenir la masse douloureuse toujours grandissante dans ma poitrine. En quoi étais-je protégée ?

— Parce que par le passé, ce fugitif ne s'en est jamais pris aux innocents, les femmes et enfants des gens sur sa liste qui n'avaient rien à voir avec tout ça, répond Ryson. Mais il a tué la sœur d'un homme, car il lui avait confié les événements et l'avait impliquée dans la dissimulation. Moins vous en saviez, plus vous étiez en sécurité, surtout puisque vous ne vouliez pas déménager et disparaître avec votre mari.

— Ryson, ça suffit, dit sèchement Karen, mais il est trop tard.

Je suis déjà aux prises de ce nouveau coup. Même si je pouvais être absoute de mon babillage drogué, mon refus de partir me revenait entièrement. J'avais fait preuve d'égoïsme, pensant à mes parents et à ma carrière au lieu du danger que je posais pour mon mari. Je croyais que *ma* sécurité était en jeu, pas la sienne, cependant ce n'est pas une excuse.

J'ai la mort de George sur la conscience, tout comme l'accident qui a endommagé son cerveau.

— A-t-il…

Je déglutis avec peine.

— A-t-il souffert ? Je veux dire… que s'est-il passé ?

— Une balle dans la tête, répond Ryson d'un ton modéré. Même chose pour les trois hommes qui le protégeaient. Je crois que tout est arrivé trop vite pour que l'un d'entre eux souffre.

— Oh, mon Dieu.

Mon estomac se soulève violemment et je sens le vomi remonter dans ma gorge.

Karen a dû voir mon visage perdre toute couleur, car elle réagit rapidement, attrapant un plateau de métal sur une table avoisinante et me le fourrant dans les mains. Juste à temps, car le contenu de mon estomac se déverse, l'acidité brûlant mon œsophage alors que je tiens le plateau dans mes mains tremblantes.

— Tout va bien. Tout va bien. Laissez-moi vous nettoyer.

Karen est l'efficacité même, comme une véritable infirmière. Peu importe son rôle au FBI, elle sait comment se débrouiller dans un milieu médical.

— Laissez-moi vous aider à vous rendre aux toilettes. Vous vous sentirez mieux dans un moment.

Elle dépose le plateau sur la table de chevet, puis passe un bras dans mon dos pour m'aider à sortir du lit. Elle me guide vers les toilettes. Mes jambes tremblent tant que j'ai de la peine à marcher ; sans son aide, je n'y serais pas arrivée.

J'ai pourtant besoin d'un moment pour moi seule, alors je demande à Karen :

— Pouvez-vous me laisser un moment ? Ça va pour l'instant.

Je dois être convaincante, car Karen me répond :

— Je serai à côté si vous avez besoin de moi.

Elle ferme ensuite la porte derrière elle.

Je transpire et je tremble, mais je réussis à me rincer la bouche et à me brosser les dents. Puis, je m'occupe d'autres besoins pressants, me lave les mains et m'asperge le visage d'eau froide. Lorsque Karen cogne à la porte, je me sens un petit peu plus humaine.

Je ne pense également à rien. Si je repense à la manière dont George et les autres sont morts, je vomirai à nouveau. J'ai vu plusieurs blessures par balle lorsque j'étais interne au service des urgences, et je me souviens des dégâts dévastateurs causés par une balle.

N'y pense pas. Pas tout de suite.

— Mes parents ont-ils été informés ? Demandé-je, une fois de retour dans le lit avec l'aide de Karen.

Elle a déjà retiré le plateau et l'agent Ryson est assis sur une chaise près du lit, son visage buriné empreint d'une lassitude tendue.

— Non, répond doucement Karen. Pas encore. Nous voulions justement en parler avec vous.

Je la regarde, avant de me tourner vers Ryson.

— Parler de quoi ?

— Dr Cobakis, Sara, nous croyons qu'il serait mieux que les circonstances exactes de la mort de votre mari et aussi de votre attaque restent confidentielles, dit Ryson. Cela vous éviterait une couverture médiatique désagréable, en plus de…

— Cela *vous* éviterait une couverture médiatique désagréable, plutôt.

Un éclat de colère chasse en partie le brouillard qui comprime mon cerveau.

— C'est la raison de ma présence ici, plutôt que dans un hôpital régulier. Vous voulez faire disparaître toute cette histoire, comme si rien ne s'était passé.

— Nous voulons vous garder en sécurité et vous aider à aller de l'avant, dit Karen, son regard marron sincère. Rien de bon ne peut résulter de cette histoire si les médias s'en emparent. Ce qui s'est passé était une horrible tragédie, mais votre mari était déjà sous respirateur artificiel. Vous savez mieux que quiconque que ce n'était qu'une question de temps avant…

— Qu'en est-il des trois autres hommes ? L'interromps-je. Étaient-ils également sous respirateur artificiel ?

— Ils sont morts en service, dit Ryson. Leurs familles ont déjà été informées, alors vous n'avez pas à vous en faire. Pour ce qui est de George, vous étiez sa seule famille, alors…

— Alors, je suis maintenant informée.

Je grimace.

— Votre conscience est apaisée et il est maintenant temps de faire le ménage. Ou devrais-je dire de « couvrir vos arrières » ?

Son visage se durcit.

— C'est encore un sujet hautement classifié, Dr Cobakis. Si vous en parlez aux médias, vous ouvrirez une boîte de Pandore et, croyez-moi, vous ne le souhaitez pas. Votre mari non plus, s'il était toujours de ce monde. Il ne voulait pas que quiconque soit informé de cette situation, pas même vous.

— Quoi ?

Je fixe l'agent.

— George savait ? Mais…

— Il ignorait qu'il était sur la liste, tout comme nous, dit Karen, en posant une main sur le dossier de la chaise de Ryson. Nous l'avons appris après son accident, et nous avons alors fait notre possible pour le protéger.

Ma tête m'élance, mais je repousse la douleur et tente de me concentrer sur leurs paroles.

— Je ne comprends pas. Que s'est-il passé lors de ce mandat à l'étranger ? Comment George s'est-il retrouvé impliqué avec ce fugitif ? Et quand ?

— C'est la partie classifiée, dit Ryson. Je suis désolé, mais c'est mieux pour vous de laisser tomber le sujet. Nous sommes à la recherche du meurtrier de votre mari et nous tentons de protéger les autres cibles sur sa liste. Vu ses ressources, ce n'est pas une tâche aisée. Si les médias commencent à nous talonner, nous serons incapables de faire notre travail efficacement et plus de personnes pourraient en payer le prix. Comprenez-vous ce que je vous dis, Dr Cobakis ? Pour votre sécurité et celles des autres, vous devez laisser tomber.

Je me crispe, me rappelant ce que l'agent a dit concernant les autres.

— Combien de personnes a-t-il déjà tuées ?

— Trop, j'en ai bien peur, répond sombrement Karen. Nous n'avons découvert la liste que lorsqu'il s'en est pris à plusieurs cibles en Europe, et lorsque nous avons réussi à mettre en place les protections adéquates, il ne restait plus que quelques personnes.

Je prends une inspiration tremblante, la tête me tournant. Je savais ce que George faisait en tant que correspondant à l'étranger, bien sûr, et j'avais lu plusieurs de ses articles et exposés, mais ces récits ne me semblaient pas entièrement vrais. Même lorsque l'agent Ryson m'avait approchée neuf mois plus tôt au sujet de la supposée menace de la mafia contre George, la peur qui m'avait agrippée avait été plus théorique que viscérale. À l'exception de l'accident de George et des années douloureuses ayant mené à celui-ci, j'avais eu une vie de rêve, remplie des préoccupations typiques concernant l'école, le travail et la famille. Les fugitifs internationaux qui torturent et tuent des gens sur une liste mystérieuse sont si loin de ma sphère d'expériences que j'ai l'impression de m'être éveillée dans le corps de quelqu'un d'autre.

— Nous savons que c'est beaucoup à digérer, dit doucement Karen, et je réalise qu'une partie de mon désarroi doit se lire sur mon visage. Vous êtes encore sous le choc de l'attaque et apprendre tout ça…

Elle inspire.

— Si vous avez besoin d'en parler, je connais un bon thérapeute qui a travaillé auprès de soldats atteints du SSPT.

— Non, je…

Je veux refuser, lui répondre que je n'ai pas besoin de

personne, mais je suis incapable d'articuler le mensonge. La boule de douleur dans ma poitrine m'étouffe de l'intérieur et, malgré mon mur mental, davantage de souvenirs horribles me frappent, des éclairs de ténèbres et d'impuissance et de terreur.

— Je vais vous laisser sa carte, dit Karen, en s'approchant du lit.

Je la vois lancer un regard inquiet vers l'appareil aux signaux sonores. Je n'ai pas besoin de le regarder pour savoir que mon rythme cardiaque monte en flèche, mon corps entrant dans une réaction d'alarme inutile.

Mon instinct de survie ignore que les souvenirs ne peuvent pas m'atteindre, que le pire est déjà arrivé. À moins que…

— Vais-je devoir disparaître ? Dis-je, la gorge nouée. Croyez-vous qu'il…

— Non, répond Ryson, comprenant immédiatement ma peur. Il ne s'approchera plus de vous. Il a eu ce qu'il voulait ; il n'a aucune raison de revenir. Si vous préférez, nous pouvons toujours vous reloger, mais…

— Ça suffit, Ryson. Ne vois-tu pas qu'elle est en hyperventilation, dit sèchement Karen, en m'agrippant le bras.

— Respirez, Sarah, me dit-elle, d'une voix apaisante. Allez, ma belle, respirez profondément. Et encore. Voilà…

Je suis ses directives jusqu'à ce que mon rythme cardiaque se stabilise à nouveau, et que les pires souvenirs soient à nouveau bloqués derrière un mur mental. Je tremble toujours, cependant, alors Karen m'enveloppe d'une couverture et s'assied à mes côtés sur le lit, m'étreignant avec force.

— Tout ira bien, Sara, murmure-t-elle, alors que la douleur déborde et que je me mets à pleurer, les larmes coulant sur mes joues comme des traînées de lave. C'est fini. Tout ira bien. Il est parti et il ne vous blessera plus jamais.

5

———

eter

La voix monocorde du prêtre me parvient et je l'ignore comme je balaie la foule en deuil du regard. Il y a plus de deux cents personnes présentes, toutes vêtues de noir, l'expression sombre. Sous la mer de parapluies noirs, j'aperçois bien des yeux rouges et gonflés, et quelques femmes pleurent à chaudes larmes.

George Cobakis était populaire de son vivant.

Cette pensée devrait me mettre en colère, mais ce n'est pas le cas. Je ne ressens rien lorsque je pense à lui, pas même la satisfaction de le savoir mort. La rage qui me consume depuis des années s'est apaisée pour le moment, me laissant étrangement vide.

Je reste à l'arrière de la foule, mon manteau et mon parapluie noirs comme ceux des autres. Une perruque d'un marron clair et une fine moustache camouflent mon apparence, tout comme ma posture avachie et l'oreiller rembourrant mon abdomen.

J'ignore pourquoi je suis ici. Je n'ai jamais assisté aux autres enterrements. Une fois qu'un nom est rayé de ma liste, mon équipe et moi passons au suivant, froidement et méthodiquement. Je suis un homme recherché ; ce n'est pas sensé de m'attarder ici, dans cette petite ville de banlieue, pourtant je ne peux pas m'obliger à partir.

Pas sans l'avoir vue à nouveau.

Mon regard passe d'une personne à l'autre, en cherchant sa silhouette élancée et finalement, je la vois, à l'avant, comme il sied à la femme du défunt. Elle se trouve aux côtés d'un couple plus âgé, tenant un grand parapluie au-dessus d'eux trois et, même dans une foule, elle parvient à paraître distante, comme isolée de tous les autres.

Comme si elle existait sur un autre plan, comme moi.

Je la reconnais à ses boucles marron, visibles sous son petit chapeau noir. Elle a laissé ses cheveux lâches aujourd'hui et, malgré la grisaille du ciel pluvieux, je vois les éclats roux dans la masse marron foncé qui tombe quelques centimètres en bas des épaules. Je ne vois pas grand-chose de plus, il y a trop de gens et de parapluies entre nous, mais je l'observe tout de même, comme je le fais depuis un mois. Seulement mon intérêt est maintenant différent, infiniment plus personnel.

Dommage collatéral. C'est ainsi que je la voyais au début. Elle n'était pas une personne, seulement une extension de son mari. Une extension intelligente et jolie, bien sûr, pourtant cela ne m'importait pas. Je ne voulais pas particulièrement la tuer, mais j'aurais fait ce qu'il fallait pour atteindre mon but.

J'ai *fait* ce qu'il fallait.

Elle s'était figée de terreur lorsque je l'avais empoignée, la réaction d'une personne sans entraînement, l'instinct primitif d'une proie prise au dépourvu. La suite aurait dû être simple, quelques entailles superficielles et le tour était joué. Qu'elle n'ait pas craqué immédiatement sous ma lame était à la fois impressionnant et agaçant ; j'avais vu des assassins aguerris se pisser dessus et se mettre à déblatérer avec moins d'encouragements.

J'aurais pu aller plus loin à ce moment-là, jouer réellement de mon couteau, mais j'avais plutôt opté pour une technique d'interrogatoire moins dommageable.

Je l'avais mise sous le robinet.

Ça avait fonctionné à merveille, et c'est là que j'ai commis une erreur. Elle tremblait et sanglotait si fort après la première séance que je l'ai déposée sur le plancher et l'ai étreinte, à la fois pour l'entraver et la calmer. Je l'ai fait pour lui permettre de parler, mais c'était sans compter sur ma réaction à son égard.

Elle avait semblé petite et fragile, entièrement démunie alors qu'elle toussait et sanglotait dans mes bras et, pour une raison que j'ignore, je me suis souvenu d'avoir étreint mon fils ainsi, le réconfortant lorsqu'il pleurait. Seulement, Sara n'était pas une enfant, et mon corps avait réagi à ses courbes élancées avec une faim déconcertante, un désir aussi primitif qu'irrationnel.

Je désirais la femme que je devais interroger, alors même que je voulais la peau de son mari.

J'avais tenté d'ignorer ma réaction inopportune, de continuer comme auparavant, mais lorsqu'elle s'était retrouvée à nouveau sur le comptoir, j'avais été incapable d'ouvrir l'eau.

J'étais trop conscient d'elle ; elle était devenue une personne, une femme en chair et en os à la place d'un simple moyen d'arriver à mes fins.

Ce qui ne me laissait que le cocktail. Je n'avais pas eu l'intention de l'utiliser sur elle, à la fois, pour le temps requis avant de faire effet et parce que c'était notre dernière dose. Le chimiste qui le préparait avait récemment été tué et Anton m'avait prévenu qu'il faudrait un moment pour trouver un autre fournisseur. J'avais mis cette dose de côté pour les urgences, mais je n'avais pas eu le choix.

Moi qui avais torturé et, tué des centaines de personnes, je ne pouvais pas me résoudre à blesser davantage cette femme.

— C'était un homme bon et généreux, un journaliste talentueux. Sa mort est une perte inestimable, à la fois pour sa famille et sa profession...

Je m'arrache à la contemplation de Sara pour me concentrer sur l'oratrice. C'est une femme d'âge mûr, son visage fin est strié de larmes. Je la reconnais comme l'une des collègues de Cobakis au journal. J'ai enquêté sur chacun d'eux pour déterminer leur complicité, mais heureusement pour eux, Cobakis était le seul impliqué.

Elle poursuit son énumération des qualités extraordinaires de Cobakis, mais je l'ignore à nouveau, mon regard attiré par la silhouette élancée sous l'énorme parapluie. La seule chose que j'aperçois de Sara est son dos, mais je peux aisément me représenter son visage pâle en cœur. Ses traits sont gravés dans ma mémoire, de ses grands yeux noisette et son petit nez droit à ses douces lèvres pulpeuses. Il y a quelque chose chez Sara Cobakis qui me fait penser à Audrey Hepburn, une beauté surannée rappelant les vedettes du cinéma des années quarante et cinquante. Cela renforce l'impression qu'elle n'a pas sa place ici, qu'elle est intrinsèquement différente des gens qui l'entourent.

Qu'elle est en quelque sorte au-dessus d'eux.

Je me demande si elle pleure, si elle est affligée par la mort de l'homme qu'elle a admis ne pas réellement avoir connu. Lorsque Sara m'avait dit que son mari et elle étaient séparés, je ne l'avais pas crue, mais certaines des choses qu'elle avait dites sous l'influence de la drogue m'avaient amené à revoir cette conclusion. Quelque chose avait très mal tourné dans son mariage prétendument parfait, quelque chose qui lui avait laissé une trace indélébile.

Elle avait connu la douleur, avait vécu avec elle. Je pouvais le voir dans ses yeux, dans la courbe douce et tremblante de sa bouche. Cela m'avait intrigué, cet aperçu de son esprit m'avait donné envie de plonger davantage dans ses secrets, et lorsqu'elle avait refermé ses lèvres sur mes doigts et s'était mise à les aspirer, la faim que j'avais tenté de réprimer était revenue, mon membre se durcissant de façon incontrôlable.

J'aurais alors pu la prendre, et elle m'aurait laissé faire. Bordel, elle m'aurait accueilli à bras ouverts. La drogue avait levé ses inhibitions, l'avait dépouillée de toutes ses défenses. Elle était ouverte et vulnérable, démunie d'une façon qui m'avait touché au plus profond de moi.

Ne me laisse pas. Je t'en prie, ne me laisse pas.

Encore aujourd'hui, j'entends ses suppliques, ressemblant tant à celles de Pasha la dernière fois que je l'ai vu. Elle ne savait pas ce qu'elle demandait, elle ignorait qui j'étais et ce que je m'apprêtais à faire, mais ses paroles m'avaient ébranlé, me donnant envie de quelque chose d'entièrement impossible. Il m'avait fallu toute ma volonté pour partir et la laisser attachée à la chaise où le FBI la trouverait.

Il m'avait fallu toute ma volonté pour partir et continuer ma mission.

Je reviens à l'instant présent lorsque la collègue de Cobakis se tait et que Sara s'approche de l'estrade. Sa silhouette élancée, vêtue de noir, se déplace avec une grâce inconsciente, et l'anticipation se love dans mes entrailles alors qu'elle se tourne vers la foule.

Une écharpe noire entoure son cou, la protégeant du vent froid d'octobre et cachant le bandage qui doit s'y trouver. Au-dessus de l'écharpe, son visage en cœur est d'une pâleur spectrale, mais ses yeux sont secs, du moins d'après ce que je peux voir à cette distance. J'aimerais m'approcher, mais c'est trop risqué. Je prends déjà un risque en étant ici. Il y a au moins deux agents du FBI parmi les gens présents et quelques autres sont assis discrètement dans des véhicules du gouvernement le long de la rue. Ils ne s'attendent pas à me trouver ici, la sécurité serait beaucoup plus rigoureuse si c'était le cas, mais ça ne veut pas dire que je peux baisser la garde. Anton et les autres pensent déjà que je suis fou de m'être pointé ici.

Nous quittons normalement une ville dans les heures qui suivent une attaque réussie.

— Comme vous le savez tous, George et moi nous sommes rencontrés à l'université, dit Sara dans le micro, et je frissonne sous les notes de sa voix douce et mélodieuse.

Je l'ai observée assez longtemps pour savoir qu'elle peut chanter. Elle chante souvent sur des airs populaires lorsqu'elle est seule dans sa voiture ou lorsqu'elle s'occupe dans la maison.

La plupart du temps, elle chante mieux que le chanteur.

— Nous nous sommes rencontrés dans un laboratoire de chimie, continue-t-elle, parce que, croyez-le ou non, George pensait faire l'école de médecine à cette époque.

J'entends quelques gloussements dans la foule et les lèvres de Sara esquissent un sourire alors qu'elle ajoute :

— Oui. George, qui ne pouvait pas tolérer la vue du sang, envisageait de devenir médecin. Par chance, il a rapidement découvert sa véritable passion, le journalisme, et nous connaissons tous la suite.

Elle continue de parler des habitudes et des excentricités de son mari, dont son amour des sandwichs au fromage et au miel, puis elle passe à ses accomplissements et à ses bonnes actions, parlant de son appui inébranlable pour les vétérans et les sans-abri. Alors qu'elle parle, je remarque que tout ce qu'elle mentionne le concerne, *lui*, et non eux deux. À l'exception de la manière dont ils se sont rencontrés, le discours de Sara pourrait avoir été rédigé par un colocataire ou un ami, n'importe qui connaissant Cobakis, bref. Même sa voix est ferme et calme, sans aucune trace de la douleur que j'ai aperçue dans son regard cette nuit-là.

Ce n'est que lorsqu'elle aborde l'accident que je vois une réelle émotion sur ses traits.

— George était tant de choses merveilleuses, dit-elle, le regard au loin. Mais toutes ces choses ont pris fin il y a dix-huit mois, lorsque sa voiture a percuté la rampe de sécurité et est passée par-dessus celle-ci. Tout ce qu'il était est mort ce jour-là. Ce qui restait n'était pas George. Ce n'était qu'une enveloppe, un corps sans esprit. Lorsque la mort a frappé tôt samedi matin, elle n'a pas emmené mon mari. Elle n'a eu que cette enveloppe. George n'était plus depuis longtemps et rien ne pouvait le faire souffrir.

Son menton se soulève alors qu'elle prononce cette dernière partie et je l'observe avec intensité. Elle ignore que je suis ici, sinon je serais entouré d'agents du FBI, mais j'ai l'impression qu'elle me parle directement, qu'elle m'affirme avoir échoué. Est-elle consciente de ma présence d'une certaine manière ? Sent-elle mon regard ?

Sait-elle que lorsque je me suis retrouvé au chevet de son mari deux nuits plus tôt, pendant un bref moment, j'ai envisagé de ne *pas* appuyer sur la gâchette ?

Elle termine son discours avec les paroles traditionnelles sur le fait que George manquera à tous ses proches, puis elle quitte l'estrade, laissant le prêtre terminer son sermon. Je la regarde se diriger vers le couple âgé, puis lorsque la foule se disperse, je suis silencieusement les autres hors du cimetière.

Les funérailles sont terminées et ma fascination pour Sara doit l'être également.

Il y a d'autres personnes sur ma liste et, heureusement pour elle, Sara n'est pas l'une d'elles.

PARTIE II

ara

— Chérie, tu ne manges toujours pas ? demande maman avec une expression inquiète.

Bien qu'elle passait l'aspirateur lorsque je suis arrivée, son maquillage est parfait comme toujours, ses courts cheveux blancs joliment bouclés, et ses boucles d'oreilles s'harmonisent à son collier stylisé.

— Tu es si mince, ces derniers temps.

— La plupart des gens en seraient heureux, réponds-je, mais pour l'apaiser, je reprends une pointe de sa tarte aux pommes maison.

— Pas lorsque tu donnes l'impression qu'un chihuahua aurait le dessus, dit maman, en poussant vers moi une autre pointe de tarte. Tu dois prendre soin de toi ; sinon, tu seras incapable d'aider tes patientes.

— Je sais, maman, dis-je entre deux bouchées de tarte. Ne t'inquiète pas, d'accord ? L'hiver a été chargé, mais ça devrait se calmer bientôt.

— Sara, chérie…

Son expression inquiète s'accentue.

— Six mois se sont écoulés depuis que George…

Elle s'interrompt et inspire.

— Ce que je veux dire, c'est que tu ne peux pas continuer à te tuer à la tâche. C'est trop pour toi, ton horaire régulier, en plus de toutes ces heures de bénévolat. Dors-tu ?

— Bien sûr, maman. Je dors sur mes deux oreilles.

Ce n'est pas un mensonge ; je m'endors à l'instant où ma tête touche l'oreiller et je ne m'éveille pas avant que mon alarme ne retentisse. Du moins, lorsque je suis complètement épuisée. Les jours où j'ai un horaire presque normal, je me réveille à la suite de cauchemars, tremblante et en sueur, alors je fais mon possible pour m'épuiser chaque jour.

— Comment va la vente de la maison ? As-tu des offres ? Demande papa, en se traînant dans la salle à manger.

Il utilise à nouveau une marchette, alors son arthrite doit encore faire des siennes, mais je suis heureuse de voir que sa posture est un peu plus droite. Il suit enfin les directives d'un physiothérapeute et nage au centre de conditionnement chaque jour.

— L'agent immobilier organise une visite libre la semaine prochaine, lui réponds-je, en réprimant l'envie de féliciter papa pour ses efforts.

Il n'aime pas qu'on lui rappelle son âge, alors tout ce qui a trait à sa santé ou à celle de maman est un sujet de conversation interdit pendant le dîner. Ça me rend folle, mais je ne peux pas m'empêcher d'admirer sa détermination.

À près de quatre-vingt-sept ans, mon père est plus robuste que jamais.

— Oh, c'est bien, dit maman. J'espère que tu auras quelques offres. N'oublie pas de cuire des biscuits ce matin-là ; ils embaumeront la maison.

— Je vais peut-être demander à l'agent immobilier d'apporter des biscuits et de les mettre au four micro-ondes avant l'arrivée des premiers visiteurs, dis-je en lui souriant. Je ne crois pas que j'aurai le temps de faire de la pâtisserie.

— Évidemment pas, Lorna.

Papa s'installe aux côtés de maman et se prend une pointe de tarte.

En levant les yeux vers moi, il dit d'une voix bourrue :

— Tu ne seras probablement pas là, n'est-ce pas ?

J'acquiesce.

— Je devrais me rendre à la clinique tout de suite après mon quart à l'hôpital ce jour-là.

Il fronce les sourcils.

— Tu fais encore ça ?

— Ces femmes ont besoin de moi, papa.

J'essaie de ne pas laisser paraître mon exaspération.

— Tu n'as aucune idée de la vie dans ce quartier.

— Mais, chérie, c'est exactement ce quartier qui ne nous plaît pas, intervient maman. Ne peux-tu pas faire du bénévolat ailleurs ? Et t'y rendre la nuit, après un autre long quart…

— Maman, je n'ai jamais d'argent ou d'objets de valeur sur moi, et je ne suis jamais là plus de quelques heures, dis-je, ma patience à bout.

Nous avons eu la même discussion au moins cinq fois au

cours des trois derniers mois et, chaque fois, mes parents agissent comme si c'était la première fois.

— Je me stationne devant l'immeuble et j'entre directement. C'est aussi sécuritaire que ce puisse l'être.

Maman soupire et secoue la tête, mais n'en dit pas plus. Papa, cependant, me regarde toujours d'un air renfrogné. Pour le distraire, je me lève et demande :

— Quelqu'un aimerait du café ou du thé ?

— Un déca pour ton père, répond maman. Et un thé à la camomille pour moi, merci.

— Un déca et un thé à la camomille, compris.

Je me dirige vers la machine à café de luxe que je leur ai offerte Noël dernier. Après avoir préparé les boissons chaudes et les avoir déposées sur la table, je retourne à la machine et me prépare une vraie tasse de café.

Après ce dîner, je serai de garde et rien de mieux qu'une dose de caféine pour me garder éveillée.

— Devine quoi, chérie ? dit maman lorsque je m'assieds à nouveau à la table. Nous recevons les Levinson samedi soir pour dîner.

Je prends une gorgée de café. Brûlant et fort, comme je l'aime.

— C'est bien.

— Ils nous ont demandé comment tu te portais, dit papa, en ajoutant du sucre dans son déca.

— Oh.

Je garde une expression neutre.

— Dis-leur bonjour de ma part.

— Pourquoi ne te joindrais-tu pas à nous, chérie ? dit maman, comme si l'idée venait de la frapper. Je sais qu'ils seraient ravis de te voir et je ferai ton plat préféré…

— Maman, je n'ai pas envie de fréquenter Joe, ou quiconque, en ce moment, dis-je, tout en adoucissant mon refus d'un sourire. Je suis désolée, mais je n'en suis pas encore là. Je sais que tu adores les parents de Joe, et c'est un excellent avocat et un homme très charmant, mais je ne suis tout simplement pas prête.

— Tu ne sauras pas que tu es prête tant que tu ne l'essaieras pas à nouveau, dit papa, alors que maman soupire et baisse les yeux vers sa tasse. Tu ne peux pas te laisser mourir avec George, Sara. Tu es plus forte que ça.

Je prends une gorgée de café sans répondre. Il a tort. Je ne suis pas forte. J'ai besoin de toute ma force pour rester assise ici et prétendre que tout va bien, que je suis encore entière, en état et avec toute ma raison. Mes parents, comme tout le monde, ignorent ce qui s'est passé ce vendredi soir. Ils croient que George est mort dans son sommeil, résultat tardif de l'accident qui l'avait plongé dans le coma, dix-huit mois plus tôt. J'avais expliqué la raison du cercueil fermé comme une façon d'affronter mon chagrin, et personne n'en avait fait de cas. Si mes parents apprenaient la vérité, ils seraient dévastés et je serais incapable de leur faire une telle chose.

Personne en dehors du FBI et de mon thérapeute ne connaît l'existence du fugitif et mon rôle dans la mort de George.

— Penses-y, dit maman lorsque je garde le silence. Tu n'as pas à t'engager ou à faire quoi que ce soit qui ne te plaît pas. Mais, je t'en prie, pense à venir ce samedi.

Je la fixe du regard et, pour la première fois, je remarque la tension cachée sous le maquillage impeccable et les accessoires stylisés. Ma mère a neuf ans de moins que mon père et elle semble tellement en forme et énergique que j'oublie parfois que l'âge la rattrape également. Toute cette inquiétude à mon sujet n'est pas bonne pour sa santé.

— Je vais y penser, maman, lui promets-je avant de me lever pour débarrasser la table. Si je ne travaille pas samedi, j'essaierai de passer.

7

 *ara*

Mon quart de garde est une frénésie d'urgences, d'une femme enceinte de cinq mois avec des saignements graves à l'une de mes patientes qui commence son travail sept semaines trop tôt. Je dois lui faire une césarienne, mais par chance le bébé, un minuscule petit garçon, parfaitement formé, est capable de respirer et de téter par lui-même. La femme et son mari sanglotent de bonheur et me remercient avec profusion et, lorsque je réussis enfin à rejoindre le vestiaire pour me changer, je suis physiquement et émotionnellement vidée. Pourtant, je suis également profondément satisfaite.

Chaque enfant que j'aide à mettre au monde, chaque corps de femme que je soigne, me fait sentir un peu mieux, soulageant la culpabilité qui m'étouffe comme un tissu mouillé.

Non, n'y pense pas. Arrête. Il est pourtant trop tard et les souvenirs m'envahissent, sombres et toxiques. Haletante, je m'affaisse sur le banc près de mon casier, mes mains agrippant la planche de bois.

Une main contre ma bouche. Un couteau contre ma gorge. Un tissu mouillé sur mon visage. L'eau dans mon nez, mes poumons...

— Sara.

Des mains douces m'agrippent les bras.

— Sara, que se passe-t-il ? Tout va bien ?

J'ai la respiration sifflante, ma gorge se serrant avec force, mais je réussis à hocher la tête. En fermant les yeux, je me concentre pour calmer ma respiration comme me l'a montré mon thérapeute et, après quelques instants, le pire de cette sensation de suffocation s'estompe.

En ouvrant les yeux, je fixe Marsha qui m'observe avec inquiétude.

— Ça va, dis-je d'une voix tremblante.

Je me lève pour ouvrir mon casier. Ma peau est froide et moite et mes genoux semblent sur le point de fléchir, mais je préfère que personne à l'hôpital ne soit au fait de mes crises de panique.

— J'ai encore oublié de manger et ce n'était probablement qu'un peu d'hypoglycémie.

Les yeux bleus de Marsha s'écarquillent.

— Tu n'es pas enceinte, dis-moi ?

— Quoi ?

Malgré mon souffle encore instable, j'éclate d'un rire stupéfait.

— Non, bien sûr que non.

— Oh, d'accord.

Elle me sourit.

— Et moi qui croyais que tu profitais enfin de la vie.

Je lui lance un regard incrédule.

— Même si c'était le cas, je sais quand même comment éviter une grossesse.

— On ne sait jamais. Des accidents, ça arrive.

Elle ouvre son casier et commence à enlever son uniforme.

— Sérieusement, tu devrais nous accompagner, les filles et moi, pour manger un morceau. Nous partons pour chez Patty.

Je hausse les sourcils.

— Un bar, à cinq heures du matin ?

— Oui, et alors ? Nous n'allons pas boire. Ils offrent des petits-déjeuners à toute heure et c'est bien mieux que la cafétéria. Tu devrais essayer.

Je suis sur le point de refuser, lorsque je me souviens que mon réfrigérateur est pratiquement vide. Je n'ai pas menti en disant que je n'avais pas mangé aujourd'hui ; le dîner chez mes parents était il y a plus de dix heures et je suis affamée.

— D'accord, dis-je, surprenant Marsha presque autant que moi. Je vous accompagne.

Et, ignorant les cris excités de mon amie, j'enfile mes vêtements de ville et me dirige vers l'évier pour me rafraîchir.

EN ARRIVANT CHEZ PATTY, JE NE SUIS PAS SURPRISE D'APERCEVOIR de nombreux visages familiers. La majorité du personnel de l'hôpital se rassemble à ce bar après le travail pour se détendre et socialiser. Je ne m'attendais pas à trouver l'endroit aussi bondé à cette heure de la nuit, ou du matin, selon les points de vue, mais s'ils servent des petits-déjeuners, en plus de l'alcool, ça a du sens.

Marsha, deux infirmières de la salle d'urgence et moi nous dirigeons vers une table dans un coin, où une serveuse affairée prend nos commandes. Dès qu'elle repart, Marsha se lance dans le récit de son week-end fou à un club du centre-ville de Chicago, et les deux infirmières, Andy et Tonya, rient et la taquinent sur le gars qu'elle a presque ramassé. Puis, Andy nous raconte l'insistance de son copain à utiliser des préservatifs violets et, lorsque nos plats arrivent enfin, les trois rient si fort que la serveuse nous lance un regard sévère.

Je ris aussi, car l'histoire *est* drôle, mais je ne ressens pas la joie qui accompagne normalement le rire. Je ne l'ai pas ressentie depuis bien longtemps. C'est comme si quelque chose en moi est gelé, ternissant toutes les émotions et les sensations. Mon thérapeute dit que c'est le résultat de mon SSPT, mais j'ignore s'il a raison. Bien avant l'intrusion de l'étranger dans ma maison, avant l'accident, même, je sentais qu'il existait une barrière entre le reste du monde et moi, un mur d'apparences trompeuses et de mensonges.

Pendant des années, j'ai porté un masque et, maintenant, il me semble que je suis devenue ce masque, comme si rien de réel n'existait sous lui.

— Et toi, Sara ? demande Tonya, et je réalise que j'ai perdu le fil, mâchant mes œufs par automatisme. Comment était ton week-end ?

— Bien, merci.

En déposant ma fourchette, je tente de sourire.

— Rien de bien excitant. Je vends ma maison, alors j'ai fait le ménage dans le garage et j'avais une liste de tâches ennuyeuses à accomplir.

J'ai également été de garde pendant dix-huit heures et j'ai fait du bénévolat à la clinique pendant cinq autres heures, mais je ne le dis pas à Tonya. Marsha croit déjà que je suis accro au travail ; si elle apprend que je remplace d'autres médecins à la pratique privée de l'hôpital et que j'apporte mon aide à la clinique en plus de mon horaire habituel, je n'ai pas fini d'en entendre parler.

— Tu devrais nous accompagner vendredi prochain, dit Tonya, en tendant un bras élancé et basané vers la salière.

À vingt-quatre ans, elle est la plus jeune infirmière de l'hôpital et, d'après ce que Marsha m'a dit, elle est encore plus fêtarde que mon amie, rendant les hommes de tous âges fous avec sa fossette et son corps ferme.

— Nous prendrons quelques verres chez Patty, puis irons en ville. Je connais l'un des promoteurs du nouveau club branché au centre-ville, alors nous n'aurons même pas à faire la file.

Je bats des cils devant cette offre inattendue.

— Oh, je ne sais pas… j'ignore si je…

— Tu ne travailles pas vendredi soir, intervient Marsha. Je sais, j'ai vérifié ton horaire.

— Oui, mais tu sais comment c'est.

Je pique ma fourchette dans les œufs.

— Les bébés ne se pointent pas toujours dans les délais.

— Allez, Marsha, laisse-la tranquille, dit Andy, en repoussant une boucle rousse derrière son oreille. Ne vois-tu pas qu'elle est déjà éreintée ? Si elle veut venir, elle le fera. Pas besoin de la traîner de force.

Elle me lance un clin d'œil et je lui souris avec reconnaissance. C'est la première fois que j'interagis avec Andy hors des couloirs de l'hôpital et je me rends compte que je l'apprécie réellement. Comme moi, elle est à la fin de la vingtaine et, selon Marsha, elle est avec son amoureux depuis cinq ans. L'amoureux, celui aux préservatifs violets, est prétendument un connard égocentrique, mais Andy l'aime tout de même.

— Tu viens du Michigan, c'est ça ? Lui demandé-je.

Andy acquiesce, me souriant, puis se lance dans le récit de l'offre de travail dans la région de Larry, son petit ami, qui les a forcés à déménager. En l'écoutant, je décide que Marsha n'a pas tort dans son analyse du copain d'Andy.

Larry me fait l'effet d'être un connard égoïste.

Le reste du repas passe en conversations amicales et désinvoltes et, lorsque nous payons nos factures et sortons du bar, je me sens plus légère que jamais. Mon père n'a peut-être pas tort ; sortir et socialiser pourraient être positifs.

J'irai *peut-être* au dîner avec les Levinson et même au club avec Tonya.

Ma bonne humeur ne me quitte pas alors que je prends congé des trois femmes et que je marche, les deux coins de rue jusqu'au parc de stationnement de l'hôpital afin de prendre ma voiture. *Lady Gaga* chante dans mes écouteurs et le ciel commence à peine à s'éclaircir. J'ai l'impression que l'aube me parle, me promettant qu'un jour, pas si lointain, les ténèbres se dissiperont pour moi aussi.

Il m'encourage, ce petit éclat d'espoir, comme un pas vers l'avant.

Je suis déjà dans le parc de stationnement lorsque ça me reprend.

Ça commence par un léger picotement de la peau… une alarme silencieuse de mes nerfs. L'explosion d'adrénaline suit, accompagnée d'une vague de terreur écrasante. Mon cœur bat la chamade et mon corps se tend, prêt pour une attaque. Haletante, je me retourne, en arrachant mes écouteurs et en cherchant dans mon sac à main mon vaporisateur de poivre, mais il n'y a personne.

Il n'y a que ce sentiment de danger, cette impression d'être observée. À bout de souffle, je tourne sur moi-même, mon vaporisateur en main, mais je ne vois personne.

Je ne vois jamais quelqu'un lorsque mon cerveau a l'une de ses crises.

En tremblant, je me dirige vers ma voiture et m'y installe. J'ai besoin de plusieurs minutes d'exercices de respiration avant d'être suffisamment calme pour conduire et je sais que malgré ma fatigue, je serai incapable de dormir aujourd'hui.

En sortant du parc de stationnement, je tourne à gauche plutôt qu'à droite.

Aussi bien aller à la clinique. Ils ne m'attendent pas avant demain, mais ils sont toujours reconnaissants de mon assistance.

8

 *ara*

— Parle-moi de ce dernier épisode, Sara, me demande Dr Evans, en croisant ses longues jambes. Qu'est-ce qui t'a fait croire que quelqu'un t'observait ?

— Je ne sais pas… C'était…

J'inspire, tentant de trouver les bons mots, puis je secoue la tête.

— Il n'y avait rien de concret. Je ne sais réellement pas.

— OK, revoyons les événements.

Son ton est à la fois chaleureux et professionnel. C'est en partie ce qui en fait un bon thérapeute, sa capacité à projeter de la sollicitude tout en restant détaché.

— Tu m'as dit avoir pris ton petit-déjeuner avec quelques collègues ; puis, tu es retournée vers ta voiture, c'est ça ?

— Oui.

— As-tu entendu quelque chose ? Ou as-tu aperçu quelque chose ? Quelque chose qui aurait pu déclencher cet état ? Une porte de voiture qui claque, des feuilles qui volent au vent… un oiseau, peut-être ?

— Non, je ne me souviens de rien de précis. Je marchais, en écoutant de la musique, puis je l'ai senti. Je ne sais pas comment l'expliquer. C'était comme…

Je déglutis, mon cœur battant la chamade à mes souvenirs.

— Comme cette fois-là, dans ma cuisine, lorsque je l'ai senti une seconde avant qu'il ne m'empoigne. C'était le même genre de sensation.

L'expression sur le visage mince et intelligent du thérapeute se fait inquiète.

— Cela t'arrive à quelle fréquence maintenant ?

— C'était la troisième fois cette semaine, admets-je, la gêne brûlant mes joues alors qu'il inscrit quelque chose sur son calepin.

Je déteste ce sentiment de perte de contrôle, la conviction que mon cerveau me joue des tours.

— La première fois, j'étais au supermarché, puis alors que j'entrais dans la clinique et maintenant dans le stationnement de l'hôpital. Je ne sais pas pourquoi cela m'arrive. Je croyais que je me remettais ; je le croyais vraiment. J'ai eu une seule petite crise de panique au cours des deux dernières semaines et je me sentais réellement optimiste après le petit-déjeuner d'hier. Ça n'a tout simplement pas de sens.

— Il faut du temps pour guérir nos esprits, Sara, tout comme nos corps. Parfois, nous avons une rechute, et parfois la maladie suit un autre cours. Tu le sais autant que moi.

Il inscrit autre chose dans son calepin, puis me regarde.

— As-tu envisagé de parler à nouveau avec le FBI ?

— Non, ils croiront que je suis folle.

J'avais parlé avec l'agent Ryson après le premier épisode de paranoïa il y a un mois et il m'avait répliqué qu'au même moment, Interpol traquait le tueur de mon mari quelque part en Afrique du Sud. Par précaution, il m'avait assigné une protection. Après m'avoir suivie pendant plusieurs jours, ils avaient déterminé qu'il n'y avait aucune menace et l'agent Ryson les avait rappelés en marmonnant des excuses sur les fonds et les effectifs limités. Il ne m'avait pas accusée de paranoïa, mais je savais qu'il l'avait secrètement pensé.

— Parce que l'homme qui te terrorise est au large, dit Dr Evans, et j'acquiesce.

— Oui. Il est parti et il n'a aucune raison de revenir.

— Bien. Rationnellement, tu le sais. Il nous faut maintenant convaincre ton subconscient. Avant tout, il te faut découvrir ce qui déclenche ta paranoïa, afin de pouvoir apprendre à le déceler et à contrôler ta réaction. La prochaine fois, porte attention à ce que tu fais et à ton état d'esprit lorsque tu ressens cette sensation. Es-tu dans un espace public ou seule ? Est-ce bruyant ou silencieux ? Es-tu à l'intérieur ou à l'extérieur ?

— C'est bon, je vais veiller à noter tout ça pendant que je panique en serrant mon vaporisateur de poivre.

Dr Evans sourit.

— J'ai confiance en toi, Sara. Tu as déjà fait un progrès remarquable. Tu peux t'approcher à nouveau de ton évier de cuisine, non ?

— Oui, pourtant je ne peux toujours pas toucher au robinet, dis-je, mes mains se serrant sur mes genoux. C'est plutôt inutile sans ça.

L'évier de la cuisine est l'une des multiples raisons pour

lesquelles je vends la maison. Au début, je ne pouvais pas même entrer dans la cuisine, mais après des mois de thérapie intensive, j'en suis à pouvoir m'approcher de l'évier sans faire une crise de panique, mais sans ouvrir l'eau.

— Un pas à la fois dit Dr Evans. Tu ouvriras l'eau aussi un jour. À moins de vendre la maison avant, évidemment. As-tu toujours l'intention de la vendre ?

— Oui, mon agent immobilier organise une visite libre dans quelques jours.

— C'est bien.

Il sourit à nouveau et dépose son calepin.

— Notre séance est terminée pour aujourd'hui, et je serai en vacances pendant une semaine et demie, mais je te verrai plus tard ce mois-ci. Entre-temps, continue ce que tu fais et prends des notes détaillées si tu as un autre épisode de paranoïa. Nous en discuterons la prochaine fois, de même que tes sentiments par rapport à la vente de la maison, d'accord ?

— Ça me va.

Je me lève et lui serre la main.

— À la prochaine et bonnes vacances.

En sortant du bureau, je me dirige vers ma voiture, en m'efforçant de garder ma main à mes côtés et non à l'intérieur de mon sac, enroulée autour du vaporisateur de poivre.

JE DORS BIEN CETTE NUIT-LÀ, ET LA NUIT SUIVANTE. JE TRAVAILLE tant que je tombe d'épuisement. Lorsque je suis à ce point fatiguée, je peux dormir n'importe où, même dans ma grande maison entourée de chênes. Les agents fédéraux n'ont jamais compris comment le fugitif avait réussi à s'introduire dans la maison sans déclencher l'alarme ou sans forcer la serrure, alors même si j'ai changé mon système de sécurité, je ne me sens pas plus en sécurité dans ma maison que si je dormais dans la rue.

Lors de la troisième nuit, les cauchemars me retrouvent. J'ignore si c'est parce que j'ai eu un autre épisode de paranoïa plus tôt ce jour-là, cette fois-ci dans une rue animée, près d'un café, ou parce que j'ai uniquement travaillé douze heures, mais cette nuit-là, je rêve à *lui*.

Comme toujours, son visage est flou dans mon esprit, je ne vois que ses yeux gris et la cicatrice qui traverse son sourcil gauche. Ces yeux me clouent sur place alors qu'il appuie un couteau contre ma gorge, son regard aussi tranchant et cruel que sa lame. Puis, George est là aussi, ses yeux marron vides, comme il s'approche de moi.

— Non, murmuré-je, mais George s'approche sans relâche, et je vois le sang qui coule sur son front. C'est une petite blessure nette, rien à voir avec le trou béant laissé par la vraie balle qu'il a reçue, et une partie de moi sait que je rêve, mais je continue de sangloter et de trembler alors que l'homme au regard gris me soulève et m'entraîne vers l'évier.

— Non, je vous en prie, supplié-je, mais il est implacable, me tenant la tête au-dessus de l'évier, alors que George continue d'avancer lentement vers moi, son visage mort figé en une grimace de haine.

— Pour ce que tu m'as fait, dit mon mari, en ouvrant l'eau. Pour tout ce que tu as fait.

Je me réveille en criant, la respiration sifflante, mes draps trempés de sueur. Lorsque je me calme un peu, je descends l'escalier et me prépare une tasse de thé décaféiné, utilisant l'eau du réfrigérateur. En buvant mon thé, je regarde l'horloge du four, les chiffres verts m'informant qu'il n'est pas encore trois heures du matin, bien trop tôt pour me lever si je veux avoir une chance de passer au travers de mon quart très long. J'ai une chirurgie prévue en après-midi et je dois être bien réveillée ; sinon, je mets la vie de ma patiente en jeu.

Après quelques moments de débat interne, j'ouvre l'armoire à pharmacie et prends un Ambien. Je coupe un comprimé en deux, l'avale avec le reste de mon thé et remonte dans ma chambre.

Bien que je déteste prendre des médicaments, je n'ai pas d'autres choix. J'espère seulement ne pas rêver à nouveau du fugitif. Pas parce que j'ai peur du cauchemar de quasi-noyade, il ne me frappe jamais deux fois dans la même nuit, mais parce que dans mes rêves, il ne me torture pas toujours.

Parfois, il me baise et je l'accueille à bras ouverts.

9

eter

JE SUIS À SON CHEVET, L'OBSERVANT DANS SON SOMMEIL. JE prends un risque en étant ici, au lieu de l'observer par les caméras que mes hommes ont installées à travers sa maison, mais l'Ambien devrait l'empêcher de se réveiller. Je suis tout de même attentif à ne pas faire un bruit. Sara est sensible à ma présence, étrangement en symbiose avec moi. C'est pourquoi elle traîne maintenant ce vaporisateur de poivre et qu'elle ressemble à une biche traquée chaque fois que je m'approche.

Dans son subconscient, elle sait que je suis de retour. Elle sent que je suis là pour elle.

J'ignore encore pourquoi je suis ici, mais j'ai abandonné toute tentative d'analyser ma folie. J'ai tout fait pour rester éloigné, pour me concentrer sur ma mission, mais alors même que je traquais et éliminais tous les noms sur ma liste, sauf un, je ne pouvais m'empêcher de penser à Sara, de me la remémorer lors des funérailles et de me rappeler la douleur dans ses doux yeux noisette.

Me rappeler comment elle a pris mes doigts dans sa bouche et m'a supplié de rester.

Il n'y a rien de normal dans mon engouement pour elle. Je suis assez lucide pour l'admettre. Elle est la femme d'un homme que j'ai tué, une femme que j'ai torturée comme je torturais avant des terroristes présumés. Je ne devrais rien ressentir pour elle, comme je n'ai jamais rien ressenti pour mes autres victimes, mais je ne peux pas me la sortir de l'esprit.

Je la veux. C'est totalement irrationnel, et mal sur tant de plans, mais je la veux. Je veux goûter à ses lèvres douces et sentir la finesse de sa peau pâle, enfouir mes doigts dans son épaisse chevelure marron et inhaler son odeur. Je veux l'entendre me supplier de la prendre, puis je veux la maintenir sous moi et faire exactement ça, encore et encore.

Je veux guérir les blessures que je lui ai infligées et qu'elle me désire autant que je la désire.

Elle continue de dormir alors que je l'observe et mes doigts veulent tant la toucher, caresser sa peau, juste une seconde. Mais si je me laisse aller, elle pourrait se réveiller, et je ne suis pas prêt pour ça.

La prochaine fois que Sara me verra, je veux que les choses soient différentes.

Je veux qu'elle me connaisse comme autre chose que son agresseur.

Sara

Au cours des jours suivants, ma paranoïa s'intensifie. Je me sens constamment observée. Même lorsque je suis seule chez moi, les rideaux fermés et les portes verrouillées, je sens des yeux invisibles sur moi. J'en suis venue à dormir avec le vaporisateur de poivre sous mon oreiller, et je l'amène même avec moi dans la salle de bain, mais ce n'est pas suffisant.

Je ne me sens pas en sécurité où que ce soit.

Mardi, je craque finalement et appelle l'agent Ryson.

— Dr Cobakis.

Il semble à la fois circonspect et surpris.

— Que puis-je pour vous ?

— J'aimerais vous parler, dis-je. En personne, si possible.

— Oh ? À quel sujet ?

— Je préfère ne pas en parler au téléphone.

— Je vois.

Il garde le silence quelques secondes.

— Bon. Je suppose que je peux vous rencontrer pour un café rapide cet après-midi. Ça vous va ?

Je jette un coup d'œil à mon horaire sur mon portable.

— Oui. Pouvons-nous nous rencontrer au Snacktime Café près de l'hôpital ? Vers quinze heures ?

— J'y serai.

Je suis retenue plus longtemps par une patiente et il est quinze heures dix lorsque j'arrive au café.

— J'étais sur le point de partir, dit Ryson, en se levant de sa chaise à une petite table dans un coin.

— Je suis vraiment désolée.

Le souffle court, je m'installe sur la chaise devant lui.

— Je promets que ce sera bref.

Ryson s'assied à nouveau. Le serveur s'approche et prend nos commandes : un expresso pour lui et un déca pour moi. Mes nerfs n'ont pas besoin de plus de caféine aujourd'hui.

— Bon, dit-il lorsque le serveur nous laisse. Allez-y.

— Je dois en savoir plus au sujet de ce fugitif, dis-je, sans préambule. Qui est-il ? Pourquoi en avait-il contre George ?

Ryson fronce ses sourcils broussailleux.

— Vous savez que c'est classifié.

— Oui, cependant je sais également que cet homme m'a torturée, m'a droguée et a tué mon mari, dis-je d'une voix égale. Et que vous saviez qu'il s'approchait et que vous ne vous êtes pas donné la peine de m'en informer. Ce sont les choses que je sais, les seules vraiment. Si j'en savais plus, disons son nom et sa motivation, cela m'aiderait peut-être à comprendre et à surmonter les événements. Sinon, c'est comme une plaie ouverte, ou peut-être une cloque qui n'a pas été percée. Elle ne fait que s'envenimer, voyez-vous, et c'est une préoccupation constante. Un jour, je ne serai peut-être plus capable de la retenir et la cloque pourrait tout aussi bien éclater d'elle-même. Vous voyez mon dilemme ?

Ryson serre la mâchoire.

— Ne nous menacez pas, Sara. Vous n'aimerez pas les résultats.

— C'est Dr Cobakis pour vous, agent Ryson.

Je soutiens son regard dur.

— Et je n'aime déjà pas les résultats. Les collègues de George au journal ne les aimeraient pas davantage, s'ils en entendaient parler. C'est pour cette raison que vous m'avez parlé du fugitif, non ? Afin que je me la ferme et que j'accepte cette connerie de « il est mort tranquillement dans son sommeil » ? Vous saviez que les collègues de George se pencheraient tous sur le supposé coup de la mafia et vous ne le vouliez pas. C'est toujours le cas, non ?

Il me fixe du regard et je peux voir son débat interne. Communiquer des renseignements classifiés et peut-être s'attirer des ennuis ou ne rien dire et s'attirer indubitablement des ennuis ? Son instinct de conservation semble l'emporter, parce qu'il dit sombrement :

— D'accord. Que voulez-vous savoir ?

— Commençons par son nom et sa nationalité.

Ryson jette un œil autour, puis se penche vers moi.

— Il a plusieurs noms d'emprunt, mais nous croyons que son vrai nom est Peter Sokolov.

Il baisse davantage encore la voix, bien que les tables qui nous entourent soient vides.

— Selon nos dossiers, il vient d'une petite ville près de Moscou, en Russie.

Ce qui explique son accent.

— Quelle est son histoire ? Pourquoi est-il un fugitif ?

Ryson se recule.

— Je n'ai pas la réponse de cette dernière question. Je n'ai pas la cote de sécurité nécessaire.

Il s'interrompt lorsque le serveur s'approche avec nos boissons. Une fois ce dernier repartit, il ajoute :

— Ce que je peux vous révéler, c'est qu'avant d'être un fugitif, il faisait partie de la Spetsnaz, une branche des forces spéciales russes. Sa mission était de traquer et d'interroger toute personne considérée comme une menace pour la sécurité russe, comme des terroristes, des insurgés des anciennes républiques de l'Union soviétique, des espions, et j'en passe. Il était apparemment excellent. Puis, il y a environ cinq ans, il a changé de camp et a commencé à travailler pour les pires spécimens de la pègre, des dictateurs coupables de crimes de guerre, des cartels mexicains, des trafiquants d'armes illégales… Il a alors rédigé une liste de noms, des gens qui, selon lui, lui ont causé du tort. Depuis, il s'est mis à la tâche de les éliminer méthodiquement.

Ma main tremble comme je soulève ma tasse de café.

— Et George se trouvait sur cette liste ?

Ryson acquiesce avant d'avaler son expresso d'un trait. En déposant la tasse, il dit :

— Je suis désolé, Dr Cobakis. C'est tout ce que je peux vous dire, parce que c'est tout ce que je sais. Je n'ai aucune idée de la raison pour laquelle votre mari et bien d'autres se sont retrouvés sur cette liste. Je sais que vous aimeriez plus de réponses, et croyez-moi, c'est également notre cas, mais la majorité du dossier de Sokolov est censuré.

Il s'interrompt pour laisser le serveur passer près de nous, puis ajoute à voix basse :

— Vous devez oublier cet homme, Dr Cobakis, pour votre sécurité autant que pour la nôtre. Vous ne souhaitez pas attirer à nouveau son attention, croyez-moi.

J'acquiesce, une boule dans l'estomac. J'ignore pourquoi je croyais que de connaître quelques détails sur l'homme qui hante mes rêves serait mieux que de rester dans l'ignorance. En fait, je suis encore plus anxieuse maintenant, mes mains et mes pieds glacés par l'anxiété.

— Êtes-vous sûr qu'il est parti ? Demandé-je, alors que l'agent se lève. Êtes-vous convaincu qu'il n'est pas près d'ici ?

— Personne n'est sûr de rien lorsqu'il est question de ce psychopathe, mais si ça peut vous rassurer, il y a un peu plus de six semaines, il a tué une autre personne sur sa liste, celle-ci en Afrique du Sud, dit sombrement Ryson. Et avant ça, il a éliminé deux autres cibles au Canada, malgré tous nos efforts pour les protéger. Alors oui, d'après nous, il est loin des États-Unis.

Je le fixe du regard, muette d'horreur. Trois autres victimes en six mois. Trois autres vies éteintes alors que j'essayais de vaincre mes cauchemars et mon état de paranoïa.

— Bonne chance, Dr Cobakis, dit Ryson, sans méchanceté, avant de déposer quelques billets sur la table. Le temps guérit réellement tout et, un jour, vous pourrez surmonter cela aussi. J'en suis convaincu.

— Merci, dis-je d'une voix étranglée, mais il s'éloigne déjà, son corps trapu disparaissant à travers les portes vitrées du café.

Cette nuit-là, je rêve à nouveau à l'attaque de Peter Sokolov et le cauchemar prend la tournure que je redoute le plus. Au lieu de me retenir sous le robinet, il me maintient sous lui dans un lit, ses doigts d'acier entourant mes poignets. Je le sens bouger en moi, son sexe long et gros alors qu'il envahit mon corps, et un feu couve sous ma peau, mes mamelons durs et sensibles alors qu'ils frottent contre son torse musclé.

— Je t'en prie, supplié-je, en entourant ses hanches de mes jambes comme ses yeux à l'éclat métallique plongent dans les miens. Plus fort, je t'en prie. J'ai besoin de toi.

Je suis moite de ce désir ; il me brûle, ardent et sombre, et il le sait. Il le sent. Je peux le voir dans la froideur de son regard d'argent, dans la courbe cruelle de sa bouche sensuelle. Ses doigts se resserrent autour de mes poignets, entaillant ma peau comme des attaches de plastique, et son membre devient une lame, m'ouvrant et me faisant saigner.

— Plus fort, supplié-je, mes hanches se soulevant pour accueillir ses poussées violentes. Ne me laisse pas. Prends-moi plus fort.

C'est exactement ce qu'il fait, chaque poussée me déchirant, et je crie sous l'effet de la douleur et d'un plaisir tordu, de soulagement et de douce souffrance.

Je crie comme je meurs dans ses bras, et c'est la meilleure mort que je puisse imaginer.

Je m'éveille, mon sexe moite et palpitant, et mon estomac nauséeux. De tous les tours que mon esprit peut me jouer, ces rêves pervers sont les pires. Je peux comprendre les crises de panique et la paranoïa, ils sont un résultat naturel de ce que j'ai vécu, mais il n'y a rien de naturel dans la tournure sexuelle de ces cauchemars. Y penser me rend physiquement malade de honte.

En me levant, j'enfile un peignoir sur mon pyjama et descends à la cuisine. Mon souffle est instable et mon cœur bat la chamade, mais cette fois-ci, ce n'est pas de peur. J'ai chaud et je suis agitée, mon corps souffrant de frustration.

J'étais si près de l'orgasme dans ce rêve. Quelques secondes de plus, et j'étais partie, comme ça a été le cas deux fois pendant ces rêves.

Le dégoût de moi-même pèse lourd dans mes entrailles et je me prépare un thé décaféiné. Quel genre de personne tordu rêve de sexe avec le tueur de son mari ? À quel point cette personne doit-elle être cinglée pour aimer mourir dans les bras de ce tueur ?

J'ai envisagé d'en parler avec Dr Evans, mais chaque fois que je tente d'aborder le sujet, je fige. Je suis incapable de former les mots. Verbaliser les rêves leur donnerait une substance, les transformerait d'un produit nébuleux de mon subconscient endormi à quelque chose que j'aborde lorsque je suis éveillée, et j'en suis incapable.

Et puis, je sais ce que le thérapeute me dirait. Il me dirait que je suis une jeune femme en bonne santé qui n'a pas eu de relations sexuelles depuis longtemps et que c'est normal d'avoir de telles pulsions. Que c'est ma culpabilité et mon dégoût de moi-même qui transforment mes fantasmes sexuels en quelque chose de sombre et de tordu, et que les rêves ne signifient pas que je suis réellement attirée par l'homme qui m'a torturée et qui a tué George.

Dr Evans tenterait d'apaiser ma culpabilité et ma honte, et je ne le mérite pas.

Lorsque le thé est prêt, je me dirige vers la table de cuisine et je m'assieds. Au moment de prendre une gorgée, j'ai à nouveau l'impression d'être observée. Rationnellement, je sais que je suis seule, mais mon cœur s'emballe et mes paumes deviennent moites de sueur.

Mon vaporisateur de poivre est à l'étage, alors je me lève et, aussi calmement que possible, je me dirige vers le bloc à couteaux sur le comptoir. Je choisis le plus gros et le plus tranchant couteau et le dépose sur la table à mes côtés. Je sais qu'il est inutile contre quelqu'un comme Peter Sokolov, mais c'est mieux que rien. Après quelques profondes inspirations, je me calme suffisamment pour boire mon thé, mais la sensation désagréable d'yeux invisibles persiste.

Si la maison ne se vend pas rapidement, je déménagerai, décidé-je, en me remettant au lit.

Je peux me permettre une deuxième demeure et même un petit studio minable serait préférable à cette situation.

— Et puis, ta visite libre d'hier ? Crie Marsha par-dessus la musique pendant que nous attendons notre quatrième tournée au bar.

— Selon mon agent, ça s'est bien passé, crié-je, à mon tour, en veillant à ne pas bredouiller.

Je n'ai pas fait une telle chose depuis une éternité et l'alcool me brouille un peu l'esprit.

— Ne reste plus qu'à voir si je reçois des offres.

— Je ne peux pas croire que tu possèdes une maison et que tu la vends, dit Tonya, alors que la chanson change et que le volume passe d'assourdissant à tout simplement bruyant. J'adorerais acheter une maison un jour, mais ça va me prendre des années à économiser.

— Évidemment, si tu dépenses la moitié de ta paie sur des vêtements et des chaussures, dit Andy avec un sourire, ses boucles rousses oscillant alors qu'elle balance les hanches au son de la musique. Et puis, Sara est médecin. Elle gagne beaucoup plus, même si elle n'est pas aussi snob que les autres.

Tonya glousse, ses longs pendants d'oreilles tressaillants.

— Oh oui, c'est vrai. Tu as l'air si jeune, Sara, que j'oublie que tu es une véritable médecin.

— Elle *est* jeune, dit Marsha, avant que je ne puisse répondre. Nous avons notre propre Doogie Howser.

— Oh, la ferme.

Je donne un coup de coude à Marsha, mes joues s'enflammant de gêne, alors que le barman tatoué me sourit. Il prépare nos Lemon Drop avec des gestes sûrs, son regard marron braqué sur moi avec un intérêt manifeste.

— Voilà, mesdemoiselles, dit-il en glissant vers nous nos verres, et Andy me lance un clin d'œil en me tendant l'un des verres.

— Cul sec, dit-elle, et nous vidons nos verres avant de retourner sur la piste de danse, où une autre chanson commence déjà à tonner par les haut-parleurs.

Je n'avais pas l'intention de sortir ce vendredi, pas après ma semaine merdique, pourtant au dernier moment, j'avais décidé que sortir et me saouler était préférable à tomber d'épuisement tôt et à risquer un autre rêve sexuel tordu. Par chance, je garde une paire de jolies petites chaussures plates argentées dans mon casier et Tonya m'a prêté une courte robe noire qui me va étonnamment bien.

— H & M, ma belle, avait-elle dit avec fierté lorsque je lui avais demandé où elle l'avait trouvée.

Je m'étais alors fait la remarque de m'arrêter à la boutique branchée pour acheter quelque chose de semblable, dans le cas où j'aurais envie de répéter cette folie.

Nous avons commencé par quelques verres chez Patty, puis avons pris un taxi jusqu'au club dont avait parlé Tonya. Le promoteur, comme Tonya nous l'avait promis, a pu nous laisser entrer sans avoir à faire la queue, et nous dansons sans arrêt depuis deux heures. Je transpire, j'ai mal aux pieds et j'aurai probablement la pire gueule de bois qui soit demain, mais je n'ai pas eu autant de plaisir depuis… des années, vraiment.

Peut-être même plus de cinq ans.

La foule au club va de jeunes universitaires aux quadragénaires séduisants, comme Marsha, mais la majorité semble être dans la fin de la vingtaine, comme moi. Le DJ est excellent, mixant les derniers succès avec les classiques de hip-hop, et je chante en cœur alors que nous dansons, chantant à tue-tête mes chansons préférées avec abandon. J'ai toujours aimé la musique et la danse, j'ai fait du ballet tout au long de ma jeunesse, et j'ai suivi des cours de salsa à l'université. Sous l'effet de l'alcool dans mes veines, je me sens séduisante et insouciante, pour une fois comme n'importe quelle autre jeune femme du club. Ce soir, je ne suis pas l'étudiante sérieuse, la médecin surmenée, la fille respectueuse ou la femme parfaite. Je ne suis pas même la veuve paranoïaque aux rêves tordus.

Ce soir, je suis simplement moi-même.

Nous dansons toutes les quatre seules pendant un moment, puis quelques hommes nous rejoignent, s'approchant de Tonya et de Marsha. Andy m'entraîne vers les toilettes puis, lorsque nous revenons, Tonya et Marsha flirtent ouvertement avec les deux hommes.

— Tu veux un autre verre ? crie Andy pour enterrer la musique.

Je hoche la tête, la suivant jusqu'au bar. La pièce tournoie autour de moi, alors je pense plutôt me prendre un verre d'eau.

Le club est plus bondé depuis la dernière heure, la piste de danse s'étalant jusqu'au bar et au lounge, et lorsqu'un groupe de femmes qui rigole passe devant moi, je perds de vue Andy. Je ne suis pas particulièrement inquiète, je peux la rejoindre au bar, alors je contourne le groupe pour éviter le plus gros de la foule.

Je ne suis qu'à quelques pas du bar, lorsque des doigts forts s'enroulent autour de mon bras, et une voix masculine profonde murmure à mon oreille :

— Danse avec moi, Sara.

Je me fige, mon sang se glaçant dans mes veines.

Je connais cette voix, cet accent russe subtil.

Lentement, je tourne la tête et croise le regard métallique qui domine mes rêves.

Peter Sokolov se tient devant moi, ses lèvres sculptées esquissant un léger sourire.

eter

ELLE VACILLE, SON VISAGE D'UN BLANC CRAYEUX, ET J'AGRIPPE son autre bras pour la stabiliser. Elle sait manifestement qui je suis ; elle m'a reconnu.

— Ne crie pas, dis-je. Je ne veux pas te blesser.

Ses yeux noisette sont fous et je sais qu'elle ne comprend pas vraiment ce que je dis. Tout ce qu'elle voit est une menace mortelle, et elle réagit en conséquence. Dans quelques secondes, elle perdra soit connaissance, ou bien elle deviendra hystérique, et aucune des options n'est une bonne chose.

— Sara.

Je parle d'une voix dure.

— Je ne suis pas ici pour blesser qui que ce soit, mais je le ferai si c'est nécessaire. Tu me comprends ? Si tu fais quoi que ce soit pour attirer l'attention, il y aura des victimes.

La panique aveugle dans son regard s'atténue quelque peu, remplacée par une peur un peu plus rationnelle, sans en être moins intense. Elle me comprend.

Le fait que je ne bluffe pas aide.

— Q-que voulez-vous ?

Même avec leur couche de baume, ses lèvres tremblantes sont pâles.

— Pourquoi êtes-vous ici ?

— Je voulais te voir, dis-je, l'entraînant à travers la foule en évitant les caméras postées autour du bar. Les bras nus de Sara sont tendus dans ma poigne, sa peau glacée, mais comme je m'y attends, elle ne crie pas.

De tout ce que je sais d'elle, la petite médecin préférerait mourir que de mettre en danger une foule d'étrangers.

— Danse avec moi, dis-je à nouveau lorsque je me retrouve où je le veux, près d'un mur, à un coin peu éclairé de la piste de danse, où la foule forme un mur humain autour de nous. Pour l'amener à obtempérer, je lâche ses bras et étreins sa taille, attentif à maintenir une poigne légère.

Son corps est aussi rigide qu'un bloc de glace alors que je la retiens près de moi, mais pour la foule qui nous entoure, nous ressemblons à un autre couple se balançant au rythme de la musique. L'illusion n'en est que plus réelle lorsqu'elle lève les mains et les dépose sur mon torse. Elle tente de me repousser, mais elle est trop bouleversée et son mouvement manque de force. Pas que cela changerait quelque chose si elle poussait de *toutes* ses forces.

Je peux neutraliser la plupart des hommes avec peu d'efforts, alors, ne parlons pas d'une femme aussi mince qu'elle.

— N'aie pas peur, murmuré-je, gardant son regard prisonnier.

Même sur une piste de danse bondée, je peux percevoir son parfum, quelque chose de délicat et fleuri, et mon corps réagit à sa proximité, mon sexe se durcissant sous la sensation de sa taille mince entre mes paumes. Je veux l'attirer contre moi, sentir son corps contre le mien, mais je me force à maintenir une petite distance. Je ne veux pas l'effrayer sous l'intensité de mon désir. Le regard de Sara est déjà celui d'un petit gibier pris au piège, aveuglé par la peur et le désespoir. Ça me donne envie de la soulever dans mes bras et de l'étreindre contre mon torse, mais ça ne ferait que la terrifier davantage. En ce moment, tout geste de ma part la terrifierait ; je pourrais l'inviter à chanter au karaoké et elle aurait une crise de panique.

— Que veux-tu de moi ?

Son souffle est rapide et court alors qu'elle me fixe du regard.

— Je ne sais rien…

— Je sais.

Je garde un ton doux.

— Ne t'inquiète pas, Sara. Cette partie est terminée.

La confusion remplace quelque peu la terreur dans ses yeux.

— Mais alors, pourquoi…

— Pourquoi suis-je ici ?

Elle acquiesce prudemment.

— Je ne sais pas vraiment, dis-je, et c'est la pure vérité.

Au cours des cinq dernières années et demie, la vengeance a dominé ma vie. J'ai tout fait pour atteindre ce but, mais maintenant que je suis presque à la fin de ma liste, l'avenir s'annonce morne et vide devant moi, le chemin qui m'attend est enveloppé d'un brouillard morose. Une fois que j'aurai tué la dernière personne responsable de la mort de ma famille, je n'aurai plus aucun but. Ma raison d'exister sera bel et bien perdue.

Enfin, c'était ce que je pensais avant de la rencontrer et d'apercevoir la douleur dans ses yeux de biche. Maintenant, elle dévore mes rêves et hante mes journées. Lorsque je pense à Sara, je ne vois pas le corps déchiré de mon fils ni le visage ensanglanté de Tamila.

Je ne vois qu'elle.

— Allez-vous me tuer ?

Elle essaie, sans succès, de garder une voix calme. J'admire tout de même sa tentative de sang-froid. Je l'ai approchée en public pour qu'elle se sente davantage en sécurité, mais elle est trop sage pour se laisser duper. S'ils ont abordé mes antécédents, elle doit savoir que je peux lui briser la nuque plus vite qu'elle ne peut crier à l'aide.

— Non, réponds-je, en m'inclinant davantage alors qu'une chanson plus bruyante commence. Je ne vais pas te tuer.

— Alors, que voulez-vous de moi ?

Elle tremble entre mes mains, et je suis à la fois intrigué et perturbé par ce fait. Je ne veux pas qu'elle me craigne, mais parallèlement, j'aime l'avoir à ma merci. Sa peur alimente le côté prédateur en moi, transformant mon désir en quelque chose de plus sombre.

Elle est une proie conquise, douce, tendre et mienne à dévorer.

En penchant la tête, j'enfouis mon nez dans sa chevelure parfumée et murmure à son oreille :

— Retrouve-moi au Starbucks près de chez toi demain, à midi, et nous parlerons. Je te dirai tout ce que tu veux savoir.

Je recule et elle me fixe, les yeux énormes dans son visage en forme de cœur. Je sais ce qu'elle pense, alors je me penche à nouveau, ma bouche près de son oreille.

— Si tu contactes le FBI, ils tenteront de te cacher. Comme ils ont essayé de le faire pour ton mari et les autres sur ma liste. Ils te déracineront, ils t'éloigneront de tes parents et de ta carrière, et ça ne servira à rien. Je te retrouverai, peu importe où tu es Sara… peu importe ce qu'ils font pour t'éloigner de moi.

Mes lèvres effleurent l'arête de son oreille, et je sens son souffle trembler.

— Ils pourront aussi t'utiliser pour me tendre un piège. Si c'est le cas, je le saurai, et notre prochaine rencontre ne sera pas autour d'un café.

Elle frissonne, et j'inspire profondément, m'emplissant de son parfum délicat une dernière fois avant de la relâcher.

En reculant, je me fonds dans la foule et envoie un message à Anton pour qu'il mette l'équipe en place.

Je dois veiller à ce qu'elle arrive chez elle en un seul morceau, dérangée par nul autre que moi.

13

J'ignore comment j'arrive chez moi, mais je me retrouve soudain dans la douche, nue et tremblante sous le jet chaud. Je n'ai qu'un vague souvenir de m'être excusée maladroitement à Andy et d'avoir quitté le club pour prendre un taxi. Le reste du trajet est flou, un mélange d'engourdissement choqué et de brouillard alcoolisé.

Peter Sokolov m'a parlé. Il m'a étreinte.

Le meurtrier de mon mari, l'homme qui m'a torturée et a détruit ma vie, a dansé avec moi.

Mes genoux flanchent sous moi et je m'écroule sur le plancher, haletante. Une vague d'étourdissement fait tournoyer la cabine de douche autour de moi et tous les verres que j'ai bus menacent de ressortir.

Peter Sokolov était dans le club avec moi. Ce n'était pas une hallucination ; il était réellement là.

Je déglutis convulsivement alors que ma nausée s'intensifie. L'eau me tombe dessus, le jet pratiquement brûlant, mais je ne peux éviter de frissonner.

Le monstre de mes cauchemars est réel.

Il en a après moi.

Mes étourdissements s'amplifient, et je m'étends, me recroquevillant comme un fœtus sur le sol de céramique. Ma chevelure recouvre mon visage, mouillée et épaisse, et ma gorge se serre alors que les souvenirs de cette nuit m'envahissent. Au cours des premiers jours qui avaient suivi l'attaque, j'avais évité de me laver les cheveux, car je ne pouvais endurer la sensation de l'eau coulant sur ma tête, mais le besoin d'être propre l'avait éventuellement emporté sur ma phobie.

Une inspiration. Une expiration. Lentement et régulièrement.

Lentement, la sensation de suffocation s'apaise, me laissant uniquement avec une détresse. Je me sens ivre et malade, et j'ai besoin de toutes mes forces pour me remettre sur pieds et fermer l'eau.

Pourquoi est-il ici ? Pourquoi est-il revenu ? Que me veut-il ?

Les questions se pressent en moi pendant que je m'essuie, mais je n'ai pas plus de réponses que lorsque j'étais au club. Mon esprit semble engorgé, mes pensées léthargiques.

En enveloppant mes cheveux mouillés dans une serviette, je vacille jusqu'à la chambre et m'écroule sur le lit imposant. Le plafond se balance devant moi, comme si j'étais sur un bateau, et je sais que j'aurai une gueule de bois pénible demain. Je n'ai pas été ivre à ce point depuis l'université et mon corps ignore comment le gérer.

En prenant de petites inspirations, je me roule en boule, étreignant la couverture contre ma poitrine. L'alcool me donne envie de dormir, mais pour une fois, je résiste à l'appel du sommeil. Je dois réfléchir, comprendre ce qui s'est passé et décider que faire.

Le tueur qui m'a torturée veut me rencontrer pour un café demain.

Ce serait hilarant si ce n'était pas aussi terrifiant. Je ne comprends pas ce qu'il veut. Pourquoi m'avoir approchée dans le club ? Pourquoi m'avoir invitée à le rencontrer à nouveau en public ? Il est recherché par toutes les forces de l'ordre, il le sait sûrement. Pourquoi prendre un tel risque ?

À moins… à moins que ce ne soit pas un risque pour lui.

Il est peut-être assez arrogant pour croire qu'il peut échapper à la justice pour toujours.

La colère m'embrase, effaçant une partie du brouillard. Je m'assieds, combattant une vague de nausée, et tends la main pour attraper le téléphone conventionnel sur ma table de chevet. C'est un dinosaure, massif et inutile à l'ère des téléphones portables, mais George avait insisté pour avoir une ligne fixe à la maison.

— On ne sait jamais, avait-il dit devant mes objections. Les portables ne sont pas toujours fiables. S'il n'y a plus de courant pendant une tempête de neige, que feras-tu ?

Mes yeux me brûlent à ce souvenir et j'attrape le téléphone d'une main tremblante. J'ai un talent pour me souvenir des numéros, alors je compose celui de l'agent Ryson, appuyant sur un bouton après l'autre.

J'ai presque terminé d'entrer le numéro, lorsqu'une pensée soudaine me glace.

Peter aurait-il pu mettre ma ligne sur écoute ? Est-ce ce qu'il insinuait lorsqu'il a dit qu'il saurait s'ils tentaient de le piéger ?

Mon imagination saute sur une autre possibilité.

Pourrait-il être en train de m'observer en ce moment même ?

Mon souffle s'accélère, ma peau picotant sous l'effet de l'adrénaline. Avant la scène du club, j'aurais rejeté l'idée comme une manifestation de ma paranoïa, mais ce n'est pas de la paranoïa si c'est réel.

Je ne suis pas folle si cela arrive réellement.

Peter a des ressources, a dit Ryson. Pourrait-il avoir accès à un équipement d'espionnage de haut niveau ?

Y a-t-il des caméras et des appareils d'écoute à l'intérieur de la maison ?

Le cœur battant, je laisse tomber le téléphone sur son socle et j'attrape la couverture, la remontant pour cacher mes seins nus. Je m'encombre rarement d'un peignoir dans ma chambre ; même l'hiver, je dors nue, couverte uniquement d'un drap. Je n'ai jamais été embarrassée de mon corps ; George adorait que je me promène nue, mais la pensée que son tueur a pu me voir nue me donne l'impression d'avoir été bafouée et d'être cruellement vulnérable.

Ça me rappelle aussi mes rêves tordus.

Non. Non, non, non. Haletante, je m'enveloppe dans le drap et vacille jusqu'au placard pour attraper un tee-shirt et un sous-vêtement. Je ne peux pas penser à ces rêves. Je refuse. Je suis ivre ; c'est la seule raison pour laquelle mon esprit a fait le lien avec ce monstre.

Sauf qu'il ne ressemble pas à un monstre. Même avec la cicatrice qui lui barre le sourcil, il est incroyablement séduisant, le genre d'hommes qui fait saliver les femmes. Si je l'avais rencontré au club sans connaître son identité, j'aurais dansé avec lui. J'aurais invité ses bras forts autour de moi, son corps solide écrasé contre le mien.

Mes mains tremblent alors que j'enfile le sous-vêtement, et je sens une moiteur là où mon sexe touche au tissu de coton.

Non. Ce n'est pas possible. Je ne suis pas excitée.

En enfilant le premier tee-shirt qui me tombe sous la main, je retourne vers le lit et je m'y affale, m'enveloppant de la couverture. La pièce tourne sans cesse devant mes yeux et mon estomac se révulse. Haletante, je combats la nausée et réalise que mes paupières sont lourdes et que mes pensées s'éparpillent.

En serrant les dents, je me force à ouvrir les yeux. Je ne peux pas m'endormir avant d'avoir décidé de mon plan d'action.

En fixant le plafond qui tournoie, je repasse mentalement mes options.

La chose sensée serait d'en parler à Ryson et d'espérer qu'il puisse me protéger. Sauf que si j'ai raison et que Peter Sokolov m'observe réellement, il saura que j'ai contacté le FBI et je pourrais ne pas survivre assez longtemps afin que les agents m'atteignent.

Bien sûr, s'il décide de me tuer, je pourrais ne pas survivre, même avec la protection du FBI. Les gens sur sa liste n'ont pas survécu et il m'a dit qu'il viendrait pour moi.

Il a promis qu'il me trouverait, peu importe où j'irais.

Le risque en vaut probablement la peine, car l'autre option est d'accepter le jeu cruel que Peter semble jouer. J'ignore ce qu'il veut de moi, mais peu importe ce que c'est, ça ne peut pas être bon. Il détestait peut-être suffisamment George pour vouloir tourmenter sa veuve ou peut-être que, malgré ses paroles, il croit que je sais quelque chose, comme la sœur de l'homme qu'il a tué.

En ce moment même, il élabore peut-être une nouvelle

torture exotique, quelque chose de spectaculairement horrible qui nécessite du café.

Mes paupières se referment à nouveau et je frotte les mains contre mon visage, pour tenter de garder les yeux ouverts. Je sais que je n'ai pas les idées claires, mais je ne peux pas m'endormir sans prendre une décision.

Est-ce que j'appelle le FBI ou non ? Et sinon, est-ce que je me rends vraiment au Starbucks ?

Un violent frisson me parcourt alors que je tente d'imaginer ma rencontre avec le meurtrier de mon mari pour un café. Je ne pense pas y arriver. À cette seule pensée, mes entrailles se contractent. Mais que faire d'autre ? Rester au lit toute la journée, puis me rendre chez mes parents pour dîner avec les Levinson comme promis ? Prétendre que le monstre qui a détruit ma vie n'en a pas après moi ?

C'est la pensée de mes parents qui me décide. S'il n'y avait que moi, j'opterais peut-être pour la protection douteuse du FBI, mais je ne peux pas mettre en danger mes parents de cette façon. Je ne peux pas les forcer à quitter leur demeure et tous ceux qu'ils connaissent dans l'éventualité improbable que Ryson et ses collègues soient en mesure de nous protéger mieux que les autres. Et laisser mes parents est hors de question ; même si leur âge n'était pas un problème, je ne peux pas risquer que Peter les interroge comme il m'a interrogée au sujet de George.

Il ne me reste qu'une solution.

Je dois rencontrer mon tortionnaire demain et espérer que ce qu'il a en tête ne s'étende pas au reste de ma famille.

Lorsque je ferme enfin les yeux et m'endors, je rêve de nouveau à lui. Seulement, cette fois, il ne me torture pas plus qu'il ne me baise.

Il est assis sur mon lit et m'observe, son regard chaleureux et étrangement possessif.

14

Sara

LORSQUE JE M'ARRÊTE DEVANT LE STARBUCKS À MIDI, LA DOULEUR poignante de mon crâne s'est apaisée jusqu'à devenir une douleur sourde, et mon estomac ne menace plus de se révolter à tout moment. Toutefois, mes paumes sont moites d'anxiété et mes mains tremblent tant que je passe près de laisser tomber mes clés en sortant de la voiture.

Je traverse le parc de stationnement, avec l'impression de marcher vers ma mort. La peur palpite en moi, accompagnant chacun des battements rapides de mon cœur. Il peut me tuer dans la seconde, me descendre avec un fusil de précision. Il est possible que ce soit la raison de cette rencontre : me tuer dans un endroit public et y laisser mon corps pour terroriser tout le monde.

Mais aucune balle ne me transperce et, lorsque j'entre dans le café, je l'aperçois aussitôt. Il est assis à l'une des tables vides dans un coin, sa grande main enroulée autour d'un verre en carton.

Je croise son regard et tout en moi tressaille, comme si l'on m'avait secouée avec un défibrillateur. Pour la première fois, je le vois à la lumière du jour sans alcool ou drogue dans mon système.

Pour la première fois, je comprends pleinement à quel point il est dangereux.

Il est adossé à sa chaise, ses longues jambes revêtues d'un jean étendues et croisées aux chevilles sous la petite table ronde. C'est une posture décontractée, mais il n'y a rien de décontracté dans la puissance sombre qu'il dégage par vagues. Il n'est pas seulement dangereux, il est fatal. Je le vois dans l'éclat métallique de son regard et dans la volonté bridée de son corps imposant, dans l'angle arrogant de sa mâchoire et dans la courbe cruelle de ses lèvres.

C'est un homme qui vit et respire la violence, un prédateur ultime pour qui les règles de la société n'existent pas.

Un monstre qui a torturé et tué d'innombrables victimes.

La vague de colère et de haine qui me submerge à cette pensée repousse ma peur et je fais un pas, puis un autre, et un autre, jusqu'à marcher vers lui sur des jambes presque fermes. S'il voulait me tuer, il aurait pu le faire d'un million de façons différentes, alors ce qu'il veut aujourd'hui doit être d'une autre nature.

Quelque chose d'encore plus cruel.

— Bonjour, Sara, dit-il, en se levant à mon approche. C'est bon de te voir à nouveau.

Sa voix profonde m'enveloppe, son léger accent russe

caressant mes oreilles. Elle devrait être laide, cette voix qui hante mes cauchemars, mais comme tout le reste en lui, elle est faussement attrayante.

— Que voulez-vous ?

Je suis brusque, mais je n'en ai cure. Nous sommes bien loin de la politesse et des bonnes manières. Il ne sert à rien de prétendre qu'il s'agit d'une rencontre normale.

La seule raison de ma présence ici est que je ne veux pas risquer le bien-être de mes parents.

— Assieds-toi.

Il pointe la chaise en face de lui et s'assied.

— Je me suis permis de te commander un café. Noir, sans sucre… et déca, puisque tu ne travailles pas aujourd'hui.

Je fixe la deuxième tasse, exactement comme je l'aurais commandée, puis croise à nouveau son regard. Mon cœur bat la chamade, mais ma voix est ferme lorsque je dis :

— Vous m'avez observée.

— Évidemment. Mais tu t'en es rendu compte hier, non ?

Je sursaute. Je ne peux m'en empêcher. S'il m'a vue composer le numéro, alors il m'a vue entrer d'un pas ivre dans la salle de bain et en ressortir nue.

S'il m'observe depuis un moment, il m'a vue dans toute sorte de moments intimes.

— Assieds-toi, Sara.

Il pointe à nouveau la chaise et, cette fois-ci, j'obtempère, ne serait-ce que pour me donner une chance de me calmer. La rage et la peur en moi sont un écheveau de câbles sous tension et je me sens à une inspiration profonde d'exploser.

Je n'ai jamais été une personne violente, mais si j'avais une arme, j'appuierais sur la gâchette. Je lui ferais éclater la cervelle sur le mur branché du Starbucks.

— Tu me hais.

Il le dit calmement, comme un fait plus qu'une question, et je le fixe, prise au dépourvu.

Peut-il lire dans les pensées ou suis-je à ce point transparente ?

— C'est bon, dit-il, et j'aperçois une lueur d'amusement dans son regard. Tu peux l'admettre. Je promets de ne pas te faire de mal aujourd'hui.

Aujourd'hui ? Qu'en est-il du lendemain et du surlendemain ? Je serre les poings sous la table, mes ongles s'enfonçant dans ma peau.

— Évidemment, je te déteste, dis-je d'une voix aussi ferme que possible. Est-ce surprenant ?

— Non, bien sûr que non.

Il sourit, et mes poumons se contractent, me coupant le souffle. Son sourire n'est pas parfait ; ses dents sont blanches, mais l'une du bas est légèrement tordue, et sa lèvre inférieure a une petite cicatrice qui n'était pas visible avant maintenant, mais il est tout de même magnétique.

C'est un sourire qui a été conçu à une seule fin : attirer les femmes imprudentes et leur faire oublier le monstre qui couve.

Mes ongles s'enfoncent davantage dans mes paumes, la douleur mordante me recentrant alors qu'il ajoute :

— Tu as tous les droits de me haïr pour ce que j'ai fait.

Je le regarde, bouche bée.

— Essaies-tu de *t'excuser* ? crois-tu sérieusement que…

— Tu as mal compris.

Le sourire disparaît, et ses yeux argentés étincellent soudainement de fureur.

— Ton mari le méritait. S'il n'avait pas été mort cérébralement, je l'aurais fait souffrir davantage.

Je me recule instinctivement, repoussant ma chaise, mais avant de pouvoir me relever, sa main attrape mon poignet, le retenant sur la table.

— Je n'ai pas dit que tu pouvais partir, Sara.

Sa voix est glaciale.

— Nous n'en avons pas terminé.

Ses doigts sont comme du fer en fusion autour de mon poignet, sa poigne brûlante et inébranlable. Je reste assise et jette instinctivement un œil alentour. Les clients les plus proches sont à un bon quatre mètres plus loin, et personne ne nous prête attention. La panique me brûle la poitrine, mais je me rappelle qu'aucune attention n'est une bonne chose. Je n'ai pas oublié la façon dont il a menacé les autres au club.

En repoussant ma peur, je me concentre sur ma respiration et tente de la calmer.

— Que me veux-tu ?

— J'hésite encore, dit-il, ses traits se détendant.

En relâchant mon poignet, il attrape son café et prend une gorgée.

— Tu vois, Sara, je ne *te* déteste pas.

Je bats des cils, prise au dépourvu une nouvelle fois.

— Non ?

— Non.

Il dépose la tasse et me fixe de son regard gris froid.

— Ça peut te paraître ainsi, après ce que je t'ai fait, mais je ne te veux aucun mal. Bien au contraire.

Mon cœur s'arrête avant de se remettre à battre la chamade.

— Que veux-tu dire ?

Avec un petit sourire en coin, il répond :

— Que crois-tu que ça veut dire, Sara ? Tu m'intrigues. Tu me fascines, en fait.

Il se penche vers l'avant, son regard me clouant sur place.

— Tu ne te souviens pas de tes paroles lorsque tu étais sous l'effet de la drogue, n'est-ce pas ?

Je sens monter une rougeur brûlante. Je ne me souviens pas de tout, mais je m'en souviens suffisamment. Des bribes de ma confession droguée me reviennent à certains moments lorsque je suis réveillée et se glissent dans mes rêves.

Dans mes rêves *les plus tordus*, ceux que j'essaie d'oublier.

— Je vois que tu t'en souviens.

Sa voix se fait basse et rauque, ses paupières s'abaissant alors que sa grande main chaude recouvre ma paume tremblante.

— Je me suis demandé ce qui serait arrivé si j'étais resté cette nuit-là… si j'avais accepté ton offre.

Son contact me transperce avant que je n'arrache ma main de sous la sienne, serrant le poing sous la table.

— Il n'y avait pas d'offre.

Mon cœur résonne à mes oreilles, ma voix pleine de mortification.

— J'étais sous l'effet de la drogue. Je ne savais pas ce que je disais.

— Je sais. Les drogues qui lèvent les inhibitions ont souvent cet effet.

Il s'adosse à nouveau, me libérant de l'effet puissant de sa proximité, et mes poumons s'ouvrent pleinement pour la première fois en deux minutes.

— Tu ignorais qui j'étais ou ce que je faisais. Tu aurais réagi de la même façon avec tout autre homme raisonnablement attirant dans cette situation.

— C'est… c'est exact.

Mon visage est toujours brûlant, mais l'explication rationnelle me calme quelque peu.

— Tu aurais pu être n'importe qui. Ce n'était pas dirigé vers toi.

— Oui. Mais vois-tu, Sara…

Il se penche à nouveau vers moi, son regard empli d'une intensité sombre.

— Ma réaction *était* dirigée vers toi. *Je* n'étais pas sous l'effet d'une drogue et lorsque tu m'as fait des avances, je te désirais. Je te désire *encore*.

L'horreur fige mon sang, alors même que mon sexe se contracte en réponse à ses paroles. Il ne peut pas insinuer ce que je pense qu'il insinue.

— Tu… tu es cinglé.

J'ai l'impression d'avoir été jeté d'un avion, sans parachute.

— Je ne… C'est tout simplement dément.

Je n'ai qu'une envie : me lever et fuir, pourtant je continue, repoussant la panique. Je dois lui faire comprendre, mettre un terme à cette démence, une fois pour toutes.

— Je me fiche de ce que tu veux, ou de ta réaction. Je ne coucherai pas avec toi après que tu aies tué mon mari et Dieu sait combien d'autres personnes. Après m'avoir *torturée* et…

— Je sais, Sara.

Sa main trouve mon genou sous la table et s'y dépose.

— J'aimerais pouvoir remonter le temps, car j'aurais trouvé un autre moyen.

Surprise, je pousse ma chaise de côté, m'éloignant de lui.

— Tu n'aurais pas tué George ?

— Je ne t'aurais pas torturée, clarifie-t-il, en replaçant sa main sur la table. J'aurais pu trouver ce *sookin syn* autrement. Cela m'aurait pris plus de temps, mais je l'aurais fait pour ne pas te blesser.

Ma chute libre de l'avion reprend, l'air sifflant à mes oreilles. De quelle planète vient-il ?

— Tu crois que me torturer est un problème, mais que *tuer mon mari* aurait été acceptable ?

— Le mari qui t'a menti ? Celui que, selon tes propres paroles, tu ne connaissais pas vraiment ?

La rage embrase à nouveau son regard.

— Tu peux bien te dire ce que tu veux, Sara, mais je t'ai rendu service. J'ai rendu service au monde entier en me débarrassant de lui.

— Un service ?

Une fureur égale à la sienne m'embrase, consumant toute prudence.

— C'était un homme bon, espèce de... de *psychopathe* ! J'ignore ce que tu crois qu'il a fait, mais...

— Il a massacré ma femme et mon fils.

Le choc paralyse mes cordes vocales.

— *Quoi ?* soufflé-je, lorsque je retrouve enfin la voix.

Un muscle se crispe sur la mâchoire de Peter.

— Sais-tu ce que ton mari faisait dans la vie, Sara ? Ce qu'il faisait *vraiment* ?

Une sensation répugnante se répand en moi.

— C'était un... un correspondant à l'étranger.

— C'était sa couverture, oui.

La lèvre supérieure du Russe se courbe alors qu'il se redresse sur sa chaise.

— Je me disais bien que tu l'ignorais. Les conjoints le savent rarement, même lorsqu'ils détectent les mensonges.

Mon monde bascule.

— Que veux-tu dire, sa couverture ? Il *était* un journaliste. Il rédigeait des histoires pour...

— Oui, c'est vrai. Et pour obtenir ces histoires, il recueillait des renseignements pour la CIA et effectuait des missions secrètes.

— Quoi ? Non.

Je secoue frénétiquement la tête.

— Tu te trompes. Tu as fait une erreur. Tu n'avais pas la bonne personne. Je *savais* qu'il y avait une erreur. George n'était pas un espion. C'est impossible. Il ne savait même pas comment changer une crevaison. Il…

— Il a été recruté à l'université, dit sèchement Peter. À l'université de Chicago que vous avez tous deux fréquentée. Ils le font souvent, se rendre dans les campus pour rassembler les plus talentueux. Ils recherchent certains points : peu d'attaches familiales, une disposition patriotique, une personne intelligente et ambitieuse, mais manquant de vision… Ça sonne comme ton mari ?

Je le fixe du regard, ma poitrine se comprimant toujours un peu plus. La mère de George était décédée dans un accident de voiture lors de sa dernière année de lycée, et son père, un marine, avait été tué en Afghanistan, alors que George n'était qu'un bébé. Son vieil oncle l'avait aidé à financer ses études, mais il était mort quelques années plus tôt, ne laissant que des cousins éloignés pour assister aux funérailles de George, six mois auparavant.

Non. Ce n'était pas possible. Je l'aurais su.

— Uniquement s'il t'en avait parlé, dit Peter, et je réalise que j'ai parlé à voix haute. Ils leur apprennent à dissimuler leur vraie carrière à tout le monde, même à leur famille. N'as-tu pas trouvé étrange que Cobakis découvre sa passion pour le journalisme du jour au lendemain ? Qu'il soit passé de ses études en biologie à des stages pour des revues à l'étranger ?

— Non, je…

Ma poitrine est tellement comprimée que j'ai peine à respirer.

— C'est l'université. Nous sommes censés nous découvrir, trouver notre passion.

— Et il l'a trouvée : travailler pour ton gouvernement.

Il n'y a aucune compassion dans le regard argenté du Russe.

— Ils l'ont entraîné, lui ont donné la vision qui lui manquait. Ils lui ont appris à mentir, à toi et aux autres. Lorsqu'il a obtenu son diplôme, ils lui ont trouvé un poste au journal et il avait une excuse pour se rendre dans toutes les zones à risque.

Je me lève, incapable d'en entendre davantage.

— Tu as tort. Tu ne sais pas de quoi tu parles.

Il se lève à son tour, sa carrure imposante me surplombant.

— Non ? Réfléchis, Sara. Pense à l'homme que tu as épousé, à la vie que vous avez *vraiment* menée. Pas la vie parfaite que vous montriez au monde, mais celle qui était la vôtre en privé. Qui était-il, ce mari ? Le connaissais-tu réellement ?

Mes entrailles sont de plomb comme je recule, en secouant la tête en un déni continu.

— Tu as tort, répété-je d'une voix étranglée et, en me retournant, je sors au pas de course du café, me dirigeant aveuglément vers ma voiture.

Ce n'est que lorsque je m'arrête à un feu rouge près de chez moi que je réalise que Peter Sokolov n'a rien fait pour me retenir.

Il est resté immobile et m'a regardée partir.

eter

J'OBSERVE PAR MES JUMELLES SARA ENTRER CHEZ SES PARENTS ; puis, j'ouvre mon portable et active la caméra qui se trouve dans le vestibule.

Les parents de Sara habitent une petite maison ordonnée qui aurait besoin de quelques rénovations, mais qui est autrement chaleureuse et douillette. Même moi, je sais que c'est un foyer, et pas seulement un endroit où vivre. Étrangement, elle me rappelle la maison de Tamila de Daryevo, bien que cette maison de banlieue américaine n'ait rien à voir avec une hutte de village en montagne.

Sara embrasse ses parents dans le vestibule, puis les suit jusqu'à la salle à manger. Je passe à la caméra qui s'y trouve, zoomant sur son visage alors qu'elle salue les autres invités, un couple âgé et un grand homme svelte dans la mi-trentaine.

Ce sont les Levinson et leur fils, Joe, l'avocat que les parents de Sara aimeraient qu'elle fréquente.

Quelque chose de sombre s'agite en moi lorsque Sara serre la main de l'avocat avec un sourire poli. Je ne veux pas la voir avec lui ; cette seule idée me donne l'envie de plonger ma lame entre les côtes de cet homme. Hier, lorsque le barman lui a souri, j'avais envie d'écraser mon poing contre sa gueule souriante, et l'envie violente est encore plus forte aujourd'hui.

Je ne l'ai peut-être pas encore prise, mais elle est mienne.

Sara aide ses parents à apporter les hors-d'œuvre, puis s'installe aux côtés de l'avocat. Je lève le son et les écoute parler de tout et de rien. Pour quelqu'un qui vient de découvrir la vie secrète de son mari, la petite médecin est remarquablement sereine, son masque souriant fermement en place. Personne ne pourrait croire qu'avant de se présenter au dîner, elle est restée dans son placard pendant des heures et n'en est sortie que quarante minutes plus tôt, les yeux rougis et gonflés.

Personne ne soupçonnerait qu'elle est terrifiée parce que je la désire.

J'ai eu toutes les peines du monde à la laisser dans ce placard, à pleurer seule. Elle s'y est installée pour échapper à mes caméras, et je lui ai laissé ce moment de solitude. Elle aurait été encore plus bouleversée si j'étais entré pour l'étreindre, si j'avais tenté de la réconforter comme je le voulais.

Je dois lui laisser plus de temps pour s'habituer à l'idée de nous deux, et pour savoir que je ne la blesserai pas.

Le dîner dure quelques heures, puis Sara aide sa mère à débarrasser la table avant de donner son congé. L'avocat lui demande son numéro et elle le lui donne, mais je peux voir que c'est surtout par politesse. Ses joues sont pâles, sans aucune trace de la couleur qui embrase son visage en ma présence, et son langage corporel ne laisse paraître que de l'indifférence. Joe Levinson ne l'excite pas, et c'est une bonne chose.

Il pourra rentrer chez lui en un morceau.

Je suis de loin Sara alors qu'elle se dirige vers la clinique, puis j'attends dans ma voiture jusqu'à ce qu'elle en ressorte, me divertissant en l'observant par les caméras que j'ai installées dans la clinique. Je sais que mon comportement est celui d'un harceleur, mais je ne peux m'en empêcher.

Je dois savoir où elle est et ce qu'elle fait.

Je dois m'assurer qu'elle est en sécurité.

Je pourrais laisser la tâche de sa sécurité physique à Anton et aux autres – ils s'en chargent déjà lorsque je ne peux pas –, mais je veux être là en personne. Je veux la voir de mes propres yeux. Avec chaque jour qui passe, mon besoin d'elle s'intensifie et, maintenant que j'ai eu une véritable conversation avec elle, ma fascination se transforme rapidement en une obsession.

Je dois la posséder. Prochainement.

Elle sort de la clinique trois heures plus tard et je la suis alors qu'elle se dirige vers un hôtel. Elle croit probablement qu'elle y sera plus en sécurité que dans sa maison pleine de caméras, mais elle a tort.

J'attends jusqu'à ce qu'elle s'enregistre à l'hôtel et monte dans sa chambre, puis je sors de la voiture et la suis.

ara

Mon quart à la clinique est particulièrement ardu aujourd'hui. Je rencontre une patiente de quatorze ans qui me demande une pilule du lendemain parce que son frère l'a violée et une autre patiente à peine sortie de son adolescence qui en est à sa troisième fausse couche. J'ai fait ce que j'ai pu, mais je sais que c'est insuffisant.

Rien de ce que je fais pour ces filles ne sera jamais suffisant.

Je suis tellement vidée émotionnellement que j'ai besoin de toutes mes forces pour prendre une douche et me brosser les dents avec la petite brosse à dents que la réceptionniste m'a donnée. Venir ici pour la nuit était une décision impulsive, alors je n'ai même pas un sous-vêtement de rechange. Je devrai m'arrêter chez moi demain matin avant le travail, mais c'est mieux que d'être chez moi et de savoir que mon harceleur implacable peut être en train de m'observer au même moment.

M'observer et me désirer. Peut-être même en train de se masturber en observant mon corps nu.

C'est tordu, mais une chaleur moite se répand entre mes jambes à cette pensée.

En sortant de la douche, je fixe une serviette autour de ma poitrine et m'observe dans le miroir. Des gouttes ont réussi à enlever assez bien la rougeur de mes yeux, mais mes paupières sont encore gonflées de ma crise de larmes et mon visage est rougi après ma douche chaude. J'ai également un mal de tête de tension qui me rend peu encline à réfléchir, ce qui me convient très bien.

J'ai déjà trop réfléchi plus tôt.

Georges, un espion. Georges menant une vie secrète. Ça semble impossible, pourtant ça expliquerait tant de choses. La protection des agents du FBI, qui est arrivée de nulle part. Ses longues absences alors qu'il était sur les traces d'une supposée histoire, revenant souvent bredouille. Les humeurs qui ont commencé peu de temps après notre mariage, six ans plus tôt. Quelque chose aurait-il mal tourné lors de l'une de ses missions secrètes ?

Son travail réel pourrait-il être la raison des changements qui l'ont frappé dans les années précédant son accident ?

Mon mal de tête s'intensifie et je me rends compte que j'ai recommencé. Je pense à George, obsédée par le passé que je ne peux pas changer au lieu de me concentrer sur l'avenir que je peux encore prendre en charge. Je devrais essayer de penser à mes options au sujet du tueur qui me traque, mais mon esprit refuse tout simplement d'y penser.

Je réfléchirai plus tard, lorsque j'aurai dormi un peu et que mon cerveau ne sera pas aussi épuisé.

En enroulant ma chevelure dans une autre serviette, j'ouvre la porte de la salle de bain, fais un pas, puis sursaute en poussant un cri effrayé.

Peter Sokolov est assis sur le lit, son regard voilé fixé sur mon visage.

 ara

— Ne crie pas, Sara.

Il se lève d'un mouvement fluide.

— Pas besoin d'impliquer les autres clients.

J'ai le souffle court et des épines d'adrénaline transpercent ma peau alors qu'il s'avance vers moi, son corps imposant se déplaçant avec une aisance prédatrice.

— Tu… tu m'as suivie ici.

Mes genoux s'entrechoquent comme je recule instinctivement, en enserrant avec force la légère serviette qui cache mon corps.

— Oui.

Il s'arrête à une courte distance de moi, ses yeux gris brillants.

— Tu n'aurais pas dû venir ici. Le système d'alarme de ta maison présente au moins un petit obstacle. Ici, je peux simplement entrer.

— Pourquoi es-tu ici ?

Mon cœur semble sur le point de me sortir par la gorge.

— Que veux-tu ?

Ses lèvres se soulèvent avec un amusement sinistre.

— Tu es une médecin qui s'occupe des effets de cette activité. Tu peux deviner ce que je veux.

Oh mon Dieu. Ma peau me semble à la fois brûlante et glacée, et mon rythme cardiaque redouble d'ardeur.

— Sors. Je… je vais hurler, je le jure.

Il penche la tête d'un air interrogateur.

— Vraiment ? Pourquoi ne l'as-tu pas encore fait ?

Je recule d'un autre pas et lance un regard d'une fraction de seconde vers la porte de la chambre. *Pourrais-je l'atteindre avant qu'il me rejoigne ?*

— Ne t'y risque pas, Sara. Si tu fuis, je te pourchasserai.

Je continue de reculer.

— Je te l'ai dit, je ne coucherai pas avec toi.

— Non ? Nous verrons bien.

Il avance vers moi et je recule davantage, les entrailles tordues. Je sais l'effet qu'a une agression sexuelle sur une femme ; j'ai vu les contrecoups, les débris physiques et émotionnels laissés derrière, et j'ignore si je pourrais survivre à ça, en plus de tout le reste.

Je ne sais pas si je pourrais survivre à une agression sexuelle de *sa* part.

Ma main tremblante touche la porte, mais avant que je puisse tourner la poignée, ses paumes se pressent sur la porte de chaque côté de mon corps et je suis prise entre ses bras puissants.

— Tu ne peux pas m'échapper, ptichka, dit-il doucement, le regard baissé vers moi. Ni maintenant ni jamais. Autant t'y faire.

Il ne me touche pas, mais il est si près que je peux sentir la chaleur que dégage son grand corps et j'aperçois d'autres cicatrices minuscules sur son visage symétrique. Les imperfections ajoutent une touche implacable à son magnétisme, intensifiant son impact sur mes sens. Le battement paniqué de mon cœur cogne à mes oreilles, pourtant mon corps se tend d'une façon qui n'a rien à voir avec la peur. Je devrais hurler à pleins poumons, ou du moins essayer de le repousser, mais je suis incapable de bouger. Je ne peux rien faire d'autre que de fixer le tueur à la beauté mortelle qui me retient captive.

— Viens, Sara.

Sa main descend jusqu'à s'enrouler autour de mon poignet en une entrave d'acier familière.

— Je ne te ferai pas de mal.

Je prends une inspiration tremblante.

— Non ?

Peut-être sera-t-il doux. *Je vous en prie, faites qu'il soit doux.* J'ai connu la violence par ses mains et elle me terrifie davantage que la menace d'un viol.

— Non. Maintenant, viens.

Il se recule, mais plutôt que de me mener vers le lit, il se dirige vers la chaise devant le miroir.

— Assieds-toi.

Il appuie sur mes épaules, et je me laisse tomber sur la chaise, en tentant de calmer mon souffle rauque. Que fait-il ? Pourquoi ne se contente-t-il pas de m'attaquer ? Dans le miroir, mes traits sont d'une pâleur extrême, mes yeux sont immenses alors qu'il passe derrière moi et sort quelque chose de la pochette intérieure de son blouson.

Il s'agit d'une petite brosse à cheveux en plastique, l'une de celles qu'on retrouve parfois dans les hôtels et les vols prestigieux.

— Je n'ai rien trouvé d'autre dans la boutique de souvenirs au rez-de-chaussée, dit-il en retirant l'emballage de plastique, avant de croiser mon regard dans la glace. Je me suis dit que c'était mieux que rien.

Mieux que rien, pourquoi ? Un genre de jeu pervers ? Ma gorge se serre, mais avant que la panique m'envahisse, il détache la serviette sur ma tête et la laisse tomber sur le sol. Ses mains puissantes et bronzées semblent gigantesques près de mon crâne alors qu'il rassemble ma chevelure en une queue de cheval humide et se met à les démêler avec la brosse.

La surprise me coupe le souffle. Le meurtrier de mon mari, l'homme qui me harcèle, *me brosse les cheveux*.

Son mouvement est doux, mais sûr, sans aucune trace d'hésitation. Comme s'il avait fait le même geste des dizaines de fois. Il passe la brosse sur les pointes, les démêlant complètement, puis il remonte systématiquement jusqu'à ce que la petite brosse puisse parcourir la pleine longueur de ma chevelure sans accroc. Et pendant tout ce temps, il n'y a aucune douleur, au contraire. Les brins en plastique massent mon crâne à chaque mouvement, et des aiguillons de plaisir traversent ma colonne chaque fois que ses doigts chauds caressent la peau réceptive de ma nuque.

Avec ou sans peur, c'est l'expérience la plus sensuelle de ma vie.

Un étrange sentiment d'irréalité s'empare de moi pendant

que je suis assise là, l'observant me brosser les cheveux dans la glace. Lors de nos rencontres précédentes, j'étais tellement concentrée sur le danger qu'il pose que je n'avais pas porté attention à des choses moins importantes, comme ses vêtements. Pour la première fois, je remarque donc qu'il porte un blouson en cuir vieilli gris par-dessus un maillot thermique noir et un jean foncé avec des bottes noires. C'est une tenue décontractée, quelque chose que tout homme pourrait porter au début du printemps en Illinois, mais il serait impossible de prendre mon bourreau pour un homme ordinaire dans la rue.

Peter Sokolov n'est rien moins qu'une force de la nature, impitoyable et totalement invincible.

Il me brosse les cheveux pendant de longues minutes pendant que je reste aussi immobile que possible, n'osant pas même bouger un muscle de peur qu'il s'arrête. Chaque mouvement de la brosse me fait l'effet d'une caresse, chaque contact de ses mains rugueuses étant à la fois calmant et excitant. Plus important encore, pendant qu'il joue de la brosse, il ne me fait pas autre chose, des choses que je redoute.

Trop vite, cependant, il dépose la brosse sur la coiffeuse et ses yeux rencontrent les miens dans le miroir.

— Debout, m'ordonne-t-il, ses mains entourant mes épaules nues et me relevant.

Déglutissant avec peine, je me tourne vers lui lorsqu'il me relâche, mais il s'est déjà éloigné pour retirer son blouson.

Le cœur lourd, je l'observe déposer le blouson sur le dossier de la chaise et attraper le bas de son maillot thermique à manches longues. En un mouvement fluide, il retire le maillot, et mon souffle se coince dans ma gorge comme il le dépose par-dessus le blouson.

Ses épaules sont larges, ses bras enserrés par des couches de muscles bien définis. Plus de muscles couvrent son torse mince en V et son abdomen plat n'a pas un gramme de graisse. Comme ses mains, son torse et ses épaules sont basanés, comme s'il passait beaucoup de temps au soleil, et son bras gauche est pratiquement entièrement couvert de tatouages qui s'étendent du dessus de son épaule à son poignet. À travers une fine couche de poils foncés sur son torse, j'aperçois plusieurs autres cicatrices estompées, et je me surprends à suivre du regard la traînée sexy de poils qui part de son nombril et disparaît sous la ceinture de son jean bas.

Il passe ensuite au jean, descendant la fermeture éclair, et je me force à détourner le regard. Malgré sa beauté mâle primale, une couche de sueur froide recouvre mon corps et mon cœur bat la chamade. Il est peut-être une bête magnifique, mais c'est tout ce qu'il est : une bête, un monstre au cœur d'acier. Ça n'a pas d'importance que, dans d'autres circonstances, j'aurais été follement attirée par lui. Je ne veux pas ce qui va suivre. Cela me détruira.

Du coin de l'œil, je le vois enlever ses bottes et descendre son jean, révélant un slip bleu marine tendu contre un long et imposant renflement, et des jambes puissantes parsemées de fins poils noirs. Il se penche pour enlever complètement le jean, et ma terreur atteint un nouveau sommet.

Oubliant ses mises en garde, je cours vers la porte.

Cette fois, je n'arrive pas même près de mon but. Il m'attrape à un peu moins d'un mètre de la porte, un bras puissant s'enroulant autour de ma cage thoracique et me soulevant et l'autre main s'abattant sur ma bouche pour étouffer mon cri instinctif.

Je griffe ses avant-bras, mes pieds frappant ses tibias alors qu'il me porte jusqu'au lit, mais en vain. Tout ce que j'arrive à faire est à détacher la serviette dans mon dos. Son bras l'empêche de tomber, mais mon dos, mes fesses et le côté droit de mon corps sont complètement exposés. Je peux sentir le contact de son torse nu contre mon dos, l'odeur musquée propre de sa peau, et cette intimité non désirée intensifie ma panique, m'amenant à me débattre avec plus d'énergie.

— Bordel, grogne-t-il lorsque mon talon cogne contre son genou, et j'ai une petite flambée de triomphe.

Ça ne dure pas. Une seconde plus tard, il se laisse tomber à la renverse sur le lit, m'entraînant avec lui et avant que je puisse réagir, il roule sur lui-même, m'immobilisant sous lui. Je me retrouve le visage contre la couverture, mes mains griffant inutilement la surface douce et mes jambes retenues par ses mollets musclés. Avec sa paume contre ma bouche, je ne peux que laisser échapper des bruits étouffés. Des larmes de panique me brûlent les yeux alors que je sens la force de son érection contre la courbe de mes fesses. Seul son slip nous sépare maintenant et je lutte encore plus, malgré la futilité de mes efforts.

Quelques minutes sont nécessaires pour m'épuiser… et pour réaliser qu'il ne bouge pas.

Il me retient, mais il ne cherche pas à me prendre.

— Tu as fini ? murmure-t-il lorsque je me calme, mes muscles tremblants de fatigue et mes poumons en manque d'oxygène. Ou veux-tu continuer ainsi ? Je suis bon pour toute la nuit.

Je le crois. Il est tellement plus imposant que moi qu'il n'a qu'à rester par-dessus moi ainsi et je ne peux ni le blesser ni me libérer. L'effort requis de sa part est minime, alors que je m'épuise à la tâche, sans succès.

— Tu te tiendras bien si je retire ma main ?

Ses lèvres sont juste au-dessus de mon oreille, son souffle réchauffant ma peau.

Mes épaules se tassent pour protéger mon cou de ces lèvres trop proches, et il laisse échapper un soupir.

— Bon, je suppose que je vais te bâillonner et te ligoter.

Je lâche un bruit étouffé sous sa main et il ricane.

— Non ? Tu vas bien te tenir alors ?

Je hoche la tête avec difficulté. La défaite laisse un goût amer dans ma gorge, mais je ne veux pas me retrouver bâillonnée et ligotée.

— C'est bien.

Il bascule à mes côtés et retire sa main, me permettant de ramener de l'oxygène dans mes poumons.

— Maintenant que tu en as fini avec cette idée, que dirais-tu d'aller dormir ? Je sais que tu as une longue journée demain, et moi aussi.

— Quoi ?

Je suis si surprise que je me retourne, oubliant ma nudité.

Un lent sourire diabolique se peint sur son visage alors que son regard parcourt mon corps avant de croiser à nouveau mon regard.

— Dors, ptichka. Nous en avons tous les deux besoin.

Je m'assieds et attrape un oreiller, que je presse contre ma poitrine tout en reculant jusqu'à la tête de lit, aussi loin que possible de lui. Ce qu'il dit n'a aucun sens. Il me veut de toute évidence ; son érection impressionnante étant sur le point de percer son slip.

— Tu… tu veux *dormir* avec moi ? *Simplement* dormir ?

Son sourire s'efface et ses yeux brûlent d'un feu sombre.

— Visiblement, je veux plus, mais ce soir je me contenterai de dormir. Je te l'ai dit, Sara, je ne te ferai plus de mal. J'attendrai jusqu'à ce que tu sois prête… jusqu'à ce que tu me désires autant que moi.

Le désirer ? Je veux lui crier qu'il est cinglé, que je ne coucherai jamais volontairement avec lui, mais je ravale ma répartie. Je suis trop vulnérable en ce moment, et il est trop imprévisible. Et puis, lorsqu'il sera endormi, j'aurai une chance de m'enfuir, peut-être même de l'assommer et d'appeler la police.

— D'accord.

J'essaie d'avoir l'air encore plus démunie que je le suis réellement.

— Si tu promets de ne pas me faire de mal…

Ses lèvres esquissent un sourire.

— Promis.

En sortant du lit, il tire d'un coup sur la couverture coincée sous moi et la rabat avant de secouer les autres oreillers. En tapotant les draps à découvert, il dit :

— Viens ici.

Je m'approche de quelques centimètres, serrant l'oreiller contre moi.

— Plus près.

Je répète l'opération, mon cœur cognant avec anxiété. Je ne lui fais pas du tout confiance. Il pourrait jouer avec moi, cacher ses intentions pour je ne sais quelle raison.

— Glisse-toi sous la couverture, dit-il, et j'obtempère, heureuse d'avoir autre chose qu'un oreiller pour me couvrir.

Malheureusement, mon soulagement est de courte durée.

Dès que je suis étendue, il éteint le plafonnier et se glisse sous la couverture à mes côtés, son long corps musclé s'étirant près de moi, comme s'il y était à sa place.

— Tourne-toi vers la droite, dit-il, avant de se coucher ainsi après avoir éteint la lampe près du lit, notre dernière source de lumière.

Ma poitrine se serre comme je comprends son intention.

Le meurtrier de mon mari veut dormir en cuillère avec moi.

En ignorant l'obscurité désorientante et la sensation d'étouffer, je me tourne sur le côté et tente de garder une respiration régulière alors qu'un bras musclé s'étire sous mon oreiller et que l'autre s'enroule avec possessivité autour de ma cage thoracique, m'attirant contre son grand corps. Il m'est toutefois impossible de respirer régulièrement. Mes fesses nues se nichent contre son sexe rigide, son souffle chaud et mentholé caresse ma tempe et ses jambes épousent les miennes. Je suis cernée, totalement dépassée par sa taille et sa force. Et sa chaleur. Mon Dieu, son corps dégage tellement de chaleur. Partout où sa peau nue se presse contre la mienne, j'ai l'impression d'être brûlée, comme s'il était plus chaud qu'un être humain normal. Ce n'est pourtant pas lui, mais moi. Je suis tellement gelée que j'en frissonne, la sueur froide évaporée.

Je ne sais pas combien de temps nous restons ainsi, mais enfin, sa chaleur me consume et se transforme en une tout autre forme de chaleur, en ce brasier insidieux qui envahit mes rêves et me fait brûler de honte. Maintenant que je ne suis plus aussi terrifiée, je vois son corps puissant comme autre chose qu'une menace… son membre érigé comme autre chose qu'un instrument de violence. Son odeur de mâle m'entoure et mes seins sont lourds et sensibles au-dessus de son bras musclé. Mes mamelons sont durs et mon sexe est moite et palpitant. Depuis combien de temps n'ai-je pas été étreinte ainsi ? Deux ans ? Trois ? Je ne me souviens pas de la dernière fois où George et moi avons fait l'amour, alors encore moins de la dernière fois où nous nous sommes étreints comme des amants. Malgré l'inconvenance de la situation, la partie animale en moi aime être serrée ainsi, sentir la chaleur d'un corps viril et la pulsation du désir dans mes veines.

C'est une bonne chose que je n'aie pas l'intention de dormir, parce qu'il me serait impossible de m'endormir ainsi, pas avec mon cœur qui court un kilomètre la minute et mon imagination qui le dépasse dans un enchevêtrement de pensées. Peur et colère, désir et honte… tout se mélange, accélérant mon pouls et acidifiant mon estomac. Que veut réellement Peter ? Qu'est-ce qu'il retire de cette étrange étreinte ? Cette érection imposante doit être inconfortable, pour ne pas dire douloureuse, pourtant il semble satisfait de rester là, se contentant de m'étreindre. Pourquoi ? Qu'est-ce qui lui prend ? Pourquoi s'être accroché à moi ?

Et aurait-il dit la vérité à propos de George ? Mon mari aurait-il pu s'en prendre à sa famille ?

C'est la pire idée qui soit, mais je ne peux m'en empêcher. Ma langue semble fonctionner indépendamment de mon cerveau comme je murmure :

— Euh, Peter… peux-tu me parler de toi ?

Je peux sentir sa surprise dans la contraction de ses muscles et l'altération de sa respiration. Je ne l'ai jamais appelé par son nom avant, mais toute autre chose sonnerait étrange alors que je suis étendue nue contre lui. Et puis, une petite intimité émotionnelle pourrait le rendre plus enclin à me répondre, et moins à me punir d'avoir posé une question.

— Que veux-tu savoir ? murmure-t-il après une seconde, en bougeant pour m'installer plus confortablement contre lui.

Pourquoi crois-tu que mon mari a massacré ta famille ? C'est ce que je brûle de savoir, mais je ne suis pas assez stupide pour commencer par ça. Je me rappelle sa rage la dernière fois que nous avons abordé le sujet. Je dis plutôt, d'une voix douce :

— Ils m'ont dit que tu étais né en Russie. C'est vrai ?

— Oui.

Sa voix profonde se fait amusée.

— Mon accent ne me trahit pas ?

— Il est très léger, alors non. Tu pourrais être de n'importe quel coin en Europe ou au Moyen-Orient. En général, tu maîtrises très bien la langue.

Je parle trop vite, par nervosité, alors je me force à inspirer et à ralentir.

— L'as-tu apprise à l'école ?

— Non, au travail.

Le travail où il traquait et interrogeait des menaces supposées pour la Russie ? Je réprime un frisson et j'essaie de ne pas penser à ces méthodes d'interrogation. *Garde un ton léger,* me dis-je. *Avant de passer aux sujets plus épineux.* D'un ton enjoué, je dis :

— Tu étais adulte ? C'est impressionnant. Généralement, il faut apprendre une langue dans sa jeunesse pour pouvoir la parler aussi bien.

Voilà, bien joué. Un peu de flatterie, un peu d'admiration sincère. C'est la méthode à suivre lorsqu'on se retrouve dans une posture vulnérable : établir une relation avec son attaquant, lui permettre de sympathiser avec sa victime. Évidemment, cette stratégie se fonde sur la capacité de l'attaquant à sympathiser… quelque chose qui, je crains, manque cruellement au psychopathe qui m'étreint.

— Eh bien, j'ai appris quelques mots et phrases lorsque j'étais petit, dit-il. Je suppose que ça m'a aidé.

— Oh ? Où as-tu appris ? À l'école ou auprès de tes parents ?

Il ricane, son torse musclé bougeant contre mon dos.

— Ni l'un ni l'autre. Avec vos films américains. Ils sont votre principale source d'exportation, tu sais… ça et les hamburgers.

— Ah.

J'inspire, en essayant d'ignorer le bras lourd qui pèse sur ma cage thoracique et la preuve de son désir qui palpite contre mes fesses. Ça me trouble d'une façon que je n'ai pas envie d'analyser.

— Alors, qu'est-ce qui t'a décidé à te lancer dans… euh, ta profession ?

Il enfouit son nez dans ma chevelure et inspire profondément, comme s'il voulait me respirer toute entière.

— Que t'a dit Ryson exactement ?

Je me contracte devant la mention décontractée du nom de l'agent, puis me force à me détendre. Évidemment, il sait qui est Ryson ; il nous a certainement aperçus au café ensemble.

— Il m'a dit que tu étais dans les forces spéciales russes. C'est vrai ?

— Oui.

Sa voix semble enrouée alors qu'il bouge derrière moi à nouveau, son sexe comme une tige d'acier pressée contre moi.

— Je dirigeais une petite unité secrète se spécialisant dans la lutte contre le terrorisme et l'insurrection.

— C'est… inhabituel.

Lui parler et le garder éveillé dans un tel état d'excitation n'est probablement pas une si bonne idée, mais je ne peux pas me taire.

— Comment peut-on se retrouver dans un tel poste ? Tu as rejoint l'armée avant d'y être recruté ?

— Non.

Il continue de frotter son visage contre ma chevelure.

— Ils m'ont trouvé dans ce que tu appellerais une maison de redressement.

— Pour les jeunes délinquants ?

— Ça ressemblait plus à un camp de travail, mais oui.

— Que…

Je déglutis, me concentrant avec difficulté sur ses paroles plutôt que sur l'effet de son désir évident sur mon propre corps.

— Qu'as-tu fait pour te retrouver là ?

Ça n'a rien à voir avec George, mais je ne peux réprimer ma curiosité. Je crains que ce que j'apprendrai ne fasse que me terroriser davantage, mais je veux savoir ce qui le fait craquer.

Je veux connaître ses faiblesses, pour pouvoir les utiliser contre lui.

— J'ai tué le directeur de l'orphelinat où j'ai été élevé.

Il n'y a aucune trace de regret ou d'excuse derrière les paroles de Peter, aucune émotion autre que le désir dans sa voix. Il aurait tout aussi bien pu m'énumérer son dîner.

— Disons que j'ai commencé ma carrière très jeune.

— Je vois.

J'en ai la chair de poule, mais je fais mon possible pour parler d'une voix calme.

— Quel âge avais-tu ?

— Onze ans, presque douze.

— Que t'a-t-il fait ?

Il soupire et recule légèrement.

— À quoi bon, ptichka ? Ton idée de moi est faite, et aucune histoire sordide de mon passé ne la changera. Pour l'instant, tu me hais trop pour ressentir autre chose que de la joie devant tout malheur que j'aurais pu vivre.

Autant pour cette relation émotionnelle.

— Eh bien, à quoi t'attendais-tu ? Lui demandé-je, amèrement, laissant tomber tout faux-semblant d'écoute bienveillante. Que tu pouvais me torturer et tuer mon mari, et que nous soyons amis ?

— Non, ptichka. Malgré ce que tu pourrais croire, je ne suis pas irréaliste. Tes sentiments négatifs à mon égard sont rationnels et attendus. J'ai juste espoir de les changer au fil du temps.

Il *est* irréaliste s'il croit que je ressentirai un jour autre chose que de la haine à son égard, mais je ne prends pas la peine de discuter.

— Quel est ce mot que tu ne cesses de me dire ? Pti-quelque chose ?

— Ptichka.

Il se remet à caresser mes cheveux, ou à les humer, ou peu importe ce qu'il fait.

— Ça signifie, *petit oiseau* en russe.

Je serre les poings dans la couverture devant moi.

— Un oiseau ?

— Mmm. Un petit oiseau chanteur, joli et gracieux comme toi.

Il s'interrompt, puis ajoute doucement :

— Et aussi en cage, comme toi.

Le salaud. Je serre les dents et tente de m'éloigner de lui autant que le permet son bras autour de ma taille.

— C'est une situation temporaire.

— Oh, je ne veux pas dire par ma faute.

Je peux entendre le sourire dans sa voix alors qu'il resserre sa prise sur moi, m'empêchant de m'éloigner.

— Je te retiens peut-être en ce moment, mais tu étais enfermée bien avant que j'entre dans ta vie.

Je me fige, surprise.

— Quoi ?

— Oh, oui. Ne prétends pas ignorer ce dont il est question, Sara. Je sais que tu l'as ressenti : toutes les attentes de la société, de tes parents, de ton mari et de tes amis... la pression de réussir parce que tu es née intelligente et belle, le désir d'être parfaite, le besoin d'être tout pour tout le monde, en tout temps...

Sa voix est douce et ténébreuse, m'enveloppant dans sa toile séductrice et soyeuse.

— Je l'ai vu au club hier : ton envie de liberté, ton désir de vivre sans les contraintes qu'on t'a imposées. Pendant quelques moments, sur la piste de danse, tu as laissé tomber les menottes et j'ai vu le joli petit oiseau quitter sa cage dorée et voler librement. Je *t'*ai vue, Sara, et c'était magnifique.

Pendant quelques secondes, je ne peux que rester étendue, immobile, la poitrine douloureuse et les yeux brûlants dans l'obscurité. Je veux rire et nier ses paroles, mais j'ai peur que, si j'essaie de parler, je vais m'écrouler et hurler. Comment cet homme, cet inconnu violent, peut-il connaître quelque chose d'aussi intime, quelque chose que je ne fais que commencer à entrevoir moi-même ?

Comment peut-il savoir que ma belle vie douillette ne me rend plus heureuse... qu'elle ne m'a peut-être jamais rendue heureuse ?

En comprimant la boule qui enfle dans ma gorge, je renifle avec dérision et dis :

— Alors, tu vas… quoi ? Me libérer de ma vie contraignante ? Me libérer et me laisser m'envoler ?

— Non, ptichka.

Sa voix est gentiment moqueuse.

— Rien d'aussi noble.

— Alors, quoi ?

— Je vais te mettre dans ma propre cage et te faire chanter.

18

ELLE FRISSONNE DANS MES BRAS, ET JE SENS LA PEUR QUI LA parcourt. Une partie de moi regrette ma franchise brutale, mais je ne peux me résoudre à lui mentir. Mon désir pour elle n'a rien à voir avec ma douce affection pour Tamila ou la simple passion que j'ai vécue avec d'autres femmes.

Mon désir pour Sara est plus sombre, corrompu par ce qui s'est passé entre nous et par le fait qu'elle appartenait à mon ennemi. Je ne veux pas la blesser, pourtant je ne peux nier que sa souffrance m'attire d'une certaine façon perverse. La tourmenter apaise ma rage brûlante, satisfait mon besoin de punir et de vengeance, même si je me répète que je veux la soulager, réparer la douleur que j'ai causée.

Lorsqu'il est question de Sara, je suis un enchevêtrement de

143

contradictions, et la seule chose dont je suis sûr, c'est qu'une simple baise ne sera pas suffisante.

J'en veux plus.

Je veux la faire mienne.

Il est tentant de rompre ma promesse et de la prendre maintenant, de la posséder et d'apaiser la faim qui me consume. Elle est totalement nue dans mes bras, sa peau effleurant la mienne chaque fois qu'elle inspire. Je peux sentir le shampoing floral dans sa chevelure humide, sentir la douceur de ses seins appuyés contre mon bras, et mon membre palpite contre la courbe de ses fesses, mon corps souffrant du besoin d'entrer en elle. Elle lutterait tout d'abord, mais elle en viendrait à aimer ça.

Elle n'est pas indifférente. Je le sais. Je le sens.

Avant de me laisser emporter par mon besoin sombre, j'inspire et expire lentement. Même si posséder Sara était extatique, je veux sa confiance autant que son corps.

Je veux qu'elle chante pour moi de son propre chef.

— Dors, ptichka, murmuré-je, lorsqu'elle reste silencieuse, toutes ses questions oubliées pour l'instant. Tu seras en sécurité ce soir.

Et, ignorant la faim qui ravage mon corps, je ferme les yeux et plonge dans un sommeil léger, mais réparateur.

JE ME RÉVEILLE TROIS FOIS PENDANT LA NUIT, DEUX FOIS ALORS que Sara tente de se dégager de mon étreinte, sans aucun doute pour s'échapper et m'infliger quelque chose d'atroce, une fois lorsqu'elle s'éveille d'un cauchemar. Dans chaque cas, je la serre plus fort et elle finit par s'endormir à nouveau. Après un moment, je m'endors aussi, même si le désir qui me consume ne fait que s'intensifier tout au long de la nuit. Au matin, je suis sur le point d'exploser et il me faut à peine vingt secondes pour jouir lorsque je me lève pour utiliser la salle de bain.

Elle dort encore lorsque j'en sors, et je songe à retourner sous les draps près d'elle. Il est toutefois presque sept heures, et je dois m'entretenir avec Anton avant qu'il ne se couche. Je ne suis pas plus sûr de mon contrôle ; me masturber a à peine tempéré mon besoin violent.

Si je me glisse dans le lit près de Sara, je risque de rompre ma promesse.

Décidant de ne pas tenter le sort, je m'habille silencieusement et sors de la chambre.

Je verrai bientôt Sara. D'ici là, j'ai du travail qui m'attend.

19

J'AI UNE CÉSARIENNE PROGRAMMÉE CE MATIN ET UNE AUTRE NON prévue dans l'après-midi. Entre les deux, je rencontre une femme qui a des crampes menstruelles douloureuses et qui ne tolère pas la solution habituelle des contraceptifs hormonaux, quelque chose que je comprends très bien, et une autre qui tente depuis deux ans de tomber enceinte, sans succès. Je planifie une échographie pour la première afin de vérifier la présence d'endométriomes et je dirige la deuxième vers un spécialiste en fertilité. Dès que j'ai terminé, je suis appelée dans la salle d'urgence pour examiner une femme enceinte de six mois qui sort d'un grave accident de voiture. Par chance, je peux la rassurer, car le bébé est en pleine forme, la meilleure nouvelle qui soit dans une collision frontale de cette ampleur.

Je suis surprise de pouvoir me concentrer ainsi sur mon travail après la nuit dernière, mais pour la première fois depuis des mois, les souvenirs sombres n'envahissent pas mon esprit à tout moment, et la paranoïa du mois dernier n'est plus. Paradoxalement, maintenant que je *sais* qu'on m'observe, l'idée ne m'emplit plus autant d'anxiété que lorsque je n'avais qu'une sensation dérangeante. Je me sens aussi reposée et alerte, avec très peu de caféine, et je crois que j'ai eu neuf bonnes heures de sommeil, malgré le corps puissant enroulé autour de moi toute la nuit.

Ou, *peut-être*, grâce à celui-ci. Peu importe à quel point j'ai essayé de rester éveillée la nuit dernière, la chaleur animale dégagée par la peau de Peter et sa respiration profonde m'entraînait vers le sommeil. Je me suis réveillée plusieurs fois pendant la nuit pour tenter de m'extirper de son étreinte, cependant, rien à faire. Il me retenait avec l'intensité d'un enfant se cramponnant à son ours en peluche préféré, et après un moment, j'ai capitulé et me suis contentée de dormir, mon subconscient ignorant agréablement que la source de mes cauchemars se trouvait contre moi.

Peu importe la raison, je reste calme et concentrée tout au long de mon quart. Le fait que je réussisse à réprimer toute pensée de Peter et de ses intentions, à les repousser pour me concentrer sur mes patients aide. Si je m'attardais sur sa déclaration, je sortirais de l'hôpital en hurlant, et qui sait ce que mon harceleur ferait alors ? Lorsque je me suis réveillée vivante et indemne ce matin, j'ai décidé que la meilleure option était de vivre un jour à la fois et d'éviter de le provoquer autant que possible.

Peut-être allait-il bien se comporter encore un moment, me donnant ainsi le temps de parvenir à une solution.

Lorsque mon quart se termine, je me dirige vers le vestiaire et croise Andy dans le couloir. Elle doit commencer son quart, car son uniforme semble parfaitement repassé et sa chevelure bouclée est rassemblée en un chignon impeccable, sans aucune mèche déplacée.

À la fin d'un long quart, la plupart des infirmières et des médecins, moi comprise, ont un aspect beaucoup plus en désordre.

— Hé, dit-elle, en s'arrêtant devant moi. Tout va bien ?

Je bats des cils.

— Euh, oui.

Elle ne peut pas être au courant pour Peter, n'est-ce pas ?

— Pourquoi ?

— Tu as dit ne pas bien aller l'autre soir, dit Andy, en fronçant légèrement les sourcils. Lorsque tu es partie en hâte du club.

— Oh, oui, désolée.

J'esquisse un sourire embarrassé.

— J'avais trop bu et ça m'est rentré dedans. Je crois que j'ai vomi en arrivant à la maison, mais c'est complètement flou maintenant.

— Oh, je vois.

Un sourire soulagé remplace l'inquiétude sur ses traits.

— Tu semblais bouleversée par quelque chose. Tu avais l'air de quelqu'un qui venait de voir son poney préféré se faire tuer.

Je ris et secoue la tête, bien qu'elle ne soit pas si loin de la vérité.

— J'ai bien peur que la seule victime n'ait été mon foie.

Andy rit, puis me demande :

— Que fais-tu samedi prochain ? Tonya et Marsha avaient

envie d'une autre soirée entre filles, mais je pensais plus à un dîner et à un film avec Larry, les deux à une heure raisonnable, car je travaille tôt dimanche. Tu veux nous accompagner ?

— Ton copain et toi ?

Je lui lance un regard étonné.

— Je ne serais pas la cinquième roue du carrosse ?

— Eh bien…

Un sourire malicieux éclaire son visage couvert de taches de rousseur.

— Il se trouve que Larry a un ami très séduisant, et très riche, qui rêve de rencontrer une fille bien. C'est un magnat de l'immobilier et il a une liste impossible d'exigences, mais – elle lève un doigt, lorsque j'essaie de l'interrompre – tu réponds à toutes ses exigences. Si ça te tente, Larry l'invitera et nous pourrions passer une soirée ensemble.

Je grimace.

— Oh, je ne sais pas si…

— Il est séduisant. Regarde.

Elle sort son portable de sa poche, glisse son doigt plusieurs fois sur l'écran, puis me montre la photo d'un Tom Cruise blond.

— Tu vois ? Tu pourrais croiser bien pire.

Je glousse.

— Sans aucun doute, mais…

— Pas de mais.

Elle lève la main pour m'empêcher de discuter.

— Allez, viens, nous aurons du plaisir. Il n'y a pas de pression. Si tu aimes l'ami de Larry, tant mieux. Sinon, toi et moi rejoindrons les filles et Larry pourra avoir une soirée entre hommes, il en rêve depuis des lustres.

J'hésite, puis secoue la tête avec regret.

— Merci, mais je ne peux pas.

Je ne sais pas si Peter est une menace pour Andy ou son copain, mais je ne veux rien risquer. Avec le tueur russe qui observe tous mes gestes, chaque personne qui m'entoure pourrait devenir une cible.

Jusqu'à ce que mon harceleur disparaisse, il vaut mieux que je reste seule.

Le visage d'Andy s'assombrit.

— Oh, d'accord. Bon, si tu changes d'avis, fais-moi signe. Marsha a mon numéro.

— D'accord, merci, dis-je, mais Andy est déjà repartie, marchant aussi vite que ses chaussures blanches le lui permettent.

SUR LE CHEMIN DU RETOUR, J'ÉCOUTE LA CHANSON « STRONGER » de Kelly Clarkson et résiste à l'envie de conduire jusqu'à me retrouver dans un autre État. Ou même un autre pays. Le Canada et le Mexique semblent tous deux accueillants, tout comme l'Antarctique et Tombouctou. Plutôt que de retourner à ma maison infestée de caméras, je pourrais me rendre directement à l'aéroport et partir quelque part, n'importe où.

J'irais au pôle Nord si j'avais l'assurance que Peter ne me suivrait pas.

Malheureusement, je n'ai pas cette assurance. Bien au contraire. Si je m'enfuis, il me traquera. J'en suis convaincue. C'est un chasseur, un pisteur, et il n'arrêtera pas tant qu'il ne m'aura pas retrouvée, comme il a retrouvé toutes les personnes sur sa liste. Je pourrais aller dans un autre hôtel ou sur un autre continent, que ça ne changerait rien.

Il ne me laissera pas tranquille tant qu'il n'obtiendra pas ce qu'il veut, peu importe ce que c'est.

Mes paumes glissent sur le volant et je réalise que je respire rapidement, mon calme se dissipant alors que des images de la nuit passée me reviennent. Je ne sais toujours pas ce qu'il veut, mais ça semble être autre chose qu'uniquement du sexe.

Quelque chose de plus sombre et de bien plus tordu.

En réalisant que je suis au bord d'une autre crise de panique, je passe de Kelly Clarkson à de la musique classique et je me mets à mes exercices de respiration. C'est peut-être une erreur de ne pas approcher le FBI. Il y a au moins une chance qu'ils puissent me protéger, alors que par moi-même je n'en ai aucune. Je ne peux qu'espérer qu'il se lasse de moi et qu'il passe à sa prochaine victime, me laissant vivante et avec ma raison en grande partie intacte.

Je suis sur le point d'attraper mon téléphone lorsque je me souviens pourquoi je n'ai pas appelé Ryson en premier lieu : mes parents. Je ne peux pas disparaître et les quitter, et ce serait égoïste de les déraciner en sachant qu'il existe une chance minime que le FBI pourra nous protéger. Pour expliquer le besoin de partir, je devrais tout raconter à mes parents et je ne crois pas que le cœur de mon père pourrait supporter un tel stress. Il a subi un triple pontage plusieurs années plus tôt et les médecins lui ont conseillé d'éviter autant que possible les activités stressantes. Découvrir qu'un harceleur meurtrier m'a torturée et a tué George pourrait littéralement faire mourir mon père, et pourrait même poser un risque à ma mère.

Non, je ne peux pas leur faire ça. Reprenant le contrôle de

ma respiration, je remets Kelly Clarkson. Mes parents ont une vie heureuse et normale et je ferai tout afin que cela ne change pas. Si ça signifie que je dois gérer Peter par moi-même, soit.

Avec un peu de chance, je suis assez forte pour survivre à tout ce qu'il mijote.

S*ara*

Ce qu'il mijote : des plats. Des tas de plats au parfum délicieux.

Stupéfaite, je regarde, bouche bée, la table remplie de la salle à manger. Il y a un poulet rôti entier, un bol de purée de pommes de terre et une grosse salade, le tout joliment agencé entre des bougies allumées et une bouteille de vin blanc.

Je m'attendais à être piégée chez moi ce soir, mais pas à ça.

— Tu as faim ? Me demande une voix profonde à l'accent léger derrière moi, et je me retourne d'un coup.

Mon cœur bondit alors que Peter Sokolov sort du couloir. Le devant de ses cheveux est humide, comme s'il venait tout juste de se laver le visage et, bien qu'il soit vêtu d'une chemise bleue boutonnée et d'un jean foncé, il ne porte pas de chaussures, seulement des chaussettes.

Il est séduisant, et plus dangereux que jamais.

— Que…

Ma voix est trop aiguë, alors je prends une inspiration et me reprends :

— Qu'est-ce que c'est ?

— Le dîner, dit-il, d'un air amusé. À quoi ça ressemble ?

— Je…

L'air se raréfie dans la pièce alors qu'il s'arrête à une courte distance de moi, la lueur intime dans son regard me rappelant que j'ai dormi nue dans ses bras.

— Je n'ai pas faim.

— Non ?

Il hausse ses sourcils foncés.

— Bon d'accord. Allons au lit.

Il fait mine de m'attraper et je recule d'un bond.

— Non, attends ! Je mangerais bien un morceau.

Un sourire retrousse ses lèvres.

— Je me disais aussi. Après toi.

Il me fait signe, son bras décrivant un demi-cercle élégant, et je me dirige vers la table, luttant pour ralentir les battements de mon cœur alors qu'il éteint le plafonnier, ne laissant que le feu des bougies pour nous éclairer, et il me suit jusqu'à la table.

Il me tire une chaise et je m'y assieds. Puis, il se dirige vers la chaise qui me fait face et s'assied. Je remarque que la table est mise avec deux assiettes et mes couverts en argent, ceux que George gardait pour les fêtes et les soirées.

En silence, j'observe le tueur de George couper d'une main experte le poulet et déposer un pilon, mon morceau préféré, dans mon assiette, en plus d'une portion généreuse de purée et de salade.

— Où as-tu trouvé tous ces plats ? Demandé-je, pendant qu'il remplit sa propre assiette.

— Je les ai préparés.

Il lève les yeux de son assiette.

— Tu aimes le poulet, n'est-ce pas ?

C'est le cas, mais il n'est pas question que je le lui dise.

— Tu cuisines ?

— Je me débrouille.

Il attrape son couteau et sa fourchette.

— Vas-y, goûte.

Je repousse ma chaise et me lève.

— Je dois me laver les mains.

J'arrive du garage et le médecin obsessionnel compulsif en moi ne peut pas toucher à de la nourriture avant de s'être débarrassé de tous les microbes de l'hôpital.

— D'accord, dit-il, en déposant ses couverts, et je réalise qu'il a l'intention de m'attendre.

Mon harceleur a d'excellentes manières à table.

Je me dirige vers la salle de bain la plus proche et lave mes mains, frottant entre chaque doigt et autour de mes poignets comme je le fais toujours. Lorsque je reviens enfin à la table, il nous a déjà versé un verre de vin, et le parfum vif du Pinot Grigio se marie avec les arômes délicieux du repas, ajoutant à l'étrangeté de la situation.

Si je ne savais pas, je croirais que c'est un rendez-vous galant.

— Comment as-tu su que je viendrais ici plutôt que de me rendre dans un hôtel ? Lui fais-je une fois assise.

Il hausse les épaules.

— C'était une déduction logique. Tu es intelligente, alors il est peu probable que tu répètes la même erreur.

— Ah.

Je prends ma fourchette et goûte à la purée. Le goût riche et onctueux est un délice et m'ouvre l'appétit malgré l'anxiété qui pèse sur mon estomac.

— C'est beaucoup de préparation pour une telle déduction.

— Oui, eh bien, qui ne risque rien n'a rien, n'est-ce pas ? Et puis, je sais comment tu penses et raisonnes, Sara. Tu ne fais pas de choses stupides ou futiles, et te rendre dans un autre hôtel aurait été exactement ça.

Mes doigts se serrent autour de la fourchette.

— Oh ? Tu crois que tu me connais parce que tu me surveilles depuis quelques semaines ?

— Non.

Ses yeux brillent dans l'éclat des bougies.

— Je ne te connais pas, ptichka, du moins, pas autant que je le voudrais.

En ignorant cette provocation, je tourne mon attention sur mon assiette. Maintenant que j'y ai goûté, j'ai l'eau à la bouche. Malgré ce que j'ai dit à Peter plus tôt, je suis affamée, et je dévore avec joie le délicieux repas devant moi. Le poulet est parfaitement assaisonné, la purée est onctueuse à souhait, et la salade a une note acidulée rafraîchissante laissée par une sauce citronnée inhabituelle. Je suis si absorbée par mon repas que j'ai terminé la moitié de mon assiette lorsqu'une pensée terrifiante me frappe.

En déposant ma fourchette, je lève les yeux vers mon bourreau.

— Tu n'as pas drogué le repas ou quelque chose du genre, n'est-ce pas ?

— Si c'était le cas, ce serait trop tard, souligne-t-il avec amusement. Mais non. Tu peux te détendre. Si je voulais utiliser une drogue ou un poison, j'utiliserais une seringue. Il n'y a pas de raison de gâcher un bon repas.

Je m'efforce de rester calme, mais ma main tremble lorsque je prends mon verre de vin.

— Génial. C'est bon à savoir.

Il me sourit et je sens une sensation chaleureuse et moite entre mes jambes. Pour cacher mon désarroi, je prends plusieurs gorgées de vin et dépose le verre avant de me pencher à nouveau sur mon assiette.

Je ne suis *pas* attirée par lui. Je refuse de l'être.

Nous mangeons en silence jusqu'à vider nos assiettes, puis Peter dépose sa fourchette et soulève son verre de vin.

— Dis-moi, Sara, commence-t-il. Tu as maintenant vingt-huit ans, et tu es médecin à part entière depuis deux ans et demi. Comment as-tu fait ? Étais-tu l'un de ses petits génies avec un QI du tonnerre ?

Je repousse mon assiette vide.

— Tes recherches ne te l'ont pas appris ?

— Je n'ai pas fouillé à fond dans ton passé.

Il prend une gorgée de vin et dépose son verre.

— Si tu préfères, je peux faire des recherches ou tu peux simplement me parler et nous pourrons apprendre à nous connaître d'une manière plus traditionnelle.

J'hésite, puis décide que ça ne ferait pas de tort de lui parler. Plus longtemps nous restons à table, plus longtemps je peux retarder le moment du coucher et tout ce que ça implique.

— Je ne suis pas un génie, dis-je, en sirotant mon vin. Je veux dire, je ne suis pas stupide, mais mon QI est dans la plage normale.

— Alors, comment es-tu devenue médecin à vingt-six ans alors que ça prend normalement au moins huit ans après l'université ?

— J'étais un accident, dis-je.

Lorsqu'il continue de me fixer, j'explique :

— Je suis née trois ans avant la ménopause de ma mère. Elle avait près de cinquante ans lorsqu'elle est tombée enceinte et mon père en avait cinquante-huit. Ils étaient tous deux professeurs, ils se sont en fait rencontrés alors qu'il était son conseiller au doctorat, même s'ils ne se sont fréquentés que bien plus tard. Ni l'un ni l'autre ne voulait d'enfants. Ils avaient leurs carrières, un excellent cercle d'amis et leur couple. Ils pensaient à leur retraite cette année-là, mais au lieu de quoi, je me suis pointée.

— Comment ?

Je hausse les épaules.

— Quelques verres combinés à la conviction qu'ils étaient trop vieux pour s'inquiéter d'un préservatif déchiré.

— Alors, ils ne te voulaient pas ?

Ses yeux gris s'assombrissent, l'éclat de ses yeux se faisant d'acier, et ses lèvres se serrent.

Si je ne savais pas mieux, je croirais qu'il est furieux pour moi.

Je repousse cette pensée ridicule et réponds :

— Non, ils me voulaient. Du moins, une fois qu'ils se sont remis du choc d'apprendre que ma mère était enceinte. Ce n'est pas ce qu'ils voulaient ou attendaient, mais une fois que je suis arrivée, en bonne santé contre toute attente, ils m'ont tout donné. Je suis devenue le centre de leur monde, leur petit miracle personnel. Ils avaient une maison, des économies et ils ont accueilli leur nouveau rôle de parents avec la même dévotion qu'ils avaient pour leurs carrières. J'ai été comblée d'attention, j'ai appris à lire et à compter jusqu'à cent avant même de pouvoir marcher. Lorsque j'ai commencé la maternelle, je pouvais déjà lire comme une enfant de septième et je connaissais l'algèbre de base.

La ligne dure de ses lèvres s'adoucit.

— Je vois. Tu avais donc un énorme avantage sur la compétition.

— Oui. J'ai sauté deux années au cycle élémentaire et j'aurais pu en sauter plus, mais mes parents ne croyaient pas que c'était une bonne idée pour mon développement social d'être beaucoup plus jeune que mes compagnons de classe. De fait, j'ai eu beaucoup de difficultés à me faire des amis, mais c'est une autre histoire.

Je m'interromps pour prendre une autre gorgée de vin.

— J'ai aussi terminé le lycée en trois ans parce que les cours étaient simples pour moi et je voulais commencer l'université, puis j'ai terminé en trois ans parce que j'avais accumulé beaucoup de crédits en suivant des cours avancés au lycée.

— Ce qui explique les quatre ans.

J'acquiesce.

— Oui, voilà les quatre années.

Il m'étudie et je gigote sur ma chaise, mal à l'aise sous la chaleur de son regard. Mon verre de vin est presque vide maintenant, et je commence à ressentir les effets légers de l'alcool, ceux-ci chassant la plus grande partie de mon anxiété et me faisant remarquer des choses hors de propos, comme la manière dont sa chevelure foncée semble épaisse et soyeuse et dont ses lèvres semblent être à la fois douces et dures. Il me regarde avec admiration... et avec autre chose, quelque chose qui me donne l'impression que ma peau est brûlante, comme si j'étais fiévreuse.

Comme s'il le sentait, Peter se penche vers l'avant, ses paupières s'abaissant.

— Sara…

Sa voix est basse et profonde, dangereusement séduisante. Je peux sentir mon souffle se faire rapide alors qu'il couvre ma main de sa grande paume et murmure :

— Ptichka, tu…

— Pourquoi crois-tu que George s'en est pris à ta famille ?

Je retire ma main d'un coup, prête à tout pour éteindre mon excitation croissante.

— Qu'est-ce qui s'est passé ?

Ma question est comme une bombe qui explose dans l'atmosphère sexuellement chargée. Son regard se fait sec et dur, la chaleur disparaissant d'un coup sous l'effet d'une rage glaciale.

— Ma famille ?

Son poing se referme sur la table.

— Tu veux savoir ce qui lui est arrivé ?

Je hoche la tête avec méfiance, luttant contre mon instinct de me lever et de reculer. J'ai l'impression terrifiante d'avoir provoqué un prédateur blessé, un prédateur qui pourrait me mettre en pièces sans aucun effort.

— D'accord.

Sa chaise racle contre le plancher alors qu'il se lève.

— Viens ici, et je te montrerai.

 eter

ELLE RESTE ASSISE, FIGÉE SUR PLACE. UNE BICHE PRISE DANS LA mire d'un chasseur. Je sais que je l'effraie, mais je suis incapable de m'en soucier, pas avec la douleur et la rage qui me ravagent.

Même après cinq ans et demi, le simple fait de penser à la mort de Pasha et Tamila a encore le pouvoir de me détruire.

— Viens ici, répété-je, en contournant la table.

En agrippant le bras de Sara, je la soulève, ignorant sa posture rigide.

— Tu veux savoir ? Tu veux voir ce que ton mari et ses acolytes ont fait ?

Son bras mince est tendu entre mes doigts alors que je fouille dans ma poche avec ma main libre et en sors mon vieux smartphone. En glissant mon pouce sur l'écran, je sélectionne les dernières images.

— Tiens.

Je lui fourre le téléphone dans sa main libre.

— Regarde.

La main de Sara tremble alors qu'elle soulève le téléphone et je sais le moment exact où ses yeux se posent sur la première photo. Son visage devient blanc et elle déglutit convulsivement, avant de passer au reste des photos.

Je ne regarde pas le téléphone, ce n'est pas nécessaire. Les images sont gravées dans ma mémoire, ancrées dans mon cerveau comme un tatouage sordide.

J'ai pris ces images le jour après avoir échappé aux soldats qui m'avaient traîné loin de la scène. Ils avaient déjà localisé les autres villageois, mais l'enquête ne faisait que commencer et ils n'avaient pas encore ramassé les corps. Lorsque j'étais arrivé sur place, les cadavres étaient encore étendus là, couverts de mouches et d'insectes rampants. J'avais tout photographié : les bâtiments brûlés, les taches de sang sur l'herbe, les corps en décomposition et les membres mutilés, la petite main de Pasha entourant sa petite voiture… Il y avait des choses que je ne pouvais pas immortaliser, comme la puanteur de la chair en putréfaction qui saturait l'air et le vide désolant d'un village abandonné, mais ce que j'ai saisi est suffisant.

Sara baisse le téléphone et je le reprends de ses doigts sans force, le replaçant à l'intérieur de ma poche.

— C'était Daryevo.

Je relâche son bras, chaque mot raclant contre ma gorge comme un abrasif.

— Un petit village du Daguestan où se trouvaient ma femme et mon fils.

Sara recule d'un pas.

— Que...

Elle déglutit.

— Que s'est-il passé ? Pourquoi ont-ils été tués ?

J'inspire pour contrôler la colère violente qui me taraude.

— À cause de l'arrogance et de l'ambition aveugle de certaines personnes.

Sara me lance un regard plein d'incompréhension.

— C'était une opération d'infiltration pour capturer une petite cellule terroriste hautement efficace basée dans les monts du Caucase, dis-je brutalement. Un groupe de soldats de l'OTAN ont agi selon l'information fournie par un regroupement de services de renseignements de l'Occident. Tout a été fait discrètement afin qu'ils n'aient pas besoin de partager la gloire avec les groupes locaux de lutte contre le terrorisme, comme celui que je dirigeais pour la Russie.

Sara couvre ses lèvres tremblantes de sa main et je vois qu'elle commence à comprendre.

— C'est exact, ptichka.

M'approchant d'elle, j'attrape son mince poignet et éloigne sa main de son visage.

— Tu peux deviner qui avait pour tâche de fournir cette information erronée aux soldats.

Ses yeux s'emplissent d'horreur.

— La cellule terroriste n'était pas là ?

— Non.

Ma poigne sur son poignet est trop dure, mais je ne peux pas détendre mes doigts. Avec les souvenirs à nouveau frais dans ma mémoire, je ne peux m'empêcher de la voir comme la femme de mon ennemi mort.

— Il n'y avait rien d'autre qu'un village paisible et si ton mari et les autres membres de son équipe avaient communiqué avec *mon* unité, ils l'auraient su.

Ma voix se fait plus rude, mes mots plus mordants.

— S'ils n'avaient pas été si foutrement arrogants, si avides de gloire, ils auraient demandé notre assistance plutôt que de croire qu'ils savaient tout, et ils auraient alors appris que leur source venait des terroristes eux-mêmes, et ma femme et mon fils seraient toujours de ce monde.

Je peux sentir le battement rapide du pouls de Sara alors qu'elle me fixe, et je sais qu'elle ne me croit pas, pas totalement, du moins. Elle me pense fou, ou au mieux mal informé. Son incrédulité m'enrage davantage et je me force à relâcher son poignet avant de broyer ses os fragiles.

Elle recule immédiatement, et je sais qu'elle sent la violence qui couve sous ma peau. Lorsque j'ai d'abord découvert la vérité, je ne pouvais pas punir les soldats de l'OTAN ou les agents impliqués ; la dissimulation avait été remarquablement rapide et rigoureuse, alors j'avais passé ma fureur sur la cellule terroriste qui avait fourni l'information erronée, suivie par toute personne assez stupide pour se dresser sur mon chemin.

La mort de mon fils avait déchaîné le monstre en moi et ce dernier est encore libre.

Lorsqu'il y a un bon mètre entre nous, Sara s'immobilise et me regarde avec méfiance.

— Est-ce…

Elle se mord la lèvre.

— Est-ce la raison pour laquelle tu es devenu un fugitif ? Ce qui s'est passé là-bas ?

Je serre les poings et me détourne, me dirigeant vers la table. Je suis incapable d'en discuter une seconde de plus. Chaque phrase est comme un jet d'acide sur mon cœur. J'en suis au point où il peut se passer plusieurs heures sans que je pense à la mort violente de ma famille, mais parler de ce qui s'est passé ravive la dévastation de ce jour, et la rage qui me consumait.

Si nous ne changeons pas de sujet, je pourrais perdre le contrôle et m'en prendre à Sara.

Un geste à la fois. Une tâche à la fois. Je vide mon esprit comme lorsque je suis en mission, et me concentre sur ce qui doit être fait. Dans ce cas-ci, il faut débarrasser la table, ranger les surplus dans le réfrigérateur et déposer la vaisselle dans le lave-vaisselle. Je me concentre sur ses tâches banales et, graduellement, ma fureur bouillante s'apaise, tout comme mon besoin de violence.

Lorsque je mets le lave-vaisselle en marche et me tourne vers Sara, je vois qu'elle m'observe avec méfiance. Elle semble sur le point de s'enfuir et le fait qu'elle n'a pas encore bougé signifie qu'elle comprend sa situation.

Si elle fuit en ce moment, je ne serai pas doux lorsque je la rattraperai.

— Montons, dis-je en marchant vers elle. Il est temps de se mettre au lit.

Sa main est glaciale dans la mienne alors que je la précède dans l'escalier, son beau visage pâle. Si je ne me sentais pas si à vif, je la rassurerais, je lui dirais que je ne lui ferai pas plus mal ce soir, mais je ne veux pas faire de promesse que je serai peut-être incapable de tenir.

Le monstre est trop près de la surface, trop incontrôlable.

— Retire tes vêtements, ordonné-je, relâchant sa main lorsque nous entrons dans sa chambre.

Elle porte un jean moulant et un pull ivoire ample et, même si elle est phénoménale dans cette tenue simple, je n'en veux plus.

Je ne veux aucun obstacle entre nous.

Au lieu d'obtempérer, Sara recule.

— Je t'en prie…

Elle s'immobilise à mi-chemin entre le lit et moi.

— Je t'en prie, ne fais pas ça. Je suis désolée de ce qui est arrivé à ta famille et si George en était responsable…

— Il l'était.

Mon ton est tranchant.

— Ça m'a pris des années, mais j'ai déniché les noms de tous les soldats et les agents de renseignements impliqués dans le massacre. Il n'y a aucune erreur, Sara ; ma liste provient directement de ta chère CIA.

Elle semble abasourdie.

— Tu l'as eue de la CIA ? Mais… comment ? Je croyais que tu avais dit qu'ils étaient impliqués, que George était l'un d'entre eux.

— Il existe de nombreuses divisions et factions au sein de l'organisation. Une main ne sait pas toujours où se fout de ce que l'autre fait. Je connais un trafiquant d'armes qui y a un contact et, il ou plutôt sa femme, m'a fourni la liste. Mais ça n'a pas d'importance.

Je croise les bras devant moi.

— Déshabille-toi.

Ses yeux passent du lit à la porte derrière moi.

— Non. Tu ne veux pas me chercher ce soir, crois-moi.

Son regard revient vers moi et je peux sentir son désespoir.

— Je t'en prie, Peter. Ne fais pas ça. Ce qui est arrivé à ta famille est atroce, mais ça ne les ramènera pas. Je suis désolée pour eux, vraiment, mais je n'ai rien à voir avec…

— Ça n'a rien à voir avec ça.

Je décroise les bras.

— Ce que je veux de toi n'a rien à voir avec ce qui s'est passé.

Pourtant, alors même que je prononce ces mots, je sais que c'est un mensonge. Mes actions ne sont pas celles d'un homme qui courtise une femme ; elles sont celles d'un prédateur qui traque sa proie. Si elle n'était pas qui elle est, si elle n'était qu'une autre femme, je ne m'imposerais pas ainsi dans sa vie.

Mon désir pour elle aurait été doux et réfréné au lieu de dangereusement obsessif.

Sara me lance un regard incrédule et je réalise qu'elle le comprend aussi. Je ne trompe personne. Ce qui se passe entre nous à tout à voir avec le passé sombre que nous partageons.

Soit.

Je m'approche d'elle.

— Déshabille-toi, Sara. Je ne le répéterai pas.

Elle recule encore, puis s'immobilise lorsqu'elle réalise qu'elle s'approche du lit. Même avec le gros pull qui cache ses courbes, je vois sa douce poitrine se soulever alors que ses poings se contractent convulsivement à ses côtés.

— Bon, si c'est ce que tu veux…

Je fais mine d'avancer, mais elle lève les bras, les paumes tournées vers moi.

— Attends !

Ses mains tremblent alors qu'elle attrape son pull.

— Je vais le faire.

Je m'arrête et la regarde passer le pull par-dessus sa tête. Sous celui-ci, elle porte un débardeur bleu moulant qui dénude ses épaules délicates et souligne la douce courbe de ses seins. Ce ne sont pas les plus gros qui soient, mais ils conviennent à son corps de ballerine, et mon sexe se durcit au souvenir de ces jolis seins appuyés contre mon bras, la nuit dernière.

Bientôt, j'aurai leur poids dans mes mains… et leur goût sur ma langue.

— Vas-y, dis-je, lorsque Sara hésite à nouveau, son regard rivé sur la porte. Le débardeur, puis le jean.

Ses mains tremblent alors qu'elle obéit, retirant son débardeur avant de passer à la fermeture éclair de son jean. Sous le débardeur, elle porte un soutien-gorge blanc pragmatique, et je dois me contraindre à rester immobile alors qu'elle descend son jean le long de ses jambes, révélant ainsi son sous-vêtement bleu pâle. Même si j'ai senti sa peau nue contre la mienne hier, et que je l'ai vue se dévêtir plusieurs fois sur les caméras, c'est la première fois que je la vois nue d'aussi près et mon cœur s'emballe alors que j'admire chaque courbe gracieuse de son corps.

Elle est seulement de taille moyenne, mais ses jambes sont longues, avec les muscles galbés et minces d'une danseuse. Son ventre est plat et tonifié, sa taille étroite ondoyant en des hanches délicatement féminines et sa peau est lisse et pâle, sans aucune trace de bronzage en vue.

Elle est magnifique, ma nouvelle obsession. Magnifique et effrayée.

— Le reste maintenant, dis-je sèchement lorsqu'elle lance le jean et reste plantée là, tremblante et vêtue seulement de ses sous-vêtements.

Je sais que je suis cruel, mais la blessure douloureuse et à vif qu'elle a mise à découvert me retire le peu de décence et de compassion que je possède, ne laissant derrière que le désir et le besoin irrationnel de punir.

Je ne veux peut-être pas la blesser, mais en ce moment, j'ai besoin de la voir souffrir.

Elle agrippe l'agrafe de son soutien-gorge dans son dos, l'ouvrant avec des gestes saccadés et je laisse échapper mon souffle, la douleur dans ma poitrine engloutie par une vague encore plus intense de désir. J'ai vu ses seins hier, alors je sais qu'ils sont superbes, mais la vue de ses mamelons roses tendus et de la douce chair blanche m'atteint tout de même comme un coup de poing. Mon cœur bat à un rythme rapide et j'ai peine à rester sur place et à ne pas l'attraper alors qu'elle retire son sous-vêtement. Son sexe est lisse et sans poil, elle le fait soit à la cire régulièrement ou elle a eu recours au laser à un moment, et j'en ai l'eau à la bouche en m'imaginant passer la langue dans ces replis délicats.

Je suis impatient de la goûter et de lui donner un orgasme.

Alors que je m'imagine cela, Sara se redresse et lève son menton avec défi.

— Heureux ?

Bien que ses joues soient d'un rouge éclatant, elle ne cherche pas à couvrir son corps, ses petits poings serrés à ses côtés.

De façon perverse, son petit acte de bravoure apaise le désir sombre qui pulse dans mes veines, et je souris avec amusement.

— Pas encore, mais cela viendra bientôt, dis-je, en enlevant mes propres vêtements.

Mes gestes sont rapides et économes, destinés à accomplir la tâche aussi vite que possible, mais son visage rougit encore davantage, sa poitrine se soulevant et s'abaissant alors qu'elle me fixe.

— Viens, dis-je, en marchant vers elle une fois que je suis totalement nu. Je sais que tu aimes prendre ta douche avant de te mettre au lit.

Elle bat des cils, ses yeux remontant vers mon visage et je réalise qu'elle fixait mon sexe, tendu au point de remonter vers mon nombril.

— Tu pourras y toucher dans la douche si tu veux, dis-je, mon sourire s'élargissant devant sa gêne évidente. Viens, ptichka. Ça te plaira.

Attrapant son poignet, je la guide vers la salle de bain.

J'ESSAIE DE CONSERVER MON CALME, OU DU MOINS L'ILLUSION d'être calme, alors que Peter me traîne jusqu'à la salle de bain, ses longs doigts enroulés fermement autour de mon poignet. Ce n'est certes pas ainsi que j'imaginais cette nuit lorsque je montais l'escalier. Malgré une noirceur persistante dans le regard, mon bourreau semble maintenant d'une humeur légère, presque joueuse, un contraste frappant avec la rage terrifiante que j'ai aperçu sur ses traits plus tôt.

C'est comme si mon effeuillage forcé avait calmé les démons que ces images horribles ont déchaînés.

La nausée me prend à nouveau alors que je me remémore les images, la mort et la dévastation illustrée d'une façon si sordide. Je ne les ai pas regardées plus de quelques secondes, mais je sais que je ne serai jamais capable de les oublier. Je ne peux m'imaginer là-bas, prenant ces photos, et encore moins en sachant que ma famille est étendue là, que les cadavres en décomposition étaient des personnes que j'aimais. Cette seule pensée m'emplit d'une telle agonie que pour un moment déchirant, je comprends ce qui motive mon attaquant.

Je ne l'excuse pas, mais je le comprends, et la pitié lutte contre la terreur dans ma poitrine.

Si Peter croit que mon mari était responsable de ces morts, il n'avait d'autre choix que de s'en prendre à lui. C'est évident pour moi. Même avant que le Russe se rebelle, sa profession lui avait montré les pires aspects de l'humanité, lui avait montré à choisir la violence comme solution, sans mentionner ce qui avait fait de lui un tueur avant l'âge de douze ans. Un tel homme ne tendrait pas l'autre joue ; œil pour œil serait davantage son genre. Il ne s'arrêterait pas à penser aux innocents qu'ils malmèneraient dans sa quête de vengeance, et il ne sourcillerait certainement pas à l'idée de torturer la femme d'un ennemi pour le retrouver.

Si George était impliqué d'une quelconque façon, je suis chanceuse d'être vivante.

S'arrêtant devant la cabine de douche vitrée, mon ravisseur relâche mon poignet, entre dans la cabine et ouvre l'eau. Pendant qu'il joue avec le robinet pour trouver la bonne température, je jette un œil sur la porte de la salle de bain. Il est mouillé et distrait, alors je suis pratiquement certaine de pouvoir descendre l'escalier et prendre ma voiture avant qu'il ne m'attrape. Mais ensuite ? Est-ce que je me rends nue à un hôtel en espérant qu'il ne me trouve pas ce soir ? Ou je me rends directement au FBI et les supplie de me cacher ?

Avant de pouvoir reprendre mon débat interne, Peter sort de la douche, des gouttelettes brillant sur son torse puissant.

— Viens, dit-il, en attrapant mon bras, et je trébuche presque alors qu'il m'attire dans la cabine.

— Attention, murmure-t-il en me redressant.

Je lève les yeux et remarque son regard où se mélangent la faim et un sombre amusement.

— C'est glissant ici.

Devant le sous-entendu, la rougeur qui ne m'avait pas vraiment quittée revient en force. J'ai horreur de savoir qu'il connaît la réaction de mon corps, que quelques minutes plus tôt, il m'a vue fixer son érection comme une adolescente devant son premier porno. Bon, il pourrait jouer dans un porno avec un membre comme ça, mais là n'est pas la question. Ça ne devrait pas m'atteindre qu'il soit un animal magnifique ; son corps puissant devrait susciter ma peur, pas mon désir.

C'est un meurtrier dangereux et peut-être fou, et je devrais le voir ainsi.

Et c'est le cas, rationnellement du moins. Toutefois, alors qu'il dirige le jet vers moi, laissant l'eau chaude couler dans mon dos, je réalise que je ne suis pas aussi terrifiée que je l'étais la nuit dernière, même si je devrais l'être après avoir vu ces images. Si Peter croit ce qu'il m'a révélé, alors il a toutes les raisons du monde de me haïr, et l'attirance qu'il ressent envers moi ne peut être que toxique. Je ne sais pas pourquoi il ne m'a pas prise de force la nuit dernière, mais je suis assez convaincue qu'il le fera ce soir. Cette pensée devrait me remplir d'effroi, et c'est le cas, et pourtant je suis dépourvue de la panique viscérale que j'ai sentie dans cette chambre d'hôtel. C'est comme si le fait d'avoir dormi dans ses bras m'avait désensibilisée à l'immoralité pure de ce qu'il me fait subir, à la profanation que représente sa présence dans ma maison et ma douche.

Pour la deuxième fois en deux jours, nous sommes nus ensemble et je ne suis pas aussi troublée que je le devrais.

— Ferme les yeux, dit Peter, en prenant le shampoing, et j'obtempère, le laissant verser le liquide savonneux dans ma chevelure. Malgré son humeur explosive précédente, ses doigts puissants sont tendres contre mon crâne alors qu'il fait mousser le shampoing et je réalise qu'il est à nouveau aux petits soins avec moi, me désarmant davantage avec sa sollicitude insolite. J'ai l'envie déplacée d'arquer ma tête vers l'arrière, de me frotter contre ses mains comme un chat réclamant une caresse, mais je reste immobile, ne voulant pas lui montrer que j'apprécie ce qu'il me fait.

Peu importe le jeu de mon bourreau, je refuse de participer.

Ma détermination tient bon jusqu'à ce qu'il commence à me masser le cou, s'attardant avec dextérité aux contractures à la base de mon crâne. Je n'avais pas réalisé à quel point j'étais tendue à cet endroit avant qu'il ne libère mes tensions, la chaleur de l'eau se combinant à son contact pour me laisser détendue comme je ne l'ai pas été depuis bien longtemps.

J'essaie de me rappeler si George a déjà lavé ma chevelure ainsi, mais sans succès. Je ne me souviens même pas de l'avoir vu avec moi dans la douche, à l'exception de quelques fois au début de notre relation, lorsque nous étions encore un peu aventureux au lit. Après un an de fréquentation, notre vie sexuelle était routinière, et George me touchait rarement autrement que pour me faire jouir rapidement. Et, vers la fin, il me touchait rarement, point final.

Au cours des derniers jours, j'ai partagé une plus grande

intimité physique avec le meurtrier de mon mari qu'avec mon mari pendant la majorité de notre mariage.

Lorsque mes cheveux sont propres, Peter guide ma tête sous le jet, rince mes cheveux, puis applique le revitalisant sur mes boucles. Dans le même mouvement, il s'approche plus près, son torse effleurant le mien durant un court instant et mes mamelons se durcissent sous le jet chaud, mon sexe devenant moite lorsque je sens la tête lisse de son sexe érigé contre mon ventre.

Il se recule un moment plus tard, mais il est trop tard. La sensation détendue passe si rapidement à une excitation que je n'ai aucun moyen de me prémunir contre celle-ci. Même s'il m'a à peine touchée, j'ai le souffle court et je tremble, avide de lui. C'est une réaction purement physique, je sais, pourtant elle m'emplit de honte. Je ne devrais pas le désirer, pas plus que cette intimité forcée, rien de tout cela ne devrait m'attirer d'une quelconque façon.

Mordant l'intérieur de ma joue pour laisser la douleur me distraire, j'ouvre les yeux et le vois verser du gel de douche dans sa paume.

— Laisse-moi faire, dis-je fermement, faisant mine d'attraper la bouteille, mais il secoue la tête, un sourire sensuel aux lèvres alors qu'il éloigne le gel de douche de ma portée.

— Pas tout de suite, ptichka. Tu dois attendre ton tour.

En passant derrière moi, il commence à laver mon dos et, même avec la chaleur de l'eau, son contact me brûle, chaque caresse de ses mains rugueuses intensifiant les flammes de mon excitation. Je tente de me concentrer sur autre chose, n'importe quoi, mais mon cœur bat trop vite, mon corps brûlant en parts égales de honte et de désir.

Et de peur. Bien que la sensation soit assourdie pour le

moment, sa présence insidieuse me trouble. Je n'ai pas oublié ce que l'homme qui me caresse a fait ou ce qu'il est capable de faire. Une autre femme dans ma situation se serait peut-être débattue plutôt que de le laisser faire, mais je ne veux pas qu'il s'en prenne réellement à moi. Hier, il m'a maîtrisée avec une aisance pathétique et je sais que l'issue serait identique aujourd'hui. Sauf qu'il ne s'arrêterait peut-être pas lorsqu'il m'aurait sous lui.

Il céderait peut-être aux ténèbres que j'ai aperçues dans son regard ce soir et ce jeu, peu importe de quoi il s'agit, se terminerait sur une note horrible.

Alors je reste immobile, le regard fixé devant moi, observant les gouttelettes qui glissent sur le mur vitré embué par la vapeur, alors que ses mains savonneuses glissent sur mon dos, mes épaules, mes bras… mes côtes. C'est une torture d'un tout autre genre et, lorsque ses mains se déplacent vers l'avant, étendant du savon sur mon ventre frémissant avant de remonter le long de ma cage thoracique, j'atteins ma limite.

— Arrête, murmuré-je, haletante, mes ongles s'enfonçant dans mes cuisses alors que ses doigts effleurent le dessous de mes seins. Je t'en prie, Peter, arrête.

Étonnamment, il m'écoute, ses mains se déposant sur mes hanches.

— Pourquoi ? Murmure-t-il, m'attirant contre lui.

Son torse épouse mon dos et son érection se presse contre mes fesses.

— Parce que tu détestes ?

Il penche la tête, sa barbe naissante frottant contre ma tempe comme il trace le contour de mon oreille de la langue.

— Ou parce que tu aimes ?

Ni l'un ni l'autre. Les deux. Je ne peux pas penser assez

clairement pour me faire une idée. Mes yeux se ferment et je suis parcourue de frissons alors que sa langue plonge dans le creux derrière mon oreille, liquéfiant du même coup mes entrailles. Je veux le repousser, mais je n'ose pas bouger de peur de faire quelque chose de stupide, comme de pencher la tête vers la chaleur captivante de cette bouche diabolique.

— Qu'est-ce qui t'effraie, ptichka ? Continue-t-il d'une voix douce et profonde. La douleur ?

Il mordille mon lobe d'oreille.

— Ou le plaisir ?

Sa main droite descend en diagonal le long de mon ventre, se déplaçant vers le point douloureux entre mes jambes à une lenteur traître. Il me donne toutes les occasions de l'arrêter, mais j'en suis incapable, pas même lorsque je réalise où il se dirige. Je ne peux que prendre des inspirations courtes et rapides alors que ses doigts calleux atteignent mon sexe et écarte tranquillement mes plis, dévoilant ainsi ma chair sensible.

— Pas de réponse ?

Son souffle est chaud contre ma tempe.

— Je suppose que je devrai le découvrir par moi-même.

Le bout de son doigt effleure mon clitoris et j'en perds le souffle, l'esprit étrangement vide. C'est comme si chaque terminaison de mon corps s'éveillait d'un coup. Je suis hypersensible à la présence de ce grand corps dur se pressant contre mon dos et de sa barbe naissante frottant contre mon oreille, de sa grande main reposant bas sur mon ventre et de l'eau chaude jaillissant sur nos deux corps. Et ce doigt, ce doigt rugueux et pourtant tendre. Il me touche à peine, pourtant mon corps entier semble sous tension, chaque muscle raide d'anticipation.

Vaguement, je perçois un son étrange, et je réalise que j'en suis la source. C'est un grognement, combiné à un geignement haletant. Il me remplit de honte, mais la gêne ne fait qu'accroître mon excitation, tous mes sens se concentrant sur la palpitation douloureuse du faisceau de nerfs qu'il taquine si cruellement. Je peux sentir la moiteur entre mes cuisses et alors que son doigt appuie plus fortement sur la chair merveilleusement sensible, la sensation se transforme en une tension insoutenable, une tension qui croît et s'intensifie chaque seconde. C'est à la fois un plaisir et une agonie et, sous cette intensité, je vibre, des vagues de chaleur parcourant ma peau. Je tente de la retenir, d'empêcher la tension de monter, mais c'est aussi impossible que de retenir la marée.

Avec une exclamation étouffée, j'atteins l'orgasme, mon corps entier se crispant sous cette libération si intense qu'un éclair blanc traverse mes paupières fermement closes. L'orgasme perdure, le plaisir rayonnant de mon corps en des vagues palpitantes qui me laissent étourdie et tremblante, à peine capable de rester debout. Je tente de repousser mon bourreau, de mettre fin au plaisir terrifiant, mais il resserre son étreinte, et je n'ai d'autre choix que de suivre le courant, de ressentir chaque vague honteuse qu'il arrache à mon corps.

— C'est ça, ptichka, souffle-t-il lorsque je m'affaisse enfin contre lui, haletante et vidée. C'était magnifique.

Sa main se retire de mon sexe et j'ouvre les yeux, la léthargie suivant l'orgasme se dissipant devant l'horreur de ce qui vient d'arriver.

J'ai joui. Dans les bras de l'homme qui a mis fin à la vie de mon mari.

Il fait mine de me retourner vers lui, et je trouve enfin la force d'agir. Avec un grognement meurtri, je me tords jusqu'à lui échapper et je recule, m'écrasant pratiquement contre le mur vitré derrière moi.

— Non !

Ma voix est aiguë et faible, frisant l'hystérie.

— Ne me touche pas !

À mon grand étonnement, Peter s'immobilise, malgré son érection et sa faim apparente. En penchant la tête de côté, il me fixe en silence quelques instants, puis attrape le robinet et ferme l'eau.

— Sortons, dit-il gentiment, en ouvrant la porte de la douche. Je crois que nous sommes suffisamment propres.

eter

Je m'essuie avec une serviette moelleuse blanche, puis j'en attrape une autre pour envelopper Sara lorsqu'elle sort de la douche. Elle semble sur le point de se fracasser, ses yeux noisette étincelant d'une lueur douloureuse. Malgré la faim qui me consume, je ressens une certaine pitié.

Elle doit se détester en ce moment. Presque autant qu'elle me déteste.

Je frotte la serviette sur son corps, l'essuyant, puis j'enroule la serviette dans sa chevelure mouillée. Je sais que je la traite comme une enfant plutôt que comme la femme qu'elle est, mais m'occuper d'elle me calme, m'aide à contrôler mes pulsions plus sombres.

M'aide à me rappeler que je ne veux pas vraiment la faire souffrir.

En me courbant, je la prends dans mes bras et elle laisse échapper un cri de surprise.

— Que fais-tu ?

Elle pousse sur mon torse.

— Dépose-moi !

— Dans une seconde.

En ignorant ses efforts pour se libérer, je sors de la salle de bain. Elle est légère, facile à porter. Comme si ses os étaient vides, comme ceux d'un oiseau. Elle est fragile, ma Sara, mais résistante aussi.

Si je m'y prends bien, elle pliera pour moi au lieu de se briser.

En atteignant le lit, je la dépose et elle attrape la couverture, la tirant sur elle pour couvrir sa nudité. Son regard est empli de désespoir alors qu'elle recule en hâte sur le lit, loin de moi.

— Pourquoi me fais-tu ça ? Pourquoi ne peux-tu trouver une autre femme à torturer ?

— Tu sais pourquoi, ptichka.

En m'installant sur le lit, je lui arrache la couverture.

— Personne d'autre ne m'intéresse.

Elle saute au bas du lit, oubliant manifestement la futilité de vouloir me fuir, et je bondis à sa suite, la rattrapant avant qu'elle n'atteigne la porte. Mon cœur bat sauvagement, le monstre en moi se réveillant alors qu'elle lutte dans mes bras et j'ai besoin de tout mon sang-froid pour ne pas l'écraser contre un mur et la prendre comme un forcené.

Si ce n'était pas que je veux autre chose pour notre première fois, je serais déjà en elle.

— Arrête de lutter, grincé-je lorsqu'elle continue de se démener, voulant m'échapper.

Je sens mon contrôle s'effriter, mon membre réagissant à ses mouvements de contorsion, comme sous l'effet d'une danse érotique.

— Je te préviens, Sara…

Elle se fige en réalisant le danger.

J'inspire lentement, puis la relâche et recule pour minimiser la tentation.

— Retourne au lit, dis-je rudement lorsqu'elle reste là, haletante. Nous allons dormir, c'est compris ?

Ses yeux s'écarquillent.

— Tu ne vas pas… ?

— Non, dis-je sombrement.

En m'avançant, j'attrape son bras pour la conduire vers le lit.

— Pas ce soir.

Bien que ça me soit pénible, je vais lui laisser le temps de s'habituer à moi. C'est le moins que je puisse faire pour réparer nos débuts violents.

Elle sera bientôt mienne, mais pas tout de suite.

Pas avant d'être sûr de ne pas la détruire.

— *Dors-tu, papa ? Viens jouer avec moi.*

Une petite main tire sur mon poignet.

— *Allez, papa, viens jouer.*

— *Laisse ton papa dormir, le réprimande Tamila, en se soulevant sur un coude de l'autre côté du lit. Il est arrivé tard la nuit dernière.*

Je roule sur le dos et m'assieds, en bâillant.

— *Ça va, Tamilochka. Je suis éveillé.*

En me penchant, j'attrape mon fils et me lève, le soulevant dans le même mouvement. Pasha pousse un cri excité, ses petites jambes battant l'air alors que je le lève au-dessus de ma tête.

— Tu es beaucoup trop indulgent avec lui, marmonne Tamila, puis elle se lève aussi, enfilant un peignoir par-dessus son pyjama. Je vais préparer le petit-déjeuner.

Elle disparaît dans la salle de bain et je souris à Pasha.

— Tu veux jouer, pupsik ?

Je le lance dans les airs et le rattrape, déclenchant une cascade de rires.

— Comme ça ?

Je le lance à nouveau.

— Oui !

Il rit si fort qu'il en glousse presque.

— Encore ! Plus haut !

Je ris, puis le lance dans les airs encore quelques fois, en ignorant la douleur de mes côtes meurtries. J'ai passé la semaine dernière à traquer un groupe d'insurgés et nous les avons enfin trouvés hier. Dans la fusillade qui a suivi, je me suis pris quelques balles dans le gilet. Rien de grave, mais j'aurais bien besoin de quelques jours de repos. Pourtant, je ne manquerais pour rien au monde ce temps de jeu.

Mon fils grandit déjà trop vite.

Je me réveille, une douleur douce-amère gonflant ma poitrine. Je n'ai pas besoin d'ouvrir les yeux pour savoir où je suis ou pour réaliser que je rêvais. La douleur, d'avoir perdu Pasha est trop vive, trop profondément ancrée pour que je prenne ce souvenir pour autre chose qu'un rêve, bien que ce soit la première fois que je visualise un rêve agréable aussi nettement.

Généralement, les rêves à propos de ma famille sont doux et

flous… du moins jusqu'à ce qu'ils se transforment en cauchemars sordides.

Je reste immobile quelques instants, écoutant la respiration profonde de Sara et absorbant la sensation de son corps mince entre mes bras. Elle est enfin endormie, son esprit hyperactif au repos. Elle ne m'a pas parlé ce soir, elle s'est contentée de rester immobile et rigide pendant près d'une heure, et je sais qu'elle se flagellait pour ce qui s'est passé dans la douche. J'ai bien pensé lui parler, pour la distraire de ses pensées, mais avec les souvenirs frais dans ma mémoire et mon corps dur et affamé, je ne voulais pas risquer que la conversation nous entraîne sur un terrain douloureux.

Si elle avait commencé à défendre son mari, j'aurais pu perdre le contrôle et la prendre, la blessant dans le processus.

En inspirant, je hume la douce odeur de sa chevelure et je sens la vague familière de désir chasser la tension persistante dans ma poitrine. Ça n'a pas vraiment de sens, mais je suis convaincu que Sara est la raison pour laquelle, pour la première fois en cinq ans et demi, j'ai rêvé à mon fils sans également rêver à sa mort. Même si étreindre son corps nu sans la posséder est une forme de torture en soi, la présence de Sara dans mon lit a le même effet sur mes rêves que sa proximité lorsque je suis éveillé.

Lorsque je suis avec elle, l'agonie de ce que j'ai perdu est moins intense, presque supportable.

En fermant les yeux, je fais le vide dans mon esprit et me laisse sombrer à nouveau dans le sommeil.

Avec un peu de chance, je croiserai encore une fois Pasha dans mes rêves.

2 4

 ara

Comme hier, Peter est parti lorsque je m'éveille. J'en suis heureuse, car j'ignore comment j'aurais pu l'affronter ce matin. Chaque fois que je pense à ce qui s'est passé dans la douche, je meurs un peu plus.

J'ai trahi George, j'ai trahi son souvenir de la pire façon qui soit. J'ai rencontré mon mari lorsque j'avais à peine dix-huit ans. Il était mon premier véritable petit ami, mon premier tout. Et même lorsque les choses se sont détériorées, je lui suis restée fidèle, à lui et à notre mariage.

Jusqu'à la nuit dernière, George a été le seul homme avec qui j'ai couché, le seul qui m'a fait jouir.

La douleur me percute, le chagrin si poignant et soudain qu'il me fait l'effet d'un coup de poing. Haletante, je me penche

185

sur le lavabo, serrant ma brosse à dents de toutes mes forces. Au cours des six derniers mois, j'ai passé tant de temps à gérer mon anxiété et mes crises de panique en plus de la culpabilité de savoir que j'ai causé la mort de George, que je n'ai pas eu la chance de réellement pleurer mon mari. Je n'ai pas encore assimilé le trou béant que son absence a créé dans ma vie, n'ai pas encore accepté le fait que l'homme avec qui j'ai passé près de dix ans n'est plus.

George est mort et je dors avec son tueur.

Mon estomac se soulève comme je fixe mon reflet dans le miroir de la salle de bain, détestant la femme qui me regarde. La facilité avec laquelle j'ai joui hier me remplit d'une honte brûlante. Peter m'a à peine touchée, n'a pratiquement rien fait. Il ne me retenait même pas vraiment. Si j'avais essayé, j'aurais probablement pu m'éloigner, mais je n'ai rien tenté.

Je suis simplement restée là et me suis abandonnée au plaisir, puis j'ai dormi dans les bras de mon tortionnaire pour la deuxième nuit de suite.

La douleur se rassemble en un nœud rigide de dégoût de moi-même, et je détourne le regard, incapable de soutenir le blâme dans les yeux noisette qui me fixent. Je ne peux pas continuer, je ne peux pas jouer au jeu tordu que Peter m'impose. Qu'il ait ses raisons, ou qu'il le croit, ne change rien. Aucune souffrance ne peut excuser ce qu'il a infligé à George, ou ce qu'il m'inflige encore.

Mon bourreau est peut-être souffrant et en deuil, mais ça ne le rend que plus dangereux… pour ma raison aussi bien que ma sécurité.

Je dois trouver une issue.

Coûte que coûte, je dois me débarrasser de lui.

JE PASSE LA MAJORITÉ DE MON QUART DE GARDE EN PILOTAGE automatique. Par chance, je n'ai aucune chirurgie ni aucun problème critique ; sinon, j'aurais probablement demandé à un autre médecin de s'en charger. Cette fois-ci, mon attention n'est pas portée sur les besoins de mes patientes, mais sur la manière dont je peux me débarrasser de mon harceleur.

Ça ne sera pas facile et ce sera très certainement dangereux, mais je ne vois pas d'autres solutions.

Je ne peux pas passer une autre nuit dans les bras d'un homme que je hais.

J'en ai presque terminé pour la journée lorsque je croise Joe Levinson dans le couloir. Je le dépasse sans le voir, mais il prononce mon nom et je reconnais l'homme grand et élancé à la chevelure blonde.

— Joe, salut, dis-je, en souriant.

Nous avons passé un bon moment au dîner de mes parents samedi et chaque fois que nous nous sommes croisés au fil des années par l'entremise de l'amitié des Levinson et de mes parents. Dans d'autres circonstances, si je n'avais pas été mariée, puis brutalement veuve, j'aurais pu envisager de le fréquenter, à la fois pour plaire à mes parents, mais également parce que je l'apprécie réellement. Il ne me coupe pas le souffle, mais il est gentil, et c'est un point important selon moi.

— Que fais-tu ici ?

— Voilà, dit-il cyniquement en levant sa main droite pour montrer un doigt pansé.

— Oh, non ! Que s'est-il passé ?

Il grimace.

— Je me suis battu contre un robot culinaire, et le robot l'a emporté.

— Aïe.

Je sourcille en m'imaginant la scène.

— C'est grave ?

— Assez grave pour ne pas pouvoir suturer. Je vais devoir attendre que le saignement cesse par lui-même.

— Oh, désolée. Alors, tu es aux urgences pour ça ?

— Oui, mais j'ai manifestement dramatisé la situation. Enfin, il y avait du sang partout et le bout du doigt n'est plus qu'une bouillie, mais ils disent que ça va guérir et que la cicatrice ne sera peut-être pas si mal.

— Oh, c'est rassurant. J'espère que ça guérira rapidement.

Il me sourit, ses yeux bleus pétillants.

— Merci, moi aussi.

Je lui rends son sourire et je suis sur le point de reprendre mon chemin lorsqu'il ajoute :

— Euh, Sara…

Je grimace intérieurement devant l'expression hésitante de son visage.

— Oui ?

J'espère qu'il n'est pas sur le point de…

— Je voulais justement t'appeler, mais comme tu es là… Que fais-tu vendredi ? demande-t-il, confirmant ainsi mes soupçons. Il y a une exposition d'art vraiment bien au centre-ville et…

— Je suis désolée. Je ne peux pas.

Le refus est automatique et ce n'est que lorsque je vois le regard piteux de Joe que je réalise mon impolitesse. Me sentant horrible, je tente de me racheter.

— Ce n'est pas que je ne veux pas, mais je serai certainement de garde vendredi et je ne sais pas si...

— Ça va. Ne t'en fais pas.

Je reconnais son sourire comme totalement faux. J'ai souvent le même lorsque je veux camoufler un bouleversement émotionnel.

Bordel. Je dois lui plaire plus que je ne le croyais.

— Tu veux faire autre chose à la place ? Offré-je avant de pouvoir me reprendre. Pas vendredi, mais dans quelques semaines ?

Le sourire de Joe se fait sincère, ses yeux se plissant joliment.

— Pourquoi pas ? Que dirais-tu d'un dîner le week-end prochain ? Je connais un petit restaurant italien avec les meilleures lasagnes qui soient.

— C'est tentant, dis-je, regrettant déjà mon impulsion.

Et si je ne réussis pas à résoudre mon problème de harceleur d'ici là ? Il est trop tard pour faire marche arrière maintenant, alors je dis :

— Mieux vaut déterminer le jour et l'heure à ce moment-là. Mon horaire change tout le temps et...

— N'en dis pas plus. Je comprends tout à fait.

Il me lance un grand sourire.

— J'ai ton numéro, alors je t'appellerai la semaine prochaine et tu pourras me dire le moment qui te convient le mieux, ça te va ?

— C'est parfait. J'attends ton appel, dis-je, avant de partir en hâte de peur de mettre les pieds dans les plats une nouvelle fois.

J'ai une dernière patiente à voir, puis je pourrai me concentrer sur ma mission.

Si tout va bien, d'ici demain, je serai libre.

 eter

— Est-ce que tu l'as revoie ce soir ? demande Anton en russe, en levant le nez de son portable lorsque j'entre dans le salon.

Comme toujours, l'ancien pilote est vêtu de noir de la tête aux pieds et est armé jusqu'aux dents, même si notre planque de banlieue est ce qu'il y a de plus sûr. Comme le reste de mon équipe, c'est un engin de mort et, même si nous le taquinons souvent à propos de ses longs cheveux hippies et de sa barbe noire épaisse, il ressemble exactement à ce qu'il est : un ancien assassin de la Spetsnaz.

— Évidemment, lui réponds-je, également en russe.

Une fois près de la table de salon qui jouxte le canapé où se trouve Anton, je retire mon blouson en cuir et tout l'arsenal d'armes attachées à mon gilet. Lorsque je suis avec Sara, je n'amène qu'une arme à feu et quelques couteaux, tous stratégiquement cachés dans les poches intérieures de mon blouson pour qu'elle ne les aperçoive pas lorsque je m'habille ou me déshabille. Je ne veux ni l'effrayer ni lui rappeler ce que je suis ; elle est déjà trop au fait de mes talents. Et puis, je serais idiot de lui faire confiance avec de véritables armes.

Même un novice peut atteindre sa cible par un coup de chance.

— Yan s'occupera du premier quart ce soir, dit Anton, reportant son attention sur l'ordinateur devant lui. Je dois me pencher sur certains détails de logistique pour le boulot au Mexique.

Je fronce les sourcils tout en retirant mon gilet pare-balles.

— Je croyais que tout était prêt.

— Oui, je le croyais aussi, mais il semble que Velazquez a eu une petite altercation avec ton vieux copain Esguerra et il a renforcé sa sécurité. Je crois qu'il s'attend à une attaque de la part d'Esguerra. Ça n'a rien à voir avec nous, évidemment, mais voilà. Ça complique les choses.

— Putain.

L'implication de Julian Esguerra, même indirecte, complique indéniablement les choses et pas seulement parce qu'il a flanqué la frousse à notre cible par inadvertance. Le trafiquant d'armes colombien me garde rancune. Même si j'ai sauvé la vie de ce salaud, j'ai mis la vie de sa femme en danger dans le processus et ce n'est pas quelque chose qu'il oubliera de sitôt. Il ne me traque pas activement, mais s'il apprend que je suis au Mexique, si près de son territoire, il pourrait vouloir honorer sa promesse de me tuer.

À bien y penser, je suis près de son territoire ici aussi, en

Illinois. Les parents de sa femme vivent à Oak Lawn, pas si loin de la maison de Sara à Homer Glen. Je doute qu'il leur rende bientôt visite, mais si c'est le cas et que nos chemins se croisent, je n'aurai peut-être pas d'autre choix que de l'affronter.

Bon. Je m'en inquiéterai le moment venu. Il n'est pas question que je parte d'ici avant d'en avoir fini avec Sara.

— Ouais, marmonne Anton, en lançant un regard noir à l'ordinateur. Putain.

Je le laisse tranquille et me dirige vers la cuisine pour prendre une bière dans le réfrigérateur. Je me suis occupé personnellement d'une mission locale aujourd'hui, et Ilya, le frère jumeau de Yan, s'est chargé de surveiller Sara. Je suis encore bourré d'adrénaline, mes sens sont vifs et mon esprit, limpide. Que je me sente aussi vivant après avoir tué est étrange, mais bien une réalité.

Comme tous ceux de ma profession le savent, la vie et la mort ne sont qu'à un coup de couteau l'un de l'autre, et manier cette lame est l'un des plus grands plaisirs qui soient.

J'avale la moitié de ma bière, mange une poignée de noix dans le bol sur le comptoir, puis retourne au salon. Un peu plus tard, je partirai pour la maison de Sara pour préparer le dîner et cette collation devrait me faire tenir jusque-là. Avant tout, cependant, Anton et moi devons parler.

Le boulot au Mexique est important et nous ne pouvons nous permettre de foirer.

— Alors, où en sommes-nous ? Dis-je en m'asseyant aux côtés d'Anton sur le canapé.

En déposant ma bière sur la table du salon, je jette un œil sur l'écran.

— Que devrons-nous changer dans notre plan ?

— Pratiquement tout, grogne Anton. L'horaire des gardes

est chaotique, il y a de nouvelles caméras de sécurité partout et Velazquez exige des patrouilles tout le long du périmètre du complexe.

— Bon. Mettons-nous-y.

Pendant l'heure suivante, nous élaborons un nouveau plan d'attaque, un qui tient compte de la sécurité plus importante de son complexe. Plutôt que d'utiliser le couvert de la nuit pour l'assassiner, comme nous l'avions initialement planifié, nous nous y rendrons sur l'heure du déjeuner, car il n'y aura que quelques nouveaux gardes en place. C'est stupide, mais la plupart des gens, y compris les chefs de cartels mexicains qui devraient être plus avisés, se sentent plus en sécurité pendant la journée. C'est l'un des problèmes les plus fréquents que j'ai croisé pendant mon travail de consultant en sécurité, et j'ai toujours conseillé à mes clients d'avoir une protection aussi importante en place, peu importe le moment de la journée.

— Le transfert est-il confirmé ? Demandé-je lorsque nous en avons fini.

Anton acquiesce.

— Sept millions d'euros comme nous avons convenu ; l'autre moitié sera livrée une fois le travail accompli. Ça devrait nous permettre de faire le plein de bière et d'arachides.

Je ricane sèchement. Anton et deux autres membres de mon ancienne équipe, les jumeaux Ivanov, m'ont rejoint il y a deux ans, après l'obtention de la liste et ma demande d'assistance. Je leur ai promis la richesse s'ils liaient leur destin au mien. Ils ont accepté, à la fois par amitié et par désenchantement croissant du gouvernement russe. Avec l'équipe en place, je suis passé de la consultation en sécurité à un travail plus lucratif, et flexible, utilisant mes relations pour obtenir des contrats très payants. J'avais besoin d'argent pour financer ma vengeance et garder une longueur d'avance sur les forces de l'ordre, et les gars avaient besoin d'un nouveau défi. Même si l'élimination des gens sur ma liste était prioritaire, nous avons pris en charge un nombre d'assassinats payés en cours de route et avons établi notre réputation dans le monde du crime. Nous nous spécialisons maintenant dans l'élimination de cibles ardues à travers le monde et recevons des sommes énormes pour des mandats que personne d'autre ne veut. La plupart du temps, nos clients sont des criminels dangereux et follement riches, et nos cibles le sont également souvent, comme Carlos Velazquez, chef du cartel Juárez.

Pour mon équipe, il n'y a pas beaucoup de différences entre traquer des terroristes et supprimer des chefs du crime. Ou descendre quiconque se met en travers de notre chemin. Nous avons tous perdu il y a bien longtemps notre conscience et notre moralité.

— Tu sors ? demande Anton, en fermant l'ordinateur lorsque je me lève et enfile mon blouson. Tu passeras encore la nuit avec elle ?

— Probablement.

Je tapote mon blouson, m'assurant que mes armes sont bien cachées.

— Très possible.

Anton soupire et se lève, laissant le portable sur le canapé.

— Tu sais que c'est cinglé, non ? Si tu la veux à ce point, alors prends-la qu'on en finisse. J'en ai assez des contrats locaux de dix mille dollars ; les brutes stupides n'offrent même pas de défi. Si nous n'avons pas un autre vrai contrat avant le Mexique, je vais devenir fou.

— Tu peux toujours te lancer en solo, dis-je.

Je réprime un ricanement lorsqu'Anton m'envoie au diable.

Même si nous n'étions pas amis, il ne quitterait pas l'équipe. Mes relations sont la raison derrière tous ces contrats payants. En tentant d'obtenir la liste, j'ai plongé à fond dans le monde criminel et j'ai rencontré beaucoup des joueurs principaux. Malgré toutes leurs compétences, mes hommes ne seraient jamais aussi prospères sans moi, et ils le savent.

— Amuse-toi, me lance Anton, lorsque je me dirige vers la sortie, et je prétends ne pas l'entendre lorsqu'il marmonne quelque chose à propos des hommes obsédés et de pauvres femmes torturées.

Il ne comprend pas pourquoi j'agis ainsi avec Sara, et je ne suis pas disposé à m'expliquer.

Surtout parce que je ne le comprends pas moi-même.

2 6

S*ara*

L'arôme alléchant de fruits de mer onctueux et d'ail rôti m'accueille lorsque j'entre chez moi, mon sac à main accroché à mon épaule. Comme je l'espérais, la table de la salle à manger est une nouvelle fois mise avec des bougies, et une bouteille de vin blanc attend dans un seau de glace. Seul le repas est différent aujourd'hui ; il semble avoir préparé des linguines aux fruits de mer comme plat principal, avec des calmars et une salade de tomates et mozzarella comme hors-d'œuvre.

Le décor ne pourrait pas être mieux même si je le voulais.

Soit normale. Reste calme. Il ne peut pas savoir ce que tu as en tête.

— Un dîner italien, hein ? Dis-je lorsque Peter se détourne

196

du comptoir de la cuisine, où il hache ce qui ressemble à du basilic.

Mon cœur bat la chamade, mais je réussis à garder un ton froidement sarcastique.

— Et demain ? Japonais ? Chinois ?

— Si tu le souhaites, dit-il en marchant vers la table pour saupoudrer le basilic haché sur la mozzarella. Quoique je ne m'y connaisse pas beaucoup, alors nous devrons probablement commander les plats.

— Évidemment.

Mon regard se pose sur ses mains alors qu'il retire le reste du basilic sur ses doigts. Une sensation chaude et frémissante se répand en moi comme je me rappelle la façon dont ces doigts m'ont procuré du plaisir, me laissant brisée dans ses bras.

Non. N'y pense pas.

Prête à tout pour me distraire, je reporte mon attention sur sa tenue. Aujourd'hui, il porte une chemise noire boutonnée, les manches relevées, et ma gorge s'assèche à la vue de ses avant-bras musclés et basanés, son avant-bras gauche couvert de tatouages jusqu'au poignet. Les hommes tatoués m'attirent rarement, mais les tatouages complexes lui conviennent, soulignant la puissance qui court sous la peau lisse. J'ai toujours été attirée par les avant-bras robustes et ceux de Peter sont uniques. George s'entraînait, alors il avait aussi de jolis bras, mais ils étaient bien loin d'avoir l'apparence impressionnante de ceux-ci.

Oh, arrête. Ma gorge s'emplit de dégoût lorsque je réalise le cours de mes pensées. En aucun cas, je ne devrais comparer mon mari, un homme normal et paisible, avec un tueur dont la vie tourne autour de la violence et de la vengeance. Peter Sokolov est évidemment en meilleure forme ; il doit l'être pour pouvoir tuer toutes ces personnes et échapper aux forces de l'ordre. Son corps est une arme, affûté par des années de combat, alors que George était un journaliste, un écrivain qui passait son temps devant son ordinateur.

Sauf que… à en croire Peter, mon mari n'était *pas* un journaliste. Il était un espion qui œuvrait dans le même monde obscur que le monstre qui se trouve dans ma cuisine.

Des bandes de tension serrent mon front et je repousse toute pensée de l'imposture supposée de mon mari, me concentrant sur le reste de la tenue de mon harceleur : un autre jean foncé et des chaussettes noires sans chaussure. Pendant une seconde, je me demande si Peter a quelque chose contre les chaussures, puis je me rappelle que dans certaines cultures, il est irrespectueux et impur de porter des chaussures à l'intérieur de la maison.

La culture russe est-elle ainsi et, si c'est le cas, l'homme qui m'a torturée dans cette même cuisine tente-t-il de me montrer, d'une manière très détournée, qu'il me respecte ?

— Vas-y. Va te laver les mains ou peu importe ce que tu dois faire, dit-il en tamisant les lumières avant de s'asseoir et de déboucher le vin. Le repas refroidit.

— Tu n'avais pas à m'attendre, dis-je avant de me rendre à la salle de bain la plus proche pour me laver les mains.

Je déteste lorsqu'il agit comme s'il connaissait toutes mes habitudes, mais je ne mettrai pas ma santé en jeu pour lui tenir tête.

— Vraiment, dis-je, une fois de retour. Tu n'avais pas du tout besoin d'être ici. Tu sais que me nourrir ne fait pas partie de tes tâches de harceleur, n'est-ce pas ?

Il sourit et je m'assieds devant lui, accrochant mon sac à main sur le dossier de ma chaise.

— Ah bon ?

— C'est ce que toutes les offres d'emploi pour harceleur disent.

Je pique un morceau de tomate et de mozzarella avec ma fourchette et le dépose dans mon assiette. Ma main est ferme, ne montrant aucunement l'anxiété qui me ronge. Je veux serrer mon sac contre moi, le laisser sur mes genoux et à portée de main, mais je ne veux pas qu'il se méfie. J'ai déjà pris un risque en l'accrochant sur ma chaise alors que je le jette normalement sur le canapé dans la salle de séjour. J'espère qu'il attribuera ce changement de routine au fait que je suis entrée directement dans l'aire ouverte sans faire mon détour habituel vers le canapé.

— Eh bien, si c'est ce qui est dit, qui suis-je pour discuter ?

Peter nous verse chacun un verre de vin avant de déposer un peu de salade dans son assiette.

— Je ne suis pas un expert.

— Tu n'as pas suivi d'autres femmes avant moi ?

Il coupe un morceau de mozzarella et le mâche lentement.

— Pas ainsi, non, dit-il une fois sa bouchée avalée.

— Oh ?

Je suis sordidement curieuse.

— Comment alors ?

Il me lance un regard direct.

— Crois-moi, tu ne veux pas savoir.

Il a probablement raison, mais comme il est possible que je ne le revoie pas après ce soir, j'ai une envie insolite d'en apprendre plus à son sujet.

— Non, je veux vraiment savoir, dis-je.

Je tire un réconfort de la bretelle de mon sac contre mon dos.

— Je veux savoir. Raconte.

Il hésite, puis dit :

— La majorité de mes mandats concernaient des hommes, mais j'ai aussi suivi des femmes dans le cadre de mon travail. Des mandats différents, des femmes différentes, des raisons différentes. En Russie, il s'agissait souvent des femmes et des petites amies des hommes qui menaçaient mon pays ; nous les suivions et les interrogions pour trouver nos véritables cibles. Par la suite, lorsque je suis devenu un fugitif, j'ai suivi quelques femmes dans le cadre de mon travail pour différents chefs de cartel, trafiquants d'armes, et autres. Généralement, elles étaient une menace quelconque ou avaient trahi les hommes qui m'engageaient.

Le morceau de tomate que je viens d'avaler semble pris dans ma gorge.

— Tu... te contentais de les suivre ?

— Pas toujours.

Il plante une fourchette dans les linguines et dépose une bonne portion de pâtes dans son assiette, sans renverser une goutte de la sauce onctueuse.

— Parfois, je devais faire plus.

Mes doigts me semblent tout à coup glacés. Je sais que je devrais me taire, mais je m'entends plutôt demander :

— Comme quoi ?

— Selon la situation. Un jour, ma proie était une infirmière qui avait vendu mon employeur, le trafiquant d'armes que j'ai mentionné plus tôt, à certains de ses clients terroristes. Résultat, sa copine du moment a été kidnappée et il a presque été tué en la secourant. C'était une situation sordide et lorsque j'ai retrouvé l'infirmière, j'ai dû recourir à une solution définitive.

Il s'interrompt, ses yeux gris étincelants.

— Dois-je continuer ?

— Non, ça…

J'attrape mon verre de vin et prends une grande gorgée.

— Ça va.

Il hoche la tête et commence à manger. Je n'ai plus faim, mais je me force à suivre son exemple, déposant un peu de pâtes dans mon assiette. C'est délicieux, les pâtes et les fruits de mer parfaitement cuits et nappés d'une sauce onctueuse et savoureuse, mais j'ai peine à y goûter. Je meurs d'envie d'ouvrir mon sac et d'en sortir la petite fiole qui s'y cache, mais pour cela, je dois distraire Peter, détourner son regard de son verre de vin durant au moins vingt secondes. Je me suis chronométrée à l'hôpital, essayant avec une fiole d'eau : cinq secondes pour ouvrir la fiole, cinq de plus pour verser le contenu de la fiole dans le verre de vin et trois autres pour ramener ma main et me calmer. J'en ai pour environ treize secondes, pas vingt, mais je ne veux pas qu'il se doute de quoi que ce soit, alors j'ai besoin d'un peu plus de temps.

— Alors, parle-moi de ta journée, Sara, dit-il après avoir vidé pratiquement toute son assiette.

En relevant la tête, il me fixe de son regard d'acier froid.

— Quelque chose d'intéressant ?

Mes entrailles se contractent, se nouant autour des linguines que je me suis forcée à avaler. Peter ne peut pas savoir que j'ai croisé Joe, si ? Mon bourreau n'a rien dit, mais si cette étrange situation entre nous est sa façon de me courtiser, il pourrait émettre une objection, à ce que je parle, ou prenne rendez-vous, avec d'autres hommes.

— Euh, non.

À mon grand soulagement, ma voix semble relativement

normale. Je fonctionne de mieux en mieux sous un stress extrême.

— Il y a bien une femme qui s'est présentée avec des pertes de sang énormes, causées par une fausse de couche de jumeaux, et une jeune fille de quinze ans qui s'est pointée avec une grossesse *prévue*, ayant toujours voulu être mère, paraît-il, mais ça ne t'intéresse probablement pas, j'en suis sûre.

— C'est faux.

Il dépose sa fourchette et s'adosse à la chaise.

— Je trouve ton travail fascinant.

— Vraiment ?

Il acquiesce.

— Tu es médecin, mais pas seulement quelqu'un qui préserve la vie et soigne les maladies. Tu *donnes* la vie, Sara, en aidant des femmes dans leur état le plus vulnérable, et le plus beau.

J'inspire, le fixant du regard. Cet homme, ce *tueur*, ne peut pas comprendre, n'est-ce pas ?

— Tu crois… que les femmes enceintes sont belles ?

— Pas seulement les femmes enceintes. Tout le processus est beau, dit-il, et je réalise qu'il comprend. Tu ne crois pas ? demande-t-il lorsque je continue de le fixer, sous le choc. La façon dont la vie se forme, la façon dont une petite grappe de cellules croît et change avant de voir le jour ? Ne trouves-tu pas ça beau, Sara ? Miraculeux, même ?

Je soulève mon verre et prends une gorgée avant de répondre.

— Oui.

Ma voix est étouffée lorsque je réussis enfin à parler.

— Bien sûr. Je ne m'attendais seulement pas à ce que *tu* le voies ainsi.

— Pourquoi ?

— N'est-ce pas évident ?

Je dépose mon verre.

— Tu mets fin à des vies. Tu t'en prends à des gens.

— Oui, c'est vrai, acquiesce-t-il, sans ciller. Mais ça ne me fait qu'apprécier davantage la vie. Lorsque tu comprends la fragilité de l'*être*, son caractère éphémère, lorsque tu vois à quel point il est facile de mettre un terme à l'existence de quelqu'un, tu apprécies encore plus la vie, pas moins.

— Alors, pourquoi le faire ? Pourquoi détruire quelque chose que tu apprécies ? Comment peux-tu concilier le fait d'être un tueur avec…

— Le fait de trouver la vie humaine belle ? C'est simple.

Il se penche vers l'avant, ses yeux gris pratiquement noirs dans la flamme dansante des bougies.

— Tu vois, Sara, la mort fait partie de la vie. Une partie hideuse, certes, mais il n'y a pas de beauté sans laideur, tout comme il n'y a pas de bonheur sans douleur. Nous vivons dans un monde de contrastes, pas d'absolus. Nos esprits sont faits pour comparer, pour percevoir les changements. Tout ce que nous sommes, tout ce que nous faisons en tant qu'êtres humains, se base sur le fait, que X, est différent de Y, mieux, pire, plus chaud, plus froid, plus sombre, plus clair, peu importe, mais seulement dans la comparaison. Dans le vide, X n'a aucune beauté, tout comme Y n'a aucune laideur. C'est le contraste entre eux qui nous permet d'estimer l'un plus que l'autre, de faire un choix et d'en retirer du bonheur.

Ma gorge me semble inexplicablement serrée.

— Alors, quoi ? Tu apportes de la joie au monde grâce à ton travail ? Tu rends les gens heureux ?

— Non, bien sûr que non.

Peter prend son verre de vin et remue le liquide qui s'y trouve.

— Je n'ai aucune illusion sur ce que je suis et ce que je fais. Mais ça ne signifie pas que je ne peux pas concevoir la beauté de *ton* travail, Sara. On peut vivre dans les ténèbres et voir l'éclat du soleil, il est même encore plus éclatant ainsi.

— Je…

Mes paumes sont moites lorsque je soulève mon verre et glisse discrètement ma main libre dans mon sac. Aussi fascinant que ce soit, je dois agir avant qu'il ne soit trop tard. Il n'y a aucune garantie qu'il se versera un deuxième verre.

— Je n'ai jamais envisagé les choses sous cet angle.

— Et c'est normal.

Il dépose son verre et me sourit. C'est ce sourire sombre et magnétique, celui qui échauffe mon sang.

— Tu as mené une vie bien différente, ptichka. Une vie plus douce.

— Oui.

Ma respiration est courte alors que je soulève mon verre et l'approche de mes lèvres.

— Je suppose que c'est le cas… avant que tu n'y entres.

Son expression se fait sombre.

— C'est vrai. Pour ce que ça vaut…

Mon verre me glisse des doigts, le contenu se déversant sur la table devant moi.

— Zut.

Je me lève d'un coup, comme si j'étais embarrassée.

— Je suis vraiment désolée. Laisse-moi…

— Non, non, assieds-toi.

Il se lève, comme je l'espérais. Même s'il est ici chez moi, il aime jouer le rôle d'un hôte accueillant.

— Je m'en occupe.

Il n'a besoin que de quelques foulées pour atteindre le papier absorbant sur le comptoir, mais c'est tout ce qu'il me faut pour ouvrir la fiole. *Six, sept, huit, neuf...* Je compte dans ma tête, alors que j'en verse le contenu dans son verre. *Dix, onze, douze.* Il se retourne, des feuilles de papier absorbant dans la main, et je lui lance un sourire penaud alors que je m'affaisse contre ma chaise, la fiole vide de retour dans mon sac. Mon dos est trempé de sueur glacée et mes mains tremblent sous l'effet de l'adrénaline, mais ma tâche est accomplie.

Il ne lui reste plus qu'à boire de son vin.

— Attends, laisse-moi t'aider, dis-je en faisant mine d'attraper une serviette alors qu'il éponge le vin sur la table, mais il me fait signe de rester à l'écart.

— Tout va bien, ne t'inquiète pas.

Il transporte mon assiette pleine de vin vers la poubelle et y laisse tomber le reste de mes pâtes, une autre occasion pour moi, me dis-je dans un coin de mon esprit, puis il revient avec une assiette propre.

— Merci, dis-je, en tentant de paraître reconnaissante, plutôt qu'enchantée, lorsqu'il remplace mon verre et le remplit avant d'en verser également dans le sien. Je suis désolée d'être aussi empotée.

— Ne t'inquiète pas.

Il semble froidement amusé lorsqu'il s'assit à nouveau.

— Normalement, tu es très gracieuse. C'est l'une des choses qui me plaît le plus chez toi : à quel point tes gestes sont précis et contrôlés. Est-ce en raison de ta formation médicale ? Une main ferme pour les chirurgies et tout ?

Ne montre pas ta nervosité. Peu importe ce que tu fais, ne montre pas que tu es nerveuse.

— Oui, en partie, réponds-je, en faisant de mon mieux pour garder un ton calme. J'ai aussi fait du ballet dans ma jeunesse et mon enseignante était stricte pour ce qui était de la précision et de la bonne technique. Nos mains devaient être placées comme ça, nos pieds tournés comme ci. Elle nous faisait pratiquer chaque posture, chaque pas jusqu'à ce que ce soit parfait et si nous manquions un détail, nous devions le reprendre, parfois pendant tout un cours.

Il soulève son verre et fait tournoyer le liquide.

— Intéressant. J'ai toujours pensé que tu avais le physique d'une danseuse. Tu en as la posture et la silhouette.

— Vraiment ?

Bois. Je t'en prie, bois.

Il dépose le verre et me fixe d'un regard énigmatique.

— Sans conteste. Mais tu ne danses plus, n'est-ce pas ?

— Non.

Allez, reprends le verre.

— J'ai arrêté le ballet lorsque j'ai commencé le lycée, mais j'ai fait un peu de salsa à l'université.

— Pourquoi avoir arrêté le ballet ?

Sa main s'approche de son verre, comme s'il était sur le point de le soulever à nouveau.

— J'imagine que tu étais bonne.

— Pas suffisamment pour continuer sur le plan professionnel, du moins pas sans encore plus d'entraînement. Et mes parents ne souhaitaient pas une telle chose pour moi.

Mon cœur s'emballe sous l'effet de l'anticipation alors que ses doigts s'enroulent sur le pied du verre.

— Le salaire potentiel d'un danseur est assez limité, de même que la durée de sa carrière. La plupart arrêtent la danse dans la vingtaine et doivent trouver autre chose à faire de leurs vies.

— Quel pragmatisme, dit-il, songeur, en soulevant le verre. Était-ce important pour toi ou pour tes parents ?

— Qu'est-ce qui était important ?

J'essaie de ne pas fixer le verre qui n'est qu'à quelques centimètres de ses lèvres. *Allez, bois.*

— Le salaire potentiel.

Il fait à nouveau tournoyer le vin, semblant s'amuser de voir le liquide doré tourbillonner.

— Souhaitais-tu devenir un médecin riche et prospère ?

Je me force à détourner le regard du mouvement hypnotique du vin.

— Bien sûr. Qui ne le voudrait pas ?

L'attente me ronge, alors je me distrais en soulevant mon propre verre et prends une gorgée. *Allez, imite-moi inconsciemment et bois. Allez, quelques gorgées, c'est tout.*

— Je ne sais pas, murmure-t-il. Peut-être une petite fille qui aurait préféré être une ballerine ou une chanteuse ?

Je bats des cils, brièvement distraite de son verre de vin.

— Une chanteuse ?

Pourquoi me dit-il ça ? Personne, à l'exception de mon conseiller de cinquième, n'était au fait de cette ambition précise.

Même à dix ans, je savais qu'il était vain d'aborder quelque chose d'aussi irréaliste avec mes parents, surtout après avoir appris leur opinion sur le ballet.

— Tu as une voix magnifique, dit Peter, jouant toujours avec son verre. Il n'est que logique qu'à un certain point, tu aies envisagé de chanter. Et contrairement à la carrière d'une danseuse, celle d'une chanteuse n'a pas à se terminer trop tôt. De nombreux chanteurs âgés sont très réputés.

— Je suppose que tu as raison.

Je fixe à nouveau son verre, de plus en plus frustrée. À croire qu'il me torture, pour voir combien de temps il me faut avant de craquer. Pour contrôler mon impatience, je prends une grande gorgée de vin et ajoute :

— Comment sais-tu seulement le genre de voix que j'ai ? Oh, je vois. Tes appareils d'écoute, c'est ça ?

Il acquiesce, sans aucune trace de remords.

— Oui. Tu chantes souvent lorsque tu es seule.

J'ingurgite un peu plus de vin. À tout autre moment, son mépris désinvolte de ma vie privée m'aurait enragée, mais pour l'instant, toute mon attention est tournée vers ce stupide verre. *Pourquoi ne boit-il pas ?*

— Alors, tu crois vraiment que j'ai une belle voix ? Demandé-je, avant de réaliser que je devrais probablement m'indigner davantage.

D'une voix plus acerbe, j'ajoute :

— Puisque je me suis donnée en spectacle sans le savoir, tu peux tout aussi bien me donner ton avis honnête.

Ses yeux se plissent alors qu'il dépose à nouveau son verre.

— Tu as une belle voix, ptichka. Je te l'ai déjà dit, et je n'ai aucune raison de te mentir.

Oh mon Dieu, mais bois ton putain de vin ! Pour m'empêcher de hurler, j'inspire un bon coup et placarde un joli sourire sur mes lèvres.

— Oui, eh bien, tu essaies *bien* de coucher avec moi. Comme toute femme te le dira, la flatterie est un bon début.

Il rit et reprend son verre.

— C'est vrai. Seulement, j'ai l'impression que je pourrais te complimenter jusqu'à la fin des temps et que ça ne changerait rien.

— On ne sait jamais.

Je garde un ton léger et charmant malgré la sueur froide qui coule le long de ma colonne. S'il ne boit pas de lui-même, je vais devoir lui forcer la main.

Nous ne pouvons pas mettre fin à ce dîner avant qu'il n'ait pris quelques bonnes gorgées.

En soulevant mon verre, je souris davantage et dis :

— Pourquoi ne pas boire à ça ? À la vanité des femmes et à tes flatteries ?

— Pourquoi pas ?

Il entrechoque nos verres.

— À toi, ptichka et, à ta voix sublime.

Nous portons tous deux un verre à nos lèvres, mais avant que je puisse prendre une gorgée, ses doigts se relâchent sur le pied de son verre.

— Zut, murmure-t-il, lorsque son verre tombe, renversant le vin devant lui en une réplique exacte de ma bévue précédente.

Ses yeux étincellent d'une lueur sombre.

Je cesse de respirer, mon sang se figeant dans mes veines.

— Tu… tu…

— Savais que tu as ajouté quelque chose dans mon verre ? Évidemment.

Sa voix reste douce, mais je peux maintenant y déceler une note dangereuse.

— Tu crois que personne n'a jamais tenté de m'empoisonner avant ?

Mon cœur bat la chamade, pourtant je suis incapable de bouger alors qu'il se lève et contourne la table, s'approchant de moi avec la grâce d'un prédateur. Je ne peux que le fixer, sans pouvoir me détourner de la rage qui couve dans ces yeux métalliques.

Il va me tuer. Il va me tuer après cette tentative.

— Je n'ai pas…

La terreur est comme une lave toxique dans mes veines.

— Je ne voulais pas…

— Non ?

S'arrêtant près de moi, il glisse une main dans mon sac et en sort la fiole vide. Je devrais fuir, du moins essayer, mais je ne suis pas assez brave pour le provoquer davantage. Alors, je reste immobile, respirant à peine comme il approche la fiole de son nez pour la humer.

— Ah, oui, murmure-t-il en baissant la main. Un peu de diazépam. Je ne pouvais pas le déceler dans le vin, mais c'est clair ainsi.

Il dépose la fiole devant moi sur la table.

— Je suppose que tu l'as pris à l'hôpital ?

— Je… Oui.

Ça ne sert à rien de nier. La preuve est littéralement devant moi.

— Hmm.

Il appuie sa hanche sur la table et me regarde.

— Et quel était ton plan, une fois que j'étais inconscient, ptichka ? Me livrer au FBI ?

Je hoche la tête, les mots figés dans ma gorge alors que je le fixe du regard. Avec son corps imposant qui me surplombe, je me sens comme le petit oiseau auquel il m'a comparée : petite et terrifiée dans l'ombre d'un faucon.

Ses lèvres sensuelles se tordent en une parodie de sourire.

— Je vois. Et tu crois que ça aurait été aussi simple ? M'assommer et c'est terminé ?

Je bats des cils, sans comprendre.

— Tu crois que je n'ai pas un plan de secours pour un tel cas ? Clarifie-t-il, et je cille lorsqu'il lève une main.

Mais il ne fait que soulever l'une de mes boucles et effleurer la pointe contre ma mâchoire, le geste tendre et pourtant cruellement moqueur.

— Ou essaies-tu de me tuer ou de m'assommer d'une quelconque façon ?

— Tu… tu en as un ?

Ses paupières s'abaissent, son regard se fixant sur mes lèvres.

— Évidemment.

La mèche qu'il tient toujours effleure mes lèvres, la pointe chatouillant la chair sensible et mes entrailles se contractent lorsqu'il ajoute doucement :

— En ce moment, mes hommes surveillent ta maison et tout ce qui se trouve dans un rayon de dix coins de rue, en plus du petit écran qui affiche mes signes vitaux.

Ses yeux croisent les miens.

— Veux-tu savoir ce qu'ils auraient fait si ma tension artérielle avait chuté subitement ?

Je secoue la tête sans un mot. Si les hommes de Peter ressemblent un tant soit peu à ce dernier, et ça ne fait pas de doute s'ils suivent ses ordres, je préfère ignorer les détails de ce que je viens d'éviter de justesse.

Son sourire se fait sombre.

— Oui, c'est probablement sage, ptichka. L'ignorance est une bénédiction, et tout.

Je rassemble ce qui me reste de courage.

— Que vas-tu me faire ?

— Que crois-tu que je vais faire ?

Il penche la tête, son sourire s'assombrissant davantage.

— Te punir ? Te blesser ?

Mon cœur cogne contre ma poitrine.

— Est-ce le cas ?

Il me regarde pendant un long moment, son sourire s'estompant, puis il secoue la tête.

— Non, Sara.

Il y a une note étrangement lasse dans sa voix.

— Pas aujourd'hui.

S'éloignant de la table, il commence à rassembler la vaisselle et je m'affaisse, soulagée et pourtant vidée de tout espoir.

S'il ne ment pas au sujet de ses hommes, et je n'ai aucune raison de croire autrement, je suis encore plus piégée que je le pensais.

27

Peter

ÇA NE DEVRAIT PAS ME FAIRE MAL, DE SAVOIR QU'ELLE VEUT SE débarrasser de moi. Ça ne devrait pas me faire l'effet de lames brûlantes tranchant mon torse. Toute personne dans la situation de Sara aurait lutté ; c'est tout bonnement logique et attendu.

Ça ne devrait pas faire mal, mais c'est le cas et, peu importe ce que je me dis alors que je précède Sara dans l'escalier, le monstre en moi, grogne et hurle, exigeant de moi que je lui fasse exactement ce qu'elle craint et que je la punisse de sa tentative.

Lorsque nous arrivons dans la chambre, je ne la force pas à se dévêtir devant moi à nouveau ; je suis trop près du gouffre pour garder mon sang-froid. Je l'ai déjà trop mise à l'épreuve pendant le dîner en entrant dans sa routine innocente de *Je n'ai pas drogué ton vin*. J'ai su immédiatement ce qu'elle avait fait, renverser son vin étant trop inhabituel pour elle, mais je voulais savoir si elle était bonne actrice et j'ai continué à lui parler, à prétendre que j'étais inconscient et crédule, un idiot sur le point de me laisser prendre à l'un des plus vieux tours du monde.

— Tu peux prendre une douche, dis-je, en lui montrant la salle de bain lorsqu'elle s'arrête près du lit, son regard passant nerveusement du lit à moi. Je serai là lorsque tu auras terminé.

Le soulagement éclaire ses traits et elle disparaît dans la salle de bain. J'en profite pour descendre l'escalier et prendre une douche rapide dans l'une des autres salles de bain.

Même si j'ai pris une douche après le boulot d'aujourd'hui, je veux être ultra propre pour elle.

Elle est toujours dans la douche lorsque je reviens dans la salle de bain, alors je plie soigneusement mes vêtements et les dépose sur la commode avant de m'installer dans le lit. Je me suis soulagé un peu plus tôt aujourd'hui, mais mon envie de Sara ne s'est pas atténuée et je sais que je ne pourrai pas jouer ce jeu encore bien longtemps.

Je vais la posséder et la faire mienne.

Si ce n'est pas ce soir, alors très bientôt.

La douche de Sara s'éternise et je sais qu'elle essaie ainsi de m'éviter, mais je n'en ai cure. Je profite de ce moment pour faire le vide dans mon esprit et calmer la colère persistante qui brûle en moi. Lorsqu'elle sort enfin de la salle de bain, enveloppée dans une serviette, j'ai retrouvé le contrôle du monstre et je peux lui sourire calmement.

— Viens, dis-je, en tapotant le lit.

J'essaie de toutes mes forces de ne pas penser à la douceur et à la moiteur de son sexe hier, mais c'est impossible. Je veux sentir cette douce moiteur autour de mon membre, je veux l'entendre gémir comme j'entre en elle. Je veux goûter à cette bouche pulpeuse et voir ses yeux noisette se faire lointains au moment où elle jouit, encore et encore.

Je la veux, mais je ne peux pas.

Pas tout de suite, du moins.

Elle s'approche avec incertitude, aussi méfiante qu'une gazelle, et tout aussi gracieuse. Je veux l'attraper et l'attirer dans le lit, mais je reste immobile, la laissant s'approcher de son propre chef. Je peux ainsi prétendre qu'elle ne me déteste pas, que de me voir en prison ou mort ne lui procurerait pas la plus grande joie qui soit.

Je peux ainsi imaginer qu'un jour, elle *me* choisira peut-être.

— Retire cette serviette et viens ici, dis-je lorsqu'elle s'arrête à moins d'un mètre du lit, mais elle ne bouge pas, ses mains serrant la serviette contre sa poitrine.

— Allons-nous dormir ? Simplement dormir ? demande-t-elle d'une voix incertaine.

Je hoche la tête, même si je suis douloureusement dur juste à la regarder. Si j'étais sûr de pouvoir garder le contrôle, je la prendrais ce soir, ou du moins je la ferais à nouveau jouir, mais le mieux que je peux me permettre est de l'étreindre et de me forcer à dormir. Ce sera une torture, mais je la supporterai. Je ne la forcerai pas lorsqu'elle s'attend à ce que je lui fasse mal ; si difficile soit-il, je ne donnerai pas raison à ses peurs.

— Rien de plus, promets-je, espérant qu'elle ne remarque pas la faim violente dans ma voix. Nous ne ferons que dormir.

Elle hésite une autre seconde, puis elle s'approche du lit, laisse tomber la serviette humide et se glisse sous la couverture. Je ne vois rien de plus qu'un peu de peau nue, mais c'est suffisant pour que le désir m'enflamme. Je me raidis en l'attirant contre moi et j'étouffe un grognement lorsque ses douces fesses se pressent contre mon entrejambe, sa peau humide et chaude après la longue douche. Elle a de magnifiques fesses, ma petite médecin, fermes et galbées, et je n'ai qu'une envie : entrer en elle, sentir ces fesses lisses se presser contre mes testicules alors que je plonge en elle, encore et encore.

En fermant les yeux, je hume le doux parfum de son shampoing et me force à contrôler ma respiration. Après un moment, je sens la tension de ses muscles s'apaiser, et je sais qu'elle commence à se détendre, à croire que je ne la prendrai pas de force malgré l'érection qu'elle sent contre elle.

Lentement, me dis-je en inspirant et en expirant. *Contrôle et sang-froid. La douleur n'est rien. L'inconfort n'est rien.* C'est un mantra que je me suis répété lorsque j'étais au camp Larko et c'est vrai. La douleur, la faim, la soif, le désir… ce ne sont que des pulsions chimiques et électriques, un moyen de communication entre le cerveau et le corps. Désirer Sara ne me tuera pas, pas plus que les six mois passés en isolement lorsque j'avais quatorze ans. La torture d'un désir inassouvi n'est rien comparativement à l'enfer d'être enfermé dans une pièce à peine assez grande pour être appelée une cage, avec personne à qui parler et rien à faire. Ce n'est rien comparativement à un couteau qui se plante dans un rein ou à un poing imposant qui s'abat avec assez de force pour pratiquement en perdre l'œil.

Si j'ai survécu à la prison juvénile en Sibérie, je peux survivre à mon envie de Sara.

Encore un moment, du moins.

28

Sara

— ET TOI, SARA ?

— Euh...

Je lève les yeux de mon assiette et fixe un regard vide sur Marsha, qui vient probablement de me demander quelque chose.

Andy lève les yeux au ciel.

— Elle a encore la tête dans les nuages. Laisse-la tranquille, Marsha.

— Désolée, je suis un peu distraite, dis-je en repoussant une boucle qui s'est détachée de ma queue de cheval.

Je suis convaincue que mes cheveux sont en pagaille aujourd'hui, mais j'oublie constamment de m'arrêter devant un miroir pour les replacer. En général, tout ce qui me trotte dans la tête ce matin, c'est qu'en rentrant chez moi ce soir, *il* m'y attendra.

Peter Sokolov, l'homme à qui je ne peux échapper.

— Je t'ai demandé si tu voulais te joindre à Tonya et moi samedi, dit Marsha, semblant plus amusée qu'agacée. Andy vient de confirmer qu'elle sera des nôtres ; elle passera du temps avec son copain un autre soir. Et toi, Sara ?

— Oh, désolée, je ne peux pas, dis-je en repoussant mon assiette.

J'ai croisé les infirmières à la cafétéria au moment où j'attrapais mon petit-déjeuner et elles m'ont convaincue de me joindre à elles pour un repas assis.

— J'ai promis à mes parents de passer les voir.

Cette dernière partie est un mensonge, mais je ne me vois pas leur expliquer que je ne veux pas qu'elles deviennent la cible d'un certain tueur russe, ou de l'un de ses hommes.

— C'est dommage, dit Marsha. Tonya nous introduira à nouveau dans le club. Tu semblais t'y plaire, si je me souviens bien. Tonya dit que le joli barman s'est renseigné sur toi.

Je fronce les sourcils.

— Ah bon ?

— Oui, confirme Tonya. Il a dit quelque chose d'étrange, par contre. Il a cru te voir avec un homme qui semblait possessif, comme s'il était ton petit ami ou quelque chose du genre. Je lui ai dit qu'il avait dû se tromper, parce que tu es partie seule cette nuit-là. N'est-ce pas ? Tu n'as pas un homme secret caché quelque part, dis-moi ?

Je me sens glacée, alors même que mon visage devient désagréablement brûlant.

— Non, vraiment pas.

— Vraiment ? dit Marsha, fascinée. Alors pourquoi rougistu ? Et pourquoi serres-tu cette fourchette comme si tu étais sur le point de poignarder quelqu'un ?

Je baisse les yeux et vois qu'elle a raison. Je tiens l'ustensile si fort que mes jointures sont blanches. Je me force à relâcher ma poigne, puis je lâche un rire maladroit et dis :

— Désolée. J'étais ivre cette nuit-là et ça me gêne un peu. Je crois que j'ai dansé avec un homme et c'est probablement ce qu'a vu ton ami, Tonya.

Andy fronce les sourcils.

— Est-ce que cet homme est la raison pour laquelle tu es sortie de là aussi vite ? Tu semblais presque… effrayée.

— Quoi ? Non, j'étais simplement ivre.

Je laisse échapper un autre rire embarrassé.

— Vous connaissez cette sensation d'être sur le point de vomir à tout moment ? Eh bien, je me sentais exactement comme ça.

— OK, dit Tonya. Je vais dire à Rick, le barman, que tu es libre. Juste au cas où tu déciderais de retourner au club avec nous, bien sûr.

— Oh, je…

Je rougis à nouveau.

— Non, ça va. Je ne suis pas vraiment prête à fréquenter quelqu'un et…

— Ne t'inquiète pas.

Tonya me tapote la main, ses doigts frais sur ma peau.

— Je ne lui donnerai pas ton numéro. Tu peux garder ton mystère de la « princesse dans une tour ». Ça ne fait que les attiser, si tu veux mon avis.

— Quoi ?

Je la fixe, bouche bée.

— Qu'est-ce que tu veux dire ?

— Elle veut dire que tu donnes cette impression d'être intouchable, dit Andy, la bouche pleine d'œufs. C'est difficile à expliquer, mais c'est comme si tu donnais l'impression d'une princesse de glace, mais pas froide, tu vois ? Comme si Jackie-O et la princesse Diana décidaient de s'encanailler en travaillant avec nous, gens ordinaires. Tu comprends ?

— Non, pas vraiment.

Je regarde la femme rousse et fronce les sourcils.

— Tu veux dire que j'ai l'air coincé ?

— Non, pas coincée, seulement différente, dit Marsha. Andy ne l'a pas bien expliqué. Tu es simplement… classe. Peut-être à cause de toutes tes années de ballet, pourtant tu donnes l'impression de savoir faire une révérence et marcher avec un livre sur la tête. Ou de savoir quelle fourchette utiliser à un dîner officiel et comment discuter avec l'ambassadeur de je ne sais quoi.

— Quoi ?

J'éclate de rire.

— C'est ridicule. Enfin, George et moi avons assisté à quelques collectes de fonds officielles, mais c'était plus son genre que le mien. Si je pouvais, je vivrais en pantalon de yoga et en tennis, tu le sais bien, Marsha. Seigneur, j'écoute du Britney Spears et je danse sur du hip-hop et du R & B.

— Je sais, chérie, mais c'est ce que tu dégages, pas ce que tu es, dit Marsha, en sortant un petit miroir pour refaire son maquillage.

Après avoir appliqué une couche de rouge à lèvres d'une main experte, elle range le miroir et le rouge et dit :

— C'est une bonne chose, crois-moi. Prends mon exemple. Je pourrais essayer d'avoir l'air classe, mais les gars me jettent un coup d'œil et décident que je suis facile. Ce que je porte ou comment j'agis n'ont pas d'importance, ils ne voient que mes cheveux, mes seins et mes fesses, et se disent que je suis intéressée.

— Ça, c'est parce que tu l'es, souligne Tonya avec un sourire.

Marsha soupire et repousse ses boucles blondes.

— Oui, pourtant ça n'a rien à voir. Mon point est qu'*elle*, dit-elle en me pointant du pouce, ne pourrait pas passer pour facile même si elle le voulait. N'importe quel homme qui la regarde sait, il le *sait*, qu'il aura à se démener pour l'avoir. Comme des dîners chez les parents et une bague au doigt.

— Ce n'est pas vrai, protesté-je. J'ai couché avec George bien avant notre mariage.

Andy lève les yeux au ciel.

— Oui, cependant combien de temps vous êtes-vous fréquentés avant de coucher ensemble ?

— Quelques mois, dis-je, en me renfrognant. Mais je n'avais que dix-huit ans et…

— Tu vois ? Quelques mois, dit Tonya, en donnant un coup de coude à Marsha. Et combien de temps les fais-*tu* attendre ?

Marsha glousse.

— Au moins quelques heures.

— Eh bien, voilà, dit Andy. Et tu te demandes pourquoi ces salauds ne te rappellent pas. Ma mère disait toujours que le meilleur moyen de perdre un gars est de coucher avec lui. Sara a la bonne méthode : soit calme et distante, alors lorsque tu lances un sourire à un mec, il en perd la parole.

— Oh, allons.

Je m'occupe des restes de mon petit-déjeuner.

— C'est le vingt-et-unième siècle. Je crois que les hommes savent mieux que…

— Non, dit Marsha, joyeusement. Ils ne le savent pas. Si

quelque chose est facile, alors ce n'est pas aussi précieux. Je le sais, et je suis à l'aise avec le fait d'être là pour un bon moment. La plupart du temps, je ne veux *pas* que ces salauds m'appellent, et les quelques fois où j'aimerais…

Elle soupire.

— Eh bien, la vie en décide autrement, je suppose. Et puis, la vie est trop courte pour essayer d'être quelque chose que je ne suis pas. Lorsque vous aurez mon âge, vous comprendrez.

— Mais oui, bien sûr.

Tonya finit d'une bouchée son bagel.

— Dis-nous en plus, ô vieille sage.

— Tais-toi, marmonne Marsha, en lui lançant sa serviette de table froissée.

La boule frappe Andy qui se venge immédiatement en lançant son propre projectile, et je me penche, en riant, alors que le petit-déjeuner se change en une bataille de serviettes de table.

Ce n'est que lorsque je sors de la cafétéria, riant encore, que je réalise que les infirmières ne m'ont pas seulement distraite de mes pensées à propos de Peter et remonté le moral.

Elles m'ont aussi donné une idée.

MON QUART DE GARDE SE TERMINE TARD, MAIS JE ME RENDS TOUT de même à la clinique après celui-ci. Elle est ouverte en permanence et ils ont toujours besoin de moi. De mon côté, je veux retarder mon retour à la maison autant que possible. L'idée qui me trotte dans la tête me donne des crampes d'estomac et la dernière chose que je souhaite est de croiser mon harceleur.

Comme toujours, ils sont heureux de me voir à la clinique. Malgré l'heure avancée, la salle d'attente est bondée de femmes de tous âges, beaucoup accompagnées d'enfants en larmes. En plus d'offrir des services d'obstétrique-gynécologie aux femmes à faible revenu, le personnel de la clinique traite souvent leurs enfants pour des troubles légers, quelque chose que les patients et les salles d'urgence du quartier apprécient grandement.

— C'est occupé ? Demandé-je à Lydia, la réceptionniste d'âge mûr et elle acquiesce, visiblement débordée.

Elle est l'une des deux seules membres salariées de la clinique. Tous les autres, y compris les médecins et les infirmières, sont des bénévoles comme moi. Les horaires sont donc imprévisibles, mais cela permet à la clinique d'offrir des soins gratuits à la communauté tout en œuvrant uniquement grâce aux dons.

— Tiens, dit Lydia, en me lançant la feuille de présence. Tu peux commencer avec les cinq noms du bas.

Je prends la feuille et me dirige vers la petite pièce qui me sert de bureau et de salle d'examen. Je dépose mes choses, me lave les mains, m'asperge le visage d'un peu d'eau froide et passe à la salle d'attente pour appeler ma première patiente.

Mes trois premières patientes sont des cas faciles, l'une veut des contraceptifs oraux, l'autre veut un dépistage de MST, et la troisième veut une confirmation de grossesse. Mais la quatrième, une jolie jeune fille de dix-sept ans du nom de Monica Jackson se plaint de saignements menstruels prolongés. Lorsque je l'examine, je découvre des lésions vaginales et d'autres signes de traumatismes sexuels et, lorsque je lui en demande la cause, elle éclate en sanglots et admet que son beau-père l'a violée.

Je la calme, prends une trousse pour le viol, traite ses

blessures et lui donne le numéro d'un refuge pour femmes où elle peut rester si elle ne se croit pas en sécurité chez elle. Je lui suggère également de communiquer avec la police, mais elle persiste à ne pas vouloir porter plainte.

— Ma mère me tuerait, dit-elle, ses yeux marron rougis et sans espoir. Elle dit que c'est un bon pourvoyeur et que nous avons de la chance de l'avoir. Il a des antécédents alors si je parle, il retournera en prison et nous nous retrouverons encore à la rue. Je m'en fous, je préférerais faire le trottoir plutôt que de vivre avec ce salaud, mais mon frère n'a que cinq ans et il finira en famille d'accueil. Pour l'instant, je m'en occupe lorsque ma mère ne peut pas et je ne veux pas qu'on nous sépare.

Elle se remet à pleurer et je lui serre la main, le cœur douloureux devant sa détresse. Même si les papiers que Monica a remplis disent qu'elle a dix-sept ans, avec sa petite silhouette et ses joues rondes, elle semble à peine assez âgée pour être au lycée. Je vois souvent des jeunes filles comme elle, ici, et ça me brise le cœur chaque fois, de savoir qu'il n'y a pas grand-chose que je puisse faire. Si elle était seule, il serait facile de la sortir de cette situation, mais avec son petit frère, la seule chose que je puisse faire est d'appeler les services à l'enfance et cela pourrait mener exactement à ce que ma patiente redoute : voir son petit frère en famille d'accueil sans elle.

— Je suis désolée, Monica, dis-je lorsqu'elle se calme. Je crois toujours que d'aller voir la police est la meilleure option pour ton frère et toi. Est-ce que quelqu'un d'autre pourrait vous aider ? Un ami de la famille ? Un proche, peut-être ?

Les traits de la jeune fille se creusent.

— Non.

Elle saute au bas de la table et enfile ses vêtements.

— Merci pour votre aide, Dr Cobakis. Au revoir.

Elle sort de la pièce et je la regarde partir, avec l'envie de pleurer. Cette fille est dans une situation impossible et je ne peux rien pour elle. Je ne peux jamais rien pour les filles comme elle. Sauf…

— Attends !

J'attrape mon sac et pars à sa suite.

— Monica, attends !

— Elle est déjà partie, dit Lydia lorsque j'entre au pas de course dans la réception. Que se passe-t-il ? Elle a oublié quelque chose ?

— En quelque sorte.

Je ne prends pas la peine de m'expliquer. En courant vers la porte, je sors et sonde la rue sombre et déserte. La petite silhouette à la chevelure foncée de Monica est déjà au bout de la rue, marchant d'un bon pas, alors je cours à sa suite, voulant à tout prix faire quelque chose au moins cette fois.

— Monica, attends !

Elle doit m'entendre, car elle s'arrête et se retourne.

— Dr Cobakis ? dit-elle avec surprise lorsque je la rejoins.

Je m'arrête, essoufflée, et fouille dans mon sac.

— Combien as-tu besoin pour passer le cap ? Demandé-je, à bout de souffle, en sortant mon carnet de chèques et un stylo.

— Quoi ?

Elle me regarde comme si je m'étais transformée en extraterrestre.

— Si tu vas voir la police et que ton beau-père est enfermé, combien ta mère et toi auriez-vous besoin afin ne *pas* finir dans la rue ?

Elle bat des cils.

— Notre loyer est de mille deux cents par mois et le chèque d'invalidité de ma mère en couvre à peu près la moitié. Si nous pouvons tenir jusqu'à l'été, je pourrai me trouver un emploi à temps plein et aider, mais…

— OK, attends un peu.

Je place le carnet de chèques contre le mur d'un immeuble et j'écris le montant de cinq mille dollars. J'avais l'intention d'utiliser l'argent pour payer une croisière d'anniversaire à mes parents cet été, mais je leur trouverai un cadeau moins dispendieux.

Mes parents ne m'en voudront pas, j'en suis sûre.

Détachant le chèque, je le tends à la jeune fille et dis :

— Prends ça et va voir la police. Il mérite d'être en prison.

Son menton arrondi tremble et, pendant un instant, j'ai peur qu'elle n'éclate à nouveau en sanglots. Mais elle ne fait qu'accepter le chèque d'une main tremblante.

— Je… Je ne sais même pas comment vous remercier. C'est…

Sa voix se brise.

— C'est juste…

— Tout va bien.

Je range mon carnet de chèques et lui sourit.

— Va le déposer, puis fais arrêter ce salaud, d'accord ? Promets-moi que tu le feras ?

— Promis, dit-elle en fourrant le chèque dans la poche de son jean. Promis, Dr Cobakis. Merci. Merci infiniment.

— Tout va bien. Allez. Il est tard et tu ne devrais pas être dehors seule.

Elle hésite, puis jette ses bras autour de moi en une étreinte rapide.

— Merci, murmure-t-elle à nouveau, puis elle part, sa petite silhouette passant d'un lampadaire à l'autre avant de disparaître de ma vue.

Je reste là jusqu'à ce qu'elle disparaisse, puis je me dirige vers la clinique. Mon compte en banque vient de prendre un coup, mais je me sens aussi joyeuse que si je venais de gagner à la loterie. Pour la première fois depuis que je travaille à la clinique, j'ai réellement aidé quelqu'un et la sensation est incroyable.

Le vent froid me gifle le visage comme je me mets à avancer et je réalise que j'ai oublié mon manteau à la clinique. Ça n'a pourtant pas d'importance. Je rayonne d'une joie intérieure et le vent froid de mars ne fait pas le poids.

Je ne peux pas régler ma propre vie, mais j'ai peut-être permis à Monica de régler la sienne.

Je suis à moins d'un coin de rue de la clinique lorsque le vacillement d'une ombre à ma droite attire mon attention. Mon cœur s'emballe et l'adrénaline inonde mes veines lorsque deux hommes à l'allure dépenaillée sortent d'une étroite allée entre deux maisons, la lumière de la rue se reflétant sur les lames étincelantes de leurs couteaux.

— Ton sac, grogne le plus grand, en me faisant signe du couteau et, même à cette distance, je perçois la puanteur nauséabonde d'odeur corporelle, d'alcool et de vomi. Lance-le ici, salope. Maintenant.

Je fais mine d'attraper le sac avant même qu'il ne finisse sa phrase, mais mes doigts glacés sont gourds et le sac tombe de mon épaule.

— Putain de salope ! Lance-le ici, j'ai dit ! Siffle-t-il, de plus en plus agité et je réalise qu'il est sous l'effet d'une drogue.

Meth? Coke ? Dans tous les cas, il est instable et son partenaire, qui s'est mis à ricaner comme une hyène, n'est pas mieux.

Je dois les apaiser. Rapidement.

— Attends, je te le donne, promis.

Tremblante, je m'agenouille pour prendre le sac et le lui donner, mais avant de pouvoir me relever, une masse floue me dépasse.

Haletante, je tombe à la renverse, arrêtant ma chute de mes mains, alors qu'une grande silhouette sombre percute mes attaquants, se déplaçant à une vitesse et avec une adresse presque surhumaine. Les trois corps disparaissent dans la ruelle sombre et j'entends deux cris paniqués, suivis d'un étrange gargouillis. Puis, quelque chose de métallique tombe sur le pavé. Deux fois.

Oh, mon Dieu. Oh, mon Dieu, oh mon Dieu. Oh, mon Dieu.

Je recule en hâte, remarquant à peine l'asphalte qui érafle la peau de mes paumes, alors que mon sauveur sort de la ruelle, les deux hommes derrière lui s'affaissant comme des marionnettes aux ficelles coupées. Un liquide sombre s'étend sous leurs corps couchés et l'odeur cuivrée du sang emplit l'air, se mêlant à quelque chose d'encore plus répugnant.

Il les a tués, je réalise dans une stupeur hagarde. Il vient de les *tuer*.

La vague de terreur me donne une nouvelle dose d'adrénaline et je me mets sur mes pieds, prête à crier. Mais avant de pouvoir faire un son, la silhouette sombre s'avance vers moi et le lampadaire illumine son visage.

Son visage familier et exotique aux traits séduisants.

— T'ont-ils blessée ?

La voix de Peter Sokolov est aussi dure que son regard métallique et, encore une fois, je me retrouve paralysée, terrifiée et pourtant incapable de bouger d'un iota alors qu'il s'approche de moi, ses sourcils épais renfrognés. C'est l'expression d'un tueur, le visage du monstre sous le masque humain, pourtant il y a aussi autre chose.

Quelque chose qui ressemble presque à de l'inquiétude.

— Je....

J'ignore ce que j'étais sur le point de dire, car l'instant d'après, je me retrouve enveloppée dans ses bras, serrée si fort contre son torse puissant que j'ai peine à respirer. La chaleur de son corps imposant m'entoure, me protégeant du vent glacial, et je réalise que j'ai froid, que je suis glacée. L'horreur de ce dont j'ai été témoin ne m'a pas encore entièrement frappée, mais je commence déjà à me sentir engourdie, mes pensées diffuses et léthargiques, alors que le froid s'enfonce davantage en moi, m'anesthésiant contre le traumatisme.

C'est le choc. Je pose mon diagnostic automatiquement. Je suis en état de choc.

— Chut, ptichka. Tout va bien. Tout ira bien.

La voix de Peter est basse et apaisante, son étreinte se relâchant jusqu'à ce qu'il me tienne dans ses bras avec une tendresse étonnante. Je réalise alors que je suis la cause des étranges sons étouffés que j'entends. J'ai peine à respirer, ma gorge se contractant comme pendant une crise de panique.

Non, pas comme... *j'ai* une crise de panique.

Il doit s'en rendre compte aussi, car il recule et baisse les yeux vers moi, ses yeux gris se plissant d'inquiétude.

— Respire, m'ordonne-t-il, ses mains se resserrant sur mes épaules. Respire, Sara. Lentement et profondément. C'est bien, ptichka. Encore. Respire...

Je suis sa voix, le laissant agir comme mon thérapeute et, graduellement, la sensation d'étouffement s'estompe, ma respiration se stabilisant. Je me concentre sur cette tâche, respirer normalement, et évite de penser, car si je réfléchis à ce qui vient de se passer, si je jette un regard à la ruelle à ma droite et vois les deux corps comme des marionnettes, je vais m'évanouir.

— Voilà, c'est bien.

Il m'attire à nouveau contre lui, sa grande main caressant mes cheveux alors que je reste là, mon visage enfoui contre son torse.

— Tout va bien, ptichka. Tout va bien.

Bien ? J'ai envie de rire et de crier en même temps. Dans quel monde deux cadavres dans une ruelle sont « bien » ? Je tremble maintenant, à la fois sous l'effet du vent et du choc, et je sais que je suis sur le point de perdre le contrôle. Je n'ignore rien du sang et des blessures, et j'ai aussi côtoyé la mort à l'hôpital, mais la façon dont ces deux hommes se sont affaissés, comme s'ils n'étaient rien, rien d'autre que des sacs de viande et d'os…

Je mets un frein à mes pensées avant qu'elles continuent trop loin sur cette voie, mais ma gorge se contracte déjà à nouveau et mes tremblements s'intensifient.

— Chut.

Peter me réconforte encore une fois, me berçant doucement. Il doit me sentir trembler.

— Ils ne peuvent plus te faire de mal. C'est fini. Tout est fini. Allez, retournons à la maison.

J'ouvre la bouche pour m'objecter, pour insister sur le fait d'appeler la police ou une ambulance, ou quelque chose, mais avant que je puisse prononcer un seul mot, il se penche et me soulève dans ses bras. Il le fait sans effort, comme si je ne pesais rien. Comme s'il était normal d'emporter une femme en proie à une crise de panique loin de la scène d'un double homicide.

Comme s'il le faisait tous les jours… ce qui, que je sache, est peut-être le cas.

Je retrouve enfin ma voix.

— Dépose-moi.

Ce n'est qu'un faible murmure, à peine un son, mais c'est mieux que rien. Mes mains tentent aussi de bouger, de repousser ses larges épaules alors qu'il s'avance dans la rue.

— Je t'en prie. Je… je peux marcher.

— Tout va bien.

Il me lance un regard rassurant.

— Nous y sommes presque.

— Où, demandé-je, puis, j'aperçois alors notre destination.

C'est un SUV noir, stationné à un coin de rue de la clinique. Un grand homme arborant une épaisse barbe noire est appuyé contre celui-ci. Comme nous approchons, Peter lui dit quelque chose dans une langue étrangère, sa voix basse et urgente.

L'homme répond dans la même langue, probablement du russe, me dis-je confusément, puis sort un smartphone de sa poche, pianotant sur celui-ci avec des gestes rapides et furieux. Le collant à son oreille, il crache d'autres phrases en russe alors que Peter ouvre la portière et m'installe doucement sur le siège arrière.

Mon bourreau ne mentait pas lorsqu'il a affirmé avoir une équipe. Cet homme doit être l'un de ses compagnons.

— Je reviens dans un moment, ptichka, murmure Peter dans ma langue, en repoussant mes cheveux avec cette même tendresse étrange, puis il recule et referme la portière, me laissant seule dans la chaleur du véhicule.

Je reste immobile quelques secondes, l'observant discuter avec le barbu, puis je passe à l'action.

Me déplaçant sur le siège arrière, j'attrape la poignée de la portière opposée à l'endroit où se trouvent les deux hommes et j'ouvre la porte, tombant presque hors du véhicule dans ma hâte de fuir. Mes pensées et mes réactions sont encore lentes sous l'effet du choc, mais je suis suffisamment remise pour comprendre un fait très important.

Deux hommes ont été tués devant moi et, si je ne fais rien, je serai complice de leurs meurtres.

Le vent froid est mordant et mes poumons brûlent alors que je cours vers la clinique. Derrière moi, j'entends un cri, suivi d'un bruit de pas rapides et je sais qu'ils me poursuivent. Ma seule chance est d'entrer dans la clinique avant qu'ils ne m'attrapent. En tant qu'homme recherché, Peter ne voudra pas attirer l'attention. Une fois en sécurité, je pourrai reprendre mon souffle et réfléchir à la suite, à la meilleure façon d'informer la police des événements.

Je suis à moins de trente mètres de ma destination lorsqu'un bras solide s'enroule autour de ma taille, une main se plaquant contre ma bouche, étouffant mon cri.

— Tu aimes vraiment m'avoir à tes trousses, n'est-ce pas ? Grogne une voix familière à mon oreille, puis j'entends un véhicule approcher.

Je redouble d'efforts, tentant de me libérer en frappant les tibias de Peter et en griffant la main plaquée contre mon visage, mais rien n'y fait. J'entends une portière ouvrir, puis Peter me fourre à l'intérieur, beaucoup moins doucement cette fois-ci.

— *Yezhay*, lance-t-il au chauffeur barbu, puis nous nous éloignons, en laissant la clinique et la scène du crime derrière nous.

2 9

*P*eter

— Yan et Ilya s'occupent de tout, m'informe Anton en russe alors qu'il tourne à droite sur la rue qui mène à la maison de Sara. Ils sont arrivés avant que quelqu'un ne tombe sur la scène.

— Bien.

Je jette un œil vers Sara, qui est assise près de moi sur le siège arrière, silencieuse et d'une pâleur extrême.

— Dis-leur de disposer soigneusement des restes. Nous ne voulons pas voir réapparaître des membres où que ce soit. Ils doivent aussi ramener sa voiture.

— Ils le savent.

Anton croise mon regard dans le rétroviseur.

— Que vas-tu faire d'elle ? Tu l'as vraiment terrifiée.

233

— Je trouverai bien.

Je suis heureux que Sara ne puisse pas comprendre nos paroles ; elle ne serait que plus horrifiée. Je n'aurais pas dû tuer ces drogués devant elle, mais ils la menaçaient de leurs couteaux et j'ai vu rouge. Je n'ai vu que le corps de Tamila, brisé et ensanglanté, et la pensée que ça aurait pu être Sara, que si je n'avais pas été là, l'un de ces vagabonds aurait pu la tuer m'a glacé le sang. Ce n'était pas une décision consciente ; j'ai agi purement par instinct. Je n'ai eu besoin que de quelques secondes pour les désarmer et leur trancher la gorge, et lorsque les corps se sont écroulés, il était trop tard.

Sara les a vus mourir.

Elle m'a vu les tuer.

— Peux-tu prendre le quart d'Ilya pour le reste de la nuit ? Demandé-je à Anton lorsque nous nous immobilisons devant la maison de Sara.

Avec les chênes imposants camouflant l'entrée et les voisins les plus proches à une bonne distance, l'endroit est joli et intime, parfait pour une telle situation. C'est dommage qu'elle vende la maison, j'en suis venu à l'aimer.

— Pas de problème, répond Anton. Je serai dans les parages. Tu resteras ici jusqu'au matin ?

— Oui.

Je regarde Sara qui fixe encore le vide, inconsciente, semble-t-il, de notre arrivée.

— Je serai à ses côtés.

En prenant la main de Sara, je lui dis dans sa langue :

— Nous y sommes, ptichka. Viens, rentrons.

Ses doigts fins sont de glace dans ma main ; elle est toujours sous le choc. Cependant, alors que je l'aide à descendre du véhicule, elle me regarde et demande d'une voix rauque :

— Et la clinique ?

— Qu'y a-t-il ?

— Ils se demanderont ce qui m'est arrivé.

— Non.

Je plonge la main dans ma poche et en sors le téléphone que j'ai pris dans son sac pendant le trajet.

— Je leur ai envoyé ceci.

Je lui montre le texto affirmant qu'elle avait une urgence à l'hôpital.

— Oh.

Elle me lance un regard perplexe.

— Tu l'as envoyé ?

J'acquiesce, remettant le téléphone dans ma poche tout en l'éloignant du véhicule.

— Tu étais un peu dans la brume pendant le trajet.

C'est un euphémisme ; une fois que je l'ai poussée dans la voiture, elle a cessé de lutter et est devenue pratiquement catatonique.

Elle bat des cils.

— Mais… les corps ?

— Tout est réglé, lui dis-je. Rien ne te reliera à cette scène. Tu es en sécurité.

Sara frissonne, alors je la pousse rapidement vers la maison, ouvrant la porte avec les clés que j'ai trouvées dans son sac plus tôt. J'ai mes propres clés, que j'ai fait faire il y a un mois, lorsque je suis revenue pour elle, mais je préfère que Sara n'en sache rien. Si elle change à nouveau ses serrures, je devrai faire le même processus une deuxième fois.

— Tiens, assieds-toi, dis-je en la guidant vers le canapé. Je vais te préparer un thé à la camomille.

— Non, je…

Elle se libère de ma poigne.

— Je dois me laver les mains.

— D'accord.

Je me rappelle qu'elle est très pointilleuse à ce sujet.

— Vas-y.

Elle tourne le coin vers la salle de bain et je me dirige vers l'évier de la cuisine pour me laver. J'ai fait attention de ne pas me trouver dans le jet de sang lorsque j'ai tranché la gorge de ces hommes, mais je trouve tout de même quelques petites taches de sang sur mes avant-bras.

Avec un peu de chance, Sara ne les a pas aperçues.

Je me lave les mains et les avant-bras, puis je mets la bouilloire électrique en marche. Lorsque l'eau bout, je prépare deux tasses de thé et les dépose sur la table. Sara n'est toujours pas de retour, alors je décide d'aller voir si tout va bien.

Une fois devant la salle de bain, je cogne à la porte.

— Tout va bien ?

Il n'y a pas de réponse, seulement le bruit de l'eau qui coule. Inquiet, j'essaie de tourner la poignée, mais elle est verrouillée.

— Sarah ?

Pas de réponse.

— Sara, ouvre la porte.

Rien.

J'inspire calmement et dis d'une voix plus douce :

— Ptichka, je sais que tu es sous le choc, mais si tu n'ouvres pas tout de suite cette porte, je n'aurai d'autre choix que de l'enfoncer.

Ou de forcer la serrure, mais je n'en dis pas plus. Enfoncer la porte sonne beaucoup plus menaçant.

L'eau s'arrête, mais la porte est toujours verrouillée.

— Sara. Tu as jusqu'à cinq. Un. Deux. Trois…

J'entends le déclic du verrou.

Soulagé, je pousse la porte… et comprends que j'avais raison de m'inquiéter. Sara est assise sur le sol, son dos contre la baignoire et ses genoux relevés contre sa poitrine. Elle ne fait pas un bruit, mais son visage est strié de larmes, et elle tremble.

Bordel. Je n'aurais vraiment pas dû les tuer devant elle.

— Sara…

Je m'agenouille à ses côtés et elle s'éloigne de moi. Ignorant sa réaction, je prends doucement son bras et l'attire dans mes bras.

— Je ne te ferai pas de mal, ptichka, murmuré-je, dans ses cheveux lorsque je sens ses tremblements s'intensifier. Tu es en sécurité avec moi.

Un sanglot étouffé lui échappe puis, un autre et un autre, soudain, elle s'agrippe à moi, ses bras fins s'enroulant autour de mon cou comme elle se met à pleurer à chaudes larmes. Je caresse son dos en des cercles apaisants alors qu'elle tremble sous l'effet des sanglots incontrôlables et elle me serre encore plus fort, enfouissant son visage contre mon cou. Je sens ses larmes, et je me souviens de ce jour où j'ai voulu la calmer après l'avoir torturée. Le souvenir me donne la nausée ; je ne peux pas m'imaginer lui faire une telle chose aujourd'hui, ne peux pas m'imaginer la blesser pour quelque raison que ce soit.

Elle n'est pas seulement une personne pour moi maintenant, elle est mon monde et je la protégerai de tout et de quiconque.

Un long moment passe avant que ses sanglots se calment, si long que mes jambes sont raides lorsque je me lève enfin et la mets doucement sur ses pieds.

— Viens, murmuré-je, en entourant son dos d'un bras rassurant alors que nous sortons de la salle de bain. Prenons un thé avant d'aller au lit. Tu dois être épuisée.

Elle renifle et murmure d'une voix rauque :

— Pas de thé.

— D'accord, pas de thé. Dans ce cas, allons nous coucher.

Je me penche pour la soulever dans mes bras.

Elle ne s'oppose pas, se contentant de poser la tête contre mon épaule et d'entourer mon cou de ses bras. Son souffle est encore saccadé après toutes ses larmes, mais elle est plus calme. Cela me plaît, tout comme la façon dont elle s'agrippe à moi. Je ne sais pas si c'est le contrecoup du traumatisme ou si je viens enfin à bout de sa résistance, mais de la sentir s'agripper ainsi à moi, sans aucune trace de peur ou de méfiance, emplit ma poitrine d'une douce chaleur qui atténue le vide glacial qui enveloppe mon cœur.

Auprès de Sara, je me sens revivre, et je désire plus de cette sensation.

ara

IL EST DOUX AVEC MOI DANS LA DOUCHE, SES GESTES TENDRES ET curieusement platoniques alors qu'il me lave de la tête aux pieds. Je reste immobile ; c'est tout ce que je peux faire pour l'instant : me tenir debout. Rien ne me gêne en ce moment ni ma nudité, ni même la sienne. Maintenant que le torrent d'émotions s'est tari, je me sens vidée, un voile d'épuisement enveloppant toutes mes pensées et mes émotions. J'ai laissé derrière moi le désir, l'anxiété et la peur ; il n'existe plus que la culpabilité.

La culpabilité terrible et écrasante de savoir que deux hommes sont morts à cause de moi.

Ils sont morts parce que j'ai laissé un tueur entrer dans ma vie et que j'ai alimenté son obsession.

C'est maintenant clair, si parfaitement évident que j'ignore pourquoi je ne l'ai pas vu avant. Je suis toxique, un danger pour tous ceux qui m'entourent. Aujourd'hui, les victimes étaient deux drogués ; demain, cela pourrait être des amis ou ma famille. Personne n'est en sécurité près de moi tant que Peter me veut et toutes mes réactions n'ont fait qu'accroître son obsession.

Depuis le début, j'ai mal joué et deux hommes ont payé de leur vie mon erreur.

— Tiens, sors, m'ordonne Peter, et je sors de la douche, le laissant m'envelopper dans une épaisse serviette.

Il m'essuie avec celle-ci, me traitant à nouveau comme une enfant et je le laisse faire, trop épuisée pour faire autre chose. Et puis, toute cette situation, pleurer dans ses bras, m'agripper à lui et le laisser s'occuper de moi est parfait pour la nouvelle stratégie que je veux mettre en place.

Puisqu'il me veut, je vais le laisser m'avoir.

Ce n'est pas une stratégie particulièrement géniale, et il n'y a aucune garantie que ça fonctionne. Cela pourrait même avoir l'effet inverse. Mais à ce stade, j'ai très peu à perdre. J'ai essayé de le repousser et il est encore là, encore une menace. Je dois maintenant essayer une nouvelle approche.

Je dois lui faire perdre tout intérêt envers moi.

C'est la conversation au petit-déjeuner qui m'a donné l'idée. Et si les infirmières ont raison et que je donne l'impression d'être une « princesse de glace », une impression qui intrigue mon harceleur ? Et si, en me refusant à lui, j'alimente son envie de moi ?

Le meilleur moyen de perdre un homme est de coucher avec lui. C'est une expression stupide, mais la mère d'Andy n'est pas la seule à y croire. J'ai entendu la même chose des dizaines de fois, souvent de la part de parents d'adolescentes qui étaient tombées enceintes parce que leur famille préférait leur enseigner les valeurs de l'abstinence plutôt que celles des contraceptifs. C'est un vieux stéréotype sexiste sur la dynamique entre les hommes et les femmes, qui se fonde sur l'idée que les femmes sont comme du papier toilette, quelque chose à utiliser une seule fois avant de s'en débarrasser.

Je me suis toujours moquée de ce genre de choses, mais je sais tout de même que certains hommes agissent ainsi en pourchassant les femmes jusqu'à les avoir dans leur lit, puis en perdant rapidement tout intérêt. Mais ce n'est pas parce qu'ils croient que les femmes doivent être pures du moins généralement pas. Ils retirent tout simplement le plus de plaisir de la chasse. Ils préfèrent l'anticipation à l'aboutissement et une fois qu'ils réussissent, ils passent à autre chose, à une nouvelle proie.

J'ignore si mon harceleur entre dans cette catégorie, mais c'est possible… probable même. Il est un homme remarquablement séduisant et il est sans conteste habitué à voir les femmes s'enflammer devant son charme de mâle alpha dangereux. Je n'ai jamais rencontré quelqu'un comme lui, mais j'ai déjà perçu une partie de cette arrogance chez les athlètes universitaires populaires, les cadres de Wall Street et les chirurgiens trop payés. Les hommes comme ça, ceux au sommet de la pyramide, perçoivent toute trace de réticence comme un défi. Ils en sont intrigués et cela les rend plus enclins à poursuivre cette femme, et non l'inverse.

Si c'est le cas, et je l'espère désespérément, alors le moyen le plus facile de me débarrasser de Peter Sokolov peut être de lui donner exactement ce qu'il veut : moi consentante, dans son lit. Pour une raison quelconque, le tueur russe semble avoir fixé la limite au viol, préférant s'imposer dans ma vie, alors il me revient de lui donner le feu vert.

Si je veux mettre fin à ce cauchemar, je dois coucher de plein gré avec mon tortionnaire.

— Allez, couche-toi, m'exhorte Peter lorsque nous arrivons devant le lit.

Après avoir retiré la serviette qui m'enveloppe, il me guide doucement sous la couverture.

— Tu te sentiras mieux demain matin, c'est promis.

Une fois de plus, ses gestes sont platoniques, pratiquement cliniques, mais je sais qu'il me désire. Je vois à quel point il est dur lorsqu'il se glisse sous la couverture à mes côtés, je sens la tension qui l'habite pendant qu'il éteint les lumières et m'attire dans ses bras, contre son corps chaud, dans la même position familière.

Il me désire, mais il ne me prendra pas… pas tant que je ne lui donnerai pas mon accord.

Je reste immobile quelques instants, tentant de me convaincre de le faire. Mon estomac semble être le champ de bataille d'un raton laveur et d'un hamster, et l'épuisement me fait l'effet d'une chape étouffant mon esprit. Avec mes yeux rougis et mon mal de tête après toutes ces larmes, la dernière chose que je veux est du sexe, mais c'est peut-être mieux ainsi.

Je me sentirai peut-être moins lamentable si je n'y prends pas de plaisir.

Prenant mon courage en main, je bouge légèrement, approchant mes fesses du sexe de Peter. Il se fige, la respiration laborieuse, et je répète mon geste, me frottant contre lui alors que je bouge sous le prétexte de me mettre plus à l'aise. Avec son bras musclé entourant ma taille, j'ai une amplitude de mouvements très limitée, mais ça ne change rien. Nous sommes tous deux nus et le plus léger effleurement de sa peau contre la mienne est électrifiant, si empli de sensations que chacune de mes terminaisons nerveuses est en alerte. Je ne vois rien dans l'obscurité totale de la chambre, mais je peux sentir la rugosité des poils de ses jambes contre l'arrière de mes cuisses, humer son odeur de mâle propre, et ma propre respiration s'accélère, mon cœur battant furieusement dans ma poitrine alors que son érection se fait encore plus pressante contre mes fesses comme le canon d'un fusil.

C'est ça, allez. Ignorant l'anxiété qui serre ma gorge, je bouge un peu plus mes hanches. Je n'ai pas la force de me retourner et de l'étreindre, mais peut-être qu'avec un peu d'encouragement, il perdra le contrôle et se laissera aller. Je ne protesterai pas, je ne ferai rien pour l'arrêter. Je le laisserai me prendre, je prétendrai même y prendre un peu goût, pour ne pas présenter un défi à ce niveau. Je vais rester là et l'accepter, puis ce sera fini.

Je serai une prise consentante, mais ennuyeuse, et il se fatiguera de moi.

C'est le plan, du moins, mais alors que je continue de me mouvoir, je réalise qu'une partie de mon épuisement s'estompe pour être remplacé par une moiteur chaude entre mes cuisses. Avec l'obscurité qui dissimule tout, il est facile de prétendre que rien n'est réel, que je suis dans l'un de mes rêves tordus.

— Sara, ptichka…

Son murmure rauque semble tendu.

— Si tu veux dormir, je te conseille d'arrêter de bouger.

Je me fige un instant, puis lentement et délibérément, je bouge à nouveau contre lui.

— Et si…

J'humecte mes lèvres sèches.

— Et si je ne veux pas dormir ?

Le corps de Peter se pétrifie derrière moi, son bras se resserrant sur ma taille. Pendant un court moment irrationnel, j'ai peur qu'il ne me refuse, que malgré tous les signes il ne me désire pas réellement, mais je me retrouve alors sur le dos, son corps écrasant le mien, avant que la lampe de chevet ne s'allume.

Je cligne des yeux, momentanément aveuglée par la lumière et, comme son visage se précise, je remarque ses yeux gris plissés, sa mâchoire serrée alors qu'il se tient sur un coude. Il semble furieux et, pendant une seconde horrible, je me demande si je n'ai pas mal interprété toute la chose, si j'ai fait une terrible erreur.

— Est-ce un jeu, Sara ?

Sa voix est basse et dure, son accent plus prononcé que d'ordinaire comme il se saisit de mes poignets et les coince sur l'oreiller au-dessus de ma tête d'une seule main.

— Tu veux savoir jusqu'où tu peux me pousser?

Je le fixe du regard, mon corps parcouru d'un sombre fourmillement. Ça ressemble tant à mes rêves que ça en est troublant. Mais, c'est différent aussi. Mon souvenir embrumé lui avait conféré des traits cruels et rudes, plus un monstre qu'un homme, mais c'était faux. Il n'y a rien de monstrueux dans le visage magnifiquement fatal qui m'observe. Les rêves avaient sous-estimé la force de son charme magnétique, omis la douceur sensuelle de ses lèvres, l'arête noble de son nez, la façon dont ses épais sourcils foncés se froncent au-dessus de ces yeux métalliques intenses… Il est magnifique, mon harceleur terrifiant, et étendue là, clouée sous son corps chaud et solide, je sens le fourmillement sombre s'intensifier jusqu'à se transformer en quelque chose de dangereux et d'interdit. Mes mamelons se durcissent et une vague de chaleur m'inonde, mes muscles intimes se contractant sous l'afflux d'un besoin douloureux.

Je ne désire pas cet homme. Je ne peux *pas* le désirer. Et pourtant, tout en me disant ces mots, je sais que c'est un mensonge, une imposture issue d'une douce illusion. Peu importe ce qui a attiré Peter vers moi, c'est réciproque, la force de l'attirance entre nous aussi grande qu'irrationnelle. Je le désire. Plus encore, j'ai *besoin* de lui. Mon corps se fiche du fait qu'il a tué deux personnes devant moi, que je le déteste de toute mon âme. Ses caresses ne me révulsent pas, elles m'excitent. Mon désir est alimenté par l'intimité qu'il m'a imposée au cours des derniers jours et par le plaisir tordu que j'ai connu dans ses bras.

Par la tendresse contre nature et perverse qui n'a pas sa place dans notre relation violente.

Il attend toujours ma réponse, les yeux plissés, et je sais que je pourrais faire marche arrière, prétendre que ce n'est qu'un malentendu. Mais dans ce cas, il continuera de me suivre, sapant ma résistance jour après jour jusqu'à ce que je cède, et dans l'intervalle, tous ceux autour de moi seront en danger.

— Ce n'est pas un jeu, murmuré-je dans le silence tendu. Les préservatifs sont dans le tiroir de la table de chevet.

Il inspire, ses doigts se resserrant autour de mes poignets et je vois le moment exact où il saisit ce que je veux dire. Ses narines frémissent, ses pupilles se dilatent, la fureur sur ses traits se transformant en une faim sombre et sauvage. Il ouvre le tiroir de sa main libre, en sort un emballage en aluminium, l'ouvre d'un coup de dent et glisse le préservatif le long de son imposant sexe tendu.

Mon cœur s'emballe, l'anxiété serrant ma poitrine, mais il est trop tard.

Abaissant la tête, Peter se saisit de mes lèvres.

ara

Je ne sais pas pourquoi, mais je ne m'attendais pas à ce qu'il m'embrasse, à ce qu'il place sa bouche sur la mienne et qu'il me dévore comme s'il était affamé. Parce que c'est l'impression que j'ai : comme s'il me dévore, s'emparant de mon essence, de mon âme même. Ses lèvres et sa langue ravagent ma bouche, me coupant le souffle. Sa main libre est enfouie dans ma chevelure, m'immobilisant tout au long de ce baiser vorace, et j'ai toutes les peines du monde à ne pas fondre sur les draps. Parce qu'il ne se contente pas de prendre ; il donne. Il me donne tant de plaisir que je suis submergée par celui-ci, dépassée par son goût, son odeur et son contact.

Il m'embrasse jusqu'à me laisser brûlante, jusqu'à être incapable de me rappeler autre chose que ses lèvres sur les miennes, son souffle chaud et mentholé contre ma peau. Jusqu'à ce que toute pensée de qui nous sommes, s'envole. Je me retrouve alors arquée contre lui, abrutie par le plaisir, prête à tout pour son contact, pour ce plaisir étourdissant et brûlant. Je ne sens plus mes doigts sous la force de sa poigne, et son corps est lourd contre le mien, mais je veux plus.

Je veux me perdre dans cette étreinte impitoyable, me dissoudre en lui et disparaître.

Il relâche mes lèvres pour laisser une traînée de baisers brûlants sur mon visage et mon cou, et j'ai le souffle court, le cœur qui bat la chamade et la chair de poule sous l'effet de ce plaisir électrifiant. À chacune de mes inspirations, la pointe de mes seins frotte contre son torse musclé et l'intérieur de mes cuisses est moite d'excitation, mon corps se préparant pour lui, pour cet acte que je ne devrais pas vouloir, que je ne devrais pas désirer avec une telle intensité.

La respiration saccadée, il soulève la tête et je vois une faim identique dans son regard d'argent, un besoin sombre mêlé à quelque chose d'étonnamment possessif. Sa main lâche mes cheveux et descend le long de mon corps, caressant mes seins.

— Sara…

Il souffle mon nom d'une voix rauque alors que son pouce caresse mon mamelon sensible.

— Tu es si belle, ptichka… tout ce dont j'ai rêvé et bien plus.

Ses mots passionnés me transpercent, m'emplissant d'une chaleur qui descend jusqu'à mon entrejambe, et déclenchent des signaux d'alarme dans mon esprit. Ça ressemble trop à l'aboutissement d'une histoire d'amour et, alors que son genou écarte mes cuisses, la brume sensuelle qui pèse sur moi se dissipe un moment. Dans un sursaut de lucidité, je comprends ce qui se passe et l'horreur éteint mon désir.

Qu'est-ce que je fais ? Comment puis-je y prendre un tant soit peu de plaisir ? C'est une chose de supporter stoïquement les caresses d'un monstre pour sauver mon sort, mais de le désirer… de le laisser agir comme si nous étions amants, c'est malsain et complètement cinglé. Même avec mes poignets retenus, il ne sert à rien de prétendre que je ne suis pas consentante, que mon corps ne le désire pas de la façon la plus perverse.

Son sexe large frôle mes plis et mon souffle se fait court, mes muscles se raidissant sous l'effet d'une panique soudaine. Je ne peux pas… pas ainsi. Ça ressemble trop à des ébats amoureux. Il me regarde toujours, ses yeux gris emplis d'une chaleur brûlante, et je sais que je dois lui dire d'arrêter, mettre fin à…

Il entre en moi en une seule poussée et j'oublie ce que j'étais sur le point de dire. J'oublie tout ce qui n'est pas la sensation brutale et cruelle de son sexe plongeant dans mon corps. Sa rigidité intransigeante écarte des tissus intimes serrés et, malgré mon excitation, je sens un picotement brûlant alors qu'il plonge plus profondément, ignorant la résistance des muscles contractés. Je n'ai pas eu de rapports depuis longtemps et il est imposant, à la fois plus large et plus long que George. Mon cœur bat violemment dans ma poitrine alors que mon corps cède avec réticence à cette pénétration brutale et, avec un mélange de déception et de soulagement amer, je réalise que mes peurs étaient sans fondement.

Ça n'a rien à voir avec des ébats amoureux.

Lorsqu'il est pleinement enfoui en moi, il s'arrête, ses yeux brillent d'une faim sombre et un autre genre de tension envahit mon corps, chassant la dernière trace d'excitation indésirable et raffermissant ma détermination. Le charme sensuel de ses traits est toujours là, mais je vois maintenant le monstre sous le visage séduisant, le tueur qui m'a torturée et a détruit ma vie. Il n'y a plus de doutes sur mes sentiments, plus d'ambivalence de tout genre. Mon harceleur, l'homme que je déteste, abuse de mon corps, et j'en suis heureuse. Je suis heureuse, car sa cruauté me blesse moins que sa tendresse, son caractère impitoyable m'effraie moins que sa compassion.

Prenant une inspiration profonde, je me prépare à endurer un rythme dur et brutal, mais il ne bouge pas. Son visage est crispé de désir, son corps si tendu qu'il en vibre, mais il ne bouge pas et je réalise qu'il a remarqué mon inconfort et qu'il me donne le temps de m'habituer.

À sa manière, il essaie d'être doux, ce qui est la dernière chose que je veux.

Rassemblant mon courage, je passe la langue sur mes lèvres et regarde la faim dans son regard s'intensifier.

— Vas-y, murmuré-je, en contractant mes muscles intimes.

Je le sens palpiter en moi, dur, fort et dangereux.

— Bordel, vas-y.

Il me fixe du regard et je sens la lutte, du monstre contre l'homme. Je ne suis pas la seule avec des émotions mitigées. Il y a une part de Peter qui me déteste aussi, qui voit en moi un rappel de sa tragédie. Il me veut, mais il veut aussi me blesser, me faire payer le sort de sa femme et de son fils. Il ne le réalise peut-être pas, mais je le sais. Je le sens. Notre relation a été forgée dans la souffrance et le deuil, notre intimité est née de la torture. Il n'y a rien de normal dans son attirance ; elle est aussi tordue que ma propre réaction.

Sa vengeance est ce qui nous lie et aucune douceur ne peut changer ce fait.

Je vois le moment exact où le monstre commence à gagner

du terrain. La mâchoire de Peter se crispe alors qu'il se retire un peu avant de plonger en moi avec force.

— Est-ce ce que tu veux de moi ?

Sa voix est basse et dure, ses yeux gris s'emplissant d'une noirceur croissante. Il bouge les hanches et je halète alors qu'il m'empale davantage, sa main se resserrant autour de mes poignets.

— Dis-moi, Sara. Est-ce ce que tu veux ?

Je peux encore dire non, laisser l'homme contenir la bête, mais j'ai choisi ma voie et je ne ferai pas marche arrière. Ce dernier acte de vengeance est peut-être ce dont nous avons besoin, le châtiment nécessaire à mon absolution.

S'il déchaîne ses ténèbres sur moi, nous pourrons peut-être enfin être libres.

— Oui, je murmure tout en me préparant. C'est précisément ce que je veux.

Je ne sais pas ce que j'attendais, mais lorsque je croise le regard noisette de Sara et y vois la haine, tous mes fantasmes volent en éclat, les mensonges que je me suis racontés s'évaporant à la lumière hostile de la vérité. Son corps réagit peut-être à ma présence, mais je suis encore son ennemi, tout comme elle est la mienne. Même enveloppé par la moiteur de son sexe, je sens que le désir qui pulse dans mes veines est teinté de violence, mon désir d'elle plus sombre que tout ce que j'ai connu.

Je ne veux pas seulement la posséder, je veux la déchirer, me venger sur sa chair délicate.

— Sara…

Je m'agrippe aux vestiges de ma raison en cherchant quelque

chose à quoi me retenir alors qu'une vague déferle sur moi, le coup vicieux du désir minant mon sang-froid.

— Tu ne sais pas ce que tu…

— Bordel, vas-y, murmure-t-elle à nouveau, soutenant mon regard d'un air de défi, et le dernier fil de ma maîtrise se brise.

Avec un grognement sourd, je me retire et plonge en elle, remarquant à peine la façon dont son sexe se contracte en une résistance paniquée, les tissus intimes sensibles s'écartant sous mon assaut. Elle est moite, mais étroite, presque autant qu'une vierge, et même sous l'emprise de la passion, je réalise ce que cela signifie.

Elle n'a pas eu de sexe depuis un moment, certainement depuis son mari.

L'homme dont l'arrogance a tué mon fils.

Mon désir se fait encore plus obscur, alimenté par une rage née de la souffrance et je baisse la tête, écrasant les lèvres de Sara sous les miennes. Seulement cette fois-ci, je ne me retiens pas et le baiser est brutal et sauvage, aussi violent que les émotions qui me déchirent. Ses lèvres délicieuses, son odeur suave, la texture soyeuse et humide de sa bouche, tout cela me rend fou et je découvre le goût cuivré de son sang lorsque mes dents s'enfoncent dans sa lèvre inférieure, rompant la peau tendre. Ça devrait m'arrêter, ou du moins me faire hésiter, mais cela ne fait qu'attiser mon appétit. C'est ce dont j'ai besoin : sa douleur, sa souffrance. C'est comme si un inconnu s'était emparé de mon corps, déformant mon envie d'elle en un besoin de punir, de lui faire payer les péchés de son mari. Posséder Sara ainsi est à la fois paradisiaque et infernal, le plaisir violent de la prendre se mêlant à l'amertume de ne pas avoir tenu ma promesse.

Je fais souffrir la femme que je voulais guérir, celle qui me fait sentir vivant.

Je ne sais pas si c'est cette réalisation ou les larmes que je vois sur son visage lorsque je soulève la tête, mais la vague de rage s'estompe, le voile rouge se dissipant alors même que mon excitation atteint un nouveau sommet. Mes testicules se contractent, la tension précédant l'orgasme s'enroulant à la base de ma colonne, pourtant je deviens douloureusement conscient de la finesse de ses poignets dans ma poigne… et de la raideur terrifiée de son corps alors que je viole sa peau soyeuse.

Ses yeux soutiennent mon regard, et j'y vois de la douleur, mêlée à une satisfaction perverse. Je rends les choses faciles pour elle, alimentant le brasier de sa haine. C'est ce qu'elle attendait depuis le début, ce qu'elle craignait et souhaitait à la fois.

Après ce soir, je ne serai jamais rien d'autre que l'homme qui l'a blessée, qui a abusé d'elle de la façon la plus cruelle.

Non. Bordel, non. Je serre les dents et me force à arrêter, luttant contre la montée de l'orgasme. Relâchant ses poignets, je me retire et descends le long de son corps, en ignorant la rigidité atroce de mon membre. M'installant entre ses cuisses ouvertes, j'agrippe ses genoux et baisse la tête.

— Qu'est-ce que tu… commence-t-elle confuse, mais je lèche déjà son sexe, passant la langue entre ses replis roses et enflés.

Elle est moite, mais pas assez, alors je me mets à la tâche, utilisant toutes les techniques que j'ai apprises au cours de mes trente-cinq ans de vie.

— Attends, Peter, non…

Elle fait mine de se relever, en tentant de me repousser

comme je passe ma langue sur son clitoris et, lorsqu'elle n'y parvient pas, elle tente de refermer ses jambes.

— Ce n'est pas…

— Chut.

J'utilise ma poigne sur ses genoux pour maintenir ses cuisses ouvertes.

— Couche-toi et détends-toi.

— Non, je…

Elle étouffe un cri, agrippant mes cheveux, alors que j'aspire son clitoris en un rythme soutenu et la tension dans ses jambes faiblit, son souffle se faisant haletant. Je peux sentir la moiteur sous ma langue et je profite de sa distraction pour approcher ma main droite de son sexe.

— C'est bien, ptichka, détends-toi…

Je souffle sur son clitoris et je suis récompensé par un doux gémissement, juste avant que ses cuisses se tendent à nouveau. Elle essaie de résister, de rejeter le plaisir, mais mon coude est déjà en place, l'empêchant d'écraser ma tête entre ses jambes. Elle respire avec force maintenant, ses mains se resserrant dans mes cheveux alors que je recommence à aspirer son clitoris et je plonge deux doigts dans son ouverture moite et étroite, les courbant en elle jusqu'à sentir la paroi douce et spongieuse de son point G. Son sexe se contracte avec force, palpitant autour de mes doigts et ses hanches s'arc-boutent comme j'intensifie la succion. Elle est proche, je le sens. Mon cœur bat la chamade, mon souffle est rapide et la sensation intense dans mes testicules se fait insoutenable, mais je me retiens, jusqu'à être sûr qu'elle est au bord du précipice. Seulement alors, je me laisse aller à mon propre désir.

En retirant mes doigts, je remonte pour la couvrir de mon corps et aligne mon membre contre son ouverture enflée.

— Jouis avec moi, dis-je d'une voix rauque, en soutenant son regard comme je la pénètre d'une seule poussée, et son corps m'obéit, sa chair étroite et moite se refermant autour de moi, palpitant contre mon sexe alors que l'orgasme me frappe.

Son magnifique regard se fait doux et lointain, son visage crispé sous l'effet de l'orgasme, et ses doigts s'enfoncent dans ma peau, un cri étranglé s'échappant de sa gorge alors que ma semence jaillit. La sensation est telle que j'ai l'impression que chaque muscle de mon corps vibre en même temps, mes poumons se vidant d'un coup alors que le plaisir explose en moi en des vagues brûlantes et, comme je m'affaisse sur elle, je sais que ça y est.

Je ne désirerai jamais plus une autre femme.

J'ignore combien de temps passe avant que je trouve la force de me soulever sur mes coudes, mais Sara est déjà suffisamment remise pour réaliser ce qui vient d'arriver et l'horreur emplit son regard. Comme moi, elle respire avec force, ses joues rougies par l'éclat de l'orgasme, mais il n'y a aucune joie dans son regard, seulement l'étincelle vive des larmes.

Elle le regrette et se reproche les événements et je ne l'accepterai pas.

— Non.

Je baisse la tête et embrasse ses joues, alors que les larmes coulent le long de ses tempes.

— Non, ptichka. Ne te sens pas mal. Tu n'as rien fait de mal. C'est moi. Je t'ai fait mal, tu te souviens ? Je ne t'ai laissé aucun choix.

Son souffle tremble sur ses lèvres alors que je laisse une pluie de baisers sur son visage, et je la sens trembler sous moi, ses mains se tordant dans les draps et les larmes ruisselant à nouveau. Je suis toujours en elle, mon sexe comblé toujours enfoncé dans sa chaleur, et pourtant, elle essaie de ne pas me toucher, de se recroqueviller sur elle-même et de rejeter ce lien entre nous.

Je voulais sa souffrance et je l'ai... et ça me brise le cœur.

Je ne sais que faire, comment la calmer, alors je continue de l'embrasser, la caressant avec toute la douceur possible. La soif de vengeance n'est plus et tout ce qui reste est le regret. Je suis encore une fois la cause de sa souffrance, et cette fois-ci, c'est bien pire. Cette fois-ci, je la connais.

Je la connais, et ça m'affecte.

Elle pleure encore lorsque je me retire et me lève pour jeter le préservatif dans la salle de bain. Lorsque je reviens avec une serviette humide, je la trouve recroquevillée sur le côté, la couverture remontée jusqu'au cou.

— Tiens, laisse-moi te laver, je murmure tout en retirant la couverture qui couvre son corps nu.

Comme elle ne proteste pas, je glisse la serviette sur son entrejambe, apaisant la chair sensible et enflée, et faisant disparaître toute trace de son désir. Elle ne pleure plus, mais ses yeux sont toujours humides et, dès que j'ai terminé, elle se blottit à nouveau sous la couverture, se cachant la tête sous celle-ci.

Je suis sur le point de m'installer dans le lit près d'elle lorsque j'entends la vibration de mon téléphone sur la table de chevet, où je l'ai laissé en cas d'urgence.

Les sourcils froncés, je l'attrape et jette un œil sur l'écran

Changement de projet, dit le message d'Anton. *Velazquez part pour sa retraite de Guadalajara dans deux jours. C'est demain ou jamais.*

Je jure dans ma barbe, me retenant de lancer le téléphone à l'autre bout de la pièce. De tous les pires moments... Nous venons tout juste de terminer tous les détails de logistique de notre plan et avons décidé de le mettre en action dans six jours. Mais si notre cible change d'emplacement, nous devrons tout recommencer. La reconnaissance de la retraite de Velazquez à Guadalajara pourrait prendre des semaines et notre client, un rival, est déjà agité. Il veut Velazquez, hors d'état de nuire et il le veut pour hier. Il ne verra pas d'un bon œil tout retard.

Anton a raison. Nous devons agir maintenant.

Je lui envoie ma réponse :

Prépare l'avion et le matériel. Nous partons au petit matin.

C'est noté, me répond Anton. *Je suppose que tu veux que les Américains s'occupent d'elle ?*

Oui. Dis-leur de rester près de la clinique.

La dernière fois que mon équipe et moi avons quitté le pays pour un boulot, j'ai embauché quelques personnes du coin pour surveiller Sara en notre absence et pour me rapporter tous ses gestes. Je les ai passés à la loupe et, même si je ne leur fais pas confiance autant qu'à mes gars, j'ai été satisfait de leurs services.

Ils devraient pouvoir la protéger pendant mon absence.

Après avoir réglé mon alarme pour dans quatre heures, je me glisse sous la couverture près de Sara et l'attire dans mes bras, mon corps se blottissant contre son dos. Elle se crispe, mais ne s'éloigne pas et, comme je ferme les yeux, humant son parfum, un sentiment de paix m'envahit.

Rien n'est résolu entre nous, mais je ne sais pourquoi, je suis convaincu que tout ira bien et que nous mènerons à bien cette relation, peu importe ce que cette « relation » deviendra. C'est la seule issue, car je ne peux imaginer ma vie sans elle.

Sara m'appartient, et je mourrai avant de la laisser partir.

UN BOURDONNEMENT PERSISTANT ME TIRE D'UN SOMMEIL profond. Pendant une seconde, je suis si désorientée que j'ai l'impression d'être encore au milieu de la nuit.

En roulant sur le côté, je tâtonne aveuglément à la recherche du téléphone qui vibre.

— Allô, dis-je d'une voix rauque, en l'attrapant sur la table de chevet sans ouvrir les yeux.

Mes paupières semblent collées et ma tête est si lourde que j'ai peine à la soulever de l'oreiller.

— Dr Cobakis, nous avons une patiente dont le travail s'est déclenché prématurément. Dr Tomlinson a été appelé pour des raisons familiales et vous êtes la prochaine sur la liste. Pouvez-vous arriver rapidement ?

Je m'assieds, une flambée d'adrénaline repoussant le pire de ma somnolence.

— Euh…

Je cligne des yeux pour en chasser le sommeil et réalise que le soleil filtre à travers les rideaux. Le réveil près du lit indique six heures quarante-cinq, moins d'une heure avant le moment où je dois me lever pour le travail de toute façon.

— Oui. Je peux être là dans environ une heure.

— Merci.

À la seconde même où la coordonnatrice des horaires raccroche, je saute du lit pour m'élancer vers la douche, et me fige en sentant la sensibilité de mon corps. Les souvenirs de la nuit m'envahissent, brûlants et toxiques, et tout vestige de torpeur me quitte.

J'ai couché avec Peter Sokolov la nuit dernière.

Il m'a fait souffrir et j'ai joui dans ses bras.

Pendant un moment, ces deux faits semblent incompatibles, comme une tempête de neige en juillet. Je n'ai jamais été attirée par la douleur, au contraire. Les quelques fois que George et moi nous y sommes essayés, la légère fessée qu'il m'a donnée m'a distraite de mon orgasme plutôt que de m'exciter. Je ne comprends pas comment j'ai pu jouir après du sexe aussi brutal, comment ai-je pu prendre du plaisir alors que mon corps me semblait déchiré et malmené ?

Et cet orgasme n'a pas été le seul. Mon bourreau m'a réveillée au milieu de la nuit en me pénétrant, ses doigts caressant avec art mon clitoris et, malgré ma sensibilité, j'ai joui en quelques minutes, mon corps lui répondant alors même que mon esprit poussait des cris de protestation. Par la suite, j'ai pleuré jusqu'à m'endormir et il m'a serrée contre lui, caressant mon dos comme s'il se faisait du souci.

Pas étonnant que je me sente aussi sonnée ; avec tout le sexe et les pleurs, je n'ai dormi que quelques heures.

En tentant de chasser la boule de honte dans ma gorge, je me force à me reprendre. Je dois m'habiller et me rendre à l'hôpital. Peu importe comment je me sens en ce moment, ma vie ne s'est pas arrêtée hier soir. J'ignore si j'ai bien fait d'encourager Peter à coucher avec moi, mais ce qui est fait est fait et je dois aller de l'avant.

La bonne nouvelle est que je n'ai pas à le voir avant ce soir.

D'ici là, l'idée de le voir ne me donnera peut-être plus l'envie de mourir.

Le jour passe en une succession de tâches et, lorsque j'arrive enfin chez moi, je me sens à la fois épuisée et affamée. J'ai été si occupée que j'aie sauté le déjeuner et bien que je redoute une autre nuit auprès de mon harceleur, je dois admettre que je me réjouis à l'idée de sa cuisine.

Peter Sokolov est peut-être un psychopathe, mais c'est un excellent chef.

À ma grande surprise, et avec un peu de déception, aucun arôme délicieux ne m'accueille lorsque j'entre par le garage. La maison est sombre et vide et je sais, sans devoir passer d'une pièce à l'autre, qu'il n'est pas là. Je le sens. Ma maison semble plus froide, moins vibrante, comme si l'énergie sombre que Peter Sokolov dégage lui donne une certaine vitalité.

Je lance tout de même un :

— Allô ? Peter ?

Rien.

— Es-tu là ?

Aucune réponse.

Mon plan a-t-il fonctionné aussi rapidement ? Est-ce possible qu'une seule nuit ait satisfait le désir pervers de mon harceleur ?

Perplexe, je me dirige vers le réfrigérateur et en sors un dîner congelé que je glisse dans le four à micro-ondes. C'est un plat santé et biologique, des nouilles thaïes et des légumes dans une sauce pas trop sucrée, pourtant c'est tout de même un repas dans une boîte. Dommage que ce soit la seule chose pour laquelle j'ai de l'énergie ce soir. J'aurais dû prendre quelque chose à la cafétéria de l'hôpital, mais je crois que je comptais inconsciemment sur un repas chez moi.

En secouant la tête devant le ridicule de toute cette situation, je mets le four à micro-ondes en marche et pars me laver les mains.

Mon tortionnaire est parti et c'est une bonne chose.

Il ne me reste plus qu'à convaincre mon estomac de ce fait.

IL N'EST TOUJOURS PAS LÀ LORSQUE JE M'ÉVEILLE ET, MÊME SI J'AI la vague sensation d'être observée en chemin vers le travail, je ne vois personne qui me suit. C'est la même chose lorsque j'arrive à l'hôpital et que je commence ma journée. Je suis assez paranoïaque pour sentir un regard sur moi en tout temps, mais la sensation est loin d'être aussi intense qu'elle l'était.

Si je ne savais pas que j'ai réellement un harceleur, je croirais que tout cela est le fruit de mon imagination.

Mes parents m'appellent pendant mon heure de déjeuner et m'invitent à dîner vendredi. Je leur donne une réponse vague ;

je ne veux pas plus les exposer au danger. Puis, j'appelle la clinique.

— Salut, Lydia, comment ça va ? fais-je, en tentant de cacher ma nervosité. Comment se passent les choses ?

— Bonjour, Dr Cobakis.

La voix de la réceptionniste se fait très chaleureuse.

— C'est bon d'avoir de tes nouvelles. Tout va bien. Ce n'est pas trop occupé pour l'instant, mais ça changera probablement cet après-midi. Crois-tu pouvoir travailler cette semaine ?

— Oui, je crois bien. Euh, Lydia…

J'hésite, incertaine de la façon de me renseigner sur ce qui me préoccupe. Je n'ai rien vu aux nouvelles sur les meurtres, mais ça ne veut pas dire que les corps n'ont pas été trouvés.

— Tu n'as rien vu ou entendu de… d'insolite, dis-moi ?

— Insolite ?

Lydia semble perplexe.

— Comme quoi ?

— Oh, rien de particulier.

Pour donner le change, j'ajoute :

— Je pensais seulement à cette patiente, Monica Jackson… Tu n'as pas de nouvelles d'elle ? La jeune fille aux cheveux noirs que j'ai vue hier ?

À mon étonnement, Lydia répond :

— Oh, elle. Oui, en fait. Elle est passée il y a quelques heures et elle t'a laissé un message. Quelque chose comme « merci et il est maintenant sous les verrous ». Elle n'a rien expliqué, m'a seulement dit que tu comprendrais. Tu y comprends quelque chose ?

— Oui.

Malgré ma tension, un énorme sourire étire mes lèvres.

— Oui, je comprends tout à fait. Merci pour l'information. Je te vois plus tard cette semaine.

Je raccroche, le sourire encore aux lèvres puis, je pars me préparer pour ma césarienne de l'après-midi.

J'ignore comment Peter a fait disparaître les preuves de son crime, mais il l'a fait et, maintenant, il semble que quelque chose de bien soit ressorti de cette soirée sinistre.

Il n'y a peut-être pas d'échappatoire pour moi, mais Monica est libre.

MA MAISON EST À NOUVEAU SOMBRE ET VIDE LORSQUE J'ARRIVE CE soir-là et, alors que je me prépare pour me coucher, je prends conscience d'une mélancolie particulière. Avoir Peter chez moi était terrifiant, mais il était tout de même une présence humaine. Je suis à nouveau seule, comme je l'ai été au cours des deux dernières années, et la sensation de solitude est plus forte que jamais, mon lit plus froid et plus vide que je ne m'en souviens.

Je devrais peut-être adopter un chien. Un gros chien que je gâterais en le laissant dormir avec moi. J'aurais ainsi quelqu'un qui m'accueillerait chaque soir et je ne me languirais pas de quelque chose d'aussi pervers que le tueur de mon mari m'étreignant chaque nuit.

Oui, je vais adopter un chien, décidé-je, en m'installant dans le lit et en tirant la couverture sur moi. Une fois la maison vendue, je louerai un endroit plus près de l'hôpital en m'assurant que les chiens y sont acceptés… peut-être près d'un parc.

Un chien me donnera ce dont j'ai besoin et je serai à même d'oublier Peter Sokolov.

Du moins, en supposant qu'il m'a oubliée.

34

Lundi, je suis presque convaincue que Peter est parti pour de bon. Pendant le week-end, j'ai passé toute ma maison au peigne fin pour trouver ses caméras cachées, mais elles ont soit toutes été enlevées ou bien elles sont cachées d'une telle façon qu'un amateur comme moi n'a aucune chance de les dénicher. Ou bien, elles ne s'y sont jamais trouvées et mon harceleur a appris tout ce qu'il savait d'une autre façon. Dans tous les cas, je n'ai eu aucun signe de lui, aucun contact. J'ai passé la majorité du week-end à la clinique et, même si j'ai senti un regard peser sur moi en me rendant à ma voiture, ce pouvait être les vestiges de ma paranoïa.

Mon cauchemar est peut-être enfin terminé.

C'est stupide, mais savoir que j'ai chassé Peter en couchant avec lui me blesse un peu. J'avais espéré qu'une fois que je ne serais plus la « princesse de glace » inatteignable, il me laisserait tranquille, mais je ne m'attendais pas à des résultats aussi immédiats. Peut-être suis-je mauvaise au lit ? Je dois l'être, si Peter n'a eu besoin que d'une fois pour réaliser que je ne serais jamais à la hauteur de son fantasme.

Après m'avoir harcelée pendant des semaines, mon tortionnaire m'a abandonnée après une seule nuit.

C'est une bonne chose, bien sûr. Il n'y a plus de dîners, plus de douches où je suis traitée comme une enfant. Plus de tueurs dangereux m'étreignant pendant la nuit, semant la pagaille dans mes idées et séduisant mon corps. Mes journées sont identiques à celles des derniers mois, mais je me sens plus forte, moins brisée à l'intérieur. Confronter la source de mes cauchemars a fait plus pour ma santé mentale que des mois de thérapie, et je ne peux qu'être reconnaissante de cette situation.

Même avec la honte qui me ronge chaque fois que je pense aux orgasmes qu'il m'a donnés, je me sens mieux, un peu plus comme avant.

— Alors, dis-moi comment tu vas, Sara, dit Dr Evans lorsque je retourne enfin le voir après ses vacances.

Il est bronzé et son visage mince rayonne pour une fois de santé.

— Comment s'est passée ta visite libre ?

— Mon agent immobilier a reçu deux offres, réponds-je, en croisant les jambes.

Pour une raison que j'ignore, je me sens mal à l'aise ici aujourd'hui, comme si je n'y avais plus ma place. En repoussant cette sensation, je précise :

— Elles sont toutes deux plus basses que j'aimerais, alors nous tentons de faire monter le prix.

— Oh, bien. Donc, il y a un peu de progrès sur ce plan-là.

Il penche la tête.

— Et peut-être à d'autres niveaux ?

J'acquiesce, pas surprise par la perspicacité du thérapeute.

— Oui, ma paranoïa s'est calmée et mes cauchemars aussi. J'ai même réussi à ouvrir l'eau de l'évier de la cuisine samedi.

— Vraiment ?

Il hausse les sourcils.

— C'est une excellente nouvelle. Quelque chose de particulier a déclenché ce changement ?

Oh, tu sais, seulement le fait que l'homme qui m'a torturée et a tué mon mari soit réapparu dans ma vie.

— Je ne sais pas, dis-je, en haussant les épaules. Peut-être que c'est le temps. Ça fait presque sept mois.

— Oui, dit Dr Evans, doucement. Mais n'oublie pas que ce n'est pas beaucoup de temps dans l'optique de la douleur humaine et du SSPT.

— Oui.

Je baisse les yeux vers mes mains et remarque une cuticule sur mon pouce gauche. Il serait peut-être temps d'aller voir une manucure.

— Je suppose que je suis chanceuse, alors.

— En effet.

Lorsque je lève les yeux, Dr Evans m'observe avec cette même expression pensive.

— Comment va ta vie sociale ? demande-t-il et, je sens une rougeur subite envahir mon visage.

— Je vois, dit Dr Evans, lorsque je ne réponds pas immédiatement. Aimerais-tu en parler ?

— Non, ce… ce n'est rien.

Mon visage me brûle encore plus lorsqu'il me lance un

regard incrédule. Je ne peux pas lui parler de Peter, alors je cherche une réponse plausible.

— Je veux dire, je suis bien sortie il y a quelques semaines avec quelques collègues et j'ai passé un bon moment...

— Ah.

Il semble accepter ma réponse.

— Et comment t'es-tu sentie, de « passer un bon moment » ?

— Je me suis sentie... bien.

Je me revois danser dans le club, le rythme de la musique m'envahissant.

— Je me suis sentie vivante.

— Excellent.

Dr Evans prend quelques notes.

— Es-tu sortie à nouveau depuis ?

— Non, je n'en ai pas eu l'occasion.

C'est faux... j'aurais pu sortir avec Marsha et les filles samedi dernier, mais je ne peux pas expliquer au thérapeute que j'essaie de protéger mes amies en minimisant tout contact avec elles. Le secret professionnel a ses limites et divulguer que j'ai eu des contacts avec un criminel recherché, et que j'ai été témoin de deux meurtres la semaine dernière pourrait amener Dr Evans à communiquer avec la police et nous mettre tous les deux en danger.

Dans l'ensemble, venir ici aujourd'hui était une erreur. Je ne peux pas parler des choses dont je dois discuter et il ne pourra pas m'aider à comprendre mes émotions complexes sans comprendre toute l'histoire. Je réalise alors que c'est la raison de mon malaise : je ne peux plus laisser entrer Dr Evans.

Mon téléphone vibre dans mon sac et je saute avec empressement sur la distraction. En prenant le téléphone, je vois que c'est un texto de l'hôpital.

— Excuse-moi, dis-je en me levant et en laissant tomber le téléphone dans mon sac. Le travail d'une patiente vient de se déclencher prématurément et on a besoin de moi.

— Bien sûr.

En dépliant ses longues jambes, Dr Evans se lève et me serre la main.

— Nous continuerons la semaine prochaine. Comme toujours, c'est un plaisir.

— Merci. Pareil pour moi, dis-je tout en prenant note d'annuler mon rendez-vous de la semaine prochaine. Passe une belle journée.

Et, en quittant le cabinet du thérapeute, je me précipite vers l'hôpital, pour une fois reconnaissante de l'imprévisibilité de mon travail.

J'IGNORE SI C'EST LA SÉANCE AVEC DR EVANS OU LES MEILLEURES nuits que j'ai eues, mais cette nuit, je me retrouve incapable de m'endormir, m'assoupissant uniquement pour me réveiller en sursaut, le cœur battant la chamade sous l'effet d'une anxiété inconnue. Le vide de mon lit m'accable, ma solitude est un trou béant dans ma poitrine. Je veux croire que George me manque, que ce sont ses bras que j'ai envie, mais lorsque le sommeil agité m'enveloppe enfin, ce sont des yeux d'un gris acier qui envahissent mes rêves, et non des yeux marron.

Dans ces rêves, je danse, me produisant devant mon bourreau comme une ballerine professionnelle, dans une robe jaune légère, avec des ailes rigides dans le dos. Alors que je tournoie et m'élance sur la scène, je me sens plus légère que la brume, plus gracieuse qu'une volute de fumée. Mais, à l'intérieur, je brûle de passion. Mes gestes sont le reflet de mon âme ; mon corps parle par la danse avec la sincérité brute de la beauté.

Tu me manques, dit ce plié. *Je te veux*, confirme cette pirouette. Je dis avec mon corps ce que je ne peux mettre en paroles, et il me regarde, son visage sombre et énigmatique. Des gouttelettes rouges parsèment ses mains et je sais sans poser la question que c'est du sang, qu'il a mis fin à une vie aujourd'hui. Je devrais être dégoûtée, mais tout ce qui m'intéresse c'est de savoir s'il me veut, s'il ressent la chaleur qui me dévore.

Je t'en prie, supplié-je par mes gestes, suspendue en un arc gracieux devant lui. *Je t'en prie, dis-moi. J'ai besoin de la vérité. Dis-moi.*

Mais il ne dit rien. Il se contente de m'observer et je sais qu'il n'y a rien à faire, que je ne peux pas le convaincre. Alors je danse plus près, séduite par une attirance sombre, et lorsque je suis à sa portée, il soulève les bras, ses mains éclaboussées de sang se refermant sur mes épaules.

— Peter…

Je vacille vers lui, ce besoin terrible me tordant les entrailles, mais ses yeux sont froids, si glaciaux qu'ils brûlent.

Il ne me veut plus. Je le sais. Je le vois.

Je lève tout de même une main vers son visage aux traits durs. Je le veux tellement, j'ai tant besoin de lui. Mais avant de pouvoir le toucher, il murmure :

— Adieu, ptichka.

Puis, il me repousse.

Je chute vers l'arrière, tombant de la scène. Ma robe flotte un court instant dans les airs, puis mes ailes se froissent comme je heurte le sol. Même avant que le choc de l'impact se répercute en moi, je sais que ça y est.

Mon corps est brisé, tout comme mon âme.

— Peter, dis-je dans mon dernier souffle, mais il est trop tard.

Il est parti à jamais.

Je m'éveille le visage humide de larmes et le cœur lourd de chagrin. La pièce est plongée dans l'obscurité et, dans ces ténèbres, ça n'a pas d'importance qu'il soit rationnellement impossible de me languir d'un homme que je déteste. Le rêve est si net dans mon esprit, c'est comme si je l'avais réellement perdu… comme si j'étais morte de son rejet. Je pleure sans doute ce que j'ai réellement perdu, George et la vie que nous devions mener, mais là, dans mon lit vide, mon corps appelant une étreinte solide et chaude, j'ai l'impression de me languir de *lui*.

Peter.

L'homme que j'ai toutes les raisons de haïr.

En fermant les yeux, je me recroqueville en une petite boule sous la couverture et serre l'oreiller contre moi. Je n'ai pas besoin de Dr Evans pour me dire que ce que je ressens ne peut sans conteste pas être réel, que c'est, au mieux, une version bizarre du syndrome de Stockholm. On ne peut *pas* tomber amoureux de son harceleur ; c'est tout simplement impossible. Je ne connais même pas Peter Sokolov depuis si longtemps. Il a été dans ma vie pendant quoi ? Une semaine ? Deux ? Les jours qui suivent la sortie au club m'ont paru une éternité, mais en fait, si peu de temps s'est passé.

Bien sûr, il a été présent dans mes cauchemars bien plus longtemps.

Pour la première fois, je me permets de vraiment penser à mon bourreau, de me pencher sur l'homme. Comment était-il avec sa famille ? Je devrais avoir de la difficulté à imaginer un tueur aussi impitoyable dans un cadre familial, mais je n'ai aucun problème à l'imaginer jouant avec un enfant ou préparant le repas avec sa femme. Est-ce en raison de la manière douce dont il s'occupait de moi ? J'ai pourtant l'impression qu'il y a quelque chose en lui qui transcende les choses monstrueuses qu'il a faites, quelque chose de vulnérable et de profondément humain.

Il devait aimer sa famille, pour se dévouer ainsi à sa vengeance.

Les images de son téléphone me reviennent à l'esprit et ma poitrine se contracte sous l'effet de la douleur. Des renseignements erronés, c'est ce que Peter blâme pour ces atrocités. Est-il possible que George ait fourni ces renseignements ? Que mon mari paisible et séduisant, qui aimait les barbecues et lire le journal au lit, ait été un espion qui a fait une erreur aussi terrible ? Cela semble incroyable, pourtant, il devait y avoir une raison pour que Peter s'en prenne à George, pour qu'il aille aussi loin pour le tuer.

À moins que Peter ait lui-même fait une erreur gigantesque, George n'était pas ce qu'il semblait.

En resserrant ma prise sur l'oreiller, j'essaie d'assimiler cette réalisation, pleinement. Au cours des dix derniers jours, j'ai réussi à éviter de penser aux révélations de mon harceleur, mais je ne peux plus repousser la vérité.

Entre la protection du FBI qui est tombée du ciel et la distance croissante entre George et moi depuis notre mariage, il est entièrement possible que mon mari m'ait dupée, qu'il m'ait menti ainsi qu'à tous les autres pendant près de dix ans.

Ma vie a été encore plus une illusion que je le croyais.

Lorsque je m'endors, une heure plus tard, j'ai le goût amer

de la trahison dans la bouche et une nouvelle détermination en tête.

Demain matin, je vais accepter l'une des offres de la maison. J'ai besoin d'un nouveau départ et je vais l'avoir. Peut-être qu'avec un nouveau foyer, je pourrai oublier à la fois la duplicité de George et *lui*.

Si Peter Sokolov est vraiment parti, je pourrai enfin commencer à vivre.

35

Sara

JEUDI, JE SIGNE LES PAPIERS POUR LA VENTE DE MA MAISON À UN couple d'avocats arrivant de Chicago et s'installant dans la région. Ils ont deux enfants au cycle élémentaire et un bébé à naître, alors ils ont besoin des cinq chambres. Même si leur offre est trois pour cent plus basse que la valeur du marché et quelques milliers de dollars sous l'autre offre, j'ai décidé d'aller avec eux, car ils paient comptant et peuvent prendre possession de la maison rapidement.

S'il n'y a pas de problèmes avec l'inspection, je déménagerai dans moins de trois semaines.

Pleine d'énergie, je demande à un autre médecin de prendre ma place vendredi et passe la journée à visiter des appartements à louer. Mon choix s'arrête sur un appartement d'une chambre à distance de marche de l'hôpital, dans un immeuble acceptant les animaux. Il est un peu vieillot et l'espace de rangement est pratiquement inexistant, mais comme j'ai l'intention de me débarrasser de tout ce qui me rappelle mon ancienne vie, ça me convient.

Nouveau départ, me voici !

Mon enthousiasme perdure jusqu'au soir, au moment où j'arrive chez moi et ressens une nouvelle fois le vide de la maison. Mon dîner est une autre boîte sortie du congélateur et, malgré tous mes efforts, je ne peux m'empêcher de penser à Peter, de me demander où il est et ce qu'il fait. Hier, il m'est venu à l'esprit qu'il pouvait y avoir une autre raison à son absence et cette pensée me ronge depuis.

Les autorités l'ont peut-être attrapé ou tué.

Je ne sais pas pourquoi je n'ai pas pensé à cette possibilité avant, mais maintenant je ne peux plus me la sortir de la tête. Ce serait évidemment une bonne chose, je serais réellement en sécurité s'il était mort ou sous les verrous, mais chaque fois que j'y pense, mon cœur semble peser une tonne et quelque chose qui s'apparente étrangement à des larmes me pique les yeux.

Je ne veux pas de Peter Sokolov dans ma vie, mais je ne peux pas plus supporter l'idée de sa mort.

C'est stupide, si stupide. Oui, nous avons couché ensemble cette nuit-là, et il m'a fait jouir plus d'une fois, mais je ne suis pas une adolescente vierge qui croit que coucher ensemble est la preuve d'un amour éternel. Le seul autre point entre nous autre que la haine est le désir animal, une attirance des plus élémentaires. Que je désire le tueur de mon mari est déjà perturbant, mais de craindre pour sa vie est autre chose.

Quelque chose de bien plus dément.

Peter ne me manque pas, me dis-je, alors que je tourne et me retourne dans mon lit vide. Cette solitude que je ressens n'est que le résultat de trop de stress et pas assez de temps avec mes amis et ma famille. J'attendrai encore un peu, jusqu'à ce que le danger de mon harceleur soit entièrement passé, et je sortirai avec Marsha et les infirmières et j'envisagerai peut-être même un rendez-vous avec Joe.

Bon, oublions le dernier point ; j'ai refusé son invitation lorsqu'il m'a appelée il y a quelques jours et je ne ressens toujours pas de regret, mais je retournerai sans conteste danser.

D'une façon ou d'une autre, ma nouvelle vie commencera bientôt.

P*eter*

Elle dort lorsque j'entre dans la pièce, son corps élancé enveloppé des pieds à la tête dans une couverture. Sans bruit, j'allume les lumières et m'immobilise, le souffle court. Au cours des deux dernières semaines, alors que je me rétablissais du coup de poignard reçu au Mexique, je m'étais plu à l'observer par les caméras de la maison et à dévorer les rapports des Américains sur ses activités. Je sais tout ce qu'elle a fait, tous ceux à qui elle a parlé, tous les endroits où elle s'est rendue. Le sentiment de séparation aurait dû être moindre, mais la voir ainsi, sa chevelure marron répandue sur l'oreiller, me coupe le souffle et me transperce de désir.

Ma Sara. Elle m'a terriblement manqué.

Je m'approche du lit, serrant les poings pour retenir l'envie de l'attirer vers moi et de ne jamais la laisser partir.

Deux semaines. Pendant deux semaines incroyablement longues, je ne pouvais pas revenir vers elle, parce que j'avais manqué le couteau caché dans la botte d'un garde. Bon, j'étais alors aux prises avec un autre garde qui pointait un AR15 sur moi, mais ça n'excuse pas ma négligence.

J'étais distrait pendant une mission et ça m'a presque coûté la vie. Quelques centimètres de plus sur la droite, et j'aurais été étendu bien plus longtemps que deux semaines. Peut-être même de façon permanente.

— Nom d'un chien, avait grommelé Ilya pendant que son frère et lui me raccommodaient après le boulot. Il a presque percé ton rein. Tu dois surveiller tes putains d'arrières.

— C'est pour ça que vous êtes là, avais-je réussi à dire, puis la perte de sang avait eu raison de moi, m'empêchant d'expliquer la raison de ma distraction.

C'était aussi bien. La vérité est que je n'avais pas vu le couteau parce que, alors même que je fixais le canon du AR15, je ne pensais ni à mon équipe, ni à ma mission, mais à Sara et à la peur de ne plus jamais la revoir.

Mon obsession avait presque mené à ma mort.

En m'asseyant sur le lit, je tire doucement sur la couverture. Elle dort nue, comme toujours, et la passion court dans mes veines à la vue de ses courbes gracieuses. Elle ne se réveille pas, se contentant de soupirer comme un chaton contrarié par la perte de la couverture. Je sens alors quelque chose de doux envahir ma poitrine. Mon cœur s'emplit d'un éclat chaud alors même que mon sexe se durcit davantage et que mon cœur s'emballe.

Je dois la faire mienne. Maintenant.

En me levant, je me déshabille rapidement et dépose mes vêtements sur la commode, veillant à bien cacher mes armes. Les mouvements saccadés tiraillent ma cicatrice récente à l'abdomen, mais mon envie d'elle est telle que je perçois à peine la douleur. En enfilant un préservatif, je monte sur le lit et la tourne sur le dos, me glissant entre ses jambes.

Mon contact la réveille. Ses paupières se soulèvent en hâte, ses yeux noisette à la fois paniqués et confus, et je souris tout en agrippant ses poignets et en les clouant au matelas près de ses épaules. C'est un sourire prédateur, je sais, mais je ne peux pas m'en empêcher.

Même avec cette sensation chaleureuse dans ma poitrine, mon envie d'elle est sombre, aussi violente qu'elle est dévorante.

— Salut, ptichka, murmuré-je, en observant le choc remplacer la confusion de son regard. Je suis désolé d'avoir été absent aussi longtemps. Je n'y pouvais rien.

— Tu... tu es de retour.

Sa poitrine se soulève et s'abaisse en un rythme irrégulier, ses mamelons comme de petites baies roses et dures sur ses seins délicieusement pleins.

— Qu'est-ce que... pourquoi es-tu de retour ?

— Parce que je ne te laisserais jamais.

Je me penche et hume son odeur, délicate et chaude, aussi captivante que Sara elle-même. En mordillant son oreille, je murmure contre son cou :

— Croyais-tu que je partirais ainsi ?

Elle frissonne sous moi, son souffle s'accélérant, et je sais que je la trouverai moite et chaude sous mes doigts, prête pour moi. Elle me veut, ou du moins son corps me veut, et mon membre vibre à cette idée, impatient de la remplir, de sentir l'étreinte moite et étroite de son sexe. Mais avant, je veux la réponse à ma question.

Soulevant la tête, je croise son regard.

— Croyais-tu que j'étais parti, Sara ?

Son visage est un masque troublé alors qu'elle bat des cils.

— Eh bien, oui. Enfin, tu étais parti et je pensais… j'espérais…

Elle s'interrompt, en fronçant les sourcils.

— Pourquoi être parti si tu ne t'étais pas lassé de moi ?

— Lassé de toi ?

Ne réalise-t-elle donc pas que je pense littéralement tout le temps à elle, même au cœur d'un combat ? Que je ne peux pas passer une heure sans vérifier où elle est ou passer une nuit sans la voir dans mes rêves ? Soutenant son regard, je secoue lentement la tête.

— Non, ptichka. Je ne me suis pas lassé de toi, et je ne le serai jamais.

Du coin de l'œil, je vois ses doigts fins fléchir, et je réalise que je retiens encore ses poignets près de ses épaules, ma poigne forte, comme si j'avais peur qu'elle s'échappe. Elle ne le pourrait pas, bien sûr ; même avec ma blessure récente, elle ne fait pas le poids contre mes réflexes ou ma force, mais j'aime l'avoir ainsi, contrainte sous moi, nue et impuissante. Ça fait partie de mes sentiments tordus pour elle, ce besoin de dominer, de toujours l'avoir à ma merci.

— Non, murmure-t-elle, pourtant elle passe la langue sur ses douces lèvres roses et la faim en moi s'intensifie, mes testicules se contractant alors que le sang afflue à mon entrejambe.

Il y a quelque chose de si pur en elle, quelque chose de doux et innocent dans les traits gracieux de son visage en forme de cœur. C'est comme si la vie l'avait épargnée et ne l'avait pas corrompue par toute la bassesse que je vois chaque jour. Ça rend les choses que je veux lui faire encore plus perverses, encore plus tordues, et pourtant je sais que je les lui ferai toutes.

Le bien et le mal n'ont jamais été ma force.

En abaissant la tête, je goûte à ses lèvres, maintenant mon baiser délicat, malgré la raideur douloureuse de mon sexe. Même avec les envies sombres qui me rongent, je ne veux pas lui faire de mal aujourd'hui… pas après la dernière fois. Je ne sais toujours pas ce qu'elle représente pour moi, mais je sais que je dois l'aimer, la dorloter et la protéger. Je ne veux pas qu'elle redoute de souffrir par ma faute, même si parfois j'aimerais la faire souffrir.

Je ne sais pas ce que je veux d'elle, mais je sais que c'est plus que ça.

Elle ne réagit tout d'abord pas, les lèvres serrées sous ma langue, mais je continue de l'embrasser et, enfin, ses lèvres s'adoucissent et s'ouvrent sous les miennes. Elle a une saveur délicieuse, comme une note de dentifrice à la menthe et d'elle-même, et je ne peux retenir un grognement comme mon sexe effleure l'intérieur de sa cuisse. Je veux être en elle, sentir ses parois chaudes et moites se contracter autour de moi, mais je résiste à la tentation, toute mon attention tournée vers sa séduction ; je veux lui donner tant de plaisir qu'elle en oubliera la douleur que je lui ai causée.

Je taquine et caresse ses lèvres sans arrêt et, après un long moment, je sens la caresse hésitante de sa langue. Elle répond à mon baiser et, alors que son corps s'assouplit sous le mien, mon cœur s'emballe, mon besoin de la posséder cognant contre ma poitrine. La respiration saccadée, je passe de ses lèvres à la peau tendre de son cou, puis à sa clavicule et à la douceur soyeuse de ses seins. Elle gémit lorsque mes lèvres se referment sur son mamelon, et je la sens s'arc-bouter contre moi, ses hanches se soulevant pour presser son sexe contre moi.

Avec un grognement sourd, je porte mon attention sur son autre sein, l'aspirant jusqu'à ce que les gémissements de Sara se fassent plus bruyants et qu'elle se torde sous moi, ses mains fléchissant de façon convulsive dans ma poigne. Lorsque je soulève la tête, je vois la rougeur de ses joues, ses yeux fermés et sa tête basculée vers l'arrière en un abandon sensuel.

Il est temps. Putain, il est plus que temps.

Libérant son mamelon, je remonte, alignant mon érection contre l'entrée de son corps.

— Le veux-tu ? Je demande d'une voix rauque, alors que ses paupières s'ouvrent sur un battement, révélant un regard voilé par le désir. Dis-moi que tu le veux, ptichka. Dis-moi que je t'ai manqué pendant mon absence.

Les lèvres de Sara s'entrouvrent, mais aucun mot n'en sort, et je sais qu'elle n'est pas prête à l'admettre, à accepter le lien qui existe entre nous. J'ai peut-être son corps, mais je devrai lutter plus fort pour son esprit et son cœur. Et je suis prêt, car c'est ce dont j'ai besoin : qu'elle soit entièrement mienne, qu'elle me désire et qu'elle ait autant besoin de moi que moi d'elle.

En baissant la tête, je l'embrasse à nouveau, puis libère l'un de ses poignets pour me guider dans son sexe chaud et moite. Elle est encore incroyablement étroite, mais cette fois-ci, j'arrive à garder un rythme lent, la pénétrant centimètre par centimètre jusqu'à être complètement en elle. Elle se cramponne de sa main libre à ma taille, ses ongles délicats s'enfonçant dans ma peau alors qu'elle halète à mon oreille. Je sens ses parois internes se tendre comme je commence à bouger en elle, plongeant en elle en un rythme délibérément lent. Mon propre désir est enfiévré et j'ai toutes les peines du monde à conserver un rythme régulier, frottant son clitoris chaque fois que je plonge au plus profond d'elle.

— Oui, c'est ça, grogné-je, en sentant ses muscles se contracter et sa respiration s'accélérer. Jouis pour moi, ptichka. Laisse-moi te sentir jouir.

Elle crie lorsque j'accélère le rythme et j'agrippe sa hanche, pressant la chair de ses fesses comme je plonge avec force en elle, la possédant avec tant de force que le lit craque sous nos corps. Je ne peux me rassasier d'elle, de sa moiteur soyeuse et de sa douce odeur, et je plonge encore plus profondément en elle, voulant fusionner avec elle, m'enfoncer si loin en elle jusqu'à rester irrévocablement gravé dans sa chair.

Ses cris se font plus fort, plus frénétiques, et je sens les contractions de son sexe, ses hanches se soulevant comme elle atteint l'orgasme. Ses spasmes sont le coup de grâce ; dans un cri rauque, j'explose, écrasant mon bassin contre le sien comme mon membre soubresaute et que ma semence jaillit, emplissant le préservatif.

Haletant, je me glisse à ses côtés et je l'attire contre moi, l'étreignant avec force alors que nos respirations se calment. Maintenant que ma faim est apaisée, je prends conscience de la pulsation sourde de la blessure récente sur mon abdomen. Les médecins m'ont prévenu de me tenir tranquille pendant quelques semaines, mais je n'y ai pas fait attention, trop absorbé par Sara et le plaisir incandescent de la posséder.

Après une minute, je me lève pour jeter la protection et, à mon retour, Sara est assise sur le lit, sa silhouette élancée enveloppée dans une couverture comme la dernière fois. Seulement, aujourd'hui il n'y a pas de larmes ; ses yeux sont secs, son regard soutenant le mien avec défi comme je traverse la pièce.

Peut-être commence-t-elle à accepter la réalité entre nous, à comprendre qu'il n'y a aucune honte à me désirer.

— Pourquoi es-tu de retour ? demande-t-elle comme je m'assieds près d'elle, et je perçois le désespoir derrière sa bravoure.

J'avais tort. Elle est encore bien loin de m'accepter.

En soulevant une main, je replace une boucle brillante derrière son oreille. Avec la couverture enveloppée autour d'elle et ses boucles marron en désordre, ma jolie médecin semble jeune et vulnérable, plus une jeune fille qu'une femme. La voir ainsi me donne envie de la protéger, de l'abriter de la cruauté de mon univers.

Dommage que je fasse partie de ce monde… et que j'en sois vraisemblablement l'élément le plus cruel de tous.

— Je ne suis jamais parti, réponds-je, en baissant la main. Du moins, je ne voulais pas partir, pas aussi longtemps. J'avais un boulot, mais ça n'aurait pas dû durer plus d'une journée ou deux.

— Un boulot ?

Elle bat des cils.

— Quel genre de boulot ?

J'envisage de ne pas lui répondre, ou du moins de passer sous silence les réalités les plus brutales de mon travail, mais je repousse l'idée. L'opinion de Sara à mon égard ne peut pas vraiment empirer, alors elle peut bien connaître toute la vérité.

— Mon équipe mène à bien certaines missions, dis-je avec prudence, observant sa réaction. Des missions que bien peu d'autres peuvent prendre en charge avec le même niveau de compétences et de discrétion. Nos clients se meuvent généralement dans l'ombre, tout comme les personnes que nous devons éliminer.

La rougeur sur ses joues s'estompe, laissant ses traits singulièrement pâles.

— Tu es un assassin ? Ton équipe… tue pour de l'argent ?

J'acquiesce.

— Pas n'importe qui, mais oui. Nos victimes sont généralement très dangereuses elles-mêmes, souvent entourées de plusieurs couches de sécurité que nous devons pénétrer. C'est comme ça que j'ai fini avec ça.

Je pointe la cicatrice récente sur mon abdomen et je vois ses yeux s'écarquiller alors qu'elle la remarque, pour la première fois. Je doute qu'elle y ait jeté un œil pendant que je lui donnais du plaisir.

— Comment est-ce arrivé ? demande-t-elle en regardant mon ventre.

Son visage est encore plus pâle, sa peau de porcelaine prenant une teinte verdâtre.

— C'est un coup de couteau ?

— Oui. Et pour ce qui est du comment, c'était un moment d'inattention de ma part.

Ça m'énerve encore d'avoir manqué le garde derrière moi qui a attrapé son couteau pendant que je m'occupais de son partenaire armé d'un fusil.

— J'aurais dû être plus prudent.

Elle déglutit et examine à nouveau ma cicatrice.

— Si c'est si dangereux, pourquoi le fais-tu ? demande-t-elle après un moment, ses yeux remontant vers mon visage.

— Parce qu'éviter les autorités n'est pas donné, dis-je.

Sara prend ma révélation mieux que je ne m'y attends, bien que je suppose que de m'avoir vu tuer ces deux drogués l'a préparée à quelque chose de ce genre.

— Le travail paie extrêmement bien et s'agence bien à mes

compétences. J'étais auparavant consultant pour certains de nos clients, mais être à mon compte est mieux. J'ai plus de liberté et de flexibilité… quelque chose qui s'est révélé important lorsque j'ai mis la main sur ma liste.

Ses lèvres se serrent.

— La liste sur laquelle se trouvait mon mari ?

— Oui.

Elle baisse le regard, mais pas avant que j'aperçoive l'éclat de colère dans ses yeux noisette. Elle est dérangée par le fait que je n'ai aucun remords, mais je ne peux pas feindre. Ce *ublyudok*, son bâtard de mari, méritait une mort bien pire que ce qu'il a eu, et mon seul regret est qu'il se trouvait dans un état végétatif. Ça, et le fait que, pendant un court instant, j'ai hésité avant d'appuyer sur la gâchette.

J'ai hésité parce que j'ai pensé à Sara au lieu de ma femme et mon fils morts.

Ce souvenir me remplit d'une rage et d'une douleur familière et je me force à inspirer profondément. Si je ne me sentais pas aussi apaisé après l'avoir prise, il me serait pratiquement impossible de contenir l'agonie qui emplit ma poitrine ; or je réussis à me maîtriser… même lorsque Sara se lève et se dirige vers la salle de bain, toujours enroulée dans la couverture.

Elle s'est refermée comme une huître, mais je ne m'en fais pas. Il est déjà plus de minuit et nous aurons tout le temps pour parler demain.

En m'étirant sur le lit, j'attends le retour de Sara. C'est aussi bien qu'elle ait mis fin aussi vite à nos retrouvailles. J'ai à peine fait d'efforts aujourd'hui, mais je me sens aussi exténué qu'après une mission. Mon corps est encore en rétablissement, un fait qui me frustre. Je déteste ne pas être en état ; toute faiblesse me rend nerveux et me dérange.

Sara prend son temps dans la salle de bain, mais revient finalement et se couche près de moi, sans m'offrir la couverture. Aussi agacé qu'amusé, je lui retire la couverture et l'arrange par-dessus nos deux corps lorsqu'elle se retrouve à sa place : dans mes bras, ses fesses fermes pressées contre mon entrejambe.

— Bonne nuit, murmuré-je, en embrassant sa nuque.

Lorsqu'elle ne répond pas, je ferme les yeux, ignorant les tressaillements de mon membre.

Même si j'adorerais la prendre à nouveau, j'ai besoin de repos et elle aussi.

Je peux être patient. Après tout, elle sera mienne demain… et tous les jours qui suivront.

37

*S*ara

JE ME RÉVEILLE AVEC L'ARÔME DU CAFÉ ET DU BACON DANS L'AIR et la sensation du soleil sur mon visage. Perplexe, j'ouvre les yeux et vois qu'il reste trente minutes avant que mon réveil-matin ne sonne. Alors que j'essaie de comprendre ce qui se passe, des souvenirs de la nuit dernière envahissent mon esprit et je grogne, tirant la couverture au-dessus de ma tête.

Mon harceleur russe est de retour… et prépare le petit-déjeuner dans ma maison.

Après une minute, je me convaincs de me lever et de suivre ma routine matinale habituelle. Oui, le tueur de mon mari m'a prise à nouveau la nuit dernière… et m'a fait jouir, mais ce n'est pas la fin du monde et je dois agir en conséquence.

Je dois ignorer le dégoût de moi-même qui crispe mes entrailles et me préparer pour le travail.

Dix minutes plus tard, je descends, habillée et lavée. Étrangement, savoir ce que Peter fait comme travail ne change pas ma façon de le voir. Je pense à lui depuis si longtemps comme un tueur que de savoir que son équipe et lui le font pour de l'argent ne me trouble pratiquement pas. Une chose est pourtant sûre, ça renforce ma conviction qu'il est dangereux et que je dois me montrer prudente pour ne pas mettre en danger ceux qui me sont chers.

— J'espère que tu aimes le bacon et les œufs brouillés, dit-il comme j'entre dans la cuisine.

Comme moi, il est habillé, sauf pour ses chaussures et le blouson en cuir accroché à l'une des chaises de cuisine. Une fois de plus, ses vêtements sont foncés et, devant le spectacle de sa silhouette puissamment masculine et fatalement séduisante près du poêle, mon cœur s'emballe et mon estomac se tord sous l'effet d'une sensation troublante.

Une sensation qui ressemble étrangement à de l'excitation.

En repoussant l'idée, je croise les bras et appuie une hanche contre le comptoir.

— Bien sûr, dis-je d'une voix égale, en ignorant mon cœur qui bat la chamade. Qui n'aime pas ?

Même si j'aimerais lui jeter mon plat à la figure, je ne veux pas le provoquer avant d'avoir trouvé une nouvelle stratégie.

— C'est bien ce que je pensais.

Il dépose avec aisance les œufs et le bacon dans les assiettes, puis nous verse une tasse de café.

Décidant que je ferais aussi bien d'aider, j'attrape les tasses et les dépose sur la table. Il me suit avec les assiettes et nous nous asseyons pour le petit-déjeuner.

Les œufs sont excellents, savoureux et légers, et le bacon est bien croustillant. Même le café est inhabituellement bon, comme s'il utilisait une recette secrète avec ma machine Keurig. Pas que je m'attendais à autre chose ; chaque repas qu'il a préparé a été un délice.

Si toute cette histoire d'assassin/harceleur ne réussit pas, mon bourreau pourra toujours envisager une carrière de chef.

L'idée est si ridicule que je glousse dans mon café, et Peter relève la tête, les sourcils levés en une question muette.

— Je me disais seulement que tu pourrais en faire ta profession, expliqué-je, en prenant une bouchée d'œufs.

C'est peut-être une autre insulte au souvenir de George, mais je suis incapable de me rappeler mon mari me préparant un petit-déjeuner. Quelques fois alors que nous nous fréquentions, il avait tenté un dîner romantique... une commande de chinois avec quelques bougies, mais sinon, je cuisinais ou nous sortions au restaurant.

— Merci.

Un sourire joue sur les lèvres de Peter en réponse à mon compliment.

— Je suis heureux que ça te plaise.

— Hmm.

Je me concentre sur mon assiette et essaie de ne pas rougir en me rappelant ces lèvres sculptées contre mon cou, mes seins, mes mamelons... Je veux croire qu'il m'a prise par surprise la nuit dernière, que ma réaction était le résultat d'un esprit ensommeillé, mais l'excitation qui coule dans mes veines ce matin contredit cette supposition.

Une part tordue de moi est heureuse de le voir... et soulagée de le savoir vivant.

Idiote, me réprimandé-je. Peter Sokolov est un fugitif

recherché, un monstre qui a tué deux personnes devant moi, après m'avoir torturée et avoir tué George. Un harceleur dont la présence dans ma vie introduit d'innombrables complications et menace tous ceux qui m'entourent.

Le désirer est non seulement mal, mais franchement anormal.

Et pourtant, comme je finis mes œufs et bois mon café, je suis consciente d'une légèreté insolite dans ma poitrine. La maison ne me semble plus immense et oppressante, la cuisine est lumineuse et chaleureuse, plutôt que froide et menaçante. *Il* remplit l'espace maintenant, le dominant de son corps imposant et de la force redoutable de sa personnalité et, même s'il est la dernière personne dont je devrais souhaiter la compagnie, je ne sens pas la pression écrasante de la solitude lorsque je suis avec lui.

Un chien, me rappelé-je. *Tu as simplement besoin d'un chien.* Et brusquement, je réalise qu'il pourrait y avoir un problème avec ce point… et avec ma nouvelle vie en général.

— Tu sais que je déménage dans quelques semaines, n'est-ce pas ? Dis-je en déposant ma tasse vide. J'ai signé l'acte de vente de la maison.

L'expression de Peter ne change pas.

— Oui, je sais.

— Évidemment.

Je serre les poings sur la table, mes ongles s'enfonçant dans mes paumes.

— Tu m'as probablement fait surveiller pendant ton absence. Ces yeux sur moi, ce n'était pas mon imagination, n'est-ce pas ?

— Je ne pouvais pas te laisser sans protection, dit-il avec un haussement d'épaules impénitent.

— Bien sûr.

J'inspire et me force à détendre les mains.

— Eh bien, je déménage dans un appartement et je suis convaincue que tu ne pourras pas aller et venir comme ici… du moins, pas sans que les voisins te voient tous les jours. Alors, tu devrais trouver une autre femme à torturer et à harceler. Il y en a beaucoup qui vivent dans des zones semi-rurales.

Il esquisse un sourire.

— J'en suis sûr. Dommage que je n'en veux pas.

Je pianote sur la table.

— Vraiment ? Et qu'en est-il des autres personnes sur ta liste ? Ou bien les as-tu toutes tuées ?

— Il en reste un seul et il s'est révélé insaisissable jusqu'à présent, dit-il et je ne peux que le fixer sans un mot avant de secouer la tête.

Je ne suis pas prête à aller là aujourd'hui.

— C'est bon, dis-je en tentant de me reprendre. Alors, qu'est-ce qu'il faudra afin que tu *me* laisses tranquille ?

— Une balle dans la tête ou le cœur, répond-il, sans ciller, et mon estomac fait une embardée lorsque je réalise qu'il est totalement sérieux.

Il n'a aucune intention de s'éloigner de moi. Jamais.

Toute la légèreté et l'excitation s'estompent, ne me laissant qu'avec la terreur absolue de ma réalité. Aucun repas délicieux, aucun orgasme époustouflant ou aucune tendre étreinte ne compense le fait que je suis bien prisonnière de cet homme dangereux, un tueur qui ne sourcille pas devant la violence et la torture. Son obsession à mon égard est aussi dangereuse que l'homme lui-même, ses sentiments aussi tordus que le passé sombre qui est le nôtre.

Un monstre s'est fixé sur moi, et il n'y a aucune échappatoire.

Mes jambes vacillent comme je me lève en repoussant ma chaise.

— Je dois aller travailler, dis-je d'une voix sourde et, avant qu'il ne puisse objecter, j'attrape mon sac et me hâte vers le garage.

Peter ne fait aucun geste pour me retenir, mais comme je monte dans la voiture, il apparaît dans le cadre de la porte, son visage ténébreux figé en un masque indéchiffrable.

— Je te verrai à ton retour, dit-il comme je démarre la voiture, et je sais qu'il est sincère.

Mon tortionnaire est de retour et il est là pour de bon.

ara

FIDÈLE À SA PAROLE, PETER EST LÀ LORSQUE J'ARRIVE DU TRAVAIL ce jour-là, et je suis si épuisée et stressée que je suis tentée de capituler et de manger le dîner qu'il a préparé, un riz pilaf à l'arôme savoureux aux champignons et aux pois. Mais je ne peux pas. Je ne peux pas continuer ce jeu insensé, agir comme si tout cela est normal.

Si mon harceleur ne me laisse pas tranquille, il est inutile d'obtempérer. Autant lui rendre les choses aussi difficiles que possible.

Passant à côté de la table mise, je monte l'escalier pendant qu'il nous verse du vin. En entrant dans la chambre, je verrouille la porte et me dirige vers la salle de bain pour m'asperger le visage d'eau froide.

J'ai tout essayé sauf la résistance pure et simple, et je suis assez désespérée pour tenter le coup.

Le visage fraîchement lavé, je sors de la salle de bain et m'assieds sur le lit, attendant de voir ce qui se passera. Je n'ai aucune intention de déverrouiller cette porte et de le laisser entrer, ou de coopérer de quelque manière que ce soit.

J'en ai assez de jouer avec un monstre. S'il me veut, il devra me forcer.

Mon estomac gronde de faim et je m'en veux de ne pas avoir mangé avant de revenir ici. J'étais si bouleversée après avoir pensé à Peter toute la journée que j'ai conduit jusqu'ici en pilotage automatique, mon esprit préoccupé par ma situation impossible. Maintenant que je suis au courant de son équipe et de ses missions d'assassinat, je suis encore moins convaincue que le FBI peut me protéger si je communique avec eux.

Je ne crois pas que *quiconque* peut me protéger contre lui.

Un coup à la porte interrompt mes pensées désespérantes.

— Descends, ptichka, dit Peter du couloir. Le dîner refroidit.

Tout mon corps se tend, mais je ne réponds pas.

Un autre coup. Puis la poignée de la porte bouge.

— Sara.

La voix de Peter se durcit.

— Ouvre la porte.

Je me lève, trop inquiète pour rester assise, mais je ne fais aucun geste vers la porte.

— Sara. Ouvre cette porte. Maintenant.

Je reste debout, serrant et desserrant les poings. Avant de revenir à la maison, j'ai envisagé de m'acheter une arme, mais je me suis souvenue de ce qu'il m'avait dit au sujet de ses hommes surveillant ses signes vitaux et ai repoussé l'idée. Je ne sais pas comment cette surveillance fonctionne, mais il est entièrement possible qu'il porte un genre de dispositif qui mesure son pouls ou sa tension artérielle. Peut-être même un implant. J'ai entendu parler de ces choses, même si je n'en ai jamais croisé. Et puis, si ce que Peter m'a dit est vrai, je ne peux pas le blesser d'aucune façon sans risquer ma propre vie, et aussi celles des gens qui m'entourent.

Des hommes qui tuent pour de l'argent n'hésiteraient pas à venger leur patron de la façon la plus brutale.

— Tu as cinq secondes pour ouvrir cette porte.

En luttant contre une sensation de déjà vu, je me mords la lèvre inférieure, mais reste immobile, même si mon cœur bat la chamade et que des sueurs froides coulent le long de mon dos. Pour autant que je ne veuille pas qu'il me fasse mal, je ne veux pas plus vivre ainsi, trop effrayée pour me défendre, acceptant docilement les demandes d'un fou. La dernière fois que j'ai verrouillé une porte, j'étais sous le choc, si bouleversée et terrifiée de l'avoir vu tuer ces deux hommes que j'avais agis sans réfléchir. Maintenant, toutefois, mon geste est délibéré.

J'ai besoin de savoir jusqu'où il ira, ce qu'il est prêt à faire pour parvenir à ses fins.

Il ne compte pas à voix haute cette fois-ci, alors je compte dans ma tête. *Un, deux, trois, quatre, cinq...* J'attends le coup qui fera trembler la porte, mais tout ce que j'entends est le bruit de pas qui s'éloignent.

Le souffle que je retiens s'échappe en un soupir soulagé. Est-ce possible ? Aurait-il pu céder et décider de me laisser tranquille ce soir ? Je ne m'y serais pas attendu, mais il m'a surprise par le passé. Peut-être que sa répugnance à me forcer est toujours là ; peut-être qu'il tire un trait sur l'idée de démolir la porte de la chambre et...

Les pas reviennent et la poignée de la porte tourne encore

avant que quelque chose de métallique ne cliquette contre elle. Mon cœur manque un battement, puis s'emballe à nouveau.

Il crochète la serrure.

Cette action délibérée et froide est encore plus effrayante que s'il avait simplement démoli la porte. Mon bourreau n'agit pas sous l'effet de la colère ; il se contrôle totalement et sait exactement ce qu'il fait.

Le cliquetis métallique dure moins d'une minute. Je le sais parce que je fixe les chiffres clignotants de mon réveil-matin sur la table de chevet. Puis, la porte s'ouvre et Peter entre, sa foulée irradiant une rage réfrénée et son visage figé en un masque froid et dur.

Luttant contre l'envie de fuir, je soulève le menton et le fixe du regard comme il s'immobilise devant moi, son corps imposant surplombant ma silhouette beaucoup plus petite.

— Viens manger.

Sa voix est calme, douce même, mais j'entends la note sinistre sous-jacente. Son contrôle ne tient qu'à un fil, et s'il me restait encore un peu d'espoir, mon instinct de survie me ferait céder. Mais je suis à court de stratégies et, à un certain stade, l'instinct de survie doit faire place au respect de soi-même.

Téméraire, je secoue la tête.

— Je ne veux pas.

Sa mâchoire se crispe.

— Pas, quoi ? Manger ?

Mon estomac choisit ce moment pour gronder à nouveau et je rougis de ce malencontreux hasard.

— Je ne mangerai pas avec *toi*, dis-je d'une voix aussi égale que possible. Et je ne dormirai pas plus avec toi… ni ne ferai rien d'autre d'ailleurs.

— Non ?

Un sombre amusement se glisse dans son regard gris glacial.

— En es-tu si sûre, ptichka ?

Je serre les poings.

— Je veux que tu sortes de ma maison. Maintenant.

— Ou sinon ?

Il s'approche davantage, me pressant de son grand corps jusqu'à ce que je n'aie d'autre choix que de reculer vers le lit.

— Ou sinon, Sara ?

Je veux le menacer d'aller voir la police ou le FBI, mais nous savons tous deux que si c'était une option, je l'aurais déjà fait. Il n'y a rien que je peux faire pour le sortir de ma vie, et c'est là le nœud du problème.

En ignorant la sueur glacée coulant dans mon dos, je soulève davantage le menton.

— J'en ai fini avec ça, Peter.

— Ça ?

Il s'approche encore, penchant la tête.

— Ce fantasme tordu de notre relation que tu as imaginé, ajouté-je.

Il est trop près, envahissant mon espace personnel comme si c'était son droit. Son odeur virile m'enveloppe, la chaleur de son corps réchauffant mes entrailles, et je recule à nouveau, tentant d'ignorer la sensation entre mes jambes et la sensibilité de mes mamelons.

Je ne peux pas être aussi près de lui sans me souvenir de la sensation d'être encore plus près, d'être unie à lui de la manière la plus intime.

— Le fantasme tordu de notre relation ?

Il hausse les sourcils avec moquerie.

— C'est un peu dur, tu ne trouves pas ?

— J'en. Ai. Fini, répété-je, en prononçant chaque mot.

Mon cœur bat avec nervosité dans ma cage thoracique, mais je suis déterminée à ne pas céder ou à le laisser me distraire par une discussion sur notre relation tordue.

— Si tu veux cuisiner chez moi, vas-y, mais à moins de vouloir me gaver, tu ne peux pas me forcer à manger avec toi, ou à faire quoi que ce soit contre mon gré.

— Oh, ptichka.

La voix de Peter est douce, son regard presque compatissant.

— Si tu savais à quel point tu as tort.

Ses lèvres se courbent en ce sourire imparfait et magnétique et mon estomac se contracte comme il s'approche encore. Souhaitant désespérément un peu de distance, je recule à nouveau, seulement pour me retrouver appuyée contre le lit.

Je suis prise au piège, une fois encore coincée par lui.

Implacablement, il continue de s'approcher, et mon sexe se contracte comme il dépose les mains sur mes épaules.

— Descends avec moi, Sara, dit-il doucement. Tu as faim et tu te sentiras mieux une fois que tu auras mangé. Et pendant que nous mangeons, nous pourrons parler.

— À quel propos ? Demandé-je, la voix tendue.

La chaleur de ses paumes me brûle même à travers la couche épaisse de mon pull et j'ai toutes les peines du monde à conserver une respiration presque régulière alors qu'un désir pernicieux s'éveille en moi.

— Nous n'avons rien à nous dire.

— Je crois que si, dit-il, et j'aperçois le monstre dans son regard argenté. Vois-tu, Sara, si tu ne veux pas être ici avec moi, nous pouvons aller ailleurs ensemble. Le fantasme peut devenir réalité, mais seulement selon mes conditions.

39

eter

ELLE TREMBLE COMME JE LA GUIDE EN BAS, ET JE SAIS QUE C'EST autant de colère que de peur. Je suppose que sa réaction devrait me déranger, mais je suis moi-même trop en colère. Hier, et aujourd'hui au petit-déjeuner, j'aurais juré qu'elle était heureuse de me voir, soulagée de mon retour. Mais ce soir, elle est à nouveau froide et distante, et je ne le permettrai pas.

Il est temps d'enlever mes gants.

— Assieds-toi, dis-je en arrivant près de la table.

Elle se laisse tomber sur une chaise, une expression méfiante sur son beau visage. Elle est déterminée à rendre les choses difficiles, et je suis tout aussi déterminé à ne pas la laisser faire.

En inspirant pour me reprendre, j'éteins le plafonnier lumineux et allume les bougies. Puis, je dépose le risotto que j'ai

301

fait dans des assiettes et lui apporte la sienne avant de revenir avec mon propre plat. Je suis aussi affamé qu'elle et, dès que je suis assis, je me jette sur le repas, estimant que la discussion de notre relation peut attendre quelques minutes.

Malheureusement, Sara ne partage pas mon opinion.

— Que voulais-tu dire par « le fantasme peut devenir réalité » ? demande-t-elle, sa voix tendue alors qu'elle joue avec sa fourchette. Qu'est-ce que ça veut vraiment dire ?

Je la fais patienter jusqu'à avoir avalé ma bouchée, puis je dépose ma fourchette et lui jette un regard ferme.

— Je veux dire que le fait de vivre ici, d'aller travailler et de rencontrer des amis est un privilège que je t'accorde, dis-je calmement, et je la regarde pâlir. D'autres hommes dans cette position ne seraient pas aussi complaisants… et je n'ai pas non plus à l'être. Je te veux et j'ai le pouvoir de t'avoir. C'est aussi simple que ça. Si tu n'aimes pas la dynamique actuelle de notre relation, je la changerai, mais pas d'une façon qui te plaira.

Sa main tremble comme elle la tend vers le verre de vin que j'ai versé plus tôt.

— Alors, quoi ? Tu vas m'enlever ? M'emmener loin de tout le monde et de tout ?

— Oui, ptichka. C'est exactement ce que je ferai si la situation actuelle ne fonctionne pas.

Je me remets à manger, lui donnant le temps de digérer mes paroles. Je sais que je suis dur, mais je dois écraser cette petite rébellion, lui faire comprendre à quel point sa position est précaire.

Il n'y a aucune limite que je ne franchirai pas lorsqu'il est question d'elle. Elle sera mienne, d'une façon ou d'une autre.

Sara me fixe, le verre tremblant dans sa main ; puis, elle le dépose sans en avoir pris une seule gorgée.

— Alors, pourquoi ne pas l'avoir déjà fait ? Pourquoi tout ça ?

Elle balaie la pièce d'un geste de la main, renversant presque le verre et l'un des chandeliers.

— Attention, dis-je, en éloignant les objets. Si je ne te connaissais pas mieux, je croirais que tu essaies encore de me droguer.

Elle grince des dents.

— Dis-moi, exige-t-elle, son poing se serrant près de son assiette intacte. Pourquoi ne pas m'avoir déjà enlevée ? Tu n'as sûrement aucun scrupule moral à ce sujet.

Je soupire et dépose ma fourchette. J'aurais peut-être dû lui promettre une discussion après le repas, et non pendant.

— Parce que j'aime ce que tu fais, dis-je, en prenant une gorgée de vin. Avec les bébés, les femmes. Je crois que ton travail est admirable et je ne veux pas t'éloigner de ça… ni de tes parents.

— Mais tu le feras s'il le faut.

— Oui.

Je dépose le verre et reprends ma fourchette.

— Je le ferai.

Elle m'observe quelques secondes, puis prend sa propre fourchette et, pendant quelques minutes, nous mangeons dans un silence désagréable. Je peux pratiquement l'entendre penser, son esprit agile luttant pour trouver une solution.

Dommage pour elle qu'aucune n'existe.

Lorsque l'assiette de Sara est à moitié vide, elle la repousse et demande d'une voix tendue :

— L'as-tu aussi harcelée ?

Je hausse les sourcils en reprenant mon verre de vin.

— Qui ?

— Ta femme, dit Sara, et ma main se serre sur le pied du verre, brisant presque le verre fragile.

Instinctivement, je me prépare à la douleur agonisante et à la fureur, mais tout ce que je ressens est un écho lointain de chagrin, accompagné d'une douleur douce-amère devant mes souvenirs.

— Non, dis-je, et je me surprends à sourire tendrement. En fait, c'est elle qui m'a harcelé.

40

Sara

Choquée, je fixe mon bourreau, prise au dépourvu par ce sourire doux, presque tendre. Je m'attendais pleinement à ce qu'il explose à ma question et, en regardant ses doigts se resserrer sur le pied du verre, j'étais sûre de sa réaction.

Au lieu de cela, il a souri.

En mordillant ma lèvre inférieure, j'envisage de changer de sujet, mais avec la menace d'un enlèvement pesant sur moi, je ne peux résister à l'occasion d'en apprendre plus sur lui.

— Que veux-tu dire ? Demandé-je, en prenant mon verre de vin.

Le risotto est délicieux, mais mon estomac est si noué que je suis incapable de terminer mon repas. Le vin, par contre, est une nécessité.

Si je bois assez, j'oublierai peut-être sa promesse terrifiante.

— Nous nous sommes rencontrés lors de mon passage dans son village il y a presque neuf ans.

Peter s'adosse à sa chaise, son verre de vin à la main. La lueur des bougies jette un éclat chaleureux et doux sur ses traits séduisants et, si ce n'était de l'adrénaline qui court dans mes veines pour tout ce stress, j'aurais pu me laisser berner par l'illusion d'un dîner romantique, par le fantasme qu'il s'efforce de créer.

— Mon équipe traquait un groupe d'insurgés dans les montagnes, continue-t-il, son regard se faisant lointain comme il se remémore son passé. C'était l'hiver et il faisait froid. Incroyablement froid. Je savais que nous devions nous abriter pour la nuit, alors j'ai demandé à des villageois de nous louer des chambres. Une seule femme a été assez brave pour le faire… Tamila.

Je prends une gorgée de vin, fascinée malgré moi.

— Elle vivait seule ?

Peter hoche la tête.

— Elle n'avait alors que vingt ans, mais elle possédait une petite maison. Sa tante était décédée et la lui avait laissée. C'était inédit dans son village qu'une jeune femme vive seule, mais Tamila n'avait jamais adhéré aux règles. Ses parents voulaient qu'elle épouse l'un des anciens du village, un homme qui pouvait leur offrir cinq chèvres en échange, mais Tamila le trouvait répugnant et essayait de retarder autant que possible le mariage. Il va sans dire que ses parents n'étaient pas heureux et, lorsque mes hommes et moi nous sommes présentés au village, elle était prête à tout pour changer sa situation.

Je termine mon verre de vin comme il continue :

— Je ne savais rien de ça, évidemment. Je n'ai vu qu'une belle jeune femme qui, pour une raison inconnue, a accueilli trois soldats gelés de la Spetsnaz chez elle. Elle a laissé sa chambre à mes hommes et m'a installé dans une deuxième chambre plus petite, disant qu'elle se contenterait du canapé.

— Mais, ce n'est pas ce qu'elle a fait, deviné-je alors qu'il se penche pour me verser plus de vin.

Mes entrailles se serrent sous l'effet d'une sensation inconfortable qui ressemble beaucoup à de la jalousie.

— Elle t'a rejoint.

— En effet.

Il sourit à nouveau et je cache mon malaise en buvant un peu plus. J'ignore pourquoi l'imaginer avec cette « belle jeune femme » me dérange, mais c'est le cas, et j'ai toutes les peines du monde à l'écouter calmement ajouter :

— Je ne l'ai pas repoussée, naturellement. Aucun homme n'aurait pu. Elle était timide et relativement sans expérience, mais pas vierge. Lorsque nous sommes repartis le matin, je lui ai promis de repasser par le village sur le chemin du retour. Ce que j'ai fait, deux mois plus tard, seulement pour apprendre qu'elle portait mon enfant.

Je sourcille.

— Tu n'as pas utilisé de protection ?

— Oui… la première fois. La deuxième fois, j'étais endormi lorsqu'elle s'est mise à me caresser et lorsque je me suis enfin réveillé, j'étais en elle et bien trop loin pour penser au préservatif.

Je le regarde, bouche bée.

— Elle est tombée enceinte délibérément ?

Il hausse les épaules.

— Elle clamait que non, mais je soupçonnais autre chose. Elle vivait dans un village musulman conservateur et elle avait eu un amant avant moi. Elle ne m'a jamais dit de qui il s'agissait, mais si elle avait épousé l'ancien, ou avait décidé d'épouser un autre homme du village, elle aurait pu être publiquement dénoncée et rejetée par son mari. Un étranger comme moi, qui n'était pas musulman, était la meilleure solution pour éviter cette fin et elle a saisi l'occasion lorsque celle-ci s'est présentée. C'est louable, vraiment. Elle a pris un risque et ça a porté ses fruits.

— Parce que tu l'as épousée.

Il hoche la tête.

— Oui, une fois que le test de paternité a confirmé ses propos.

— C'est… très noble de ta part.

Je me sens inexplicablement soulagée qu'il ne soit pas tombé éperdument amoureux de cette fille.

— Peu d'hommes auraient accepté d'épouser une femme qu'ils n'aimaient pas dans l'intérêt de l'enfant.

Peter hausse les épaules une nouvelle fois.

— Je ne voulais pas que mon fils soit tourné en ridicule ou qu'il grandisse sans un père. Épouser sa mère était le meilleur moyen de m'en assurer. Et puis, j'en suis venu à aimer Tamila après la naissance de mon fils.

— Je vois.

La jalousie m'envahit à nouveau. Pour me distraire, je vide mon deuxième verre de vin et attrape la bouteille pour le remplir.

— Alors, elle t'a piégé, mais tout a bien fini.

Mes paumes sont moites et la bouteille glisse de ma main, le vin jaillissant dans le verre avec assez de force pour en renverser.

— Tu as soif ?

Les yeux gris de Peter brillent d'amusement comme il tend la main pour me reprendre la bouteille.

— Je devrais peut-être te verser de l'eau ou un thé ?

Je secoue vigoureusement la tête, puis réalise que la pièce tourne un peu. Il a peut-être raison ; je n'ai pas beaucoup mangé et je devrais laisser tomber le vin. Sauf que mon anxiété se dissout à chaque gorgée et la sensation est trop bonne pour arrêter.

— Ça va, dis-je, en soulevant mon verre.

Je le regretterai sûrement demain au travail, mais j'ai besoin de la sensation agréable que m'apporte l'alcool.

— Alors, tu en es venu à aimer Tamila. Et elle est restée dans ce village ?

— Oui.

Ses traits se tendent ; les souvenirs douloureux ne doivent plus être loin.

Confirmant mes soupçons, il dit sèchement :

— Je m'étais imaginé que Tamila et Pasha, c'était le nom de mon fils, y seraient en sécurité. Elle voulait vivre avec moi dans mon appartement de Moscou, mais j'étais toujours parti pour le travail et je ne voulais pas la laisser seule dans une ville inconnue. Je lui avais promis de lui faire connaître Moscou lorsque Pasha serait plus âgé, mais avant ça, je pensais qu'il serait mieux qu'elle reste près de sa famille et que mon fils grandisse dans l'air pur de la montagne, plutôt que dans le smog de la ville.

La gorgée de vin que j'avale me brûle la gorge.

— Je suis désolée, murmuré-je, en déposant mon verre.

Et je *suis* désolée pour lui. Je déteste Peter pour ce qu'il me fait endurer, mais mon cœur souffre tout de même de sa douleur, de la perte qui l'a poussé à suivre ce sombre chemin. Je ne peux qu'imaginer la culpabilité et l'agonie qu'il doit ressentir, sachant qu'il a malencontreusement pris la mauvaise décision, que son désir de protéger sa famille a causé sa mort.

C'est quelque chose que je peux comprendre ayant tué mon mari, pas une, mais bien deux fois.

Peter hoche la tête en réponse à mes paroles, puis se lève pour débarrasser la table. Je continue de boire comme il remplit le lave-vaisselle, et la sensation agréable dans mes veines s'intensifie, les bougies devant moi attirant mon attention avec le vacillement hypnotique des flammes.

— Il est temps de nous coucher, dit-il, et je lève les yeux pour le voir s'essuyer les mains avec le torchon de cuisine.

J'ai dû partir dans le vague un moment, attirée par les bougies. Ou alors il est incroyablement rapide pour nettoyer. Mais il est plus probable que je sois partie dans le vague, ce qui veut dire que je suis plus ivre que je le croyais.

— Coucher ?

Je m'efforce de me concentrer comme il s'approche et agrippe mon poignet, me relevant. Malgré la brume qui embrouille ma vision, je me souviens de la raison de mon trouble et, alors qu'il me tire vers l'escalier, la tension dans mes entrailles revient, mon cœur s'emballant.

— Je ne veux pas dormir avec toi.

Il me lance un regard, ses doigts se resserrant sur mon poignet.

— Je n'ai pas envie de dormir.

Mon anxiété s'intensifie.

— Je ne veux pas non plus coucher avec toi.

— Non ?

Il s'arrête au pied de l'escalier et se tourne face à moi.

— Alors, si je plonge à l'instant même dans ton jean, tes

sous-vêtements ne sont pas complètement mouillés ? Ton entrejambe gonflé et affamé, n'attendant que le moment où je l'emplirai de mon sexe ?

Une rougeur se propage de mon cou à la racine de mes cheveux. Je *suis* moite ; d'un peu plus tôt, mais aussi de la manière dont il me regarde maintenant. C'est comme s'il voulait me dévorer, comme si ses paroles salaces l'excitaient autant que moi. Le brouillard d'alcool n'aide pas non plus, et je réalise que de tenter de noyer mon infortune était une erreur.

Lui résister lorsque j'ai toute ma tête est déjà difficile ; dans cet état, c'est pratiquement impossible.

Je dois pourtant essayer.

— Je ne…

— Ptichka…

Il lève une main et étreint ma mâchoire. Son pouce caresse ma joue pendant qu'il me fixe d'un regard d'acier en fusion.

— Devons-nous discuter des autres arrangements à nouveau ?

Je le regarde, des éclats de glace se formant dans mes veines. Pour la première fois, je comprends la portée totale de son ultimatum. Il ne s'attend pas uniquement à ce que je cesse de m'opposer contre les repas ; il me veut entièrement docile, que je lui ouvre mon lit comme si nous avions une véritable relation.

Comme s'il n'avait pas tué mon mari et ne s'était pas introduit de force dans ma vie.

— Non, murmuré-je, en fermant les yeux comme il baisse la tête et effleure mes lèvres des siennes… doucement, gentiment.

Sa tendresse me déchire, juxtaposée ainsi à l'horreur de sa menace. Si je m'oppose à lui, il me kidnappera, et m'enlèvera tout vestige de liberté.

Si je lui résiste, je perdrai tout ce qui importe, et sinon, je me perdrai moi-même.

JE TRÉBUCHE COMME PETER ME GUIDE DANS L'ESCALIER, ET IL ME soulève dans ses bras puissants, gravissant les marches avec aisance. Sa force est à la fois terrifiante et attrayante. Je sais la sensation d'en être la victime, pourtant une partie primitive de moi est attirée par elle, par la promesse de sécurité qu'elle offre.

Lorsque nous atteignons la chambre, il me dépose sur le sol et me dévêt, me retirant mon pull et mon jean en des gestes calmes et posés. Seul l'éclat sombre de son regard argenté trahit sa faim, le désir qu'il est prêt à tout pour satisfaire.

Une fois que je suis nue, il se déshabille aussi et j'aperçois un éclat métallique à l'intérieur de son veston comme il le suspend à une chaise. Une arme à feu ? Un couteau ? La pensée qu'il entre dans ma chambre avec des armes devrait me terrifier, mais je suis trop bouleversée pour réagir, mes émotions passant déjà du choc, à la colère, et maintenant à une peur glaciale. Et sous tout ce fouillis d'émotions, il y a un soulagement insolite et illogique.

Avec la disparition de toutes mes options, je peux céder.

C'est la seule solution.

Une larme coule sur ma joue alors qu'il s'approche, totalement nu et excité, son corps imposant, une œuvre d'angles bruts et de muscles sculptés, de beauté violente et de virilité dangereuse. Les monstres ne devraient pas avoir cette allure, ils ne devraient pas être aussi fascinants que mortels.

C'est trop pour la raison d'une personne.

— Ne pleure pas, ptichka, murmure-t-il, en s'arrêtant devant moi.

Ses doigts effleurent mes joues, essuyant mes larmes.

— Je ne te ferai pas de mal. Ce n'est pas aussi mal que tu le crois.

Pas aussi mal que je le croie ? J'ai envie de rire, mais je me contente de secouer la tête, mon esprit embrouillé par le vin autant que par la chaleur que sa proximité suscite. Il a raison : je le veux. J'ai envie de lui, mon corps brûle d'un désir si fort que j'ai peine à le contenir. Et en même temps, je le hais.

Je le hais pour ce qu'il fait… et pour ce qu'il me fait sentir.

Ses doigts glissent dans ma chevelure, étreignant mon crâne, et je ferme les yeux lorsqu'il m'embrasse à nouveau, son autre main agrippant ma hanche pour m'attirer plus près de lui. Son érection se presse contre mon abdomen, imposante et dure, mais son baiser est doux, ses lèvres me cajolant au lieu de me forcer.

La sensation est bonne, si bonne que, pendant un instant, j'oublie que je n'ai aucun choix. Mes mains agrippent ses côtés, palpant sa forte musculature, et mes lèvres s'ouvrent comme le désir croît en moi. En profitant, il lèche l'intérieur de ma bouche, sa langue y laissant un goût vertigineux de vin et de douce séduction. Ce n'est pas notre première fois, pourtant dans ce baiser, il y a une sensation d'exploration, de découverte sensuelle et de tendre émerveillement.

Il m'embrasse comme si j'étais la chose la plus précieuse, la plus désirable qu'il ait connue.

Ma tête tourne sous l'effet de tout ce plaisir troublant, et il est tentant de me perdre totalement, de céder à l'illusion de ses sentiments. Il m'étreint d'une façon qui évoque un besoin brut, mais aussi quelque chose de plus profond, quelque chose qui fait vibrer les recoins les plus vulnérables de mon cœur.

Quelque chose qui emplit le puits de solitude laissé par les ruines de mon mariage.

J'ignore combien de temps Peter m'embrasse ainsi, mais lorsqu'il relève enfin la tête, nous avons tous deux le souffle court et la chaleur qui coule dans mes veines est un véritable brasier.

Étourdie, j'ouvre les yeux et croise son regard comme il me dépose sur le lit. Il n'y a aucune froideur dans ses profondeurs métalliques, aucune noirceur terrifiante, rien d'autre que cette tendresse affamée et, lorsqu'il s'installe entre mes cuisses, recouvrant mon corps de la puissance du sien, je sais que ce pourrait être simple.

Je pourrais arrêter de lutter et accepter le fantasme, accepter cette version ténébreuse du conte de fées.

— Sara…

Sa grande main étreint mon visage avec une telle douceur, et la douleur qui me transperce la poitrine est aussi puissante que perverse. Il me regarde comme si j'étais tout pour lui, comme s'il voulait réaliser tous mes rêves. C'est ce que j'ai toujours voulu, ce que j'ai toujours souhaité… mais pas avec le meurtrier de mon mari.

En rassemblant les vestiges de ma raison, je ferme les yeux, éloignant ainsi la tentation de ce regard hypnotique. *Aucun choix*, me dis-je comme ses lèvres se posent sur les miennes en un baiser incandescent. *Aucun choix*, scandé-je en silence, en l'entendant ouvrir un préservatif et en sentant ses jambes rugueuses se presser contre la chair tendre de mes cuisses pour les ouvrir davantage et nicher son sexe contre le mien. *Aucun choix*, hurlé-je en silence, comme il plonge en moi, m'étirant, m'emplissant… allumant un brasier de désir.

C'est mal, c'est tordu, mais en moins d'une minute je jouis, son rythme dur me faisant exploser avec une intensité qui m'arrache un cri et me fait monter les larmes aux yeux. Mon corps frissonne sous l'effet de cette extase, se contractant autour de son membre et je crie son nom, lui griffant le dos comme il continue de me posséder, me faisant jouir deux autres fois avant de se laisser enfin aller.

Il m'étend sur lui, nos jambes entremêlées, et il me caresse paresseusement le dos. La tête contre son épaule, j'entends le battement régulier de son cœur, et l'éclat de satisfaction sexuelle fait place à un enchevêtrement familier de honte et d'affliction.

Je le hais, et je me hais.

Je me hais parce que quelque chose de pervers en moi est heureux de cet ultimatum.

C'était bien de ne pas avoir de choix.

— Tu ne déménageras pas dans quelques semaines, murmure-t-il, sans arrêter sa douce caresse. Le couple d'avocats n'est plus propriétaire de cette maison, je le suis. Ou plutôt l'une de mes sociétés fictives est propriétaire.

Je devrais être surprise, mais ce n'est pas le cas. Je m'y attendais d'une certaine manière. Mes doigts se serrent, écrasant le coin de l'oreiller.

— Les as-tu menacés ? Tués ?

Il rit, son torse puissant bougeant sous moi.

— J'ai payé le double de la valeur de la maison. Même chose pour ton futur propriétaire. Il a été bien compensé pour la rupture de ton bail.

Je ferme les yeux, si soulagée que je pourrais pleurer. Je ne sais pas ce que j'aurais fait si une autre personne avait souffert par ma faute, comment aurais-je pu vivre ainsi ?

Lorsque je suis sûre que ma voix ne tremblera pas, je soulève la tête pour croiser son regard.

— Alors, quoi ? Nous allons continuer ainsi ?

— Oui… pour l'instant.

Ses yeux brillent sombrement.

— Nous verrons ensuite.

Puis, il attire à nouveau ma tête vers son épaule, et m'enveloppe de son bras, m'étreignant comme si j'étais à ma juste place.

PARTIE III

AU COURS DES JOURS SUIVANTS, NOUS TOMBONS DANS UNE VIE domestique insolite. Chaque soir, Peter nous prépare un dîner délicieux et le repas attend déjà sur la table lorsque j'arrive. Nous mangeons ensemble, puis nous couchons ensemble, souvent deux fois ou plus avant de nous endormir. Lorsqu'il est là le matin à mon réveil, et c'est souvent le cas, il me prépare aussi le petit-déjeuner.

C'est comme si j'avais un mari au foyer, mais qui passe ses temps libres à des assassinats secrets.

— Que fais-tu toute la journée ? Demandé-je lorsque j'arrive à la maison après une journée particulièrement épuisante à l'hôpital et que je découvre un repas gastronomique de côtelettes d'agneau et de salade russe à base de betteraves. Tu ne te contentes pas de rester ici et de cuisiner, non ?

— Non, bien sûr que non.

Il me lance un regard amusé.

— Ce que nous faisons demande beaucoup de planification logistique, alors je me penche là-dessus avec les gars, et je m'occupe aussi du côté affaires de la chose.

— Le côté affaires ?

— Les interactions avec les clients, les paiements, les investissements et la distribution des fonds, l'acquisition d'armes et de munitions, et ainsi de suite, répond-il.

Je l'écoute avec fascination me donner un aperçu d'un monde où des sommes d'argent insensées changent de mains et où l'assassinat est un moyen de développer les activités.

— Nous travaillons beaucoup pour les cartels et d'autres organisations ou personnes puissantes, me raconte-t-il comme nous dégustons l'agneau. Le job au Mexique, par exemple, c'était à propos d'un chef de cartel nous contactant pour éliminer son rival afin de prendre possession de son territoire. Certains autres de nos clients comprennent des oligarques russes, plusieurs dictateurs, des personnes royales du Moyen-Orient, et quelques-unes des plus importantes mafias. Parfois, lorsque nous sommes entre deux contrats, nous acceptons quelques petites missions pour des brutes locales, mais celles-ci sont si peu rentables que nous les considérons comme du travail bénévole, une façon pour nous de rester alertes pendant une période creuse.

— Bien sûr, bénévole.

Je n'essaie même pas de cacher mon sarcasme.

— Comme mon travail à la clinique.

— Exactement, dit Peter avant de sourire.

Il sait qu'il me choque et il le fait exprès. C'est un jeu qu'il affectionne, de m'horrifier, puis de me séduire jusqu'à ce que j'accueille ses caresses malgré la répugnance que je ressens… ou que je devrais ressentir.

Cela fait partie de notre relation perverse que pratiquement rien de ce qu'il dit ou fait n'a d'effet durable sur mon désir pour lui. Mon incapacité à lui résister est une plaie ouverte dans ma poitrine et, peu importe ce que je fais, je ne peux pas la guérir. Chaque fois que je mange le repas qu'il prépare, chaque fois que je dors dans ses bras et que j'éprouve du plaisir à son contact, la plaie s'ouvre à nouveau, me laissant nauséeuse de honte et paralysée par ce dégoût de moi-même.

Je vis une vie de famille avec le meurtrier de mon mari et ce n'est pas aussi terrible que cela devrait l'être.

Une partie du problème est que, depuis notre première fois, Peter ne m'a pas fait mal. Pas physiquement, du moins. Je sens la violence en lui, mais lorsqu'il me touche, il prend soin de se maîtriser, d'empêcher les ténèbres de déborder. Le fait que je ne puisse pas vraiment lutter contre lui aide ; avec sa menace d'enlèvement qui pèse sur moi, je n'ai d'autre choix que d'obéir à ses demandes… du moins, c'est ce que je me dis.

C'est la seule manière qui peut justifier ce qui se passe, le fait que je commence à avoir besoin de l'homme que je hais.

Si tout ce qu'il voulait de moi était du sexe, ce serait facile, mais Peter semble déterminé à prendre également soin de moi. Des repas cuisinés romantiques aux étreintes la nuit, je suis inondée d'attention, choyée, et parfois même il me fait ma toilette. Nous ne sortons pas, probablement parce qu'il ne veut pas se montrer en public, mais vu la façon dont il me traite, je pourrais facilement être sa petite amie trop gâtée.

— Pourquoi aimes-tu faire ça ? Lui demandé-je lorsqu'il me

brosse les cheveux après m'avoir lavée dans la douche. Est-ce un genre de fantasme tordu ?

Il me lance un regard amusé dans le miroir.

— Peut-être. Avec toi, ça y ressemble, c'est certain.

— Non, sérieusement, qu'est-ce que tu en retires ? Tu sais que je ne suis pas une enfant, n'est-ce pas ?

Les lèvres de Peter se serrent et je réalise que j'ai involontairement touché un point sensible. Nous ne parlons pas beaucoup de sa famille, mais je sais que son fils n'était qu'un bambin lorsqu'il a été tué. Serait-ce que, d'une certaine façon, je suis un substitut à sa famille décédée ? Qu'il est obnubilé par moi parce qu'il avait besoin de quelqu'un… n'importe qui ?

Mon tueur russe pourrait-il avoir besoin d'amour au point de se contenter de cette perversion ?

C'est une pensée captivante, surtout quand, après la deuxième semaine, je me retrouve de plus en plus dépendante du confort et du plaisir que Peter m'offre. Après un long quart, mon corps réclame les massages de cou et de pieds qu'il me donne souvent, et c'est un défi de ne pas saliver chaque fois que j'entre dans le garage et hume les arômes délicieux flottant dans la cuisine.

Je ne me contente pas de m'habituer à la présence de mon harceleur dans ma vie ; je commence à l'apprécier.

Ou du moins, certains éléments de celle-ci. Je suis encore loin d'être réjouie par les gardes du corps qui me suivent partout. Je ne les vois pratiquement jamais, mais je peux les sentir m'observer, et ça me perturbe autant que ça m'irrite.

— Je ne fuirai pas, tu sais, dis-je à Peter lorsque nous sommes étendus dans le lit une nuit. Tu peux rappeler tes chiens de garde.

— Ils sont là pour ta protection, me dit-il, et je sais que c'est un point sur lequel il ne fléchira pas.

Pour une raison que j'ignore, il est convaincu que je cours un danger, une chose contre laquelle il doit me protéger.

— Que crains-tu ? Dis-je en traçant les contours fermes de ses abdominaux de mon doigt. Crois-tu qu'un cinglé pourrait s'introduire chez moi ? Peut-être me torturer et tuer mon mari ?

Je lève les yeux et le vois sourire, comme si j'avais dit quelque chose de drôle.

— Quoi ? Dis-je, froissée. Tu crois que je plaisante ?

Son expression se fait sérieuse.

— Non, ptichka. Je ne crois pas du tout ça. Pour ce que ça vaut, je suis désolé de t'avoir fait mal. J'aurais dû trouver un autre moyen.

— Bien sûr. Un autre moyen de tuer George.

Me sentant nauséeuse, je m'éloigne de lui et m'enferme dans la salle de bain, le seul endroit où mon tortionnaire me laisse tranquille. Parfois, j'oublie presque comment tout cela a commencé, mon esprit oubliant à point nommé l'horreur du début de notre relation.

C'est comme si quelque chose en moi voulait que je cède au fantasme de Peter, que je prétende que tout cela est réel.

— Alors, tu ne m'as jamais dit ce qui est arrivé entre George et toi, me dit Peter pendant que nous dégustons un brunch dominical environ trois semaines après son retour. Pourquoi n'étiez-vous pas le couple parfait que tout le monde voyait ? Tu ne savais pas ce qu'il faisait réellement, alors qu'est-ce qui a mal tourné ?

Le morceau d'œuf poché que je mâche se coince dans ma gorge et je dois ingurgiter presque tout mon café pour le faire descendre.

— Qu'est-ce qui te fait croire que quelque chose n'allait pas ?

Ma voix est trop aiguë, mais Peter m'a totalement prise au dépourvu. Généralement, il évite le sujet de mon défunt mari, probablement pour alimenter l'illusion d'une relation normale.

— Parce que c'est ce que tu m'as dit, me répond-il calmement. Lorsque tu étais sous l'effet de la drogue que je t'ai donnée.

Je le regarde bouche bée, incapable de croire qu'il parle à nouveau de ça. Depuis notre conversation à propos des gardes du corps la semaine dernière, et mes pleurs dans la salle de bain, nous avons évité le sujet de ce qu'il m'a fait, aucun de nous ne voulant gratter cette blessure à vif.

— Ça…

Réprimant mon choc, je me reprends.

— Ça ne te concerne pas.

— Est-ce qu'il te battait ?

Peter se penche vers l'avant, ses yeux métalliques se durcissant.

— Te faisait mal d'une autre façon ?

— Quoi ? Non !

— Il était pédophile ? Nécrophile ?

J'inspire pour me calmer.

— Non, bien sûr que non.

— Il t'a trompée ? Consommait de la drogue ? Maltraitait les animaux ?

— Il a commencé à boire, d'accord ? Dis-je, à bout. Il a commencé à boire, et il n'a jamais arrêté.

— Ah.

Peter s'adosse à sa chaise.

— Un alcoolique, alors. Intéressant.

— Ah bon ? Demandé-je amèrement.

En prenant mon assiette, je vide les restes de mon petit-déjeuner dans les ordures et place l'assiette dans le lave-vaisselle.

— Tu aimes entendre que l'homme que je connaissais et que j'aimais depuis mes dix-huit ans, l'homme que j'ai *épousé*, s'est transformé après notre mariage sans cause apparente ? Qu'en quelques mois, il est devenu quelqu'un que je peinais à reconnaître ?

— Non, ptichka.

Il s'arrête derrière moi et le souffle me manque lorsqu'il m'attire contre lui, repoussant mes cheveux pour pouvoir embrasser mon cou. Son souffle réchauffe ma peau lorsqu'il murmure :

— Je n'aime pas du tout entendre ça.

— C'est juste… Je ne l'ai jamais compris.

Je me retourne dans ses bras, la vieille douleur refaisant surface comme je croise le regard de Peter.

— Tout allait si bien. J'ai terminé l'école de médecine, nous avons acheté cette maison et nous sommes mariés… Il voyageait beaucoup pour le travail, alors il n'avait rien contre mes heures comme interne et, en retour, j'acceptais tous les voyages. Et puis…

Je m'interromps en réalisant que je me confie au tueur de George.

— Et puis, quoi ? demande-t-il, ses doigts s'enroulant autour de ma paume. Que s'est-il passé, Sara ?

Je me mords la lèvre, mais la tentation de tout lui dire, de dévoiler l'entière vérité pour une fois est trop forte. Je suis épuisée de prétendre, de porter le masque de perfection que tout le monde attend de moi.

Retirant ma main de sa poigne, je retourne à la table et m'assieds. Peter me rejoint et après un moment, je commence à parler.

— Tout a changé plusieurs mois après notre mariage, dis-je à voix basse. En quelques semaines, mon mari chaleureux et bon vivant est devenu un étranger froid et distant, qui me repoussait constamment, peu importe ce que je faisais. Il a commencé à avoir ces étranges humeurs, à diminuer les voyages professionnels et…

Je reprends mon souffle.

— Il a commencé à boire.

Peter hausse les sourcils.

— Il ne buvait pas avant ?

— Pas ainsi. Il prenait quelques verres lorsque nous sortions avec des amis et un verre de vin au dîner. Rien d'extraordinaire… et rien que je ne faisais pas moi-même. Ça, c'était différent. Je parle d'ivre mort, trois ou quatre soirs par semaine.

— C'est beaucoup. Tu ne l'as jamais confronté à ce sujet ?

Un rire amer s'échappe de ma gorge.

— Le confronter ? C'est la seule chose que j'ai faite, le confronter. Les premières fois, il m'a expliqué que c'était le stress du travail, puis une soirée entre copains, puis un besoin de se détendre et puis…

Je me mords la lèvre.

— Puis, il a commencé à me blâmer.

— Toi ?

Peter fronce les sourcils.

— Comment pouvait-il bien te blâmer ?

— Parce que je ne le laissais pas tranquille. Je le harcelais, je voulais qu'il soit traité, qu'il participe aux réunions des AA, qu'il parle à quelqu'un, n'importe qui, qui pourrait l'aider. Je lui posais les mêmes questions, encore et encore, tentant de comprendre pourquoi, qu'est-ce qui l'avait amené à changer ainsi.

Ma poitrine se contracte sous l'effet de cette souffrance.

— Tout allait si bien avant, vois-tu. Mes parents, nos amis… tout le monde était enchanté de notre mariage et nous avions cet avenir prometteur devant nous. Il n'y avait aucune raison pour cette attitude, rien à quoi je pouvais m'accrocher pour expliquer sa soudaine transformation. J'ai continué à le harceler et il a continué de boire, de plus en plus. Et puis…

J'inspire avec peine, la gorge nouée.

— Je lui ai dit que je ne pouvais pas continuer ainsi, qu'il devait choisir entre notre mariage ou la boisson.

— Et il a choisi la boisson.

— Non.

Je secoue la tête.

— Pas au début. Nous sommes tombés dans le cycle classique d'abus de substances. Il me suppliait de rester, me promettait de s'améliorer, et je le croyais, mais après une semaine ou deux, les choses revenaient comme elles étaient. Et lorsque je soulignais ses humeurs et lui demandais de consulter un psychiatre, il s'en prenait à moi, affirmant que *j*'étais la raison de son alcoolisme.

Le froncement de sourcils de Peter s'intensifie.

— Ses humeurs ?

— C'est ainsi que je les appelais. C'était peut-être une dépression clinique ou une autre forme de maladie mentale, mais comme il refusait de consulter, nous n'avons jamais eu de vrai diagnostic. Les humeurs commençaient juste avant qu'il ne se mette à boire. Nous étions ensemble et soudainement, il semblait se refermer, comme s'il partait mentalement dans un autre monde. Il devenait distrait et étrangement agité, comme nerveux. Comme s'il était sous l'effet d'une drogue, mais je ne crois pas que c'était le cas. Du moins, ça ne me semblait pas être de la drogue. Il ne faisait que se retirer quelque part dans son esprit, et il était impossible de lui parler lorsqu'il se mettait ainsi, aucun moyen afin qu'il se calme et soit seulement *présent*.

— Sara…

Une étrange expression fige les traits de Peter.

— Quand as-tu dit que tout ça a commencé ?

— Quelques mois après notre mariage, dis-je, les sourcils froncés. Donc, aujourd'hui, il y a environ cinq ans et demi. Pourquoi ?

Puis, ça me frappe.

— Tu ne crois pas que…

— Que la transformation de ton mari a quelque chose à voir avec son rôle dans le massacre de Daryevo ? Pourquoi pas ?

Peter se penche vers l'avant, les yeux plissés.

— Réfléchis. Il y a cinq ans et demi, Cobakis a fourni des renseignements qui ont causé le massacre de dizaines d'innocents, y compris des femmes et des enfants. Que ce soit par ambition, par cupidité ou par simple stupidité, il s'est planté, et largement. Tu dis qu'il était un homme bien ? Quelqu'un qui avait une conscience ? Eh bien, comment un homme comme ça se sentirait-il après avoir causé le massacre d'innocents ? Comment pourrait-il vivre avec tout ce sang sur les mains ?

Je me recule, l'horrible vérité de ses paroles me frappant comme une balle. Je ne sais pas pourquoi je n'ai pas fait ce rapprochement avant, mais maintenant que Peter en parle, ça prend tout son sens. Lorsque j'ai découvert la vérité sur George, il m'est venu à l'esprit que son travail réel était peut-être la cause de sa transformation, mais j'étais si préoccupée par la présence de Peter dans ma vie, et j'avais une telle répugnance à m'attarder sur ses révélations, que je n'avais pas poussé l'idée jusqu'à sa conclusion logique.

Je n'avais pas envisagé que les événements tragiques qui avaient fait entrer mon bourreau dans ma vie pouvaient être les mêmes qui avaient ruiné mon mariage… que nos destins avaient été entremêlés depuis bien plus longtemps que je ne le pensais.

Nauséeuse, je me lève, les jambes tremblantes.

— Tu as raison.

Ma voix est étranglée et rauque.

— Ce doit être la culpabilité qui l'a conduit à boire. Tout ce temps, je me suis demandé si c'était quelque chose que j'avais fait ou dit, si notre mariage le décevait, et c'était ces événements depuis le début.

Peter acquiesce, son visage figé en un masque dur.

— À moins que ton mari n'ait causé de multiples massacres dans sa carrière, c'est la seule chose qui a du sens.

J'inspire avec peine et me détourne, marchant vers la fenêtre pour regarder dans la cour arrière. Les chênes énormes sont comme des gardiens dehors, leurs branches nues malgré les premiers signes du printemps. Je me sens comme ces chênes, dépouillée, dénudée dans toute ma laideur. Et en même temps, je me sens plus légère.

L'alcoolisme, au moins, n'était pas ma faute.

— Je suis responsable de l'accident, tu sais, dis-je à voix basse lorsque Peter vient me rejoindre.

Il ne me regarde pas, son profil dur et implacable, et même s'il lutte contre ses propres démons, sa présence me réconforte à un niveau fondamental.

Je ne suis pas seule lorsqu'il est à mes côtés.

— Comment ? demande-t-il sans tourner la tête. Le rapport disait qu'il se trouvait seul dans le véhicule.

— Il avait bu la nuit d'avant. À un point tel de, vomir plusieurs fois dans la nuit.

Je frissonne, me rappelant l'odeur du vomi, de la maladie, des mensonges et des espoirs brisés. Me retenant avec peine, je continue :

— Au matin, j'en avais assez. J'en avais assez de ses excuses, des accusations sans fin parsemées de promesses de faire mieux. J'avais réalisé que George et moi n'étions pas différents des autres ; nous n'étions qu'un autre alcoolique et sa femme trop stupide pour le voir. Ce n'était pas seulement qu'un mauvais passage. Notre mariage était simplement brisé.

Je m'interromps, la voix trop tremblotante pour continuer, lorsqu'une grande main chaude me prend la main. L'expression de Peter n'a pas changé, son regard ne quittant pas le paysage extérieur, mais son appui silencieux me calme, me donnant le courage de poursuivre.

— Il était encore comateux lorsque je suis partie travailler, alors je l'ai confronté à mon retour, dis-je aussi fermement que je peux. Je lui ai dit de faire ses bagages et de partir, que je demanderais le divorce dès le lendemain. Nous nous sommes disputés et avons tous deux prononcé des mots horribles et je…

Je déglutis avec peine.

— Je l'ai jeté dehors.

Peter me jette un regard de légère surprise.

— Comment as-tu pu le jeter dehors ? Il n'était pas l'homme le plus imposant que j'aie vu, mais il devait bien faire vingt kilos de plus que toi.

Je bats des cils, distraite par son étrange question.

— J'ai jeté ses clés et son sac dans le garage et lui ai hurlé de partir.

— Je vois.

À mon grand étonnement, un léger sourire étire les lèvres de Peter.

— Et tu crois que tu es responsable parce qu'il a conduit et a eu un accident ?

— Je *suis* responsable. La police a dit qu'il avait le double du taux d'alcoolémie permis. Il avait bu et je l'ai forcé à conduire. Je l'ai jeté dehors et…

— Tu as jeté ses *clés* dehors, pas lui, dit Peter, son sourire s'effaçant comme ses doigts se resserrent sur ma main. Il était adulte, à la fois plus grand et plus fort que toi. S'il avait voulu rester, il l'aurait fait. Et puis, savais-tu qu'il avait bu lorsque tu lui as dit de partir ?

Je fronce les sourcils.

— Non, évidemment pas. Je venais d'arriver du travail et il ne semblait pas ivre, mais…

— Mais rien du tout.

La voix de Peter est aussi dure que son regard.

— Tu as fait ce que tu devais faire. Les alcooliques peuvent sembler à jeun, même avec beaucoup d'alcool dans leur système. Je le sais ; j'ai vu beaucoup de cas en Russie. Ce n'était pas à toi de vérifier son taux d'alcoolémie avant de lui dire de faire ses bagages. S'il était trop ivre pour conduire, il n'avait pas sa place au volant. Il aurait pu appeler un taxi ou te demander de le conduire à un hôtel. Bordel, il aurait pu dormir dans le garage et *ensuite* partir.

— Je…

C'est à mon tour de tourner mon regard vers la fenêtre.

— Je le sais.

— Vraiment ?

En relâchant ma main, Peter prend mon menton, me forçant à croiser son regard.

— J'en doute, ptichka. As-tu avoué à qui que ce soit ce qui s'est vraiment passé ?

Mes entrailles se crispent, un poids désagréable se déposant dans mon estomac.

— Pas vraiment. Enfin, les policiers savaient qu'il avait bu, mais…

— Mais ils ignoraient que c'était habituel, n'est-ce pas ? Devine Peter, en baissant la main. Tu étais la seule à le savoir.

Je me détourne, ressentant la brûlure familière de la honte. Je sais que c'est l'erreur conjugale classique, mais je ne pouvais me résoudre à révéler nos problèmes, à admettre que le mariage que tout le monde louait était pourri à l'intérieur. Au début, c'était une part égale de fierté et de déni. J'étais censée être une jeune médecin intelligente avec un avenir prometteur. Comment avais-je pu faire une telle erreur ? Avais-je raté des signaux d'alarme ? Et sinon, comment une telle chose avait-elle pu arriver à l'homme merveilleux que j'avais épousé, l'homme qui, selon tout le monde, était si prometteur ? C'était sûrement une situation temporaire, un mauvais passage dans une vie autrement parfaite. Et lorsque j'avais enfin compris que ce problème était là pour de bon, une autre raison m'avait empêchée d'en parler.

— Mon père a eu une crise cardiaque environ un an après notre mariage, dis-je, en fixant les branches nues se balançant dans le vent. Elle était grave. Il en est presque mort. Après un triple pontage, les médecins lui ont dit de maintenir le stress à un minimum.

— Ah. Et apprendre que le mari de sa fille chérie s'était changé en un alcoolique déchaîné aurait causé un stress.

— Oui.

J'aurais pu arrêter là, laisser Peter croire que j'étais uniquement une bonne fille, mais une étrange compulsion me fait lancer :

— Ce n'était pas tout. J'avais peur de ce que les gens diraient et de leurs jugements. George était bon pour cacher sa dépendance à tout le monde ; avec le recul, je suppose que ses talents d'acteur auraient dû être un indice de toute cette histoire d'espionnage. J'étais moi-même très bonne pour faire semblant. La nature de nos carrières était un plus. Je pouvais toujours être « de garde » si nous devions annuler une sortie à la dernière minute et George pouvait avoir une « histoire urgente » à couvrir s'il avait de la difficulté à dessouler.

Peter ne dit rien pendant un moment, et je me demande s'il me condamne pour ma couardise, pour ne pas avoir demandé de l'aide avant qu'il ne soit trop tard. C'est une autre chose qui me pèse : la possibilité que j'aurais pu faire quelque chose si j'avais été plus ouverte au sujet de nos problèmes. J'aurais pu amener George en détox ou le faire suivre par un psychiatre, et la tragédie de l'accident aurait été évitée.

Évidemment, l'homme à mes côtés l'aurait quand même tué, alors…

Incapable d'affronter cette pensée, je la repousse comme Peter me demande :

— Qu'en est-il de son travail ? Comment pouvait-il continuer à fonctionner dans son état. À moins… tu as dit qu'il a arrêté d'accepter des mandats à l'étranger ?

— Pratiquement.

En inspirant pour calmer les contractions de mon estomac, je me concentre sur le balancement hypnotique des branches à l'extérieur.

— Il a voyagé quelques fois après notre mariage, mais dans l'ensemble, il s'occupait d'histoires locales, comme celle sur la mafia soudoyant la police de Chicago et des représentants gouvernementaux.

— Celle pour laquelle il avait prétendument besoin de protection.

J'acquiesce, pas surprise qu'il le sache. Il avait probablement un microphone parabolique fixé sur moi pendant ma conversation avec l'agent Ryson. Avec tout ce que j'ai appris sur mon harceleur dans les dernières semaines, c'est tout à fait possible.

Les millions qu'il empoche à chaque assassinat ouvrent la porte à toute sorte d'équipement.

— Il a dû arrêter de travailler pour la CIA, alors, dit Peter.

Je jette un œil vers lui et le vois fixant les branches.

— Soit parce qu'il a été viré ou parce qu'il ne pouvait faire face aux conséquences de son erreur. C'est la seule chose qui explique l'absence de mandats à l'étranger.

— Oh.

Ma tête bat sous l'effet d'une tension tenace et mon estomac continue de se retourner et de se tordre, comme si mes entrailles étaient enroulées de plus en plus fortement. Le bas de mon dos me fait mal aussi, une réalisation qui me fait calculer rapidement.

C'est bien ça, mes règles sont sur le point de commencer.

Nous restons à la fenêtre encore un long moment, observant les arbres, puis je me dirige vers l'armoire à pharmacie et prends deux Advil, les avalant avec un verre d'eau.

— Que se passe-t-il ? demande Peter, en me suivant avec une expression inquiète. Es-tu malade ?

— Ce n'est rien, dis-je ne voulant pas rentrer dans les détails.

Puis, je réalise qu'il le découvrira de toute façon plus tard et j'ajoute :

— C'est seulement ce moment du mois.

— Ah.

Contrairement à la majorité des hommes, il ne semble pas le moins du monde mal à l'aise.

— Est-ce que tu as généralement mal ?

— Malheureusement, oui.

Comme je parle, je sens les crampes s'aggraver et remercie les dieux de la planification d'horaire que je ne suis pas de garde aujourd'hui. J'avais l'intention d'aller faire quelques heures à la clinique dans l'après-midi, mais je revois ce plan au profit de me blottir dans mon lit avec un coussin chauffant.

— Pourquoi ne prends-tu pas de contraceptifs oraux ? demande Peter, en me suivant comme je monte l'escalier. Je ne t'ai pas vu en prendre tout ce temps, et je crois que ça aide normalement en cas de règles douloureuses.

— Un expert de la santé reproductive des femmes, c'est ça ?

Peter ne cille pas devant mon sarcasme.

— Loin de là, mais j'ai déjà obtenu une ordonnance pour Tamila parce qu'elle avait de fortes crampes. Je suppose qu'il y a une raison pour laquelle tu ne fais pas la même chose ?

Je soupire en entrant dans la chambre.

— Oui. Je suis l'une de ces rares femmes qui ne peuvent pas tolérer les contraceptifs hormonaux. Ça me donne des migraines et des nausées, peu importe la dose. Même les DIU hormonaux me donnent des maux de tête, alors je dois choisir entre me sentir mal quelques jours par mois, ou tout le temps.

— Je vois.

Peter s'appuie contre le chambranle pendant que je me déshabille. Je peux voir le désir dans son regard comme il me regarde me dévêtir, et j'espère qu'il n'a pas l'intention de me rejoindre dans le lit. Il laisse rarement passer une occasion de me posséder.

Ignorant son regard, j'attrape mon coussin chauffant dans la table de chevet et me recroqueville en une position fœtale, en l'étreignant sous la couverture, et j'attends que l'Advil fasse effet.

J'entends un bruit de pas sourds, puis le lit s'affaisse à mes côtés.

Non, non, non. Va-t'en. Pas de sexe maintenant. Je ferme les yeux, espérant qu'il comprendra, mais l'instant d'après, la couverture est rabattue et une main calleuse caresse mon dos nu.

— Veux-tu que je t'apporte quelque chose ?

Sa voix profonde au léger accent est basse et apaisante.

— Peut-être des rôties ou du thé ?

Étonnée, je roule sur le dos, appuyant le coussin chauffant contre mon abdomen.

— Euh, non, merci. Ça va.

— Tu es sûre ?

Il repousse mes cheveux de mon visage.

— Qui dirais-tu si je te frottais le ventre ?

Je bats des cils.

— Euh…

— Tiens.

Il retire doucement le coussin chauffant et dépose sa main chaude sur mon ventre.

— Essayons ça.

Il déplace sa main en un geste circulaire, avec une légère pression, et après quelques minutes, la sensation de crampe s'atténue, la chaleur de sa peau et le mouvement du massage repoussant le pire de ma tension douloureuse.

— C'est mieux ? murmure-t-il comme je ferme les yeux sous l'effet d'un soulagement heureux.

J'acquiesce, mes pensées commençant à dériver comme l'engourdissement s'empare de moi.

— C'est très bien, merci, marmonné-je.

Comme le massage apaisant se poursuit, je me laisse engloutir par la brume chaude du sommeil.

42

eter

J'observe Sara dormir quelques minutes, puis je me lève sans un bruit et sors de la chambre. Je pourrais rester assis près d'elle pendant des heures, me contentant de la regarder, mais j'ai un appel avec un client potentiel à midi et je dois discuter de quelques détails avec Anton avant.

Je n'ai besoin que de quelques minutes pour ranger la cuisine, puis je sors par la porte arrière pour passer par la cour d'un voisin. Le SUV blindé d'Ilya est stationné dans la rue à deux pâtés de maisons de là et, tout en marchant, je porte attention à tout : le jappement lointain d'un petit chien, un écureuil qui traverse à toute vitesse la rue, la marque des chaussures du joggeur qui vient de tourner le coin… Cette hypervigilance fait autant partie de moi que mes réflexes

338

ultrarapides, et tous deux m'ont maintenu en vie depuis des années.

Ilya démarre le véhicule comme je m'approche et, dès que je suis installé, quitte le bas-côté pour descendre la rue de banlieue tranquille à exactement deux kilomètres au-dessus de la limite de vitesse.

Il croit que se fondre dans le décor nécessite d'agir comme un civil normal, jusqu'aux plus petites infractions de circulation.

— Des problèmes ? Fais-je en russe, et il secoue sa tête rasée.

— Tout est tranquille, comme toujours.

Contrairement à son jumeau et à Anton, il ne semble pas déçu. Je crois qu'il apprécie notre petite pause en banlieue, bien qu'il ne l'admette jamais. Des quatre membres fondamentaux du groupe, Ilya est celui qui ressemble le plus au voyou par excellence, avec ses tatouages de têtes de mort et sa mâchoire épaissie par un flirt de jeunesse avec des stéroïdes. Son jumeau Yan, à l'opposé, a tout du professeur ou du banquier, avec ses vêtements soigneusement repassés et ses cheveux bruns à la coupe classique. Mais pour ce qui est de la personnalité, c'est Yan qui se délecte de notre vie haute en émotions, alors qu'Ilya préfère se concentrer sur la stratégie et rester dans les coulisses.

Je crois que si Ilya n'avait pas suivi son frère dans l'armée, il serait devenu un programmeur informatique ou un comptable.

— Des nouvelles des Américains ? Demandé-je, lorsque nous nous arrêtons à un feu.

Puisque mes hommes sont plutôt occupés, j'utilise la main-d'œuvre du coin comme sécurité de rechange. Ils doivent garder un œil sur Sara lorsque je ne suis pas avec elle et nous informer de toute activité inhabituelle dans le quartier.

— Non. Ta belle ne dévie pas beaucoup de sa routine, mais je suis sûr que tu le sais.

J'acquiesce, tout en balayant du regard les pelouses bien soignées sur notre chemin vers notre planque. Quelque chose me dérange, mais je ne peux pas mettre le doigt dessus. Peut-être est-ce seulement trop calme, avec aucune mission importante en vue et peu de progrès pour localiser le général de Caroline du Nord, le dernier nom sur ma liste. Le salaud paranoïaque a disparu avec sa famille et il s'y est si bien pris que même les pirates informatiques que j'ai engagés ont de la difficulté à le trouver.

Je devrai peut-être me rendre en Caroline du Nord, pour voir ce que je peux découvrir en personne.

— Dis-leur que je veux examiner les prochains rapports moi-même, dis-je comme Ilya s'arrête dans l'entrée de notre planque. Et dis-leur d'étendre le périmètre à vingt pâtés de maisons, pas dix. Si quiconque ne fait aussi peu qu'éternuer dans le quartier de Sara ou autour de l'hôpital, je veux le savoir.

— Compris, dit Ilya.

Je sors du véhicule.

Je suis peut-être paranoïaque, mais je ne peux pas laisser quoi que ce soit perturber ce que j'ai avec Sara.

J'ai trop besoin d'elle pour risquer de la perdre.

ELLE EST ÉTENDUE SUR LE CANAPÉ AVEC UN COUSSIN CHAUFFANT et une tablette lorsque j'arrive à la maison, ses jambes gracieusement croisées et sa chevelure marron brillante retenue en un chignon lâche haut sur la tête. Même vêtue d'un survêtement et d'un immense tee-shirt, mon petit oiseau donne l'impression qu'elle pourrait être la vedette d'un film en noir et blanc, la délicatesse de ses traits accentuée par les mèches échappées qui encadrent son visage en forme de cœur.

Mes poumons se serrent lorsqu'elle lève les yeux, son regard noisette se fixant sur mon visage. Chaque fois que je la vois, je la veux, mon envie d'elle comme une faim déchirante dans ma poitrine. Au cours des trois dernières semaines, je l'ai possédée tant de fois que ce besoin devrait avoir diminué, mais il n'a fait que croître, s'intensifiant à un point insupportable.

Je la veux, et je veux ça… le plaisir tranquille de partager sa vie, de savoir que je peux l'étreindre au milieu de la nuit et la voir devant moi à la table le matin. Je veux prendre soin d'elle lorsqu'elle se sent mal et jouir de son sourire lorsqu'elle va bien. Et parfois, lorsque mon chagrin remonte, je veux aussi la faire souffrir… une envie que je réprime de toutes mes forces.

Elle est mienne et je la protégerai.

Même de moi-même.

— Comment te sens-tu ? Demandé-je en m'approchant du canapé.

Je n'ai pas eu la chance de la prendre ce matin et je sens un début d'érection juste à l'avoir près de moi. Toutefois, mon désir passe après mon besoin de savoir qu'elle va bien.

Sara ne mourra pas de crampes menstruelles, mais je ne veux pas la voir souffrir.

— Mieux, merci, répond-elle, en déposant la tablette près d'elle.

Elle regardait des vidéos de musique… quelque chose que je l'ai vue faire lorsqu'elle veut se détendre.

— Tu peux continuer, dis-je, en faisant un geste de la tête

vers la tablette. Je dois préparer le dîner, alors n'arrête pas pour moi.

Elle ne fait pas mine de reprendre la tablette, se contentant de pencher la tête et de m'observer comme je vais me laver les mains et sors les ingrédients pour le dîner simple de ce soir : les poitrines de poulet que j'ai fait mariner la nuit dernière et les légumes frais pour la salade.

— Tu sais, tu n'as jamais répondu à ma question, dit-elle après une minute. Pourquoi fais-tu vraiment ça ? Qu'est-ce que tu retires de toute cette vie domestique ? Un homme comme toi n'a pas quelque chose de mieux à faire avec sa vie ? Je ne sais pas… peut-être descendre en rappel un immeuble ou faire exploser quelque chose ?

Je soupire. Encore ça. Mon ambitieuse jeune médecin ne peut pas comprendre que j'aime tout simplement faire ça… pour elle et pour moi. Je ne peux pas remonter le temps et passer plus de temps avec Pasha et Tamila, ne peux pas mettre en garde l'homme que j'étais de renoncer au travail en faveur de ce qui importe, parce que tout pourrait disparaître en un instant. Je ne peux que me concentrer sur le présent, et mon présent est Sara.

— Ma femme m'a appris à préparer quelques plats simples, dis-je en déposant les poitrines de poulet dans la poêle avant de commencer à couper les légumes. Dans sa culture, les femmes s'occupaient de toute la cuisine, mais elle n'était pas forte sur la tradition. Elle voulait veiller à ce que je sois à même de m'occuper de notre fils si quelque chose lui arrivait, alors pour lui faire plaisir, j'ai accepté d'apprendre quelques recettes… et j'ai découvert que j'aimais préparer des repas.

Une douleur familière m'étreint la poitrine à ces souvenirs, mais je repousse le chagrin, me concentrant sur la curiosité sympathique dans les yeux noisette qui m'observent depuis le canapé.

Parfois, je suis convaincu que Sara ne me hait pas.

Pas tout le temps, du moins.

— Alors, tu as commencé à cuisiner pour ta femme ? demande-t-elle lorsque je reste silencieux un moment, et j'acquiesce tout en vidant les légumes coupés dans un grand bol à salade.

— Oui, mais je n'ai rien appris de plus que les bases jusqu'à sa mort, dis-je et, malgré moi, ma voix est rauque, à vif de toute mon agonie réprimée. Deux mois après le massacre, j'ai croisé une école culinaire à Moscou et, sur le coup, j'ai décidé d'entrer et de suivre un cours. Je ne sais pas pourquoi je l'ai fait, mais lorsque j'ai eu terminé, mon *bortsch* mijotait sur le poêle et je me suis senti un peu mieux. C'était quelque chose de différent sur lequel je pouvais me concentrer, quelque chose de tangible et de réel.

Quelque chose qui calmait la rage brûlante en moi, qui me permettait de planifier ma vengeance comme une recette, avec les étapes et les mesures nécessaires pour y arriver.

Je n'aborde pas ce point, car le regard de Sara s'adoucit encore plus. Je suppose que mon petit loisir me rend plus humain à ses yeux. Ça me plaît, alors je passe sous silence que je me trouvais à Moscou pour tuer mon ancien supérieur, Ivan Polonsky, pour avoir participé à la dissimulation du massacre, ou qu'une heure après le cours, je lui tranchais la gorge dans une ruelle.

Son sang ressemblait beaucoup à du bortsch ce jour-là.

— Je suppose qu'on ne réalise jamais ce qu'on a avant de l'avoir perdu, songe Sara, étreignant le coussin chauffant contre elle, et je sens une flambée de jalousie devant la note de mélancolie dans sa voix.

J'espère qu'elle ne pense pas à son mari, parce qu'en ce qui me concerne, ce n'est pas une grande perte.

Ce *sookin syn* méritait tout ce qu'il a eu, et même plus.

Lorsque le repas est prêt, Sara se joint à moi à la table et nous mangeons pendant que je lui raconte certaines des villes où j'ai suivi des cours de cuisine : Istanbul, Johannesburg, Berlin, Paris, Genève… Après avoir décrit les cuisines, je partage quelques récits à propos de chefs capricieux et Sara rit, un sourire sincère illuminant son visage comme elle m'écoute. Pour éviter de gâcher l'ambiance, je tais les parties sombres, comme le fait qu'Interpol m'a trouvé à Paris et que j'ai dû quitter l'immeuble de l'école de cuisine avec une arme à la main, ou que j'ai fait exploser une voiture à Berlin avant de me rendre au cours. Nous terminons donc le repas sur une note agréable, Sara m'aidant à ranger avant que je la chasse.

— Va te détendre, lui dis-je. Prends une douche et mets-toi au lit. Je serai là dans un moment.

Son expression se fait méfiante.

— D'accord, mais sache que je viens de commencer mes règles.

— Et alors ? Tu crois qu'un peu de sang me répugne ?

Je souris devant son expression.

— Je plaisante. Je sais que tu n'es pas au mieux de ta forme. Nous nous contenterons de dormir comme au bon vieux temps.

— Ah, pigé.

Un sourire, sincère et chaleureux, étire ses lèvres.

— Dans ce cas, je te retrouve en haut dans un moment.

Elle sort en hâte de la cuisine et je reste là, le souffle coupé, avec l'impression qu'on vient de me poignarder les entrailles.

Bordel, ce sourire… Ce sourire était tout.

Pour la première fois, je comprends pourquoi je me sens ainsi près d'elle.

Pour la première fois, je réalise à quel point je l'aime.

Sara

Le dimanche matin, je me sens mieux et décide d'aller rendre visite à mes parents. Je ne les ai revus qu'une seule fois depuis le retour de Peter, occupée par mon harceleur et inquiète de les mettre en danger. Toutefois, je suis maintenant de plus en plus convaincue que Peter ne leur ferait pas arbitrairement mal. Il valorise trop la famille pour me faire ça.

Aussi longtemps que je satisfais ses exigences, mes parents devraient être en sécurité.

Ma mère est aux anges lorsque je l'appelle, et nous projetons un déjeuner sushi. Lorsque j'en informe Peter, il hoche la tête distraitement et écrit quelque chose sur son téléphone.

— Qu'écris-tu ? Demandé-je avec curiosité.

— J'avise seulement mes gars que je serai finalement là

aujourd'hui, dit-il en rangeant le téléphone. Pourquoi ? Voulais-tu que je me joigne à vous ?

Ses yeux gris brillent comme il me regarde.

Je ris.

— Non, je crois que la partie où le FBI prend d'assaut le restaurant pour capturer l'un des hommes les plus recherchés nous couperait l'appétit.

Peter ne me rend pas mon sourire et je réalise qu'il est sérieux.

— Tu… tu sortirais avec moi en public ?

— Pourquoi pas ?

Il hausse les sourcils calmement.

— Je t'ai bien rencontrée au Starbucks, non ?

— Eh bien, oui, mais c'était avant. Enfin… peu importe.

J'inspire.

— Je suppose que tu ne crains pas d'être vu en public ?

— Je ne paraderais pas devant le bureau local du FBI, mais je peux sortir occasionnellement pour un déjeuner ou un dîner si l'endroit est fouillé avant et que je peux m'assurer qu'il n'y a pas de caméra.

— Oh.

Je mordille l'intérieur de ma lèvre comme j'attrape mon sac.

— Eh bien, nous pourrions alors dîner dehors plus tard cette semaine…

— Mais pas aujourd'hui, dit-il.

J'acquiesce, gênée, mais ne sachant que faire d'autre. Il n'est pas question que je présente le tueur de George à mes parents.

C'est déjà beaucoup de lui avoir offert d'aller dîner avec lui.

— C'est bon. Je te verrai à ton retour, dit-il, et je m'éloigne avant qu'il ne propose autre chose, comme des tatouages assortis ou un mariage sur la plage.

C'est une pure folie, et la partie la plus dingue c'est que ça commence à me sembler normal.

Je commence à m'habituer à avoir Peter dans ma vie.

AU DÉJEUNER, J'INFORME MES PARENTS QUE J'AI DÉCIDÉ DE NE PAS vendre la maison. Je leur ai déjà annoncé il y a deux semaines que l'offre des avocats avait échoué, alors ils ne sont pas particulièrement surpris d'apprendre ma décision. En fait, ils sont très heureux, puisque la maison est à seulement vingt minutes de route d'eux, alors que mon nouvel appartement se trouvait à au moins quarante-cinq minutes de route.

— C'est une jolie maison, dit papa, en se versant un peu de sauce soja. Je crois que toute l'idée de l'appartement était une réaction excessive. Tu es jeune, mais les années défilent et, très bientôt, tu pourrais penser à former une famille. Tu sais, sortir et rencontrer un homme…

— Oh, ça va, Chuck, dit sèchement maman. Sara a tout le temps du monde.

Se tournant vers moi, elle dit d'une voix plus douce :

— Tu prends tout le temps qu'il te faut, chérie. Ne laisse pas ton père te forcer à quoi que ce soit. Nous *sommes* heureux que tu gardes la maison, mais ça ne veut pas dire que nous nous attendons à ce que tu nous présentes des petits-enfants si vite.

— Maman, je t'en prie.

J'ai toutes les peines du monde à ne pas lever les yeux au ciel comme une adolescente. Mes parents jouent au gentil et au méchant flic avec moi, en espérant semer en moi l'idée de « sortir et de rencontrer un homme agréable ».

— Lorsque j'en serai aux petits-enfants, je promets que papa et toi serez les premiers informés.

Maman lance à papa un sourire béat.

— Tu vois ? Elle fera le saut lorsqu'elle sera prête.

— C'est ça, dis-je.

Je m'occupe en séparant mes baguettes en bois.

— Lorsque je serai prête.

Ce qui, vu les événements dans ma vie, pourrait ne jamais arriver. Du moins, pas tant que Peter n'en aura pas assez de moi… quelque chose qui semble de moins en moins possible. En fait, je crois qu'il est encore plus obsédé par moi maintenant, ses yeux gris m'observant avec une lueur étrange qui me donne des frissons agréables.

Avant de pouvoir en analyser la raison, le serveur dépose notre plateau de sushi, et mes parents s'extasient devant le poisson joliment disposé, m'épargnant plus de leurs machinations pas si subtiles. J'aimerais pouvoir leur dire la vérité, mais il m'est impossible d'expliquer Peter sans les terrifier complètement.

Je suis encore incertaine de la manière dont je gère moi-même la chose.

À la fin de la semaine, mes règles sont terminées et je reprends mon rythme normal, avec deux quarts de garde au début de la semaine et trois heures à la clinique le mercredi en plus de mes heures normales à l'hôpital. Je travaille tant que je ne suis pratiquement pas à la maison, mais Peter ne proteste pas, bien que je sente qu'il est loin d'être enchanté par la situation. Malgré mes règles, nous avons couché ensemble dans les derniers jours ; il ne mentait pas lorsqu'il m'a dit ne pas être dégoûté et, chaque fois, il s'est montré inhabituellement avide, ses caresses déchaînées et presque brutales.

C'est comme s'il avait peur de me perdre, comme s'il entendait le tic-tac définitif d'une horloge.

Le vendredi, je passe la majorité de la journée à mon bureau, rencontrant des patientes, mais juste au moment où je suis sur le point de partir, je reçois un message urgent que l'une de mes patientes a commencé son travail. En réprimant un soupir exténué, je me dirige en hâte vers le vestiaire pour enfiler mon uniforme et je croise Marsha, qui termine son quart.

— Salut, dit-elle avec un sourire sympathique. Tu commences ?

— Ça en a tout l'air, dis-je, en fourrant mes vêtements dans le casier. Est-ce que vous sortez ce soir ?

— Non. Andy ne peut pas être là et Tonya est occupée avec ce mignon barman. Tu te souviens de lui ?

Je rassemble ma chevelure en une queue de cheval.

— Celui du club où nous sommes allées ?

Marsha hoche la tête et je demande :

— Oui, pourquoi ? Ils se fréquentent ?

— Tu as deviné.

Marsha sourit.

— Bon, je vois que tu es pressée, alors je te laisse. Appelle-moi si tu veux faire quelque chose ce week-end. Andy fait un barbecue demain soir et je suis sûre qu'elle aimerait t'y voir.

— Merci. Je t'appelle si je peux y être, dis-je, et je sors en hâte du vestiaire.

Je sais que je ne l'appellerai pas, et cette fois-ci, ce n'est pas par crainte pour mes amies.

Aussi tentant que ce barbecue semble, je suis surtout impatiente de passer ce week-end tranquille à la maison.

Avec Peter.

L'homme que j'ai de plus en plus de difficulté à détester.

Plusieurs heures plus tard, je traîne les pieds jusqu'au vestiaire, exténuée. L'utérus de ma patiente s'est déchiré et j'ai dû pratiquer une césarienne d'urgence pour les sauver, son bébé et elle. Par chance, les deux s'en sont sortis, mais j'ai un énorme mal de tête, résultat de la faim et d'une fatigue extrême.

J'ai hâte d'arriver à la maison, de réchauffer le dîner que Peter a dû préparer et, si j'ai de la chance, de me faire masser avant de m'endormir.

— Dr Cobakis ?

La voix féminine me semble vaguement familière et je me tourne d'un coup, le cœur battant. C'est bien elle, Karen, l'infirmière/agente du FBI qui était auprès de l'agent Ryson lors de mon réveil après l'attaque de Peter. Comme la dernière fois, elle est vêtue d'un uniforme d'infirmière, même si je sais qu'elle ne travaille pas à cet hôpital.

Elle doit vouloir passer inaperçue.

— Karen ?

J'essaie de ne pas trahir ma nervosité.

— Que faites-vous ici ?

Elle s'approche et s'immobilise à quelques pas de moi.

— Je voulais vous parler quelque part où nous ne serions pas vues, et ça me semblait une bonne occasion.

Je jette un œil dans le vestiaire. Elle a raison, nous sommes seules en ce moment.

— Pourquoi ?

Je tourne mon attention vers elle.

— Quelque chose ne va pas ?

— Il y a quelques mois, vous avez communiqué avec l'agent Ryson, dit-elle à voix basse. Vous aviez l'impression d'être observée. À ce moment, nous avions écarté vos inquiétudes, mais depuis nous avons depuis reçu d'autres renseignements.

Ma gorge se serre.

— Quels… quels renseignements ?

— Ils concernent Peter Sokolov, le fugitif qui vous a attaquée dans votre maison.

— Oh ?

Ma voix est une octave trop haute.

— Il a été aperçu dans la région, à quelques rues de cet hôpital. Une caméra de circulation cachée a enregistré son profil et notre programme de reconnaissance a signalé la photo.

Elle penche la tête de côté.

— Sauriez-vous quelque chose à ce sujet, Dr Cobakis ?

— Je…

Mon cœur bat à un rythme vertigineux, mes pensées tournoient en panique. Voilà, c'est l'occasion d'obtenir de l'aide sans que Peter n'en sache quoi que ce soit. Le FBI sait déjà qu'il est ici, et ils n'arrêteront pas avant de l'avoir trouvé. Je peux accroître leurs chances, leur dire qu'il est probablement chez moi, et s'ils réussissent à capturer ses hommes et lui, ce sera réellement la fin.

Ma vie sera à nouveau mienne.

— Tout va bien, Dr Cobakis.

Karen place une main douce sur mon bras.

— Je sais que tout ça est très stressant pour vous, mais nous veillerons à ce que vous soyez en sécurité. Réfléchissez seulement aux dernières semaines. Est-ce possible que quelqu'un vous ait suivie ? À certains moments, vous êtes-vous sentie observée ?

Tout le temps, parce que je suis *observée.* Je veux le lui dire, mais les mots ne viennent pas ; ma respiration se fait rapide jusqu'à être sur le bord de l'hyperventilation.

Peter ne se laissera pas faire lorsque les agents se pointeront ; il luttera, et des gens mourront. *Il* pourrait mourir. La nausée me prend comme j'imagine son corps puissant troué de balles, son regard métallique intense vide et éteint dans la mort. Cette image devrait me réjouir, mais je me sens plutôt malade, ma poitrine se serrant avec douleur comme j'imagine ma vie sans lui.

À quel point je serais libre… et seule.

— Je… Non.

Je recule d'un pas, en secouant la tête. Je sais que je ne pense pas clairement, mais je ne peux pas me résoudre à parler. Mes lèvres ne peuvent simplement pas former les mots.

— Je n'ai rien remarqué.

Karen fronce les sourcils.

— Rien ? En êtes-vous sûre ? À notre connaissance, votre défunt mari et vous êtes son seul lien dans cette région.

— Oui, j'en suis sûre.

C'est comme si une étrangère prononçait ces mensonges. Mon mal de tête s'intensifie jusqu'à ce que ce soit un tambour battant dans mon crâne et que je me sente sur le point de vomir. Mes pensées s'agitent d'une solution à l'autre, mon esprit comme un rat dans un labyrinthe. Je ne sais même pas pourquoi je mens. C'est fini. D'une façon ou d'une autre, c'est fini… parce que maintenant qu'ils savent que Peter est dans la région… ils *vont* le trouver, peu importe ce que je dis. Et s'ils ne réussissent pas à le tuer ou à le capturer, il pourrait penser que je l'ai trahi et tenir sa promesse de m'enlever, et peut-être aussi de punir les gens qui m'importent le plus pour me donner une bonne leçon.

Je *devrais* aider le FBI.

C'est ma meilleure chance de me libérer.

— D'accord, dit Karen lorsque je reste silencieuse. Si vous pensez à quoi que ce soit, voici mon numéro.

Elle me tend une carte et je la prends de mes doigts gourds, comme elle ajoute :

— Nous ne voulons pas l'effrayer, dans le cas où il vous observe *vraiment* pour une raison quelconque, alors nous ne vous placerons pas en détention préventive. Nous vous affecterons plutôt une protection discrète et s'il y a quelque chose, et je veux vraiment dire quoi que ce soit, qui sort de l'ordinaire, nous agirons rapidement pour votre sécurité. Entre-temps, continuez vos activités normales et soyez assurée que l'homme qui a tué votre mari paiera pour ses crimes.

— D'accord. Je… je vais faire ça.

En m'accrochant avec peine à mon sang-froid, j'attrape mon sac dans le casier ouvert et ferme la porte avant de sortir en hâte de la pièce.

Je suis déjà près de ma voiture lorsque je réalise que je porte encore mon uniforme.

Avec l'embuscade de Karen, j'ai oublié de me changer.

DU HEAVY MÉTAL JOUE À PLEIN VOLUME COMME JE SORS DU PARC de stationnement, me châtiant pour ma stupidité. Même avec mon mal de tête, la musique est en quelque sorte apaisante, le rythme violent plus ordonné que le fatras dingue de mes pensées.

Je ne peux pas croire que je ne me suis pas confiée à Karen et n'ai pas supplié le FBI de m'aider lorsque j'en avais la chance. Maintenant, je n'ai aucune idée de quoi faire, comment agir ou même où aller. Est-ce que je vais à la maison avec le FBI qui me suit ? Et si oui, réaliseront-ils que Peter est là ou bien les précautions qu'il prend, comme ne pas se stationner dans mon entrée, seront suffisantes pour qu'ils ignorent sa présence ? Je devrais peut-être aller chez mes parents ou dans un hôtel ou seulement rester quelque part dans l'hôpital. Mais alors, qu'en sera-t-il des hommes de Peter qui me suivent toujours ? Ils réaliseront que quelque chose ne va pas, et Peter pourrait se pointer et qui sait ce qui arriverait alors ? Le FBI repérera-t-il mes gardes du corps ou ces derniers verront-ils les agents en premier pour avertir Peter ? Si je vais chez moi, est-ce que je découvrirai qu'il est déjà parti, ayant échappé à nouveau aux autorités ?

À quel point ai-je tout fait planter ?

Mes jointures sont blanches sur le volant comme mon esprit repasse ma conversation avec Karen, encore et encore. Mon Dieu, j'avais tant d'occasions de lui dire la vérité, d'expliquer toute la complexité de la situation et de laisser les experts s'occuper de tout. Pourquoi ne l'ai-je pas fait ? Comment ai-je pu être aussi stupide ? Après avoir réalisé que je ne m'étais pas changée, je suis retournée au vestiaire, me promettant de tout raconter à Karen si celle-ci s'y trouvait encore, mais elle était déjà partie.

Elle était partie, et j'avais été soulagée, parce qu'au fond de moi, je savais que je ne l'aurais pas fait.

Même avec la menace de Peter contre moi, je ne peux pas

me résoudre à précipiter la confrontation qui pourrait causer sa mort.

Avec Metallica qui crie en arrière-plan, je conduis sans y penser, trop prise par mes pensées pour me rendre compte que mon subconscient a déjà choisi ma destination. Ce n'est que lorsque je tourne dans ma rue que je réalise où je me dirige et, alors, il est trop tard.

Je suis à la maison.

44

S*ara*

Je tremble lorsque j'entre dans la maison par le garage, ma gorge serrée par l'anxiété et mon cœur cognant en rythme avec mon mal de tête. Il est passé minuit et toutes les lumières sont éteintes, mais je peux humer les arômes appétissants de ce que Peter a préparé plus tôt. Mon estomac gronde, mon corps exigeant du carburant malgré l'adrénaline qui met à l'épreuve mes nerfs. Je devrai manger quelque chose bientôt, mais avant, je dois voir où se trouve Peter et savoir s'il sait ce qui se passe.

— Tu as faim ?

La voix profonde familière me surprend tant que je saute, un cri paniqué m'échappant.

Une lumière s'allume, illuminant la silhouette de Peter sur le canapé de la salle de séjour. Malgré la température confortable,

357

il porte son blouson en cuir, son grand corps puissant installé en une pose désinvolte qui me rappelle la posture paresseuse d'un prédateur.

— Euh, oui.

Oh, mon Dieu, le sait-il ? Pourquoi est-il assis ici dans le noir ?

— L'une de mes patientes a commencé son travail et je n'ai pas dîné.

— Ah non ?

Peter se lève en un mouvement fluide.

— Ce n'est pas bon. Viens, nous devons te nourrir avant que tu ne t'évanouisses.

Je le suis dans la cuisine sur des jambes flageolantes. Le fait qu'il soit ici, me réchauffant un plat, doit signifier que ses hommes n'ont pas remarqué que le FBI me file. Le contraire est-il vrai ? Les agents du FBI assignés à ma protection ont-ils pu ne pas remarquer les hommes de Peter qui me suivent ?

Mes pieds et mes mains sont glaciaux par la faute de tout ce stress, et je sais que je dois avoir une mine de papier mâché comme je me lave les mains et m'assieds à la table. J'espère que Peter attribuera ma pâleur à l'exténuation plutôt qu'au fait que le FBI pourrait défoncer la porte à tout moment.

Il dépose un bol de soupe copieuse aux légumes et une tranche de pain au levain croustillant devant moi, puis s'assied devant moi comme à son habitude, son visage indéchiffrable alors qu'il m'observe prendre ma cuillère et la plonger dans la soupe. Mes mains tremblent un peu, un fait qu'il ne peut pas rater, mais qu'il attribuera aussi avec un peu de chance à ma fatigue. Sinon, s'il soupçonne quelque chose, les choses pourraient se détériorer rapidement. Il pourrait me ficeler et me traîner jusqu'à une planque inconnue avant même que les gardes du FBI puissent appeler les renforts.

Bordel, pourquoi prendre de tels risques ? Pourquoi n'ai-je pas simplement tout raconté à Karen ?

Pourtant, alors même que je me blâme, je connais la réponse à cette question : elle est assise devant moi, ses yeux gris fixés sur moi avec une intensité qui me glace autant qu'elle me réchauffe. Je devrais vouloir me libérer de mon tortionnaire, devrais faire tout ce qui est en mon pouvoir pour le voir disparaître de ma vie, mais je ne peux pas. Je ne suis pas assez cinglée pour le mettre en garde et risquer qu'il m'enlève, mais je ne peux me résoudre à précipiter le moment où la justice le retrouvera et où il ne pourra plus ni fuir ni lutter.

C'est ce qui arrivera de toute façon ; je dois seulement y survivre.

— Tu travailles trop, murmure Peter, en penchant la tête pendant qu'il m'examine, et je laisse échapper un soupir tremblant.

Quel soulagement ! Il attribue *vraiment* mon anxiété à ma fatigue.

— Tu devrais te reposer, ptichka, te la couler douce de temps à autre, continue-t-il, et j'acquiesce, baissant les yeux sur mon bol pour échapper à l'intensité de son regard.

— Oui, je suppose.

Je mords dans le pain et goûte à la soupe, me concentrant sur les saveurs pour calmer les cris dans ma tête. Le résultat laisse à désirer, mais c'est suffisant pour me laisser manger, une cuillère à la fois.

J'ai terminé ma tranche de pain et j'en suis presque à la moitié de mon bol lorsque je trouve le courage de relever les yeux.

— Pourquoi m'attendais-tu ici ? Demandé-je, me rappelant à

quel point la maison était sombre à mon arrivée. Je croyais que tu serais au lit, ou dans la douche.

— Parce que je t'ai à peine vu ces derniers jours, ptichka, et tu m'as manqué.

Ses yeux brillent de cette étrange douceur que j'ai remarquée toute la semaine.

Mon estomac se serre et une boule se forme dans ma gorge.

— Ah… ah bon ?

Il ne m'a jamais dit une telle chose avant ; bien que nous sachions tous deux qu'il est obsédé par moi, il n'a jamais admis avoir de réels sentiments.

— Oui. Tiens, mange encore.

Il pousse une autre tranche de pain vers moi.

— Tu es encore beaucoup trop pâle.

Je prends le pain et mords dedans, baissant une nouvelle fois les yeux pour cacher mon expression. La boule dans ma gorge croît, mes yeux sont brûlants de larmes irrationnelles. Pourquoi devait-il choisir aujourd'hui, de tous les jours, pour me dire de telles choses ? Je veux qu'il me traite mal, et non bien. Je dois me rappeler qu'il est un monstre, un tueur, un homme qui a fait des choses qui feraient pâlir Ted Bundy.

J'ai besoin qu'il me sorte de ce fantasme pour ne pas me languir de lui lorsqu'il ne sera plus là.

Je réussis à retenir mes larmes alors que je termine ma soupe sous le regard de Peter, silencieux. C'est déconcertant cette façon qu'il a de simplement m'observer sans rien faire, comme si ma seule vue le fascinait. Je l'ai pris sur le fait plus d'une fois ; je me suis même déjà réveillée pour le découvrir, qui m'observait ainsi.

C'est à la fois déconcertant et flatteur, tout comme son envie de moi apparemment intarissable.

Lorsque mon bol est vide, je fais mine de me lever pour le ranger dans le lave-vaisselle, mais Peter me le prend des mains.

— Je m'en occupe, dit-il doucement, en déposant un doux baiser sur mon front. Monte et va te préparer pour la nuit. Je serai là dans une minute.

Je hoche la tête, cillant pour retenir de nouvelles larmes, et monte sans protester. Il fait souvent ça : me libérer de toutes les tâches, même les plus petites, lorsque je suis épuisée. Il doit réaliser que de déposer un bol dans un lave-vaisselle n'est pas un effort, mais il me traite tout de même comme si j'étais une invalide, plutôt qu'un médecin épuisé après de longues heures.

Il me dorlote et j'adore ça, même si je ne le devrais pas. Je devrais détester tout ce qu'il fait, parce que rien de ceci n'est réel.

C'est impossible.

JE SUIS DÉJÀ HORS DE LA DOUCHE LORSQUE PETER MONTE, ET IL entre dans la salle de bain, me coinçant contre le comptoir au moment où je finis de me laver les dents. Je suis enveloppée dans une serviette, mais il me la retire, la laissant tomber sur le sol, et la vue de nos deux corps dans le miroir embué moi, pâle et entièrement nue, lui, encore vêtu de ses vêtements sombres, fait battre mon cœur d'excitation nerveuse.

Il est particulièrement affamé ce soir, et plus qu'un peu dangereux.

De fait, il enroule une grande main autour de ma gorge, et bien qu'il ne serre pas, je sens la noirceur derrière le voile mince de son sang-froid, la menace implicite dans le geste contrôlé. En même temps, son autre main agrippe mon sein, le bord calleux de son pouce frottant contre sa pointe tendue. Ses yeux retiennent les miens dans le miroir et je vois une étrange faim dans les profondeurs argentées, du désir accompagné d'une possessivité et de ce quelque chose d'intense qui fait faiblir mes genoux et me donne des frissons brûlants.

— Regarde-toi, me souffle-t-il à l'oreille, et je m'arrache à son regard hypnotique pour porter mon attention sur l'image que nous donnons : lui, si imposant et dangereusement séduisant, et moi, petite et féminine, presque fragile dans son étreinte ténébreuse.

— Regarde comme tu es jolie, comme tu es douce, tendre et pure. Cette peau si douce, si mince et délicate, si facilement meurtrie.

Il caresse ma gorge comme je déglutis, mon cœur battant encore plus vite à ses mots.

— Tu sais ce que je me demande parfois ? Continue-t-il doucement, et j'agrippe le rebord du comptoir comme ses doigts pincent mon mamelon, le tordant avec une brutalité délibérée. Je me demande si je devrais mettre une chaîne autour de ce joli cou, t'attacher à moi et jeter la clé. Pleurerais-tu alors, ptichka ? Ragerais-tu ?

Il mordille mon oreille, ses dents blanches glissant sur ma peau comme sa main passe de mon sein à mon sexe.

— Ou bien, aimerais-tu secrètement ça ?

J'inspire, tremblante, si brûlante que je pourrais m'enflammer. La vision qu'il me dépeint est à la fois terrifiante et excitante, aussi érotiquement ténébreuse que l'image dans le miroir. Avec ses bras autour de moi, je peux humer le cuir de son blouson, sentir la fermeture métallique contre mon dos, et un sentiment de vulnérabilité aigu me traverse comme ses doigts ouvrent mes plis moites et touchent mon clitoris, la brusque vague de plaisir exacerbant la sensation d'impuissance, de déraper complètement.

— Je t'en prie.

Ma voix tremble.

— Je t'en prie, Peter…

— Je t'en prie, quoi ?

Ses doigts me pénètrent, se pressant contre mon point G et ses dents effleurent à nouveau mon cou.

— Je t'en prie, quoi, ptichka ? Je t'en prie, touche-moi ? Je t'en prie, prends-moi ? Je t'en prie, va-t'en ?

Je ferme les yeux,

— Je t'en prie, prends-moi.

J'ai dépassé la gêne et le déni. C'est comme si chaque cellule de mon corps palpitait de désir, brûlait de cette faim sombre qu'il a éveillée en moi. Peut-être, qu'en d'autres circonstances, je serais restée forte, j'aurais tenté de m'accrocher à ce qui passe par dignité, mais je suis trop épuisée, et bien trop consciente que ce pourrait être la fin.

Cette nuit pourrait être notre dernière ensemble.

— Ouvre les yeux, grogne-t-il, et j'obéis, hagarde, luttant contre l'attrait étourdissant du plaisir.

Le regard de Peter est sombre et intense dans le miroir, son visage figé dans un masque de désir violent. Et sous ce masque, je sens ce *quelque chose* déroutant, cette douceur que je ne peux pas vraiment définir.

— Dis-moi, Sara. Dis-moi comment tu veux que je te prenne. Le veux-tu brutal…

Ses doigts plongent brutalement en moi.

— Ou doux ? Fort…

Il écrase sa paume contre mon sexe.

— Ou tendre ?

Relâchant la pression, il baisse la tête pour lécher mon oreille, son souffle chaud réchauffant ma peau comme il dit d'une voix rauque :

— Veux-tu des fleurs et de jolies paroles, ptichka ? Ou aimerais-tu plutôt quelque chose de brut et de vrai, même si la société le voit mal… même si ce n'est pas ce que tu as toujours voulu ?

Mon souffle s'échappe de façon saccadée entre mes dents comme son pouce tourne autour de mon clitoris, la chaleur palpitant sous ma peau m'empêchant de penser. Mes muscles internes se contractent sur ces doigts calleux et je ne comprends pas ce qu'il me demande, ce qu'il veut de moi. Je veux plus de ce plaisir douloureux et, en même temps, j'ai besoin de soulager la tension qui me comprime de plus en plus.

— Peter, je t'en prie…

Mon cœur bat beaucoup trop vite.

— Oh, mon Dieu, je t'en prie…

Sa poigne sur mon cou se resserre comme ses doigts se courbent en moi, pressant à nouveau contre mon point G.

— Dis-moi, et je te prendrai.

Ses dents glissent sur mon cou, la sensation me faisant frissonner.

— Je te donnerai exactement ce que tu veux, emplissant ton sexe étroit jusqu'à ce que tu m'implores pour plus. Dis-moi ce que tu veux de moi, et je te le donnerai, Sara. Je te donnerai tout, et plus encore.

— Fort, laissé-je échapper, mes mains glissant du rebord du comptoir pour agripper les piliers forts de ses cuisses vêtues d'un jean.

Mon sexe se contracte autour de ses doigts comme j'appuie mon pubis contre sa main, désespérée pour plus de pression contre mon clitoris. Je ne sais pas ce que je dis, mais je sais ce que je veux.

— Prends-moi fort, Peter. Je t'en prie…

Sa mâchoire se serre et j'aperçois un éclat sinistre dans ses yeux gris. Brusquement, il me libère et balaie le comptoir d'une main, faisant chuter tout ce qui s'y trouve. Me retournant, il me soulève et m'assied sur le marbre froid, les cuisses bien écartées. Je bats des cils, surprise, mais il ouvre déjà son jean et m'attire vers l'avant jusqu'à ce que mes fesses ne touchent presque plus le rebord.

— Peter… Oh, Seigneur.

Je hoquette comme il plonge en moi, si gros et si dur que j'aie l'impression qu'il meurtrit mes entrailles. Il n'a pas été aussi brutal depuis notre première fois, mais je suis si moite aujourd'hui que cette revendication violente ne m'effraie pas, le risque de douleur ne faisant qu'accroître mon plaisir. Plutôt que de me refermer, je reste souple et douce autour de son sexe. Alors qu'il entame un rythme rapide et rude, ses doigts s'enfonçant dans la chair tendre de mes fesses, j'entoure ses hanches de mes jambes et enroule mes bras autour de son cou, m'accrochant à lui comme s'il était mon ancre dans la tempête. Et il pourrait tout aussi bien l'être. Il me possède avec une telle fureur que je me sens comme un copeau dans un ouragan, submergée par sa violence, ballottée par son désir. C'est trop, trop intense, mais la sensation d'impuissance ne fait qu'ajouter à la tension qui monte en moi. Dans un cri, je jouis en me contractant autour de lui, pourtant il n'arrête pas. Il continue jusqu'à ce que je jouisse à nouveau, puis une autre fois.

Ce n'est que lorsque je m'effondre contre lui, haletante et étourdie à la suite de mon troisième orgasme, qu'il se laisse aller. Dans une dernière forte poussée, il jouit, son bassin s'écrasant contre le mien comme un grognement profond roule dans sa gorge. Je sens son sexe palpiter en moi comme je m'accroche à lui, tremblante, et mon sexe se contracte une dernière fois, forçant un dernier frisson de plaisir de ma chair trop sensible.

Je suis si bouleversée que j'ai de la difficulté à rester debout lorsqu'il me descend du comptoir et me met sur mes pieds. Vaguement, je note une moiteur inhabituelle entre mes jambes… plus que ça, vraiment, mais ce n'est que lorsque Peter recule et que je sens cette moiteur couler contre ma cuisse que je comprends ce qui se passe.

— Oh, Seigneur.

Mes yeux tombent sur son sexe, encore un peu dur et luisant des fluides de nos deux corps.

— Peter, nous…

— Avons oublié un préservatif ? Oui.

Il ne semble pas particulièrement préoccupé. Comme je le regarde, choquée et horrifiée, il se lave plutôt avec désinvolture, remet son sexe dans son jean et relève sa fermeture éclair. Puis, il humidifie une serviette et nettoie doucement la semence sur mes cuisses.

— Voilà.

Il laisse tomber la serviette dans le lavabo, les yeux brillants comme il se tourne vers moi.

— Ne t'en fais pas. Tu viens d'avoir tes règles, donc nous ne devrions pas encore être dans la période à risque. Et je suis en bonne santé ; j'utilise toujours des préservatifs et je me fais régulièrement tester. Je suppose que la même chose est vraie pour toi ?

— Oui.

Je le fixe, secouée autant par l'oubli que par son attitude. En théorie, tout devrait bien aller, mais le simple fait que cette omission soit survenue, avec *lui*... Ma tête se remet à pulser douloureusement, et mon épuisement est de retour, dix fois plus fort. Comment ai-je pu être aussi négligente ? Avec George, j'ai toujours tout fait pour qu'il n'oublie pas une protection et, pendant les périodes « à risque », nous évitions souvent tout rapport, ne voulant pas risquer le taux d'échec de cinquante pour cent des préservatifs avant d'être prêts pour un enfant. Toutefois, avec le tueur de mon mari, je n'ai jamais été aussi prudente, couchant avec lui à tout moment. Et maintenant, ceci...

C'est comme si une partie insensée de moi voulait me retenir près de lui, pour poursuivre cette mascarade.

— Tout devrait bien aller, alors, dit Peter, en s'approchant de moi. Quoique...

Il s'interrompt, m'observant avec une expression spéculative.

— Quoique, quoi ? Demandé-je lorsqu'il reste silencieux.

Mon cœur bat à un rythme sourd et rapide.

— Quoique, quoi ?

— Quoique cela ne me dérangerait pas.

Ses mots sont légers, désinvoltes, mais il n'y a aucune trace d'humour dans sa voix.

— Pas avec toi.

— Tu... quoi ?

Mon mal de tête s'intensifie, mon crâne semblant sur le point d'imploser. Il ne peut pas vraiment penser ce qu'il dit.

— Pourquoi ne serais-tu pas... ? C'est insensé !

— Et pourquoi ?

Une lueur d'amusement apparaît maintenant dans son regard.

— Pourquoi, ptichka ?

— Parce que… parce que tu es *toi*.

Ma voix est étranglée sous l'effet de l'incrédulité.

— Tu m'as droguée et torturée avant de tuer mon mari et de t'imposer dans ma vie. Je ne sais pas ce que tu imagines, mais nous ne sommes pas un couple. Ce n'est pas un genre d'histoire d'amour…

— Non ?

Son expression se durcit, toute trace d'amusement disparaissant.

— Alors, que crois-tu que je ressens pour toi ? Pourquoi suis-je incapable de passer une heure sans penser à toi, sans te vouloir… sans avoir une maudite envie *irrépressible* de toi ? Tu crois que c'est mon désir qui me garde ici, jour après jour, alors que tout le monde veut ma tête et que mes hommes s'arrachent les cheveux d'ennui ?

Il s'approche encore plus, et mon souffle s'accélère comme ses paumes claquent contre le comptoir de chaque côté de mon corps, me piégeant contre le lavabo. Ses yeux brillent d'une étincelle farouche comme il se penche, sa voix se durcissant.

— Tu crois que je suis ici plutôt qu'à la poursuite du dernier *ublyudok* sur ma liste parce que je ne peux pas me passer de ton petit sexe étroit ?

Mon visage est rouge alors que je le regarde, la vulgarité de ses mots intensifiant mon trouble. Je ne sais que dire, comment tout assimiler. Il semble en colère pourtant ce qu'il me raconte ressemble presque à…

— Oui, je vois que tu comprends.

Ses lèvres s'étirent en un sombre sourire moqueur.

— Ce n'est peut-être pas une histoire d'amour pour *toi*, ptichka, mais aussi cinglé que ce soit, c'est précisément ce que c'est pour moi. J'ai commencé par te haïr, mais en cours de chemin, tu es devenue la seule chose qui m'importe, la seule personne qui m'est encore importante. Et, oui, ça veut dire que je t'aime, aussi dingue que ce soit. Je t'aime, même si tu étais à *lui*... même si tu me vois comme un monstre. Je t'aime plus que la vie même, Sara, parce que lorsque je suis avec toi, je ressens plus que de la souffrance et de la rage... et je veux plus que la mort et la vengeance.

Son torse s'ouvre sous une inspiration profonde, son expression se faisant encore plus sombre alors qu'il ajoute à voix basse :

— Lorsque je suis près de toi, ptichka, je vis.

Je me rends compte que je pleure seulement lorsque son visage s'embrouille devant mes yeux. Ma poitrine est trop comprimée, mes inspirations sont trop courtes. Je savais que Peter était obsédé par moi, mais je n'aurais jamais cru que, pour lui, cette obsession était de l'amour, qu'il voulait un véritable futur avec moi... un futur où nous sommes unis comme une famille.

Un futur où des agents du FBI ne sont pas sur le point de défoncer la porte.

— Ne pleure pas, ptichka.

Son pouce effleure ma joue humide, et je vois le sourire moqueur réapparaître.

— Ça ne change rien. Tu peux encore me détester. Le fait que je t'aime ne me rend pas moins un monstre... et je ne disparaîtrai pas plus de ta vie.

Mais c'est le cas. Je veux hurler la vérité, mais je ne peux pas. Je ne peux pas le mettre en garde, même si j'ai l'impression que mon cœur se déchire. Je ne l'aime pas… je ne peux pas… mais j'ai mal comme si c'était le cas, comme si le perdre sera la pire chose qui soit. Un sanglot étranglé s'échappe de ma gorge, puis un autre, et je me retrouve dans ses bras, solidement retenue contre son torse alors qu'il me porte dans la chambre.

En atteignant le lit, il s'assied, me retenant sur ses genoux, et je pleure, mon visage enfoui dans son cou pendant qu'il caresse mon dos dans un geste doux et apaisant. Il a raison : sa déclaration d'amour ne devrait rien changer, mais elle rend les choses pires. Elle me donne l'impression de perdre quelque chose de vrai… comme si je le trahis lui et *nous*.

Comment un monstre peut-il m'étreindre aussi tendrement ? Comment un psychopathe peut-il aimer ?

Je me sens comme si on sciait mon crâne en deux de l'intérieur, mon mal de tête aggravé par mes larmes, et je repousse Peter, me tordant dans ses bras… seulement pour tomber sur le lit, geignant pendant que je presse mes tempes.

Il se penche sur moi, l'inquiétude assombrissant ses traits.

— Que se passe-t-il, ptichka ? dit-il, en caressant mon bras.

Je réussis à marmonner quelque chose à propos d'un mal de tête avant de fermer les yeux. Ça ressemble plus à une migraine, mais j'ai trop mal pour le lui expliquer.

Le lit s'affaisse comme il se lève, et j'entends des pas comme il sort de la chambre. Quelques minutes plus tard, il revient avec des Advil et un verre d'eau. Je m'efforce d'ouvrir mes paupières gonflées assez longtemps pour avaler le médicament, puis je referme les yeux, attendant que le battement violent dans mon crâne devienne un grondement acceptable.

Je m'attends à ce qu'il parte à ce moment-là, ou qu'il se mette au lit avec moi, ou peu importe, ce qu'il avait en tête, mais j'entends à la place la porte de la salle de bain s'ouvrir et, une minute plus tard, une serviette froide et humide recouvre mes yeux et mon front, m'apportant un peu de soulagement bienvenu.

Une fois de plus, il prend soin de moi, m'offrant du réconfort lorsque j'en ai le plus besoin.

Les larmes reviennent, coulant sous la serviette comme il m'enveloppe dans la couverture et s'assit sur le bord du lit, sa main glissant sous mon cou pour masser les muscles tendus de ma nuque. C'est une autre forme de torture, cette tendresse. Elle soulage mon mal de tête, mais intensifie la douleur brûlante dans ma poitrine. Je me bernais lorsque j'appelais ce que nous avons un fantasme cinglé. C'est peut-être cinglé, mais c'est réel, et lorsqu'il partira, il me manquera *réellement*, tout comme il m'a manqué lorsqu'il est parti au Mexique. Ce n'est pas de l'amour que je ressens pour lui, l'amour ne peut pas être aussi sombre, aussi illogique et dingue, mais *c'est* quelque chose.

Quelque chose autre que de la haine, quelque chose de profond, une dépendance troublante.

Un chien jappe au loin, et j'entends une portière claquer. Il est possible que ce soit mes voisins à une rue de là, mais mon cœur s'emballe tout de même, mes entrailles se tordant comme j'imagine le SWAT défoncer la porte et tirer sur Peter à mon chevet. Les images défilent comme un film : les silhouettes vêtues de noir qui accourent, les balles déchirant les draps, les oreillers, son torse, sa tête…

La bile me monte à la gorge, ma tête sur le point d'exploser sous la souffrance.

Oh, mon Dieu, je ne peux pas.

Je ne peux pas me taire et risquer ces événements.

— Peter…

Ma voix tremble comme je serre les poings sous la

couverture. Je sais que je regretterai mes paroles de mille façons, mais je ne peux retenir les mots.

— Tu as été repéré. Ils vont te trouver.

La main sur ma nuque se fige, puis reprend son doux massage.

— Je sais, ptichka, murmure-t-il, et je sens ses lèvres effleurer ma joue humide lorsque quelque chose de froid et de dur pique mon cou. Je le sais.

Une léthargie coule dans mes veines et, dans un élan d'étrange soulagement, je réalise que ça y est.

Il savait pour le FBI depuis le début.

Il savait, et je ne serai plus jamais libre.

4 5

eter

— ALLEZ, SIFFLE ANTON DE LA FENÊTRE CÔTÉ PASSAGER, COMME je m'approche du SUV, portant le corps de Sara enveloppé dans la couverture contre mon torse. N'as-tu pas reçu mes textos ? Ils sont à moins de dix rues d'ici.

Je resserre mon étreinte sur mon paquet humain.

— Je ne pouvais pas partir avant d'apprendre ce qu'il me fallait.

— Qu'est-ce que c'est ? demande Yan, en ouvrant la portière arrière de l'intérieur. Il se glisse sur le siège et je m'installe, veillant à ne pas cogner la tête de Sara comme je monte dans le véhicule.

C'est déjà suffisant qu'elle souffrait d'un mal de tête lorsque je l'ai droguée.

373

Ignorant la question de Yan, je dépose la silhouette inconsciente de Sara entre nous et ferme la portière avant de croiser le regard d'Ilya dans le rétroviseur.

— À l'aéroport. Et dépêche-toi.

— C'est comme si c'était fait, marmonne Ilya, en appuyant sur l'accélérateur.

Nous démarrons d'un coup, filant le long de la rue de banlieue silencieuse.

— Qu'avais-tu besoin d'apprendre ? Insiste Yan, en jetant un regard sur le visage de Sara, la seule partie de son corps pas enveloppée dans la couverture.

Avec ses longs cils ombrant ses joues pâles, elle ressemble à une princesse de Disney endormie, et je ne peux pas blâmer mon collègue pour la lueur d'intérêt dans son regard.

Je ne le blâme pas, mais je veux tout de même le tuer.

— Quelque chose à voir avec elle ? Continue-t-il, inconscient puis, il lève les yeux vers moi et pâlit.

— Oui.

Ma voix est glaciale.

— Quelque chose à voir avec elle.

Il hoche la tête, détournant prudemment le regard, et je passe mon bras autour des épaules de Sara, l'appuyant confortablement contre moi. Au loin, j'entends les sirènes, accompagnées du grondement des hélicoptères, mais malgré le danger imminent, je me sens calme et satisfait.

Non, plus que satisfait… heureux.

Sara m'a mis en garde.

Elle m'a choisi, alors qu'elle n'avait aucune raison de le faire. Elle ne m'aime peut-être pas encore, mais elle ne me déteste pas et, comme je la serre contre moi, humant la fragrance délicate de ses cheveux, je suis convaincu qu'un jour, elle m'aimera *vraiment*… qu'un jour, j'aurai tout d'elle.

Elle m'a mis en garde, elle m'a choisi, et maintenant elle restera près de moi.

Je l'aime, et je vais la garder.

Quoiqu'il arrive.

MON OBSESSION

MON TOURMENTEUR : TOME 2

PARTIE I

1

— Ils gagnent du terrain, dit Ilya tandis que le hurlement
des sirènes et le grondement des pâles d'hélicoptère se font
entendre, de plus en plus fort.

La lumière des voitures, de l'autre côté de l'autoroute, se
reflète sur son crâne rasé, créant l'illusion que les tatouages de
sa tête dansent, lorsqu'il jette un œil avec inquiétude dans le
rétroviseur, en fronçant les sourcils.

— D'accord.

Sans prêter attention à l'adrénaline qui déferle dans mes
veines, je resserre le bras autour de Sara afin d'éviter que sa tête
ne glisse sur mon épaule. Au même moment, Ilya fait une
embardée pour doubler une voiture plus lente. Je m'attendais à
ces représailles – on n'enlève pas sans conséquence une femme

surveillée par le FBI –, mais maintenant que nous y sommes, je me fais du souci.

Mes trois coéquipiers et moi, nous pouvons parfaitement nous livrer à une course poursuite aussi rapide, mais je ne peux pas mettre ainsi Sara en danger.

Ma décision est prise.

— Ralentis, dis-je à Ilya. Qu'ils nous rattrapent.

Anton se retourne sur le siège passager. Son visage barbu exprime l'incrédulité la plus totale et il agrippe son M16.

— Tu es fou ?

— Nous ne pouvons pas les conduire jusqu'à l'aéroport, souligne Yan, le frère jumeau d'Ilya.

Assis de l'autre côté de Sara, il semble avoir compris mon plan, car il est déjà en train de fouiller dans le grand sac marin que nous avons fourré sous la banquette arrière de notre 4x4.

— Tu crois que les fédéraux savent qu'on la tient ? demande Anton en posant les yeux sur la femme inconsciente affalée contre moi.

J'éprouve un élan de jalousie irrationnelle en voyant son regard noir balayer le visage de Sara, s'attardant plus longuement que nécessaire sur ses lèvres roses charnues.

— Sans doute. Ces types qui la surveillaient sont stupides, mais pas totalement débiles, répond Yan en se redressant, un lance-grenades dans les mains.

À la différence de son frère, il a opté pour une coupe de cheveux classique et une tenue de ville impeccablement repassée – son déguisement de banquier, comme l'appelle Ilya. En général, Yan donne l'impression de ne pas savoir se servir d'une clé à molette, et encore moins d'une arme, et pourtant c'est l'un des individus les plus dangereux que je connaisse – comme le reste de mon équipe.

Si nos clients nous paient des millions, ce n'est pas pour rien, et ça n'a rien à voir avec nos choix vestimentaires.

— J'espère que tu as raison, lance Ilya en resserrant sa poigne autour du volant tout en jetant un nouveau coup d'œil dans le rétroviseur.

Seuls quatre véhicules nous séparent encore des deux 4x4 noirs du gouvernement et des trois voitures de patrouille. Les gyrophares bleus et rouges clignotent tandis qu'ils dépassent les véhicules plus lents.

— Les flics américains sont des tendres. Ils ne prendront pas le risque de nous tirer dessus s'ils savent que nous l'avons.

— Et ils n'ouvriront pas le feu en pleine autoroute, ajoute Yan en enfonçant le bouton pour baisser sa vitre. Trop de civils autour.

— Attends une minute, lui dis-je lorsqu'il s'approche de la vitre, son lance-grenades à la main. L'hélico doit être le plus bas possible au-dessus de nous. Ilya, ralentis un peu et insère-toi sur la voie de droite. Nous prenons la prochaine sortie.

Ilya obéit et nous bifurquons sur la voie lente, notre vitesse retombant sous la limite autorisée. Une Toyota Camry grise nous double à vive allure sur la gauche et je ramène Sara contre moi tout en demandant à Yan de se tenir prêt. Le vacarme de l'hélicoptère est assourdissant – à présent, il est presque suspendu au-dessus de nos têtes –, mais j'attends encore.

Quelques instants plus tard, je l'aperçois.

Le panneau qui annonce la prochaine sortie dans cinq cents mètres.

— Maintenant ! je m'écrie.

Aussitôt, Yan entre en action. Il sort la tête et le torse par la vitre en brandissant son lance-grenades.

Boum ! On dirait que le feu d'artifice le plus impressionnant du monde vient d'éclater au-dessus de nous. Les freins crissent tout autour, mais nous avons déjà emprunté la bretelle et Ilya quitte l'autoroute au moment où l'enfer se déchaîne. Sur les deux voies, les voitures se percutent dans un fracas de tôle froissée, tandis que l'hélicoptère explose en une boule de métal flamboyante.

— Putain ! se récrie Anton en regardant le chaos que nous venons de semer.

Il pleut des morceaux d'hélico en flammes, un énorme camion des magasins Walmart est en train de se renverser, et pas moins d'une dizaine de voitures se sont déjà percutées, tandis que chaque seconde, de nouveaux accidentés viennent grossir le carambolage. Les 4x4 du gouvernement font partie des victimes et les véhicules de patrouille sont pris au piège derrière eux. Maintenant, nos poursuivants n'ont aucun moyen de nous prendre en chasse, et même si je déplore les civils blessés, je sais que c'est notre seule échappatoire.

Le temps qu'ils se rassemblent et envoient d'autres flics à nos trousses, nous serons déjà loin.

Personne ne m'enlèvera Sara.

Elle m'a choisi, et elle reste à moi.

Nous atteignons sans encombre le passage souterrain où nous avons laissé l'autre véhicule. Une fois l'échange effectué, nous respirons plus librement. Je ne doute pas que les fédéraux réussiront à nous localiser, mais à ce moment-là, nous serons déjà en sécurité dans les airs.

Nous sommes presque arrivés à l'aéroport quand Sara

pousse un gémissement. Elle remue à côté de moi, ses paupières frémissent et elle ouvre les yeux.

L'effet du somnifère que je lui ai administré est passé.

— Là, là, dis-je d'une voix apaisante en déposant des baisers sur son front tandis qu'elle essaie de se débarrasser de la couverture qui la protège jusqu'au cou. Tout va bien, ptichka. Je suis là, et tout se passe bien. Tiens, bois ça.

De ma main libre, je débouche une bouteille en plastique remplie d'eau et la porte à ses lèvres pour lui permettre d'absorber un peu de liquide.

— Quoi… Où suis-je ? fait-elle d'une voix rauque quand j'éloigne la bouteille et resserre les bras autour de ses épaules pour l'empêcher de se dégager de la couverture et de révéler son corps nu.

— Que s'est-il passé ?

— Rien de grave ! je lui promets en reposant la bouteille avant d'écarter une mèche de cheveux de son visage. Nous allons juste faire un petit voyage.

De l'autre côté de Sara, Yan ricane et marmonne quelque chose en russe à propos de mon léger euphémisme.

Le regard de Sara se tourne vers Yan, avant d'englober toute la voiture, et je vois le moment précis où elle comprend ce qui se passe.

— Je t'en prie, ne me dis pas que… s'exclame-t-elle d'une voix suraiguë. Peter, ne me dis pas que…

— Chut.

Je me tourne vers elle pour poser deux doigts sur ses lèvres souples.

— Je ne pouvais pas rester, et je ne pouvais pas t'abandonner, ptichka. Tu le sais. Tout va bien se passer. Il ne va rien t'arriver de mal. Je te protégerai.

Elle me dévisage, ses yeux noisette remplis de stupeur et d'effroi, et malgré ma certitude d'avoir fait le bon choix, mon cœur se serre douloureusement.

Sara m'a prévenue au sujet du FBI, consciente que je tenterais probablement de l'emmener, mais elle ne s'attendait pas à ce que je m'y prenne de cette façon. J'aurais pu trouver un autre moyen, qui n'implique pas de somnifère ni d'enlèvement en pleine nuit.

Non. Ces doutes ne me ressemblent pas et je m'empresse de les chasser pour me concentrer sur la seule chose qui importe : rassurer Sara et lui faire accepter la situation.

— Écoute-moi, ptichka, dis-je en refermant la paume autour de son menton délicat. Je sais que tu t'inquiètes pour tes parents, mais dès que nous serons dans les airs, tu pourras les appeler et…

— Dans les airs ? Alors, nous sommes toujours à… ? Oh, Dieu merci.

Elle ferme les yeux et je sens un frisson la parcourir. Puis elle ouvre à nouveau les paupières pour affronter mon regard.

— Peter… fait-elle d'une voix douce, enjôleuse. Peter, s'il te plaît. Tu n'es pas obligé de faire ça. Tu pourrais simplement me laisser ici. Ce serait beaucoup moins dangereux pour toi… et il te serait beaucoup plus facile de t'enfuir s'ils ne sont pas à ma recherche. Tu disparaîtrais et ils ne t'attraperaient jamais, et ensuite…

— Dans tous les cas, ils ne m'attraperont jamais.

Je parle d'un ton sec, mais je ne peux contenir ma colère lorsque je laisse retomber ma main. Sara avait l'occasion de se débarrasser de moi, et elle ne l'a pas saisie. En me prévenant, elle a scellé son destin, et maintenant, il est trop tard pour revenir en arrière. Oui, je l'ai droguée et je l'ai enlevée sans lui demander la permission, mais elle devait bien se douter que je ne l'abandonnerais pas. Je lui ai avoué à quel point je l'aimais, et bien qu'elle ne me l'ait pas dit en retour, je sais qu'elle n'est pas indifférente. Ce n'est peut-être pas exactement ce qu'elle attendait, mais elle m'a choisi, et la voir maintenant me supplier de la laisser, essayer de me manipuler avec ses grands yeux et sa belle voix… C'est bête, mais son rejet me fait mal.

Pourtant, j'ai tué son mari pour m'imposer dans sa vie.

— Nous y sommes, me dit Anton en russe tandis que la voiture ralentit.

Je tourne la tête pour apercevoir notre avion, une vingtaine de mètres plus loin.

— Peter, s'il te plaît.

Sara commence à se débattre dans la couverture, sa voix est de plus en plus forte. La voiture s'arrête et mes hommes se précipitent à l'extérieur.

— S'il te plaît, ne fais pas ça. Ce n'est pas bien. Tu sais que ce n'est pas bien. Toute ma vie est ici. J'ai ma famille, mes patients et mes amis…

À présent, elle pleure et redouble de force tandis que je me penche pour attraper ses jambes enroulées dans la couverture et la tirer hors du véhicule.

— Je t'en prie, tu m'as dit que tu ne ferais pas ça si je coopérais, et j'ai obéi. J'ai fait tout ce que tu voulais. S'il te plaît, Peter, arrête ! Laisse-moi ici ! Je t'en supplie !

Maintenant, elle est hystérique. Elle se contorsionne et se cabre dans sa couverture, alors que je l'entraîne hors de la voiture et que je la maintiens contre mon torse. Anton me lance un regard gêné tout en aidant les jumeaux à récupérer les armes sous la banquette arrière. Mon ami a beau m'avoir suggéré à plusieurs reprises d'enlever Sara si je la voulais, la réalité de la situation doit lui paraître plus cruelle qu'il l'imaginait.

On pourrait nous traiter de monstres, mais nous sommes capables de sentiments – et il faudrait avoir un cœur de pierre pour ne rien éprouver devant Sara qui implore et supplie, prise au piège dans sa couverture, tandis que je l'emporte vers l'avion.

— Je suis désolé, lui dis-je en l'entraînant dans la cabine des passagers pour la déposer précautionneusement sur l'un des grands sièges en cuir à l'avant de l'appareil.

Sa détresse me fait l'effet d'une lame empoisonnée enfoncée dans le flanc, mais l'idée de l'abandonner m'est encore plus insupportable. Je n'imagine pas ma vie sans Sara, et je suis assez impitoyable – et égoïste – pour ne pas m'y résoudre.

Avec du recul, elle a peut-être quelques doutes sur sa décision, mais elle finira par revenir à la raison et accepter la situation, comme elle avait commencé à accepter notre relation. Ensuite, elle sera à nouveau heureuse – et même encore plus heureuse. Nous allons bâtir une nouvelle vie ensemble, et elle l'appréciera tout autant.

Je dois le croire, car autrement, je ne pourrai jamais l'avoir.

C'est ma seule chance de connaître à nouveau l'amour.

2

—————

ara

DES LARMES DE PANIQUE ET DE FRUSTRATION AMÈRE ROULENT SUR mes joues alors que les roues du jet se détachent du tarmac et que les lumières de l'aérodrome s'estompent dans un noir d'encre. Au loin, je distingue l'agglomérat de lumières de Chicago et sa banlieue, mais il ne tarde pas à disparaître à son tour, me laissant avec une évidence écrasante, la fin de mon ancienne vie.

J'ai perdu ma famille, mes amis, ma carrière et ma liberté.

La nausée me retourne l'estomac et des éclats de verre me transpercent les tempes. Ce que Peter m'a injecté pour m'endormir a terriblement accentué mes migraines. Mais le pire, c'est encore cette sensation d'asphyxie qui me comprime la poitrine, la terrible impression de manquer d'air. Je prends de grandes inspirations pour y remédier, mais ça ne fait qu'empirer. La couverture est comme une camisole de force qui maintient mes bras plaqués le long de mon corps, et mes poumons ne parviennent pas à se remplir d'oxygène.

Mon tourmenteur a mis sa menace à exécution.

Il m'a enlevée, et je ne reverrai peut-être jamais ma maison.

Il n'est pas avec moi en ce moment – dès que nous avons décollé, il s'est levé et a disparu au fond de la cabine, où deux de ses hommes sont assis. Je m'en réjouis. Je ne supporte pas de le regarder, de me demander comment j'ai pu être assez stupide pour l'avertir alors qu'il savait déjà tout.

Alors qu'il avait préparé son aiguille et jouait avec moi.

Comment a-t-il su ? Y avait-il des caméras et des micros dans le vestiaire de l'hôpital où Karen m'a prise à partie ? Les hommes que Peter avait chargés de me surveiller ont-ils repéré mon escorte du FBI et lui en ont-ils parlé ? À moins qu'il ait des liens avec le FBI, comme son contact en avait avec la CIA ? Est-ce possible ou suis-je en train de délirer ? Quoi qu'il en soit, ça n'a plus la moindre importance, car le fait est qu'il était au courant.

Il le savait, tout en faisant mine de l'ignorer, jouant avec mes émotions en attendant que je craque.

Seigneur, comment ai-je pu être aussi bête ? Comment ai-je pu le prévenir en sachant ce qui risquait de se passer ? Comment ai-je pu rentrer chez moi alors que je me doutais – non, que je *savais* ce que mon harceleur était capable de faire s'il était au courant du danger imminent ? J'aurais dû tout dire à Karen quand j'en avais l'occasion pour qu'elle envoie les agents chez moi, et le FBI m'aurait placée en détention par mesure de protection. Oui, Peter se serait peut-être échappé, mais il ne m'aurait pas emmenée – ou du moins, pas à ce moment-là.

J'aurais disposé de temps pour m'organiser, pour trouver le meilleur moyen de nous protéger, mes parents et moi. Il serait sans doute revenu me chercher, mais au moins, il y avait une chance que le FBI nous défende.

Au lieu de ça, je suis tombée dans le piège de Peter. Je suis rentrée chez moi et je l'ai laissé me mentir, me faire croire qu'il avait quelque chose d'humain – quelque chose de bon – en lui.

« Je t'aime », a-t-il dit. Et moi, je suis tombée dans le panneau, me berçant d'illusions en croyant que nous tenions quelque chose d'authentique, que sa tendresse signifiait qu'il tenait véritablement à moi.

Je me suis laissé aveugler par mon attachement irrationnel pour le meurtrier de mon mari, refusant de voir ce qu'il était réellement. Maintenant, j'ai tout perdu.

La tension augmente dans ma poitrine et mes poumons se contractent à tel point que respirer devient un combat. La rage et le désespoir se mélangent, me donnant envie de hurler, mais je ne peux émettre qu'un râle tant la couverture autour de mon corps m'étouffe comme un nœud coulant. J'ai trop chaud, je suis trop à l'étroit, ma tête m'élance et mon cœur bat trop vite. J'ai l'impression de suffoquer, de mourir, et j'ai envie de me griffer la gorge pour la déchirer et aspirer de grandes goulées d'air.

— Là, là, tout va bien.

Peter est agenouillé devant moi. Je ne l'ai pas vu revenir. Ses mains puissantes dénouent la couverture et écartent les cheveux de mon visage en sueur. Je tremble et j'ai la respiration sifflante, subissant le contrecoup d'une crise de panique renversante. Curieusement, son contact m'apaise et atténue la sensation d'asphyxie.

— Respire, ptichka, insiste-t-il.

C'est ce que je fais. Mes poumons, qui refusaient d'obtempérer jusqu'à présent, lui obéissent. Ma poitrine se gonfle en une profonde inspiration, puis une autre, et bientôt je respire presque normalement. Ma trachée se relâche pour laisser entrer le précieux oxygène. Je suis toujours en nage, toute tremblante, mais mon pouls ralentit. Je n'ai plus peur de m'étouffer et Peter libère mes bras de la couverture avant de me tendre un t-shirt d'homme.

— Je suis désolé. Je n'ai pas eu l'occasion de te prendre des vêtements, dit-il en m'aidant à passer le t-shirt noir et ample par-dessus ma tête. Heureusement, Anton a mis de côté des habits à l'arrière. Tiens, tu peux aussi enfiler ce pantalon.

Il guide mes jambes tremblantes dans un jean d'homme, m'aide à passer une paire de chaussettes noires et me débarrasse de la couverture, qu'il jette sur la table à côté de nous.

Je nage dans le jean, comme dans le tee-shirt, mais il y a une ceinture autour de la taille. Peter la resserre sur mes hanches avant de la nouer sur le devant telle une cravate, puis il retrousse les jambes du pantalon.

— Et voilà, dit-il en contemplant son œuvre avec satisfaction. Ça devrait faire l'affaire pour le vol. Ensuite, je t'offrirai une toute nouvelle garde-robe.

Je ferme les yeux pour ne plus le voir. Je ne supporte pas son beau visage aux traits exotiques ni la chaleur de ses yeux d'un gris métallique. Ce n'est qu'un mensonge, qu'une illusion. Il ne tient pas à moi, pas réellement. L'obsession, ce n'est pas de l'amour, et c'est ce qu'il éprouve envers moi : une obsession terrible et sombre qui avilit et qui détruit.

Elle a déjà détruit ma vie de bien des manières.

Je l'entends soupirer et ses grandes mains se referment sur mes paumes glacées.

— Sara…

Sa voix grave au léger accent me fait l'effet d'une caresse sur la peau.

— Nous allons y arriver, ptichka, je te le promets. Ce ne sera pas aussi difficile que tu l'imagines. Maintenant, dis-moi… veux-tu appeler tes parents pour tout leur expliquer ?

Mes parents ? J'ouvre des yeux ébahis pour le regarder, bouche bée. C'est alors que je me rends compte qu'il l'a déjà évoqué, mais je n'y ai pas prêté attention sur le moment.

— Tu me laisses appeler mes parents ?

Mon ravisseur hoche la tête, un petit sourire au coin de ses lèvres sculpturales. Il reste accroupi devant moi, les mains autour des miennes.

— Bien sûr. Tu ne veux pas qu'ils s'inquiètent, avec le cœur de ton père et le reste…

Oh, mon Dieu. *Le cœur de mon père.* À cette pensée, ma migraine s'intensifie. À quatre-vingt-sept ans, mon père tient une forme olympique pour son âge, mais il a été opéré pour un triple pontage il y a quelques années et il doit éviter le stress. Et je n'imagine rien de plus stressant que…

— Tu crois que le FBI leur a déjà parlé ? je me récrie avec horreur. Ont-ils annoncé à mes parents que j'avais été enlevée ?

— Je doute qu'ils aient eu le temps.

Peter me serre les mains dans un geste rassurant, avant de me lâcher pour se relever. Il sort alors un smartphone de sa poche et me le remet.

— Appelle-les, pour leur donner ta version de l'histoire.

— Ma version de l'histoire ? Et quelle version ?

Le téléphone est aussi lourd qu'une brique dans ma main,

son poids amplifié par ma crainte de tuer mon père si je dis quelque chose de travers.

— Que puis-je bien leur annoncer pour faire passer la pilule ?

Mon ton est sarcastique, mais ma question sincère. Je ne trouve rien qui pourrait atténuer la panique de mes parents devant ma disparition ni expliquer ce que le FBI s'apprête à leur annoncer – d'autant plus que j'ignore ce que les agents vont révéler exactement.

L'avion choisit ce moment pour traverser une zone de turbulences et Peter s'assoit à côté de moi.

— Dis-leur que tu as rencontré un homme… un homme dont tu es tombée amoureuse.

Il pose sa paume chaude sur mon genou et l'intensité de son regard d'acier m'hypnotise.

— Dis-leur que, pour la première fois de ta vie, tu as décidé de faire une folie, quelque chose d'inconsidéré. Que tu vas bien, mais que pendant les prochaines semaines, tu voyageras dans le monde entier avec ton amoureux.

— Les prochaines semaines ?

Un espoir farouche m'envahit.

— Es-tu en train de dire que…

— Non. Tu ne rentreras pas dans quelques semaines. Mais ils ne sont pas obligés de le savoir pour l'instant.

Mon espoir se flétrit aussitôt avant de disparaître, et le désespoir écrasant fait un retour en force.

— Je ne les reverrai jamais, n'est-ce pas ?

— Si.

Sa main me serre le genou.

— Un jour, quand il n'y aura plus de danger.

— Mais quand ?

— Je l'ignore, mais nous trouverons un moyen.

— *Nous ?*

Un rire amer s'échappe de ma gorge.

— Aurais-tu l'impression qu'il s'agit d'un partenariat ? Que *nous* m'avons enlevée de connivence ?

Le regard de Peter s'assombrit.

— Ça *pourrait* être un partenariat, Sara. Si tu le voulais bien.

— Ah, vraiment ? dis-je en repoussant sa main de mon genou. Dans ce cas, que ce putain d'avion fasse demi-tour, *partenaire*. Je veux rentrer chez moi.

— C'est impossible, et tu le sais.

Son menton se contracte sous sa barbe de plusieurs jours.

— Ah bon ? Pourquoi ? Parce que tu adores me baiser ? Ou parce que tu m'aimes trop ?

Ma voix s'échauffe et je me lève d'un bond, les poings tout faits. J'aperçois ses hommes sur les sièges derrière nous, la mine impassible, tournés vers les hublots comme s'ils ne nous écoutaient pas, mais ça m'est bien égal. J'ai dépassé le stade de la gêne, j'ai dépassé la honte. Tout ce que je ressens, c'est une rage profonde.

Jamais encore n'ai-je voulu faire autant souffrir un être vivant que Peter en cet instant.

Le regard de mon tourmenteur est sombre et son expression fermée quand il se lève.

— Assieds-toi, Sara, m'ordonne-t-il sèchement.

Il tend la main vers moi au moment où l'avion rencontre un autre trou d'air, et je me retiens au mur près du hublot pour garder l'équilibre.

— C'est dangereux.

Il me prend le bras pour me forcer à m'asseoir, et mon autre main réagit de sa propre initiative.

Le téléphone bien serré entre mes doigts, je lance le poing – et atteins ma cible, car au même moment, l'avion fait un autre soubresaut qui nous déstabilise tous les deux. Dans un bruit distinct, le téléphone s'écrase sur le visage de Peter. L'impact projette sa tête sur le côté et se répercute jusque dans mes os.

J'ignore qui est plus étonné par le coup que je viens de lui asséner, moi ou les hommes de Peter.

Je remarque leurs regards incrédules tandis que Peter me lâche le bras, lentement et délibérément, avant d'essuyer le sang qui coule sur sa pommette. La coque métallique du téléphone a dû lui entamer la peau, à moins que les turbulences inattendues aient donné plus d'élan à mon coup, augmentant sa force.

Ses yeux rencontrent les miens et mon cœur bondit dans ma gorge quand je lis une fureur glaciale dans les profondeurs argentées de son regard. Je recule avec méfiance. Le téléphone échappe à mes doigts engourdis et atterrit sur le sol dans un bruit de métal sourd.

Je n'ai pas oublié ce dont Peter est capable, ce qu'il m'a fait lors de notre première rencontre.

Je parviens à esquisser deux pas en arrière avant que mon dos rencontre la cloison de la cabine du pilote, m'empêchant de battre en retraite. Je n'ai nulle part où fuir dans cet avion, aucune cachette possible, et la peur m'enserre le ventre tandis qu'il s'avance vers moi. Je suis captive de son regard furieux. Il plaque les paumes sur le mur de part et d'autre de ma tête et je me retrouve prise au piège entre ses bras musclés.

— Je...

Je devrais dire que je suis désolée, que je n'en avais pas l'intention, mais je ne peux me résoudre à proférer de tels mensonges et je garde la bouche fermée, de peur d'aggraver la situation en lui disant à quel point je le déteste.

— Tu, *quoi* ?

Sa voix est grave et dure. Il se penche en avant et baisse la tête jusqu'à ce que ses lèvres effleurent mon oreille.

— Tu, *quoi* Sara ?

Je frissonne en sentant son souffle chaud et humide, et mes genoux manquent de se dérober. Mon pouls redouble de vitesse, mais cette fois, ce n'est pas entièrement de la peur. Malgré tout, il est si proche que mes sens sont en ébullition et mon corps tremble en imaginant ses caresses. Quelques heures plus tôt, il était en moi et j'éprouve encore les séquelles de cette possession, la douleur du rythme effréné de ses coups de reins. En même temps, j'ai une conscience aiguë de mes tétons durcis qui pointent sous le t-shirt qu'il m'a prêté et de la moiteur qui se forme entre mes jambes.

Même habillée, j'ai l'impression d'être nue dans ses bras.

Il lève la tête et me dévisage. Je sais qu'il la ressent, lui aussi, cette chaleur magnétique, cette obscure connexion dont l'air vibre autour de nous, intensifiant chaque instant jusqu'à ce que les millisecondes nous paraissent durer des heures. Les hommes de Peter sont à moins de quatre mètres de nous et nous observent, mais j'ai l'impression que nous sommes seuls, enveloppés dans une bulle de désir sensuel et de tension volatile. J'ai la bouche sèche, le corps aux aguets, et je redouble d'efforts pour ne pas me laisser aller, pour rester immobile au lieu de me presser contre lui et céder au désir qui me brûle de l'intérieur.

— Ptichka…

La voix de Peter s'est radoucie, a pris une intonation plus intime, tandis que la glace de son regard commence à fondre. Sa main quitte le mur pour se poser sur ma joue et quand son pouce frôle mes lèvres, je retiens ma respiration. Au même moment, son autre main m'attrape le coude, d'une poigne à la fois délicate et implacable.

— Viens, allons nous asseoir, dit-il en m'écartant de la cloison. C'est dangereux de rester debout et de se promener comme ça.

Étourdie, je me laisse reconduire vers le siège. Je sais que je devrais continuer à me débattre, ou du moins lui opposer une certaine résistance, mais la colère qui m'a envahie est retombée, ne laissant dans son sillage qu'hébétude et désespoir.

Même après ce qu'il a fait, j'ai envie de lui. Je le désire autant que je le hais.

J'ai froid aux pieds en sentant le sol glacial à travers mes chaussettes, et je suis soulagée quand Peter récupère la couverture sur la table pour l'enrouler autour de mes jambes avant de prendre place à côté de moi. Il tire ma ceinture de sécurité et la boucle. Je ferme les yeux pour fuir son regard à présent chaleureux. Aussi effrayant que soit le côté sombre de Peter, c'est l'homme attentionné – l'amant tendre et prévenant – qui me terrifie le plus.

Je peux résister au monstre, mais à l'homme, c'est une tout autre histoire.

Des doigts chauds effleurent ma main et je sens du métal froid contre ma paume. Étonnée, j'ouvre les yeux et regarde le téléphone que Peter vient de me donner.

Il a dû le récupérer là où je l'avais laissé tomber.

— Si tu veux appeler tes parents, tu devrais peut-être le faire maintenant, dit-il d'un ton affable. Avant qu'ils apprennent quelque chose de leur côté.

Je déglutis et regarde fixement le téléphone dans ma main. Peter a raison, je n'ai pas de temps à perdre. J'ignore ce que je vais dire à mes parents, mais ça vaudra toujours mieux que ce que les agents du FBI risquent de leur annoncer.

— J'appelle comment ? je demande en regardant Peter. Y a-t-il un code spécial ou quelque chose à faire ?

— Non. Tous mes appels sont automatiquement encodés. Il te suffit de composer leur numéro comme d'habitude.

Je prends une grande inspiration et saisis le numéro de portable de ma mère. Un appel en pleine nuit risque de la faire paniquer, mais elle a neuf ans de moins que mon père et on ne lui connaît aucun problème cardiaque. Portant le téléphone à mon oreille, je me détourne de Peter et contemple le ciel nocturne par le hublot en attendant que la connexion s'établisse.

Au bout d'une dizaine de sonneries, le répondeur automatique s'enclenche.

Maman doit avoir le sommeil trop lourd pour l'entendre, à moins qu'elle ait éteint le téléphone pour la nuit.

Frustrée, j'essaie à nouveau.

— Allô ? répond ma mère d'une voix ensommeillée et bougonne. Qui est-ce ?

Je pousse un soupir de soulagement. Apparemment, le FBI ne les a pas encore contactés, sinon maman ne dormirait pas si profondément.

— Salut, maman. C'est moi, Sara.

— Sara ?

Aussitôt, ma mère a l'air plus vive.

— Que se passe-t-il ? D'où appelles-tu ? Il est arrivé quelque chose ?

— Non, non. Tout va bien. Je vais très bien.

Je prends une inspiration, laissant à mon esprit en désordre le temps d'inventer une histoire rassurante. Tôt ou tard, le FBI contactera bel et bien mes parents, et mon mensonge sera mis au grand jour. Et à ce moment-là, ils seront soulagés que je les aie appelés pour leur raconter ma version des faits. Ils sauront au moins que lors de notre échange téléphonique, j'étais en vie et en bonne santé, ce qui atténuera le choc de ce que la police leur annoncera.

Je reprends d'une voix plus assurée :

— Désolée d'appeler si tard, maman, mais je pars pour un petit voyage de dernière minute. Je voulais te prévenir, tu sais, pour que tu ne t'inquiètes pas.

— Un voyage ?

Ma mère a l'air perplexe.

— Où ça ? Pourquoi ?

— Eh bien…

J'hésite avant d'opter pour la suggestion de Peter. Ainsi, quand mes parents auront vent de l'enlèvement, ils croiront peut-être que je l'ai suivi de mon plein gré. Ce que le FBI en pense, c'est une autre paire de manches, mais je m'en inquiéterai une prochaine fois.

— J'ai rencontré quelqu'un. Un homme.

— Un homme ?

— Oui, ça fait quelques semaines que je le fréquente. Je ne voulais pas vous en parler, parce que je ne le connaissais pas assez et je n'étais pas certaine que ce soit bien sérieux.

Comme je sens ma mère prête à se lancer dans un interrogatoire, je m'empresse d'ajouter :

— Quoi qu'il en soit, il a dû quitter le pays de manière inattendue et il m'a invitée à l'accompagner. Je sais que c'est complètement fou, mais j'avais besoin de m'éloigner – tu sais, de tout ça – et j'ai sauté sur l'occasion. Nous allons faire le tour du monde pendant quelques semaines, alors…

— Quoi ? s'écrie ma mère d'une voix haut perchée. Sara, c'est…

— De la folie ? Je sais.

Je fais la grimace, contente qu'elle ne puisse pas voir le chagrin sur mon visage. Entre ce mensonge et mes maux de tête permanents, je me sens au plus mal.

— Je suis désolée, maman. Je ne voulais pas t'inquiéter, mais je devais le faire. J'espère que papa et toi, vous comprendrez.

— Attends une minute. Qui est cet homme ? Comment s'appelle-t-il ? Que fait-il ? Où vous êtes-vous rencontrés ?

Ses questions fusent comme des balles.

Je me tourne vers Peter et il hoche légèrement la tête d'un air impassible. J'ignore s'il entend ma conversation, mais j'interprète son geste comme une autorisation à donner plus de détails à mes parents.

— Il s'appelle Peter, dis-je en décidant de rester aussi proche de la vérité que possible. Il est entrepreneur, en quelque sorte, et travaille principalement à l'étranger. Nous nous sommes rencontrés quand il était dans la région de Chicago, et depuis, on sort ensemble. Je voulais t'en parler à notre déjeuner sushis, mais le moment m'a semblé mal choisi.

— D'accord, mais… et ton travail ? Et la clinique ?

Je me pince l'arête du nez.

— Je vais tout régler, ne t'inquiète pas.

Bien sûr, je n'en ferai rien – ce genre de sornettes ne passera pas auprès du personnel hospitalier, même si Peter m'autorise à les appeler –, mais je ne peux pas le dire à ma mère sans l'inquiéter prématurément. Sa crise de panique surviendra bien assez tôt, quand les agents débarqueront sur le pas de sa porte. En attendant, j'aime autant que papa et maman me croient folle.

Une fille qui agit sur un coup de tête, comme une

adolescente tardive, c'est infiniment mieux qu'une fille enlevée par l'assassin de son mari.

— Sara, ma chérie… dit ma mère d'un ton soucieux. Tu es sûre de ce que tu fais ? Enfin, tu as dit toi-même que tu ne connaissais pas bien cet homme, et maintenant tu quittes le pays avec lui ? Ça ne te ressemble pas du tout. Tu ne m'as même pas dit où tu allais. Tu pars en avion ou en voiture ? Et de quel numéro m'appelles-tu ? Il est masqué, et la réception est mauvaise, comme si tu…

— Maman.

Je me frotte le front. Ma migraine est lancinante. Je ne peux plus répondre à ses questions et je me contente de lui dire :

— Écoute, je dois y aller. Notre avion va décoller. Je voulais juste te tenir au courant afin que tu ne te fasses pas de souci, d'accord ? Je t'appellerai dès que possible.

— Mais, Sara…

— Au revoir, maman. On se reparle bientôt !

Je raccroche avant qu'elle puisse ajouter quoi que ce soit, et Peter me prend le téléphone, un sourire approbateur aux lèvres.

— Bien joué. Tu as un vrai talent pour ça.

— Pour mentir à mes parents à propos de mon enlèvement ? Oui, un vrai talent, bien sûr.

Mes paroles exsudent une amertume que je ne prends pas la peine de dissimuler. J'en ai assez d'être gentille et agréable.

Ce jeu-là est terminé. Mais Peter ne se laisse pas démonter.

— Ce que tu leur as dit apaisera leurs pires craintes. Je ne sais pas ce que leur dévoileront les fédéraux, mais au moins tes parents seront rassurés de te savoir en vie, en tout cas aujourd'hui. Espérons que ça leur suffise jusqu'à ce que tu reprennes contact avec eux.

Mes pensées ont suivi le même fil et ça m'ennuie que nous

soyons sur la même longueur d'onde. C'est infime, un raisonnement similaire sur un point de détail, mais je me sens entraînée sur une pente glissante, comme si je faisais un pas en direction de ce partenariat mentionné par Peter, de cette illusion qu'il existe un « nous », que notre relation est authentique.

Je ne peux pas – je ne veux plus – me laisser avoir par ce mensonge. Je ne suis pas la partenaire de Peter, ni sa petite amie, ni sa maîtresse.

Je suis sa captive, la veuve d'un homme qu'il a tué pour venger sa famille, et je ne peux pas le lui pardonner.

M'efforçant de maîtriser ma voix, je demande :

— Alors, j'aurai l'occasion de les rappeler ?

Comme Peter hoche la tête, j'insiste :

— Quand ?

Ses yeux gris étincellent.

— Une fois qu'ils seront contactés par le FBI et qu'ils auront eu le temps de digérer la nouvelle. En d'autres termes, bientôt.

— Comment sauras-tu qu'ils ont été contactés par… ? Oh, laisse tomber. Tu fais surveiller mes parents aussi, n'est-ce pas ?

— Oui, leur maison est sur écoute.

Il n'a pas l'air gêné le moins du monde et ajoute :

— Nous saurons exactement ce que la police leur annonce, et quand. Ensuite, nous réfléchirons à ce que tu devras leur dire et par quel moyen entrer en contact avec eux.

Je pince les lèvres. Encore ce « nous » insidieux. Comme s'il s'agissait d'un projet commun, tel que la décoration d'intérieur ou le choix d'une bouteille de vin pour une réunion de famille. S'attend-il à ce que je sois reconnaissante ? À ce que je le remercie d'être si gentil et prévenant dans le déroulement de mon kidnapping ?

En me laissant soulager l'inquiétude de mes parents, croit-il que j'oublierai qu'il m'a volé ma vie ?

Grinçant des dents, je me tourne vers le hublot avant de me rendre compte que je ne connais toujours pas la réponse aux questions de ma mère.

Je tourne alors la tête vers mon ravisseur et rencontre son regard amusé.

— Où allons-nous ? je demande d'une voix sereine. D'où allons-nous réfléchir à tout ça, exactement ?

Peter sourit, révélant ses dents blanches. Entre ses incisives inférieures légèrement de biais et la petite cicatrice sur sa lèvre du bas, son sourire aurait dû me rebuter, mais ces imperfections ne font que renforcer l'attirance dangereusement sensuelle qu'il exerce sur moi.

— *Nous* réfléchirons à tout ça depuis le Japon, ptichka, dit-il en s'avançant par-dessus la table pour prendre ma main dans sa large paume. Un nouveau foyer nous attend au Pays du Soleil Levant.

Je ne parle pas à Peter pendant le reste du vol. Au lieu de ça, je sombre dans le sommeil, mon esprit choisissant de se déconnecter pour échapper à la réalité. J'en suis heureuse. Les maux de tête ne me laissent aucun répit et, chaque fois que j'essaie d'ouvrir les yeux, des tambours me martèlent le crâne. Ce n'est que lorsque nous amorçons notre descente que je me réveille assez pour traîner les pieds jusqu'aux toilettes.

En revenant, je trouve Peter sur le siège à côté du mien, qui travaille sur un ordinateur portable. Peut-être a-t-il passé tout le vol à côté de moi, mais je n'en suis pas sûre. Je me rappelle m'être endormie la main dans la sienne, ses doigts puissants massant ma paume. Il a remonté la couverture autour de moi quand la cabine s'est considérablement rafraîchie.

— Comment te sens-tu ? demande-t-il en levant les yeux de son ordinateur au moment où je le contourne pour revenir m'asseoir sur mon siège en cuir confortable.

Maintenant que le choc initial de l'enlèvement est passé, je me rends compte que le jet est luxueux, sans être excessivement grand. Au fond de l'appareil, il y a deux autres rangées en plus de la nôtre. Chaque siège est imposant et inclinable, et au centre de la cabine se trouve un canapé en cuir beige avec deux tables de part et d'autre.

— Sara, insiste Peter devant mon absence de réaction.

Je me contente de hausser les épaules. Je n'ai pas envie de lui donner bonne conscience en admettant que je me sens mieux après cette longue sieste. Les effets des somnifères ont dû s'estomper, car la nausée et la migraine qui me tourmentaient ont disparu.

En revanche, j'ai faim et soif, et je tends la main vers la bouteille d'eau et le bol de cacahuètes posés sur la petite table entre nos sièges.

— Nous prendrons un vrai repas bientôt, dit Peter en poussant le bol dans ma direction. On ne s'attendait pas à quitter le pays si soudainement et c'est tout ce que nous avions à bord.

— Hmm, hmm.

Sans croiser son regard, j'avale la moitié de l'eau, grignote une poignée de cacahuètes et les fais passer avec le reste de la bouteille. Je ne suis pas étonnée d'apprendre qu'il n'y a rien à manger à bord. Ce qui est surprenant, c'est que Peter ait un avion à sa disposition, en attente. Je sais que son équipe touche des sommes hallucinantes pour assassiner des barons du crime et autres sinistres personnages, mais le coût de ce jet de taille moyenne doit atteindre les huit chiffres.

Incapable de contenir ma curiosité, je jette un œil vers mon ravisseur.

— C'est à toi ? je demande en désignant la cabine de la main. Tu l'as acheté ?

— Non.

Il referme son ordinateur et sourit.

— Je l'ai reçu en guise de paiement de la part d'un client.

— Je vois.

Je détourne le regard, concentrée sur le ciel noir de l'autre côté du hublot pour ne pas voir son sourire magnétique. Maintenant que je me sens mieux, j'ai encore plus amèrement conscience de ce qu'a fait Peter – et du caractère désespéré de ma situation.

Si j'étais à la merci de mon tourmenteur chez moi, où je craignais ce qui se passerait si je m'adressais aux autorités, je le suis d'autant plus maintenant. Peter Sokolov peut me faire tout ce qu'il veut, me garder captive jusqu'à la mort s'il en a envie. Ses hommes ne m'aideront pas, et je m'apprête à entrer dans un pays dont je ne parle pas la langue et où je ne connais rien ni personne.

J'aime les sushis, mais mes connaissances sur le Japon s'arrêtent là.

— Sara ?

La voix grave de Peter interrompt mes pensées et je me tourne instinctivement vers lui.

— Attache-toi, dit-il en désignant la ceinture de sécurité détachée à côté de moi. Nous allons bientôt atterrir.

J'amène la ceinture devant ma taille avant de reporter mon attention sur le hublot. Je n'aperçois pas grand-chose dans l'obscurité – nous avons dû voler assez longtemps pour qu'il fasse nuit au Japon, malgré le décalage horaire –, mais je garde les yeux rivés sur le ciel, à l'extérieur, dans l'espoir de voir quelque chose et surtout d'éviter les conversations avec Peter.

Je ne vais pas me comporter comme si nous étions vraiment des amants en voyage, faire semblant que ça me convient sous quelque forme que ce soit. Le moyen de pression qu'il exerçait sur moi – sa menace de m'enlever si je n'entrais pas dans son fantasme de bonheur conjugal – a disparu, et je n'ai aucune intention d'être à nouveau sa victime docile. Je commençais à céder, à tomber sous son charme tordu, mais maintenant c'est terminé. Peter Sokolov m'a torturée et a tué mon mari, et voilà qu'il m'enlève. Il n'y a rien entre nous, à l'exception d'un passé malsain et d'un avenir encore plus noir.

Il me possède peut-être, mais je n'y prendrai aucun plaisir.

Je m'en assurerai.

4

———

*P*eter

Ma pommette pique encore après le coup de Sara. Nous atterrissons dans un aérodrome privé non loin de Matsumoto avant d'embarquer à bord de l'hélicoptère qui nous y attend. Demain, j'aurai un œil au beurre noir – une idée que je trouve amusante maintenant que le choc initial de la colère est passé. La douleur infligée par Sara est infime – j'ai enduré bien pire lors de mes entraînements de routine –, mais voir mon joli petit médecin s'en prendre physiquement à moi m'a ému.

Comme si je m'étais fait griffer par un chaton, alors que je cherchais uniquement à le câliner et à le protéger.

Elle m'en veut toujours. C'est évident, à en juger par sa posture rigide, la manière dont elle me parle et même les coups d'œil qu'elle me lance au moment où l'hélicoptère

409

décolle. Il fait encore nuit, mais elle garde les yeux braqués sur le paysage en contrebas, et je sais qu'elle essaie de mémoriser notre trajet.

Elle essaiera de s'enfuir à la première occasion, je le devine.

Anton pilote l'hélico, et Ilya est assis à l'arrière avec Sara et moi. Yan a pris place à l'avant. Nous n'attendons aucune difficulté particulière, mais nous sommes armés, et je conserve un œil attentif sur Sara pour m'assurer qu'elle ne tente rien d'inconsidéré, comme essayer de m'arracher mon pistolet ou celui d'Ilya.

Étant donné son humeur, elle en serait bien capable.

Notre repaire japonais se trouve dans la préfecture de Nagano, une région montagneuse à la densité de population faible, dans une épaisse forêt, au sommet d'un mont escarpé surplombant un petit lac. Par temps clair, la vue est à couper le souffle, mais la raison pour laquelle j'ai acheté cette propriété, c'est que le sommet n'est accessible que par la voie des airs. Autrefois, il y avait un chemin de terre sur le flanc ouest – c'est ainsi qu'un riche homme d'affaires de Tokyo a bâti sa résidence secondaire là-haut, dans les années quatre-vingt-dix –, mais un séisme a entraîné un éboulement et la pente s'est changée en falaise, coupant tout accès terrestre à la propriété et faisant ainsi chuter sa valeur.

Les enfants de l'homme d'affaires étaient aux anges quand l'une de mes sociétés-écrans la leur a rachetée l'an dernier, les libérant du fardeau des taxes à payer pour un endroit dont ils ne voulaient pas et qu'ils n'avaient pas les moyens de visiter régulièrement.

— Alors, pourquoi le Japon ?

La voix de Sara est atone et désintéressée. Elle est tournée vers la vitre de l'hélicoptère, mais pour rompre le silence qui dure depuis plus d'une heure et m'adresser la parole, elle doit mourir de curiosité.

À moins qu'elle cherche à grappiller quelques informations susceptibles de faciliter son évasion.

— Parce que c'est le dernier endroit où l'on penserait à nous chercher.

Après tout, je ne risque rien en lui disant la vérité.

— Rien ne m'attache à ce pays. La Russie, l'Europe, le Moyen-Orient, l'Afrique, l'Amérique du Nord et du Sud, la Thaïlande, Hong Kong, les Philippines – à un moment ou à un autre, les autorités m'ont repéré sur leur radar dans chacun de ces endroits, mais jamais ici.

— Et puis, c'est une planque agréable, ajoute Ilya en anglais, s'adressant à Sara pour la première fois. Bien mieux que de se terrer dans une grotte au Daguestan ou suer comme un bœuf quelque part en Inde.

Sara lui lance un regard indéchiffrable avant de reporter son attention sur le paysage. Je ne peux pas le lui reprocher. Les premières lueurs de l'aube éclairent le ciel et on distingue des pentes montagneuses et des forêts en contrebas. Quand nous arriverons dans notre repaire, elle pourra admirer la vue dans toute sa splendeur – et elle se rendra compte que tout espoir d'évasion est impossible. Parce que j'ai également choisi le Japon pour une autre raison : l'emplacement éloigné de cette maison.

La nouvelle cage de mon petit oiseau sera magnifique, et elle ne pourra pas s'en échapper.

Nous atterrissons quarante minutes plus tard sur un petit

héliport non loin de la maison. Je regarde le visage de Sara quand elle découvre notre nouveau foyer : une construction résolument moderne tout en bois et en verre qui se mêle sans fausse note à la nature préservée environnante.

— Ça te plaît ? je demande en rencontrant son regard, tandis que je l'aide à descendre de l'hélico.

Elle détourne les yeux et retire sa main de la mienne dès que ses chaussettes ont touché le sol.

— Quelle importance ? Si je réponds non, tu me ramèneras ?

Elle se retourne et se dirige vers le bord de la piste, où la montagne forme une falaise à pic qui plonge dans le lac en contrebas.

— Non, mais si tu la détestes, nous pourrons envisager l'une de nos autres planques.

Je la suis et lui attrape le poignet avant qu'elle atteigne les limites de la plateforme. Je ne pense pas qu'elle soit assez bouleversée pour sauter, mais je ne veux pas prendre le risque.

— Où ça ? Au Daguestan ou en Inde ?

Elle finit par lever les yeux vers moi, les paupières plissées. Le printemps touche à sa fin, et pourtant il règne un froid hivernal à cette altitude, et l'air mordant du matin soulève ses boucles brunes autour de son visage et plaque le tee-shirt ample sur son buste élancé. Je la sens frissonner, son poignet fin et fragile dans ma main, mais son menton délicat est contracté avec obstination, tandis qu'elle soutient mon regard.

Elle est tellement vulnérable, ma Sara, pourtant forte à la fois. C'est une battante, comme moi, même si la comparaison ne lui plairait pas.

— Le Daguestan et l'Inde sont deux options, en effet, lui dis-je sans cacher mon amusement.

Elle essaie de me contrarier, de me faire regretter de l'avoir emmenée, mais tout le sarcasme ou le mutisme du monde n'y parviendront pas.

J'ai besoin de Sara comme j'ai besoin d'air et d'eau, et je ne regretterai jamais de la garder près de moi.

Elle pince ses lèvres souples en agitant le bras pour essayer de libérer son poignet de mes doigts de fer.

— Lâche-moi, siffle-t-elle en voyant que je tiens bon. Enlève tes sales pattes de moi.

Malgré mon intention de rester de marbre, une pointe de colère me traverse. Si elle n'a pas exactement souhaité que tout cela arrive, Sara m'a choisi et je refuse qu'elle me traite comme un pestiféré.

Au lieu de libérer son poignet, je resserre la main et l'attire à moi, l'éloignant du bord de la plateforme. Une fois qu'elle ne risque plus de tomber, je me penche et la soulève, sourd à son cri de protestation.

— Non, dis-je froidement en la pressant contre mon torse. Je ne te lâcherai pas.

Sans prêter attention à ses tentatives pour se dégager, j'emporte la femme que j'aime dans notre nouvelle maison.

Peter ne me libère pas avant d'être à l'intérieur. Quand il me pose sur mes pieds, il garde une poigne d'acier autour de ma main, m'enchaînant à ses côtés tandis que je découvre ma somptueuse prison.

Et elle est vraiment somptueuse. Malgré la colère et la frustration qui m'étouffent, j'apprécie les lignes modernes et épurées du vaste étage à aire ouverte, ainsi que le paysage de carte postale que m'offrent les montagnes et le lac que l'on aperçoit à travers les immenses baies vitrées. Au centre de la salle, à côté d'une cuisine ultra-moderne, les marches en bois d'un escalier en colimaçon conduisent au premier étage – et c'est là que Peter m'entraîne, sa main possessive autour de mon poignet.

— Un homme d'affaires japonais l'a fait construire il y a vingt ans, mais je l'ai rénovée quand je l'ai achetée l'an dernier, me dit Peter tandis que nous gravissons les marches. J'ignorais qu'on reviendrait bientôt ici, mais mieux vaut être prêt.

Je ne réagis pas, car si j'essaie de parler, je risque d'éclater en sanglots. En ce moment même, le FBI doit être en train d'annoncer ma disparition à mes parents, et j'ai sans doute des dizaines d'appels en absence du boulot, ainsi que de la clinique où je travaille en tant que bénévole. L'une de mes patientes doit accoucher cette semaine, et j'ai une césarienne prévue demain. À moins que ce soit aujourd'hui ? C'est le début de matinée, au Japon, est-ce que ça signifie que c'est le soir chez moi ? J'ignore le nombre d'heures de décalage, mais il doit y en avoir au moins dix. Dans ce cas, j'ai déjà raté une journée entière et tout le monde me cherche. Peut-être même a-t-on contacté mes parents pour savoir où j'étais et pourquoi je ne répondais à aucun appel ni message.

Mes pauvres parents doivent être malades d'angoisse.

— Je peux les appeler ? je demande d'une voix blanche, tandis que Peter me conduit dans une chambre spacieuse.

L'un des murs est en verre, révélant une vue à couper le souffle sur les sommets enneigés dans le lointain et le lac qui s'étend en contrebas. Ou du moins, la vue me couperait le souffle si j'étais capable de la contempler, au lieu d'être obnubilée par le nœud d'inquiétude dans ma gorge.

Je vous en prie, pourvu que mon père aille bien.

— Pas encore, me répond Peter.

Son expression se radoucit et il me lâche enfin le poignet. Si je ne le connaissais pas, je croirais presque qu'il partage mes appréhensions au sujet de mes parents.

— Nous devons visionner les enregistrements vidéo pour

voir ce qui s'est passé. Ensuite, nous trouverons un moyen de contacter ta famille sans trahir notre position.

Je déglutis et détourne le regard pour ne pas lui montrer les larmes qui me montent aux yeux. Tout est de ma faute. Si je n'étais pas rentrée chez moi, si je m'étais confiée à Karen dans ce vestiaire, tout aurait été différent. Certes, mes parents et moi, nous aurions bénéficié de la protection de témoins et nous aurions été contraints de déménager, mais cela aurait encore été préférable à ce cauchemar. Je me demande ce que j'avais dans la tête en rentrant de l'hôpital hier soir. Ai-je cru que si je rentrais chez moi comme si de rien n'était, Peter ne saurait pas que le FBI m'avait parlé ? Que les fédéraux ne se rendraient pas compte que l'homme qu'ils recherchent vivait pratiquement avec moi, et que nous pourrions continuer comme avant ?

Que si je prévenais mon tourmenteur du danger imminent, il me remercierait et s'en irait joyeusement de son côté ?

— Arrête, Sara.

Il s'avance devant moi et me force à lever les yeux pour affronter son regard. Sa mâchoire est crispée et ses yeux sombres quand il ajoute d'une voix grave et implacable :

— Ne fais pas semblant que ce n'est pas ce que tu voulais. Je sais que tu as peur et que tu te poses des questions, mais tu m'as choisi ; tu *nous* as choisis. C'est pour ça que tu m'as dit qu'ils me cherchaient, c'est pour ça que tu es rentrée chez toi au lieu de les laisser t'emmener loin d'ici. Je t'ai attendue. Je savais qu'ils étaient proches, et j'ai tout de même attendu, parce que j'avais besoin de savoir si tu me haïssais vraiment... si tu voulais te débarrasser de moi. Mais ce n'est pas le cas, n'est-ce pas ?

Il prend mon menton dans sa main et son pouce effleure ma joue.

— N'est-ce pas, ptichka ?

— Si.

Ma voix chevrote et, à ma grande honte, des larmes chaudes ruissèlent le long de mon visage. Je ne veux pas lui montrer ma faiblesse, mais je suis incapable de maîtriser le tourbillon toxique qui bouillonne dans ma poitrine.

— J'étais épuisée et j'avais mal à la tête. Je ne pensais pas correctement. En d'autres circonstances…

— Oh, vraiment ?

Son rictus est à la fois cruel et amusé quand il laisse retomber sa main.

— C'est le mensonge dont tu essaies de te convaincre ? Que je t'ai enlevée contre ta volonté… que tu ne voulais rien de tout ça ?

— Non, je ne voulais pas !

Je recule en le dévisageant avec incrédulité. Il ne croit pas sérieusement ce qu'il dit.

— Je n'aurais jamais accepté ça. Mes parents, mes patients, mes amis, toute ma vie – tout est là-bas. Tu m'as *kidnappée*, Peter. Il n'y a aucune ambiguïté. Tu as enfoncé une aiguille dans ma joue et tu m'as enlevée pendant que j'étais inconsciente sous l'effet des somnifères. Comment peux-tu croire que je suis venue de mon plein gré ? Tu as oublié la partie où je hurlais en te suppliant de me laisser quand je me suis réveillée ? Tu étais sourd quand j'ai pleuré et que je t'ai imploré de ne pas faire ça ?

Je suis folle de rage, mais mes larmes sont intarissables et je m'essuie les joues du revers de la main, tremblante de colère de la tête aux pieds.

Les lèvres de Peter forment à présent une ligne droite et sévère, et je retrouve l'inconnu terrifiant qui s'est introduit chez moi pour me torturer. Mais cette fois, je suis trop furieuse pour éprouver de la peur. S'il veut me punir, qu'il le fasse.

Je ne le détesterai que plus.

Il ne fait aucun mouvement vers moi, mais sa voix est dure quand il répond :

— Alors pourquoi as-tu fait ça ? Pourquoi m'avoir prévenu, Sara ? Tu savais que je ne t'abandonnerais pas. Et épargne-moi tes excuses de fatigue et d'erreur de jugement. Tu savais très bien quels risques tu encourais. Pourquoi les prendre si tu n'avais pas envie d'être avec moi ?

Je prends une inspiration frémissante et me détourne, bien déterminée à contrôler les larmes qui ne cessent de ruisseler sur mes joues. La fureur qui m'habite commence à se dissiper, me laissant éreintée et vidée par le désespoir. J'ai envie de camper sur mes positions, de nier tout ce qu'il dit, mais j'en suis incapable. Mes pensées n'étaient peut-être pas aussi claires qu'elles l'auraient dû, mais je savais ce que je faisais.

Je n'ai pas été étonnée quand l'aiguille a piqué mon cou.

Je n'ai pas entendu Peter bouger, et pourtant je le sens derrière moi.

— Dis-moi, ptichka.

Sa voix est à nouveau doucereuse et il me serre les épaules pour m'attirer contre son corps ferme.

— Dis-moi pourquoi.

Sa barbe de quelques jours érafle ma joue lorsqu'il penche la tête pour déposer un baiser sur ma tempe, et je me crispe, luttant contre l'envie de me laisser aller contre lui, de me laisser câliner et caresser jusqu'à en oublier que je viens de tout perdre.

Jusqu'à ne plus me soucier qu'il m'ait privée de ma vie.

Levant la tête, Peter me retourne vers lui. Ses yeux gris me dévisagent intensément et je sais qu'il ne laissera pas tomber. Il insistera jusqu'à me faire avouer ma faiblesse, cette impulsion irrationnelle et malsaine qui m'a poussée à saboter mes chances de liberté.

Je passe la langue sur mes lèvres et goûte au sel de mes larmes.

— Je…

J'avale péniblement ma salive.

— Je ne voulais pas que tu meures.

Encore maintenant, les images atroces ne me quittent pas, et mon cerveau me projette en détail tout ce qui aurait pu mal tourner. Je sens presque l'odeur cuivrée du sang lorsque les balles de l'équipe d'intervention d'urgence transpercent le corps musclé de Peter, je vois presque les agents en gilets pare-balles faire irruption dans la chambre pour l'arracher à mon lit.

Je ressens presque la solitude écrasante et glaçante qu'aurait été ma vie sans mon tourmenteur.

Non. Non, non, non. Je m'empresse de chasser cette pensée insensée. Je n'ai jamais voulu ça. Ce n'est pas parce que Peter m'a manqué quand il s'est absenté pour l'une de ses missions meurtrières que je n'aurais pas réussi à passer à autre chose. Et ce n'est même pas lui qui m'a manqué. C'était le réconfort trompeur qu'il me procurait, l'illusion d'amour et de tendresse. Ce que j'éprouvais pour lui n'était pas réel, pas plus que ce qu'il croit ressentir pour moi. Entre nous, tout n'a jamais été qu'un mensonge malsain – une obsession pathologique pour lui et un besoin tout aussi pervers pour moi.

Peter plisse les yeux et ses mains se resserrent autour de mes épaules tandis qu'il réfléchit à ce que je viens de dire.

— Alors, tu m'as uniquement prévenu par bonté d'âme ? Tu as joué au Bon Samaritain ?

Je hoche la tête, clignant vivement des paupières pour retenir un nouvel assaut de larmes. Ce n'était pas la seule raison de ma décision irréfléchie, mais c'est la seule que je suis prête à admettre.

Le visage de mon ravisseur se ferme et il baisse les mains en reculant.

— Je vois.

Si je ne le connaissais pas, je croirais l'avoir vexé.

L'instant d'après, toutefois, il reprend comme si de rien n'était :

— C'est notre chambre.

Sa voix est froide et impassible, dénuée d'émotions.

— La salle de bain est là-bas.

Il désigne une porte au fond de la pièce.

— Tu peux faire ta toilette et te détendre un peu pendant que nous rangeons les affaires et préparons le petit déjeuner. Je te ferai apporter des vêtements demain, mais en attendant, tu devrais trouver un peignoir dans la salle de bain et mes habits dans la penderie.

D'un mouvement de tête, il désigne une double porte à l'autre bout de la chambre.

— Si tu as besoin de quoi que ce soit, je serai en bas. Le petit déjeuner sera prêt dans une demi-heure.

Je me mords la lèvre.

— D'accord, merci.

Il sort enfin de la chambre et je m'approche de la fenêtre, le cœur lourd à la pensée de tout ce que j'ai perdu – et de ce que j'ai entraperçu dans les yeux de Peter.

De la douleur.

Je l'ai blessé et, pour une raison que j'ignore, ça me blesse en retour.

6

— ELLE N'EST PAS CONTENTE, N'EST-CE PAS ? ME DEMANDE Anton en russe pendant que je sors une énorme boîte d'œufs du réfrigérateur, la pose sur le plan de travail à côté de la cuisinière et me mets en quête d'une poêle.

— Non.

Je ne trouve pas de poêle et me retiens de claquer la porte du placard.

— Mais elle va s'y habituer.

— Et si elle ne s'habitue pas ?

Je trouve enfin ce que je cherche dans les tiroirs près de la cuisinière.

— Dans ce cas, elle restera triste, bordel !

Je m'empare de la poêle et referme violemment le tiroir. Je

421

me maudis en voyant une fêlure pas plus épaisse qu'un cheveu apparaître sur le bois blanc brillant. La rénovation de la maison, un hélicoptère après l'autre, ne s'est pas faite en un jour et je ne peux pas me permettre de laisser libre cours à ma fureur sur les placards de la cuisine. Le visage d'Anton à l'entraînement, plus tard dans la journée, sera une bien meilleure cible.

— Tu sais que ça devait arriver, non ? poursuit mon ami sans prêter attention à la colère qui fait rage dans mon ventre. Cette vie bourgeoise ne pouvait pas durer éternellement. C'est un miracle qu'ils ne nous aient pas pincés plus tôt. Si tu veux une relation à long terme avec cette fille – et c'est le cas, n'est-ce pas ? – alors, c'est le seul moyen.

Je serre les dents avec une telle force que j'en ai mal aux molaires.

— Laisse tomber, Anton. Ça ne te regarde pas, putain.

— D'accord. Je te rappelais juste les faits. Ça craint qu'elle soit fâchée, mais…

Il s'interrompt en prenant conscience que je suis à deux doigts de lui faire avaler son dentier. Il sort son couteau suisse et découpe un filet d'oranges pour disposer les fruits dans un grand bol en bois sur le plan de travail. Puis il regarde la boîte d'œufs avec intérêt et demande :

— Qu'est-ce qu'on mange au p'tit déj ?

— Toi ? Rien du tout.

Je casse cinq œufs dans un saladier, y verse un peu de lait et ajoute des épices avant de remuer le tout.

— Les jumeaux et toi, vous pouvez vous débrouiller tout seuls.

— C'est sévère, mec, dit alors Yan en entrant dans la cuisine.

Il porte un cageot rempli de fruits et de légumes, avec du

pain et de la viande surgelée – des vivres que notre contact local a chargés dans notre hélico avant de nous l'envoyer.

— Ilya et moi, on meurt de faim, et il se trouve que tu aimes cuisiner, poursuit Yan alors que je ne réponds pas. C'est difficile d'en faire un peu plus ? Je te promets que je ne dirai pas un mot à propos de ton beau médecin.

Je me retiens de répliquer et casse une autre douzaine d'œufs dans le bol. D'habitude, je ne nourris pas les gars, mais Yan a raison : ce serait mesquin de priver mon équipe d'un bon petit déjeuner après un si long voyage.

Je veux juste qu'ils la bouclent au sujet de Sara, car si j'en entends un de plus aborder la question, je lui arrache la tête.

Yan et Anton ont la sagesse de garder le silence. Ils déballent le reste des provisions pendant que je prépare l'omelette. Quand Ilya arrive enfin, je me suis presque calmé – outre l'envie qui me prend régulièrement d'écraser mon poing sur le plan de travail en quartz blanc.

Ilya s'assoit sur l'un des tabourets de bar en acier inoxydable et ouvre son ordinateur portable, me rappelant que Sara n'est pas notre seul problème.

— Qu'ont dit les hackers ? je demande en le voyant froncer les sourcils devant l'écran. Des pistes sur cet *ublyudok ?*

— Non, répond Ilya d'un air sombre en levant les yeux. Aucune transaction par carte de crédit, aucune tentative de contacter des amis ou des proches, rien. Cet enfoiré est doué.

Ma main se crispe sur le manche de la poêle à frire et je retrouve toute ma colère. Le dernier nom sur ma liste – un certain Walton Henderson III, alias Wally, d'Asheville, en Caroline du Nord – est un général, l'ancien responsable de l'opération de l'OTAN qui a mal tourné et a coûté la vie à ma femme et à mon fils. C'est lui qui a donné l'ordre de passer à l'action sans vérifier la validité des pistes supposées sur le groupe armé, et c'est lui qui a autorisé les soldats à user de la force nécessaire pour contenir les soi-disant terroristes.

J'ai déjà tué tous les militaires et les agents des renseignements impliqués dans le massacre de Daryevo, mais Henderson – le plus coupable de tous – est toujours dans la nature. Il s'est volatilisé avec sa femme et ses enfants dès que les rumeurs à propos de ma liste noire ont commencé à circuler dans le milieu des renseignements.

— Demande aux hackers de chercher du côté de ses amis et de ses proches, même si le lien est faible, dis-je tandis que Yan vient s'installer sur le tabouret à côté de son frère. Il faut qu'ils cherchent tout ce qui sort de l'ordinaire : des retraits d'argent importants, l'achat de téléphones supplémentaires, des allers-retours suspects, des acquisitions immobilières ou des locations saisonnières, tout ce qui pourrait indiquer qu'ils sont de mèche avec ce fumier. Quelqu'un doit bien savoir où est parti Henderson, et je parie sur un cousin éloigné. Si dans quelques mois, il n'y a toujours rien, nous devrons peut-être rendre visite aux proches de Henderson si c'est le seul moyen de le débusquer.

— Compris, répond Ilya, ses doigts épais pianotant sur le clavier avec une agilité et une grâce impressionnantes. Le prix sera élevé, mais je crois que tu as raison. Les gens ont du mal à couper entièrement les ponts.

— Yan, nous avons les enregistrements vidéo ? je demande quand l'autre jumeau ouvre son propre ordinateur. Ceux des parents de Sara ? Nous devons vérifier si les fédéraux leur ont déjà parlé.

— Je les télécharge en ce moment même, répond-il sans lever les yeux de l'écran. Cette connexion satellite est affreusement lente. Apparemment, ça prendra quarante minutes pour télécharger les fichiers du cloud.

— Bon, très bien, mangeons d'abord, dis-je en éteignant la cuisinière. Anton, tu peux dresser la table pour cinq ? Je vais chercher Sara.

Mes hommes gardent le silence tandis que je gravis les marches, mais en arrivant au milieu des escaliers, je vois Yan se pencher vers Ilya et chuchoter à son oreille.

Sara émerge à peine de la salle de bain quand j'entre dans la chambre. Son buste svelte est enveloppé dans une grande serviette blanche et ses cheveux mouillés retenus en un chignon de guingois sur le sommet de son crâne. Sa peau claire a rougi, sans doute à cause de l'eau chaude, et ses yeux noisette aux cils épais sont injectés de sang et gonflés par les pleurs.

J'aurais dû la trouver pitoyable, mais elle est d'une beauté époustouflante, comme une princesse Disney dans un mauvais jour. Peut-être celle de *La Belle et La Bête,* bien que je ne sois pas certain de remplir les critères de la Bête dans ce conte.

Belle ne détestait pas son ravisseur autant que Sara semble me haïr.

— Le petit déjeuner est prêt, annoncé-je froidement en essayant de ne plus penser à ses paroles malheureuses.

Savoir que Sara m'a averti pour me sauver la vie ne devrait pas me poser problème – après tout, c'est bien la confirmation qu'elle ne souhaite pas ma mort – et pourtant ses mots m'ont fait l'effet d'un tisonnier incandescent planté dans le cœur. C'est sans doute parce que je me suis convaincu qu'elle voulait partir avec moi, que si elle m'a supplié de la libérer, c'était uniquement dans un moment de panique.

Ça me fait mal de penser que je me suis bercé d'illusions en croyant qu'un jour, elle m'aimerait aussi.

— Merci. Je descends tout de suite.

Elle a parlé sans me regarder. Elle entre dans le dressing et en ressort une minute plus tard avec l'une de mes chemises à manches longues en flanelle et un pantalon de survêtement.

— Tu permets ? dit-elle en déposant les habits sur le lit.

Je croise les bras sur mon torse quand je me rends compte qu'elle attend que je me retourne pour pouvoir se changer.

— Oui, tout à fait. Vas-y.

Elle lève les yeux.

— Je voulais dire…

— Je sais très bien ce que tu voulais dire.

Malgré la colère qui me retourne toujours les tripes, je reste impassible. Si elle pense que je vais la laisser me traiter comme un inconnu, elle fait fausse route. Elle ne m'aime peut-être pas, mais elle m'appartient, et je ne ferai pas semblant de ne jamais avoir senti son orgasme sur ma queue. S'il y a une chose que nous avons toujours partagée, c'est cette connexion charnelle, ce besoin mutuel si intense qu'il supplante le simple désir. J'ai envie de Sara comme je n'ai encore jamais eu envie d'aucune femme, et je sais que je ne la laisse pas indifférente.

Elle a envie de moi, et je refuse qu'elle le nie.

Les joues de Sara s'empourprent et les jointures de ses doigts blanchissent quand elle s'empare du pantalon.

— Très bien.

Elle me fusille des yeux et se laisse tomber sur le lit pour l'enfiler avec des gestes saccadés. La serviette nouée autour de sa poitrine, elle remonte le pantalon jusqu'à sa taille et en retrousse les jambes. Puis elle se lève et laisse tomber sa serviette. J'aperçois furtivement la pointe rose de ses seins quand elle passe la chemise par-dessus sa tête et ma queue se raidit aussitôt. Il me suffit de la voir nue pour que, sans surprise, mon corps réagisse au quart de tour.

— Tu es content ?

Elle tire sur le cordon du pantalon de survêtement et le noue pour éviter qu'il lui tombe sur ses chevilles. Malgré mon humeur maussade, je ne peux m'empêcher de la trouver adorable avec mes habits.

Si le jean et le tee-shirt d'Anton flottaient sur son corps, mon jogging et ma chemise en flanelle sont immenses. Je mesure quelques centimètres de plus que mon ami, je suis plus large d'épaules et ces vêtements sont censés être amples quand je les porte. Mon jeune médecin a l'air d'un enfant qui aurait enfilé une tenue d'adulte – impression renforcée par ses petits pieds nus et ses cheveux en bataille.

Incapable de me retenir, j'avance d'un pas leste et lui attrape le poignet pour l'attirer contre moi sans tenir compte de la raideur furieuse de son corps lorsque mes hanches se plaquent contre les siennes. Je serre son chignon mouillé dans ma main libre et lui incline la tête en arrière, avant de me pencher pour l'embrasser.

Sa bouche est douce et légèrement mentholée, comme si elle venait de se brosser les dents. Surprise, elle entrouvre les lèvres et j'inspire son souffle chaud, prenant possession de son air comme j'aimerais la posséder tout entière. J'ai envie de son corps et de son esprit, de sa fureur et de sa joie. Et, par-dessus tout, j'ai envie de son amour, la seule chose qu'elle ne me donnera peut-être jamais.

Ma langue envahit sa bouche, caressant ses parois humides

et veloutées, et elle enfonce les doigts dans mes flancs, sous la veste. Ses ongles me pincent à travers ma chemise en coton. Cette infime douleur me met les nerfs à vif. Le sang afflue dans ma queue, mes boules se contractent et l'envie de la baiser devient si intense que je la renverse presque sur le lit pour lui arracher ce pantalon de survêtement ridiculement large. La seule chose qui me retient, c'est de savoir que mes hommes nous attendent en bas.

J'ai trop envie d'elle pour me contenter d'un petit coup en deux minutes.

Avec un effort surhumain, je la libère et recule, le souffle court. Sara a l'air dans le même état que moi. Ses paupières sont lourdes et son visage rouge tandis qu'elle aspire de grandes goulées d'air.

— Descends avant que les œufs refroidissent, dis-je d'une voix tendue en baissant la fermeture de mon jean pour ajuster la pression douloureuse dans mon pantalon. J'arrive dans une minute.

Elle tourne les talons et détale sans me laisser terminer ma phrase. Quant à moi, je ferme les yeux et prends de profondes inspirations en pensant aux hivers sibériens pour apaiser mon érection.

*S*ara

QUAND J'ARRIVE AU REZ-DE-CHAUSSÉE, LES COÉQUIPIERS DE Peter sont déjà assis autour de la table en bois rectangulaire, les yeux rivés avec envie sur la grande poêle posée au milieu. L'un d'eux – vêtu de noir, les cheveux aux épaules et une épaisse barbe sombre – lève les yeux à mon approche.

— Où est Peter ? demande-t-il en fronçant les sourcils.

Son accent russe est légèrement plus prononcé que celui de Peter.

— La bouffe refroidit.

— Il arrive, dis-je.

Je sens mes joues rougir en voyant l'homme barbu hausser les sourcils. Il comprend sans doute ce qui s'est passé en haut, d'après mes lèvres gonflées ou les tremblements qui me traversent. Mes genoux manquent se dérober tandis que je descends les marches, et je me réjouis que la chemise de Peter soit ample et épaisse, masquant ainsi mes tétons durcis.

Si mon ravisseur avait choisi de me baiser, je n'aurais pas pu refuser et cette idée me couvre d'une honte cuisante.

— Anton, tu es impoli, lance un homme de grande taille aux cheveux bruns, un sourire mielleux aux lèvres.

Contrairement à son collègue barbu, qui ressemble à un méchant de film d'action, ce type ne déparerait pas dans un cabinet d'avocats. Ses cheveux bruns coupés court sont coiffés avec style, son visage est rasé de frais et je parierais une centaine de dollars que sa chemise à fines rayures et son pantalon de costume gris sont taillés sur mesure. Seuls ses yeux verts jurent avec cette image très professionnelle : ils sont froids, dénués d'émotions, et ne reflètent pas son ébauche de sourire.

— Tu as oublié de nous présenter, continue l'homme tiré à quatre épingles en s'adressant à Anton avec la même pointe d'accent.

En se tournant vers moi, il désigne son ami barbu et me dit :

— Sara, je te présente Anton Rezov. Autrefois, dans notre ancien boulot, il pilotait tout ce qui avait un moteur, et il nous est encore utile de temps en temps. Et moi, je suis Yan Ivanov. Oh, et, voici mon frère, Ilya.

Je reporte mon attention sur le troisième homme, le frère de Yan. C'est lui qui m'a parlé tout à l'heure pour m'expliquer pourquoi cet endroit était une bonne cachette. C'est le plus effrayant de tous, avec son torse épais de culturiste, son crâne rasé couvert de tatouages et son menton surdimensionné qui lui donne des airs de gorille. Mais quand il me sourit, les rides au coin de ses yeux se creusent, atténuant la dureté de ses traits.

— Enchanté de faire votre connaissance, Dr Cobakis, dit-il avec un accent plus prononcé en se levant pour me tirer une chaise.

— Merci. Ravie de vous rencontrer, moi aussi, dis-je en m'asseyant.

Je devrais détester chacun de ces hommes – après tout, ils ont participé à mon enlèvement et au meurtre de mon mari –, mais quelque chose dans le sourire sincère du Russe et le respect dont il fait preuve m'empêche de déchaîner ma colère sur lui.

Je la réserve tout entière pour l'homme qui descend les marches au même moment, son beau visage sombre et fermé.

— Enfin ! s'exclame Anton avec joie quand Peter arrive à table et prend place à côté de moi.

Se penchant vers la poêle au centre de la table, Anton découpe une part d'omelette qu'il laisse glisser sur son assiette.

— À l'attaque !

— Sers-toi.

La voix de Peter est pleine d'un sarcasme qui semble passer au-dessus de la tête d'Anton. Les frères Ivanov ont de meilleures manières et attendent que Peter dépose une portion dans mon assiette et dans la sienne avant de se partager le reste.

Nous mangeons en silence, venant à bout de l'omelette en quelques minutes, et Peter se lève pour découper quelques oranges.

— Un dessert ? demande-t-il succinctement.

Les gars s'empressent d'accepter. Je ne réponds pas, mais Peter m'apporte tout de même un bol rempli de quartiers d'orange.

— Merci, dis-je à mi-voix.

Même dans cette situation tordue, les règles de politesse

inculquées dans mon enfance ont la peau dure. Je pioche dans le bol et mords dans un quartier d'orange, savourant son jus sucré et rafraîchissant. Je devais faire de l'hypoglycémie en plus de tout le reste, car maintenant que j'ai mangé, je me sens un peu mieux. La sensation creuse de désespoir se dissipe suffisamment pour me permettre de réfléchir.

Oui, au premier regard, ma situation n'est pas optimale. Depuis l'hélicoptère, je n'ai remarqué aucun signe de civilisation dans les environs immédiats de cette montagne, rien que des falaises et des forêts denses, avec quelques sommets enneigés. Même si je parviens à échapper aux quatre assassins, ce ne sera pas facile de partir d'ici à pied. J'ai fait du camping une seule fois dans ma vie et je suis loin d'être une experte de la nature sauvage. Sans parler du fait que, si j'atteins une ferme ou un village proche, je serai toujours confrontée à la difficulté d'exposer ma situation à des personnes qui ne parlent probablement pas un mot d'anglais.

Mais je ne suis peut-être pas aussi désespérée qu'on puisse le croire. Apparemment, Peter a l'intention de me laisser contacter mes parents dans peu de temps, ce qui me donnera une chance de leur communiquer ma position – à eux et, par conséquent, au FBI. Et puis, je ne suis pas attachée ni recluse. Il semblerait que je sois libre de me promener dans la maison, ce qui me donnera l'occasion de filer à l'anglaise. Si je suis intelligente et prudente, je pourrai même voler de l'eau et des provisions, au cas où ma randonnée en montagne dure plusieurs jours.

Tout n'est pas perdu. D'une manière ou d'une autre, je réparerai mon erreur et je rentrerai chez moi.

En attendant, je dois m'assurer de ne pas aggraver la

situation en faisant quelque chose de stupide… comme, par exemple, tomber amoureuse de mon ravisseur.

~

Après le petit déjeuner, je monte dans la chambre et ne tarde pas à m'endormir. Le décalage horaire combiné à la digestion m'a fatiguée malgré mon long somme dans l'avion. Je me réveille en entendant l'hélicoptère démarrer. Par la baie vitrée, je le vois décoller au-dessus de la plateforme attenante à la maison.

Des courses ? Une mission ? Je n'en ai aucune idée, mais si Peter est parti avec l'hélico, c'est plutôt bon signe.

Malheureusement, je l'aperçois au rez-de-chaussée quand je descends quelques minutes plus tard, après m'être aspergé le visage d'eau froide pour achever de me réveiller. Il est assis sur un tabouret de bar devant le plan de travail de la cuisine et fronce les sourcils sur un écran d'ordinateur portable. En approchant, je remarque des écouteurs dans ses oreilles.

Il regarde quelque chose.

Quand il me voit, il retire les écouteurs et appuie sur une touche du clavier – sans doute pour mettre en pause ce qu'il visionnait.

— C'est la vidéo de chez mes parents ? je demande.

Les battements de mon cœur s'accélèrent lorsque Peter hoche la tête.

— Oui. Le FBI leur a rendu visite.

Son expression est prudemment neutre.

— Et ?

Je m'assois sur un tabouret à côté de lui et mes épaules se crispent.

— Que leur ont-ils dit ?

— C'est… intéressant.

Les yeux de Peter luisent quand il se tourne vers moi.

— On dirait que l'histoire que nous avons donnée à tes parents correspond aux soupçons des fédéraux.

Je le dévisage tandis que mon pouls s'emballe.

— Ils pensent que je t'ai accompagné de mon plein gré ?

Il referme l'ordinateur portable.

— Ça me semble bien être leur supposition de départ, surtout maintenant que tes parents leur ont parlé de ton appel. Mais je crois que Ryson te soupçonnait déjà d'être impliquée avec moi, sans doute parce que tu ne m'as pas mentionné auprès de Karen dans le vestiaire.

Je joins les mains sur mes genoux. C'est à la fois bon et mauvais signe. Je ne veux pas que le FBI me croie en cheville avec l'un de leurs criminels les plus recherchés, mais en même temps, je suis soulagée. Pour ma famille, c'est mille fois préférable que de me croire kidnappée.

— Alors, comment ont réagi mes parents ? Étaient-ils inquiets ? Bouleversés ? Mon père…

— Ils ont bien pris la nouvelle, me dit Peter, dont la mâchoire se décrispe.

— De toute évidence, ils sont sous le choc, et perturbés de savoir que tu t'acoquines avec quelqu'un d'aussi douteux, mais Ryson a gardé sa langue en ce qui concerne mon identité et la raison pour laquelle ils me recherchent. Il doit craindre que l'histoire fuite dans les médias.

C'est logique. Le FBI, la CIA, ou quiconque a inventé le mensonge au sujet de la mafia qui en voudrait à mon mari, n'aurait pas envie d'exposer ce qui s'est réellement passé à Daryevo. Si Peter a raison à propos de l'erreur qui a conduit au massacre de sa famille, les parties impliquées se battront bec et ongles pour empêcher que la vérité éclate au grand jour.

Le grand public a tendance à considérer d'un mauvais œil le massacre de civils innocents.

— Alors, mon père va bien ? j'insiste en chassant le souvenir des affreuses images sur le téléphone de Peter. Il n'avait pas l'air malade ni rien ?

— Tes deux parents avaient l'air en forme, en parfaite santé.

L'expression de Peter se réchauffe et il referme les paumes autour de mes mains.

— Ils vont très bien, ptichka. Ils sont forts, comme toi. Et tu pourras les contacter bientôt. Anton et Yan viennent de partir faire des courses, mais à leur retour, nous aurons ce qu'il nous faut pour établir une connexion sécurisée. Tu parleras à tes parents, tu les rassureras, et tout ira bien pour eux.

Il me serre doucement les mains.

— Tout ira bien.

Je retire mes mains. Une brusque vague d'émotions me pique les yeux. Ceci, juste ici, c'est précisément ce qui rend les choses si troublantes. Un homme qui vous enlève n'est pas censé se préoccuper de votre famille, et encore moins de vos sentiments. Ce que Peter m'a fait – *tout* ce qu'il m'a fait – est l'acte d'un monstre cruel et égoïste, et pourtant quand il est avec moi, quand il me regarde ainsi, il m'est facile de croire qu'il m'aime, qu'à sa façon, étrange et étouffante, il veut mon bonheur.

Repoussant cette pensée dangereuse, je retrouve la maîtrise de mes émotions et me concentre sur le sujet qui nous occupe.

— Mais qu'a dit le FBI au juste ? Et comment ont réagi mes parents à ce qu'on leur a annoncé ? Ils ont dû avoir une tonne de questions…

— Oui, cependant tout ce que Ryson leur a dit, c'est qu'ils recherchent l'homme qui est avec toi, et qu'ils ne peuvent pas en révéler la raison. Ensuite, les autres agents et lui se sont contentés d'interroger tes parents pour connaître tous les détails de votre échange téléphonique, savoir si tu as fait ou dit quelque chose d'inhabituel ces derniers mois, pourquoi tu as suspendu la vente de la maison et ainsi de suite.

— D'accord.

Alors maintenant, ils me soupçonnent. Ils croient que j'ai une liaison avec l'assassin de mon mari – et en un sens, c'est vrai. Une liaison contre mon gré, évidemment, mais ça n'y change rien. J'aurais pu me rendre au FBI à n'importe quel moment pour leur expliquer la situation et demander leur protection, mais au lieu de ça, je me suis persuadée qu'il serait plus sûr pour mes parents que j'affronte moi-même mon harceleur meurtrier. Et qui sait ? J'avais peut-être raison. Étant donné l'incapacité des autorités à protéger les hommes sur la liste de Peter, il m'aurait sans doute retrouvée, *avec* mes parents, si nous avions tenté de disparaître. Ensuite, d'autres personnes auraient été blessées – si ce n'est pas ma famille, alors les agents chargés de nous protéger.

Les trois gardes qui surveillaient George ont fini avec une balle dans la tête.

— Je peux voir la vidéo ? je demande en chassant ces terribles souvenirs.

Peter hoche la tête.

— Si tu veux. Je la transfèrerai sur la télé plus tard dans la journée.

Il désigne le grand écran plat suspendu dans le salon.

— En attendant, j'ai du travail à rattraper, alors sens-toi libre de te promener et d'explorer les lieux.

Je cligne des yeux. Je n'en reviens pas que ce soit si facile.

— D'accord, c'est ce que je vais faire, dis-je en tentant de masquer mon enthousiasme.

Si j'ai le droit de visiter les environs toute seule, alors je peux m'échapper dès aujourd'hui.

Soudain, je me rappelle que je suis pieds nus et je remue les orteils.

— Tu crois que je pourrais emprunter des chaussures ? je demande d'un air aussi désinvolte que possible.

— Yan va t'acheter tout ce dont tu as besoin aujourd'hui, mais tu peux essayer d'enfiler mes baskets pour le moment. Si tu les laces bien, tu ne les perdras pas.

— D'accord, je vais essayer, merci.

Je me laisse glisser au bas du tabouret et me précipite à l'étage, impatiente d'entamer mon exploration.

— Oh, et Sara ? lance Peter alors que je suis dans les escaliers.

Quand je me tourne pour le regarder, il ajoute :

— Si tu sors, prends Ilya avec toi. Tu ne connais pas la région et il y a des falaises partout. Je ne voudrais pas que tu fasses une chute.

Puis, sans tenir compte de mon découragement manifeste, il ouvre son ordinateur et reporte son attention sur l'écran.

8

Sara

EMMITOUFLÉE DANS L'ÉPAIS SWEAT-SHIRT DE PETER QUI M'ARRIVE aux genoux, les pieds dans ses baskets gigantesques, je marche avec précaution dans les bois, Ilya à côté de moi. Il m'explique quelque chose à propos de la végétation locale, mais je l'écoute distraitement, concentrée sur le chemin que j'ai repéré à l'ouest. Il est suffisamment large pour laisser passer un véhicule et semble mener au bas de la montagne.

— … mais il a été bloqué par l'éboulement, marmonne Ilya.

Aussitôt, je tends l'oreille, consciente qu'il me donne une information cruciale.

— Un éboulement ?

Il hoche sa tête rasée.

— Oui, après le tremblement de terre. Il a eu un impact important ici, et il a complètement transformé cette montagne.

— Transformé, comment ? je demande en ramenant les bras autour de mon corps pour resserrer le sweat-shirt contre moi.

Il y a moins de vent entre les arbres qu'aux abords de la maison, mais il fait tout de même froid à cause de l'altitude. Nous décrivons de larges cercles autour de la villa depuis une heure et j'ai envie de rentrer au chaud.

Avec cet assassin russe sur les talons, je ne m'échapperai pas aujourd'hui. Et quand je le ferai, je devrai m'assurer d'être convenablement habillée.

— Tu veux dire, à part en bloquant la route ? demande Ilya.

Je hoche la tête, les sourcils froncés. J'espère qu'il ne parle pas du chemin que je viens d'apercevoir. Jusqu'à présent, c'est la seule chose qui ressemblait à une route. Si elle est bloquée, je devrai marcher à travers bois – une perspective bien moins attirante.

Ilya s'arrête pour tendre le doigt vers une falaise, de l'autre côté du lac en contrebas.

— Tu vois, là-bas ? Avant, c'était une pente douce. Et il y en a beaucoup du même type sur cette montagne. Très dangereux. La forêt s'avance jusqu'au bord de ce précipice, et si on ne regarde pas où on met les pieds…

— C'est vrai. Dangereux. Je comprends.

Voilà qui renforce mes convictions. Je dois être bien préparée avant de tenter une évasion. La dernière chose que je veux, c'est dégringoler d'une falaise. Je vais devoir consacrer au moins deux jours à me familiariser avec cette zone, l'explorer un peu plus pour savoir où je vais. Peut-être même en savoir plus sur la région et apprendre où se trouve le hameau le plus proche ou n'importe quel endroit me permettant d'appeler l'ambassade américaine.

Quoi qu'il en soit, je dois la jouer fine pour ne pas perdre le peu de liberté que je possède.

Quand nous rentrons à la maison, je frissonne et j'ai le bout des oreilles gelé. Comme Peter n'est nulle part, je monte me préparer un bain chaud. Ça me réchauffera sûrement.

La grande baignoire blanche a une forme inhabituelle : carrée et étroite, mais profonde, avec une marche intégrée à l'intérieur. Je ne peux pas m'y allonger comme dans la baignoire ovale de chez moi, mais je peux m'asseoir sur la marche et l'eau m'arrive jusqu'au cou. En fait, je trouve que c'est encore plus confortable. Je ferme les yeux et laisse la chaleur de l'eau m'imprégner, chassant mes frissons et les crispations de mes muscles. Je n'irai pas jusqu'à décrire mon état comme parfaitement détendu, mais je me sens nettement mieux.

Si je n'étais pas ici contre mon gré, je pourrais presque considérer qu'il s'agit de vacances au calme.

— Tu aimes la baignoire japonaise ? murmure soudain une voix grave familière derrière moi.

J'ouvre brusquement les yeux en sentant des mains puissantes se poser sur mes épaules, massant ma peau lisse. Aussitôt, mon cœur redouble de vitesse et la sensation de détente cède le pas à ce troublant mélange de colère, de désir et de peur que j'éprouve toujours en présence de Peter.

Je me retourne et croise les bras devant ma poitrine en m'écartant de lui. Il m'a vue nue une centaine de fois, mais je ressens vis-à-vis de cette intimité des sentiments toujours contradictoires et une conscience aiguë de son caractère *malsain*. Parce que si notre relation était déjà tordue, elle l'est deux fois plus maintenant que mon harceleur – l'homme qui m'a torturée dès notre première rencontre – est aussi mon ravisseur.

Je suis à sa merci et nous le savons tous les deux.

Il reste debout à côté de la haute baignoire, ses grandes mains hâlées par le soleil posées sur le rebord en porcelaine. Les manches longues de son sous-pull sont retroussées, révélant les tatouages qui ornent son bras gauche. L'encre s'étend du poignet jusqu'à son épaule et les motifs intriqués ondulent à chaque contraction de ses muscles bien dessinés. Son épaisse chevelure brune est ébouriffée, comme s'il venait d'y passer les doigts, et l'ombre d'une barbe obscurcit sa mâchoire carrée.

Il exsude le danger et une virilité si intransigeante que mon bas-ventre frémit. Sexy, le mot est faible pour décrire Peter Sokolov. Il dégage un magnétisme purement animal, une attirance masculine brute et sauvage qui fait écho à une troublante envie primitive en moi.

Au prix d'un gros effort, je referme la porte mentale de cette pensée et recule aussi loin que me le permet la baignoire.

— S'il te plaît, va-t'en. Je prends mon bain.

— Je vois ça.

Son regard erre le long de mon corps avant de remonter sur mon visage, ses yeux métalliques assombris par l'avidité.

— Et alors ?

— Alors, laisse-moi tranquille.

Je fais de mon mieux pour soutenir son regard sans ciller.

— À moins que tes prisonniers n'aient aucun droit à l'intimité ?

Il plisse les paupières et ses doigts se crispent sur le rebord de la baignoire. Il répond sur un ton mielleux :

— Mes *prisonniers* n'ont pas droit à grand-chose, y compris aux bains. Ma *femme*, en revanche, peut faire ce qu'elle veut – tant qu'elle comprend une réalité toute simple.

— Laquelle ?

— Qu'elle m'appartient.

Il recule et, avant que je puisse répondre, fait passer son sous-pull par-dessus sa tête pour le jeter sur le sol tout en retirant ses chaussettes. Puis il détache sa ceinture et baisse la fermeture de son jean.

Je prends une vive inspiration et mes bras se resserrent sur mes seins.

— Qu'est-ce que tu fais ?

— À ton avis ?

Il baisse son jean et le quitte, avant d'ôter son boxer, révélant une queue épaisse et dure qui se dresse en direction de ses abdominaux rigides. Cette vue m'inonde d'adrénaline tandis qu'une chaleur indésirable monte entre mes jambes.

Je ne peux pas faire ça avec lui. Je ne peux pas recommencer.

— Plus de sexe.

L'eau clapote dans la baignoire quand je me lève sans me soucier de ma nudité.

Je dois sortir, m'en aller.

Peter m'attrape le bras avant que je puisse enjamber le rebord, et il entre dans la baignoire. Son grand corps me bloque dans le carré exigu et il me ramène dans l'eau avec lui. Son poids entraîne des éclaboussures et je tressaille en me retrouvant de force sur les genoux de Peter, le dos plaqué contre son torse, son érection entre mes fesses. Prise de panique, je commence à me débattre et il passe un bras autour de ma cage thoracique pour me maintenir en place.

— Oh, ptichka… dit-il d'une voix doucement moqueuse à mon oreille. Qui a parlé de sexe ?

Ses dents éraflent mon lobe d'oreille et sa main libre s'empare d'un de mes seins. Son pouce caresse mon téton dur et endolori dans un mouvement possessif. Je m'immobilise, agrippée à son bras au muscle bandé, tandis que mon cœur cogne contre mes côtes. Je n'ai pas peur de lui autant que de ma propre réaction, de la manière dont mon corps fond et se liquéfie à son contact. Et il ne s'agit pas d'un simple contact. La queue de Peter est comme une barre d'acier entre mes fesses, ses bourses sont pressées contre mon sexe et son pouce torture mon téton. Sa langue envahit mon oreille et je frissonne d'un plaisir incontrôlable.

Nous ne couchons peut-être pas ensemble au sens strict du terme, mais l'effet est tout aussi dévastateur.

— Peter, s'il te plaît…

Je me débats à nouveau pour tenter désespérément de m'en aller avant de perdre entièrement la main. L'eau rend nos corps glissants, accentuant la sensation érotique de sa peau contre la mienne tandis que je tire vainement sur son bras.

— S'il te plaît, arrête.

— Que j'arrête quoi ?

Son souffle m'enflamme le cou. Sa main quitte ma poitrine pour s'aventurer plus bas, à l'endroit où mes muscles sont contractés, où ma chair palpite et désire avidement ses caresses.

— Ça… fait-il en léchant le pourtour de mon oreille, provoquant la chair de poule sur tout mon corps… ou ça ?

Ses doigts calleux écartent mes lèvres et s'appuient contre mon clitoris tandis que son majeur s'enfonce en moi jusqu'à la deuxième phalange. Mes ongles s'agrippent à son avant-bras, mes muscles internes se resserrent avidement en réaction à sa légère invasion, et il ricane quand un faible gémissement m'échappe. J'ai envie de lui demander de *tout* arrêter, mais mon esprit est engourdi. Soudain, ses doigts descendent, au-delà de mon sexe. Oh, mon Dieu, ne me dites pas qu'il…

Son doigt trouve le muscle arrondi et bien serré entre mes fesses et exerce une pression sur l'orifice étroit.

— Ah, oui, murmure-t-il d'une voix grave et diaboliquement douce lorsque je me raidis en éprouvant un picotement. C'est peut-être *ça* que tu veux que j'arrête. Je me trompe, ptichka ?

La pression sur mon anus se radoucit et son doigt masse la chair fermement contractée, comme pour apaiser sa tentative d'intrusion.

— Es-tu vierge ici, mon cœur ?

Ce mot d'amour me trouble presque autant que les sensations inconnues qui ébranlent mon corps. Un sentiment proche de la compassion réchauffe sa voix grave et enjôleuse, et pourtant j'y décèle aussi du désir, une avidité mêlée d'un sombre besoin de possession. Il aime ça, la possibilité d'être mon premier de cette façon-là, et cette idée augmente la tension que j'éprouve, cette chaleur traîtresse qui me fait palpiter d'envie. Cette évocation ne devrait pas m'intriguer, elle devrait me faire fuir, mais je ne peux nier la curiosité perverse que je ressens. Un jour, quand George et moi sortions ensemble, j'ai avancé l'idée du sexe anal, mais George n'avait pas semblé intéressé et nous n'en avions plus jamais discuté.

Je suis bel et bien vierge dans ce domaine, mais si je l'avoue à mon ravisseur, je ne le resterai sans doute pas longtemps.

Rassemblant ce qu'il me reste de volonté, je tire de toutes mes forces sur sa main envahissante.

— *Arrête.*

À mon grand étonnement, Peter obtempère et retire sa main avant de lever l'autre bras.

— Tu peux partir.

Sa voix est vibrante de tension.

— Va-t'en.

Je sors en chancelant de la baignoire, les jambes tremblantes. Mes pieds humides glissent sur les carreaux froids tandis que je me précipite hors de la salle de bain. Je m'arrête à peine pour attraper une serviette en passant, et je dois attendre d'être seule dans la chambre, entièrement habillée et la serviette enroulée autour de mes cheveux mouillés afin que les battements frénétiques de mon cœur ralentissent.

Il m'a libérée. Je devrais me réjouir de ce répit temporaire, mais étrangement, je me sens mal à l'aise, plus frustrée que je ne veux l'admettre. Une fois de plus, mon tourmenteur me fait croire que j'ai le choix, qu'il s'agit d'une relation normale dans laquelle les refus sont permis. Et c'est peut-être le cas – pendant un temps, du moins. Jusqu'à présent, il ne m'a jamais forcée physiquement. Mais je ne me fais pas d'illusions. Il peut faire ce qu'il veut de moi, et je finirai dans son lit tôt ou tard, soit par un jeu subtil de persuasion, soit par un manque total de volonté de ma part.

Je préfèrerais presque être contrainte – parce que je pourrais faire semblant, à mon tour.

Je pourrais imaginer que je suis normale et saine, une femme qui déteste l'homme qui a gâché sa vie au lieu de le désirer ardemment.

9

SARA M'ÉVITE JUSQU'À L'HEURE DU DÉJEUNER, ET ÇA ME CONVIENT parfaitement. Mon sang-froid bat de l'aile et les ténèbres affleurent à la surface. J'ai envie de la baiser, et en même temps, je veux la dompter, la punir et lui faire comprendre qu'elle m'appartient.

J'ai envie de la mener au bord du gouffre et de la faire basculer, quels qu'en soient les effets.

— Ne fais pas ça, vieux, me dit Ilya paisiblement lorsque je termine d'assembler le sandwich de Sara.

Il prépare son propre sandwich à côté de moi.

— Je ne sais pas ce que tu penses, mais tu risques de le regretter.

Je montre les dents dans un sourire sans joie.

— Vraiment ? Alors tu es un foutu télépathe maintenant ?

— Non, mais j'ai l'impression que tu es incapable de penser correctement. Elle ne mérite pas ça.

Il trempe un couteau à beurre dans un pot de mayonnaise.

— Le moins que tu puisses faire, c'est de lui accorder un peu de temps.

J'imagine presque attraper le couteau et lui écraser la trachée. Il est trop émoussé pour lui trancher la gorge, mais il pourrait très bien l'étouffer à mort. Heureusement pour mon coéquipier, il ne dit pas un mot de plus et je sors à grandes enjambées de la cuisine avec l'assiette de Sara.

Je la retrouve à l'étage. Elle fouille une commode dans une chambre d'amis. En silence, je m'arrête sur le pas de la porte et l'observe, fasciné par son corps gracile et souple penché sur les tiroirs, qu'elle ouvre et referme un par un. Il n'y a rien dans cette commode, mais Sara ne s'arrête qu'après avoir passé en revue tous les tiroirs.

Ce n'est qu'à ce moment qu'elle se retourne – et sursaute en étouffant un cri.

— Peter !

Elle porte une main à sa poitrine, comme si son cœur risquait d'exploser.

— Je ne t'avais pas vu.

Elle est à bout de souffle malgré son effort évident pour retrouver sa contenance.

— Que fais…

— Je t'apporte le déjeuner.

J'entre dans la chambre en lui tendant l'assiette.

— Je me suis dit que tu devais avoir faim.

Ma voix neutre ne traduit pas le feu qui fait rage dans mes veines. Il me suffit de la voir toujours vêtue de mes habits trop amples, pour avoir envie de la plaquer contre le mur et de la baiser avec force, au point de suer sang et eau.

Avec circonspection, elle me prend l'assiette des mains et recule, comme si elle percevait la violence qui menace. Elle se mord nerveusement la lèvre inférieure et je m'imagine en faire de même, égratignant avec les dents sa chair rose et tendre tout en lui prenant la bouche, savourant son goût et la dévorant tout entière jusqu'à avoir satisfait le désir qui me consume vivant.

— Tu ne manges pas ? demande-t-elle avec méfiance en posant l'assiette sur la commode.

Je secoue la tête. Mes yeux suivent ses moindres mouvements. L'intensité de mon regard lui fait peur, sans doute, mais c'est plus fort que moi. J'ai l'impression d'être un prédateur prêt à bondir. La faim qui me tenaille est si féroce et sombre qu'elle n'a presque rien de commun avec une simple envie sexuelle. C'est plutôt un besoin compulsif de la posséder, de la soumettre à ma volonté et de la faire mienne, si complètement qu'elle ne penserait même plus à fuir.

— J'ai déjà mangé, lui dis-je.

Si ma voix est un peu sèche, elle ne reflète même pas une fraction de ce que je ressens. D'un point de vue rationnel, je sais qu'Ilya a raison, que je dois laisser à Sara le temps de s'adapter et d'accepter sa nouvelle vie à mes côtés, mais tout en moi exige que je la prenne sur-le-champ et la force à reconnaître qu'elle a besoin de moi… que malgré tout, elle m'aime aussi.

Je chasse cette pensée, après avoir laissé l'insoutenable désir m'envahir – car tout se réduit à ça, c'est ce que j'attends d'elle. Au-delà de la frustration d'une envie insatisfaite, au-delà de la douleur causée par son rejet, c'est ce désir aigu et irrationnel qui me déchire de l'intérieur et attise le monstre en moi.

Je veux que Sara m'aime, et j'ignore comment faire.

— D'accord. Euh, merci.

Son regard alterne entre l'assiette et mon visage.

— Je la rapporterai quand j'aurai terminé, d'accord ?

Je devrais partir maintenant, mais tant pis ! Elle est mal à l'aise avec moi après ce qui s'est passé dans la baignoire, et tout à coup, j'en suis content. Mon côté sadique a envie de la voir trépigner, se demander si je vais enfin franchir cette ligne et la posséder malgré ses simulacres de protestation.

— C'est bon, dis-je d'une voix exagérément affable tout en rejoignant le lit au milieu de la chambre pour m'asseoir au bord, les jambes croisées au niveau des chevilles. Je peux attendre.

Sara cligne des paupières avant de se ressaisir.

— Vraiment ? Tu comptes rester assis là ? Tu n'as rien de mieux à faire, comme torturer des innocents par exemple ?

— C'est au programme pour cet après-midi, dis-je avec un petit sourire. Pour l'instant, je suis tout à toi.

Ses traits se figent, mais elle tend la main vers l'assiette et prend son sandwich. Elle mord une bouchée, qu'elle mâche et avale trop rapidement, avant d'arracher un autre morceau entre ses dents blanches régulières.

— Ne t'étouffe pas, lui conseillé-je en voyant qu'elle double la cadence et entame sa troisième bouchée. Nous n'avons aucun docteur à disposition, tu sais. Enfin, à part toi, mais ce ne serait pas très utile si c'est toi qui vires au violet.

Sara plisse les yeux, sans ralentir pour autant. Elle engloutit le reste du sandwich au même rythme effréné avant de prendre l'assiette vide pour me la tendre avec empressement.

— Tiens. J'ai fini.

— Bon. Apporte-la ici, dis-je en tapotant le lit à côté de moi.

Elle crispe ses mâchoires, et soudain, un sourire inattendu lui recourbe les lèvres.

— Oh, tu veux cette assiette ?

Je lis son intention dans ses yeux une demi-seconde avant de voir son bras reculer, et j'esquive l'assiette qui vient s'écraser contre le mur derrière moi et vole en mille morceaux. Des éclats de céramique retombent sur le lit autour de moi, se mêlant aux miettes de pain.

Comme si elle prenait brusquement conscience de ce qu'elle vient de faire, Sara se décale sur la gauche en direction de la porte, les yeux rivés sur moi avec la même expression de méfiance qu'elle arborait après m'avoir giflé dans l'avion. Je l'ai pardonnée sur le moment, conscient qu'elle était sous le choc et submergée par les émotions, mais je n'en supporterai pas davantage.

Si Sara veut me faire passer pour un méchant, je me ferai un plaisir de la satisfaire.

— Tu vas tout nettoyer.

Ma voix est glaciale. Je me lève et époussète les éclats d'assiette brisée sur mes manches.

— Cette chambre doit être impeccable, c'est bien compris ?

Elle me dévisage. Dans son regard, la crainte se mêle à un instinct de conservation. Le bon sens lui ordonne de faire profil bas et de m'obéir, mais elle ne veut pas céder trop facilement. Et naturellement, elle lève le menton.

— Sinon quoi ? Tu vas me torturer ? Me menacer avec un couteau ? M'enlever ? Oh, mais attends, tu as déjà fait tout ça.

Malgré ses bravades, ses mains tremblent et elle les dissimule dans la poche frontale de son sweat-shirt. Si j'étais un homme meilleur, je n'insisterais pas et la laisserais savourer cette petite victoire. Mais elle n'est pas la seule à être en colère aujourd'hui. La fureur qui m'habite est comme une bête vivante, noire et virile, alimentée par son rejet et l'idée que je n'aurai peut-être jamais ce que j'attends vraiment de sa part.

Si je suis incapable d'obtenir son amour, alors je me contenterai de sa haine.

— Oh, ptichka...

Je m'approche d'elle, amusé par la lueur d'appréhension dans ses yeux, tandis qu'elle s'avance instinctivement vers la porte. Avant qu'elle puisse faire un pas de plus, je m'arrête devant elle pour lui barrer la route. Je lève la main, écarte les cheveux de son visage et me penche en avant pour humer son doux parfum et murmurer à son oreille :

— Tu n'as pas appris qu'il ne fallait pas jouer à ces jeux-là avec moi ?

Je l'entends déglutir et, quand je lève à nouveau la tête pour la regarder, constate que sa poitrine se soulève et s'abaisse avec rapidité. Elle a peur, ma Sara, et pour une bonne raison.

Même moi, je ne sais pas jusqu'où je pourrais aller aujourd'hui.

Elle écarte les lèvres, comme pour m'opposer un refus, mais je penche à nouveau la tête et prends possession de sa bouche douce et frémissante, avec l'avidité féroce qu'elle suscite en moi. Mes mains glissent dans ses cheveux et j'immobilise sa tête, avant d'aspirer son gémissement de protestation. Elle lève les bras et ses doigts gracieux se referment autour de mes poignets dans un effort futile pour les éloigner.

Comme toujours, elle est délicieuse. L'intérieur de sa bouche est semblable à de la soie, chaude et humide. Son corps élancé se cambre contre le mien et je la plaque sur la commode, pressant mon érection contre son ventre plat, ses seins rebondis aux tétons durs et dressés appuyés contre moi. Elle respire plus vite et je sais que, si je glissais ma main dans son pantalon, je sentirais qu'elle est mouillée et me désire elle aussi.

Au moins, son corps est attiré par moi.

Il me faut toute ma volonté pour lever la tête et reculer, pour la libérer au lieu de la dévorer sur place. C'est pourtant ce que je fais, car nous devons régler cette question une bonne fois pour toutes.

— Tu veux savoir ce que je peux te faire, ptichka ?

Ma voix est grave et rauque, vibrante de désir et de cette colère qui me brûle de l'intérieur.

— Tu veux savoir ce qui se passera si tu me pousses trop loin ?

Sara écarquille les yeux et sa poitrine palpite tandis qu'elle essaie de retrouver sa respiration. Je fais un pas de plus et prends son visage délicat entre mes paumes, les yeux baissés sur elle.

— Veux-tu que je t'explique la réalité de ta situation ?

Elle avale à nouveau sa salive et je sens ses mains trembler quand elle m'attrape les avant-bras.

— Ou… oui.

Sa voix est à peine audible, mais il y a une lueur de défi dans ses yeux noisette.

— Oui, je veux savoir.

J'ébauche un sourire, que je devine sombre et cruel.

— Oh, ptichka, par où commencer ?

ara

Coincée. Prise au piège.

Bien que je soutienne le regard de Peter, résistant à l'envie de détourner les yeux de ses profondeurs argentées hypnotiques, je sens flancher ma force, et ma décision de combattre s'essouffle. Je ne me suis jamais sentie plus prisonnière qu'en cet instant, je n'ai jamais été plus consciente de ma vulnérabilité. Il ne me fait aucun mal, ses grandes paumes de part et d'autre de mon visage avec une douceur exquise, mais ses yeux de métal racontent une tout autre histoire.

Je suis à la merci de mon tourmenteur, et il n'aura aucune pitié.

— Commençons par l'essentiel, murmure-t-il.

Je ferme les yeux quand il baisse la tête pour frôler mon front de ses lèvres avant de se redresser. Il me regarde. En d'autres circonstances, ce tendre baiser m'aurait désarmée, mais je sens mes nerfs vibrer comme un diapason tandis qu'il fait glisser ses mains sur mes épaules. Il dit alors d'une voix douce :

— Ton ancienne vie a disparu, Sara. Je t'ai laissé la vivre aussi longtemps que possible, mais c'est terminé maintenant. Tu vas devoir l'accepter. Et la transition peut être facile… ou difficile. Tout dépend de toi.

Mon sang ne fait qu'un tour.

— Qu'est-ce que tu veux dire ?

— Ton appel de ce soir à tes parents, par exemple.

Ses mains sont délicates sur mes épaules, malgré l'éclat de son regard noir.

— Ce n'est pas obligatoire, tu sais. Comme tout autre contact avec ceux qui faisaient partie de ton ancienne vie. Tu pourrais disparaître, couper toute communication. Ce serait encore mieux, par certains aspects. Tu t'adapterais plus vite sans rappels constants de ce que tu as perdu et…

— Non.

Le mot a fusé tout seul. J'ai le ventre noué par la panique et le sandwich que je viens de manger menace de remonter tandis que je m'accroche désespérément à sa chemise.

— S'il te plaît, Peter, ne fais pas ça. Je dois parler à mes parents. Je dois les rassurer. Ils sont trop vieux pour connaître une telle angoisse. Le cœur de mon père ne le supportera pas… tu le sais.

Il incline la tête sur le côté.

— Vraiment ? Je t'ai autorisée à leur parler dans l'avion, et c'était peut-être une erreur. Tu insistes pour dire que je t'ai kidnappée, enlevée contre ton gré. Si tel est le cas, si tu es ma captive et rien de plus, pourquoi prendrais-je le risque de te laisser contacter quelqu'un ? Si tu es simplement ma prisonnière, pourquoi ferais-je des efforts pour rassurer ta famille ?

Je lève les yeux vers lui, le souffle court et les mains le long du corps. Maintenant, je comprends ce qu'il veut – ce qu'il a toujours attendu de moi – et je sais qu'une fois de plus, je n'aurai pas d'autre choix que d'obtempérer.

— Tu as dit…

Ma voix se brise et des larmes acides me brûlent le fond des yeux.

— Tu as dit que j'étais ta femme, que tu m'aimais. Alors, je ne suis pas uniquement ta prisonnière, n'est-ce pas ?

L'expression de Peter ne varie pas.

— Je n'en sais rien, Sara. Ça dépend de toi.

Enfin, il libère mes épaules et recule.

— Je vais te laisser réfléchir pendant que tu remets de l'ordre. L'aspirateur et les produits de nettoyage se trouvent dans le placard, au rez-de-chaussée.

Sur ces mots, il tourne les talons et sort de la pièce.

La chambre d'amis est immaculée une fois que j'ai terminé. Le lit est impeccable et il ne reste plus aucune miette de pain ni morceau de céramique. Je n'aime pas particulièrement le ménage, notamment parce qu'il me faut une éternité à cause de mes tendances perfectionnistes, mais le résultat final est souvent satisfaisant.

Dans une autre vie, j'aurais fait une excellente femme au foyer.

Quand la chambre me paraît assez propre, j'emporte l'aspirateur à l'étage inférieur et me mets à la recherche de Peter. Curieusement, son ultimatum m'a un peu calmée. Nous sommes revenus au point où nous étions quand sa menace d'enlèvement planait au-dessus de ma tête, si ce n'est que maintenant, c'est encore plus simple.

Quoi qu'en dise Peter, je suis sa prisonnière, et je n'ai qu'une solution.

Jouer le jeu et lui donner ce qu'il veut en attendant de réussir à m'évader.

Je retrouve mon ravisseur à l'extérieur, en train de s'entraîner avec Ilya dans une petite clairière non loin de la maison. En dépit de la fraîcheur ambiante, les deux hommes ont ôté leurs t-shirts. Leurs larges torses musclés luisent de sueur et ils tournent en rond autour de la clairière, décochant de temps à autre quelques coups aussi rapides que l'éclair. Leurs mouvements me font penser aux arts martiaux, même si je n'arrive pas à définir de style spécifique. Quoi qu'il en soit, c'est d'une beauté sauvage et je m'interromps, fascinée malgré moi lorsque Peter esquive le poing d'Ilya et contre-attaque férocement, avec une telle vitesse que je peine à le suivre des yeux.

Ils devaient s'échauffer jusqu'à présent, parce que l'action qui suit se déroule dans un flou de mouvement. Je suis presque certaine d'avoir vu Peter asséner un coup de pied dans les côtes d'Ilya, et lever l'avant-bras pour parer un coup qui aurait assommé un ours. Mais à part ça, le combat se déroule à un tel rythme que je suis incapable de différencier les gestes de l'un et de l'autre, et encore moins de deviner qui l'emporte et qui perd. Je ne vois que deux mâles puissants, dont les muscles se contractent et ondulent avec une violence brûlante.

Au bout d'une minute, ils s'arrêtent et s'écartent d'un bond en haletant, avant de tourner l'un autour de l'autre. J'aperçois un filet de sang sur la pommette d'Ilya. Apparemment, Peter ne saigne pas, ce qui fait sans doute de lui le vainqueur de ce round insensé. Je ne suis pas étonnée. Ilya a beau être bâti comme un tank, il n'a pas la grâce assassine de Peter, ce truc en plus qui rend mon ravisseur si dangereux. Je ne doute pas que le Russe au crâne rasé soit capable de tuer tout autant que lui – il suffit certainement d'un coup bien placé de la part de cette brute –, mais Peter se distingue par sa froideur et sa cruauté.

Dans un combat à mort, je parierais pour Peter sans hésiter une seconde.

J'envisage de parler pour signaler ma présence, mais avant que je me décide, Peter jette un œil vers moi et s'arrête net.

— Sara ?

— Euh, oui.

Je prends une inspiration pour calmer les battements de mon cœur.

— Désolée de te déranger, mais je me demandais si tu pouvais mettre les vidéos de mes parents sur la télé pour moi. Quand tu auras terminé, bien sûr, rien ne presse.

Je fais preuve d'une extrême politesse pour me rattraper de mon esclandre. À vrai dire, je meurs d'envie de regarder ces vidéos et de m'assurer que mes parents vont bien, mais donner des ordres ne mènerait à rien. Si j'ai appris quelque chose dans cette chambre d'amis, c'est que Peter Sokolov détient toujours le pouvoir dans notre relation tordue. Même quand je pense n'avoir plus rien à perdre, mon tourmenteur trouve une faiblesse, un moyen de me manipuler sans me faire ouvertement mal – physiquement, du moins.

D'un point de vue émotionnel, en revanche, il m'a déjà brisée en mille morceaux.

— C'est bon, décrète Ilya en affichant un grand sourire qui révèle ses dents tachées de sang. De toute façon, je crois qu'on a fini pour aujourd'hui.

Peter ne lui accorde pas un regard. Ses yeux sont braqués sur moi.

— Tu as nettoyé la chambre ? demande-t-il en ramenant en arrière ses cheveux trempés de sueur.

Ses muscles ressortent quand il baisse le bras et je me surprends à observer la goutte de transpiration qui roule sur son abdomen plat et tonique.

Arrête, Sara. Ne lorgne pas ton ravisseur.

Je fais l'effort de ramener mon regard sur le visage de Peter.

— C'est fait, dis-je d'un ton calme malgré la provocation évidente de ses paroles. Tu peux vérifier, si tu veux.

Il me fixe du regard pendant une seconde avant de hocher la tête.

— D'accord. Allons-y.

Il s'approche de moi et m'attrape le bras dans un geste possessif. Je rougis en voyant Ilya sourire. C'est irrationnel, mais j'ai l'impression que ce que Peter et moi partageons est de nature privée, comme un secret entre nous. De toute évidence, les hommes de Peter sont tout à fait conscients de la nature contradictoire de ma relation avec leur patron – après tout, ils l'ont aidé à me harceler et à m'enlever –, mais je ne peux m'empêcher d'être gênée à l'idée de ce qu'ils pensent de moi. Peut-être est-ce parce que je tiens à laver mon linge sale en famille, toujours est-il que j'aurais encore préféré leur laisser croire que j'étais la petite amie de Peter, ici de mon plein gré.

Sans prêter attention à son partenaire d'entraînement, Peter m'entraîne en direction de la maison. Il ne relâche pas sa poigne de fer autour de mon bras. Il m'en veut toujours, je le sens, et je suis soulagée qu'il tienne sa promesse au sujet des vidéos.

Avec un peu de chance, quand ses hommes reviendront de leur expédition, il se sera assez calmé pour m'autoriser à parler à mes parents.

Une fois dans le salon, il me libère le bras et se dirige vers son ordinateur. Deux minutes plus tard, les vidéos apparaissent sur le grand écran de télévision devant moi.

— Amuse-toi bien, lance-t-il sèchement avant de disparaître à l'étage.

Quand il revient, j'en suis à la moitié de la séquence. C'est exactement comme Peter me l'a dit : pour l'essentiel, les agents du FBI ont interrogé mes parents en évitant leurs questions en retour. Je vois bien que ma mère et mon père sont stressés et bouleversés, mais aucun d'eux ne semble physiquement amoindri, du moins d'après la vidéo de mauvaise qualité.

— Dites-moi encore comment Sara a justifié qu'elle avait suspendu la vente de la maison, demande l'agent Ryson à ma mère tandis que Peter s'assoit sur le canapé à côté de moi.

Il porte un nouveau jean et une chemise à manches longues. Il a sûrement pris une douche après son entraînement brutal, car je perçois une délicate odeur de savon quand il se penche pour me prendre la main et entrecroiser nos doigts.

Je dois rassembler mon courage pour ne pas réagir à ce geste intime et rester concentrée sur la vidéo. C'est surtout parce que j'ignore comment réagir. Dois-je me réjouir qu'il semble m'avoir pardonné mon emportement dans la chambre d'amis ?

Ou dois-je m'affoler que ce simple geste enflamme dans mon cœur ce même sentiment dangereusement tendre qui m'a entraînée dans cette situation difficile ?

— Alors, elle ne vous a jamais dit que la vente avait réellement eu lieu ? insiste Ryson après que ma mère lui a raconté notre conversation du repas sushis presque mot pour mot. Elle ne vous a jamais expliqué comment elle avait pu rester dans sa maison alors qu'une société-écran d'Afrique du Sud avait racheté la maison aux acheteurs initiaux pour le double du prix du marché ?

Mes parents nient énergiquement, en posant des questions et en avançant quelques explications plausibles. L'estomac noué, je vois le visage de mon père virer au pourpre avant que ma mère le force à s'asseoir et à se calmer.

— Tout va bien se passer, me dit Peter d'un ton rassurant.

Je me rends compte que je lui serre la main si fort que j'en ai les doigts engourdis. Je dois lui faire mal, à lui aussi, mais il ne retire pas sa main. La sévérité qu'il affichait cet après-midi a disparu et ses yeux gris me dévisagent avec chaleur quand il ajoute avec sérénité :

— J'ai vu le reste de cette vidéo et je te promets qu'il va bien.

Je hoche la tête. Aussi pathétique que ce soit, je lui suis reconnaissante de me rassurer, et je me tourne à nouveau vers la séquence vidéo, où les agents abordent à présent la question de mon appel et travaillent ma mère au corps pour obtenir les mots exacts que j'ai employés à propos de mon voyage. De toute évidence, ils me soupçonnent d'avoir menti au FBI pendant tout ce temps, mais j'ignore s'ils estiment simplement que Peter m'a lavé le cerveau ou que je suis sa complice depuis le début.

— C'est grave ? je demande en me tournant vers mon ravisseur.

La vidéo s'est terminée sur l'image de mon père qui consolait ma mère en pleurs dans la cuisine après le départ des agents. J'ai l'impression d'avoir des aiguilles en feu plantées dans le cœur, même si, comme l'a dit Peter, mes parents vont relativement bien.

Il ne fait pas semblant d'avoir mal compris ma question et répond :

— Ce n'est… pas bon. Maintenant qu'ils savent où chercher, ils ont découvert d'autres preuves de notre relation, à commencer par notre rencontre au night-club. Et, bien sûr, il y a le fait que tu vivais dans la maison que je possède et que tu n'as pas dit un mot au FBI quand ils t'ont annoncé qu'ils m'avaient repéré. Entre ça et ton appel à tes parents, ils ont assez de preuves pour avancer une éventuelle collaboration entre nous deux. Il y a aussi… commence-t-il avant de s'interrompre.

— Il y a aussi quoi ?

Je retire ma main pour serrer le poing sur mes cuisses.

— Dis-le-moi.

Peter soupire.

— Ils ont fouillé ton meuble de classement et ont découvert les papiers de ton divorce, signés par toi, mais pas par ton mari, datés de la veille de son accident.

— Quoi ?

Je le regarde en clignant des paupières, des sueurs froides sur tout le corps.

— Quel rapport avec le reste ?

Peter pose une main sur mon genou dans un geste rassurant.

— Ce n'est pas leur principale théorie, dit-il d'une voix douce, mais ils envisagent la possibilité que tu puisses être impliquée dans la mort de ton mari – que notre relation date d'avant notre première rencontre dans ta cuisine.

— Quoi ? C'est ridicule ! dis-je en bondissant, la gorge nouée par la stupeur. Ils ne peuvent pas croire ça. Ils savent que tu m'as torturée et droguée, et menacée avec un couteau. Ils le savent, ils ont même vu les conséquences. À moins qu'ils pensent que j'ai moi-même inventé ces drogues dans mon organisme et la coupure de couteau sur mon cou ? Et les bleus qui m'ont couvert le dos pendant des semaines ? Comment peuvent-ils…

— Ce n'est qu'une piste comme une autre, ptichka.

Peter se lève et prend mes mains glaciales entre ses grandes paumes. Je décèle presque du remords sur son beau visage aux traits sévères. Pour ce qu'il m'a fait après notre première rencontre, peut-être ? Mais l'instant d'après, son expression se radoucit et il dit :

— Ne t'en fais pas pour ça. Une fois qu'ils auront mené leur enquête, la vérité leur sautera aux yeux. Leur métier consiste à envisager toutes les possibilités, aussi improbables qu'elles soient, et comme tu étais sur le point de divorcer d'avec ton mari, ils se doivent d'approfondir la question. Tu n'as jamais regardé de séries policières ? Le conjoint est toujours le principal suspect, surtout s'il y a des raisons de croire que le mariage battait de l'aile.

— Battait de l'aile ?

Un rire hystérique monte des tréfonds de ma gorge.

— Tu te fous de moi, c'est ça ? Ce n'est pas un putain de thriller !

Je dégage vivement mes mains et recule, le souffle court.

— C'est *toi* qui as tué George. Tu es entré par effraction dans ma maison, tu m'as torturée et tu m'as droguée pour savoir où il était, puis tu lui as fait sauter la cervelle – ou du moins, ce qu'il en restait après l'accident. À moins qu'ils pensent que c'est moi qui ai causé l'accident et que je t'ai embauché pour terminer le travail ?

Ma voix monte d'une octave.

— Je veux dire, cet accident était de ma faute, dans un sens, et toi, tu es un tueur à gages, alors ils croient peut-être tenir quelque chose, nous serions de mèche depuis le début et…

— Arrête, Sara.

Peter s'approche de moi et m'attrape le poignet pour m'attirer vers lui. Je dois attendre de me retrouver enfermée dans ses bras puissants, contre son torse, pour prendre conscience que le froid me fait trembler de la tête aux pieds. La fureur et la stupéfaction me secouent comme la houle d'une tempête, et je ferme les yeux pour retenir mes pleurs tandis que Peter chuchote dans mes cheveux :

— Tout va bien se passer, ptichka. Ça ne va pas durer. Les agents ne sont pas bêtes, ils découvriront bientôt la vérité. Laisse-leur du temps.

— Quelle vérité ?

Je glisse mes mains entre nos deux corps pour repousser son torse. Quand j'ouvre les yeux et rencontre son regard, j'ai l'impression d'avoir le cœur en ruine, transformé en amer désespoir par la rage et l'épouvante.

— Celle selon laquelle j'ai couché avec le meurtrier de mon mari pendant des semaines avant de me faire enlever parce que je l'avais averti de l'arrivée du FBI ? Ou celle selon laquelle j'ai menti à mes parents pour leur faire croire que j'étais amoureuse du tueur en question ?

La mine de Peter s'assombrit.

— Oui, cette vérité, Sara. Celle où tu es ma victime. Car c'est bien ce que tu veux être, n'est-ce pas ?

Il me libère et recule. Aussitôt, sa chaleur et le réconfort de son étreinte implacable manquent à mon corps.

Au prix d'un gros effort, je me ressaisis. Nous ne pouvons pas revenir sur cette dispute, je dois encore le convaincre de me laisser appeler mes parents.

— Non, déclaré-je en secouant la tête. Ce n'est pas ce que je voulais dire. En fait…

Je m'interromps avant de me résoudre à parler.

— Tu avais raison. Tout à l'heure, quand tu as dit que je me mentais à moi-même, tu avais raison. Je savais ce que je faisais quand je t'ai prévenu, et ce n'est pas uniquement parce que je ne voulais pas que tu meures.

Sa mâchoire se contracte et ses doigts frémissent, comme s'il s'apprêtait à tendre la main vers moi.

— Qu'est-ce que tu dis, Sara ?

— Ce que je dis…

Je prends une grande inspiration et croise les bras autour de moi, comme si j'étais sur le point de me désagréger. Même si mon seul but, c'est de le manipuler, tout ce que je dis est vrai, et ça me tue de l'avouer.

— Ce que je dis, c'est que les agents n'ont pas entièrement tort de me tenir en partie responsable.

Peter plisse les paupières.

— De quoi parles-tu ? Tu n'as rien à voir avec la mort de cet enfoiré.

— Non, mais je couchais avec toi, son meurtrier.

Ma voix chevrote et les larmes me piquent à nouveau les yeux.

— Et je n'ai pas parlé de toi au FBI. Je ne leur ai pas demandé de me protéger, même quand j'en avais l'occasion. Alors, si nous sommes dans cette situation délicate, c'est entièrement ma faute. Je suppose qu'au fond, je devais le vouloir, non ? Perdre ma liberté et être avec toi quoi qu'il en coûte ? J'avais le choix, et je n'ai pas fait le bon. J'ai pris *toutes* les mauvaises décisions possibles, et c'est pour ça que je suis ici au lieu de bénéficier de la protection offerte par le FBI, c'est pour ça que je suis avec *toi* au lieu de mener une vie normale.

Au fur et à mesure que je parle, je vois le regard de Peter s'assombrir. Enfin, il s'avance et passe un bras dans mon dos tandis que sa main glisse dans mes cheveux, m'attirant à lui.

— Oh, ptichka, murmure-t-il d'une voix voilée par l'émotion.

Mon ventre se serre quand je remarque son regard avide.

— Tu te trompes terriblement. Tu croyais avoir le choix ? Tu crois que j'aurais pu te laisser partir ?

Un sentiment indéfinissable me noue la gorge et mes larmes menacent de couler. Je pose les mains sur ses côtes.

— Tu n'aurais pas pu ?

— Non.

Un éclat fait luire ses yeux sombres quand il referme les doigts dans mes cheveux.

— Je me serais mis à ta recherche. Tu n'aurais pu te cacher nulle part sur Terre. Tu m'appartiens, Sara, et tu vas rester mienne quoi qu'il advienne. Je ferai tout ce qu'il faut pour te garder.

Il penche la tête et je sens son souffle chaud sur mes lèvres lorsqu'il murmure :

— Même s'il me faut tuer pour te récupérer.

Je frissonne dans ses bras et mes paupières se ferment d'elles-mêmes lorsque ses lèvres se posent sur les miennes. Ce qu'il dit est affreux, psychotique, et pourtant mon corps s'emballe en le sentant si proche. Une chaleur liquide envahit mon entrejambe quand sa queue rigide appuie contre mon ventre. On dirait qu'une partie perverse, au fond de moi, attend exactement ça de lui, comme si la profondeur de son obsession me réjouissait.

Comme si, à un certain niveau, j'avais été soulagée de sentir l'aiguille dans mon cou.

Le baiser de Peter devient plus intense. Sa langue prend possession de ma bouche et je n'oppose aucune résistance. Je le laisse faire, car le feu qui brûle à l'intérieur de moi est trop fort pour y résister. Je me persuade que je cède parce qu'il le faut, parce que c'est le prix à payer pour pouvoir appeler mes parents, mais au fond, je connais la vérité.

Je cède parce que j'en ai envie.

Parce que, à certains égards, je suis aussi malade que lui.

*S*ara

PETER M'EMMÈNE À L'ÉTAGE ET J'ENFOUIS MON VISAGE CONTRE son épaule au moment où Ilya entre dans la cuisine en contrebas. Je ne veux pas savoir ce que pense le collègue de Peter à propos de sa folie, je ne veux penser à rien. J'ai mis mon âme à nu devant mon ravisseur parce que je voulais qu'il me pardonne, mais à présent, je me sens brisée, à fleur de peau, comme un imbroglio de honte, d'envie, de fureur et de convoitise. Je m'en veux de ressentir tout cela, et en même temps, je ne peux m'empêcher de me raccrocher à lui, de le désirer aussi fort qu'il me désire.

Une fois dans la chambre, il me dépose sur le lit et commence à se déshabiller. Je le regarde à travers mes paupières mi-closes. J'ai l'impression d'être une spectatrice, comme si j'étais encore sous l'effet des somnifères, mais ce n'est que le désir qu'il éveille en moi, cette envie obscure et pressante qu'il fait naître dans mon corps. Mon besoin est si dévorant qu'il engourdit ma raison et toute capacité de réflexion. J'ai envie qu'il me serre, qu'il me touche, qu'il me prenne et me possède. Je désire la noirceur de son être, son amour malsain, et par-dessus tout, je le désire, *lui*.

Je désire tout chez lui, aussi terrifiant que ce soit.

Il te soumet par la contrainte. Une petite voix murmure à mon oreille, me rappelant que si je fais cela, c'est pour que Peter ne m'empêche pas de contacter mes parents, que je me suis ouverte à lui pour cette raison précise. Mon tourmenteur est trop perspicace. Si je lui avais menti, si j'avais feint des sentiments que je n'éprouve pas, il l'aurait su. La seule solution, c'était de lui dire la vérité, pathologique dans toute sa complexité. Seulement, maintenant, je suis incapable de refermer le robinet que j'ai ouvert, de recouvrir sa laideur par le voile opaque du déni.

C'est vrai, je n'ai pas le choix, mais je mentirais en disant que ça ne me plaît pas.

La chemise de Peter est la première à s'envoler. En retenant mon souffle, je vois ses abdominaux se contracter quand il s'attaque à la fermeture de son jean. Il a un corps de guerrier, sec et solide, avec des muscles puissants parfaitement dessinés et des tatouages sur le bras gauche, de l'épaule jusqu'au poignet. Comme la petite cicatrice qui lui divise en deux le sourcil gauche, la majeure partie des cicatrices de son torse sont discrètes, mais celle qui lui balafre le ventre est encore fraîche. C'est là qu'il a reçu un coup de couteau, quelques semaines plus tôt, lors de sa mission au Mexique. Ces cicatrices sont un rappel constant de ce qu'il fait, de ce qu'il *est*, et mon cœur se serre quand je songe, une fois de plus, que je couche avec un assassin.

L'assassin de mon mari.

C'est par chantage qu'il obtient cela.

C'est la vérité, et ça me facilite les choses quand il quitte son jean pour s'avancer vers moi entièrement nu, sa queue longue et épaisse dressée en direction de son nombril. C'est de la folie, mais je n'ai pas envie d'avoir le choix, car le désir qui me consume est une trahison de tout ce qui m'est le plus cher. De cette manière, je peux me persuader que j'ai une bonne raison d'agir ainsi… que je ne suis pas complètement perdue.

— Putain, quelle beauté ! murmure-t-il d'une voix rauque en se penchant au-dessus de moi.

Je ferme les yeux, incapable de supporter l'intensité de son regard d'acier tandis qu'il me déshabille. La sensation de ses mains, si fortes et pourtant si douces, fait frémir mon corps de désir, même si mon cœur porte le deuil de tout ce que j'ai perdu, de tout ce que ces mains cruelles m'ont arraché. Les larmes que je retenais jusqu'à présent s'échappent, ruisselant le long de mes tempes, et je frissonne lorsqu'il essuie ma peau humide sous ses lèvres douces et chaudes.

Ensuite, il dépose un baiser sur ma bouche, sur la peau sensible derrière mon oreille et dans mon cou. Quand sa tête descend en direction de mes seins, je prends conscience que je suis entièrement nue. Mes vêtements ont disparu pendant que je me débattais avec mes pensées inconciliables. Ses lèvres se referment autour de mon téton. Sous son aspiration chaude et humide, je me cambre et enfonce les mains dans son épaisse chevelure souple. Mes hanches se pressent contre lui pour apaiser la tension que je sens monter en moi.

Arrête. S'il te plaît, arrête.

Ce cri de désespoir résonne dans mon esprit, mais je ne le formule pas. J'en suis incapable. Non parce qu'il ne m'écouterait pas, mais au contraire, parce que s'il m'obéissait, je ne le supporterais pas. Si je n'avais pas déjà cédé, ce serait peut-être plus facile. Si je ne connaissais pas la sensation de son corps à l'intérieur du mien, j'aurais pu trouver la force de résister. Mais maintenant, tout est perdu, et mon corps est aux prises avec mon esprit, m'empêchant de contrôler mes réactions, de me retenir alors même que je lui donne tout.

— Oui, c'est ça, souffle-t-il contre mon téton tandis que ses doigts écartent mes lèvres pour me découvrir humide et gonflée, tellement excitée que c'en est presque insoutenable. Je vais te prendre, ptichka. Je vais te donner ce que tu veux.

Son pouce calleux décrit des cercles sur mon clitoris pendant que son majeur s'enfonce en moi et je gémis en sentant mes muscles internes se resserrer autour de son doigt, le corps avide d'une exploration plus poussée.

Peter m'accorde cette faveur et enfonce un deuxième doigt. Mon gémissement se change en cri étouffé lorsqu'il recommence à me sucer le téton. Ma colonne vertébrale se cambre et mon cœur s'emballe dans ma poitrine sous l'effet de cette double stimulation. L'orgasme est proche, je le sens, et quand la tension atteint enfin son apogée, je jouis avec une telle force que j'en oublie de respirer pendant quelques secondes d'éblouissement. Tout mon corps tremble de soulagement et l'explosion de plaisir se propage jusque dans mes orteils tandis que les doigts de Peter impriment des va-et-vient dans mon corps, étirant mes parois pour me préparer à ce qui va suivre.

Je suis toujours en proie à l'extase quand il s'avance. Ses genoux m'écartent les cuisses et il entrecroise ses doigts avec les miens, plaquant mes mains de part et d'autre de mes épaules.

— Regarde-moi, ordonne-t-il d'une voix rauque.

Je lui obéis machinalement et ouvre les yeux pour rencontrer son regard incandescent. Il se presse contre moi de tout son poids et son odeur virile me monte au nez tandis que sa queue, dure et incroyablement épaisse, effleure l'intérieur de ma cuisse. Les mains plaquées sur le lit, je suis sans défense, entièrement à sa merci. Il y a quelque chose d'aussi pervers qu'excitant dans cette situation, quelque chose d'aussi sombre que l'envie qui monte en moi.

— Dis-moi que tu ne veux pas faire ça.

Sa voix est sèche, son expression presque violente.

— Mens-moi et j'arrêterai.

Ma poitrine se soulève par à-coups tandis que je soutiens son regard, et mes poumons redoublent d'efforts. J'ignore pourquoi il me demande cela, mais je sais ce dont j'ai envie, et ça n'a rien à voir avec la possibilité d'un coup de fil à mes parents.

— N'arrête pas. Je t'en prie, n'arrête pas.

Je ne sais pas si j'ai prononcé ces mots à haute voix ou si j'ai juste remué les lèvres, mais les narines de Peter frémissent et son visage d'une beauté saisissante se crispe sous l'effet d'une intense convoitise. Ses doigts se resserrent entre les miens, les broyant presque de leur force, et je ferme vivement les paupières lorsqu'il penche la tête pour s'emparer de mes lèvres dans un baiser possessif. Au même moment, l'extrémité de son imposante queue pénètre le renfoncement entre mes cuisses, se glissant entre mes lèvres jusqu'à trouver l'entrée humide et palpitante de mon entrejambe.

Il s'enfonce en moi d'un puissant coup de reins et m'étire de toute sa longueur et de toute son épaisseur, à la limite de la douleur. Mon gémissement est avalé par ses lèvres lorsque sa langue se fraie un chemin dans ma bouche pour me remplir, me dévorer, m'envelopper de son odeur, de son goût et de ses sensations. Son étreinte est sauvage, son envie à peine contrôlée, et il instaure un rythme effréné et vigoureux. La tension grimpe à nouveau à l'intérieur de moi, s'élevant vers de nouveaux sommets. C'est trop intense, trop puissant, et j'enroule mes jambes autour de ses hanches pour retrouver une certaine maîtrise, mais c'est impossible.

Il n'existe que Peter et le besoin violent qui nous consume.

Je ne sais pas qui jouit en premier ni même si nous y parvenons en même temps. Tout ce que je sais, c'est que lorsque la vague me submerge, il gémit mon prénom, son bassin vient s'écraser contre le mien et sa queue fait un soubresaut. Le plaisir semble durer éternellement, faisant frémir mes terminaisons nerveuses. Après quoi, il roule sur le côté en m'entraînant dans ses bras, tandis que je m'effondre et me mets à pleurer, toute tremblante sous l'intensité du moment... et la culpabilité qui me déchire.

Une fois de plus, j'ai cédé à l'homme qui a détruit ma vie.

Ce n'est que plus tard, quand mes larmes ont cessé et que Peter me caresse nonchalamment le dos, qu'une idée me frappe. Mon sang se fige dans mes veines.

Pour la deuxième fois, nous n'avons pas utilisé de préservatif.

12

Je vois le moment précis où Sara se rend compte que nous avons oublié le préservatif. Son corps tout entier se raidit et elle décolle la tête de mon épaule, les yeux écarquillés par la peur en croisant mon regard.

— Nous n'avons pas…

— Je sais.

C'est la deuxième fois – la première étant le soir de l'enlèvement – et même si ces omissions n'étaient pas volontaires de ma part, je ne peux pas dire que je le regrette. L'idée que Sara puisse porter mon enfant ne me fait pas peur et ne me dérange pas. En fait, elle gonfle ma poitrine d'une douce chaleur que je n'ai ressentie qu'une seule fois auparavant.

Avec Pasha, mon fils.

Une douleur familière me transperce le cœur, le deuil plus vivace que jamais. L'image du corps de Pasha, son petit poing serré autour de sa voiture en jouet, reste gravée dans ma mémoire avec la précision brutale d'une lame assassine. Pendant des années, c'était la première chose que je voyais chaque matin et la dernière chaque soir. C'était le cauchemar qui me réveillait en pleine nuit et le fantôme qui me tourmentait durant la journée. La vengeance, pour lui et Tamila, mon épouse tuée lors du même massacre, était ma raison de vivre et ce n'est qu'en rencontrant Sara que j'ai trouvé un nouveau but dans l'existence.

Elle.

Mon petit oiseau, qui est devenu mon absolu.

Mon aveu au sujet du préservatif semble décontenancer Sara. Elle s'empare d'un mouchoir et se redresse dans le lit pour essuyer frénétiquement son entrejambe avant de remonter la couverture devant sa poitrine. Ses yeux noisette sont immenses dans son visage pâle quand elle dit d'une voix étranglée :

— Essaies-tu de me faire tomber enceinte ?

— Non.

Je me lève avant d'être tenté de la baiser à nouveau. Même si mon corps est détendu, encore sous l'effet de l'orgasme, l'idée de mettre Sara enceinte me fait bander. Malheureusement, je dois répondre à des e-mails importants avant le dîner.

— C'est arrivé comme ça. Nous n'avons pas beaucoup réfléchi. Mais comme je te l'ai déjà dit, ça ne me dérangerait pas – de toute façon, c'est peu probable à cette période du mois, n'est-ce pas ?

Sara hoche la tête, mais ses doigts ne relâchent pas leur prise autour de la couverture.

— C'est peu probable, mais pas non plus impossible, dit-elle d'un ton plus calme. Beaucoup de choses peuvent déstabiliser le cycle d'une femme, on ne peut pas se baser uniquement sur le calendrier. Et puis, je suis au début de mon cycle, mes règles se sont terminées il y a deux jours.

Elle prend une inspiration avant d'annoncer :

— J'ai besoin de la pilule du lendemain. Tu peux m'en avoir une ?

Je la dévisage, stupéfait par sa remarque.

— Peut-être, dis-je lentement. De quel genre de pilule s'agit-il et où est-ce qu'on s'en procure ?

Je sais ce dont elle parle, évidemment, mais je feins l'ignorance pour me laisser le temps de réfléchir. Même si je ne l'ai pas fait délibérément, maintenant que c'est arrivé, mon corps tout entier se rebelle à l'idée de limiter ses chances de tomber enceinte.

C'est encore plus fou que le reste, mais en cet instant, je me rends compte que je *veux* un enfant avec elle. Je veux qu'elle soit liée à moi par n'importe quel moyen, qu'elle soit si entièrement mienne qu'elle ne puisse plus jamais partir.

— Il y a plusieurs marques aux États-Unis, dit Sara. *Plan B, Next Choice, My Way, Ella...* Je ne sais pas ce qui est vendu au Japon, mais je suis sûre qu'il existe un équivalent. Ces pilules fonctionnent en interrompant la production de l'ovule, empêchant sa fertilisation, ou en arrêtant l'implantation dans l'utérus. Ce n'est pas une pilule abortive, ce n'est qu'une contraception d'urgence. Je suis persuadée que si tu vas dans n'importe quelle pharmacie au Japon et si tu leur expliques ce dont tu as besoin, ils te le donneront.

Elle me regarde avec un tel désespoir que je ne peux me résoudre à refuser.

— D'accord, dis-je en m'efforçant de ne pas montrer mes

réticences. Laisse-moi voir si je peux joindre Anton avant qu'ils reviennent. Ils pourront peut-être en acheter en chemin.

Le visage de Sara rayonne.

— Oui, s'il te plaît. Plus on la prend tôt, plus c'est efficace. Le mieux, c'est dans les vingt-quatre heures qui suivent, et si je la prends ce soir, ça couvrira aussi la dernière fois, car son efficacité s'étend jusqu'à soixante-douze heures.

— C'est compris, dis-je avant de me diriger vers la salle de bain pour me laver. Je les appellerai dès que je serai descendu.

Je tiens ma promesse et appelle Anton, non sans avoir repoussé ce moment en prenant le temps de répondre à un e-mail urgent envoyé par nos hackers. Ils ont localisé un ami de la famille Henderson, qui a récemment acheté des billets d'avion pour la Croatie. Maintenant, ils demandent une rallonge pour poursuivre cette piste. Je transfère cinq cent mille dollars supplémentaires sur le compte bancaire convenu, aux îles Caïman, puis j'appelle Anton par notre téléphone satellite sécurisé.

À mon grand soulagement, ils ne sont plus qu'à quelques minutes de notre planque dans la montagne.

— Qu'est-ce que tu veux ? demande Anton.

Je l'entends à peine par-dessus le rugissement de l'hélicoptère en fond sonore.

— Le décalage horaire m'a achevé, mais si c'est une urgence, on peut toujours faire demi-tour.

— Non, c'est bon, dis-je en refoulant un élan de culpabilité indésirable. Le temps que vous y retourniez, toutes les pharmacies auront fermé, de toute façon.

Ou du moins, c'est ce que je dirai à Sara en espérant qu'elle ne se rendra pas compte qu'en temps normal, une porte verrouillée ne représente aucun obstacle pour mon équipe.

Nous pouvons obtenir n'importe quoi, à n'importe quelle heure, au mépris des verrous et des autorisations.

— D'accord.

Anton doit être fatigué, parce qu'il ne réagit pas à ma curieuse remarque.

— On se voit dans dix minutes.

Il raccroche et je monte annoncer la mauvaise nouvelle à Sara.

Je lui donnerai cette pilule, mais pas aujourd'hui.

Demain, ce sera bien assez tôt.

Sara encaisse la nouvelle plutôt bien, sans doute parce que je lui apprends en même temps que nous avons tout ce qu'il faut pour appeler ses parents. Pendant qu'Ilya et Yan mettent tout en place, j'explique à Sara ce qu'elle doit dire.

— Pas un mot au sujet de notre emplacement ni du nombre d'occupants, lui précisé-je tout en l'accompagnant au rez-de-chaussée. Rien sur la durée du vol ni le moyen de transport. Et si tu essaies de faire des insinuations sur les sushis, les montagnes, les hélicoptères ou tout autre indice, je le saurai et ce sera la dernière fois que tu contactes ta famille. Compris ?

Sara a le visage blême, mais elle acquiesce.

— Alors, qu'est-ce que je *peux* dire ?

— Tu peux dire à tes parents que tu es avec moi – les

fédéraux le savent. Tu peux leur dire que tu es heureuse et amoureuse, et qu'ils n'ont aucun souci à se faire. Sois brève. Il ne s'agit pas de répondre à leurs questions, mais de les rassurer en leur prouvant que tu es en vie et en bonne santé. Moins tu en dis, mieux ce sera pour tout le monde.

— Très bien.

Elle s'arrête au bas des marches et prend une inspiration en redressant les épaules.

— Je suis prête.

Lᴀ ᴛʀᴀɴsᴍɪssɪᴏɴ ᴅᴇ ʟ'ᴀᴘᴘᴇʟ ᴘᴀssᴇ ᴘᴀʀ ᴜɴᴇ ᴅɪᴢᴀɪɴᴇ ᴅᴇ ʀᴇʟᴀɪs, enchaînant des satellites et des antennes dans le monde entier avant d'apparaître sous la forme d'un numéro masqué sur le téléphone portable de la mère de Sara. Je suis parfaitement conscient que tous les téléphones connectés aux parents de Sara sont mis sur écoute par le FBI, mais peu importe. Il est impossible qu'ils retracent son appel. Le principal danger, c'est que Sara dise quelque chose qu'elle ne devrait pas, mais j'espère qu'elle est assez intelligente pour éviter ça.

Mes menaces ne sont pas à prendre à la légère.

Lorna Weisman, la mère de Sara, décroche rapidement.

— Allô ?

Sa voix paraît tendue.

— Salut, maman.

Sara est assise sur le canapé à côté de moi, le téléphone sur haut-parleur pour me permettre d'entendre leur conversation.

— C'est moi, Sara.

— Sara ! Oh, merci, mon Dieu ! Où es-tu ? Ça va ? Que se passe-t-il ? Le FBI est venu et…

— Je vais bien, maman.

Sara parle d'un ton calme et apaisant, malgré les larmes qui font briller ses yeux.

— Je t'en prie, ne t'inquiète pas. Je suis avec Peter et tout va bien. Je sais que tout doit vous sembler perturbant, mais je vais bien et tout est formidable ici. Je te raconterai quand je reviendrai, mais pour l'instant, je voulais juste vous appeler afin que vous ne vous fassiez pas de souci.

— Sara, ma chérie, écoute-moi.

À sa voix, Lorna a l'air au bord des larmes.

— Le FBI a dit que c'était un criminel, l'un des plus recherchés. Tu dois t'éloigner de lui. Où es-tu ? S'il te plaît, ma chérie, dis-le-moi et nous enverrons quelqu'un te chercher. Ce n'est pas un homme bien, Sara. Il est dangereux, il pourrait te faire du mal. Tu dois…

— Maman, ne sois pas ridicule, rétorque Sara d'une voix sèche. Je vais parfaitement bien, et Peter est merveilleux avec moi. Écoute, je ne peux pas parler longtemps, mais ne crois pas ce qu'on te dit. C'est quelqu'un de bien et nous sommes très heureux ensemble. Il m'aime, et je… Eh bien, je crois qu'il se pourrait que je l'aime, moi aussi.

Elle me jette un œil et je hoche la tête pour l'approuver, sans prêter attention à la douleur irrationnelle qui me comprime le cœur. Elle fait exactement ce que je lui ai dit, et il ne servirait à rien d'espérer qu'il y ait un fond de vérité dans ses propos, qu'elle puisse être réellement amoureuse de moi.

— Mais, Sara…

— Maman, je dois filer. Je te rappelle bientôt. En attendant, ne t'inquiète pas et dis à papa de ne pas s'inquiéter, lui non plus.

Sa voix est chargée, comme si elle était sur le point d'éclater en sanglots.

— Je vous aime tous les deux. On se parle bientôt, d'accord ?

— Attends, Sara…

Mais elle raccroche. Ses frêles épaules sont secouées par des hoquets lorsqu'elle se lève d'un bond et se précipite à l'étage, me laissant seul avec le téléphone.

14

J'IGNORE COMBIEN DE TEMPS JE PLEURE AVANT DE SENTIR LE LIT s'enfoncer à côté de moi. Peter me prend dans ses bras et m'attire sur ses genoux comme si j'étais un enfant désemparé. Sa grande main me caresse le dos et je referme les bras autour de son cou, dissimulant mon visage humide contre son épaule. C'est agréable, son contact, sa chaleur. Ça me paraît nécessaire, même si je lui en veux en ce moment… même si le chagrin dans la voix de ma mère, encore frais dans mon esprit, m'est insupportable.

— Tout va bien se passer, ptichka, dit-il d'une voix douce quand mes sanglots s'apaisent. Nous gardons un œil sur eux, et ils affrontent très bien cette épreuve. Maintenant que tu as appelé, ils savent que tu vas bien.

— Bien ? Ils croient que je suis devenue folle, en disparaissant comme ça avec un criminel recherché.

Ma voix chevrote et ma vision se brouille de larmes quand je lui repousse les épaules, levant la tête pour rencontrer son regard.

— Et avec le FBI à notre recherche...

— Je sais.

Ses yeux gris sont pleins de chaleur quand il essuie délicatement mes joues humides.

— Ce n'est pas idéal, mais c'est le mieux qu'on peut faire pour le moment.

— D'accord.

Je finis par trouver la force de m'écarter de ses genoux pour me lever. Les yeux me piquent à force d'avoir pleuré, et j'ai une migraine carabinée, mais je suis bien décidée à me ressaisir. Je ne peux pas persister à chercher du réconfort chez l'homme qui m'a tout pris, je ne peux pas continuer à pleurer dans les bras de mon ravisseur.

Je suis plus forte que ça.

Il le faut.

— Tu as faim ? demande Peter en se levant à son tour. Je vais préparer le dîner.

J'essuie ce qu'il me reste de larmes du revers de la main et hoche la tête.

— Je pourrais manger.

— Tant mieux.

Son sourire est si éclatant que j'en suis presque aveuglée.

— On se voit en bas dans une heure.

~

Je m'attendais à ce que les hommes de Peter nous rejoignent pour le dîner, comme ils l'ont fait au petit déjeuner, mais ils brillent par leur absence. Quand j'interroge Peter, il m'explique qu'ils s'entraînent à l'extérieur et qu'ils mangeront plus tard.

— Pourquoi tu ne les rejoins pas ? je demande en prenant un morceau de saumon.

Aujourd'hui, le repas est d'inspiration japonaise – poisson et riz blanc, avec petits légumes au vinaigre en accompagnement.

— Vous ne vous entraînez pas ensemble ?

Peter sourit.

— En temps normal, mais je voulais passer du temps avec toi, ce soir.

— Parce que ma compagnie a été agréable aujourd'hui ?

Son sourire s'agrandit.

— Nous avons eu de bons moments.

J'essaie de ne pas rougir en sachant qu'il fait référence à notre partie de jambes en l'air. Je me suis efforcée de ne pas y penser, même si mon corps est encore alangui après sa possession brutale. C'est ridicule de me sentir gênée alors que nous couchons ensemble depuis plusieurs semaines, mais c'est plus fort que moi. Ce que nous partageons est trop troublant, trop tordu. Et puis, l'oubli du préservatif…

Non, je ne dois pas y penser. Peter m'a promis une pilule demain, et je veux croire qu'il tiendra sa promesse. Même si, pour une raison étrange, ça ne le dérangerait pas de me mettre enceinte, il doit comprendre qu'un bébé en de telles circonstances serait un vrai désastre pour les personnes impliquées. C'est un homme recherché, un assassin en cavale. Quel genre de vie serait-ce pour un enfant ? Peter est trop intelligent pour ne pas en avoir conscience.

Il est aussi obsédé par toi.

Je fais taire cet effrayant murmure et me concentre sur le repas. Inutile de m'inquiéter ce soir, j'aurais tout le temps de me ronger les sangs demain si Peter ne me donne pas cette pilule. Quoi qu'il en soit, je suis tellement fatiguée que j'ai du mal à soulever ma fourchette, alors ce n'est pas le moment de me mettre martel en tête pour une grossesse potentielle. Chez moi, ce doit déjà être le matin, et malgré ma sieste en début de journée, je ressens les effets du décalage horaire, combinés au contrecoup d'un stress extrême. Après le dîner, je sombrerai en espérant y voir plus clair demain.

Il le faut, si je veux prévoir mon évasion.

— J'ai oublié de te dire, fait Peter alors que je termine mon saumon. Yan t'a acheté des vêtements. Ils sont là-bas.

D'un mouvement de tête, il désigne l'entrée où je remarque pour la première fois des sacs de grands magasins.

— Oh, merci.

Réprimant un bâillement, je repousse mon assiette et me lève. Je n'ai pas l'intention de m'attarder assez longtemps dans cet endroit pour avoir besoin de tant d'affaires, mais il me faut des chaussures et des vêtements chauds pour m'échapper.

— Je vais regarder tout ça.

Peter se lève à son tour et débarrasse la table pendant que je passe en revue les achats de Yan. Toutes les étiquettes affichent des tailles supérieures à ce dont j'ai l'habitude, mais les habits semblent m'aller. Je dois donc faire une taille Medium ou Large en comparaison avec les Japonaises menues. Les chaussures aussi sont à la bonne pointure. Je les essaie immédiatement, excitée de trouver une paire de baskets confortables et des bottes chaudes, ainsi que des sandales et escarpins à talons hauts moins commodes.

— Ton collègue croit que je vais sortir danser ? je demande à Peter en fouillant le reste des sacs pour découvrir quelques tenues peu pratiques en plus des basiques évidents tels que des pantalons de yoga, des jeans, des pulls et des tee-shirts. Il y a aussi des sous-vêtements, en dentelle et raffinés pour la plupart, avec deux nuisettes en soie aguichantes – l'idée que se fait un homme de ce que porte une femme au lit.

— Yan est doué pour les fringues, je lui ai dit de prendre ce qu'il jugeait intéressant, dit Peter en souriant quand je lui montre un débardeur au décolleté plongeant qui aurait tout à fait sa place dans une fête d'été sur la plage. Je crois qu'il s'est un peu emballé sur certains articles.

— Hmm, hmm.

Je remets les achats à leur place et m'empare de deux sacs, prête à monter les ranger dans la penderie, quand Peter me rejoint pour me les arracher des mains.

— Je m'en charge, dit-il en prenant le reste.

Sous mes yeux ébahis, il emporte tous les sacs à l'étage.

Je me rends compte en lui emboîtant le pas que c'est encore un exemple de son extrême sollicitude. À la maison, non seulement Peter me libérait de toutes mes tâches ménagères quand j'étais fatiguée, mais il refusait toujours de me laisser porter quoi que ce soit de plus lourd qu'une assiette en sa présence. J'ignore s'il me croit incapable de soulever un sac de vêtements, ou si quelqu'un lui a appris à toujours se charger des paquets d'une femme, mais cela ne fait que conforter mon impression d'être choyée.

Quand il n'est pas en train de m'abrutir de somnifères, de m'enlever ou de me menacer, évidemment.

— C'est comme ça qu'on t'a éduqué à l'orphelinat ? je demande en le suivant dans le dressing attenant à la chambre où il range les sacs et entreprend de suspendre mes vêtements à côté des siens. Quand tu étais petit, quelqu'un t'a appris à être un gentleman ou un truc de ce genre ?

Peter s'interrompt pour me regarder en haussant les sourcils.

— Tu plaisantes, n'est-ce pas ?

Je me renfrogne et tends la main vers l'un des sacs, d'où je sors un pull que je commence à plier.

— Non, pourquoi ?

Son rire est amer quand il me répond :

— Ptichka, as-tu la moindre idée de ce que sont les orphelinats en Russie ?

Je me mords la lèvre en rangeant le pull sur l'étagère la plus proche.

— Non, pas vraiment. J'imagine que ce n'est pas terrible ?

Il finit de suspendre les habits.

— Disons simplement que les comportements d'un gentleman ne faisaient pas partie de mes priorités quand j'étais gamin.

— Je vois.

Je devrais aider Peter, mais je suis tout juste capable de le regarder, frappée d'en savoir si peu au sujet de l'homme qui a pourtant une telle emprise sur ma vie. Je sais qu'il a grandi dans un orphelinat – il m'a dit qu'il avait atterri dans un camp de correction après avoir tué le directeur de l'établissement –, mais je ne connais rien d'autre, et tout d'un coup, ça me paraît insuffisant.

J'ai envie d'en savoir plus sur Peter Sokolov.

J'ai envie de le comprendre.

— Qu'est-il arrivé à ta famille ? je demande en m'adossant contre le chambranle de la porte. Tu as connu tes parents ?

— Non.

Il continue à déballer méthodiquement les paquets.

— On m'a abandonné sur les marches de l'orphelinat quand j'étais un nouveau-né. On estime que j'avais seulement trois ou quatre jours à l'époque, et on pense que ma mère venait de l'un des villages environnants. C'était peut-être une lycéenne, tombée enceinte en s'amusant à droite à gauche, ou quelque chose comme ça. Je ne présentais aucun signe d'alcoolisation fœtale, et j'étais négatif aux tests de toxicomanie, ce qui raye de la liste les prostituées, par exemple.

— Et personne n'est jamais venu te chercher ? je demande, le cœur gros.

J'ignore pourquoi, mais imaginer cet homme dangereux comme un nouveau-né abandonné me donne envie de pleurer.

Peter baisse le cintre qu'il tient et m'adresse un regard étonné.

— Me chercher ? Non, bien sûr que non. Personne ne vient réclamer les enfants dans ces endroits-là – c'est pour ça qu'on les appelle des orphelinats. Enfin, de nos jours, de riches étrangers passent de temps à autre et adoptent un bébé ou deux s'ils sont incapables d'avoir leurs propres rejetons, mais ce n'était pas le cas dans mon enfance.

Je déglutis et la douleur dans ma poitrine s'intensifie.

— As-tu déjà essayé de savoir qui était ta mère ? De la retrouver, elle ou ton père ? Je veux dire, maintenant que tu as des ressources…

La mâchoire de Peter se contracte et il se tourne entièrement vers moi.

— Pourquoi aurais-je perdu mon temps à chercher quelqu'un qui m'a abandonné ?

Ses yeux brillent d'un éclat sombre et glacial.

— Il n'y a qu'une seule chose que je voudrais lui faire si je la retrouve, et même *moi*, je condamne les matricides.

Il se détourne et reprend le rangement des vêtements. Je me force à l'aider, malgré mes mains tremblantes et mon estomac noué. Ses révélations me terrifient, tout en me remplissant d'une pitié écrasante. Maintenant, je comprends que la rage à fleur de peau chez Peter est ancrée plus profondément que la tragédie dont sa femme et son fils ont été victimes, qu'il a été façonné par des forces que j'ai du mal à appréhender.

Que son idée fixe sur la famille – et son obsession vis-à-vis de moi – trouve peut-être ses racines dans les ténèbres de son enfance.

15

Je m'endors dans les bras de Peter dès que nous nous allongeons, pour me réveiller un peu plus tard en le sentant me pénétrer. Il est dans mon dos et a passé un bras musclé autour de ma cage thoracique pour me maintenir en place. Je ne suis pas assez mouillée et ses premiers assauts me piquent, mais quand il pose la main sur mon sexe et trouve mon clitoris, mon corps mollit et je fonds dans les flammes qui s'emparent à nouveau de moi.

Il ne me faut que quelques minutes pour jouir et il me suit de près. Sa queue épaisse frémit en moi lorsqu'il atteint l'extase avec un grognement étouffé. Puis il me serre contre lui sans chercher à se retirer et je me rendors ainsi, son corps enfoui dans le mien. Dans mes rêves, il dépose un baiser sur ma tempe et me dit à quel point il m'aime, mais quand je me réveille le matin, je suis toute seule dans le lit. Le soleil brille et sa lumière vive coule à flots par la baie vitrée.

Pendant ma douche, je retrouve des traces de sperme séché sur mes cuisses – la preuve qu'une fois de plus, nous n'avons pas utilisé de protection. Je m'empresse de me laver en essayant de ne pas céder à la panique qui m'envahit, avant de m'habiller pour me mettre à la recherche de Peter.

Il doit me fournir cette pilule.

Il doit tenir sa promesse.

Je suis étonnée de ne pas le trouver au rez-de-chaussée. Ses hommes n'y sont pas non plus.

Mon sang ne fait qu'un tour et mon cœur bat la chamade. Serait-ce possible ? Seraient-ils partis pour régler une quelconque affaire en me laissant toute seule ? Avant de trop m'emballer, je m'empare de mes bottes et je sors vérifier qu'ils ne sont pas à l'entraînement.

Rien.

Tout le monde est parti, hélicoptère compris.

— Ils reviendront cet après-midi, dit alors une voix d'homme dans mon dos.

Je sursaute en poussant un cri de surprise.

Je fais volte-face pour découvrir Ilya, qui m'a suivie hors de la maison. Il devait être dans l'une des chambres d'amis à l'étage, le seul endroit que je n'ai pas vérifié.

Je prends une grande inspiration pour apaiser mon rythme cardiaque et demande :

— Peter est parti aussi ?

Le grand Russe hoche la tête, son crâne tatoué luisant dans la lumière du jour lorsqu'il s'appuie contre l'encadrement de la porte.

— Il a laissé le petit déjeuner sur la cuisinière pour toi.

— Oh, d'accord. Merci.

Il entre et je le suis à l'intérieur, frissonnant dans le vent frais. Il faudra que je m'habille plus chaudement quand je tenterai mon évasion, avec plusieurs couches de vêtements. Et l'occasion se présentera peut-être plus tôt que prévu.

Avec un peu de chance, Ilya ne me surveillera pas de trop près aujourd'hui.

Évidemment, il ne se joint pas à moi pour le petit déjeuner. Il préfère disparaître dans sa chambre à l'étage pendant que j'avale les flocons d'avoine que Peter m'a laissés et expédie la vaisselle. Constatant qu'Ilya n'est toujours pas redescendu quelques minutes plus tard, je m'empresse de monter, d'enfiler deux pulls l'un sur l'autre et une parka, de prendre une casquette et de m'éclipser le plus discrètement possible. Je ne connais toujours pas les environs, mais je ne peux pas laisser filer une telle opportunité. En passant dans la cuisine, je m'empare d'une bouteille d'eau, d'un paquet de cacahuètes et d'une pomme, que je fourre dans un sac en plastique bien à l'abri à l'intérieur de ma parka.

Mes bottes se trouvent près de la sortie, et je les chausse avant de quitter la maison, en prenant soin de refermer la porte derrière moi sans un bruit.

Je ne m'autorise à respirer qu'une fois la maison hors de ma vue, quand j'ai retrouvé le chemin que j'avais repéré hier du côté ouest. Je reste prudemment sur le bord, prête à m'enfoncer dans la forêt au premier signe de poursuite, mais rien ne semble se produire.

Peut-être aurai-je de la chance et Ilya ne se rendra pas compte de mon départ avant un moment.

L'air est froid et le ciel dégagé. J'alterne entre un pas vif et de petites foulées sur le chemin. Je ne suis pas en excellente forme d'un point de vue cardio et je sais que je ne tiendrai pas ce rythme très longtemps, mais mon but est de descendre le plus bas possible à flanc de montagne avant qu'on se rende compte de ma disparition. Je ne me fais pas d'illusions quant à mes chances d'échapper à une équipe d'anciens soldats des Spetsnaz sans avoir une bonne longueur d'avance, mais ça en vaut la peine.

Je pourrais essayer d'atteindre un téléphone avant de me faire attraper.

Mes efforts durent pendant toute la matinée. Je ne m'accorde qu'une pause de cinq minutes pour boire et me soulager, vers midi. Puis je reprends mon rythme rapide sans prêter attention à mes muscles et mes poumons endoloris. Quand le soleil commence à décliner, en début d'après-midi, je suis contrainte de ralentir l'allure. Heureusement que le chemin est en pente, car je n'aurais jamais tenu aussi longtemps. Même si le chemin est suffisamment large pour laisser passer une voiture, il semblerait qu'il n'ait pas été emprunté depuis des années, et il est jonché d'obstacles que je dois contourner : troncs d'arbres morts en travers du passage, profondes ornières et fossés remplis d'eau. Ce doit être à cause de cet éboulement mentionné par Ilya. Je vais devoir couper à travers bois quand j'atteindrai cet endroit, mais pour l'instant, le chemin est praticable malgré ces difficultés.

Encore un peu plus, me dis-je tout en enjambant un autre arbre à terre, avant de me laisser glisser dans une pente plus raide. Je manque trébucher sur une pierre et je peine à garder l'équilibre. Bientôt, je ferai une nouvelle halte pour boire et manger un morceau, mais pas tout de suite.

Je dois encore m'éloigner avant qu'ils lancent les recherches.

Je m'oblige à continuer pendant une heure, avant de m'effondrer, épuisée. Depuis vingt minutes, j'ai la désagréable impression d'être suivie, mais je suis certaine que c'est juste de la paranoïa.

Mes ravisseurs ne prendraient pas la peine de me suivre, ils se contenteraient de m'attraper et de me ramener.

Néanmoins, j'inspecte soigneusement les alentours, prête à bondir et à détaler à tout moment. Mais comme je m'en doutais, tout est calme et les cèdres géants oscillent légèrement dans la brise froide. Je me détends et ouvre ma parka pour en sortir le sac en plastique que j'y ai entreposé. J'ouvre la bouteille d'eau et avale ce qu'il me reste avant de manger les cacahuètes et la pomme que j'ai apportées.

Ce n'est pas grand-chose, mais ça suffira.

Je me sens légèrement mieux et je me lève. Soudain, pour la deuxième fois de la journée, je sursaute en poussant un cri.

Un singe gris au visage rose me dévisage entre les arbres.

Et lorgne accessoirement le trognon de pomme que j'ai laissé par terre. Son regard alterne entre le butin potentiel et moi.

J'éclate de rire devant la drôle de tête que fait le singe et ma propre réaction. Cette bouffée d'adrénaline me donne le frisson et mon cœur bat comme si je venais d'être attaquée par un ours, mais je suis tellement soulagée que je pourrais presque embrasser cette frimousse rose.

C'était un singe des montagnes qui me suivait, pas un mercenaire russe.

— Tu peux le prendre, dis-je au singe en désignant les restes de pomme une fois que mon fou rire a cessé. Il est tout à toi.

— Comme c'est généreux de ta part, ptichka, susurre alors une voix familière dans mon dos.

Je reste pétrifiée et mon pouls s'emballe comme jamais.

J'ai eu tort de ne pas me fier à mon instinct.

Le cœur serré, je me retourne pour faire face à l'homme que je fuyais.

Peter Sokolov est appuyé contre un arbre, un sourire sarcastique sur ses lèvres sensuelles.

1 6

Ilya m'a envoyé un message dès que Sara a quitté la maison et je lui ai ordonné de la suivre. Non pas parce que j'avais peur de la perdre – Yan a intégré une puce GPS dans toutes les chaussures qu'il lui a achetées –, mais parce que je ne voulais pas qu'elle entreprenne cette randonnée toute seule. Mon petit docteur a l'habitude des environnements urbains, pas des forêts de montagne, et je ne voulais pas qu'elle se blesse. J'étais déjà sur le trajet du retour, et dès qu'Anton m'a déposé, j'ai suivi le signal GPS des bottes. Il ne m'a fallu qu'une heure pour rattraper Ilya et j'ai pris la relève sur les traces de Sara – mon passe-temps favori, ces derniers mois.

— Comment m'as-tu retrouvée ? demande-t-elle une fois remise de sa surprise.

Sa voix est tendue et un peu essoufflée, mais elle dresse le menton et me fait face sans sourciller.

— Depuis combien de temps me suis-tu ?

— Depuis la fin de la matinée, dis-je en m'écartant de l'arbre. Tu as plus d'endurance que je le pensais. J'aurais cru que tu ferais une pause bien avant.

Elle plisse ses beaux yeux noisette.

— C'est pour ça que tu m'as laissé aller aussi loin ? Pour me montrer à quel point je suis faible et à quelle vitesse tu es capable de me rattraper ?

— Non, ptichka, dis-je en m'approchant. Pour te montrer autre chose.

Elle recule d'un pas avant de se camper fermement sur ses jambes, sans doute consciente qu'il ne sert à rien de courir. C'est le cas. Je pourrais la rattraper en un clin d'œil. Puis je la punirais comme le réclame le monstre qui m'habite.

Je m'assurerais ainsi qu'elle ne s'enfuie plus jamais.

Il me faut toute ma volonté pour réprimer cette envie, pour ne pas céder à ces bas instincts. Il est tout à fait logique que Sara ait tenté de s'échapper, de retrouver la vie qu'elle a toujours connue. Elle ne serait pas ce qu'elle est si elle n'essayait pas, et je le sais. Je l'accepte – du moins, d'un point de vue rationnel.

À un niveau plus viscéral, en revanche, j'ai envie de la soumettre et de lui faire l'amour, d'attacher ses ailes pour l'empêcher à tout jamais de me quitter.

— Viens, dis-je en m'avançant pour prendre sa main froide et tremblante dans la mienne. C'est un peu plus loin, par ici.

Maîtrisant la rage sourde qui gronde en moi, je l'entraîne en contrebas sur le chemin.

17

 _ara_

L'EXPRESSION DE PETER EST INDÉCHIFFRABLE TANDIS QUE NOUS progressons côte à côte. Pourtant, je perçois sa colère, la dangereuse instabilité qui le caractérise, au même titre que ses yeux d'un gris d'acier. Malgré ça, sa poigne est plutôt douce et sa grande main protège ma paume de l'air froid tout en m'empêchant de fuir.

— Comment m'as-tu retrouvée si vite ? je demande en essayant de dissimuler mon anxiété.

À ce stade, je suis pratiquement certaine que Peter ne s'en prendrait pas physiquement à moi, mais il ne manque pas de moyens de se venger.

— Ilya t'a suivie, dit-il en me jetant un œil.

Le froid mordant a rougi ses hautes pommettes et le bout de

498

son nez, et avec sa parka de sport, il ressemble à l'un de ces athlètes endurcis qui gravissent le mont Everest pour le plaisir.

— Tu croyais qu'il ne se rendrait pas compte que tu as quitté la maison ?

Évidemment. J'aurais dû me douter que c'était trop facile.

— Pourquoi ne m'a-t-il pas arrêtée, dans ce cas ? Pourquoi se contenter de me suivre ?

— Parce que c'est moi qui le lui ai demandé.

J'enfonce mes talons dans le sol pour le forcer à marquer une pause.

— Pourquoi ? Tu essaies de me donner une leçon ? C'est ça ?

— Non, Sara, même si c'est un bonus.

Une lueur amusée brille dans ses yeux.

— Alors, quoi ? je demande. Pourquoi me laisser aller aussi loin ?

— Pour pouvoir te montrer ça, dit-il en resserrant sa main autour de la mienne.

Il m'entraîne vers un petit groupe d'arbres à l'écart de la piste.

Si depuis le début, je marche prudemment, cette fois, je ne remarque pas le brusque affaissement de terrain sous nos pieds. Heureusement que Peter m'arrête net, sinon j'aurais basculé.

Je recule en étouffant un cri, me raccrochant de toutes mes forces à la main de Peter, avant de baisser les yeux sur le trou béant en contrebas. Par un caprice de la nature, les arbres s'étendent jusqu'au bord du précipice et certaines racines s'avancent même au-delà. On a l'impression que le sol continue alors que ce n'est pas le cas, et je me souviens de ce que m'a expliqué Ilya à propos de ce phénomène hier, quand il m'a parlé des éboulements.

— C'est à cause du tremblement de terre ? je demande, une fois remise de ma stupeur.

— Oui.

Peter me tire en arrière pour m'éloigner du bord de la falaise. Quand nous nous sommes suffisamment éloignés, il me lâche la main et me dit :

— C'est ce que je voulais te montrer. Je sais qu'hier, Ilya t'a dit que cette montagne était entourée de falaises, mais tu ne l'as pas cru sur parole et j'ai pensé que tu devais le voir de tes propres yeux. Cette pente était la seule qui soit assez douce pour permettre un accès à pied ou en véhicule avant le séisme, mais elle est impraticable aujourd'hui. Le seul moyen d'accéder à ce sommet, c'est en hélicoptère, ptichka.

Il sourit et ses yeux étincellent comme de l'argent poli.

Je lève la tête vers lui, l'estomac soudain lesté de plomb. Je ne devais pas écouter Ilya quand il m'en a parlé, car je ne me souviens pas d'avoir entendu ça. Pas étonnant que mes ravisseurs ne se soient pas inquiétés de ma disparition. Ils savaient que je n'avais nulle part où aller.

— Toute cette montagne est entourée de précipices ? De tous les côtés ?

Mon abattement doit se lire sur mon visage, car la mine de Peter se radoucit inexplicablement.

— Oui, mon amour. Tu ne l'as pas compris hier ?

Je secoue la tête d'un air dépité.

— Je ne devais pas être assez attentive.

Il n'ajoute rien, mais me prend la main et nous continuons ensemble, rebroussant chemin jusqu'à la maison. Mes pas sont lents. L'épuisement de ma randonnée du matin me fait l'effet d'un boulet de démolition. Et ce n'est pas qu'une fatigue physique. Émotionnellement, je suis lessivée, si éteinte que je me sens tout engourdie de l'intérieur.

Je ne sais pas pourquoi j'ai placé de tels espoirs sur cette évasion. Même quand j'étais chez moi, avec ma famille et le FBI à portée de téléphone, je savais que je ne pourrais échapper nulle part à la puissance de Peter. J'étais déjà sa prisonnière, tout comme aujourd'hui, et je me demande comment j'ai pu croire que descendre du sommet arrangerait les choses.

Pourquoi ai-je imaginé que je serais libre si j'arrivais en bas ?

Peter se serait lancé à ma poursuite. Même si, par un quelconque miracle, je m'enfuyais et obtenais la sécurité relative de la protection du FBI, je ne serais jamais vraiment à l'abri. Je regarderais par-dessus mon épaule, chaque heure de chaque jour, avant qu'il apparaisse enfin, avec ce même sourire cruel sur son beau visage.

Je n'ai aucune échappatoire, et dans ma panique, je l'ai oublié.

Le désespoir exerce une pression dévastatrice sur ma poitrine, bloquant ma respiration et teintant le monde environnant de gris. Je sais que je dois me ressaisir, trouver un nouveau plan, mais mon impuissance est trop grande, trop absolue. J'ai les jambes lourdes à chaque pas et une sensation glacée se propage à l'intérieur de moi. Le froid enserre mon cœur de ses chaînes.

Je ne peux pas m'en sortir.

— Il peut en être autrement, Sara, dit Peter d'un ton serein.

Je lève les yeux pour surprendre son regard, étrangement compatissant. On dirait qu'il comprend, comme s'il faisait preuve d'empathie. Mais si c'était le cas, il ne ferait pas ça.

Il ne détruirait pas ma vie pour satisfaire son obsession.

— Autrement ? je demande d'une voix blanche en m'arrêtant devant un arbre couché.

Nous devons l'enjamber et je manque d'énergie.

— Comment, alors ? Comment envisages-tu les choses ?

Ses lèvres frémissent quand il me lâche la main et se tourne vers moi.

— Il te suffit de capituler, ptichka. D'accepter ce qui existe entre nous.

— Et qu'est-ce que c'est ?

— Ça.

Il lève la main pour me caresser la joue, et je savoure sa caresse. Je recherche la chaleur magnétique de ses doigts.

J'éprouve un besoin pervers aux tréfonds de mon être.

Je devrais m'éloigner, m'arracher à son étreinte, mais je suis trop fatiguée pour bouger. Trop fatiguée pour protester quand il penche la tête pour poser ses lèvres sur les miennes, dans un doux et délicat baiser, si tendre que j'ai envie de pleurer.

Il m'embrasse comme si j'étais précieuse, rare et belle. Comme s'il me désirait plus que la vie elle-même. Mes yeux se ferment et je tends les bras pour me raccrocher à ses épaules tandis qu'il approfondit notre baiser, inspirant le même air que le mien et alimentant mon désir.

Et si tu capitulais ?

En cet instant, l'idée ne me semble pas mauvaise. Je suis trop éreintée et perdue, trop vide de tout espoir. Il est la cause de ma détresse, et pourtant tout me paraît plus chaud et plus lumineux à son contact, plus supportable avec son affection.

Et si tu acceptais ?

Cette question tourne en boucle dans ma tête. Elle me taraude, me laisse pressentir de nouvelles possibilités. Que se passerait-il si je cessais de me débattre ? Si je lâchais prise sur mon passé pour embrasser ma nouvelle vie ? Parce qu'en ce moment, l'idée qu'il puisse m'aimer, que nous puissions partager quelque chose de significatif et de réel ne me paraît pas si insensée.

Et si je m'autorise à oublier ce qu'il a fait, je pourrais bien tomber amoureuse de lui en retour.

— Sara, dit-il dans un souffle en relevant la tête.

Dans son regard enflammé, j'aperçois l'avenir qui pourrait être le nôtre. Celui où nous ne sommes pas ennemis, où le passé ne déteint pas sur notre présent en nuances de noir.

Je l'entrevois, il me fait envie – et c'est ce qui me terrifie le plus.

— Lâche-moi.

Quelque part, je trouve la force de me dégager, de rejeter le sombre attrait de son affection.

— S'il te plaît, Peter, arrête.

Son regard devient glacial et l'argent fondu se change en métal froid. Sans ajouter un mot, il me prend la main et nous reprenons notre route à flanc de montagne, en direction de ma prison.

De notre nouveau foyer.

L'ascension dure une heure et demie avant que je commence à trébucher sur chaque racine et sur chaque pierre, les jambes si lourdes de fatigue que je ne suis plus capable de soulever les pieds. La montée est dix fois plus difficile que la descente, et après avoir puisé jusqu'au bout de mes forces tout à l'heure, je n'en peux plus.

J'inspire une bouffée d'air froid et me laisse tomber sur un rocher.

— J'ai besoin… d'une pause, dis-je d'une voix sifflante, pliée en deux.

Une crampe aiguë me transperce les côtes et mes poumons me brûlent comme si j'avais couru un marathon.

— Juste… quelques minutes.

— Tiens, bois.

Peter s'assoit à côté de moi. Il a l'air aussi fringant et vigoureux que si c'était une promenade de santé. Il baisse la fermeture de sa veste et me tend une nouvelle bouteille d'eau en disant :

— Je sais que tu es fatiguée, mais nous ne pouvons pas ralentir. Un orage est prévu ce soir et nous devons être rentrés avant qu'il éclate.

Je bois la moitié de l'eau avant de lui remettre la bouteille.

— Un orage ?

— Pluie verglaçante et neige à haute altitude.

Il termine l'eau et range la bouteille vide à l'intérieur de sa veste.

— Mieux vaut éviter de se laisser surprendre.

— D'accord.

Je n'ai pas eu le temps de reprendre mon souffle, mais je me remets péniblement debout.

— Allons-y.

Peter se lève et me dévisage en fronçant légèrement les sourcils. Enfin, il se retourne et me dit :

— Sur mon dos.

Un rire incrédule monte du fond de ma gorge.

— Quoi ?

— J'ai dit : sur mon dos. Je vais te porter.

— Ne sois pas ridicule. Tu ne peux pas me porter sur une telle distance. Il nous reste encore trois bonnes heures de marche – peut-être quatre ou cinq, puisque c'est en montée.

— Arrête de discuter et monte sur mon dos, dit-il en me lançant un coup d'œil sévère par-dessus son épaule. Tu es trop fatiguée pour marcher, et c'est le moyen le plus facile de te porter.

J'hésite avant de me décider à obéir. S'il a envie de s'épuiser en me portant à califourchon, qui suis-je pour le contredire ?

— D'accord.

Avec ce qu'il me reste de force, je grimpe sur le rocher avant de m'installer contre son large dos. J'agrippe ses épaules et passe les jambes autour de sa taille.

— Tiens-toi bien, dit-il en glissant les bras sous mes genoux.

Il commence à marcher, avalant les mètres à grandes enjambées.

18

eter

J'ADOPTE UNE FOULÉE RAPIDE, BIEN DÉCIDÉ À REJOINDRE LA maison au plus vite. Le ciel est déjà sombre à l'horizon, et l'atmosphère plus froide et plus chargée. L'orage arrive plus vite que prévu. Il nous reste peut-être deux heures avant qu'il éclate et je ne peux pas appeler les gars pour qu'ils passent nous chercher. Après m'avoir déposé, Anton a pris l'hélicoptère pour aller faire quelques courses à Tokyo, et il ne sera pas rentré à temps.

J'aurais dû choisir un autre jour pour cette démonstration.

Oh, tant pis. Inutile de s'inquiéter maintenant. En atteignant une portion moins escarpée du chemin, j'accélère le pas. Sara change de position et referme les bras autour de mon cou en se penchant en avant.

— Ça va ? me murmure-t-elle à l'oreille.

— Oui, dis-je en hochant la tête. Mais ne m'étrangle pas.

— Tu es sûr que tu n'as pas envie de me poser par terre ? Parce que je suis bien reposée maintenant, et je peux marcher…

— Tu nous ralentirais.

Ma réponse est sèche, mais je n'ai pas envie de gaspiller mon souffle en palabres. Non que mon petit oiseau soit lourd – elle pèse à peine cinquante kilos, moins que les sacs que je porte pendant mon footing à l'entraînement –, mais je ne peux pas me permettre de progresser plus lentement. Le vent se lève, nous infligeant des bourrasques glaciales, et bien que nous soyons chaudement vêtus, je veux mettre Sara à l'abri avant que les intempéries s'accentuent.

Les premières gouttes de neige fondue s'écrasent alors que nous sommes à une demi-heure de la maison.

— Pose-moi, demande Sara.

Cette fois, je m'exécute. Je la porte depuis plus de trois heures, et maintenant, elle est suffisamment reposée. Nous avancerons plus vite si elle est debout.

Je lui attrape la main et commence à trottiner, l'entraînant derrière moi tandis que le ciel se fend. Projetée par des rafales cinglantes, l'eau glacée nous fouette le visage.

— Oh, merci mon Dieu ! se récrie Sara quand la maison nous apparaît enfin.

La pluie s'est changée en neige et, sous le vent, nous sommes transis jusqu'aux os. Mon jean est détrempé, mes jambes engourdies par le froid et je ne sens plus mon visage. J'imagine à peine ce que Sara doit endurer. Contrairement à moi, elle n'a pas été formée à se détacher de la douleur et du manque de confort. Elle n'a jamais connu la survie la plus stricte. Si je pouvais la protéger avec mon corps contre cette tempête, je le ferais, mais le plus important à présent, c'est de rentrer, au chaud et au sec.

Encore une heure à ce régime et nous risquerions l'hypothermie.

À moins de trente mètres de la maison, Sara titube, trébuchant sur une branche, et je la rattrape pour la porter jusqu'au seuil contre mon torse. En atteignant la porte, je frappe avec ma chaussure et, dès que Yan nous ouvre, j'emporte mon fardeau à demi gelé directement dans la salle de bain de l'étage.

Je la pose sur le sol, ouvre le robinet de la douche, m'assure que l'eau soit chaude, mais pas trop, et je nous dépouille tous deux de nos vêtements humides et glacés avant de la placer sous le jet. Les lèvres de Sara ont bleui et elle frissonne si violemment qu'elle a du mal à tenir debout. Je ne suis pas en meilleure forme et je la prends dans mes bras pour une étreinte enveloppante. Pendant quelques minutes, nous restons debout sous l'eau, tout tremblants, laissant sa chaleur imprégner notre peau glaciale.

— Nous… nous aurions pu mourir.

Sara claque toujours des dents et elle recule pour soutenir mon regard. Ses yeux noisette sont presque noirs sur son visage blême, ses cils sombres raidis par l'humidité.

— P… Peter, nous aurions pu mourir, là dehors.

— Oui, dis-je en resserrant à nouveau mes bras autour d'elle, l'attirant contre moi jusqu'à sentir chacune de ses inspirations faibles. Oui, ptichka, nous aurions pu mourir.

Encore une heure ou deux dans cet orage et elle ne s'en serait pas sortie. Jusqu'à présent, je ne me suis pas appesanti sur cette pensée, concentré sur ma mission, à savoir nous ramener à la maison, mais maintenant que nous y sommes – maintenant qu'elle est en sécurité –, l'idée qu'elle aurait pu mourir creuse un trou dans mon ventre et enserre mon cœur de glace. Je n'ai connu une telle peur qu'une seule fois dans ma vie, en voyant ces drogués la menacer avec des couteaux. Cette fois-là, je pouvais éliminer la menace – et je l'ai fait –, mais je n'aurais pas pu la protéger contre cette tempête.

Si elle avait éclaté deux heures plus tôt, j'aurais pu perdre Sara.

Cette idée est terrifiante, insupportable. Quand j'ai perdu Pasha et Tamila, j'ai eu l'impression que c'était la fin de mon monde, que je ne connaîtrais plus rien d'autre que la colère et la douleur insoutenable. La fureur qui guidait mes pas était absolue – car c'était mon seul moyen de venir à bout de chaque journée, mon seul moyen de manger, de respirer et de fonctionner.

Mon seul moyen de vivre assez longtemps pour retrouver les responsables et les faire payer.

Ce n'est qu'avec Sara que j'ai repris goût à la vie, que j'ai commencé à vouloir autre chose que la vengeance la plus brutale. Elle est devenue mon nouveau point de mire, ma nouvelle raison d'exister.

Je ne peux pas la perdre.

Je refuse de la perdre.

— Ne recommence plus jamais.

Ma voix est grave et dure. Je la saisis aux épaules pour la regarder droit dans les yeux, la peur tempérée par une détermination farouche.

— Tu ne m'échapperas pas, Sara. Jamais. Tu n'as personne pour t'aider, nulle part où te cacher. Et si tu me fais encore un coup aussi futile, tu le regretteras – je t'en donne ma parole. Tu crois savoir ce dont je suis capable, et pourtant tu n'as encore rien vu sous la surface. Tu n'as pas idée des mesures que je peux prendre, ptichka, aucune idée de ce que je suis prêt à faire pour t'avoir. Tu m'appartiens et tu resteras mienne – maintenant et aussi longtemps que nous vivrons.

Je sens ses muscles se crisper pendant que je lui parle, et je sais que je lui fais peur. Ce n'est pas mon objectif, mais je dois l'empêcher de tenter une nouvelle évasion.

Je dois la protéger.

— Peter, s'il te plaît…

Son doux regard noisette s'embue et elle pose les paumes sur mon torse.

— Ne fais pas ça. Ce n'est pas de l'amour. Même toi, tu dois t'en rendre compte. Je suis désolée pour tout ce que tu as perdu, pour ce que George a fait à ta famille. Et je sais… poursuit-elle avant de déglutir, les yeux rivés aux miens. Je sais qu'il y a quelque chose entre nous, quelque chose qui ne devrait pas exister… quelque chose qui n'a aucun sens. Tu le ressens, et je le ressens aussi. Mais ça n'en fait pas quelque chose de juste pour autant. Tu ne peux pas harceler quelqu'un pour le pousser à l'aimer, on n'obtient pas la tendresse par l'intimidation. Tant que tu me gardes ici, je suis ta captive, quoi que tu me fasses dire… quoi que tu me contraignes à faire. Que je m'enfuie ou non, je ne t'appartiens pas – et je ne t'appartiendrai jamais. Pas comme ça.

Chacun de ses mots me fait l'effet d'un couteau dans le foie.

— Comment, alors ?

Ma voix est sèche et désespérée, violente dans son intensité.

— Dis-moi, Sara. Comment puis-je t'avoir ? Quel autre moyen avons-nous d'être ensemble alors que je suis un homme recherché ?

Son regard reflète mon propre tourment.

— C'est impossible, répond-elle d'une voix étranglée, ses ongles délicats m'éraflant la peau lorsqu'elle serre le poing sur mon torse. Ce n'est pas notre destin, Peter. Nous ne sommes pas destinés à être ensemble. Pas avec notre passé commun – pas avec ce que nous sommes.

— Non.

Mon rejet est viscéral, instinctif.

— Non, tu as tort.

Conscient que je lui comprime les épaules avec une force excessive, je la libère en reculant avant de me tourner pour couper l'eau. Ce geste anodin me permet de me ressaisir. Maintenant que je n'ai plus froid, mon corps commence à réagir à sa nudité. Mon envie est aussi vive que sombre, accentuée par ma colère volatile et mes profondes aspirations insatisfaites. Si je ne me calme pas, je risque de la prendre et de lui faire mal.

De la baiser jusqu'à ce qu'elle cède et avoue qu'elle m'appartient.

Elle pleure quand je me tourne à nouveau vers elle, les larmes se mêlant à l'eau sur ses joues.

— Peter, je t'en prie…

Elle tend la main pour s'emparer de la mienne et ses doigts fins se referment autour de ma paume dans un geste éploré.

— Je t'en prie, laisse-moi partir. Ce n'est pas ce que tu veux, pas vraiment. Je ne peux pas être ta famille. Je ne peux pas les remplacer. Tu ne le vois pas ? Nous ne sommes pas faits pour ça. Ce que tu veux, c'est…

— C'est *toi* que je veux.

Je dégage ma main de la sienne et la referme dans ses cheveux tout en passant mon autre bras autour de sa taille, la plaquant contre moi. Elle prend une vive inspiration et ses tétons durcis effleurent mon torse. Immédiatement, ma queue se manifeste, dure et prête contre son ventre, tandis que je lui dis d'une voix sourde :

— Toi, Sara, tu es tout ce que je veux. Je me fous du passé, et de ce qui est prévu pour nous. Nous créons notre propre destin – nous choisissons notre voie – et moi, je t'ai choisie. Je me fous que le monde entier nous regarde d'un mauvais œil, je me fous de devoir affronter une armée pour te garder. Je t'ai trouvée, je t'ai prise et tu resteras – et je ne te libèrerai jamais.

19

Je m'attends à ce que Peter me baise sur-le-champ, là dans la douche, mais il me lâche et sort de la cabine. Il attrape une serviette et m'en enveloppe quand je m'avance, me séchant par des mouvements vifs avant de s'occuper de son propre corps. Ses gestes sont brusques, irréguliers, et son regard est sombre quand il termine de se sécher et jette nos serviettes sur le portant.

Il est furieux, vexé, ou un peu des deux. Quoi qu'il en soit, c'est mauvais signe pour moi.

Il m'agrippe le coude et m'entraîne dans la chambre. Une fois devant le lit, je m'y laisse tomber. Mes jambes refusent de me soutenir une seconde de plus. Un vertige me saisit et mon estomac vide se met à gronder. Je me rends compte que je n'ai rien mangé depuis les cacahuètes sur le chemin.

Peter aussi doit s'en être aperçu, car il s'arrête et fronce les sourcils.

— Tu veux dîner ?

Je hoche la tête et me redresse péniblement en essuyant mes larmes du revers de la main.

— Oui, s'il te plaît.

— D'accord.

Il se dirige à grandes enjambées vers la penderie, attrape un peignoir et me le lance avant d'en enfiler un à son tour.

— Allons manger.

Tout en dévorant le sauté que Peter nous a préparé à la hâte, je combats cette sensation déconcertante d'attendre que le couperet finisse par tomber. Mon ravisseur n'a pas prononcé un mot depuis qu'il m'a proposé à dîner et j'ignore ce qui se passe dans sa tête. En tout cas, son regard fixe et glacial m'effraie.

Le repas a retardé ce qu'il allait me faire, mais il en a toujours la ferme intention.

Le moment est peut-être mal choisi, mais je ne peux plus repousser la question inévitable. L'horloge tourne et chaque heure qui passe me fait redoubler d'angoisse.

— Peter…

Je pose ma fourchette en essayant de ne pas laisser transparaître ma peur.

— Tu m'as obtenu cette pilule ?

Sa mâchoire se contracte et, pendant une seconde, je suis

convaincue qu'il dira non. Mais il se lève et se dirige vers l'îlot central, où un sac en papier blanc est posé à côté d'un ordinateur portable.

Il le prend et me l'apporte. Je m'en empare avec enthousiasme. À l'intérieur se trouve une pilule rose dans un emballage blanc brillant, avec des inscriptions en japonais. Seul le nom du fabricant est en anglais, mais je suis certaine qu'il s'agit bien de la pilule dont j'ai besoin.

Je déchire l'emballage et lance la pilule dans ma bouche avant de l'avaler avec un grand verre d'eau. Si j'ai de la chance, nous sommes encore dans les temps et elle fera effet. De toute façon, d'après ce qu'a dit Peter, ça n'a pas grande importance.

Enfant ou pas, il ne me laissera jamais rentrer chez moi.

Le désespoir menace de m'envahir à nouveau et je déploie tous mes efforts pour lui dire d'une voix relativement normale :

— Merci. J'apprécie beaucoup.

La situation a beau être tendue entre nous, je dois garder à l'esprit qu'il n'était pas obligé de me fournir cette pilule – il aurait pu m'imposer sa volonté.

Peter hoche la tête avant de débarrasser la table. Je suis toujours éreintée, mais je me lève et entreprends de l'aider au moment où Ilya et Yan descendent les marches, discutant en russe. Yan rit, mais Ilya a l'air agacé et je me demande si les deux frères se disputent.

Peter leur aboie quelque chose et Yan lève les yeux vers moi en souriant avant de débiter sa réponse en russe.

Ilya semble prêt à exploser, mais il se contente de prendre une pomme dans le bol sur la table, puis il remonte en tapant des pieds.

— De quoi parliez-vous ? je demande en fronçant les

sourcils quand le Russe aux cheveux bruns s'assoit derrière l'îlot central et ouvre l'ordinateur qui s'y trouve.

J'ai lorgné ce portable pendant tout le repas en me demandant comment mettre la main dessus, et je suis déçue d'apercevoir une page protégée par un mot de passe avant que Yan tourne l'écran, le masquant à ma vue.

— Je disais juste à mon frère qu'il devrait se trouver une gentille fille, m'explique Yan en anglais, avec un sourire jusqu'aux oreilles, tandis que Peter referme le lave-vaisselle avec plus de force que nécessaire. Tu sais, comme Peter et toi.

— Oh, je vois.

Étant donné la réaction de Peter, je suppose que le langage employé par Yan avec son frère était un peu plus osé, mais je n'ai pas l'intention d'insister.

Je préfère ne pas savoir ce que cette petite bande de tueurs pense vraiment de moi.

Yan s'affaire sur son ordinateur et j'essuie la table et les plans de travail vides. Je suis à deux doigts de m'effondrer, mais j'éprouve néanmoins le besoin de faire quelque chose. Je ne sais pas ce qui m'attend en haut, ce soir, mais je suis particulièrement nerveuse. Mon instinct me hurle que je suis en danger. C'est peut-être la mine dure et fermée de Peter, ou la violence à peine contenue de ses mouvements, mais ça me rappelle notre rencontre au Starbucks, il y a des semaines, quand mon ravisseur n'était encore que l'inconnu meurtrier qui nous torturait, George et moi.

À l'époque, je ne me doutais pas à quel point il pouvait être dangereux.

Au-dehors, la tempête fait rage et la pluie glacée s'abat sur les vitres, malmenée par des bourrasques furibondes. Je frissonne en me rappelant ma journée à l'extérieur et resserre le peignoir autour de mon corps.

— Tu as froid ? demande Yan.

Quand je me retourne, je surprends son demi-sourire. Contrairement à Peter et à moi, il est entièrement habillé. Son pantalon de ville et sa chemise sont élégants, mais bien trop formels pour traîner à la maison. De toute façon, j'ai le sentiment qu'il s'en fiche – de la pertinence de sa tenue comme de tout le reste. Même quand il sourit ou plaisante, il y a toujours une froideur et une distance chez Yan Ivanov, comme s'il ne ressentait pas les émotions qu'il affiche.

Je ne serais pas étonnée que le frère d'Ilya, ce beau parleur, soit un psychopathe dans le sens clinique du terme.

— Ça va, dis-je avant de lever les yeux vers Peter, qui a terminé de jeter les restes et me regarde à présent en plissant les paupières, ses bras puissants croisés sur sa poitrine.

— Tu as fini ? demande-t-il d'une voix rude.

Mon cœur se serre. Je sais que je ne peux plus repousser ce qui m'attend.

J'ai commis une erreur, et je vais en payer le prix.

20

QUAND NOUS ARRIVONS DANS LA CHAMBRE, PETER ME CONDUIT directement au lit, puis il s'arrête pour retirer son peignoir, qu'il laisse tomber au sol avant de dénouer le mien et de le faire glisser sur mes épaules nues. Il a l'air de se maîtriser parfaitement, sa colère volatile apaisée pour le moment, et malgré ma nervosité, mes cuisses se réchauffent brusquement lorsqu'il passe ses phalanges sur la peau sensible de mon décolleté. Il prend mes seins dans ses mains pour frotter doucement ses pouces sur mes tétons.

— On dirait que tu as peur, remarque-t-il, son regard d'argent sévère et opaque. Tu as peur que je te fasse mal ?

Ses doigts se referment sur mes tétons et il me pince avec

518

une force qui me surprend. J'étouffe un cri et lui attrape aussitôt les poignets.

— Dis-moi, Sara.

Il pince plus fort. La pression frôle la douleur.

— Tu crois que je vais te faire mal ?

— Je…

Je tressaille et mon cœur cogne à tout rompre tandis que je tire vainement sur ses poignets.

— Je ne sais pas.

— Je *pourrais* te faire mal.

Sa bouche aux contours parfaits frémit lorsqu'il me lâche les tétons, les laissant dressés et endoloris, pour faire glisser ses mains le long de mon corps et m'agripper les hanches.

— Et parfois, j'en ai envie. Tu le sais, n'est-ce pas, ptichka ? Tu l'as senti.

Sa queue se presse contre mon ventre, dure et insistante, et mon souffle reste suspendu dans ma gorge. Je sens mon entrejambe se resserrer avec une chaleur presque douloureuse malgré le froid qui me glace le sang.

— Oui.

Je ne peux me résoudre à mentir. Pourtant, ce serait sans doute plus intelligent et ça pourrait apaiser le monstre qui me dévisage à travers les yeux métalliques de Peter.

— Oui, je l'ai senti.

— Oh, ptichka… fait-il en feignant la compassion avant de me bousculer violemment. Évidemment, tu l'as senti.

Déstabilisée, je tombe à la renverse sur le lit, mais au lieu de me grimper dessus, Peter se penche. Il se redresse un instant plus tard avec la ceinture de mon peignoir à la main. L'angoisse me saisit quand je comprends son intention et je réagis par instinct, roulant sur le côté au moment où il monte sur le lit à côté de moi.

Il m'attrape avant que je puisse en descendre et je suis plaquée à plat ventre sur le matelas, le bas de mon corps immobilisé par son poids. Il ramène de force mes bras dans mon dos et noue la ceinture autour de mes poignets. Ses mouvements sont brefs et précis, d'une efficacité impitoyable, et il ne s'écoule que quelques secondes avant que mes mains soient fermement liées, le tissu éponge autour de mes poignets, à la fois souple et implacable.

Je tire sur mes liens, haletant contre le matelas, mais le nœud ne cède pas et je suis prise au piège.

— Qu'est-ce que tu fais ?

Ma panique grandit quand je sens qu'il se redresse.

— Peter, s'il te plaît… qu'est-ce que tu fais ?

— Chut.

Il m'attrape le coude et me hisse sur mes genoux avant de me retourner face à lui. Son visage est tendu par le désir et ses yeux luisent cruellement lorsqu'il me dit :

— Je te montre ce que c'est que d'être ma captive. Parce que c'est bien ce que tu veux, n'est-ce pas ? Tu veux t'enfuir et que je te rattrape ? C'est ce que tu veux pour être libre de tout reproche ?

J'ouvre la bouche pour nier, mais avant que je puisse prononcer un mot, Peter se lève sur le lit. Il m'empoigne les cheveux et tire ma tête en arrière pour ramener mon visage entre ses jambes. J'étouffe un cri et tire sur mes liens lorsque son épaisse queue s'abat contre ma joue. Son odeur virile et musquée m'emplit les narines, ses bourses frottent contre mon menton et ma respiration s'accélère quand je comprends ce qu'il s'apprête à faire.

— Peter, je t'en prie… commencé-je avant de pincer les lèvres en sentant son sexe contre ma bouche.

Avec sa main dans mes cheveux et mes bras noués dans le dos, je ne peux pas détourner la tête. Je suis incapable de bouger d'un pouce. Depuis que Peter a fait irruption dans ma vie, voilà des semaines, il m'a possédée un nombre incalculable de fois, me faisant jouir par sa bouche, ses mains et sa queue, mais il n'a encore jamais exigé que je le fasse jouir. Et pour la première fois, je prends conscience que c'était une preuve de pitié… un choix infime qu'il m'accordait.

Un choix qu'il me retire à présent.

— Ouvre la bouche.

Sa voix vibre d'un désir sombre lorsqu'il me frappe à nouveau la joue avec sa queue.

— Ouvre ta putain de bouche, Sara.

Je garde les lèvres scellées, même si mon rythme cardiaque atteint des sommets. C'est ridicule de me rebeller contre une fellation alors que nous avons baisé des dizaines de fois, mais je ne peux chasser la désagréable impression qu'en lui cédant sur ce point, je lui cède en réalité bien plus que ça… je perds cette dernière part de moi qui n'appartenait encore qu'à George. Pas l'alcoolique ni l'espion qui m'a menti, mais l'homme dont je suis tombée amoureuse à la fac, celui qui fut mon premier dans tous les domaines.

Le visage de Peter se crispe et il plisse les yeux en grondant :

— Tu préfères la manière forte ? Très bien.

De sa main libre, il me pince le nez, me privant d'oxygène. Quand j'ouvre enfin la bouche pour prendre une inspiration, il s'y engouffre jusqu'au fond de ma gorge.

Je m'étouffe, les yeux humides quand un réflexe de régurgitation se déclenche, mais il est impitoyable et commence à donner des coups de reins, me baisant la bouche sur un rythme aussi vigoureux qu'inflexible. Je n'ai même pas l'occasion de le mordre. Comme ses doigts me pincent le nez, la seule chose qui m'importe, c'est de faire entrer de l'air dans mes poumons tout en réprimant mes hauts le cœur. Prise de panique, je tire instinctivement sur mes liens, les paupières fermées. De la salive dégouline sur mon menton, mais son sexe épais ne cesse de me pilonner et je ne peux absolument rien faire, privée de toute échappatoire.

J'ignore combien de temps il utilise ma bouche sans pitié, mais j'ai la tête qui tourne, à cause du manque d'air et de l'épuisement. Une léthargie semblable à celle des rêves m'envahit. Je ne me suis jamais sentie si impuissante, si soumise à la volonté de mon tourmenteur, et alors que Peter continue à me baiser la bouche sans relâche, je fais la seule chose possible.

J'arrête de me débattre et je me laisse aller.

Les coups punitifs ne cessent pas et Peter ne libère pas mon nez, mais ma panique retombe et mon corps se radoucit, docile entre ses mains. Je suis comme une poupée de chiffon, un jouet qu'on manipule à sa guise, et j'éprouve une certaine paix, une sorte d'acceptation malsaine. Ma gorge se détend pour l'accueillir et le réflexe de régurgitation s'estompe tandis que je m'accommode de son rythme. Chaque fois qu'il se retire, je prends une inspiration, et l'air m'aide à tenir lorsqu'il s'enfonce à nouveau profondément, me remplissant la gorge et me contrôlant intégralement. Ma vie repose entre ses mains.

— Oui, c'est ça. C'est bon… Comme ça, mon amour…

Son gémissement lubrique se répercute à travers moi et j'entrouvre les paupières, plissant les yeux à travers mes larmes. Une extase sauvage déforme ses traits et les tendons de son cou musclé ressortent. Son regard croise le mien et je sens quelque chose basculer en moi, un changement fondamental.

Je t'appartiens, lui dit mon corps, acceptant tout ce qu'il me donne. C'est une capitulation totale, mais je me sens bien, rassurée et sereine. En cet instant, j'ai envie de lui appartenir, de rester blottie dans sa force incommensurable.

De céder et le laisser me garder près de lui.

Ma peur disparaît aussitôt, emportant mes craintes au sujet de l'avenir. J'ai l'impression de flotter, au-dessus du sol et au-delà de moi-même. S'il y a toujours une certaine gêne, je ne la ressens plus, et pourtant mes sens sont plus aiguisés. Mon entrejambe est humide et palpite d'excitation. C'est le manque d'oxygène, comme me le rappelle ma formation médicale, mais la raison n'a plus d'importance.

Plus rien ne compte, à part Peter et son plaisir.

Je soutiens son regard quand l'orgasme l'ébranle et ne le quitte pas des yeux tandis que son sperme jaillit dans ma gorge. Les yeux embués, j'avale jusqu'à la dernière goutte salée. Ce n'est que lorsqu'il libère mes cheveux que je reviens de mon hébétude. La réalité me frappe de plein fouet.

Je m'effondre sur le côté en tremblant. J'ai l'impression d'être en mille morceaux quand il détache enfin mes poignets. Mes yeux sont humides, mais je ne pleure plus. J'en suis incapable. Ma dégringolade dans les abysses du désespoir est trop brutale, trop effrayante et intense. Et sous la surface, il y a cette excitation malsaine, une avidité qui me consume de l'intérieur.

— Tout va bien, mon amour, murmure-t-il en m'attirant dans ses bras.

Mes tremblements augmentent lorsque sa main se glisse

entre mes cuisses. Il enfonce brusquement deux doigts en moi tandis que son pouce exerce une pression sur mon clitoris.

— Tout va bien se passer. C'est normal. Laisse-moi prendre soin de toi, ptichka, et tout ira bien.

Ce n'est pas vrai. Je le sais, et il le sait aussi.

Il ne me faut que quelques secondes pour jouir et je convulse dans ses bras quand le plaisir me terrasse. Il me serre, me caresse les cheveux, et je sais qu'il en sera toujours ainsi.

Voilà la cage qu'il m'a promise.

PARTIE II

21

Sara

LES DEUX PREMIÈRES SEMAINES SONT LES PLUS DIFFICILES. JE pleure presque tous les jours. Ma colère et mon désespoir sont si intenses que j'ai envie de hurler et de casser des objets, mais je me retiens et marche sur des œufs en présence de mon ravisseur, bien résolue à éviter d'autres punitions – et à conserver le privilège de pouvoir appeler mes parents.

Je ne comprends toujours pas ce qui s'est passé ce soir-là, comment cette fellation a-t-elle pu me briser à ce point ? Avec Peter, le sexe a toujours eu un côté sombre, mais je pensais pouvoir le supporter, je croyais m'être accoutumée à ces montagnes russes que me font subir la peur, la honte et l'envie. Pourtant ce soir-là, c'était différent, plus pervers encore… j'en suis ressortie cassée et remuée de l'intérieur.

Ce soir-là, j'ai dansé avec le monstre caché de Peter et, ce faisant, j'ai découvert que j'en abritais un moi-même.

Depuis, il ne m'a plus touchée de cette manière, même si chaque fois que nous couchons ensemble, je perçois son désir et son besoin de dominer et de me tourmenter. Cette noirceur est là quoi qu'il fasse, quelle que soit la tendresse dont il fait preuve envers moi, et ce besoin impérieux de punir et de venger fait partie de lui. Il le combat peut-être, mais il existe – car Peter a beau soutenir le contraire, le passé influence notre présent.

Il n'oubliera jamais le rôle joué par mon mari dans le massacre de sa famille et je ne me remettrai jamais vraiment de ce qu'il a fait à George.

La bonne nouvelle, c'est que nous utilisons à nouveau des préservatifs. Je ne sais pas si Peter a pris la sage décision d'éviter les complications à ce stade de notre relation tordue, ou s'il respecte tout simplement mon souhait, mais malgré nos étreintes quotidiennes, il n'y a plus eu aucun dérapage. Pourtant, je compte anxieusement les jours qui me séparent encore de mes prochaines règles, et quand elles surviennent, deux semaines et demie après le début de ma captivité, je sanglote de soulagement, reconnaissante pour une fois d'éprouver crampes et désagréments. Peter ne semble pas aussi ravi, mais quand nos rapports recommencent une fois que les symptômes se sont apaisés, il utilise toujours des protections.

Un autre point positif, c'est que ma tentative d'évasion ratée ne m'a pas privée de tout contact avec le monde extérieur. Tous les après-midi, Peter me laisse visionner les enregistrements de chez mes parents, et tous les deux jours, il m'autorise à les appeler. Nos échanges sont brefs, par excès de précaution pour éviter d'être repérés par le FBI, mais aussi parce que je ne peux pas dire grand-chose. Pour mes parents, je parcours le globe avec mon amoureux, heureuse et naïve devant le danger qu'il représente, oublieuse des responsabilités qui m'attendent chez moi. La seule chose qui me soit permise lors de ces appels, c'est de rassurer mes parents, de leur dire que je vais bien et de prendre de leurs nouvelles avant de raccrocher prestement pour esquiver leurs questions et leurs suppliques incessantes.

— Tu sais, tu pourrais développer un peu notre histoire d'amour, me dit Peter après avoir assisté à mes conversations pendant une semaine. Lui donner du relief pour la rendre plus authentique.

— Vraiment ? Tu veux que je leur dise à quelle fréquence on baise ou que je décrive la taille de ta queue ?

Mon sarcasme le fait sourire, c'est la seule bravade qu'il tolère à l'occasion.

— Si tu veux, répond-il en se carrant dans le canapé. Ou tu peux leur dire que je te prépare le petit déjeuner tous les jours. Je ne suis pas expert en matière de parents, mais il me semble qu'ils apprécieraient cette attention.

Je tais la réponse ironique qui me vient à l'esprit et suis son conseil lors de mes prochains appels. Je parle à mes parents des petites choses que Peter fait pour moi. Je ne peux rien révéler sur notre emplacement, alors je m'en tiens aux questions plus personnelles, comme le fait que c'est un excellent cuisinier et que ses massages du dos sont divins. C'est la vérité : maintenant que nous avons pris nos marques, Peter recommence à me mitonner de bons petits plats et ses massages quotidiens me comblent. Je crois que c'est parce qu'il est incapable de garder les mains dans ses poches, et comme nous ne pouvons pas coucher ensemble vingt-quatre heures sur vingt-quatre, il trouve d'autres moyens de me toucher, profitant de chaque occasion pour me caresser et me masser de la tête jusqu'au bout des orteils. Surtout les pieds, d'ailleurs. Je commence à soupçonner mon ravisseur d'être un fétichiste des pieds, car il prend soin de mes petits petons comme personne auparavant.

Je ne parle pas à mes parents de ces massages des pieds – en dépit de ma remarque sarcastique, je ne suis pas à l'aise à l'idée d'évoquer quoi que ce soit de vaguement sexuel avec eux – et je passe aussi sous silence ses attentions plus intimes, comme me brosser les cheveux ou me laver sous la douche. C'est comme si j'étais sa poupée humaine, à mi-chemin entre une enfant et un sex-toy. Il le faisait aussi quand je vivais chez moi, mais je travaillais tellement que ça restait occasionnel. Maintenant, c'est devenu une habitude quotidienne. Je devrais sans doute trouver ces gentillesses troublantes, mais j'y prends trop de plaisir pour protester.

J'ai été autonome et indépendante pendant si longtemps que c'est agréable de me laisser choyer par Peter.

Bien sûr, même ses cajoleries ne réussissent pas à racheter la disparition totale de ma vie et du métier qui me définissait. Je suis passée d'un travail qui m'occupait jusqu'à quatre-vingts heures par semaine au repos total, et je ne sais pas quoi faire de tout ce temps libre. Peter m'accapare beaucoup – maintenant que je suis toujours à sa portée, il me baise deux ou trois fois par jour – et avec l'air pur de la montagne je dors plus longtemps qu'avant, entre neuf et dix heures chaque nuit. Je mange toujours en compagnie de Peter et de ses hommes, et si le temps le permet, je sors pour de longues promenades avec lui ou le garde qu'il m'affecte.

Cette routine ne me déplaît pas, et nous avons toutes sortes de livres et de films, mais au bout de trois semaines, j'ai les nerfs en pelote.

— Tu ne te sens pas enfermé, toi ? je demande à Peter pendant l'une de nos balades matinales.

L'air est frais, mais heureusement, il ne pleut pas et il n'y a pas un souffle de vent, contrairement aux jours précédents – autre raison de ma contrariété.

— Je sais bien que tu travailles sur ton ordi, mais quand même...

Peter hausse ses larges épaules.

— Je profite de ce temps mort. C'est rare, alors mes gars et moi, on savoure tant qu'on le peut. Nous avons un gros boulot bientôt, et on n'est jamais assez reposé.

— Quel genre de boulot ? je demande, attirée par une curiosité malsaine. Un autre assassinat ?

Il s'arrête et me lance un regard sans équivoque.

— Tu as vraiment envie de le savoir ?

J'hésite avant de hocher la tête.

— Oui.

On ne peut pas dire que j'ignore ce qu'est Peter ni ce qu'il fait. J'ai moi-même pu assister à ses prouesses le soir de notre rencontre. Si un baron de la drogue lui verse, à lui et à son équipe, un montant pharaonique pour supprimer un autre criminel dangereux, je peux bien le savoir.

Au pire, ce sera divertissant, dans le genre film d'horreur doublé d'un James Bond.

— Il y a un banquier au Nigéria qui marche sur les platebandes de certains, me dit Peter en me tenant la main.

Nous reprenons notre promenade.

— On nous a engagés pour régler le problème.

— Un banquier ? Je n'ai pas l'impression que c'est le genre de cible qui exige ton degré de compétences.

Ni le seigneur du crime impitoyable que j'imaginais. Je ne

me fais aucune illusion et je sais que le métier de Peter n'a rien de noble. Pourtant, une certaine naïveté en moi espère toujours que ses cibles méritent ce qui les attend, ne serait-ce qu'un peu.

— Ce banquier en question dispose d'une petite armée et il possède pratiquement toute la ville dans laquelle il vit, ainsi que la plupart des forces de l'ordre locales, m'explique Peter tandis que nous nous dirigeons vers un étroit sentier que je n'ai encore jamais remarqué. D'après nos indications, c'est l'un des hommes les plus riches du Nigéria et ce n'est pas en accordant des prêts automobiles qu'il en est arrivé là.

— Oh.

Je change aussitôt d'opinion sur cet homme.

— Alors, ce n'est pas un type bien ?

Un sourire sans joie détend les traits de Peter.

— On peut le dire. Aux dernières nouvelles, il a assassiné plus d'une dizaine d'opposants et torturé ou mutilé au moins cinquante autres, sans compter leurs familles. L'homme qui nous a engagés est un cousin de l'une des victimes. On a infligé à sa fille un viol en réunion pour donner une leçon à sa famille.

L'horreur me noue la gorge et je suis soudain soulagée de savoir que Peter va régler son compte à ce monstre.

Mais je ne peux m'empêcher d'être inquiète, car c'est bien plus dangereux que je le pensais.

— Comment vas-tu… ?

Je m'interromps en me demandant comment formuler ma question.

—… l'avoir ? propose-t-il.

Je hoche la tête et lève les yeux vers son visage légèrement amusé.

— Oui.

— Comme d'habitude. Nous trouverons tout ce que nous

pouvons au sujet de sa sécurité, de ses habitudes, et au bon moment, nous frapperons.

Je chasse cette peur irrationnelle qui bouillonne dans ma poitrine. Peter et ses hommes bénéficient d'un entraînement de haut niveau et, quoi qu'il en soit, je serais ridicule de me faire du souci pour la sécurité de l'assassin qui m'a enlevée. Au lieu de ça, je me concentre sur ce qui me concerne davantage.

— Alors, tu vas t'absenter pendant un moment ?

— Non, à moins que ça tourne mal. Anton et Yan s'y rendront la semaine prochaine en reconnaissance, mais Ilya et moi, nous nous impliquerons uniquement dans les phases ultimes de l'opération. Je suppose que ce sera dans une semaine ou deux, et je ne devrai pas être absent pendant plus de deux jours.

Je me mords l'intérieur de la joue.

— Et moi ? Tu vas me laisser seule ici pendant que tu seras au Nigéria ?

— Yan restera avec toi, me dit Peter en quittant le chemin pour rejoindre une clairière tandis que j'essaie de cacher ma déception.

Malgré ce qu'il m'a dit le jour de l'orage, je n'ai pas totalement abandonné l'idée d'une évasion. Certes, il m'a montré cette falaise, et pendant nos promenades, j'en ai remarqué plusieurs autres, mais ça ne signifie pas que toute la montagne est infranchissable. Il existe peut-être un moyen de descendre, que Peter me cacherait délibérément, mais que je serais en mesure de trouver si je disposais d'assez de temps et de liberté. Ce que je ferai ensuite – comment j'échapperai aux griffes de Peter même si je parviens à rentrer chez moi – c'est une tout autre histoire, mais chaque chose en son temps.

Je dois garder espoir, sinon le découragement m'engloutira tout entière.

— Tu n'as pas besoin de l'équipe au complet ? je demande en m'efforçant de paraître vaguement intéressée. Je croyais que vous fonctionniez ensemble.

— C'est le cas, mais on s'adaptera.

Peter me jette un coup d'œil sardonique lorsque nous pénétrons dans la clairière.

— Ne t'inquiète pas, ptichka. Nous ne te laisserons pas coincée ici toute seule.

Je ne réponds pas. À quoi bon. Et puis, nous sommes arrivés à destination : une falaise avec une vue magnifique sur le lac en contrebas.

— Waouh.

J'expire tout en admirant le paysage somptueux, alors que nous nous arrêtons à un mètre du précipice.

— C'est splendide.

Après la pluie de ces derniers jours, l'air est pur comme du cristal et le ciel est d'un bleu clair idéal, sans le moindre nuage en vue. En l'absence de vent, le lac sous nos yeux est si serein qu'il ressemble à un gigantesque miroir, reflétant les montagnes majestueuses qui l'entourent.

Si je n'étais pas ici contre mon gré, je trouverais que c'est le plus bel endroit sur Terre.

— Oui, splendide, acquiesce Peter.

Sa voix est inhabituellement éraillée et il resserre sa main autour de la mienne. Je me tourne alors pour voir son regard métallique brûlant d'envie. Mon cœur rate un battement et, en réaction, une ardente chaleur se propage à travers mon corps, chassant la fraîcheur de l'altitude.

Maintenant, c'est toujours comme ça. Un regard, un contact,

et je suis perdue. Même quand nous nous tenons sagement la main, mon cœur bat plus vite, et quand il me regarde ainsi, mes os se liquéfient et mon corps frémit d'excitation.

Le rouge aux joues, je retire ma main et recule pour éviter de tanguer vers lui. Nous avons couché ensemble il y a moins de deux heures et je suis encore endolorie. C'est troublant de constater à quel point je le désire et manque de contrôle sur mes propres réactions. L'alchimie entre nous a toujours été explosive, mais depuis cette fellation, quelque chose a changé dans mon désir, quelque chose qui trouve racine dans le vice même de la situation.

Non. Je rejette cette pensée, refusant d'y céder. Peter s'est trompé. Je n'ai pas envie d'être sa captive. Il ne s'agit pas d'un jeu sexuel entre nous, c'est ma vie, mon avenir. Tout ce pour quoi j'ai travaillé a disparu, volé par l'homme qui me fixe de son regard argenté brûlant. En dépit des envies malsaines qu'il a éveillées en moi, je ne serai jamais d'accord avec cette relation forcée.

C'est impossible.

Et pourtant, quand il me prend dans ses bras pour m'attirer à lui, je ne résiste pas. Je ne me débats pas quand il baisse la tête et presse ses lèvres sur les miennes. Le feu qui gronde dans mes veines balaie pêle-mêle raison, moralité et bon sens. Mes doigts se referment dans ses cheveux, mon corps se moule contre le sien et, quand il me plaque contre un arbre, je cède et m'abandonne aux ténèbres, libérant mon monstre intérieur.

22

Alors que les préparatifs pour le Nigéria battent leur plein, je me raccroche à Sara avec un besoin plus impérieux, comme si mon désir brûlant échappait à mon contrôle. Quand je ne m'entraîne pas avec mes hommes ou ne travaille pas sur des questions logistiques en vue de la mission, je suis avec elle ou je pense à elle. C'est une véritable addiction, cette envie qui ne me quitte jamais, et le pire c'est que, quoi que je fasse, Sara n'embarque pas.

Je n'arrive pas à lui faire accepter sa vie avec moi.

Non qu'elle me repousse physiquement. Au contraire, elle réagit chaque fois que je la touche et, dans ses yeux, je reconnais cette faim et ce besoin qui me consument. Elle a beau le nier, elle aime ma brutalité au lit, encore plus que la tendresse.

Quand je prends le contrôle, elle se sent libérée et parvient à faire taire le tourment de sa culpabilité et son cerveau hyperactif. Nos désirs se complètent, notre fougue mutuelle fait des étincelles, et pourtant même quand son corps s'abandonne au mien, je ressens le froid de sa distance mentale, ses tentatives pour se dérober à moi.

Dans un sens, je la comprends. Je l'ai arrachée à sa vie, à sa famille et au métier qu'elle adorait. Ce dernier aspect me dérange, car je sais à quel point l'identité de Sara dépendait de son rôle de médecin reconnu. La musique était peut-être sa passion et la médecine le choix pragmatique soutenu par ses parents, mais elle aimait son travail. Je m'en rendais compte chaque fois qu'elle rentrait chez elle, fatiguée, mais enthousiasmée d'avoir contribué à donner la vie et à soigner les maladies de ses patientes. À présent, elle semble perdue, brisée au-delà des mots, et ça me fait horreur.

Ma ptichka aime aider les gens et je l'en ai empêchée.

Pour lui remonter le moral, je décide de lui rapporter quelques instruments de musique et du matériel d'enregistrement lors de ma prochaine excursion, afin qu'elle puisse s'enregistrer chantant sur ses airs favoris. Je fais également appel à Ilya pour qu'il m'aide à transformer en studio de danse une partie du vaste salon à aire ouverte du rez-de-chaussée, au cas où Sara voudrait se remettre à la salsa ou à la danse classique.

— Que faites-vous ? demande-t-elle en nous voyant dresser la cloison.

Je lui expose alors mon idée. Elle ne saute pas de joie, mais il faut dire que, ces derniers temps, c'est rarement le cas.

On dirait qu'elle a perdu son étincelle intérieure et j'ignore comment la rallumer.

— C'est de la folie, vieux, grommelle Ilya alors que Sara remonte à l'étage après un appel à ses parents, les épaules raides et ses yeux noisette remplis de larmes. Sérieusement, cette fille ne mérite pas ça.

Je lui décoche un regard noir et il se tait, mais je sais qu'il a raison.

Je suis en train de détruire la femme que j'aime et je suis incapable d'arrêter.

Pourtant, quoi qu'il arrive, je ne peux pas m'en séparer.

QUAND ANTON ET YAN REVIENNENT DE LEUR MISSION DE reconnaissance, il ne manque que des miroirs dans le studio de danse et je décide de les acheter en revenant du Nigéria, en même temps que les instruments de musique et le matériel d'enregistrement. Je télécharge également des milliers de clips populaires sur un iPad dépourvu de connexion internet, que je donne à Sara – elle m'en remercie, une fois de plus sans grand enthousiasme.

J'en suis à un point où je préfèrerais qu'elle me repousse activement, comme les premiers jours après l'enlèvement.

Je songe à nouveau à la pilule du lendemain que je lui ai donnée et aux préservatifs que nous utilisons toujours. C'était peut-être une erreur d'écouter mon reste de conscience en cédant aux exigences de Sara à cet égard. Quand ses règles sont arrivées il y a deux semaines, j'ai eu l'impression de perdre quelque chose, et j'ai beau m'efforcer de ne pas penser à Sara enceinte, je ne peux m'empêcher d'y revenir.

Je ne peux m'empêcher de le vouloir.

Mon petit oiseau, enceinte. Je l'imagine très nettement

quand je la regarde – le ventre arrondi et les seins lourds et pleins, tandis que la vie s'épanouirait en elle… Ses jolis tétons deviendraient ultra-sensibles, son corps élancé voluptueux et doux, et à la naissance de l'enfant, elle l'aimerait.

Elle prendrait soin de notre bébé, comme ma vraie mère n'a jamais pris soin de moi.

C'est tentant, et ce désir me ronge un peu plus chaque jour. Là-haut, Sara est entièrement à ma merci. Si j'arrêtais les préservatifs, elle ne pourrait rien y faire, et elle serait incapable de se procurer toute seule la pilule du lendemain. Elle porterait mon enfant et elle l'aimerait, et un jour, elle en viendrait à m'aimer moi aussi.

Nous formerions une famille et je l'aurais enfin pleinement.

Elle m'appartiendrait et elle n'aurait plus jamais envie de partir.

Le soir précédant mon départ avec Ilya au Nigéria, je prépare un dîner spécial pour Sara et l'équipe, cuisinant le plat préféré de chacun, ainsi que deux recettes japonaises que j'avais très envie d'essayer.

— Pourquoi on ne mange pas ça tous les jours ? se plaint Anton en se resservant en *vinegret* – une salade russe traditionnelle à base de betteraves. Sérieusement, mec, tu devrais le faire plus souvent. Hier, on n'a mangé que du riz et du poisson.

Je brandis mon majeur et les jumeaux Ivanov éclatent de rire avant d'attaquer leur plat favori – des kebabs d'agneau à la géorgienne, avec de la sauce piquante. Même Sara sourit en remplissant son assiette d'un échantillon de chaque plat, y compris mes essais de tempura aux légumes.

Pendant le repas, les hommes et moi discutons des questions pratiques liées à la mission, tandis que Sara nous écoute en silence, comme à son habitude. Elle maintient la même distance avec mes hommes qu'avec moi, et ne leur parle que rarement, du moins en ma présence. Le seul qu'elle semble apprécier, c'est Ilya, et même avec lui, elle est réservée, polie, mais pas franchement cordiale. Je crois qu'elle se sent mal à l'aise avec mes coéquipiers, à moins qu'elle leur en veuille d'être mes complices.

Son attitude envers eux ne me dérange pas. En réalité, c'est même préférable. Ces six dernières semaines, je les ai souvent surpris, tous les trois, en train de lorgner Sara avec divers degrés d'intérêt, et j'ai bien failli leur trancher la gorge. Je sais que leurs regards ne signifient rien – n'importe quel homme au sang chaud apprécierait la beauté gracieuse et soignée de Sara –, mais j'ai parfois envie de les tuer.

Elle m'appartient, et je ne partage pas. Jamais.

En tout cas, je suis content que ce soit Yan qui reste ici. De nous quatre, c'est le seul à avoir la tête froide, et bien que je fasse confiance à mes trois coéquipiers, je suis assuré du sang-froid de Yan. Il ne toucherait pas Sara, quelle que soit la tentation, et c'est précisément ce qu'il me faut.

Je dois être certain qu'elle est bien gardée pour pouvoir me concentrer sur mon travail.

— Et les habitants de la ville ? demande Yan tandis qu'Ilya nous expose notre trajet de repli.

Nous parlons tous en anglais, par respect pour Sara, et à mon grand étonnement je vois son visage blêmir quand j'évoque les bombes que nous prévoyons de déclencher pour faire diversion.

Si je ne la connaissais pas, je pourrais croire qu'elle se fait du souci pour nous.

Nous développons la logistique liée aux bombes et sommes en train de discuter des plans d'urgence quand Sara se lève brusquement, faisant racler sa chaise sur le sol.

— Pardon, excusez-moi, dit-elle d'une voix chevrotante.

Avant que je puisse l'arrêter, elle se rue dans les escaliers et disparaît à l'étage.

Sara

JE ME SENS SOUFFRANTE, MALADE D'ANGOISSE. J'AI DES CRAMPES d'estomac et j'ai l'impression qu'un camion m'a roulé sur la poitrine. Depuis que Peter m'a parlé du banquier nigérian, j'essaie de ne pas penser au danger, mais ce soir, en les écoutant évoquer la sécurité de haut vol qui protège la demeure de leur cible et de ce qu'ils comptent faire au cas où l'un d'entre eux serait blessé ou tué, je suis incapable de l'ignorer plus longtemps.

Demain, Peter et ses coéquipiers s'attaqueront à un monstre, dans son repaire lourdement gardé, et je n'ai aucune garantie qu'ils s'en sortiront vivants.

Je m'enferme dans la salle de bain et me précipite vers le lavabo pour m'asperger le visage en essayant de respirer, de chasser le nœud qui m'obstrue la gorge. Ça ressemble à une crise de panique, et pourtant la peur que j'éprouve ne concerne pas ma propre situation – au contraire, je pourrais même être libérée par la mort de Peter.

Une balle dans sa tête ou dans son cœur – c'est ce qu'il faudrait pour qu'il me rende ma liberté, m'a-t-il dit un jour. Et je sais que c'est la vérité. Car aussi longtemps que vivra mon tourmenteur, je ne serai jamais libre. Même si je parvenais à m'échapper, il me poursuivrait. Alors, je devrais espérer qu'il se fasse tuer – par balle ou l'une de ses bombes. Ses coéquipiers pourraient me ramener chez moi, et je reprendrais le cours de ma vie.

Je retrouverais tout s'il venait à mourir.

C'est ce que je devrais souhaiter, mais au lieu de ça, je suis consumée par l'anxiété et la crainte. L'idée que Peter puisse être blessé m'est insupportable, encore plus aujourd'hui que le soir où il m'a enlevée. Au cours des six dernières semaines, j'ai fait tout mon possible pour réprimer mes émotions, pour réagir à sa présence de manière uniquement physique, mais de toute évidence, j'ai échoué.

Les sentiments confus que j'éprouve envers l'assassin de mon mari sont toujours là. Ils se sont même renforcés durant ma captivité.

De plus en plus malade, je m'empare d'une serviette et la passe sur mon visage mouillé. J'ai l'estomac noué, mon sang rugit dans mes tempes et je peine à respirer tant ma cage thoracique est comprimée. Le visage qui me fait face dans le miroir de la salle de bain est blanc comme la craie, avec des rougeurs aux endroits où la serviette a trop frotté.

Demain, Peter pourrait être tué.

— Sara ?

Des coups contre la porte me font sursauter et je lâche la serviette avant de me retourner.

— Ptichka, tu vas bien ? demande Peter d'une voix grave dans laquelle je décèle une légère inquiétude.

Mes poumons refusent toujours de fonctionner correctement, mais je parviens à prendre une inspiration avant de répondre d'une voix étranglée :

— Je vais bien. Juste une seconde.

Les mains tremblantes, je ramasse la serviette sur le sol et la jette dans la corbeille de linge sale, dans un coin, avant de passer les paumes sur mes cheveux pour essayer de me calmer. Mes attaques de panique se sont décuplées ces dernières semaines et je ne veux pas que Peter sache que la seule mention du danger qu'il va affronter a suffi à me faire flancher.

Après plusieurs inspirations, je me dirige vers la porte et tire le verrou. Peter entre aussitôt, les sourcils froncés. Il me scrute d'un air soucieux comme s'il craignait que je me sois fait mal.

— Que s'est-il passé ? Tout va bien ?

— Oui, désolée. Des maux de ventre, dis-je sur un ton presque serein. Mais ça va.

Le front de Peter se plisse davantage.

— C'est la période du mois ?

— Non, c'est juste que…

Je m'interromps et effectue de rapides calculs mentaux. À mon grand étonnement, il a raison. Mes dernières règles remontent à près d'un mois – ce qui explique en partie ce que je ressens.

— En fait, oui, dis-je, soulagée de saisir cette excuse. Je ne m'en étais pas rendu compte, mais oui, ce doit être ça.

Le visage de Peter se détend.

— Ma pauvre ptichka. Viens ici.

Il m'attire contre lui et je passe les bras autour de sa taille, inspirant son parfum chaud tandis qu'il me caresse les cheveux. Le plus fort de ma panique est passé. La sensation de son corps musclé et solide contre le mien atténue mon angoisse, mais mes appréhensions quant au lendemain persistent.

Et s'il se faisait tuer ?

— Tu veux t'allonger ? murmure Peter au bout d'un moment en s'écartant pour me regarder.

Je secoue la tête. J'ai toujours la poitrine comprimée et l'estomac perclus de crampes, mais me retrouver seule avec mon désarroi ne ferait qu'aggraver les choses.

Je me dégage de son étreinte et parviens à sourire.

— Je vais bien. Désolée si j'ai gâché le dîner. Tout était délicieux.

Il reste des traces d'inquiétude dans ses yeux, mais il hoche la tête. Manifestement, il me croit sur parole.

— Tu veux du dessert ? demande-t-il. C'est de la tarte aux pommes. Je peux t'en apporter une part en haut si tu n'es pas d'humeur à…

— Non, je vais descendre. De toute façon, je dois prendre un Advil.

Avec une grande inspiration, je sors de la salle de bain, résolue à faire ce qu'il faudra pour me changer les idées à propos du lendemain.

24

*P*eter

QUAND NOUS ARRIVONS DANS LA CUISINE, LE COMPORTEMENT DE Sara change si brutalement qu'on dirait qu'un interrupteur s'est enclenché, entraînant une personnalité différente. Une sorte de frénésie s'est emparée d'elle et, après avoir avalé deux Advil, elle s'affaire dans la cuisine, range les restes et sort de nouvelles assiettes pour le dessert à une telle vitesse qu'elle semble avoir un train à prendre.

— Je m'en charge, ptichka. Détends-toi, lui dis-je en la conduisant vers sa chaise au moment où elle essaie de sortir la tarte du four sans manique. Tu es patraque, alors vas-y doucement.

— Tout va bien, proteste-t-elle.

Mais je n'en tiens pas compte et sors moi-même la tarte du

four avant de l'emporter à table, sous le regard perplexe de mes hommes.

Sara reste assise en silence pendant quelques instants, me laissant couper la tarte en cinq parts, avant de bondir à nouveau.

— Attends, je vais servir, dit-elle en attrapant l'assiette d'Ilya.

Puis, comme si elle venait de se rendre compte qu'elle n'avait pas les bons ustensiles, elle se rue vers un tiroir de la cuisine pour revenir avec une spatule.

Cette fois, je la laisse faire, même si j'ignore ce qui lui arrive. Ses yeux sont trop brillants, comme enfiévrés par une fébrilité refoulée, et son visage est encore trop pâle. Elle couve peut-être quelque chose ? Mais dans ce cas, elle devrait être fatiguée au lieu de s'agiter.

— Tiens, dit-elle en posant sa part de tarte devant Ilya. Tu veux autre chose ? De la crème fouettée ?

— Euh, non merci, répond mon coéquipier en clignant des paupières. Ça va.

Elle lui adresse un sourire inhabituellement éclatant et s'empare ensuite de l'assiette d'Anton. Après y avoir déposé une part de tarte, elle lui rend son assiette et sert Yan, puis moi. Enfin, elle prend la dernière part et se rassoit.

Elle remplit sa fourchette avant de lever les yeux vers nos mines ébahies.

— Alors, dit-elle d'une voix si guillerette que j'ai du mal à la reconnaître. Vous avez des tartes aux pommes en Russie, vous aussi, ou est-ce plutôt un dessert américain ? Comme on dit, plus américain que la tarte aux pommes, ça n'existe pas...

Yan est le premier à se ressaisir.

— Nous avons de la tarte aux pommes, dit-il avec un sourire

amusé. Ça ne ressemble pas exactement à ça, mais nous faisons des tartes et des tartelettes – *pirozhki* – fourrées aux pommes et aux baies, ou encore à la viande, aux pommes de terre, aux champignons, au chou, aux oignons verts et aux œufs.

— Chou, oignon vert et œufs ? fait Sara en fronçant le nez. Vraiment ?

— Non, pas ensemble, précise Yan. C'est soit œufs et oignons verts, soit chou. Oh, et les champignons peuvent aussi accompagner de l'oignon et du fromage.

Sara penche la tête et le regarde avec intérêt.

— Ah, oui ? Et quels desserts mange-t-on en Russie ?

— Oh, il y en a plein, dit Anton en intervenant dans la conversation.

Sans le vouloir, Sara a touché la plus grande faiblesse de mon ami – les bonbons et les pâtisseries – et Ilya et moi échangeons un regard exaspéré quand il se lance dans la longue liste de ses gâteaux et de ses entremets préférés, décrivant chacun d'entre eux dans ses détails les plus appétissants.

— Waouh ! se récrie Sara lorsqu'il marque une pause pour reprendre son souffle. Peter, sais-tu cuisiner tout ça ?

— Quelques-uns, je réponds en posant ma fourchette. Si tu veux, je peux tenter un Napoléon quand nous rentrerons – c'est la version russe du mille-feuille dont te parlait Anton, avec de multiples couches et de la crème anglaise.

— Oui, s'il te plaît, répond Anton, même si je ne m'adressais pas à lui. Comment disent les Américains, déjà ? Ah oui, ce serait *la cerise sur le gâteau.*

Ilya et Anton éclatent de rire, mais le visage de Sara se ferme pendant une fraction de seconde. Pourtant, l'instant d'après, elle se joint à leur hilarité et je me demande si je ne l'ai pas imaginé. De toute façon, ça n'a aucune importance, car son comportement est déjà bien assez étrange.

Pendant que nous dégustons le dessert et buvons le thé – une tradition russe dont mes gars ont longuement parlé à Sara –, je l'observe en essayant de comprendre la raison de son animation soudaine. On dirait qu'une personne différente a pris possession de son corps. Devant mes hommes, elle plaisante et rit avec la plus parfaite insouciance. Et pourtant, sous la table, elle se trémousse sur sa chaise et garde un bras contre son ventre – un signe manifeste des crampes qui la minent.

Cette énigme me perturbe et une fois que toute la tarte aux pommes a disparu, je demande aux hommes de débarrasser la table. Sara bondit pour les aider, mais je lui attrape le poignet avant qu'elle commence à s'agiter.

— Viens, lui dis-je. C'est l'heure d'aller se coucher.

Elle n'émet aucune objection, même s'il est à peine vingt et une heures, et lorsque nous arrivons dans la chambre, elle commence à se déshabiller sans que je le lui demande, ses yeux brillent d'une lueur maladive.

Ma réaction physique est immédiate. Dès qu'elle retire sa chemise et dégrafe son soutien-gorge, ma queue devient aussi dure que la pierre et des gouttes de sueur perlent sur ma peau. Quand elle laisse son soutien-gorge tomber par terre avant de quitter son jean, mon cœur se met à cogner contre mes côtes. Ce qui m'excite le plus, c'est qu'elle soutient mon regard pendant tout ce temps. L'éclat fiévreux dans les profondeurs noisette de ses yeux se transforme en œillade séductrice remplie de désir.

Son string disparaît en dernier, puis elle s'approche de moi, faisant onduler ses hanches minces avec une grâce naturelle.

Comme si c'était possible, je deviens encore plus dur et il me faut redoubler d'efforts pour ne pas l'attraper quand elle s'arrête devant moi et tend ses mains fines vers le premier bouton de ma chemise.

— Je croyais que tu ne te sentais pas bien.

J'ai parlé d'une voix rauque, sous l'effet du désir qui déferle en vagues impétueuses dans mes veines.

— Chut, dit-elle en posant un doigt délicat sur mes lèvres. Je n'ai pas envie de parler.

Les battements de mon cœur rugissent dans mes oreilles quand elle baisse les mains et s'attaque aux boutons de ma chemise. C'est la première fois que Sara est elle-même à l'initiative de l'un de nos corps à corps. Tandis que ses doigts m'effleurent la peau, la chaleur en moi devient volcanique et l'envie de la baiser si forte que je serre les poings. Sa concentration est délicieuse. Elle a glissé sa jolie lèvre inférieure entre ses dents et d'épaisses mèches de cheveux brillants encadrent son visage. Le besoin de m'emparer d'elle et de la prendre, encore et encore, me fait presque trembler.

Pourtant, je ne bouge pas. J'en suis incapable. Ses caresses volontaires sont un cadeau auquel je ne m'attendais pas ce soir, que je n'osais pas espérer. J'ignore ce qui lui est passé par la tête ou pourquoi elle fait ça, mais je ne compte pas protester.

Terminant de défaire mes boutons, Sara fait tomber la chemise sur mes épaules et lève les yeux vers moi à travers ses cils noirs avant de poser la main sur la fermeture de mon jean.

Cette fois, elle est plus hésitante, presque méfiante, mais peu importe. C'est de la lave qui jaillit dans mes veines. Son corps nu est si proche que je peux la toucher, la sentir… il ne manque que son goût sucré sur ma langue. Ses tétons sont durs et dressés, les globes pâles de ses seins se balancent doucement tandis qu'elle se débat avec ma boucle de ceinture, et un gémissement m'échappe quand elle libère ma queue endolorie et se laisse tomber à genoux devant moi.

— Sara…

Je suis à peine capable de parler quand elle prend mes boules dans sa paume douce et referme son autre main autour de mon sexe. Puis elle se penche et le lèche délicatement, de la base jusqu'au bout, propageant une chaleur brûlante le long de ma colonne vertébrale. Mes boules remontent et se contractent, et je sais que je n'en ai plus que pour quelques secondes. Je prends une inspiration en essayant de penser à autre chose pour retarder la montée en puissance explosive, mais Sara referme alors ses lèvres autour de moi pour me prendre tout entier dans sa bouche humide et moelleuse, et je perds tout semblant de contrôle.

En gémissant, j'agrippe sa tête et passe les doigts dans ses cheveux tout en donnant de grands coups. Je l'étouffe presque et des hauts le cœur la saisissent quand j'atteins le fond de sa gorge. Ce n'est pas ce que je voulais, ce que je comptais faire ce soir, mais le désir qui m'ébranle est trop violent, trop puissant pour que j'y résiste. À genoux, avec sa cascade de boucles noisette dans le dos et ses yeux humides alors que je prends possession de son visage, Sara est la vision la plus sexy que j'aie jamais eue. Et savoir qu'elle est ici de sa propre initiative…

— Putain !

Ce juron m'échappe lorsque sa main se referme sur mes boules. L'orgasme explose, ses éclats de plaisir échappant à mon contrôle. Mes muscles se contractent et mon dos se cambre quand l'extase me traverse le corps. Je jouis dans un cri rauque, faisant gicler mon sperme au fond de sa gorge.

Elle en avale chaque goutte, me suçant la queue jusqu'à ce

qu'elle mollisse, sans détacher un seul instant ses yeux des miens. On dirait qu'elle s'abreuve à mon plaisir, qu'elle se nourrit de mon envie pour elle. Ça me rappelle les punitions que je lui infligeais, mais ce soir, je ne vois pas la même soumission éblouie dans son regard. Elle le fait parce qu'elle en a envie, et non parce que je l'y ai contrainte. Et quand les dernières vagues de plaisir s'estompent, je la hisse sur ses pieds et la conduis à notre lit, bien déterminé à me rattraper.

— Allonge-toi, lui dis-je en la guidant sur le matelas.

Elle obéit et s'étend sur le dos. Son regard est voilé et ses paupières mi-closes quand elle me voit monter sur elle. Je sais qu'elle est toujours en proie au sentiment qui l'anime ce soir.

C'est une énigme qui me ronge, mais ce n'est pas le moment de me pencher sur la question. J'ai encore le souffle court, sous le coup du plaisir, et pourtant j'ai envie de plus. Je veux la goûter quand elle jouira, sentir ses bras fins autour de moi. Au-delà du désir sexuel, c'est un besoin compulsif.

Avec Sara, je n'en ai jamais assez.

Alors je me laisse aller. Maintenant que mon avidité la plus urgente est satisfaite, je prends le temps de jouer avec son corps, de l'embrasser et de caresser chaque centimètre carré de sa chair chaude et parfumée. Elle est délicieuse, ma Sara, sa peau lisse, pâle et douce, ses courbes délicates, à la fois tendres et fermes au toucher. Ses gémissements, ses petits cris étouffés et ses soupirs alanguis quand je la lèche – je donnerais le monde pour rester éternellement dans cette position, pour l'entendre crier sous les caresses de ma langue.

Deux orgasmes, puis trois, puis quatre… Je perds le compte au bout d'un moment, entièrement consumé par son être, accro à son plaisir. Je la comble de mes doigts et de ma bouche, avant de la prendre doucement, conscient de ses désagréments prémenstruels. Elle ne proteste pas et s'agrippe à moi pendant que j'imprime un mouvement de va-et-vient. Une fois que j'ai joui, je redescends entre ses jambes pour goûter à nos goûts entremêlés en lui suçant le clitoris. Ses doigts qui se referment dans mes cheveux, sa respiration haletante et ses gémissements suppliants sont comme une drogue dont j'abuse. Je m'enivre de son odeur, de son goût et de sa texture. Une fois qu'elle retombe, épuisée et rayonnante, je la prends dans mes bras et nous nous endormons, son cœur battant tout contre le mien.

25

Sara

Je me réveille avec une sensation mêlée de bien-être et de malaise, et il me faut une longue minute pour comprendre pourquoi.

Peter.

Il est parti au Nigéria ce matin, après m'avoir fait l'amour pendant toute la nuit.

À présent, ça me paraît surréaliste, comme un rêve dont je m'éveille. Je n'en reviens pas d'avoir pris les devants, quant à ce qui a suivi… En gémissant, je roule sur le côté et sors mes jambes du lit. J'ai le ventre perclus de crampes et, en arrivant aux toilettes, je ne suis pas étonnée de constater que mes règles ont commencé. Ce qui me laisse perplexe, en revanche, c'est

554

que nous avons encore oublié les préservatifs hier soir et qu'aucune alarme ne s'est déclenchée dans mon esprit.

On dirait qu'inconsciemment, j'ai envie de tomber enceinte.

Non. Je chasse cette pensée terrifiante. Je ne veux *pas* avoir un enfant dans ces conditions. Hier soir, je n'avais pas les idées claires, c'est tout. Après avoir entendu les hommes parler des dangers qu'ils allaient affronter, je me suis sentie malade d'inquiétude et si désespérée de me changer les idées que j'ai sauté sur Peter pour le séduire malgré mon intense chagrin. Je suis presque certaine qu'il m'aurait laissée tranquille hier soir – il a toujours été attentionné quand j'étais malade –, mais j'avais besoin d'une distraction et c'est précisément ce que j'ai obtenu. À mon deuxième orgasme, j'ai tout oublié du Nigéria et de mon mal-être, et au quatrième, je me rappelais à peine mon propre nom.

J'ai désespérément besoin d'une douche. Sans tenir compte de la gêne qui me tord le ventre, j'entre dans la cabine et me lave de la tête aux pieds. Puis je me sèche, me brosse les dents et retourne dans la chambre pour m'habiller. J'ai la surprise de découvrir un verre d'eau et un Advil sur la commode – Peter a dû les déposer ce matin.

Je m'en réjouis tout bêtement et avale le médicament, avant de me recoucher le temps que passent les douleurs les plus aiguës. C'est ridicule, mais mon ravisseur me manque… ainsi que ses attentions et sa prévenance. Sans doute est-ce à cause de ma baisse de moral, mais j'aimerais qu'il me masse le ventre, qu'il me serre contre lui et qu'il me donne l'impression que je suis le centre de son univers.

J'ai envie de sa présence. Je n'aime pas le savoir à l'autre bout du monde, où les balles fusent et où les bombes explosent.

Non. Non, non, non. Je ferme vivement les yeux, mais il est trop tard. L'angoisse que je croyais avoir chassée me revient en force et une panique toxique me comprime la poitrine et la gorge. C'est stupide, profondément irrationnel, mais je ne veux pas que mon tourmenteur meure. Je ne suis même pas capable de l'imaginer. Son impact sur ma vie est tellement absolu, tellement général que je ne l'envisage plus sans lui.

Et je n'ai même pas envie de l'envisager.

Mon cœur se serre encore plus et je me concentre sur ma respiration pour essayer de détendre mes muscles et d'apaiser mon pouls erratique. Je me persuade que tout va bien se passer, que Peter est capable d'affronter ce qui lui arrivera. Le danger, c'est sa zone de confort, et les assassinats, sa vocation professionnelle. Je n'ai aucune raison de penser que quelque chose peut déraper, aucune raison de croire qu'il ne reviendra pas.

Sauf qu'il a été blessé lors de cette mission au Mexique.

Non. Je prends une grande inspiration et fais taire ce rappel insidieux. Aucune raison de s'inquiéter pour une erreur qui ne s'est produite qu'une seule fois. Au fil des ans, Peter a réalisé une multitude de missions dangereuses sans être blessé.

En fait, il a même tué mon mari et ses trois gardes sans une égratignure.

Mon ventre se crispe, accentuant mes crampes, et ma gorge se remplit de bile à ce souvenir. Comment ai-je pu oublier, ne serait-ce qu'un instant, quel genre d'homme est Peter et ce qu'il a fait ? Ici, sur cette montagne, mon ancienne vie peut me paraître irréelle, mais ça ne veut pas dire qu'elle n'a pas existé.

Ça ne veut pas dire que le mari que j'aimais n'a pas existé.

Je ferme les yeux et me concentre sur George et nos souvenirs heureux. Il y en avait tant : nos premiers rendez-vous, notre voyage à Disney World, les barbecues chez mes parents... Mes parents l'aimaient, l'estimaient plus que tout au monde, et pendant des années, ce fut aussi mon cas. On riait et pleurait ensemble, on sortait et on restait chez nous. Il était présent à ma remise de diplôme, et moi, j'étais présente à la sienne. Ensuite, la vie est devenue plus difficile : mon école de médecine et mon internat, ses voyages interminables à l'étranger. Et pourtant, nous étions ensemble, notre amour renforcé par l'idée que nos vies ne faisaient que commencer, que nous étions jeunes et capables de tout endurer.

Bien sûr, c'était avant qu'il se mette à boire et qu'il ait ses sautes d'humeur... avant que ses secrets détruisent notre mariage et entraînent l'arrivée de Peter.

J'ouvre les yeux et regarde fixement le plafond, en proie à la douleur désormais familière de la trahison. J'aimerais pouvoir oublier ça, faire semblant que tout ce que Peter m'a raconté était un mensonge, mais je ne peux nier les faits.

Le garçon que j'ai rencontré à l'université n'était pas l'homme que j'ai épousé, et pendant des années, j'ignorais pourquoi.

Espion, et non journaliste. J'ai toujours du mal à le croire. George aurait-il fini par me le dire ? Si la tragédie de Daryevo et tout ce qui a suivi n'étaient pas arrivés, aurais-je appris quel était son vrai métier ? Ou m'aurait-il maintenue dans le noir pendant toute ma vie, me mentant constamment avec un grand sourire ?

Consciente que mes pensées virent à l'amertume, j'essaie de me concentrer sur les moments de joie, mais c'est inutile. Ce que George et moi avons connu était agréable autrefois, mais vers la fin, ce n'était plus le cas, et je ne peux pas l'oublier. Je ne peux pas effacer la tristesse et la culpabilité, la honte et le désespoir que j'ai combattus quand notre mariage battait de l'aile, écrasé par le poids de son addiction. J'ai perdu mon mari bien avant l'accident qui lui a brisé le crâne, avant que Peter surgisse avec ses sombres projets de vengeance.

Je l'ai perdu au moment où Peter a perdu sa famille, et pourtant à l'époque, je l'ignorais.

J'ai toujours des crampes dans le bas-ventre, mais les cachets commencent à faire leur effet. Je me lève et entreprends de m'habiller. Je ne supporte pas de penser à George plus longtemps, car même les bons souvenirs sont désormais entachés par l'idée que tout n'était qu'un mensonge, que je n'ai jamais vraiment connu l'homme que j'ai épousé.

L'homme qui a été assassiné par celui qui est à présent l'objet de toutes mes inquiétudes.

Cherchant désespérément à réprimer une nouvelle vague d'angoisse, je m'empare de l'iPad que Peter m'a donné et lance un clip vidéo. Je chante avec Ariana Grande tout en enfilant mes vêtements et en me brossant les cheveux. La musique me remonte un peu le moral et, en descendant, je suis capable de saluer Yan par un « bonjour » chaleureux. Il est assis derrière le plan de travail avec un ordinateur portable.

— Bonjour, répond-il en levant les yeux de son écran tandis que je me prépare un café.

Comme toujours, on croirait à sa tenue que le frère d'Ilya travaille dans une société d'investissements. Ses cheveux bruns sont impeccables et son visage rasé de frais. Il me sourit, mais ses yeux verts restent froids quand il dit :

— Peter t'a laissé des flocons d'avoine sur la cuisinière.

— Oh, merci.

Mon cœur se serre avec une chaleur troublante quand je m'approche de la casserole et verse les flocons d'avoine dans un bol. Je devrais en avoir pris l'habitude, depuis le temps, mais je suis toujours émerveillée de constater que Peter ne se lasse pas de prendre soin de moi. Ce matin, en particulier, il devait avoir tant de choses plus importantes à l'esprit, et pourtant il a pensé à moi en me laissant de l'Advil, et maintenant le petit déjeuner.

— Des nouvelles ? je demande à Yan en prenant place à la table. Tu sais quelque chose ?

Le Russe secoue la tête.

— Il reste encore huit heures avant qu'ils atterrissent.

Son ton est léger, mais je décèle une certaine tension sous-jacente.

Ce type a beau être un psychopathe, il n'en a pas moins l'air soucieux.

Mon angoisse redouble et me coupe aussitôt l'appétit, mais je me force à manger tandis que Yan reporte son attention sur l'écran d'ordinateur. Peter est peut-être parti pour deux jours ou plus, et je ne peux pas me laisser mourir de faim uniquement parce que je suis malade d'inquiétude. Sans parler du fait que je n'ai aucune raison de m'inquiéter pour un homme que je devrais détester, mais sur ce point, je capitule.

Stupide ou non, je n'ai pas envie que Peter se fasse blesser ou tuer.

Après avoir terminé mon repas, je monte à l'étage et passe le temps en lisant et en regardant les clips vidéo que Peter a téléchargés sur l'iPad. Je m'occupe ainsi, avec quelques tâches ménagères, avant de redescendre à l'heure du déjeuner.

Yan n'est nulle part. Il doit être dans sa chambre ou à l'entraînement, quelque part à l'extérieur. Pendant une seconde, je suis tentée de m'évader à nouveau – à présent, le temps est bien plus chaud et à ma connaissance, aucun orage n'est prévu –, mais je me ravise. Je ne suis pas encore assez familière avec la topographie de cette montagne, et tâtonner à l'aveuglette autour des falaises ne me semble pas une excellente idée, d'autant plus que mes règles m'affaiblissent.

En tout cas, c'est la raison que je me donne en repoussant mes projets d'évasion. Je prends un autre Advil et me prépare un sandwich.

QUAND JE REDESCENDS POUR LE DÎNER, YAN EST LÀ. IL TERMINE les restes de flocons d'avoine tout en assemblant ce qui ressemble à du matériel d'enregistrement audio – un casque énorme avec un micro intégré relié à l'ordinateur.

— Du nouveau ? je demande en me dirigeant vers le réfrigérateur après avoir avalé un autre cachet.

Yan secoue la tête.

— Mais ça ne devrait pas tarder, dit-il avant d'avaler le reste de son thé. Je te préviendrai quand ils atterriront.

— Merci, dis-je tout en cherchant les ingrédients pour préparer une poêlée végétarienne.

J'ai une douleur entre les omoplates, et l'anxiété contre laquelle je me suis battue toute la journée revient en force. Je découpe et émince les légumes, puis je les asperge généreusement de sauce soja.

— Tu en veux ? proposé-je à Yan quand il lève les yeux pour voir ce que je fais.

Il refuse poliment avant de mettre les écouteurs sur sa tête pour procéder à des tests de réception audio. Il a toujours l'air excessivement soucieux et reste concentré sur le clavier où ses doigts pianotent.

Une fois que la poêlée est prête, je m'assois et mange en silence tout en observant Yan. Je me sens de plus en plus mal à l'aise à chaque bouchée. D'après mes calculs, huit heures se sont déjà écoulées depuis le petit déjeuner et la tension qui émane du Russe, si placide en temps normal, ne m'aide pas.

— En général, vous restez en contact pendant toute la mission ? je demande quand le silence devient trop insupportable. Ou attends-tu qu'ils t'appellent ?

Yan lève les yeux et retire ses écouteurs.

— En général, je suis avec eux, dit-il en pivotant sur son tabouret pour me regarder.

Je comprends alors pourquoi il est si nerveux. Il a l'habitude de les accompagner, d'être au cœur de l'action, et non pas de la suivre de loin.

— Je suis désolée que tu sois forcé de faire du baby-sitting, dis-je en repoussant mon assiette à moitié intacte.

Autant essayer de faire connaissance avec mon geôlier au lieu de me tourmenter au sujet de Peter.

— Je suis sûre que tu t'inquiètes pour ton frère.

Yan hausse les épaules et ses traits tirés se dérident un peu.

— Ilya peut se débrouiller seul.

— Oui, je n'en doute pas.

Je prends ma tasse de thé et ajoute :

— Il est plus jeune ou plus âgé que toi ?

Cette fois, il a l'air franchement amusé.

— Plus âgé de trois minutes.

— Oh, dis-je en clignant des paupières. C'est ton jumeau ?

— Identique, si tu peux le croire, dit-il avec un hochement de tête.

— Waouh. Vous ne vous ressemblez pas du tout.

Tout en sirotant, je contemple ses traits nets et vaguement aristocratiques. À bien y regarder, je décèle des similitudes avec la structure osseuse d'Ilya, mais il y a aussi quelques différences.

Le nez de Yan est plus droit et sa mâchoire carrée plus proportionnée – pas aussi ciselée que celle de Peter, mais forte et bien définie. La plus grande différence, cependant, c'est la chevelure.

Yan a la tête couverte de cheveux, sans la moindre trace de tatouages crâniens.

— Mon frère a manqué de chance dans certains combats, m'explique-t-il en remarquant mon regard scrutateur. Il s'est fait casser le nez et écrasé le visage à plusieurs reprises. Et puis, il a pris des stéroïdes quand il était jeune et écervelé. Il voulait gagner de la masse.

— Je vois.

Les stéroïdes expliquent certaines différences, y compris celle de la taille. Mais l'homme assis devant moi n'est pas petit. Il mesure environ la même taille que Peter, et il est tout aussi musclé. Son frère jumeau, en revanche, est massif, aussi imposant qu'un bodybuilder.

— C'est ton seul frère ? je demande.

Yan hoche la tête.

— Oui, nous ne sommes que deux.

Je repose ma tasse.

— Et vous avez de la famille ?

— Non.

Son expression demeure impassible, sans chagrin ni regret. Il est aussi insensible que si je l'interrogeais sur ses chaussettes.

J'ai envie d'approfondir la question, mais un autre sujet m'intéresse encore davantage.

— Quand as-tu rencontré Peter ? dis-je en m'avançant sur mes coudes. Vous avez déjà travaillé ensemble, n'est-ce pas ?

— Oui.

Yan referme l'ordinateur et tourne sur le tabouret de bar pour se placer face à moi.

— Ilya et moi, nous faisions déjà partie de son équipe depuis trois ans avant Daryevo.

La mention du village me rappelle les images d'horreur sur le téléphone de Peter, et la poêlée vire à l'aigre dans mon estomac.

— Tu les connaissais ? je demande d'une voix que j'essaie de maîtriser. Sa femme et son fils, je veux dire ?

— Non.

Les yeux verts du Russe sont plus vifs que des pierres précieuses, et tout aussi froids.

— Anton est le seul à les avoir rencontrés. Nous autres, on ne savait même pas que Peter avait une famille avant qu'ils soient tués.

— Oh.

Je ne sais que répondre. De toute évidence, Peter ne faisait pas confiance à l'homme assis en face de moi – du moins, pas assez pour risquer de lui exposer son secret le plus précieux. Et pourtant, ils travaillent encore ensemble.

— Si j'étais lui, moi aussi je l'aurais caché, m'explique Yan avec un sourire sévère sur le visage – et je me rends compte qu'il a perçu ma gêne. Les familles et les bébés n'ont pas de place dans notre monde.

— Vraiment ?

Alors ce n'était pas un manque de confiance. Peter a dévié du mode de vie habituel.

— Je suppose qu'aucun d'entre vous n'a jamais été marié ?

— Seulement Peter, me confirme Yan. Et tu sais comment ça a fini.

Je déglutis pour ravaler la boule qui me noue la gorge et prends à nouveau ma tasse de thé entre mes doigts.

— Oui, je sais.

Yan me regarde boire le reste de mon thé avant d'affirmer d'un ton calme :

— Ça ne durera pas non plus, tu sais.

Je baisse ma tasse.

— Qu'est-ce que tu veux dire ?

— Ça, répond-il en agitant la main pour me désigner, ainsi que notre environnement. Quoi que ce soit, ça ne durera pas.

Je le dévisage, perplexe.

— tu veux dire… qu'il va me laisser tomber ?

— Non.

Le regard du Russe est à nouveau froid, indéchiffrable.

— Il ne fera jamais ça. C'est un homme obsessionnel et tu es son obsession. Il ne te laissera jamais tomber, Sara. Pas avant que l'un, l'autre ou tous les deux, vous soyez morts.

Je prends une vive inspiration, mais avant que je puisse réagir, un tintement se fait entendre et Yan se tourne vers son ordinateur portable.

— Ils ont atterri, dit-il en mettant les écouteurs sur sa tête. Ça va devenir intéressant.

2 6

eter

LA PREMIÈRE PARTIE DE L'OPÉRATION SE DÉROULE SANS encombre. C'est même si fluide que la nervosité me gagne. Ce n'est jamais bon signe quand tout se passe comme prévu. Il y a toujours un obstacle à gérer, un contretemps à désamorcer. Il faut s'attendre à des obstacles impromptus, car rien n'est jamais prévisible à cent pour cent, et croire le contraire – s'imaginer que le plan, aussi flexible qu'il soit, prend en compte tous les paramètres – est le meilleur moyen de se faire tuer.

Ainsi, quand nous pénétrons dans la résidence du banquier et éliminons sans un bruit le nombre précis de gardes que nous avions estimé, je commence à me sentir fébrile. Et quand nous piratons toutes les caméras pour donner à Yan l'accès à distance avant de nous diriger vers la chambre sans croiser un seul

565

membre du personnel qui aurait dévié de son trajet habituel, mon radar à danger bascule dans le rouge.

Nous avons eu le vent en poupe jusqu'à présent, mais quand nous nous heurterons aux difficultés – ce qui est inévitable, car la chance est une garce inconstante – nous les sentirons furieusement passer.

Comme nous ne pouvons rien y faire pour le moment, à moins d'annuler l'opération, je fais signe à Anton de se tenir prêt tandis qu'Ilya se place devant la porte.

Sous la violence de son coup de pied, la porte est arrachée de ses gonds et vient s'écraser par terre. À l'intérieur, un cri de panique se fait entendre. En faisant irruption tous les trois dans la chambre, nous apercevons notre cible sur le sol, ses bourrelets tressautant tandis que sa maîtresse nue se pelotonne derrière le lit.

Les petits yeux porcins du banquier sont blancs de terreur et sa silhouette ronde tremble lorsqu'il s'efforce de couvrir son sexe ramolli avec un oreiller.

— Arrêtez ! Je vous en supplie, je peux vous payer. Je le jure, je peux vous payer. Je vous donnerai plus que ce que vous touchez. Que voulez-vous ? Cent mille euros ? Un demi-million de dollars ? Je les ai. J'ai l'argent, je le jure !

Constatant que rien ne nous arrête, il abandonne l'anglais pour parler dans un mélange de français et d'allemand à l'accent prononcé, puis un dialecte haoussa, répétant frénétiquement sa proposition jusqu'à ce qu'Anton lui assène un coup de poignard dans la gorge pour le faire taire.

— Avec les salutations du cousin d'Omuya, dis-je en anglais, tout en regardant l'homme se débattre en s'étranglant dans le sang qui jaillit de son cou.

Il meurt en un rien de temps – une mort plutôt facile, tout bien considéré.

La maîtresse de ce fumier éclate en sanglots derrière le lit. Sourd à ses pleurs, je prends une photo du cadavre en guise de preuve pour le client, puis je dis à Ilya en russe :

— Attache-la et partons.

En temps normal, nous éliminerions aussi la femme, mais cette fois, je veux un témoin.

Je veux que les autorités nous recherchent en Afrique, loin de Sara et du Japon.

Passant la lanière de son M16 sur son épaule, Ilya contourne le lit et se penche vers la femme éplorée. Sachant qu'il en fait son affaire, je me dirige vers la porte, mon radar toujours en alerte.

Soudain, un coup de feu retentit.

Je fais volte-face, les oreilles sifflantes à cause de la détonation, mais il est trop tard.

Ilya gît sur le sol, une tache rouge sombre de plus en plus grande s'écoulant de son crâne.

S*ara*

J E FAIS LES CENT PAS AU PREMIER ÉTAGE, DE PIÈCE EN PIÈCE, EN proie à l'anxiété. Dès l'instant où l'équipe a atterri, Yan m'a demandé de le laisser seul pour qu'il puisse se concentrer sur son rôle : surveiller le complexe du banquier à distance afin de repérer les éventuels imprévus. Ce n'était pas une excuse pour se débarrasser de moi. En quittant la cuisine, j'ai aperçu plusieurs vidéos de caméras de surveillance sur son écran d'ordinateur et ce qui m'a semblé être une vue aérienne de drone.

Pour me changer les idées, j'ai essayé de lire à nouveau, puis de regarder des clips en chantant avec mes artistes préférés. Je me suis même rendue dans le studio inachevé pour tenter quelques pas de danse classique appris quand j'étais petite, ainsi que des étirements à la barre pour détendre mes lombaires crispées par mes règles douloureuses. Rien n'a réussi à retenir mon attention pendant plus de quinze minutes, et maintenant, j'erre sans réfléchir de fenêtre en fenêtre comme si, en regardant les ténèbres au-dehors, je pouvais voir apparaître l'hélicoptère.

Au bout de deux heures, mes crampes s'accentuent et je suis un paquet de nerfs. Je descends alors dans la cuisine pour prendre un autre Advil. Yan est toujours assis à son ordinateur devant le plan de travail, le casque sur les oreilles, mais à présent son expression n'est plus du tout détendue. Il est d'une pâleur saisissante, et des rides de tension encadrent sa bouche pincée, tandis qu'il parle en russe dans le micro avec un débit accéléré.

Mon cœur cesse un instant de battre avant de se lancer dans un galop paniqué.

Quelque chose a mal tourné.

Une appréhension glaciale me traverse le corps et mon ventre se tord. J'ai un terrible pressentiment et je me retiens de lui demander ce qui se passe. Ça n'aiderait pas et je ne veux pas détourner Yan de sa tâche. Au lieu de ça, je me rue dans la cuisine et m'arrête derrière lui pour jeter un œil fébrile par-dessus son épaule.

Il ne m'accorde aucune attention. Ses yeux restent rivés sur l'ordinateur tandis qu'il aboie des instructions. D'abord, je ne comprends pas ce qui se passe, mais soudain, sur la vidéo d'une caméra de surveillance, je les aperçois.

Deux corps étendus à côté d'un lit.

L'un d'eux est un homme obèse à la peau noire, son imposante silhouette nageant dans une mare rouge, et de l'autre côté du lit se trouve une femme nue. En regardant de plus près, je remarque aussi des éclaboussures de sang autour d'elle.

Ils sont morts tous les deux.

La nausée me prend à la gorge et je plaque une main sur ma bouche en m'efforçant de rester calme. Yan parle toujours du même ton pressant. Sur une autre séquence vidéo, deux hommes en tenue de commando spécial apparaissent dans un couloir. Ils marchent vite et portent par les bras et les jambes un homme de forte carrure.

Je reconnais avec un mélange d'horreur et de soulagement Peter et Anton, qui transportent Ilya. Sa tête est enveloppée dans un bandage, qui ressemble à une simple taie d'oreiller, mais du sang s'en échappe.

Le jumeau de Yan est gravement blessé, peut-être même mort.

J'ose à peine respirer et me mords la paume en les regardant franchir l'angle d'un mur. Sur une autre vidéo, une dizaine d'hommes armés se précipitent dans un couloir et je remarque leurs visages alarmés quand ils découvrent d'autres cadavres. Les autres gardes, sans doute ? Quoi qu'il en soit, ils ne tardent pas à se regrouper et continuent dans le couloir tandis que Yan parle d'une voix encore plus précipitée dans le micro.

Peter et Anton disparaissent de notre vue, avant de réapparaître quelques instants plus tard sous l'œil d'une autre caméra de surveillance. Je constate qu'ils approchent d'un salon avec une porte donnant sur un vaste garage. À ce moment, ils essaient de courir, mais le corps d'Ilya se balance entre eux comme un hamac et, le cœur serré, je comprends la raison de leur empressement.

Le couloir rempli de gardes armés débouche sur le même salon.

C'est une course aux enjeux vitaux – et les soldats semblent avoir le dessus.

J'ai probablement fait un bruit malgré moi, car Yan jette un œil par-dessus son épaule et sa mâchoire se contracte quand son regard croise le mien. Il ne dit rien et se contente de retourner à son ordinateur. Quant à moi, je continue à regarder, incapable de détacher les yeux de l'horreur qui se déroule à l'autre bout du monde.

Sur l'enregistrement du drone, deux explosions font voler en éclat une petite structure à côté de la maison principale, et les gardes s'interrompent avant de se séparer en deux groupes. L'un d'eux continue en direction du salon tandis que quelques soldats rebroussent chemin – vers les bombes que l'équipe a dû mettre en place pour faire diversion.

Mais ce délai ne suffit pas. Les gardes arrivent au salon quelques secondes avant Peter et son équipe.

Les Russes semblent prêts. Sans cesser de courir, ils soulèvent Ilya un peu plus haut. Peter plie alors les genoux sans ralentir sa foulée pour hisser son coéquipier inconscient sur son épaule, tandis qu'Anton le lâche pour prendre son fusil d'assaut. Avec une grimace d'effort, Peter se redresse, le corps massif d'Ilya sur l'épaule. Stupéfaite, je le vois reprendre sa course, retenant le corps à une main tout en sortant une grenade de sa poche.

Malgré le bruit qui me parvient des écouteurs de Yan, je n'entends pas la détonation de l'arme automatique, mais je vois les balles traverser les murs lorsque les Russes font irruption dans le salon avec les gardes. Deux soldats sont fauchés par les tirs d'Anton, tandis que le reste se réfugie derrière une colonne. Je retiens un cri lorsque Peter titube. Ilya glisse sur son épaule, mais aussitôt, mon ravisseur se ressaisit et rattrape son fardeau.

Son visage affiche une détermination sans faille lorsqu'il brandit une grenade et arrache la goupille avec les dents.

Boum ! Un vif éclat lumineux, puis le noir complet sur deux vidéos. Je ne suis pas en contact direct avec Yan, mais je le sens tressaillir, comme s'il avait été touché. Un flot de paroles fébriles fuse en russe de sa bouche tandis qu'il tape sur le clavier pour faire apparaître d'autres vidéos de surveillance. Ce n'est qu'en repérant un mouvement sur la vue aérienne du drone que je m'autorise à respirer. Je me rends compte que je suis en train de pleurer. Les larmes laissent un sillon brûlant sur ma peau glacée.

Yan a dû apercevoir le même mouvement, car il zoome sur la vidéo du drone au moment où un énorme 4x4 traverse la porte d'un garage, qui s'ouvrait si lentement que le véhicule en emporte un morceau dans son élan en direction de la sortie.

Un sanglot filtre à travers mes dents serrées et je me mords à nouveau la paume.

Au moins, l'un d'eux est vivant, et suffisamment en forme pour conduire.

Toute tremblante, je regarde le 4x4 enfoncer le portail en fer sous une pluie de balles, avant de s'engager à toute allure dans une rue étroite, deux véhicules remplis de gardes à ses trousses. Le drone les suit assez longtemps pour montrer l'un des 4x4 des poursuivants quitter la route, comme si ses pneus avaient éclaté, mais au bout de quelques secondes, les voitures disparaissent au loin. Le drone est distancé.

Yan grommelle ce qui doit être un juron en russe avant de taper frénétiquement sur le clavier. Une nouvelle fenêtre s'ouvre, cette fois sur un spectre sonore, et je comprends qu'il se connecte à un signal radio. Bien sûr, une minute plus tard, il reprend sa litanie en russe et j'expire un souffle frémissant.

Quelqu'un dans ce 4x4 doit être vivant.

Est-ce Peter ? Sont-ils blessés ? L'avion est encore loin ? Ilya est en vie ? Peter est blessé ?

Les questions menacent de me submerger, mais j'enfonce mes ongles dans mes paumes et garde le silence. Je n'ose pas détourner l'attention de Yan, qui ouvre une carte à l'écran et débite ses instructions aussi rapidement que des tirs de mitraillette. Sa posture est plus tendue que jamais, son attention focalisée sur l'ordinateur, et je sais qu'ils sont toujours en danger.

S'ils sont encore vivants, évidemment.

Je prends une inspiration pour essayer de me calmer, pour empêcher les larmes de ruisseler sur mon visage glacial, mais la peur est trop forte. J'en suis malade, empoisonnée par l'excès d'adrénaline. Je n'ai encore jamais connu cette inquiétude fiévreuse pour quelqu'un d'autre. Mon cœur cogne à tout rompre dans ma cage thoracique, et chaque battement marque une autre seconde d'attente insoutenable.

Il faut que Peter aille bien. Il le faut.

Une minute, deux, trois, dix… Je regarde fixement la minuscule horloge au coin de l'écran, tandis que Yan sombre dans le mutisme, se joignant à moi dans notre expectative silencieuse.

Douze minutes.

Quinze.

Dix-huit.

Je ne bouge pas. Je respire à peine.

Vingt.

Vingt-deux.

Yan change de position. Il a l'air sur le qui-vive. Soudain, il referme les doigts autour du micro et prononce quelques phrases laconiques en russe avant de retirer son casque pour se tourner vers moi.

Les ravages du stress sont encore imprimés sur ses traits, mais la tension que j'y ai aperçue un peu plus tôt a disparu.

— C'est terminé, dit-il. Ils sont dans les airs, en direction de l'Égypte. Une balle a éraflé le crâne d'Ilya, mais ils ont interrompu le saignement et il s'est déjà réveillé quelques instants. Avec un peu de chance, tout ira bien.

Je m'agrippe au plan de travail et me prépare à lui poser ma question.

— Et Peter ?

— Contusionné et couvert de sang, mais il n'est pas blessé. Même chose pour Anton.

J'expire, étourdie par le soulagement, et essuie mes joues mouillées du revers de ma main tremblante.

Peter est vivant.

Contusionné et ensanglanté, mais vivant.

J'ai envie de m'effondrer sur le sol. La torpeur qui succède à l'adrénaline me percute comme la balle d'un fusil, mais je retrouve l'équilibre contre le plan de travail et force mon cerveau surchargé à fonctionner.

— Alors, pourquoi…

Je me racle la gorge pour éclaircir ma voix enrouée.

— Pourquoi vont-ils en Égypte ?

— Ilya a besoin de soins médicaux, et il y a une clinique là-bas, explique Yan avant de me regarder d'un air dubitatif.

— Quoi ? je demande, le cœur battant.

— Tu es médecin, dit-il en penchant la tête. N'est-ce pas ?

— Je… oui.

Il le sait, non ?

— Je suis gynécologue obstétricienne.

— Tu sais faire des points de suture ?

Je commence à voir où il veut en venir.

— Oui, bien sûr. J'ai aussi passé quelque temps aux urgences pendant mon internat, mais…

— Attends.

Il pivote vers l'ordinateur et reprend ses écouteurs.

— Attends, Yan. Il a besoin d'un hôpital, protesté-je.

Mais il parle déjà en russe dans le micro. Frustrée, j'attends qu'il ait terminé et quand il se tourne à nouveau pour me regarder, je déclare d'un ton ferme :

— C'est une mauvaise idée. Ton frère fait peut-être une commotion cérébrale ou une hémorragie interne. Il a besoin d'une tomodensitométrie, d'antibiotiques, de matériel médical adéquat… Il…

— Il a survécu à pire, crois-moi, m'interrompt Yan, l'air déterminé. Ce dont il a besoin, c'est de se reposer et de prendre le temps de guérir, ce qu'il ne pourra pas faire dans cette clinique – les autorités vont bientôt passer le continent africain au peigne fin à notre recherche. On a des antibiotiques et les fournitures médicales de base – on en entrepose dans chacune de nos planques – et maintenant, on a aussi un docteur.

— Non, écoute, dis-je en fronçant les sourcils. Ce n'est pas…

— Tu ferais mieux de dormir un peu, Sara, me conseille Yan en s'emparant de son casque audio. Tu as l'air fatiguée et il faut que tu sois en pleine forme et bien reposée quand ils atterriront.

2 8

eter

Sara se tient à côté de l'héliport quand nous atterrissons. Sa silhouette fine me paraît petite et fragile à côté de la carrure solide de Yan. La voir ainsi me serre le cœur et ravive le besoin douloureux que j'éprouve pour elle. Je dois me retenir de la prendre dans mes bras dès que les patins de notre hélicoptère touchent le sol. Au lieu de quoi, la première chose que je fais en sautant hors de l'appareil, c'est d'aider Ilya à descendre. La plaie à l'endroit où la balle a effleuré sa tête ne saigne plus, mais il est encore faible après avoir perdu beaucoup de sang, et il est très secoué.

Si la maîtresse du banquier avait utilisé autre chose qu'un revolver 22 à crosse de nacre et avait mieux visé, nous le ramènerions dans un sac mortuaire.

Mon épaule malmenée me brûle et mes côtes contusionnées sont douloureuses quand Ilya s'appuie sur moi – mon gilet pare-balles en a arrêté deux pendant notre fuite –, mais je ne me plains pas. J'ai de la chance. Putain, nous avons tous les trois de la chance. Quand les emmerdes arrivent, elles ne font pas semblant. Entre la maîtresse du banquier qui a trouvé le revolver sous le matelas et le garde vigilant qui a entendu le coup de feu, notre repli s'est avéré aussi ardu que l'aller avait été facile.

Sur une échelle d'un à dix, cette mission était un sept – pas aussi terrible que certaines, mais clairement pire que d'autres.

— Attendez, je le prends, dit Yan en s'avançant pour soutenir Ilya.

Je m'écarte pour le laisser venir en aide à son frère. Anton sort de l'hélico derrière nous, mais je ne lui prête pas attention. Il a reçu des éclats de grenade dans le bras et l'épaule, mais je sais que tout ira bien. Je préfère me concentrer sur la seule personne sans qui je ne pourrais pas vivre.

Sara.

Mon bel oiseau chanteur.

Le vent soulève ses cheveux de part et d'autre de son visage, le soleil soulignant de discrètes nuances auburn dans ses ondulations d'un brun riche. Le regard qu'elle pose sur moi est solennel et son visage est dénué d'expression. Pourtant, je sens son manque, je le ressens jusque dans mes os.

Elle ne l'avouera peut-être pas, mais elle a besoin de moi.

Elle aussi, elle ressent notre connexion.

Il me suffit de cinq enjambées pour la soulever dans mes bras et écraser ma bouche sur la sienne. Derrière nous, Anton siffle pour se moquer, mais je n'en fais pas cas. Je me fiche bien de ce que pensent les gars, je me fiche qu'ils remarquent ma faiblesse. Rien d'autre n'a d'importance que ses bras minces repliés autour de moi et ses lèvres brûlantes et douces. La saveur mentholée de son haleine, sa langue glissante, le parfum chaud de ma Sara – j'absorbe tout, remplissant le vide en moi, chassant les ténèbres de mon monde.

Je ne la mérite pas, mais je l'ai.

Elle est à moi, et je l'aime, la chéris et la soutiens.

J'ignore pendant combien de temps je l'embrasse, mais quand je relève la tête, les autres entrent déjà dans la maison. À contrecœur, je repose Sara par terre, mais ne peux me résoudre à la lâcher.

— Je t'ai manqué, ptichka ? je demande d'une voix douce en posant les mains sur sa taille souple. Tu t'es inquiétée quand je suis parti ?

Le soleil fait danser l'éclat vert de ses beaux yeux noisette, soulignant le tourment qu'ils expriment.

— Je...

Elle passe la langue sur ses lèvres gonflées par notre baiser.

— Je ne voulais pas que tu meures.

— Tu me l'as déjà dit. Mais est-ce que je t'ai manqué ?

Elle m'adresse un regard troublé avant de repousser mon torse pour se dégager de mon étreinte.

— Je dois y aller, dit-elle d'une voix blanche. La tête d'Ilya ne se recoudra pas toute seule.

Elle tourne les talons et se rue à l'intérieur. Je lui emboîte le pas, à la fois déçu et encouragé.

Elle n'est pas encore prête à l'avouer, mais tôt ou tard, je la vaincrai.

Je réussirai à me faire aimer par elle, quoi qu'il en coûte.

Sara suit les jumeaux Ivanov dans la chambre d'Ilya, pendant que je monte dans notre chambre pour prendre une douche avant de me mettre au lit. J'ai fait une toilette rapide à bord de l'avion, mais j'éprouve toujours le besoin de récurer mon corps pour le débarrasser de toute cette violence et cette mort.

Je n'ai pas envie que la laideur de mon monde déteigne sur Sara.

Il me faut plus de vingt minutes pour me doucher et me changer – comme l'engourdissement de l'adrénaline s'estompe, mes muscles endoloris et mes côtes contusionnées protestent à chaque mouvement – et quand j'entre dans la chambre d'Ilya, Sara a presque terminé les points de suture. Je m'arrête dans l'encadrement de la porte et la regarde travailler, attendri par sa mine concentrée. Comme j'avais fait installer des caméras dans son cabinet de l'hôpital, cette expression m'est familière. Elle l'affichait souvent quand elle prenait des notes sur ses patients ou lisait de nouvelles études parues dans son domaine.

— Donne-moi la gaze, dit-elle à Yan après avoir fini.

Son ton autoritaire me fait sourire. Mon petit oiseau est dans son élément, et pour la première fois depuis des semaines, je retrouve un aperçu du feu qui l'animait autrefois. Yan a eu raison de le suggérer : non seulement c'est infiniment plus sûr de laisser Sara panser les plaies de son frère, mais c'est également bénéfique pour son moral.

Ses mouvements sont vifs et efficaces lorsqu'elle enveloppe la tête d'Ilya dans un bandage, et mon coéquipier ferme les yeux avec béatitude, sous l'effet des analgésiques que nous lui avons administrés tout à l'heure.

— D'autres blessures ? demande Sara en jetant un œil par-dessus son épaule, vers Yan et moi.

— Je ne pense pas, mais je vérifierai, répond Yan. Je sais qu'Anton a reçu un éclat de grenade, alors tu devrais peut-être l'examiner. Je crois qu'il est dans sa chambre.

Elle hoche la tête et se lève.

— Et toi, Peter ?

J'ai envie de sentir ses mains sur moi et je hausse les épaules avant de grimacer de douleur.

— Quelques hématomes et égratignures, dis-je en m'efforçant de rester stoïque.

Yan, qui m'a déjà vu marcher avec des os cassés sans sourciller, me lance un regard qui signifie : « Putain, tu plaisantes, ou quoi ? », mais il est assez intelligent pour garder sa langue. Sara s'approche en fronçant les sourcils.

— Montre-moi, ordonne-t-elle en agrippant mon tee-shirt.

Je saisis ses poignets fins avant qu'elle commence son examen.

— Et si on montait dans la chambre pour que je puisse m'asseoir ? proposé-je en ignorant Yan qui lève les yeux au ciel. Nous serons plus à l'aise là-bas.

Sara se renfrogne. Sans doute a-t-elle deviné mon intention.

— Je dois d'abord examiner Anton. Tiens, assieds-toi.

Elle dégage ses poignets et me prend la main pour m'entraîner vers une chaise dans un coin, pendant que Yan – ce foutu rabat-joie – ricane tout bas.

— Laisse-moi voir ça, dit Sara en passant prestement mon tee-shirt par-dessus ma tête.

Ce mouvement me fait mal à l'épaule, m'arrachant une grimace. Mais ça en vaut la peine, car l'instant d'après, les mains douces et fraîches de Sara se posent sur mon torse, tâtonnant délicatement chacune de mes côtes à la recherche de fêlures. Son contact devrait me faire souffrir, mais tandis que ses doigts attentionnés glissent sur mes hématomes, je n'éprouve qu'une bouffée de chaleur mêlée à une tension douloureuse dans le bas-ventre.

— Ça fait mal ? murmure-t-elle en posant les mains sur mon épaule.

Je secoue la tête, hypnotisé par les éclats verts de ses beaux yeux noisette.

— C'est juste… dis-je avant de me racler la gorge. Juste des douleurs musculaires, je crois.

— Hmm.

Avec précaution, elle me soulève le bras et exerce un mouvement circulaire.

— Ça ne fait pas mal ?

— Non.

Je prends une profonde inspiration pour inhaler son doux parfum.

— Rien qu'une vague douleur.

— D'accord.

Elle baisse doucement mon bras et, à ma grande déception, elle recule.

— Il semblerait que tu aies raison, ce ne sont que des ecchymoses.

— Je me suis aussi éraflé le dos, ajouté-je en me retournant pour lui montrer les dégâts. J'aurais peut-être besoin de bandages.

Sara se penche et ses mains effleurent mes épaules avant de descendre au milieu de mon dos, où je sens un léger picotement.

— Ça ? demande-t-elle en touchant délicatement la zone blessée.

Je hoche la tête, même si je remarque à peine la douleur.

— Apparemment, c'est en train de guérir, aucun bandage ne sera nécessaire, dit Sara quand je me retourne vers elle. Je suppose qu'on a déjà nettoyé ta plaie ?

— Anton s'en est chargé dans l'avion, avoué-je de mauvaise grâce.

Pour une fois, je regrette que mon équipe s'y connaisse en matière de premiers secours.

— Tu es sûre qu'il ne faut pas de pansement ?

— Non. Ça guérira mieux ainsi. Autre chose ?

Je lève les mains pour lui montrer les égratignures au bas de mes paumes quand Yan éclate de rire.

— Que veux-tu qu'elle fasse ? Un bisou et ça ira mieux ? dit-il en russe, sans prêter attention à mon regard furieux. Sérieusement, vieux, si tu veux jouer au docteur et au patient, tu le feras plus tard. Laisse-la d'abord traiter les vraies blessures.

Sara nous regarde en fronçant les sourcils, avant de demander à Yan :

— Qu'est-ce que tu as dit ?

— Je lui ai dit qu'Anton avait besoin de toi, répond Yan en souriant. Et qu'il ne devrait pas t'accaparer avec ses petits jeux coquins.

Les joues de Sara virent au rose et elle se détourne pour attraper la trousse de premiers soins et la remplir de bandes de gaze et autres accessoires.

— Je vais examiner Anton tout de suite, déclare-t-elle d'un ton sec avant de sortir en trombe de la pièce sans un regard en arrière.

Je me lève et enfile mon tee-shirt.

— Demain à l'entraînement, je t'enfoncerai le visage dans le crâne, dis-je froidement à Yan. Dès que j'aurai dormi un peu, tu vas avaler tes dents.

Cet enfoiré se contente de rire tandis que je sors à grandes enjambées de la salle pour suivre Sara. Avant de claquer violemment la porte derrière moi, j'ai le temps de voir Ilya sourire.

Anton a intérêt à ne pas profiter autant que moi des soins de Sara.

Sinon, je tuerai ce fils de pute.

29

S*ara*

ANTON PRÉSENTE QUELQUES ENTAILLES ET PLAIES PERFORANTES superficielles, à l'endroit où les éclats de grenade l'ont atteint aux bras, mais par ailleurs il va bien. Je change ses bandages tandis que Peter nous observe de l'autre côté de la pièce, le visage sombre. Je donne à Anton quelques instructions sur le traitement de ses plaies. De toute façon, le coéquipier de Peter n'en a pas besoin, car d'après ce que j'ai pu voir, ces hommes maîtrisent les premiers secours à la perfection.

— Merci, Dr Cobakis, dit-il une fois que j'ai terminé.

Je lui réponds par un sourire. Même les assassins barbus à la mine patibulaire semblent respecter les professions médicales – quand ils sont blessés, en tout cas. Peter lance sèchement quelques mots en russe et traverse la chambre pour venir se placer à côté de moi.

— C'est fini ? demande-t-il sur un ton agacé en me fusillant du regard, se heurtant à ma mine renfrognée.

— Oui, pour le moment.

Je me demande bien quel est son problème, mais il se comporte comme un ours souffrant d'une épine dans le pied depuis qu'il est entré dans cette pièce.

Si ce n'était pas ridicule, je penserais qu'il est jaloux des attentions que je prodigue à son ami blessé.

— Alors, sortons.

Il m'attrape la main et me conduit au-dehors. Mon cœur s'emballe quand je me rends compte qu'il m'entraîne vers notre chambre.

— Peter…

Je cherche ma respiration tout en essayant de calquer mes foulées sur les siennes.

— Qu'est-ce que tu fais ? Tu as besoin de repos.

Il me décoche un regard en coin, mais ne s'arrête pas. Sa mâchoire est contractée et il me serre si fort que j'en ai presque mal. Sans me lâcher, il entre dans notre chambre et referme résolument la porte derrière nous.

— Peter…

Je recule dès qu'il me libère.

— Tu es blessé. Je ne sais pas à quoi tu penses, mais tu dois…

Mes paroles se terminent dans un cri étouffé, car Peter m'a rejointe d'un pas raide, franchissant en quelques enjambées la distance qui nous sépare. Il m'attire contre son torse. Trois secondes plus tard, je me retrouve sur le lit, avec quatre-vingt-dix kilos de mâle furieux et excité sur mon corps.

— Qu'est-ce que tu…

Sa bouche s'abat sur la mienne, avec fermeté et avidité, tandis que ses mains déchirent mes vêtements, arrachant presque ma chemise en deux. Je me crispe, étonnée par une telle violence, mais il ne s'arrête pas et baisse mon jean avec des mouvements brusques, sans cesser de me dévorer par ses baisers brutaux. Quand il tire sur ma culotte, je songe un instant aux draps et à la serviette hygiénique que je porte, mais ses doigts se mêlent aux miens et plaquent mes mains au-dessus de ma tête. J'oublie tout, emportée par la tempête fougueuse de son désir.

C'est irrésistible, presque effrayant, et pourtant le désir est bien là, tapi sous la peur. Mes muscles se contractent instinctivement alors qu'une moiteur chaude lubrifie mon entrejambe, et cette tension décuple mon excitation. Je me consume pour lui, avide de danger et de brutalité, et lorsqu'il me pénètre, la stupeur, le plaisir sombre et la douleur piquante m'arrachent un cri.

Il s'interrompt alors et lève la tête pour rencontrer mon regard. Je me souviens de notre première fois, la manière dont il m'a prise, perdant tout contrôle. Il m'a fait mal à cette époque, mais contrairement à cette fois-là, je n'ai plus de haine dans le cœur aujourd'hui, plus d'amertume ni de honte cuisante. La douleur est agréable et chasse mes restes d'inquiétude, me rappelant qu'il est bien vivant.

Me rappelant que nous sommes tous les deux vivants.

— Sara…

Mon prénom est rauque sur ses lèvres et je suis prisonnière de ses yeux argentés. Il s'enfonce en moi et sa queue épaisse étire mes parois internes, me remplissant jusqu'à la douleur.

— Ptichka, j'ai tellement besoin de toi…

— Moi aussi.

Cette réponse semble venir des tréfonds de mon être, arrachée par le feu impossible qui brûle dans mes veines. Je ne peux plus résister, je ne peux plus prétendre détester ce bel homme dangereux. Ce n'est pas de l'amour entre nous, ni rien qui ressemble à de l'amitié, mais notre connexion est indéniable, cette alchimie profondément enracinée qui nous lie par ses nœuds d'envie obscure et de violente attirance. C'est ce que j'attends de lui : la dureté et la tendresse, la peur et la chaleur dévorante.

Il est tout ce que j'ignorais vouloir, et en voyant son regard s'assombrir après ma réponse, je comprends ce que ça signifie.

Je *suis* à lui, aussi terrifiante que soit cette pensée.

Fermant les paupières, j'enroule mes jambes autour de ses hanches et l'accueille encore plus en profondeur. Quand il recommence à aller et venir, ses fesses musclées contractées contre mes mollets, je capitule devant l'inévitable.

Je capitule devant lui.

PARTIE III

3 0

Sara

QUAND MON DEUXIÈME MOIS DE CAPTIVITÉ CÈDE LA PLACE AU
troisième, je constate que mon ressentiment s'atténue progressivement. Mon regret désespéré pour mon ancienne vie se change en une sorte de douleur douce-amère. Je continue à guetter les occasions d'évasion, mais il y a toujours quelqu'un à la maison, qui me surveille. Alors que les jours se succèdent, je cesse de m'inquiéter à propos de mon impossible fuite et je commence à apprécier certains aspects de ma routine paisible. La météo clémente y contribue – nous entrons dans les mois les plus chauds de l'été et il y a beaucoup à faire à l'extérieur –, en plus du fait qu'à l'exception de quelques excursions, Peter passe le plus clair de son temps en ma compagnie.

— Ça fait longtemps que tu n'as pas travaillé, dis-je alors que nous descendons vers un ruisseau de montagne où nous aimons nager lors des journées les plus chaudes. C'est à cause de ce qui est arrivé à Ilya, ou est-ce que vous n'avez pas beaucoup de clients ?

— On nous contacte en permanence, mais nous sommes très sélectifs dans les missions que nous choisissons, dit Peter en soulevant une branche basse pour me laisser passer. Le ratio risque/récompense doit être idéal, surtout maintenant.

Il ne me dit pas pourquoi, mais ce n'est pas nécessaire. D'après ce qu'il m'a expliqué et ce que j'ai pu glaner de mes brèves conversations avec mes parents, je sais que les autorités intensifient leur chasse à l'homme et consacrent toutes leurs ressources à résoudre le problème que leur pose Peter. C'est en partie à cause de ma disparition. Malgré mes deux appels hebdomadaires, mes parents sont convaincus que je suis en danger et passent leurs journées à harceler le FBI pour en savoir plus. Mais leur préoccupation principale demeure la dernière cible sur la liste de Peter, un ancien général américain qui s'avère aussi insaisissable que Peter et son équipe.

— Wally Henderson a des relations haut placées, m'a expliqué Peter deux semaines plus tôt. Il a eu vent de ce qui se tramait bien avant les autres noms de ma liste, et il a mis en scène une disparition digne de Houdini. Jusqu'à présent, chaque piste suivie par nos hackers n'a rien donné. Apparemment, il a coupé tout contact avec son ancienne vie – les amis, les collègues, et même les connaissances éloignées –, et il n'a commis aucun impair. Aucune apparition sur les réseaux sociaux utilisés par ses adolescents, aucune carte de crédit, rien. Une grande partie de son histoire est classée confidentielle, mais d'après les rumeurs, il a été agent pour la CIA, probablement sous un nom d'emprunt sur le terrain. Et si nous n'avons pas réussi à trouver comment il procède, il semblerait que depuis sa cachette, il mette la pression aux autorités pour accélérer la cadence.

— Tu crois qu'il sait qu'il est le dernier nom sur ta liste ? lui ai-je demandé.

— Je n'en doute pas, a répondu Peter. Comme je l'ai dit, il a le bras long, et pas uniquement à Washington. Il connaît tout le monde dans la communauté internationale des renseignements et il utilise tous les moyens de pression pour faire de moi une priorité absolue, au même titre que n'importe quel dirigeant de l'État islamique.

J'essaie de ne pas penser à ce que cela implique, mais c'est impossible. Je ne peux pas faire abstraction de mes craintes pour Peter. J'aurais toutes les raisons de me ranger du côté du général et d'espérer que les autorités retrouvent mon ravisseur, et me libèrent par le même coup, mais ces derniers temps, on dirait que je suis incapable de penser de manière rationnelle.

— Pourquoi tu n'arrêtes pas toutes ces missions ? je demande alors que nous approchons du ruisseau. Tu dois avoir assez d'argent.

Peter me lance un regard en coin.

— On n'a jamais assez d'argent quand on est en cavale, dit-il avant de retirer son tee-shirt, exposant son torse puissant. Les avions et les hélicoptères privés ne sont pas donnés.

Je détourne le regard pour éviter de rougir quand il enlève son short – il ne porte rien en dessous – et s'enfonce dans la rivière après s'être déchaussé. Je le vois constamment nu, mais l'impact de son corps ferme et musclé sur mes sens n'en est pas moins fort. La nature a fait don à mon ravisseur d'une carrure virile parfaitement proportionnée – épaules larges, hanches étroites, membres longs et toniques – et grâce à son entraînement militaire intensif, il a un corps à faire pâlir d'envie les athlètes des Jeux olympiques. Mais ce n'est pas son physique qui remplit mes veines de lave en fusion, c'est la certitude qu'il me suffit d'un regard pour enflammer le brasier de ténèbres qui sommeille toujours entre nous, pour hurler son prénom entre ses bras tandis qu'il me prend à même la roche glissante.

— Tu sais, tu n'aurais pas besoin de tous ces avions et ces hélicoptères si tu ne t'aventurais pas si souvent à l'extérieur, dis-je une fois que son corps est entièrement recouvert par l'eau tumultueuse.

Ma voix est plus éraillée que je le voudrais, mais au moins, mon visage n'est pas rouge comme une pivoine.

— Tu serais en sécurité et tu ne serais pas obligé de… tu sais.

— Tuer des gens ? suggère-t-il d'un ton sec.

— Exactement.

Je me déshabille et ne garde que mon maillot de bain, tandis que Peter se retourne pour flotter sur le dos, bougeant légèrement les bras afin de ne pas dériver dans le courant. Je n'aime pas penser à la réalité macabre de la profession de Peter, ou en tout cas pas dans les détails. Évidemment, je suis consciente que c'est un tueur, mais tant que je ne m'y attarde pas, ça reste un concept abstrait plus qu'une préoccupation qui me taraude.

Pourtant, aujourd'hui, je suis incapable de me changer les idées et quand je m'avance dans la partie profonde du ruisseau à côté de Peter, je me surprends à demander :

— Ça te plaît ? C'est pour ça que tu fais ce que tu fais ?

Je m'attends à ce qu'il le nie, qu'il prétende que son choix de carrière a été motivé par la nécessité ou par son éducation, mais il se tourne vers moi et un sourire sinistre apparaît sur ses lèvres quand il répond :

— Bien sûr, ptichka. Tu croyais le contraire ?

Je le dévisage tandis que le courant afflue autour de moi, me donnant la chair de poule. L'eau m'arrive aux épaules. Si elle me paraissait rafraîchissante quelques instants plus tôt, elle me laisse une impression de glace liquide, aussi froide que cet orage qui nous a surpris la dernière fois.

— Tu aimes tuer ?

Il approuve et la teinte argentée de ses yeux étincelle dans la lumière du jour.

— La mort, comme la vie, a son propre attrait, dit-il d'une voix douce en s'avançant pour m'attirer contre son large torse chaud. C'est un attrait sombre, mais il existe, et chaque soldat le sait. En tant que médecin, tu dois même l'avoir remarqué quelquefois : cette manière dont la douleur se dissout dans la béatitude du néant, l'agonie dans la paix de la non-existence. La mort met un terme à toutes les luttes, guérit tous les maux. Et côtoyer la mort… il n'y a rien de tel. On ressent tout : sa propre vulnérabilité et celle de tout ce qui nous entoure, mais également la puissance. Le contrôle. C'est addictif, une fois qu'on en a fait l'expérience… une fois qu'on a tenu la vie de quelqu'un entre ses doigts et que l'on y a délibérément mis un terme.

Ses paroles me submergent comme une vague obscure, à la fois terrifiante et fascinante. J'ai entrevu ce dont il parle, j'ai même senti la puissance qu'il décrit. Sauf que, dans ma situation, c'était quand je sauvais une vie, pas l'inverse. Je n'imagine même pas le manque d'empathie dont il faut faire preuve pour employer cette puissance à détruire au lieu de guérir, à supprimer l'existence de quelqu'un.

J'avais raison de le prendre pour un monstre. Il en *est* un, et pourtant cette révélation ne me repousse pas autant qu'elle le devrait. Son aveu, aussi atroce qu'il soit, n'atténue pas la chaleur qui monte en moi lorsqu'il plaque le bas de son corps contre le mien, une main sur ma hanche et l'autre contre ma joue. Il est déjà excité et je sens son érection, dure contre mon ventre, quand il se penche pour presser avidement ses lèvres sur les miennes. Je ferme les yeux et replie les bras autour de son cou musclé, laissant son étreinte me brûler, emportant le frisson de peur que me procure sa vraie nature.

Je couche avec le diable, et en cet instant, je ne voudrais être nulle part ailleurs.

CE SOIR-LÀ, NOUS DÎNONS ENSEMBLE TOUS LES CINQ. COMME c'est le cas depuis la mission au Nigéria, les hommes de Peter discutent avec moi pendant tout le repas, me racontant des anecdotes amusantes sur la Russie et l'ancienne République soviétique. Je ne suis pas encore très à l'aise en compagnie des mercenaires – je suis parfaitement consciente qu'ils me tueraient sans hésitation, moi comme n'importe qui d'autre, si Peter leur en donnait l'ordre –, mais ils sont excessivement gentils depuis que j'ai soigné les blessures d'Ilya et d'Anton. C'est pendant des repas comme celui-ci que j'apprends les coutumes du pays d'origine de mon ravisseur – par exemple, la politesse exige que l'on se déchausse en entrant chez quelqu'un – et même quelques mots de russe.

— *Vkusno. V-kous-na.*

Ilya me répète lentement le mot, allégeant le « v » pour lui donner la sonorité d'un « f ».

— Ça signifie délicieux, ou savoureux. Alors si tu veux dire à

Peter qu'un plat te plaît, tu peux le montrer du doigt et dire :
« Vkusno ».

— *Vikusno !* j'essaie en désignant le poulet rôti que Peter a
préparé. *Fi-kous-na.*

— Il n'y a pas de « i », remarque Yan d'un air amusé. Et ne
mets pas tant l'accent sur la première consonne. Prononce-le
rapidement, sans hacher le mot en trois syllabes. *Vkusno.* Essaie.

— *Vkusno,* dis-je en l'imitant le mieux possible.

Tous éclatent de rire, y compris Peter.

— C'est plutôt bien, ptichka, dit-il en me découpant une
autre part de poulet. Ils arriveront peut-être à te faire parler
russe couramment un jour.

Je lui souris, bêtement ravie, et quand il me demande de
chanter devant eux après le dîner, comme il a pris l'habitude de
le faire sans succès, je cède pour une fois. J'interprète avec
entrain l'une de mes chansons préférées de Beyoncé, celle que
j'ai répétée dans le studio d'enregistrement qu'il a mis sur pied.
Les hommes de Peter écoutent, bouche bée. À la fin, ils
applaudissent si fort que les assiettes s'entrechoquent sur la
table.

C'est la meilleure soirée que je passe depuis des mois et
quand Peter me conduit à l'étage, je l'enlace de mon plein gré,
avec un certain enthousiasme. Nous faisons l'amour. Par la
suite, je ne pense plus à George et j'en oublie que c'est avec son
meurtrier que je couche. Je ne pense même plus à mes parents.

Cette nuit, j'appartiens à Peter et à personne d'autre.

DÈS LE LENDEMAIN MATIN, J'AI REPRIS MA LUTTE CONTRE MES sentiments. Pourtant, au fil des jours, je suis consciente que c'est une bataille perdue d'avance. Mon ravisseur m'épuise et me fait oublier la raison même de ma résistance. Il ne m'a pas dit qu'il m'aimait depuis que nous sommes ici – sans doute parce que je lui ai rejeté ses mots en pleine face à notre arrivée –, mais je ne peux nier qu'à sa manière toute personnelle, Peter tient à moi.

Ça se voit dans son regard, dans la façon dont il me touche et me tient contre lui. Même quand nos rapports sont houleux, avec ce côté sombre qui m'effraie encore par moments, il m'apaise toujours par la suite, il me caresse et me câline jusqu'à ce que je me sente en sécurité, au chaud, choyée et adorée. Son pouvoir sur moi est absolu et il y a quelque chose de réconfortant là-dedans, aussi pervers que ce soit, quelque chose qui fait appel à une partie de moi-même dont j'ignorais l'existence.

Ma vie sexuelle avec George n'était pas insatisfaisante. Au fil des ans, nous avions appris à connaître le corps l'un de l'autre et nous savions exactement quoi faire pour nous procurer du plaisir. Avant qu'il commence à boire, nous couchions régulièrement ensemble, au moins une ou deux fois par semaine, et même si nous n'étions plus très aventureux après la première année, nous nous adonnions parfois à des jeux érotiques et nous utilisions même des jouets. Ça me suffisait, du moins je le pensais. C'était comme il le fallait. Je n'aurais jamais imaginé ce genre d'alchimie sexuelle que j'ai avec Peter aujourd'hui, je n'aurais jamais cru qu'une connexion physique si forte puisse exister.

Il me baise à une telle fréquence que certains jours, je suis percluse de douleurs. Son appétit à mon égard ne faiblit jamais. Et j'y réponds, même s'il m'épuise souvent par ses assauts perpétuels. Je ne pensais pas qu'on puisse avoir autant d'énergie. Ces dernières semaines, Peter et ses hommes se sont entraînés tous les jours, des heures de musculation quotidiennes, des footings en forêt avec des sacs à dos lestés de pierres, et des combats au corps à corps qui me paraissent aussi dangereux que leurs armes. Malgré tout, il trouve encore la force de m'emmener en randonnée, de nager quand le temps le permet, de cuisiner pour tout le monde et, bien sûr, de coucher avec moi deux ou trois fois par jour.

— Tu n'es jamais fatigué ? je murmure un soir, allongée sur son torse, le cœur palpitant encore après l'orgasme intense que je viens de vivre.

En temps normal, je m'endors tout de suite après notre étreinte du soir, mais j'ai fait une sieste cet après-midi. Pour une fois, je peux rester éveillée plus longtemps.

— Fatigué ?

Il bouge sous mon corps et cale bien confortablement ma tête sur son épaule. Ses doigts glissent paresseusement dans mes cheveux et je sens les battements de son cœur, forts et réguliers, contre mon oreille.

— Par quoi ?

— Physiquement fatigué, c'est tout, expliqué-je. Parfois, j'ai l'impression que tu es inépuisable, comme une sorte de cyborg. Tu n'as jamais envie de te prélasser à ne rien faire ? Ou de te détendre et oublier l'entraînement au moins une journée ?

— Je suis en train de me prélasser en ce moment même, souligne-t-il d'un air amusé. Et je dois m'entraîner. Sinon, nous risquerions d'être tués.

J'enfouis mon nez contre son cou et inspire son odeur propre et chaude. Sieste ou pas, je suis somnolente et la caresse de ses doigts dans mes cheveux me plonge dans un état de relaxation proche de l'hypnose. Réprimant un bâillement, je chuchote dans son cou :

— Ce n'est pas ce que je voulais dire. Tu n'es jamais *fatigué* ? Comme un être humain normal ? Tu sais, les membres lourds, les muscles engourdis, aucune envie de bouger ?

Son rire fait vibrer son torse puissant.

— Si, bien sûr. Disons simplement que j'ai un seuil de tolérance plus élevé que la moyenne. Je n'aurais jamais survécu jusqu'à l'âge adulte autrement.

Il parle d'un ton léger, mais mon radar est en alerte rouge et je sais qu'il est prêt pour d'autres révélations. Il évoque rarement sa jeunesse – presque jamais, à vrai dire –, alors quand j'ai l'occasion d'apprendre quelque chose de nouveau je m'en saisis, même si la plupart du temps ce que je découvre me terrifie.

— C'était comment ? je demande, réveillée pour de bon.

Je décolle la tête de son épaule et rencontre son regard dans la lumière tamisée de la lampe de chevet.

— Ce camp de détention pour mineurs où tu as été envoyé.

Les traits de Peter se crispent. Toute trace d'humour a disparu quand il me détache de son torse pour se tourner sur le côté, face à moi.

— C'était l'enfer, répond-il abruptement tandis que je glisse un oreiller sous ma tête. Un enfer froid et sale, peuplé de démons de forme humaine. Exactement comme on peut imaginer un camp de travail en Sibérie.

Je frissonne en me remémorant un livre que j'ai lu un jour au sujet des camps de prisonniers à l'époque soviétique, et je tire sur la couverture pour me protéger du froid qui s'étend sur ma peau.

— C'était comme un goulag ?

— Ce n'était pas *comme* un goulag.

Un sourire sinistre fend son visage.

— *C'était* un goulag autrefois, destiné à punir et à tuer rapidement les dissidents et autres indésirables. Quand l'Union soviétique est tombée, l'endroit est resté à l'abandon pendant quelque temps, mais quelqu'un a eu la brillante idée de l'utiliser comme camp de correction pour délinquants juvéniles. Et c'est ainsi qu'est né le Camp Larko.

Je résiste à l'envie de détourner le regard pour ne pas voir l'obscurité froide dans ses yeux.

— Combien de temps y es-tu resté ?

— Jusqu'à mes dix-sept ans. Près de six ans.

Six ans qui ont commencé quand il n'était encore qu'un enfant – pratiquement toute son adolescence. Je serre le poing sous la couverture et mes ongles s'enfoncent dans ma paume.

— Pourquoi t'a-t-on envoyé là-bas ? Il n'y avait aucune alternative ?

Sa bouche se tord avec amertume.

— Pas en Russie. Pas pour un criminel orphelin tel que moi.

— Mais tu n'avais même pas douze ans.

Je ne peux concevoir que l'on soit cruel au point d'envoyer un enfant dans l'enfer glacial que j'ai découvert un jour dans ce livre.

— Et l'école ? Et…

— Oh, on nous donnait des leçons.

Il dévoile ses dents dans un autre sourire sans joie.

— Nous avions précisément deux heures d'instruction tous les jours. Les quatorze autres heures, en revanche, étaient consacrées au travail – après tout, c'est pour ça que nous étions là.

Quatorze heures ? Pour un enfant ? J'avale ma salive pour chasser le nœud qui se forme dans ma gorge et me force à demander :

— Quel genre de travail ?

— Aux mines, la plupart du temps. On travaillait aussi sur des chantiers de voirie et on posait des canalisations. Il arrivait qu'on fasse un peu de construction, mais c'était toujours à proximité du camp, pour réparer les merdes de l'époque soviétique qui tombaient en ruine un peu partout.

Je le dévisage sans savoir quoi dire. Je savais qu'il n'avait pas eu la vie facile, évidemment, mais je n'aurais jamais imaginé ça. Je ne pensais pas que la majeure partie de ses années d'apprentissage – une période où les autres garçons de son âge jouaient aux jeux vidéo et se rebellaient contre l'heure du coucher imposée par leurs parents – avaient été consacrées au dur labeur dans des conditions infernales.

J'essaie d'ignorer la douleur qui me comprime la cage thoracique. Je tends la main sous la couverture et passe mes doigts sur les tatouages qui recouvrent son bras gauche et son épaule.

— C'est là que tu t'es fait tatouer ?

Peter baisse les yeux, comme s'il se rappelait soudain l'existence des dessins à l'encre.

— Pour la plupart, oui, dit-il en pliant son autre bras sous sa tête. J'en ai ajouté quelques-uns plus tard, quand j'ai intégré mon unité.

— Qu'est-ce qu'ils signifient ? je demande en suivant les motifs imbriqués du bout des doigts.

Celui de son épaule ressemble à l'aile d'un oiseau et certains me font penser à des crânes démoniaques, mais les autres ne sont que des lignes et des formes abstraites.

Le regard de Peter devient opaque.

— Rien. Il fallait que je les fasse, c'est tout.

— Ça fait beaucoup d'encre pour un simple coup de tête.

Il garde le silence pendant quelques secondes, puis il répond à mi-voix :

— J'avais un ami dans ce camp. Andrey. Il aimait ce genre de trucs – c'était un véritable artiste, tu sais. Au bout de deux ans, il a manqué de place sur sa propre peau, alors je l'ai laissé s'exercer sur moi. Chaque fois qu'il nous arrivait quelque chose, bien ou mal, il voulait le commémorer par un tatouage, et parce qu'il était doué, je lui donnais carte blanche.

— Oh.

Intriguée, je me hisse sur le coude.

— Qu'est-il arrivé à cet ami ?

— Il est mort.

Peter m'a répondu sur un ton désinvolte, comme si ça n'avait aucune importance, mais j'entends l'écho sous-jacent d'un sombre chagrin, une rage que le temps n'a pas réussi à apaiser. Ce qui est arrivé à son ami était assez grave pour lui laisser une cicatrice… assez grave pour qu'une simple évocation ait encore le pouvoir de lui faire mal.

— Je suis désolée, murmuré-je, mais Peter ne répond pas.

Au lieu de ça, il tend la main pour éteindre la lumière avant de m'attirer dans la position que nous prenons habituellement pour dormir.

Je ferme les yeux et me concentre sur ma respiration en essayant de me calmer pour m'endormir, mais c'est impossible. Même la chaleur du large corps de Peter ne parvient pas à chasser le froid qu'ont jeté ses révélations. Mon esprit bourdonne comme une ruche détruite et les questions se bousculent. J'ignore encore beaucoup de choses au sujet de l'homme qui m'étreint tous les soirs, tant d'événements de son passé. Tout ce qui concerne sa vie en Russie m'est inconnu, aussi étrange et mystérieux que s'il venait d'une autre planète.

Enfin, je n'y tiens plus. Je me dégage des bras de Peter et allume la lampe de chevet avant de me tourner sur le côté pour le regarder. Comme je m'y attendais, lui non plus ne dort pas. Ses yeux d'argent sont assombris par les souvenirs lorsqu'ils croisent les miens.

— Tu as dit que tu avais été recruté là-bas par ton unité, dis-je en me redressant sur le coude. Pourquoi ? C'est habituel en Russie ?

Il me fixe du regard sans un mot, puis il s'allonge sur le dos et croise les mains sous sa tête, tourné vers le plafond.

— Non, dit-il au bout d'un moment. En général, on recrute par l'armée. Mais dans ce cas, ils avaient besoin d'un profil psychologique précis.

Je m'assois, ramenant la couverture sur ma poitrine.

— Quel genre de profil ?

Il tourne brusquement les yeux vers moi.

— Aucune attache ni liens familiaux gênants, aucun scrupule et une conscience minimale. Assez jeune pour être formé et modelé pour répondre à leurs besoins.

— C'est-à-dire ? je demande, même si je soupçonne déjà la réponse.

Peter se redresse, le visage neutre lorsqu'il s'appuie contre la tête de lit.

— Une arme. Quelqu'un qui recule devant rien. Tu sais, les insurgés étaient sans pitié, de plus en plus féroces chaque année. Les bombes dans le métro de Moscou ont fait déborder le vase. Le gouvernement russe s'est rendu compte qu'il ne pouvait pas se limiter aux méthodes civilisées approuvées par les Nations Unies pour combattre le terrorisme. Il fallait les affronter sur leur terrain, avec chaque outil à disposition. C'est ainsi qu'ils ont formé cette unité de Spetsnaz non officielle, et comme ils ne trouvaient pas assez de soldats entraînés correspondant au profil souhaité, ils ont décidé de se montrer créatifs en cherchant ailleurs.

— Au Camp Larko, dis-je.

Peter hoche la tête. Ses yeux ressemblent à de l'acier poli.

— Ceux d'entre nous qui résistaient sur une longue période avaient tendance à être forts, capables de supporter des heures interminables de travail harassant dans des conditions extrêmes. La faim, la soif, le froid – on pouvait endurer tout ça.

Et comme tu l'imagines, on était nombreux à correspondre au profil qu'ils recherchaient.

Un frisson m'effleure la peau et je resserre la couverture autour de moi.

— Alors, pourquoi t'ont-ils choisi parmi les autres ? je demande d'un ton égal.

Il ébauche un sourire noir.

— Parce que juste avant leur arrivée, j'ai tué un gardien, me dit-il à voix basse. Je l'ai pris à partie dehors dans la neige et lui ai extorqué des aveux avant de l'étriper comme un lapin devant tout le camp. Mes méthodes étaient… Eh bien, disons simplement que c'était exactement ce qu'ils recherchaient. Alors au lieu d'être puni pour la mort du gardien, j'ai reçu une nouvelle carrière, adaptée à mes goûts comme à mes aptitudes.

Mes paumes deviennent moites autour de la couverture.

— Et quels étaient les crimes du gardien ? demandé-je, même si je n'ai pas très envie de connaître la réponse.

Les ténèbres dans le regard de Peter s'accentuent et, pendant un moment, je crains d'être allée trop loin, d'avoir éveillé trop de mauvais souvenirs. Mais il finit par s'adosser contre la tête de lit et répond sans émotion :

— Il aimait ébouillanter les garçons.

Je suspends mon souffle et la bile remonte dans ma gorge.

— Quoi ? je m'exclame, incapable d'en dire plus.

— Dans les douches, l'eau était soit glaciale, soit bouillante, rien entre les deux, dit Peter, les traits tirés et le regard dans le vague. Les tuyaux fonctionnaient mal et on devait utiliser des seaux pour mélanger l'eau avant de se laver. Mais certains gardiens nous punissaient en nous obligeant à rester sous l'eau, glaciale pour les infractions mineures, brûlante en cas de bêtises graves. Un gardien en particulier aimait le supplice de l'eau chaude. Je crois que ça l'excitait. Les autres se contentaient de quelques secondes, une demi-minute au maximum, histoire d'infliger des brûlures superficielles aux garçons. Mais ce gardien insistait. Une minute, deux, trois, cinq... Quand Andrey y est passé, il avait déjà tué deux garçons de quinze ans en les ébouillantant jusqu'à l'os.

Je sens le goût du vomi dans ma gorge.

— Andrey... ton ami Andrey ? je murmure à travers mes lèvres engourdies.

— Oui.

Les traits ciselés de Peter sont déformés par une fureur presque démoniaque.

— Andrey, qui n'aurait jamais dû mettre les pieds dans ce trou de l'enfer. Mon ami, qui a refusé de laisser ce connard le baiser et qui en a payé le prix fort en agonisant dans d'atroces souffrances.

— Oh, Seigneur, Peter...

Je presse mon poing tremblant contre ma bouche avant de tendre la main vers lui. Je sens ses doigts frémir d'une rage à peine contenue, qu'il s'efforce néanmoins de contrôler.

— Je suis tellement désolée.

Il se raccroche à ma main comme à une bouée de sauvetage et ferme les yeux avant de prendre une grande inspiration. Lorsqu'il les rouvre, son expression est calme, mais maintenant je connais sa douleur et sa colère enfouies, tapies sous ce masque bien maîtrisé.

J'ai eu tort de croire que la mort de sa famille l'a transformé en monstre. Il l'était déjà bien avant Daryevo. Les horreurs qu'il a rencontrées quand il luttait pour sa survie l'ont dépouillé de la bonté d'âme qu'il possédait peut-être autrefois. Ses premières victimes n'étaient pas des anges, mais en mettant un pied sur le chemin obscur de la vengeance, il est devenu comme elles, faisant souffrir avec indifférence les innocents comme les coupables.

Dégageant précautionneusement mes doigts de sa poigne, je recule au milieu du lit.

— Et le directeur ? je demande en soutenant le regard de mon ravisseur.

J'ai déjà l'estomac retourné, mais j'ai besoin de connaître l'ampleur des dégâts.

— Qu'a-t-il fait pour mériter de mourir ?

Peter sourit tristement.

— Tu n'en as pas assez entendu pour ce soir ? Non ? D'accord, si tu veux savoir, il aimait les petits garçons. Plus ils étaient jeunes, mieux c'était. J'avais de la chance, parce qu'à onze ans, j'étais déjà costaud, presque un adolescent. Bien trop vieux pour lui quand il est arrivé à l'orphelinat. Mais les petits… La nuit, j'étais allongé dans mon lit et je les entendais crier et pleurer dans leurs chambres quand il allait les voir. Chaque soir, je mourais un peu plus à l'intérieur, parce que je ne pouvais rien faire, personne ne m'aurait écouté. Les enseignants, la police – ils s'en fichaient ou ils n'osaient pas faire de vagues. Ce fils de pute avait le bras long, tu vois, il venait d'une famille importante. Alors personne ne faisait rien. Un jour, un nouveau est arrivé, il n'avait que deux ans. Quand je l'ai entendu rejoindre l'enfant, je n'ai pas pu le supporter. J'ai pris un couteau de cuisine, je me suis faufilé derrière lui et pendant qu'il s'affairait au-dessus du petit, je lui ai tranché la gorge.

Bien sûr. Mon chevalier noir, encore et toujours mû par la vengeance. Je ferme mes yeux brûlants de larmes, le cœur serré pour Peter et le petit garçon. Je me doutais que c'était quelque chose de ce genre, mais je craignais que Peter lui-même en ait été victime. Ça ne veut pas dire qu'il ne l'a jamais été. J'ouvre les yeux et croise son regard d'acier.

— Et toi ? je demande d'une voix incertaine. As-tu déjà… ?

— Non, dit-il en pinçant les lèvres. En tout cas, pas que je sache. J'ai toujours été très doué pour me défendre, même quand j'étais petit. Cela dit, je n'ai pas beaucoup de souvenirs avant trois ans, alors c'est possible – j'étais un beau garçon, d'après mes vieilles photos. Quoi qu'il en soit, à l'âge de la maternelle, je savais déjà faire usage de mes poings, de mes dents, des pierres… toutes les armes qui me passaient sous la main. Le seul connard qui a tenté quelque chose quand j'avais cinq ans s'est fait arracher le doigt, et ensuite, on ne m'a plus embêté.

Je le regarde, à la fois soulagée et profondément apitoyée. Et en colère. J'éprouve une telle colère envers la cruauté du monde qui a fait de lui l'homme sombre et tourmenté qu'il est aujourd'hui, ce tueur impitoyable et amoral, qui, malgré tout, a désespérément besoin d'amour et d'une famille. A-t-il trouvé le repos loin de ses démons quand il avait Tamila et son petit garçon ? Est-ce pour cette raison qu'il a accepté si facilement sa grossesse, de devenir un mari et un père alors qu'il aurait pu simplement s'en aller ? Lui ont-ils rendu des fragments de son âme, qui se sont à nouveau brisés avec leur mort brutale ?

Si tel est le cas, pas étonnant que leur disparition l'ait rendu fou – et que la vengeance ait été sa réaction par défaut.

Devant mon long silence, le visage de Peter s'assombrit encore davantage, puis il finit par esquisser un sourire moqueur.

— C'est trop pour toi, ptichka ? Je suppose que j'aurais dû

inventer une histoire à l'eau de rose, remplie d'arcs-en-ciel, de petits chiots et de piñatas.

— Non, je…

Je m'interromps, la gorge gonflée par les émotions. Quand j'ai retrouvé ma contenance, j'essaie à nouveau :

— Je regrette juste que personne n'ait été présent pour toi, comme toi tu l'as été pour ce petit garçon.

Il cligne lentement des paupières et s'écarte de la tête de lit.

— Je te l'ai dit, ça allait. J'étais toujours capable de me débrouiller.

— Je le sais, murmuré-je lorsqu'il tend les bras vers moi pour m'allonger à côté de lui avant de s'étirer sur le lit et éteindre la lumière. Mais tu n'aurais pas dû y être forcé, Peter. Comme aucun enfant.

Il ne répond pas, mais je sais qu'il m'a entendue, parce que son bras se resserre contre mes côtes, m'attirant encore plus près de lui. Nous restons allongés dans le noir, dans la chaleur l'un de l'autre, et nous trouvons du réconfort dans le rythme régulier de nos cœurs.

3 2

 ara

Après ce soir-là, c'est encore plus difficile de résister aux efforts que déploie Peter pour s'immiscer dans mon esprit et dans mon cœur. Je ne sais pas s'il craint que ses révélations m'aient terrifiée et s'il cherche à se rattraper, ou simplement s'il sent ma résolution faiblir, toujours est-il qu'il devient de plus en plus attentionné envers moi. Il me choie et me gâte au-delà de mes désirs.

Je suis la seule à ne pas avoir de tâches ménagères. Peter se charge des repas et les autres font la lessive et entretiennent la maison à la perfection. Je les aide tout de même avec le linge pour ne pas me comporter comme une fainéante, mais Peter ne me le demande pas, et à part la fois où j'ai jeté l'assiette, je n'ai pas touché à un aspirateur ni fait quoi que ce soit sous la contrainte.

Pour couronner le tout, il m'accorde tout ce dont j'ai envie – dans les limites de ma captivité, naturellement. Si je mentionne une préférence pour les taies d'oreiller en soie, Peter m'en obtient en quelques jours. Si j'exprime le souhait d'aller me promener, il abandonne tout ce qu'il fait et m'accompagne sans jamais déléguer cette tâche à l'un de ses hommes. Mais surtout, il fait tout son possible afin que je ne m'ennuie pas.

Jusqu'à présent, son idée de studio de danse est un fiasco – j'utilise juste cette salle pour du yoga de temps en temps, et quelques étirements –, mais j'apprécie beaucoup le matériel d'enregistrement qu'il m'a acheté. C'est du haut de gamme, comme chez un professionnel. Je peux enregistrer et retravailler tout ce que je veux. Si j'ai commencé par les chansons pop qui me plaisent, je tente vite quelques variantes et compose même des chansons de mon cru, ajoutant des paroles aux musiques que je crée à partir de plusieurs chansons. La maîtrise du logiciel et de l'équipement ne me vient pas en un jour, mais j'apprécie ce challenge. Non seulement c'est intéressant, mais ça occupe une grande partie de mon temps libre et pendant que j'essaie de trouver les mots pour exprimer la chanson qui prend forme dans mon esprit, je ne pense pas à tout ce que j'ai perdu et au fait que je suis captive d'un assassin.

Je me concentre exclusivement sur la musique.

J'ai également commencé à me produire devant les gars. C'est devenu un rituel de début de soirée. Peter me demande de chanter pour divertir les autres et j'accepte avec réticence (mais au fond, je suis enthousiaste). Avant chaque chanson, je prends soin de préciser que je risque d'oublier les paroles, et qu'il faut s'attendre à quelques couacs. Naturellement, il s'agit toujours d'un morceau que j'ai répété par avance, souvent la variante d'un tube populaire sur lequel j'ai travaillé le jour même dans le studio d'enregistrement. Je suis trop timide pour partager mes propres créations, mais ils accueillent si favorablement mes versions de musique pop que j'imagine un jour être capable de leur chanter l'une de mes compositions.

— Tu as une très jolie voix, me dit Yan au bout d'une semaine, ses yeux verts écarquillés de surprise. Peter avait raison.

Je lui souris – les compliments de la part de notre psychopathe sont plutôt rares – et je décide d'en chanter deux la fois suivante.

Si les garçons aiment ça et moi aussi, pourquoi pas ?

Entre la musique et mes activités habituelles avec Peter, j'ai de quoi occuper mes journées, mais mon ancien métier me manque toujours. Chaque fois que l'un d'entre eux se fait mal – ce qui arrive très fréquemment pendant leurs entraînements quotidiens –, j'ai l'occasion de mettre en pratique mes compétences médicales, mais ce n'est pas suffisant. J'ai besoin de la stimulation intellectuelle de ma profession, de tout ce que j'apprends au quotidien en soignant une grande variété de patientes et en me tenant informée des nouvelles études. À présent, je me sens hors du coup, isolée des nouveaux développements de mon secteur, et quand j'en parle à Peter durant l'une de nos promenades, il me promet d'y remédier.

Il demande donc à ses pirates informatiques de m'envoyer deux fois par semaine des compilations de toutes les avancées de pointe du monde entier dans le domaine médical. Certains textes sont publics – études validées par la profession et publiées dans les revues universitaires auxquelles j'étais inscrite, etc. –, mais un grand nombre semble provenir directement des archives privées de certaines sociétés.

— Peter, c'est de la folie, dis-je après avoir lu un compte-rendu sur une thérapie génique offrant un nouvel espoir pour résorber le cancer du sein décelé tardivement. Où tes hommes ont-ils trouvé ça ? C'est énorme.

— Vraiment ?

Il sourit en levant les yeux de son ordinateur. Je hoche énergiquement la tête.

— Si cette thérapie est aussi efficace que les notes de ces chercheurs semblent l'indiquer, on sauvera la vie de millions de femmes. Comment tes pirates ont-ils trouvé ça ? J'aurais dû au moins entendre des rumeurs à ce sujet, à l'hôpital. Ça change complètement la donne dans le traitement du cancer. Tu t'en rends compte, au moins ?

Son sourire s'agrandit.

— Que veux-tu que je te dise ? Nos gars sont doués.

Je secoue la tête avant de m'absorber dans l'analyse détaillée de l'étude. Je devrais me sentir coupable de voler ainsi la propriété intellectuelle d'une quelconque start-up, mais je suis trop fascinée pour suspendre ma lecture. Et puis, je n'utiliserai pas ces connaissances à des fins commerciales et je ne les partagerai avec personne. Mon accès au monde extérieur est strictement limité aux appels à mes parents.

C'est un point sur lequel Peter refuse de céder, malgré mes supplications.

— Allez, quel mal y aurait-il à me laisser consulter des sites d'actualités une fois de temps en temps ? je proteste un jour où Peter me surprend essayant de me connecter à son ordinateur – tentative vaine, étant donné le nombre de sécurités et de mots de passe qu'il a mis en place. Tu peux bloquer certains sites web, m'empêcher d'utiliser les e-mails et les réseaux sociaux, si tu veux. Il existe une tonne d'applis pour ça, et…

— Non, ptichka.

Son visage est déterminé lorsqu'il me prend l'ordinateur des mains.

— On ne peut pas prendre le risque que tu fasses une recherche qui exposerait notre adresse IP au FBI ni que tu trouves un moyen ingénieux d'entrer en contact avec eux. Chaque site permet de laisser des commentaires, de nos jours, et tu es trop intelligente pour l'ignorer.

Frustrée, j'abandonne l'idée d'accéder à internet et j'essaie de trouver d'autres moyens d'évasion, mais rien ne me vient à l'esprit. La seule chose que je pourrais tenter – une sorte de message codé à mes parents à l'occasion de nos brefs échanges – serait bien trop risquée. Peter est constamment avec moi, épiant chaque mot que je prononce, et il me suffirait de la moindre allusion à notre emplacement pour qu'il m'interdise tout contact avec ma famille. Il me l'a déjà dit et je sais qu'il le ferait.

Il a beau m'accorder tous mes désirs, je n'oublie jamais que son obsession a un côté obscur et qu'il fera tout ce qui est en son pouvoir pour me garder près de lui.

TANDIS QUE LES CHAUDES JOURNÉES DE FIN D'ÉTÉ CÈDENT LA place à l'automne et que les tons rouge et or s'épanouissent dans la forêt, j'acquiers la conviction que j'ai fait le bon choix en enlevant Sara. Malgré notre début houleux, elle commence à prendre ses marques et je suis certain qu'un jour, elle sera complètement adaptée et qu'elle acceptera pleinement sa nouvelle vie avec moi.

Je l'aime tellement qu'une douleur constante me comprime le cœur, et bien que je sache qu'elle n'éprouve pas le même sentiment, j'aperçois parfois une certaine douceur dans son regard, une chaleur qui se propage dans mon cœur et me donne de l'espoir. La colère de son enlèvement faiblit et nos disputes deviennent moins fréquentes. Si ni elle ni moi ne pouvons oublier la manière dont notre relation a commencé, le passé commence à me sembler lointain et son emprise sur notre présent est moins douloureuse, moins aiguë.

Je pense toujours à Pasha et Tamila, et je me réveille avec des sueurs froides quand je rêve de leur mort atroce. Mais les cauchemars me hantent moins souvent, et Sara est toujours là. Je peux tendre les bras et la serrer contre moi, entendre sa respiration régulière jusqu'à ce que l'horreur des souvenirs s'efface.

Je peux aussi coucher avec elle. Et c'est quelque chose qui ne manque jamais de m'apaiser, le meilleur moyen de soulager les ténèbres qui me tourmentent de l'intérieur.

— Pourquoi aimes-tu me faire mal, par moments ? murmure-t-elle un soir, alors que je l'ai réveillée pour la prendre sauvagement, la baisant avec une telle force que nous sommes à présent tout engourdis. As-tu un penchant sadique ?

Je réfléchis à sa question avant de secouer la tête, bien qu'elle ne puisse pas voir mon geste à cause de l'obscurité totale.

— Pas dans un sens sexuel, ou du moins, pas avant de te rencontrer.

Certes, j'ai tiré un certain plaisir à tuer et à torturer mes ennemis, mais c'était plutôt cérébral, une façon de ressentir cette violente bouffée de puissance et satisfaire ma notion de justice. En tout cas, ce fut le cas avec le gardien qui a ébouillanté Andrey dans les douches et, dans une moindre mesure, avec les terroristes que j'ai supprimés dans le cadre de mon travail. Je n'ai éprouvé aucune pitié pour eux. Leurs souffrances me procuraient une joie vicieuse. Mais je n'ai jamais bandé en infligeant de la douleur, et pendant l'amour, j'ai toujours été prévenant et doux avec les femmes, employant ma connaissance du corps humain pour donner du plaisir et non pour blesser.

Ce n'est qu'à ma rencontre avec Sara que ces pulsions conflictuelles – punition et plaisir, violence et tendresse – ont fusionné. Je la chéris, je l'aime tellement que ça me fait mal, et pourtant quand je la touche, je suis parfois incapable de me contrôler, de réprimer le besoin pressant de la punir pour être ce qu'elle est.

Pour avoir appartenu à mon ennemi avant de voler mon cœur.

— Alors, avec elle… jamais ?

La curiosité que Sara tente maladroitement de dissimuler dans son murmure me fait sourire, alors même qu'une douleur familière m'enserre le cœur.

— Tu parles de Tamila ?

— Oui.

Sa main se pose sur mon torse, comme si elle sentait la douleur qu'il contient.

— Tu n'as jamais été brutal comme ça avec elle ?

— Non.

Je recouvre sa main fine de ma paume, l'appuyant encore plus contre ma peau.

— Ce n'était pas comme ça avec elle.

Ce que je ressentais pour Tamila n'avait rien de commun avec la connexion intense, presque violente, que j'éprouve pour Sara. Avec ma femme, c'était un mélange agréable d'attirance physique et d'affection, comme une sorte d'amitié. Je l'admirais pour son courage, étant donné le contexte dans lequel elle avait grandi, et parce qu'elle était une bonne mère pour Pasha. Sa beauté ne gâchait rien, évidemment, et même si nous n'avions pas grand-chose en commun, j'avais appris à tenir à elle… je pensais même l'aimer. Or maintenant, je me rends compte que c'était une illusion.

Ma tendresse pour Tamila n'était rien d'autre que ça, un simple écho des émotions brutes que Sara fait naître en moi.

Sa main frémit sous ma paume et je l'entends déglutir.

— Je vois.

La voix de Sara a une intonation étrange qui me fait presque mal.

— Tu devais beaucoup l'aimer, poursuit-elle sur le même ton.

Je souris alors, quand je comprends ce qui se passe.

— Tu es jalouse ? je demande d'une voix douce en me penchant sur le côté pour allumer la lampe de chevet.

La lumière soudaine lui fait cligner des paupières et en voyant sa jolie bouche pincée, je sais que j'ai raison.

Elle a mal compris mon aveu et elle croit que la douceur dont je faisais preuve avec ma femme signifie que je tenais plus à Tamila qu'à elle.

Sara ne me répond pas et se contente de retirer sa main. Cette fois, je ris. Malgré les sombres souvenirs qui dansent aux confins de ma mémoire, je me sens particulièrement léger. Ma ptichka *est* jalouse – d'une femme morte, rien de moins – et je ne pourrais être plus ravi.

En entendant mon amusement, Sara fronce les sourcils. Une ride soucieuse lui barre le front. Avec un grognement à peine audible, elle éteint la lampe et se retourne. De toute évidence, elle boude.

Je perds aussitôt ma bonne humeur, à laquelle succède ce mélange complexe d'émotions qu'elle suscite toujours en moi. Le désir et la tendresse, la colère et la possessivité – tout cela fait partie de la folie qu'est mon amour pour Sara, de cette obsession dont je ne parviendrai jamais à me défaire.

— Viens ici, mon amour.

Sans tenir compte de sa posture raide, je l'attire contre moi et moule mon corps au sien, par-derrière. J'enfouis mon visage dans ses cheveux et inspire son doux parfum – ma fragrance préférée – avant de resserrer mon étreinte. Elle essaie de se dégager, mais je tiens ferme.

— Parfois, j'ai envie de te faire mal, chuchoté-je quand elle s'immobilise enfin, épuisée et le souffle court. J'ai envie de te faire des choses que je n'aurais jamais rêvé de faire à ma femme. Il y a des soirs où j'ai envie de te dévorer, ptichka, de te consumer jusqu'à ce qu'il ne reste plus rien… jusqu'à ce que cette addiction me laisse en paix et me permette de prendre une inspiration sans te désirer, sans avoir la sensation de tenir à toi plus qu'à ma propre vie.

Elle retient son souffle.

— Qu'est-ce que tu dis ?

— Je dis que je t'aime, ptichka… et que je te déteste. Parce que ça fait mal, tu vois, de savoir que tu l'aimes encore, que tu penses encore à *lui* quand tu es avec moi.

Ma voix devient plus sèche et je resserre ma poigne quand elle essaie à nouveau de me fuir.

— Le tueur de ton mari, c'est comme ça que tu me vois, c'est parfois la seule chose que tu vois. Si je pouvais l'effacer de ton esprit, je le ferais en un claquement de doigts. J'effacerais toute trace de son existence, je le renverrais au néant auquel il appartient. Dans un monde différent, le destin aurait voulu que tu m'appartiennes, mais dans celui-ci, j'ai dû me battre pour toi… tuer pour toi.

Son corps tout entier se crispe.

— Pour *moi* ? Mais de quoi parles-tu ? Ce n'était qu'une question de vengeance, cette liste que tu...

— Oui, c'était vrai... jusqu'à ce que je te rencontre. Ensuite, tout a changé.

C'est une vérité que je ne m'étais même pas avouée à moi-même, que ma conscience ignorait, mais qui existait déjà dans les tréfonds les plus sauvages de mon âme.

Quand je me suis penché sur le lit de George Cobakis, j'ai hésité en pensant à Sara, mais ce n'était pas parce que je voulais l'épargner pour elle. C'était parce que le meurtre était inutile, son état végétatif étant équivalent à la mort.

Si j'ai appuyé sur la détente, ce n'était pas en dépit de mon attirance pour Sara, mais au contraire à cause d'elle.

Parce que je voulais la libérer de lui à jamais.

Parce que, même à ce moment-là, je savais qu'elle devait m'appartenir.

— Non.

La voix de Sara chevrote nettement.

— Tu dis ça comme ça. Tu n'as pas pu tuer George à cause d'un intérêt malsain pour moi, ce serait de la pure folie.

— Peut-être.

Je veux bien le lui accorder.

— Mais dans certaines cultures, ce que j'ai fait t'aurait donnée à moi, tu aurais été mon trophée de la victoire, mon butin de guerre.

— De guerre ? Il était dans le coma ! Tu as tué un homme sans défense. Il ne faisait pas le poids...

Mon rire est amer.

— Tu crois que je suis un noble héros ? Tu crois que je cherche à me battre à la loyale ?

Elle se fige et sa peau devient moite à l'endroit où nos corps nus se touchent. Je reprends :

— Ce n'est pas le cas, Sara. Je me fous complètement d'être loyal, parce que les autres ne le sont pas non plus. Le monde est déloyal par nature. Si tu veux quelque chose, tu dois te battre pour l'obtenir… et le prendre. Et je te voulais, ptichka. Je t'ai voulue dès l'instant où je t'ai tenue contre moi, quand tu pleurais avec une telle grâce dans mes bras. Et toi aussi, tu me voulais – tu me veux toujours – parce que, quoi que tu en dises, c'est bien réel… bien plus réel que ton mariage d'illusions. Tu ne vivais pas un conte de fées et Cobakis n'était pas ton Prince Charmant. C'était un menteur, un lâche qui s'est mis à boire parce qu'il ne supportait pas de vivre dans la culpabilité du massacre qu'il avait causé. Même s'il n'avait pas figuré sur ma liste, je l'aurais tué si je t'avais rencontrée – parce que je t'aurais voulue quoi qu'il arrive. Si nos chemins s'étaient croisés, je t'aurais faite mienne.

À présent, elle frissonne et je sais que j'ai été trop honnête en lui révélant la bête que je suis. Et pourtant, il y a quelque chose que je ne ferais pas, c'est lui mentir.

Avec moi, Sara saura toujours ce qui l'attend, aussi laid que ce soit.

Je tire les couvertures sur nos deux corps et je lui caresse le bras, la hanche et la cuisse jusqu'à ce qu'elle cesse de trembler. Quand j'entends enfin sa respiration lente et profonde, je ferme les paupières sans la lâcher.

C'est peut-être mal aux yeux des autres, mais j'ai Sara et je suis heureux – et je ferai mon possible pour la rendre heureuse, elle aussi.

TANDIS QUE L'AUTOMNE PROGRESSE ET QUE LES TEMPÉRATURES continuent de baisser, ma vie avec Peter commence à me faire penser à une lune de miel prolongée, malgré le fait que nous partageons notre refuge avec d'autres personnes. Ses attentions ne faiblissent pas, et même si je me rappelle que je ne suis pas ici de mon plein gré, je ne peux ignorer que Peter fait de son mieux pour m'assurer plaisir et confort. À l'exception de sa profession et de ma captivité – une broutille –, Peter Sokolov est tout ce que l'on pourrait attendre d'un époux : un parfait homme d'intérieur, si prévenant que j'ai bien souvent l'impression d'être une princesse.

Maintenant, tous les matins commencent par le petit déjeuner au lit. En interrogateur subtil, Peter a appris tout ce que j'aimais et n'aimais pas en matière de nourriture, et il cuisine toujours ce que je préfère. Des crêpes russes aux raisins secs et au fromage frais, des omelettes légères, des quiches, des plateaux de fruits exotiques – la totale, avec du jus d'orange fraîchement pressé et du café. Pour le déjeuner et le dîner, je suis tout aussi gâtée, à tel point que les hommes font discrètement appel à moi pour leur commander tel ou tel plat.

— Tu as aimé le *shashlik* la dernière fois, n'est-ce pas ? Ces kebabs d'agneau que Peter a faits avant le Nigéria ?

Ilya essaie de me faire des yeux de chien battu quand il se retrouve seul avec moi dans la cuisine, mais ça lui donne un drôle d'air.

J'acquiesce et il ajoute en souriant :

— Alors, demande-lui d'en cuisiner, un de ces quatre, d'accord ? Laisse entendre que tu aimerais bien de l'agneau avec sauce piquante. Tu veux bien ?

Je ris et lui promets de le faire, comme j'ai déjà promis à Anton de la tarte aux pommes. Malgré leur rôle dans mon enlèvement, je commence à apprécier les hommes de Peter et je suis presque sûre que c'est réciproque. Je m'en réjouis, mais Peter semble avoir une autre opinion sur la question. J'ai surpris le regard froid qu'il posait sur eux quand ils se montraient particulièrement amicaux, comme s'il craignait qu'ils m'arrachent à lui.

Sa possessivité est l'un de nos principaux écueils ces derniers temps, et un soir, elle échappe à son contrôle.

— Putain, garde tes yeux au-dessus de son cou ! aboie-t-il à Anton alors que je viens de terminer ma variante du dernier tube de Lady Gaga.

Je me suis habillée pour l'occasion, avec l'une de ces robes décolletées que Yan m'a achetées. Quand Anton et Peter se lèvent en se défiant du regard, je me rends compte que c'était peut-être une erreur.

— Peter, il ne faisait rien de mal, dis-je en tentant désespérément de désamorcer la tension palpable. Je chantais et il écoutait, c'est tout.

— Il bavait sur toi, voilà ce qu'il faisait.

Peter bouscule la chaise qui les sépare.

— Et ce n'est pas la première fois.

— Va te faire foutre, mec.

La barbe noire d'Anton frémit de rage et les deux assassins se redressent. Ils montrent les crocs et serrent les poings.

— Personne ne fait rien de mal, bordel ! Tu es trop obsédé pour penser correctement.

Peter gronde sa réponse en russe et Yan réplique à son tour sur un ton amusé tandis qu'Ilya secoue la tête en souriant. Un instant plus tard, Anton sort en coup de vent, Peter sur les talons.

Frustrée, je me tourne vers les jumeaux.

— Où vont-ils ?

J'ai horreur que les gars passent au russe pour me cacher des choses.

— Qu'est-ce que vous avez dit ?

— Peter veut briser tous les os du visage d'Anton et j'ai proposé qu'il le fasse dehors pour nous éviter des réparations dans la maison, dit Yan, le sourire aussi large que celui de son frère. Apparemment, ils ont suivi mon conseil.

— Quoi ? Ils vont se battre ?

Atterrée, je me rue au-dehors, où je suis accueillie par des bruits de pugilat. Peter et Anton roulent sur le sol. Les bras et les coudes volent avec violence. Du sang gicle quand Peter assène un coup particulièrement brutal et j'étouffe un cri en voyant la fureur qui déforme ses traits.

Ce n'est pas un entraînement, ils se battent pour de vrai.

— Séparez-les, je vous en prie, dis-je sur un ton suppliant à Yan et Ilya qui viennent de sortir à leur tour. Ils vont s'entretuer.

— Non, fait Yan en agitant la main d'un air évasif. Ils vont juste se casser quelques os. Notre prochaine mission n'est pas avant le mois prochain, alors tout va bien.

— Non, ça ne va pas !

Je grince des dents et je me tourne vers Ilya.

— Si tu veux manger du *shash*-machin un jour, tu as intérêt à les arrêter tout de suite. Sinon, je vais développer une *allergie* à l'agneau, m'exclamé-je en enfonçant le doigt sur son torse imposant. Tu m'entends ?

Yan éclate de rire, mais Ilya paraît inquiet.

— D'accord, d'accord, ronchonne-t-il avant de se diriger vers les combattants.

Je pousse un soupir de soulagement lorsqu'il s'interpose courageusement, mais ni Peter ni Anton n'acceptent sa tentative pour les séparer. Bientôt, ils roulent tous les trois sur le sol et échangent des coups violents. Quand je me tourne vers Yan, ce dernier lève les mains, paumes vers l'extérieur.

— Je ne m'approche pas d'eux, dit-il avec conviction.

Je suis toute seule.

Désespérée, j'envisage de les arroser à l'eau froide, mais je choisis une solution plus opportune.

— Au secours ! je hurle à pleins poumons en me pliant en deux comme si je souffrais. Aïe ! Peter, aide-moi !

C'est encore plus efficace que je l'espérais. Les hommes se

séparent aussitôt et Peter se lève d'un bond. Sur son visage, la rage s'est changée en épouvante lorsqu'il se rue vers moi.

— Que s'est-il passé ? demande-t-il en me prenant les mains avant de m'examiner de la tête aux pieds. Tu es blessée ?

— Oui, blessée de te voir te comporter comme un barbare, rétorqué-je en essayant de me dégager lorsqu'il entreprend de me palper le corps. Maintenant, lâche-moi, je dois évaluer les dégâts.

Ses sourcils se rejoignent et il marque un temps d'arrêt.

— Tu n'es pas blessée ? Tu voulais juste arrêter la bagarre ?

— Évidemment. Comment aurais-je pu me faire mal ?

J'ignore Yan, qui rit à s'en tenir les côtes, et me dirige vers Anton et Ilya. Ils sont plus mal en point que Peter. Ilya a la lèvre fendue et le visage d'Anton a déjà commencé à enfler, son nez sanguinolent légèrement décentré.

— Eh ! fait Peter en m'attrapant le poignet avant que je puisse faire deux pas. Tu vas *les* soigner en premier ?

Il a l'air fou de colère et je suis tentée de répondre par la négative – je n'ai pas envie de provoquer un autre combat –, mais mon côté diabolique me pousse à hocher la tête.

— Ils ne se sont pas attaqués tout seuls.

Je tire sur mon poignet pour tenter vainement de me libérer.

— Et tu n'as pas l'air blessé.

Si Peter croit que je vais récompenser son comportement d'homme des cavernes par des soins attentionnés, il se trompe fortement.

Il se renfrogne et me lâche le poignet. Il a même le culot de paraître vexé.

— Si, je suis blessé. Tu vois ?

Il soulève son tee-shirt pour révéler sa peau rougie, sur sa cage thoracique.

— Et là, ajoute-t-il en me montrant le dos de sa main droite, où les jointures de ses doigts commencent en effet à gonfler.

Malgré ma colère, mon instinct de docteur entre en jeu.

— Laisse-moi voir ça.

Avec précaution, je lui tâte le torse – c'est un vilain hématome, mais ses côtes n'ont rien – avant de me pencher sur les jointures de ses doigts.

— Ça fait mal ? je demande en appuyant sur son majeur.

Peter secoue la tête, les yeux luisants, et j'examine le reste de sa main. À mon grand soulagement, je ne sens aucun os brisé.

— Ça va aller, dis-je avant de remarquer une éraflure ensanglantée sur son oreille gauche.

Je la nettoierai à l'intérieur, avec mon matériel médical, mais d'abord je dois vérifier le nez d'Anton et m'assurer qu'Ilya ne subisse pas une autre commotion cérébrale.

Les autres sont déjà rentrés et je les suis dans la maison, sans prêter attention à la mine sombre de Peter. Je ne comprends pas ce qui lui a pris. Je sais qu'il est possessif, mais Anton est l'ami de Peter et, à ce que je sache, il n'a jamais eu de comportement déplacé envers moi. Pas plus que les autres, bien que ce soient tous des hommes virils en pleine santé sans compagnie féminine depuis plusieurs mois.

Ma bravade ne dure que le temps d'entrer dans la cuisine et d'apercevoir les dégâts sur le visage d'Anton. Peter ne plaisantait pas quand il le menaçait de lui casser tous les os. S'il n'en a pas eu le temps, il a pourtant bien entamé le travail. L'engrenage de violence est arrivé si vite que je n'ai pas pris conscience de la brutalité saisissante du combat, mais à présent, alors que j'essaie de remettre en place le nez d'Anton, mes mains tremblent. Je subis le contrecoup du choc et l'adrénaline qui déferle dans mes veines est si forte que j'ai presque l'impression de m'être moi-même battue.

Ces dernières semaines, j'ai cédé à la complaisance et je me suis laissé bercer par la vie domestique, oubliant ce que Peter et ses hommes étaient réellement. Ce n'était pas une rixe d'ivrognes dans un bar, où quelques coups sont échangés. Peter est un assassin de formation, et il s'en est pris à son ami avec l'intention de lui infliger des dégâts sévères. Si je n'avais pas interrompu le combat, quelqu'un aurait pu être grièvement blessé – ou tué.

— Je suis désolée, murmuré-je en voyant Anton grimacer de douleur sous mes mains. Je suis désolée pour tout ça.

— Ce n'est rien.

Sa voix est nasillarde lorsque j'enfonce du coton dans ses narines pour interrompre le saignement.

— Ça devait arriver, cet enfoiré est trop fou de toi.

Il n'y a aucune rancœur dans sa voix. Au contraire, il a l'air presque amusé que son ami ait tenté de le mutiler par jalousie mal placée.

— C'est vrai, gronde Peter en s'approchant de moi. Alors, ne la regarde pas, putain. Plus jamais. C'est compris ?

À ma grande stupéfaction, la bouche gonflée d'Anton esquisse un sourire ensanglanté.

— Compris, sale con.

Je suspends mon geste et mon regard incrédule alterne entre les deux hommes. J'hallucine ou ils se sont réconciliés ?

C'est bien ça, car Peter gratifie son ami d'une tape dans le dos avant de se tourner vers Ilya, perché sur un tabouret de bar à côté de nous. Il tient une poche de glace sur sa lèvre.

— Même chose pour toi et… dit-il avant de lancer un regard noir à Yan, qui vient de nous rejoindre… pour toi aussi.

Les deux frères opinent et Ilya répond :

— Pigé. Elle est toute à toi.

Ignorant cette évidence, je finis de soigner le nez cassé d'Anton et lui donne des poches de glace pour qu'il les applique sur son visage avant de tendre la main vers son tee-shirt afin d'examiner ses côtes.

— C'est bon, me dit-il alors d'une voix étranglée, m'arrêtant avant que je puisse soulever l'ourlet de son tee-shirt.

Avec un regard méfiant en direction de Peter, il ajoute :

— Tu peux passer à Ilya maintenant, si tu veux.

Je me renfrogne, mais me tourne vers Ilya comme il me l'a suggéré.

— Laisse-moi voir ça, dis-je en retirant la glace de sa lèvre. As-tu reçu un autre coup à la tête ?

— Non, rien que celui-là, fait Ilya en grimaçant quand je palpe sa mâchoire gonflée.

— Très bien… je réponds avant de conclure mon examen. Tu n'as pas de commotion cérébrale, mais tu dois quand même être prudent. Les coups à la tête sont mauvais pour ton cerveau – les joueurs de la ligue nationale de football américain en savent quelque chose.

— Oui, Dr Cobakis.

Ilya sourit dans la mesure permise par sa lèvre fendue.

— Je serai prudent.

Je lui rends son sourire, ignorant le ricanement de son frère, avant de me tourner vers Peter qui semble toujours de mauvaise humeur.

— Montre-moi ça, dis-je alors en l'asseyant sur un tabouret de bar pour pouvoir atteindre son lobe d'oreille. On dirait que tu t'es arraché un peu de peau.

Peter reste calme et me laisse nettoyer et poser un

pansement sur l'égratignure avant de chercher d'autres plaies mineures éventuelles. Quand j'ai terminé, mes mains ne tremblent plus. Ces manipulations familières m'ont aidée à me remettre du choc causé par l'explosion de violence.

Malheureusement, ma sérénité est de courte durée. Dès l'instant où je range le matériel médical, Peter descend d'un bond du tabouret et se penche pour me soulever. Sourd à mon cri de stupeur et aux sifflements grivois de ses collègues, il me serre dans ses bras et prend possession de ma bouche avec un baiser avide et fougueux.

Puis, me plaquant contre son torse comme si j'étais un trophée de guerre, il se dirige vers les escaliers.

eter

Sara se débat dans mes bras lorsque je l'emporte à l'étage. Son visage pâle est rouge, sans doute de colère et de honte.

— Pose-moi, chuchote-t-elle avec agacement dès que nous atteignons le palier. Peter, pose-moi tout de suite.

J'attends d'être dans la chambre pour la libérer. Je suis encore porté par la vague d'énergie qu'a déclenchée ma soif de sang, et l'adrénaline du combat fait battre mon cœur dans un rythme effréné et furieux. La colère et la jalousie animale me compriment le ventre, et un désir intense et exigeant se réveille, le besoin de la prendre et de la posséder, de la faire si entièrement mienne qu'elle ne sourira plus jamais à un autre homme.

Je sais que mes sentiments sont irrationnels, qu'ils virent au pathologique, mais en la voyant ce soir dans cette robe – ce fourreau rouge, moulant et bien trop décolleté –, j'ai perdu mon semblant de sang-froid. Ces dernières semaines, j'ai supporté les coups d'œil furtifs que lui lançaient mes gars de temps à autre, ainsi que leur compétition pour attirer son attention pendant les repas et leurs demandes de menus pas si discrètes qu'ils l'auraient voulu. Mais ce que j'ai perçu dans les yeux d'Anton ce soir reflétait mon propre désir pour Sara et je ne pouvais pas laisser passer ça.

— Tu ne porteras plus jamais cette robe en public, dis-je d'une voix sèche en tirant sur la fermeture dans son dos. À partir de maintenant, elle est uniquement pour cette chambre.

Sara me fusille du regard et le renflement laiteux de ses seins, exposé par cette foutue robe, se soulève quand sa respiration s'accélère.

— Tu es fou, dit-elle en plaquant ses paumes contre mon buste pour me repousser. C'est toi qui m'as acheté cette robe.

— C'est Yan.

Je tire sur le vêtement avec une force superflue, mais la rage bouillonne dans mes veines.

— Et s'il y en a d'autres comme ça, tu ferais mieux de me les réserver exclusivement. La prochaine fois que je surprendrai un autre homme en train de baver sur toi, je le démembrerai. Lentement.

Je ne bluffe pas, et Sara doit le sentir, car le sang quitte son visage.

— Tu es malade, murmure-t-elle en me dévisageant avec des yeux immenses.

Je sais qu'elle a raison. Je *suis* malade, complètement fou d'elle. J'ai fait de mon mieux pour maîtriser l'intensité de mon envie, mais ça ne peut plus durer. Je ne peux pas faire semblant que chaque minute que nous passons loin l'un de l'autre ne me semble pas durer une heure, que chaque fois que je la touche je n'ai pas envie de la dévorer sur place. Mon désir est noir et violent, et pourtant je m'efforce de rester courtois, de me borner au comportement d'un amoureux attentionné alors que j'ai envie de la mettre intégralement à nu pour la posséder tout entière.

Le combat est perdu d'avance, et je suis prêt à baisser les armes.

Mes pensées doivent se deviner sur mon visage, car Sara commence à se débattre quand je fais glisser sa robe, exposant ses seins tout en gardant ses bras à l'intérieur du tissu moulant. Le contraste entre le rouge vif de sa tenue et sa peau blême fait ressortir les nuances vertes de ses yeux noisette et ma queue se tend avec un besoin féroce. J'ai envie d'elle. Putain, une telle envie ! C'est presque une maladie, ce désir qui me tourmente jour et nuit.

Je me mets à genoux et passe les bras autour d'elle sans libérer ses bras de la robe. Je prends dans ma bouche son téton rose et dressé. Sara pousse un cri et se débat de plus belle tandis que j'attire son mamelon vers mon palais tout en suçant énergiquement. Je suis incapable de m'arrêter. Son goût évoque le sexe et la perfection la plus douce, et tous mes fantasmes prennent vie. Je me demande comment j'ai pu vivre sans elle pendant tout ce temps, mais maintenant que je la tiens, j'ai toujours plus envie d'elle.

C'est un besoin, et ce soir, je vais tout prendre.

— Peter, s'il te plaît…

Maintenant, elle halète et son ventre plat frémit quand je passe à l'autre sein.

— Je… oh, mon Dieu, s'il te plaît…

Je tourmente ses tétons jusqu'à ce que la fournaise qui brûle en moi me fasse tourner la tête, puis je la débarrasse de sa robe, que je laisse tomber autour de ses chevilles. Je me relève pour la conduire jusqu'au lit. Elle titube quand l'arrière de ses genoux touche le bord du matelas, mais je l'attrape et la retourne sur le ventre. Aussitôt, je grimpe sur elle sans prendre le temps de me déshabiller.

— Qu'est-ce que…

Elle étouffe un cri lorsque je retire ma ceinture et lui attrape le poignet, que je ramène dans son dos pour l'attacher. Ensuite, je recommence avec son autre main, sans tenir compte de ses rebuffades. Je joins ses deux poignets et les noue dans son dos avec ma ceinture.

— Qu'est-ce que tu fais ? Je t'en prie, Peter… qu'est-ce que tu fais ?

Ses paroles sont étouffées par la couverture. Je m'empare d'un oreiller, que je glisse sous ses hanches. Comme ça ne suffit pas, j'en prends un autre pour surélever ses petites fesses. Elle se tortille, apeurée, et afin d'éviter qu'elle s'échappe, je pèse de tout mon poids sur ses jambes tout en me penchant pour récupérer un tube de lubrifiant dans le tiroir de la table de chevet.

Je baisse la fermeture de mon jean et libère ma queue endolorie avant de me pencher sur elle. Je me soutiens sur un bras et fais couler du lubrifiant sur le joli fessier qui s'agite. Je le laisse glisser entre ses fesses et ruisseler jusqu'à son entrejambe. Sara tressaille et remue de plus belle. Enfin, je jette le lubrifiant et pénètre son sexe avec un doigt. Elle est chaude et délicieusement lisse. Le gel se mêle à sa propre moiteur quand j'insère un autre doigt pour l'étirer.

Tout en la baisant de mes doigts, je fais rouler mon pouce sur son clitoris. Bientôt, je suis récompensé par un gémissement impuissant. Ses tentatives d'évasion se changent en mouvements empressés pour augmenter son plaisir. Ses hanches se soulèvent vers moi et, à chaque coup, son clitoris vient s'écraser contre mon pouce. Je sais qu'elle y est presque. Mais je ne veux pas la laisser jouir tout de suite et j'interromps mon geste pour attraper ma queue et la guider vers l'ouverture rose et frémissante entre ses jambes.

Une chaleur humide m'accueille et les parois lisses se referment autour de moi lorsque je pénètre sa chair gonflée. Mon cœur cogne à tout rompre et mes bourses se contractent quand ses muscles internes s'ajustent, caressant et pompant mon sexe dur. La sensation est sublime et tous mes sens s'aiguisent en même temps que disparaît ma conscience du monde extérieur. Je me concentre entièrement sur elle : les bruits qu'elle fait, la manière dont son corps s'adapte au mien… Je sens l'odeur de son excitation sur mes doigts et je les présente à sa bouche en lui ordonnant d'un ton sans appel :

— Nettoie-les.

Elle m'obéit et sa petite langue agile s'affaire autour de mes doigts, que j'enfonce dans sa bouche. Je la baise ainsi en même temps que je m'enfonce entre ses jambes. Un cri étranglé monte dans sa gorge quand mon gland atteint les limites de son vagin. Elle est frêle et fragile sous mon corps et je la sens trembler. Ses mains liées frottent contre mon ventre. Elle est tout entière à ma merci, ce qui décuple mon désir, mon besoin de la dominer et de la prendre.

— À qui tu appartiens ? je demande dans un grondement

sourd en retirant mes doigts de sa bouche pour les essuyer sur son menton et sur sa joue.

Je referme la main autour de sa gorge fine tout en redoublant de vigueur entre ses cuisses. Je veux la faire crier.

— Dis-le-moi, Sara. Qui te possède ?

Sa respiration est si pantelante que son souffle frénétique fait palpiter son cou, sous mes doigts.

— C'est… c'est toi.

Sa réponse est presque inaudible lorsqu'elle franchit ses lèvres, et elle ne me suffit pas. Loin de là.

Libérant sa gorge, je passe la main entre ses jambes pour sentir la chair soyeuse qui s'étire autour de ma queue, l'onctuosité du lubrifiant se mêlant à ses sécrétions. À présent, Sara halète et elle tend les fesses. Ses gémissements redoublent et mes doigts remontent lentement pour se glisser entre les deux monts pâles et fermes de ses fesses.

— Peter… attends. Oh, mon Dieu, Peter…

Mon prénom n'est qu'un cri étouffé dans sa gorge lorsque je trouve son autre orifice étroit et y insère le bout de mon doigt sans prêter attention à la résistance de ses muscles contractés. Il me faut tout mon sang-froid pour progresser lentement et ne pas la prendre violemment comme mon corps le réclame. Je ne veux pas la déchirer, je ne veux pas la blesser, malgré les ténèbres qui me rongent l'âme. Le lubrifiant facilite le passage de mon doigt et je la pénètre un peu plus, mais elle reste trop serrée et je manque de jouir en imaginant ma queue comprimée et à l'étroit entre ses fesses.

Ma pénétration est désagréable et elle geint, pourtant je ne m'arrête qu'une fois mon doigt enfoncé en entier, quand je peux sentir ma queue à travers la fine paroi interne qui sépare ses deux orifices. La sensation est enivrante, surréaliste par son intensité. Elle affûte le désir qui me tourmente, le rendant encore plus sombre, plus animal.

Ma belle ptichka en cage.

Il est temps de la posséder tout entière.

Après ce soir, elle ne doutera plus qu'elle m'appartient.

3 6

*S*ara

Submergée, je contracte mes muscles pelviens. Je sens à la fois les dimensions incroyables de sa queue et la brûlure piquante de ce doigt qui m'envahit. En dépit des quantités généreuses de lubrifiant, ce n'est pas facile. Je me sens remplie, pénétrée malgré moi et vaincue. La respiration lourde, j'essaie de m'ajuster aux étranges sensations de cette double pénétration.

À mon grand soulagement, mon tourmenteur retire son doigt, mais il est aussitôt rejoint par un second. Ses doigts épais progressent entre mes fesses, étirant avec soin l'anneau de muscles contractés, mais c'est douloureux et mon corps résiste contre cette intrusion.

— Abandonne, ptichka.

Sa voix est un murmure diabolique, enjôleur et maîtrisé, alors même que sa queue vient buter en moi.

— Détends-toi et laisse-moi entrer. Ça va te plaire.

Le souffle court, j'essaie de faire ce qu'il me dit, luttant contre le besoin pressant de me fermer encore plus. Mes poings liés se crispent dans mon dos et mes doigts tremblent contre mes paumes. Malgré la brûlure de l'invasion, je suis vaguement curieuse, presque impatiente, aussi singulier que ce soit. Quelque chose dans la douleur de la situation – la façon dont mes parois internes s'étirent et me piquent, la sensation d'être contrainte et prise de force – fait écho à mon étrange penchant de soumission, à l'envie de punition que mon monstre a éveillée en moi.

Si ça me fait mal, alors ce n'est pas une trahison.

Si je n'ai pas le choix, je ne cède pas vraiment devant l'ennemi.

— Oui, c'est ça, mon amour… Maintenant, détends-toi et respire.

Les deux doigts sont à l'intérieur, épais et rigides, et ses ongles éraflent ma chair tendre. C'est trop, trop puissant, les sensations dépassent tout ce que je connais. Mon cœur est un oiseau qui bat des ailes dans ma poitrine, et ma respiration est si frénétique que je crains de faire une attaque de panique. Seule sa voix me maintient dans l'instant présent, cette voix sombre et caressante à l'accent subtil.

— C'est bien, mon amour… Détends-toi…

Sa main libre caresse ma hanche, sa paume calleuse frottant contre ma peau.

— Ma belle ptichka, si délicate, si douce… Ce sera mieux dans un moment, je te le promets, mon amour.

Tout en susurrant ses mots d'amour, il commence à donner de petits coups de reins, et mon cœur s'accélère quand le mouvement vient écraser mon clitoris contre l'oreiller.

Le plaisir monte peu à peu. Cette tension qui augmente avec une lenteur insoutenable me rend folle. La pression des coussins sur mon clitoris est trop faible, ses coups légers sont trop doux. Je suis trop consciente de la brûlure entre mes fesses et je gémis de frustration contre le matelas tout en soulevant les hanches pour le pousser à y aller plus fort, plus rapidement. J'étais proche de l'orgasme tout à l'heure, et à nouveau j'y suis presque, mais j'ai besoin de plus.

J'ai besoin qu'il me prenne tout entière et qu'il me fasse basculer, qu'il me donne à la fois plus de plaisir et de douleur.

— Peter, s'il te plaît ! je supplie.

Mais ce sale pervers s'interrompt et se détache de moi. Seuls ses doigts restent entre mes fesses, avant qu'il les retire à leur tour, me laissant pantelante et vide, nerveuse et plus frustrée que jamais.

— Peter, dis-je tout bas.

Je sens qu'il tend la main derrière moi et un nouveau jet de lubrifiant frais coule entre mes fesses.

— Là, fait-il pour m'apaiser lorsque je me crispe instinctivement en sentant son énorme queue contre mon orifice. Tout va bien se passer, mon amour, laisse-moi juste entrer...

Il pousse plus fort, décuplant la pression sur mon sphincter. La brûlure s'accentue. Il est bien plus volumineux et plus épais que ses doigts, et je suis incapable de me détendre pour lui ouvrir la voie.

— Peter.

La panique me saisit et j'essaie de me débattre, tirant sur la ceinture qui me lie les poignets derrière le dos.

— Peter, je crois que ce n'est pas…

L'anneau cède enfin dans une saccade douloureuse et son gland large me pénètre. Un vertige m'étourdit lorsqu'il s'enfonce plus profondément, son passage facilité par le lubrifiant glissant. J'ai l'impression d'être empalée, envahie de la plus cruelle des manières, et tandis qu'il progresse à l'intérieur de mon corps, sa queue épaisse m'étirant au-delà du soutenable, j'ai envie de hurler pour qu'il arrête, pour qu'il mette un terme à tout ça. Je n'aurais jamais imaginé une telle invasion et la nausée me retourne le ventre. Une sueur froide ruissèle dans mon dos frissonnant.

Pourquoi ai-je été aussi curieuse ?

Comment ai-je pu le vouloir ?

Et pourtant, je l'ai voulu et je garde le silence, prenant de brèves inspirations en attendant que la douleur s'estompe. Peter roucoule à nouveau des mots d'amour, tout en me caressant le dos et les hanches – il semble me vénérer – et la douleur ne tarde pas à s'atténuer. La gêne disparaît peu à peu. En revanche, la sensation d'étirement extrême ne me quitte pas et lorsqu'il glisse la main entre mes cuisses pour trouver mon clitoris, c'est une tension bien différente qui m'ébranle. C'est trop, l'orgasme deux fois repoussé, l'invasion impitoyable, son intrusion là où aucun homme n'est encore jamais entré.

— C'est ça, ptichka, murmure-t-il en me pinçant légèrement le clitoris, m'arrachant un petit cri. Maintenant, tu peux l'avoir. Maintenant, tu peux te laisser aller.

Il se met à bouger en moi, doucement et avec précaution. Pourtant, chacun de ses coups est comme un nouvel assaut et mon corps se contracte chaque fois qu'il se retire pour mieux s'enfoncer. Ça me pique et me brûle, mais le rythme régulier commence à me faire de l'effet, augmentant la tension qui palpite entre mes jambes. Ce va-et-vient cadencé et la pression contre mon clitoris m'hypnotisent lentement, et je capitule sous les sensations conjuguées. La tension grandit et je sens le plaisir monter au fond de moi.

— Jouis pour moi, Sara, gémit-il en s'enfonçant de plus en plus vigoureusement.

À mon grand étonnement, c'est ce que je fais. Chaque muscle de mon corps se contracte d'extase. L'orgasme est violent, explosif, et le feu d'artifice est si vif que je hurle. Entre mes muscles internes tour à tour contractés et détendus, sa queue me paraît encore plus envahissante, mais la douleur ne fait qu'accentuer les sensations et le plaisir devient encore plus sombre et brûlant. Il gémit et je le sens tressaillir à l'intérieur de mon corps, inondant de sperme mes parois abrasées.

Par la suite, je ne perçois que nos souffles saccadés, puis il se retire lentement et libère mes poignets de sa ceinture avant de disparaître dans la salle de bain. Je ramène mes mains tremblantes le long de mon corps, mais reste blottie sur les oreillers, trop secouée pour me lever. Au bout de quelques minutes, Peter revient avec une serviette mouillée. Je le laisse essuyer l'excès de lubrifiant autour de mon orifice endolori, puis je lui prends la serviette des mains. Je la presse contre moi en me levant sur mes jambes flageolantes et me dirige vers la salle de bain.

J'ai besoin de me laver. Plutôt deux fois qu'une.

Avec prévenance, Peter m'accorde quelques minutes d'intimité avant de me rejoindre sous la douche.

— Ça va ? demande-t-il d'une voix douce.

Son dos bloque le jet d'eau et je hoche la tête, le visage en feu quand je croise son regard. Ce qui vient de se passer entre nous était si intime et puissant que j'ai l'impression d'avoir été mise à nu. Je ne comprends pas ce qui fait ressortir cet aspect de ma personne chez cet homme, pourquoi ce qui devrait me dégoûter – comme les traces de sang sur la serviette que je viens d'utiliser – m'excite au contraire.

— Tant mieux, chuchote-t-il.

Dans l'acier obscur de ses yeux, je décèle un reflet de ma propre confusion, de ces désirs conflictuels qui n'ont aucun sens. Comment puis-je souhaiter être libérée de cet homme et pourtant désirer sa présence ? Comment peut-il à la fois m'aimer et vouloir me faire mal et me punir ?

— Pourquoi ? je demande d'une voix chevrotante lorsqu'il pose ses grandes mains de part et d'autre de mon visage.

Ses pouces caressent délicatement mes joues détrempées. À mon tour, je lève les mains et les referme autour de ses épais poignets, sentant la force de ses tendons et la dureté de ses os sous mes doigts.

— Peter… Pourquoi sommes-nous comme ça ?

Il ne fait pas semblant d'avoir mal compris ma question.

— Parce que l'amour n'est pas toujours beau et simple, ptichka, répond-il tout bas. Et il n'arrive pas toujours avec la personne qu'on attendait. On ne choisit pas les désirs de nos cœurs, on ne peut que les accepter et les pervertir, les façonner du mieux possible pour survivre.

— Je…

Ma gorge se noue et je perds l'usage de ma voix.

— Je ne t'aime pas, Peter. C'est impossible.

Je suis étonnée de le voir sourire faiblement. Il penche la tête et dépose un baiser sur mon front avant de m'attirer pour une tendre étreinte.

— Si, c'est possible, murmure-t-il, une main sur mon cou tandis que l'autre me caresse le dos. C'est possible, et tu y viendras. Bientôt, tu cesseras de te débattre et tu verras. Parce qu'il est trop tard pour toi, ptichka – tu es prise au piège, tout comme moi.

PARTIE IV

3 7

Au cours des trois semaines suivantes, je fais de mon mieux pour détromper Peter, pour prendre mes distances avec lui, mais mes efforts s'avèrent vains. Chaque fois que je dresse des barrières entre nous, il les brise et la connexion perverse qui nous unit ne cesse de se renforcer, accentuée par une attirance physique si forte qu'elle réduit en miettes ce qu'il me reste de résistance.

Maintenant qu'il m'a possédée de toutes les façons, mon ravisseur n'a plus aucune limite avec mon corps, et nos étreintes sont plus sauvages que jamais – et l'usage des préservatifs de plus en plus anecdotique. Je ne comprends pas ce qui m'arrive, comment mon esprit peut-il se bloquer chaque fois qu'il me touche au point d'en oublier quelque chose d'aussi important ? Je ne veux pas avoir d'enfant avec lui – cette seule idée me donne le frisson –, mais quand il me prend dans ses bras, la grossesse est bien la dernière chose à laquelle je pense.

Jusqu'à présent, j'ai eu de la chance et mes règles sont arrivées la semaine dernière comme d'habitude, mais je sais mieux que quiconque qu'il suffit d'un dérapage, d'un moment insouciant. Et je ne pense pas que Peter soit insouciant, pas vraiment. Il utilise toujours des préservatifs quand je parviens à le lui demander, mais je n'ai plus reçu de pilules du lendemain, pas après cette fois-là.

— J'ai parcouru tous les documents médicaux sur le sujet et je ne veux pas que tu t'exposes à ces hormones, a-t-il déclaré quand je l'ai supplié de m'obtenir à nouveau des pilules. Tu es hypersensible – tu l'as dit toi-même – et je ne veux pas risquer ta santé pour l'infime possibilité que tu tombes enceinte.

Et j'ai beau essayer de le raisonner en soulignant que je suis gynécologue-obstétricienne et que je suis bien capable d'évaluer moi-même les risques, il ne veut rien entendre.

Je commence à soupçonner Peter de *vouloir* me mettre enceinte et, plus que le reste, c'est ce qui me motive à envisager une évasion.

Cette fois, je prends mon temps et planifie soigneusement chaque étape. Je suis presque certaine que Peter a dit la vérité en affirmant que la montagne était entourée de précipices, mais lors de nos randonnées en forêt, j'ai aperçu des falaises aux pentes moins escarpées, où les racines offraient des prises pratiques. La montagne est inaccessible en voiture, et monter jusqu'ici me paraît impossible, mais selon moi, un marcheur qui sait où il met les pieds a toutes ses chances de réussir à descendre.

En tout cas, je l'espère.

Je commence en déterminant quelles affaires emporter et en repérant l'endroit où chaque chose se trouve. Je ne peux pas les entreposer par avance sans me faire pincer, mais je prête attention à l'emplacement de chacune d'entre elles. Une corde, un couteau solide, un sac à dos, des denrées non périssables, des bouteilles d'eau – je dresse une liste mentale des indispensables, pour pouvoir les regrouper en quelques minutes le moment venu. Heureusement, Peter et ses hommes sont maniaques du rangement, et chaque chose est à sa place dans la maison. Il me suffit de m'en souvenir.

J'envisage aussi de voler un pistolet. En ma présence, les hommes sont prudents et leurs armes sont rangées hors de ma vue, mais je suis presque certaine de pouvoir en subtiliser une si j'essayais vraiment. Cependant, je ne m'y suis pas encore risquée, car le temps que je repère où elles étaient, j'avais appris à connaître chacun de mes ravisseurs et je n'imaginais pas leur faire du mal. L'instinct de guérison est trop enraciné en moi. Je pourrais appuyer sur la détente dans certaines circonstances – si ma vie en dépendait, par exemple –, mais ces hommes ne représentent pas un danger mortel. Au contraire, ils sont gentils avec moi, chacun à sa manière. Et m'emparer d'une arme pour les forcer à me libérer serait ridicule. Ils verraient clair dans mon jeu pitoyable et me reprendraient le pistolet sans croire un instant à mes menaces.

Après tout, mes ennemis ne sont pas de simples hommes, mais d'anciens tireurs d'élite.

Et pourtant, j'ajoute une arme à ma liste mentale, au cas où l'opportunité d'en voler une se présenterait avant mon évasion. Je ne pourrai peut-être pas contraindre Peter et ses hommes à obéir à mes ordres, mais avec un fermier japonais, qui sait ? Bien sûr, j'essaierai d'abord une approche polie, pourtant si j'ai du mal à accéder à un téléphone, je ne suis pas opposée à brandir mon arme en guise de menace – sans balles, évidemment.

Pendant mes préparatifs, je commence également à me renseigner sur la météo et pose chaque jour des questions désinvoltes sur les prévisions pour le lendemain. Il n'a pas encore neigé, mais nous sommes déjà au mois d'octobre et l'hiver est précoce à cette altitude.

La dernière chose que je veux, c'est d'être prise au piège dans un autre orage de glace.

— Je n'aime pas le froid ! je me plains auprès de Peter un jour en rentrant de promenade. Et j'ai horreur que la journée commence à une certaine température pour arriver au soir avec dix degrés de moins.

— Pauvre bébé, susurre-t-il en retirant ma veste pour me frotter les bras. Viens, allons prendre une douche et te mettre au chaud.

Je me laisse réchauffer par une douche chaude et deux orgasmes, mais dès le lendemain, je recommence à me plaindre du temps – ainsi, personne ne trouvera étrange que je pose des questions quotidiennes au sujet de la météo.

Pendant ce temps, les hommes s'affairent à leur propre préparation. Après une longue pause destinée à semer les autorités, l'équipe a accepté une nouvelle mission – l'assassinat aussi bien payé que dangereux d'un homme politique en Turquie.

Anxieuse, j'essaie de ne pas y penser, sous peine de perdre l'appétit et le sommeil. Après ce qui s'est passé au Nigéria, le mot « mission » suffit à augmenter ma pression artérielle.

— Pourquoi es-tu obligé de faire ça ? je demande à Peter, frustrée, alors que le milieu du mois d'octobre se rapproche à grands pas – la date fixée par le client pour l'exécution de la mission. Tu l'as dit toi-même, c'est particulièrement dangereux pour vous là dehors. Vous avez reçu des millions – des *millions* – pour ce banquier nigérian. Vous ne pouvez pas avoir épuisé tout cet argent aussi rapidement.

— Bien sûr que non, cependant il faut prévoir, dit Peter. En plus de nos joujoux hors de prix, nos hackers nous coûtent une fortune et nous avons besoin d'eux pour continuer à échapper aux autorités – et rechercher Henderson.

Je secoue la tête et prends une grande inspiration avant de me diriger vers mon studio d'enregistrement. J'ai besoin de me divertir avec un peu de musique et je préfère éviter les disputes. Parce que, si Peter est implacable sur la nécessité de ces missions, il est encore plus déterminé en ce qui concerne Henderson – le seul nom qu'il reste sur sa liste. J'ai évoqué un jour la possibilité d'oublier le général pour passer à autre chose, mais Peter m'a fait taire avec une telle virulence que je n'ai plus jamais tenté l'expérience.

— Il a personnellement ordonné l'opération de Daryevo, a rétorqué mon ravisseur, son beau visage tordu de rage au point d'en être méconnaissable. C'est lui qui a fait ça, s'est-il écrié en affichant les photos du massacre sur son téléphone, et je ne connaîtrai le repos que lorsqu'il pourrira rongé par les vers, lui et tous ceux qui l'ont aidé, comme les cadavres de ma femme et de mon fils.

J'ai acquiescé en silence avant de reculer. J'aurais aimé pouvoir prétendre le contraire, et pourtant je comprends le besoin de vengeance de Peter. Je n'imagine pas perdre des proches dans de telles circonstances et je sais que pour lui, la douleur a été pire que tout. D'après ce qu'il m'a raconté, ces quelques années passées avec Pasha et Tamila lui ont offert pour la première fois dans sa vie un sentiment de famille et d'amour.

La semaine dernière, Peter m'a enfin parlé de son fils. Il s'était réveillé d'un cauchemar sur la mort de sa famille, son grand corps tout tremblant et couvert d'une sueur froide. Il m'a prise dans ses bras et nous avons couché ensemble. Dans la sérénité qui a suivi, il m'a avoué à quel point son petit garçon lui manquait – la douleur de son absence est encore vive.

— Pasha était… toute ma vie, m'a-t-il dit, essoufflé. Je ne sais même pas comment l'expliquer. Je n'avais encore jamais connu d'enfant aussi heureux d'exister. Les oiseaux, les insectes, les arbres, le ciel et les rochers – tout était nouveau pour lui, tout était amusant. Et il avait une telle énergie. Tamila avait du mal à le suivre. Il la rendait folle. Et les voitures…

Son torse puissant s'est soulevé quand il a pris une grande inspiration.

— Il aimait les voitures. Il voulait devenir pilote de course quand il serait grand.

— Oh, Peter…

J'ai posé ma main sur la sienne.

— Il avait l'air formidable.

— Il l'était, a chuchoté Peter en tournant sa paume vers le haut pour me serrer les doigts.

L'intensité de la douleur contenue dans ces mots m'a retourné les tripes.

Malgré son obsession envers moi, mon ravisseur souffre toujours de la perte de sa famille – les personnes qu'il aimait vraiment.

38

Sara

Au fur et à mesure qu'approche la mi-octobre, les préparatifs des hommes pour la mission en Turquie s'intensifient et je décide que ce sera l'occasion ou jamais.

S'ils procèdent comme la dernière fois et laissent un homme pour me surveiller, je pourrai m'esquiver en douce – surtout si mon geôlier est aussi occupé que l'était Yan pendant l'excursion au Nigéria.

— Alors, je demande à Peter sur un ton désinvolte pendant l'une de nos promenades. Quel est le plan pour la semaine prochaine ? C'est encore Yan qui s'y colle ?

À mon grand étonnement, Peter secoue la tête.

— Il ne peut pas. Aucun de nous ne peut rester cette fois. La sécurité autour du politicien est trop complexe, nous ne serons pas trop de quatre pour l'atteindre.

Mon cœur bondit d'espoir. En essayant de ne pas paraître trop enthousiaste, je dis :

— C'est logique. Ne t'inquiète pas pour moi. Il y a beaucoup de choses à manger et…

— Non, ptichka.

Peter me prend la main et la cale au creux de son coude.

— Je ne te laisse pas ici toute seule, ne te fais aucun souci.

Je ravale ma déception et tente de lui adresser un regard candide lorsque nous reprenons notre marche.

— Pourquoi ? De toute façon, je ne peux pas descendre, alors…

— Exactement.

Peter me regarde de travers.

— Tu ne peux pas descendre, mais ça ne veut pas dire que tu ne seras pas tentée d'essayer. Et puis, je ne veux pas te laisser isolée ici, au cas où il nous arriverait quelque chose.

— Mais que vas-tu faire de moi ? je demande, perplexe. Tu vas m'emmener avec vous en mission ?

— Non, bien sûr que non, même si Yan me l'a suggéré. Cet enfoiré en col blanc aimerait avoir un docteur sous la main en cas de blessures, me dit Peter avec une grimace. Non, j'attends une réponse, puis je te tiendrai au courant.

— Quoi ?

Je fronce les sourcils.

— Une réponse de qui ? À quel propos ?

— Ne t'inquiète pas pour ça, me dit Peter en soulevant une branche pour me laisser passer. Si ça ne fonctionne pas, il y a toujours un plan B, mais le plan A est bien meilleur, crois-moi.

J'apprends quel est le plan A deux jours avant le départ des hommes.

— Tu vas me laisser à Chypre chez un trafiquant d'armes ?

Je regarde Peter, bouche bée, tellement stupéfaite que j'en oublie mon jean à moitié baissé sur mes jambes.

— Et en quoi est-ce mieux que me laisser ici… ?

Peter s'assoit sur le lit.

— Parce que sa femme et lui me doivent une faveur, m'explique-t-il en retirant sa chemise. Alors, s'il m'arrive quelque chose, ils m'ont promis de te ramener chez toi. Tu seras en sécurité chez eux jusqu'à ce que je puisse te récupérer et si pour une quelconque raison, je ne reviens pas… Eh bien, tu auras obtenu ce que tu prétends vouloir, mon amour. Tu retrouveras ton ancienne vie.

Ébahie, je finis de me déshabiller et m'assois sur le lit à côté de lui, en sous-vêtements.

— Mais un autre criminel ? Comment sais-tu que tu peux lui faire confiance ? Et s'il te trahissait ? Tu m'as dit que ta tête était mise à prix…

Peter hausse les épaules et ses yeux s'aventurent sur mon corps pratiquement nu.

— Comme je l'ai dit, Lucas Kent me doit un service, et il n'a pas besoin de l'argent de la récompense. Autrefois, c'était le commandant en second de Julian Esguerra, un puissant trafiquant d'armes, et maintenant il est devenu l'associé de son patron dans certains secteurs. L'argent de la récompense ne pèse pas dans sa balance, pas plus que les faveurs que les autorités pourraient lui accorder s'il me livrait à elles.

— Oh.

Quelque chose me tracasse, mais je ne parviens pas à mettre le doigt dessus. Soudain, ça me revient.

— Attends, c'est ce trafiquant d'armes dont tu m'as déjà parlé ? Celui qui t'a procuré ta liste ?

— Non, c'était son patron, Esguerra, me dit Peter en glissant une main dans mon dos. Ou plus exactement, la femme d'Esguerra, car à ce moment-là Esguerra avait juré de me tuer.

Je lui saisis les poignets avant qu'il puisse dégrafer mon soutien-gorge.

— Te tuer ? Pourquoi ?

Peter soupire.

— C'est une longue histoire, mais disons simplement que Kent ne partage pas la haine d'Esguerra envers moi. Je l'ai aidé dans des situations délicates, quand on travaillait ensemble – à une période, Esguerra était mon employeur – et par la suite, lorsque Kent a eu besoin de récupérer sa femme. Quoi qu'il en soit, il te suffit de savoir que Kent me doit une fière chandelle.

— Mais cet Esguerra – l'associé de Kent –, il veut te tuer ?

Peter hoche la tête et, frustrée, je demande :

— Pourquoi ?

— Parce que je lui ai sauvé la vie, mais pour ça, j'ai dû enfreindre les ordres. Plus précisément, j'ai dû mettre sa femme en danger, celle qu'il avait placée sous ma protection. C'était pourtant sur la demande de cette femme – en fait, elle l'a même négocié en échange de la liste –, mais il n'a pas apprécié.

Se dégageant de ma poigne avec une facilité déconcertante, Peter cherche à nouveau l'agrafe de mon soutien-gorge.

Je capitule et le laisse faire.

— Mais sa femme et lui sont sains et saufs tous les deux ?

Peter hausse à nouveau les épaules et baisse son regard enfiévré sur mes seins ainsi exposés.

— Sains et saufs, c'est relatif, mais oui, ils ont survécu et elle a honoré sa part du marché en me fournissant la liste.

Sa voix est rauque quand il reporte son attention sur mon visage et ajoute :

— Tu n'as aucun souci à te faire au sujet des Esguerra, ptichka. Ils vivent en Colombie, loin du domaine chypriote de Kent. Tu resteras avec Kent et sa femme pendant deux jours, le temps qu'on boucle cette affaire, puis nous passerons te chercher en rentrant. Chypre se trouve juste à côté de la Turquie, au cas où tu ne le saurais pas.

Tout en parlant, il prend mes seins dans ses paumes et les masse délicatement.

— C'est pour ça que...

Je déglutis lorsqu'il passe le pouce sur mon téton, provoquant un picotement chaud entre mes jambes.

— C'est pour ça que tu veux me laisser là-bas ? Parce que c'est pratique ?

— En partie, répond Peter en plantant ses yeux dans les miens. Mais surtout parce que Lucas Kent te protégera... tu seras en sécurité et quand je reviendrai, je suis sûre de te retrouver.

Puis, attrapant mon visage entre ses paumes, il m'embrasse avec fougue et me plaque contre le lit.

39

eter

SARA EST CALME, PRESQUE EFFACÉE PENDANT LES DEUX JOURS précédant notre départ, et je sais qu'elle s'inquiète. Yan m'a raconté à quel point elle était angoissée pendant notre mission au Nigéria, et si sur le moment cette nouvelle m'a fait plaisir, je regrette à présent d'être la cause d'un si grand stress.

Qu'elle l'admette ou non, je sais que mon petit oiseau tient à moi.

Beaucoup.

Je m'efforce de lui changer les idées en la laissant parler tous les jours à ses parents, en l'accompagnant en promenade et en lui faisant l'amour le reste du temps. Malheureusement, le temps presse. Il y a tant de choses à faire, tant de scénarios à envisager. L'homme politique – Deniz Arslan – s'entoure

661

constamment de porte-flingue et son équipe de sécurité est de niveau supérieur, aussi performante que si je l'avais constituée moi-même à l'époque où je conseillais mes clients dans ce domaine. Jusqu'à présent, nous n'avons repéré que d'infimes points faibles, et encore, ce sont peut-être des pièges.

Ce ne sera pas une mission facile, et c'est pour cette raison qu'un oligarque ukrainien nous paie vingt-cinq millions d'euros pour la réaliser.

Le soir avant le départ, je nous prépare un bon dîner, mais cette fois, j'interdis aux gars d'évoquer le danger à venir. La conversation reste légère et nous échangeons des anecdotes amusantes de notre passé. Anton réussit même à sortir Sara de sa coquille en lui racontant comment nous nous sommes rencontrés.

— Me voilà, jeune voyou de vingt et un ans recruté dans cette équipe d'élite, prêt à rencontrer mon nouveau commandant, dit-il en souriant. Je m'attendais à découvrir un vieux loup chevronné, plein de récits croustillants sur l'Afghanistan et la vie sous le communisme. Et au lieu de ça, c'est ce type de mon âge qui entre, fait-il en agitant sa fourchette pour me désigner, et qui commence à aboyer ses ordres. Je me suis dit qu'il devait y avoir un malentendu et je l'ai envoyé se faire foutre, mais il m'a plaqué son couteau sous la gorge.

Sara étouffe un cri de stupeur.

— Peter t'a menacé ?

— Si manquer de vous ouvrir la carotide est une menace, alors oui.

Anton éclate de rire et secoue la tête à ce souvenir.

— Mais c'était bien. Ça nous a permis de comprendre à quel genre d'homme on avait affaire.

Sara se tourne vers moi, ses yeux noisette grands ouverts.

— Alors, tu es devenu chef d'équipe à seulement vingt et un ans ?

J'acquiesce en terminant mon saumon poché.

— À ce moment-là, j'avais quatre ans d'expérience en traque et interrogatoire, et j'étais très doué pour mon boulot.

— J'imagine, fait Sara d'un ton sec avant de jeter un œil aux jumeaux pour leur demander : Vous avez tous commencé à la même période ?

Yan secoue la tête.

— Ilya et moi, nous sommes arrivés plus tard, alors que l'équipe était déjà formée depuis deux ans. Ces deux-là, dit-il en désignant Anton et moi, c'étaient déjà des pros, mais nous avons tenu le rythme.

— Oh, pitié, fait Anton en ricanant. Et cette fois où tu t'es retrouvé coincé dans ce puits près de Grozny ? Quand on a dû te hisser avec un seau au bout d'une corde, tu appelles ça tenir le rythme ?

Yan hausse les épaules et sourit froidement.

— J'ai obtenu beaucoup de renseignements des rebelles tchétchènes, caché dans ce puits, et mieux valait plonger que terminer en mille morceaux sous les bombes.

Sara blêmit à la mention des bombes et je décoche un regard noir à Yan. Nous avions décidé de rester légers ce soir, d'éviter ce qui risquerait de rappeler à Sara la mission à venir – et les bombes relèvent sans équivoque de cette catégorie.

Conscient de son erreur, Yan donne un coup de coude à son frère et ajoute :

— Et celui-là, il en a connu des déboires. Vous vous souvenez de cette pute qui a volé ses chaussures ?

Ilya rougit tandis que Yan se lance dans le récit sous les

éclats de rire d'Anton. Je pose ma main sur le genou de Sara sous la table, serrant sa jambe par-dessus son jean dans un geste rassurant. Elle me sourit et la chaleur irradie dans ma poitrine. Avec elle, je me sens vivant. Nous sommes entourés par mes coéquipiers, mais nous pourrions aussi bien être seuls, parce que je suis uniquement conscient de sa présence. Je n'entends et ne vois qu'elle.

Ma Sara.

Je l'aime si fort que c'est douloureux.

Nous finissons le repas par un dessert somptueux, puis je conduis Sara à l'étage, où je lui fais l'amour jusqu'à ce que nous soyons épuisés et à bout de forces.

4 0

ara

C'EST ÉTRANGE DE REJOINDRE L'HÉLICOPTÈRE EN COMPAGNIE DE Peter, en sachant que je quitte cette montagne pour la première fois en quatre mois et demi. Pour une raison qui m'échappe, je n'avais pas encore fait le calcul, je n'avais pas ajouté les jours et les semaines qui se sont écoulés, mais maintenant, je me rends compte que ça fait un an que Peter est entré dans ma vie... un an depuis qu'il a pénétré par effraction chez moi et qu'il m'a torturée pour atteindre George.

Je n'ai pas vu ma famille depuis quatre mois et demi, et si je ne m'évade pas, je ne la reverrai peut-être jamais.

À moins que Peter soit tué, me rappelle un murmure insidieux dans ma tête, et mon cœur rate un battement. L'inquiétude pour mon ravisseur me fait l'effet d'un étau constant autour de

665

mes poumons, incassable et suffocant, et j'ai beau raisonner, je n'arrive pas à apaiser mes craintes.

Je ne veux pas de ma liberté.

Pas à ce prix-là, en tout cas.

Je n'ai pas abandonné l'idée de m'enfuir, mais étant donné ces derniers revirements, mon nouveau plan est de m'échapper une fois que je serai à Chypre. J'ignore la sécurité dont dispose ce Lucas Kent, mais il y a une chance qu'il soit plus négligent que Peter et ses hommes, moins investi dans la mission de me couper du monde, d'internet et des téléphones. Il aura peut-être des scrupules à jouer le rôle de geôlier, même si je ne dois pas y compter.

Dans le monde de Peter, les hommes ne semblent pas se soucier de la liberté d'une femme.

Quand l'hélicoptère décolle, je regarde notre repaire sur la montagne en contrebas, de plus en plus petit de l'autre côté de la vitre. Pourtant, en fait d'espoir, je ne ressens que de la crainte. Je devrais accueillir ce changement avec joie, saisir l'opportunité qu'il m'offre, mais si c'est précisément mon intention, je ne peux m'empêcher de regretter ce départ.

Je ne peux m'empêcher de redouter ce qui va suivre.

Cette fois, je ne dors pas dans l'avion – j'en suis incapable – et lorsque nous atterrissons sur une piste privée à Chypre, mes yeux me brûlent, secs et fatigués. Peter non plus n'a pas dormi. Il a passé la majeure partie des treize heures de vol à passer en revue des questions pratiques de dernière minute avec les jumeaux, mais il a l'air aussi frais qu'une rose quand nous descendons de l'avion – tout comme ses hommes.

Si je ne les connaissais pas, je serais tentée de croire que tous les Russes sont surhumains.

L'air est délicieusement chaud quand nous sortons de l'avion, et la brise tropicale sent l'iode et le sel. Une limousine noire nous attend sur le tarmac et nous emmène sur une route panoramique, dans une région faiblement peuplée. À plusieurs reprises, j'aperçois même des ânes en liberté. Mais le trajet me rend nerveuse. Non seulement nous roulons du côté gauche, comme en Grande-Bretagne, mais les routes sont étroites et sinueuses, longeant parfois de dangereuses falaises à pic.

Enfin, nous atteignons un portail automatique, et au bout d'une longue allée, je distingue une maison de style méditerranéen sur un promontoire au-dessus de la plage – le domaine de Kent, d'après Peter. C'est immense et impeccablement entretenu, mais loin d'être aussi tape-à-l'œil que je l'aurais cru de la part d'un riche trafiquant d'armes.

— Ne te laisse pas berner par la taille de la maison, dit Peter quand je lui en fais part. Kent n'aime pas avoir du personnel à demeure, mais il possède toute la terre, aussi loin que porte le regard, y compris la plage en bas. Il a des mesures de sécurité incroyables. Actuellement, il y a une dizaine de gardes qui patrouillent dans la zone, et jusqu'à cinquante drones militaires nous surveillent. Si Kent nous considérait comme une menace, nous n'arriverions pas à un kilomètre de cet endroit sans nous faire pulvériser.

— Oh.

Je lève les yeux, l'estomac noué. Même si ce n'est que le début de l'après-midi dans ce fuseau horaire, le ciel est chargé de nuages. L'idée qu'une chose aussi dangereuse soit suspendue au-dessus de nos têtes, sans qu'on la voie, rend la situation encore plus dangereuse.

— Ne t'inquiète pas, me dit Yan qui semble lire dans mes pensées.

Il marche derrière Peter et moi, un sac jeté nonchalamment sur son épaule.

— Si Kent voulait nous tuer, on ne serait pas en train de marcher.

— La ferme, idiot, grommelle son frère en jetant un coup d'œil soucieux en direction de Peter.

Mais son patron ne l'écoute pas. Il a les yeux tournés vers l'homme de grande taille et aux épaules larges qui vient juste d'ouvrir la porte d'entrée et qui descend les marches à notre rencontre.

Je le regarde à mon tour, fascinée par ses traits sévères taillés au burin et la froideur de ses yeux bleus. Ses cheveux teints de couleur claire sont coupés court, presque à la façon militaire, et sa peau est basanée. Comme Peter, il semble avoir entre trente et quarante ans, et comme mon ravisseur, ce doit être un ancien soldat. Je le vois dans sa démarche et la vigueur de son regard.

C'est un homme accoutumé au danger.

Non, me dis-je quand il se rapproche, c'est un homme qui *s'épanouit* dans le danger.

Aucun détail spécifique ne me donne cette impression – il porte un jean et un tee-shirt, sans armes ni tatouages apparents –, mais je suis certaine de ma conclusion. Il y a quelque chose chez ces hommes intimement habitués à la violence, une sorte de hardiesse intrépide qui manque aux gens plus civilisés. Peter et ses coéquipiers en regorgent, tout comme cet homme.

— Lucas, dit Peter pour le saluer, en s'arrêtant devant lui. Quel plaisir de te voir !

L'homme blond hoche la tête avec un sourire aussi sec que les traits de son visage.

— Sokolov.

Son regard clair se tourne vers moi.

— Et vous devez être Sara.

— Bonjour, dis-je avec un timide mouvement de la tête.

Je ne m'attendais pas à entendre un accent américain, mais il est pourtant évident dans la voix de Lucas Kent lorsqu'il accueille les coéquipiers de Peter.

— Félicitations pour ton mariage, dit Peter tandis que notre hôte nous conduit en haut des marches, vers la porte d'entrée. Désolé, je n'ai pas eu l'occasion d'envoyer un cadeau.

Kent semble amusé.

— C'est sans doute mieux comme ça. Esguerra avait déjà du mal à se tenir.

— Ah, fait Peter en souriant. Alors il en pince toujours pour ta nouvelle épouse ?

— Tu sais comment il est, répond Kent, laconique, et Peter éclate de rire.

— Mieux que quiconque, je le crains. Où est ta femme, au fait ?

— Dans la cuisine, elle s'affaire aux fourneaux, dit le trafiquant d'armes, sa voix légèrement plus chaleureuse pour la première fois. Tu la rencontreras dans une minute.

J'écoute en silence tandis qu'ils continuent de parler, mentionnant des personnes et des lieux que je ne connais pas. Je suis curieuse de savoir ce que Kent signifiait quand il a dit que son patron/associé avait eu du mal à se tenir. On dirait que cet Esguerra n'apprécie pas la nouvelle femme de Kent, et si c'est le cas, je me demande bien pourquoi.

Quand nous entrons dans la maison, des arômes savoureux de viande grillée et d'épices diverses déclenchent les grondements de mon estomac. Nous avons mangé des sandwichs dans l'avion, mais c'était il y a des heures, et je suis à nouveau affamée. Je doute que la cuisine de Mme Kent soit aussi délicieuse que les plats mitonnés par Peter, mais si le dîner de ce soir est à moitié aussi bon qu'il en a l'air, ce sera parfait.

Peter et ses hommes doivent repartir juste après le dîner – ils doivent faire des repérages ce soir – et Lucas conduit Anton et les jumeaux vers une salle de bain près de l'entrée avant de nous emmener, Peter et moi, dans la chambre où je séjournerai. En traversant le salon spacieux, je remarque que la décoration chez les Kent est moderne, mais étonnamment chaleureuse, avec des canapés rembourrés et un ameublement d'inspiration scandinave, aux lignes épurées, mais taillé dans du bois aux tons chauds. Les immenses baies vitrées offrent de la lumière en abondance et des points de vue splendides sur la mer Méditerranée en contrebas. Sur les murs sont affichées des photos d'un couple souriant – notre hôte et une magnifique jeune femme blonde, sans doute la sienne. Un adolescent apparaît de temps à autre sur ces photos, et sa ressemblance avec Mme Kent me laisse penser qu'il s'agit de son frère.

La belle femme sur les photos ne semble pas assez âgée pour avoir un fils adolescent.

— Et voilà, dit Kent en ouvrant une chambre avec salle de bain attenante et une grande baie vitrée donnant sur la mer. Les serviettes sont dans la salle de bain et les draps déjà installés. Si vous avez besoin de quoi que ce soit ce soir, demandez-le à Yulia.

— Yulia ? je demande.

— Ma femme, précise Kent tandis que Peter s'avance vers la fenêtre. Elle sait où se trouvent les choses, contrairement à moi.

— Compris, dis-je.

Je fais de mon mieux pour cacher mon amusement soudain.

Au Japon, j'ai tellement pris l'habitude que Peter et les gars effectuent toutes les tâches ménagères que j'en ai oublié que la plupart des hommes ne sont pas comme ça. Mon père demande encore à ma mère où se trouve la cuillère à crème glacée, et George ne savait rien faire à part le barbecue et les sandwichs au fromage.

À ce souvenir inattendu, mon cœur se serre et mon humeur s'assombrit quand je me rends compte que je viens une fois de plus de comparer mon mari décédé à son assassin. C'est quelque chose que je me suis souvent surprise à faire ces derniers temps, et chaque fois, j'ai honte et je m'en veux. Les comparaisons sont rarement flatteuses pour George, et ce n'est pas juste. George et moi avions une relation classique, avec de l'affection, du respect et une attirance normale. Mon mari n'était absolument pas obsédé par moi, et je n'éprouvais pas pour lui une fraction des émotions contradictoires que Peter suscite en moi.

Et tant mieux, me dis-je en entrant dans la salle de bain pour me rafraîchir. Ce que je partage avec Peter est trop intense, trop envahissant. Ce qu'il est prêt à faire pour m'avoir me terrifie, tout comme mon incapacité à lui résister malgré les horreurs qu'il commet. La seule idée d'un de nous deux est mauvaise à tous égards. Et si j'avais besoin de preuves, ces photos sur les murs aujourd'hui le prouvent. Même notre hôte, le trafiquant d'armes, semble être heureux en ménage – quelque chose que je ne connaîtrai jamais avec Peter.

Je doute que Lucas Kent soit assez cruel pour détenir sa belle épouse captive, et encore moins pour tuer son mari.

Quand j'émerge de la salle de bain, Kent est parti et Peter est assis sur le lit. Il m'attend.

— Le dîner est bientôt prêt, me dit-il en se levant à mon

approche. Lucas m'a proposé de les rejoindre dès que tu serais changée.

— D'accord.

Je prends le sac que Peter a emballé pour moi et quitte ma tenue de voyage tandis que Peter disparaît aux toilettes. Lorsqu'il revient, j'ai enfilé l'une de mes jolies robes d'été et j'ai même réussi à me passer du gloss – un achat récent de Yan que j'ai pensé à glisser dans mon sac.

— Je suis prête, dis-je alors que Peter s'approche de moi, son regard métallique étrangement intense. On y va pour qu'ils ne… oh !

Avant que je puisse ajouter un mot, je me retrouve penchée sur le lit, ma jupe soulevée exposant mon string. Peter l'arrache d'un coup sec et le minuscule bout de tissu se déchire, me laissant nue jusqu'à la taille. Le cœur battant, je sens mon entrejambe palpiter avec un mélange de crainte et d'impatience. Bientôt, Peter est contre moi et se penche tandis que son sexe pénètre les replis de mon vagin.

Son entrée est brutale, presque violente. Une grande main m'agrippe la gorge, me forçant à cambrer le dos tandis qu'il s'enfonce en moi et que son autre main glisse en direction de mon clitoris. Au début, je ne suis pas assez humide et ses coups de reins féroces me brûlent, sa queue épaisse agissant comme un insatiable pilon. Pourtant, ses doigts ont tôt fait de trouver le bon rythme et une tension familière commence à monter. Sa main sur ma gorge m'empêche de respirer et mes terminaisons nerveuses vibrent d'un insoutenable mélange de plaisir et de douleur, le manque d'oxygène accentuant toutes les sensations. C'est trop puissant, trop intense, et je prends de vives inspirations saccadées, les poings serrés sur la couverture tandis qu'il continue à m'étriller, me baisant avec une telle force que j'ai l'impression de me briser en morceaux.

Et bientôt, c'est ce que je fais, la tension atteignant son apogée en vagues éblouissantes. Un plaisir incandescent explose dans chaque muscle de mon corps et mon cœur manque d'éclater dans ma poitrine. Toute tremblante, en manque d'air, je m'effondre sur le matelas dès que Peter me libère la gorge et je l'entends gémir quand son orgasme le fait frémir à l'intérieur de mon corps.

Pendant une minute, je suis incapable de réfléchir et je halète faiblement dans la couverture lorsqu'il se retire et recule. Soudain, je sens un liquide couler le long de mes cuisses et je me secoue.

Une fois de plus, Peter n'a pas utilisé de préservatif.

Plissant les paupières, je me maudis en silence – puis Peter, puis moi à nouveau. Chaque fois que nous avons oublié de nous protéger, j'étais dans une période relativement peu fertile, ce qui nous a permis d'éviter les conséquences jusqu'à présent. Mais en ce moment, je suis au milieu de mon cycle – et sans doute en train d'ovuler.

— Tu peux me donner un mouchoir ? je demande d'un ton sec en ouvrant les yeux.

Je ne bouge pas, de peur de tacher ma nouvelle robe. Je n'ai apporté que deux tenues pour mon séjour et je ne peux pas me permettre d'en salir une dès le premier soir.

Peter se dirige vers la table de chevet près du lit et revient avec un mouchoir.

— Tiens, murmure-t-il en essuyant l'humidité entre mes jambes.

Je le lui arrache des mains et termine le travail avant de me ruer dans la salle de bain. Mon sexe est gonflé et endolori, et mes jambes ne sont pas stables, mais la seule chose à laquelle je pense, c'est au risque de tomber enceinte.

Enceinte de l'enfant de Peter.

Je me nettoie scrupuleusement, même si je sais que c'est inutile. Il suffit d'un spermatozoïde, sur les millions qui sont déjà en moi. Réprimant un sanglot, je me lisse les cheveux et m'assure que ma robe soit toujours présentable avant de sortir.

— Sara…

Peter se lève du lit où il s'était assis. Sa mâchoire est crispée et ses sourcils se rejoignent lorsqu'il tend les mains vers moi, refermant les doigts autour de mes bras.

— Ptichka, ça va ?

— Comment ça ? je réponds en me renfrognant.

— Je t'ai fait mal ? précise-t-il, la mine assombrie par l'inquiétude. Je ne voulais pas être si brutal. Tu étais si belle et si sexy que j'ai… Eh bien, à vrai dire, j'ai perdu le contrôle, conclut-il avec une grimace.

Mon désespoir me remplit d'une colère soudaine et une chaleur furieuse me monte aux joues. Belle et sexy ? C'est l'excuse qu'il a trouvée ?

— Perdu le contrôle ?

Je me dégage brusquement de sa poigne.

— Vraiment ? Et les autres fois où tu as fait ça ? Tu avais aussi « perdu le contrôle » ?

Son regard d'argent exprime le remords.

— Je t'ai fait mal. Je suis désolé, mon amour. J'ai été brutal et ce n'était pas mon intention – pas ce soir, en tout cas.

— Tu ne m'as pas fait mal ! je m'écrie, les poings serrés. Enfin, si, mais je m'en fiche – j'ai joui, au cas où tu ne l'aurais pas remarqué. Je parle de l'oubli du préservatif.

Ses traits se détendent et son expression devient indéchiffrable.

— Je vois.

— Tu vois quoi ?

Je le fusille du regard en m'avançant, si près que je lui marche presque sur les orteils. Il fait une tête de plus que moi, et il est bien plus grand, mais je suis trop en colère pour m'en soucier.

— Avoue-le, dis-je d'une voix sifflante. Tu essaies de me mettre enceinte. Ce n'était pas un accident, pas plus que l'autre fois où nous avons « oublié ».

Pendant un moment, je suis certaine que Peter va le nier, mais il me prend la main et la presse contre son torse, ses yeux luisants comme du verre sombre.

— Oui, répond-il avec douceur. Tu as raison, Sara. J'essaie bien de te mettre enceinte.

Je ne regarde pas la décoration des Kent tandis que Peter me conduit dans la salle à manger, pas plus que je ne prête attention aux hommes de Peter lorsqu'ils nous rejoignent dans le salon pour nous suivre jusqu'à la table. Je réfléchis toujours à l'aveu de Peter, ma colère promptement transformée en panique suffocante.

Ce n'est pas vraiment une surprise, évidemment. Je m'en doutais, je le savais d'une certaine manière. Mon ravisseur avait déjà reconnu qu'un enfant avec moi ne lui déplairait pas, et un homme comme Peter – assez méticuleux pour planifier d'impossibles assassinats et prévoir des dizaines de variables aléatoires – n'oublierait pas un préservatif par simple étourderie. En tout cas, pas plusieurs fois.

J'avais raison de vouloir m'enfuir. Si je ne m'échappe pas au plus vite, je n'en aurai peut-être jamais l'occasion – et il le faut. Si ce n'est pas pour moi, du moins pour mon futur enfant.

Je ne peux pas avoir un bébé avec un criminel en cavale, un homme dont la vie macère dans la violence et le danger.

— Vous voilà. Je commençais à croire que vous aviez décidé de faire une sieste avant le dîner.

La belle blonde des photos, Yulia, nous accueille avec un sourire éblouissant lorsque nous entrons dans la salle à manger. En personne, elle est encore plus resplendissante, avec des jambes interminables, des yeux bleu vif, et des traits parfaits de mannequin. Comme son mari, elle porte une tenue décontractée, un short en jean et un tee-shirt de couleur claire, mais la simplicité de ses vêtements ne fait que souligner sa beauté naturelle. Elle a l'air un peu plus jeune que moi, sans doute a-t-elle une vingtaine d'années seulement. Son corps grand et mince a des proportions idéales et sa peau pâle brille d'une nuance dorée qui offre un charmant contraste avec les mèches blondes, presque blanches, de sa longue et épaisse chevelure.

Si je la croisais dans la rue, je penserais que c'est un top-modèle ou une actrice.

Conscience que je la dévisage comme s'il s'agissait d'une célébrité, je repousse mes pensées au sujet de Peter et de la grossesse pour lui adresser un sourire chaleureux.

— Bonjour. Je m'appelle Sara. Tu dois être Yulia ?

J'ignore si la femme de Kent est au courant de ma situation, mais si c'est le cas, je pourrais lui expliquer mon problème et la rallier à ma cause. Mais d'abord, je dois apprendre à mieux la connaître, comprendre qui elle est.

— Oui, c'est moi.

Radieuse, Yulia me rejoint et dépose un baiser très européen sur ma joue.

— Ravie de faire ta connaissance.

Puis elle se tourne vers Peter et ses hommes et leur sourit.

— Bonjour. Ravie de tous vous rencontrer.

Pendant que les hommes se présentent, je me rends compte que la femme de Kent parle aussi un anglais américain parfait, sans accent décelable. Toutefois, son nom me laisse penser qu'elle vient d'Europe de l'Est – une supposition confirmée quand Yan lui dit quelque chose en russe et qu'elle répond dans la même langue avec un grand sourire.

— Yan vient de lui demander si la cuisine sera aussi bonne que dans ses restaurants, me traduit Peter. Yulia en possède trois, et apparemment Yan a fréquenté l'un d'entre eux à Berlin.

— Oh.

Je retire ma pensée de tout à l'heure, le repas sera peut-être aussi bon qu'il en a l'air.

— C'est merveilleux. Félicitations.

— Merci, dit Yulia avec un sourire encore plus éclatant. Ça demande beaucoup de travail, mais j'adore ça.

— Qu'est-ce que tu adores ? demande alors Kent en entrant dans la pièce.

Il se dirige tout droit vers Yulia et l'attire à lui, passant un bras possessif autour de sa taille. Son visage dur est dénué d'expression, mais ses yeux clairs scintillent dangereusement lorsqu'il balaie du regard Peter et ses hommes. Sa posture est un avertissement silencieux pour les prévenir de garder leurs mains – et leurs yeux – loin de sa femme.

— Gérer mes restaurants, explique-t-elle en souriant à son costaud de mari sans la moindre crainte.

Elle lève une main, qu'elle passe derrière les cheveux courts de son homme.

— Il se trouve que Yan a mangé dans celui de Berlin, et ça lui a beaucoup plu.

— Le contraire m'aurait étonné.

La mine de Kent se radoucit quand il regarde Yulia.

— Tes recettes sont formidables, mon cœur.

Elle rougit et, pendant un moment, ils semblent presque avoir oublié notre présence. Le regard qu'ils échangent est si tendre, si intime, que mon visage se réchauffe en même temps qu'une douleur douce-amère me transperce le cœur.

Kent et sa femme sont heureux en ménage – et je ne peux m'empêcher de les envier.

— On mange ? demande alors Anton d'un ton plaintif.

Tout le monde éclate de rire tandis qu'une Yulia aux joues colorées se détache des bras de son mari pour se ruer dans la cuisine. Notre hôte la suit, et ils reviennent une minute plus tard avec des plats au fumet appétissant qu'ils déposent sur la table. Peter et moi, nous nous rendons dans la cuisine pour les aider à apporter le reste, et quelques minutes plus tard, nous prenons place devant un repas gourmet qui surpasse les plats les plus élaborés que Peter ait jamais préparés.

— Est-ce que tout le monde cuisine comme ça dans cette partie du monde ? je demande, ébahie.

Il y a non seulement deux sortes différentes de poulet rôti et d'agneau mariné, mais également du poisson fumé, cinq salades, des feuilletés et des crêpes fourrées avec tout un assortiment de garnitures alléchantes, ainsi qu'un nombre incalculable d'accompagnements. Je n'aurai jamais assez de place dans le ventre pour tout goûter. Et c'est si bien présenté que chaque plat ressemble à une œuvre d'art.

— Non, tu as juste eu de la chance en tombant sur moi – et nous tous avec Yulia, dit Peter en souriant.

Il a l'air détendu. Son regard d'acier est chaleureux quand il se pose sur moi. S'il ne m'avait pas annoncé cinq minutes plus tôt qu'il avait l'intention de me faire porter un enfant de force, j'aurais pu facilement faire semblant que nous étions un couple normal qui partage un agréable dîner avec un groupe d'amis.

Tout le monde goûte à tout, complimentant Yulia à chaque bouchée, et il faut attendre que les estomacs soient à moitié pleins afin que la discussion s'oriente sur les affaires. Il se trouve que Peter s'y connaît en trafic d'armes, y compris tous les acteurs clés, et je l'écoute avec fascination discuter business avec notre hôte, évoquant des montants ahurissants – parfois en milliards.

J'ignorais que la vente d'armes était si lucrative, et que mon propre gouvernement était parfois impliqué.

— As-tu réussi à résoudre cette contrainte de fabrication avec l'explosif indétectable ? demande Peter en déposant sur son assiette un feuilleté fourré d'un mélange shiitake-camembert – l'un des plats qui ont remporté le plus vif succès auprès de ses hommes. C'était très demandé, je me souviens.

— Ça l'est toujours, mais la réponse est non, répond Kent tandis que Yulia lui sert une cuillérée de salade de crabe. Le matériau de base est si instable qu'il faut des chimistes hautement qualifiés pour superviser le processus de fabrication à chaque étape. Et même si l'on pouvait accélérer la cadence de production, Oncle Sam ne veut pas. Comme tu l'imagines, les Américains sont très satisfaits de pouvoir acheter tous nos stocks dès que nous en produisons.

— Bien sûr.

Peter récupère un autre feuilleté avant que les jumeaux Ivanov déciment le plat tout entier.

— Frank est-il toujours avec vous ?

— Il a pris sa retraite il y a quelques mois, dit Kent en jouant négligemment avec la main de Yulia, croisant ses grands doigts burinés par le soleil avec ceux de sa femme, petits et graciles.

— Nous avons un nouveau contact à la CIA, Jeff Traum. Mais il est coriace. Il déteste Esguerra au plus haut point et il ne travaille avec nous que sous la contrainte.

— Pourquoi ça ? demande Yan, vivement intéressé. Vos gars lui ont fait quelque chose ?

Kent hausse les épaules.

— Pas vraiment. Nous avons jeté un os à ronger aux Israéliens une fois ou deux, en leur donnant des renseignements, et je pense que ça y a joué. Et ce truc avec Novak n'a rien arrangé.

Les sourcils de Peter se dressent.

— Le trafiquant d'armes serbe ?

— Oui, lui-même.

Kent libère la main de Yulia et sa bouche se crispe.

— Il interférait avec nos affaires et il a fallu riposter. Malheureusement, la CIA était en pleine opération quand nous avons frappé, et nous avons fait sauter quelques-uns de leurs agents. Pas volontairement, bien sûr. Mais Traum nous en veut toujours, parce que ce coup monté était en quelque sorte son bébé.

— Tu sais, ça me dit quelque chose, dit Peter d'un air pensif.

Il se tourne alors vers Anton et ajoute :

— Rappelle-moi… Ces emmerdes dont nous ont parlé les hackers au moins d'août, c'était bien à Belgrade ?

— Exact, répond Anton en hochant la tête. Deux entrepôts

remplis de C-4, quinze camions blindés, et une usine à proximité du village. C'était toi, Kent ?

Le sourire de notre hôte est plus affûté qu'une lame.

— Tout juste. Nous devions impressionner Novak en lui montrant qu'on ne plaisante pas. Nous couper l'herbe sous le pied en réduisant les prix, c'est une chose, mais entrer par effraction dans nos locaux en Indonésie et tuer tout le personnel ? Il a dépassé les bornes.

J'écoute avec une fascination horrifiée et jette un œil vers Yulia pour voir comment elle réagit. Peut-on s'habituer à des conversations sur des massacres de personnel et des explosions d'usines ?

Comme je pouvais m'y attendre, la femme de Kent mange calmement, apparemment imperturbable. Soit le métier violent de son mari ne lui pose aucun problème, soit c'est une excellente actrice. Au fond, je suppose que c'est un peu les deux, et je m'interroge sur l'histoire de Yulia. A-t-elle toujours travaillé dans la restauration, et si ce n'est pas le cas, que faisait-elle avant ? Comment a-t-elle rencontré son mari ?

Et de manière générale, comment rencontre-t-on un homme issu de ce milieu sans avoir un mari malchanceux figurant sur la liste de vengeance d'un assassin ?

Poussée par la curiosité, je me lève pour aider Yulia quand elle commence à débarrasser. Elle essaie de refuser, mais j'insiste pour rapporter les plats à la cuisine, laissant les hommes discuter de ce qui s'est passé à Belgrade. C'est important pour moi de me rapprocher de la femme de Kent, et pas uniquement pour en apprendre plus sur sa vie.

Si je veux pouvoir m'enfuir avant le retour de Peter, j'aurai besoin de son aide.

— D'où es-tu originaire ? je demande tandis qu'elle sort

plusieurs desserts d'un réfrigérateur aux dimensions industrielles. Tu parles parfaitement anglais, mais ton prénom…

— C'est ukrainien, m'explique-t-elle en souriant. Mais ça pourrait aussi être russe. C'est un prénom commun aux deux pays. Si c'est difficile à prononcer, tu peux m'appeler Julia – l'équivalent anglais.

Je lui rends son sourire et commence à rincer les plats sales.

— Je crois que je le prononce bien, *Iou-li-a*, c'est bien ça ?

Elle a l'air enchantée.

— Tout juste. Certains Américains ont du mal, c'est pour ça que je propose Julia. Mais ta prononciation est très bonne, meilleure que la plupart des gens.

— Merci. C'est normal, je baigne dans la langue russe ces derniers temps, dis-je en disposant les plats rincés dans le lave-vaisselle.

J'espère qu'elle me posera des questions, mais Yulia se contente de sourire avant d'emporter les premiers desserts dans la salle à manger. Puis elle revient en chercher d'autres.

Je n'ai pas l'occasion de lui adresser à nouveau la parole, car elle ne cesse d'aller et venir, servant aux convives thé et café pour accompagner le dessert. Frustrée, je retourne à table, où les hommes discutent à présent de la situation en Syrie et des agitations continues en Ukraine. J'essaie de suivre leur conversation, mais ils pourraient tout aussi bien parler russe. Un mot sur deux est un nom de lieu ou de personne que j'ignore, sans parler des nombreux acronymes tels qu'UUR. La seule chose que j'apprends, c'est que les affaires de Kent se portent bien grâce aux conflits de toutes sortes, depuis les rivalités à petite échelle entre cartels de la drogue jusqu'aux guerres ouvertes entre nations.

Chaque homme autour de cette table contribue, d'une manière ou d'une autre, à la mort et aux souffrances dans le monde.

Je devrais commencer à en avoir l'habitude – je vis avec une équipe d'assassins depuis des mois –, mais je suis toujours stupéfaite par la banalité qui en ressort, par le détachement dont ils font preuve envers les questions de bien et de mal. Là d'où je viens, les gens ont honte s'ils ne recyclent pas ou ne donnent pas leurs vêtements usagés à des associations, et sont encore plus gênés de dire ou de faire quelque chose susceptible de blesser quelqu'un. Dans mon monde, les hommes méchants trompent leurs épouses, conduisent saouls ou refusent de céder leur place à une femme enceinte. Ils ne tuent pas pour de l'argent et ne vendent pas d'armes capables d'anéantir des villes entières.

C'est un tout autre degré de malveillance.

Et pourtant, j'ai beau en avoir conscience, je ne peux m'empêcher de songer au temps qui passe, car chaque minute nous rapproche de la fin de ce repas et du départ de Peter. Étant donné les circonstances, je devrais être soulagée de le voir s'en aller, mais une angoisse incontrôlable affleure sous mes craintes et ma colère.

Quoi qu'il advienne, je ne peux m'empêcher de m'inquiéter pour le monstre que je devrais haïr.

Bientôt, les desserts sont avalés – la majeure partie d'entre eux par Anton – et le thé est terminé. Peter et ses hommes se lèvent en remerciant Yulia, la félicitant pour le dîner en des termes élogieux, puis Anton et les jumeaux se dirigent vers la sortie, accompagnés par notre hôte. Yulia, quant à elle, disparaît dans la cuisine et je me retrouve seule avec Peter pour la première fois depuis sa révélation.

Il me rejoint et passe doucement ses phalanges sur ma joue.

— Je dois partir, me dit-il tout bas.

J'acquiesce en essayant d'ignorer la douleur sourde qui se propage dans ma poitrine.

— D'accord, je parviens à répondre sur un ton faussement calme. Bonne chance.

Sois prudent. Reviens-moi. J'ai besoin de toi. Cette confession douloureuse s'attarde sur le bout de ma langue, mais je refoule ces mots ainsi que l'envie de me jeter à son cou pour l'embrasser. Il ne s'agit pas d'un amoureux sur le sentier de la guerre, c'est mon ravisseur, mon tourmenteur. Quand il reviendra, je serai peut-être partie, et si je suis encore là, c'est un conflit sans précédent qui nous attend. Ce que souhaite Peter – me féconder sans mon consentement – est encore pire que le kidnapping, plus terrible que la torture.

Cela me priverait du choix le plus élémentaire de tous et imposerait à un enfant innocent de voir le jour dans une relation compliquée et instable.

Peter soutient mon regard et je sais qu'il attend. Quoi, je l'ignore, mais comme je reste debout en silence, son visage se crispe et sa main retombe le long de son corps.

— À bientôt, dit-il d'un ton sévère avant de tourner les talons.

Le cœur battant à tout rompre, je le regarde quitter la pièce.

4 2

Peter

Peu avant minuit, nous atterrissons sur une piste privée non loin d'Istanbul, à moins de dix kilomètres de la demeure de notre cible, dans les faubourgs. Notre mission de ce soir est d'examiner la zone de visu, comme nous l'avons fait par satellite et par images de drone jusqu'à présent.

Si tout se passe bien, nous attaquerons dans quelques jours.

Comme nous sommes tous fatigués, en plein décalage horaire – c'est déjà le matin au Japon –, notre reconnaissance des lieux est brève. En voiture, Anton et Yan font le tour du lotissement protégé par une grille où est située la maison, notant les points de repère essentiels et les voies de repli potentielles, tandis qu'Ilya et moi entrons à pied, profitant du changement de gardiens pour escalader la clôture de trois mètres près du portail principal.

Ce degré de sécurité est conçu pour décourager les criminels ordinaires, pas d'anciens assassins des Spetsnaz.

La difficulté, ce sera de déjouer la sécurité dans la résidence d'Arslan. On pourrait aisément la confondre avec n'importe quelle autre demeure de cette riche communauté, mais elle est protégée par des détecteurs de mouvement et une véritable armée de gardes du corps. Des scanners rétiniens, des capteurs de poids, des alarmes silencieuses, des génératrices de secours – ici, on ne lésine pas sur la sécurité, et c'est bien compréhensible.

Quand vous trahissez l'oligarque impitoyable qui vous a donné le pouvoir, vous devez vous attendre au pire.

Une fois à l'intérieur du complexe fortifié, nous nous dirigeons vers la résidence d'Arslan en prenant soin de rester hors de portée des caméras de surveillance disposées de manière stratégique aux intersections et devant la majeure partie des vastes villas de luxe. Les voisins de notre cible – d'autres politiciens véreux et riches hommes d'affaires turcs – ont aussi des ennemis, bien qu'aucun ne soit aussi puissant que l'oligarque ukrainien qui nous a engagés.

Nous n'allons pas jusqu'à la propriété d'Arslan – les caméras seraient impossibles à éviter –, mais ce n'est pas nécessaire. Il ne nous faut que deux minutes pour désactiver les alarmes de la bâtisse de deux étages au bout de la rue d'Arslan – la résidence d'un magnat de l'immobilier actuellement en vacances en Thaïlande. Une fois que les alarmes sont éteintes, nous montons sur le toit et installons une caméra à longue portée afin d'observer tout ce qui se passe chez notre cible. Ensuite, nous répétons la manœuvre à l'autre bout de la rue, puis dans deux autres résidences à un pâté de maisons de distance, afin d'avoir une vue à 360 degrés sur la maison d'Arslan.

Le moyen le plus simple et le plus sûr de tuer l'homme politique serait de l'abattre de loin avec un fusil de précision. Malheureusement, les vitres de la demeure sont blindées et chaque fois que notre cible est à découvert, elle est entourée de gardes du corps. La deuxième option serait de faire sauter son véhicule, mais il en change régulièrement et sans habitude prédéfinie – d'autant plus que les voitures sont constamment sous surveillance, même quand elles sont garées dans la rue. Chaque livraison sur le pas de sa porte est minutieusement passée au crible, tout comme les personnes qui entrent et sortent de la résidence.

Au premier coup d'œil, le bastion d'Arslan semble imprenable, mais nous sommes plus malins. On se sent toujours en sécurité chez soi, et c'est une faiblesse à exploiter.

Laissant les caméras sur place, Ilya et moi rebroussons chemin vers la sortie, rejoignant l'intersection où Yan et Anton nous ont déposés. Nous nous retirons ensuite pour finir la nuit dans une maison de particulier que nous avons louée sous de fausses identités, et nous organisons des tours de garde pour étudier les vidéos enregistrées par nos caméras.

Yan est le premier, suivi par Anton, ce qui me permet de dormir pendant six bonnes heures avant de prendre la relève pour trois heures de surveillance. Ilya, ce chanceux, a tiré la longue paille cette fois et peut fermer l'œil pendant neuf heures d'affilée.

En plein milieu de mon service, je repère du mouvement à l'intérieur de la maison. Malgré les volets fermés, on aperçoit de la lumière dans la chambre principale au premier étage, puis d'autres pièces s'éclairent au rez-de-chaussée.

La maisonnée d'Arslan se réveille.

Son personnel domestique est réduit au minimum, avec une gouvernante, deux femmes de chambre et un majordome/garde du corps qui vivent à demeure. Leurs appartements sont au rez-de-chaussée, ce qui joue en notre faveur. Les autres agents de sécurité – vingt-quatre au total – sont postés dans un corps de garde à l'arrière du domaine. Pour ne pas gêner les voisins, ils sortent par petits groupes à intervalles aléatoires afin d'effectuer des patrouilles dans la rue et dans le magnifique jardin paysager autour de la maison.

Les yeux rivés sur l'écran, j'inscris les heures et note l'ordre dans lequel les lumières se sont éclairées à l'étage. Les gens fonctionnent par habitude, même ceux à qui leurs gardes du corps ont recommandé d'être aussi imprévisibles que possible.

— Garde un œil sur l'heure de son départ, dis-je à Ilya quand il vient me remplacer. Nous savons qu'il quitte la maison à des heures différentes chaque jour, mais je veux savoir combien de temps s'écoule entre le moment où la lumière apparaît et son départ.

Ilya hoche la tête et s'assoit devant l'ordinateur pendant que je retourne dans une chambre pour un somme. Une migraine carabinée me martèle les tempes et j'ai besoin de repos pour avoir les idées claires pendant la préparation de notre attaque.

Pourtant, dès que je ferme les yeux, mon esprit retourne auprès de Sara et notre séparation orageuse. J'ai essayé de ne pas y penser, de me concentrer exclusivement sur la mission, mais je ne peux m'empêcher de revoir son air blessé quand je lui ai avoué mes intentions… quand j'ai confirmé que les préservatifs oubliés n'étaient pas un accident.

Je n'en avais pas pris conscience moi-même jusqu'à cet instant précis, je ne savais pas que j'avais cédé à mes désirs les plus profonds avant d'entendre les mots franchir mes propres lèvres. Pourtant, j'ai tout de suite su que c'était la vérité. Je n'ai peut-être pas cherché délibérément à la mettre enceinte, pourtant ce n'était pas non plus une faute d'inattention. À un niveau primaire et instinctif, j'ai *choisi* de la remplir de ma semence, de la faire mienne de la plus viscérale des manières.

La seule fois dans ma vie où j'ai négligé la contraception, c'était à Daryevo, il y a des années, quand Tamila m'a séduit avant mon réveil.

J'ouvre les yeux et regarde fixement le plafond de cette chambre inconnue. Malgré la réaction de Sara, je me sens plus léger, comme si un poids avait été ôté de ma poitrine. C'est libérateur d'accepter sa part d'ombre, de se libérer de tous ses dilemmes moraux. Je me demande pourquoi j'ai résisté si longtemps, pourquoi ai-je tant essayé de me battre pour son amour alors qu'elle persistait à me détester ?

Maintenant, il me paraît évident que, quoi que je fasse, Sara n'oubliera pas le passé. Si tel est le cas, autant lui donner une autre raison de me haïr.

Bien décidé, je ferme les paupières et entreprends de détendre mes muscles contractés.

Quand je rentrerai, finis les préservatifs. D'un biais ou d'un autre, Sara portera mon enfant.

Si elle ne peut pas m'aimer, elle aimera au moins une partie de moi.

4 3

Il me faut plusieurs minutes pour me ressaisir après le départ de Peter, et quand je me dirige vers la cuisine pour discuter avec Yulia, Kent est de retour. Poliment, mais fermement, il me raccompagne jusqu'à ma chambre.

— Vous devriez vous reposer, me dit-il.

Mais à son air implacable, je devine qu'il fera usage de la force physique pour m'y contraindre s'il le faut. Il n'a aucune intention de m'aider, c'est évident.

— Merci pour votre hospitalité, dis-je d'un ton neutre quand nous arrivons devant ma chambre.

Il hoche la tête, ses yeux clairs insondables.

— Bonne nuit, Sara, dit-il.

Lorsqu'il referme la porte derrière lui, j'entends le léger

déclic d'un verrou que l'on tourne. J'attends trente secondes avant d'essayer la poignée pour confirmer mes soupçons.

Évidemment, je suis enfermée.

Prenant une grande inspiration pour me calmer, je rejoins la grande fenêtre. La partie inférieure devrait pouvoir coulisser vers le haut, mais j'ai beau essayer de la pousser, l'épaisse vitre ne cède pas d'un pouce. Elle est scellée ou simplement trop lourde pour être soulevée. Du verre blindé, peut-être ? Ce serait logique, étant donné la profession de Kent.

Quoi qu'il en soit, la fenêtre est inutilisable.

Ensuite, j'explore le fenestron de la salle de bain. Il est constitué du même verre épais que la vitre de la chambre et présente deux problèmes supplémentaires : il est trop étroit pour me permettre de passer, et je ne remarque aucun mécanisme d'ouverture.

Frustrée, j'abandonne les fenêtres pour fouiller la commode et le placard à la recherche d'un téléphone oublié ou d'une vieille tablette. Mes chances d'en trouver sont maigres, mais chez moi, les gens laissaient traîner leurs appareils électroniques un peu partout, et il est possible que Kent et sa femme aient eux aussi cette mauvaise habitude. Après tout, c'est leur maison, et elle n'a pas vocation à servir de prison.

Du moins, je l'espère.

Sans surprise, je ne trouve rien. Le placard et la commode contiennent juste ce que l'on peut attendre dans une chambre d'amis : du linge de maison, des serviettes et des articles de toilette intacts dans leurs emballages.

Au comble de la fatigue et du découragement, je décide de prendre une douche avant de me reposer comme me l'a suggéré Kent.

Avec un peu de chance, je pourrai parler à Yulia demain.

Au point où j'en suis, c'est encore ma meilleure option, si ce n'est la seule.

~

À MA GRANDE DÉCEPTION, JE NE VOIS PAS YULIA LE JOUR suivant et je n'ai pas le droit de sortir de ma chambre. C'est Kent en personne qui m'apporte mes repas – des restes du dîner et de nouveaux plats savoureux indubitablement cuisinés par son épouse – et revient chercher le plateau une heure plus tard. J'ignore s'il essaie volontairement de me tenir à l'écart de Yulia, ou si c'est juste une coïncidence malheureuse, mais le soir venu, j'ai les nerfs en pelote et la frustration se mêle à mon inquiétude grandissante pour Peter. Je n'ai que quelques livres que Kent m'a apportés à l'heure du déjeuner, ce qui ne suffit pas à détourner mon attention des dangers que l'équipe de Peter affronte peut-être en ce moment même.

— Vous avez des nouvelles ? Ils vont bien ? je demande à Kent quand il m'apporte le dîner.

Le trafiquant d'armes au visage de marbre m'intimide, mais je suis décidée à ne rien laisser transparaître.

Après tout, je vis avec quatre criminels tout aussi dangereux depuis des mois.

À ma question, Kent a l'air légèrement amusé.

— Vous voulez savoir comment ils vont ?

Je hoche la tête en sentant mes joues virer au rouge. Je comprends ce qu'il doit penser. Étant donné le traitement que m'a réservé Kent jusqu'à présent, il sait de toute évidence que je ne suis pas ici de mon plein gré. Et pourtant, j'aime encore lui laisser croire que je souffre du syndrome de Stockholm plutôt que de rester dans l'incertitude, à me ronger les sangs pour Peter pendant toute la nuit.

— Ils vont bien, me dit Kent en déposant le plateau sur la commode.

Son visage retrouve aussitôt sa neutralité, mais une lueur amusée s'attarde dans les profondeurs glaciales de ses yeux.

— Peter m'a envoyé un message il y a deux heures pour me demander de vos nouvelles. Pour l'instant, ils font des repérages en vue de l'attaque. Je doute qu'il arrive quelque chose ce soir. Vous pouvez dormir tranquille.

Je pousse un soupir de soulagement.

— Merci.

Il hoche la tête et se retourne pour partir, mais je décide de tenter ma chance.

— Attendez, Lucas… Où est Yulia ? Je ne l'ai pas vue de toute la journée et j'aimerais la remercier pour tous ces plats délicieux.

Il me dévisage d'un air insondable.

— Je lui transmettrai vos remerciements.

Je devrais saisir l'allusion et me comporter en détenue modèle et obéissante, mais je refuse de céder aussi facilement.

— J'aimerais mieux le faire en personne, si vous voulez bien, dis-je avec un sourire légèrement embarrassé. Est-elle vraiment si occupée ? J'aimerais lui demander quelque chose… des affaires de femmes, vous voyez…

— Ah, répond Kent d'un air amusé. Yulia m'a demandé de vous dire que vous trouverez des tampons et autres produits féminins dans le placard sous le lavabo.

— Oh, ce n'est pas ça du tout, m'empressé-je de répondre même si c'était en effet ce que je voulais lui faire croire. C'est autre chose.

Il hausse les sourcils.

— Oh ? Et qu'est-ce que c'est ?

Zut. Je pensais que, comme la plupart des hommes, il serait gêné de m'entendre évoquer les fonctions biologiques féminines. Le cerveau en ébullition, je réponds du tac au tac :

— C'est une crème pour quelque chose. Mais ça ne fait rien, je suis sûre que ça guérira tout seul.

Son expression est immuable quand il insiste :

— Dites-moi de quelle crème il s'agit, et je verrai si nous pouvons vous en trouver.

— *Monistat*, lui dis-je sans sourciller, même si je viens de citer un traitement populaire contre les infections vaginales. Le nom générique est *miconazole*. C'est pour…

— Les infections. Je sais.

Il n'a pas l'air embarrassé le moins du monde.

— J'en demanderai pour vous.

— D'accord, merci, dis-je en grinçant des dents.

Décidément, il a la ferme intention de me tenir à distance de Yulia, ce qui ne fait que renforcer ma détermination à lui parler.

Le jour suivant se déroule de la même manière. Je reste enfermée dans ma chambre du matin au soir. La seule différence, cette fois, c'est qu'à l'heure du dîner Kent me donne volontairement des nouvelles de Peter.

— Ils prévoient d'attaquer après-demain, dans la matinée, dit-il en déposant mon plateau sur la commode. Je vous tiendrai au courant s'il y a du changement.

Je pose sur le trafiquant d'armes un œil morose.

— D'accord, merci.

J'ai l'impression d'avoir une hache – aux mouvements très lents – suspendue au-dessus de la tête. Je redoute à la fois l'échec de cette opération en Turquie et son succès. Si quelque chose tourne mal, je perdrai Peter et retrouverai mon ancienne vie, et s'il revient indemne, je serai liée à lui à tout jamais, retenue par un enfant qu'il a l'intention de me faire de force.

La seule solution, c'est de m'échapper avant le retour de Peter, et je ne vois pas comment c'est possible si je vis en recluse, encore plus isolée qu'au Japon.

Kent s'en va et je dîne en pilote automatique, à peine consciente des plats aux riches saveurs. Sur le plateau, avec les assiettes sous cloche, se trouve le tube de crème que j'ai demandé – dont je n'ai absolument aucune utilité et qui me servait uniquement à justifier mon besoin de parler à Yulia. Maintenant, ça fait deux jours et je suis plus convaincue que jamais que la belle blonde pourrait compatir, si seulement j'avais l'occasion de lui exposer ma situation.

Après avoir terminé mon repas, j'examine la crème et remarque négligemment que la boîte est légèrement différente de celle que j'ai l'habitude de voir aux États-Unis. Bien sûr, ça n'a rien d'étonnant. Je suis en Europe. La pilule du lendemain au Japon n'était pas non plus identique à celle dont j'avais l'habitude.

La pilule du lendemain...

Prenant une vive inspiration, je me lève d'un bond, incapable de contenir mon excitation soudaine. Je me demande pourquoi je n'y ai pas pensé plus tôt, mais si Kent a accepté de me donner cette crème, il y a des chances qu'il accède à une autre demande – comme, par exemple, la pilule dont j'ai tant besoin.

Mon premier réflexe est de me ruer vers la porte pour

tambouriner jusqu'à ce que mon geôlier arrive, afin de mettre mon plan à exécution au plus vite. Mais ce ne serait pas raisonnable. Un enthousiasme excessif lui mettrait la puce à l'oreille et il risquerait même d'interroger Peter à ce sujet.

J'inspire pour me calmer et je me force à m'asseoir afin d'attendre sagement le retour de Kent. Pour optimiser mes chances de succès, je dois la jouer fine.

Il ne faut pas donner l'impression que c'est un autre stratagème pour m'entretenir avec Yulia.

L'attente me paraît interminable, même si l'horloge m'indique qu'une heure à peine s'est écoulée. Enfin, Kent ouvre la porte et je me lance.

— Au fait, dis-je sur le ton le plus désinvolte dont je suis capable. Yulia est toujours occupée ? J'aimerais *vraiment* lui parler.

Le trafiquant d'armes me regarde froidement.

— Pourquoi ? C'est une autre affaire de femmes ?

J'essaie de paraître gênée.

— Oui, pour tout dire. Je suis désolée, j'ai oublié de vous en parler hier, mais j'en ai vraiment besoin.

— Et de quoi s'agit-il ?

— *Plan B.*

Je prends l'air le plus innocent possible.

— Vous savez ce que c'est ? Il existe d'autres marques aussi, comme *Next Choice, My Way*…

— Je vois. Vous l'aurez bientôt.

Et après avoir soulevé prestement le plateau, il s'en va.

44

S*ara*

CETTE NUIT-LÀ, JE TOURNE ET ME RETOURNE DANS LE LIT, tourmentée d'inquiétude pour les opérations à venir de Peter et le fait que, malgré ma petite victoire de ce soir, la pilule ne fera que retarder l'inévitable. Chaque fois que je me laisse aller à un sommeil léger, je me réveille le cœur battant, saisie de panique. Ça me fait penser aux deux premiers mois après l'attaque de Peter dans ma cuisine, quand j'étais taraudée chaque nuit par des cauchemars de torture et d'hommes impitoyables aux yeux gris.

Enfin, j'abandonne l'idée de fermer l'œil et je me lève pour aller aux toilettes. Aussi insensé que ce soit, j'ai envie de Peter à mes côtés en cet instant. J'ai envie de sa chaleur dans l'obscurité et de ses bras puissants qui me serrent contre lui. J'ai envie

698

d'entendre sa voix grave m'appeler « ptichka » et me dire à quel point il m'aime.

Mon tourmenteur me manque. Il manque à toutes les fibres de mon être, même si je redoute son retour.

Je m'approche du lavabo, allume la lampe et regarde mon visage blême dans le miroir. Mes yeux sont injectés de sang et cernés de noir, et mes cheveux ne ressemblent à rien. Je parie que si Peter me voyait, il ne serait plus aussi passionné.

Bien sûr, ça voudrait dire qu'il est obsédé par mon apparence – une supposition aussi grossière qu'inexacte. Je sais que je suis séduisante, mais je n'ai pas la beauté d'une femme comme Yulia. Non, ce qui aimante Peter chez moi – et vice versa – est bien plus profond que l'attirance physique. Il le sait, et je le sais aussi. Nous nous correspondons comme deux morceaux de porcelaine brisés, réunis par une force puissante… quelque chose de sombre, un besoin pervers qui fait appel à nos défauts mutuels.

Je m'apprête à tourner le robinet pour me laver le visage lorsqu'un bruit me parvient.

Je m'immobilise et tends l'oreille. C'est alors que je l'entends à nouveau.

Un gémissement de femme, profond et guttural, suivi par un grognement masculin étouffé.

Mon visage s'empourpre quand je comprends ce que j'écoute.

Cette salle de bain doit se trouver sous la chambre de Lucas et Yulia, et l'évent d'aération communique sans doute entre les deux étages.

Je sais que je devrais retourner au lit pour leur laisser leur intimité, mais mes jambes refusent de bouger. Au moins, c'est plus divertissant que les romans policiers que m'a donnés Kent pour m'occuper. J'ai l'impression d'être une perverse, mais malgré mes joues rouges, je ne peux m'empêcher d'écouter les bruits monter en puissance à l'étage, jusqu'à culminer dans un orgasme commun.

Quand le silence retombe enfin, j'ouvre le robinet avec des mains tremblantes et asperge mon visage brûlant. C'était une mauvaise idée, car non seulement j'ai violé la vie privée de mes hôtes/geôliers, mais maintenant je suis tellement excitée que j'aurai du mal à trouver le sommeil. Mes tétons sont durs et mon sexe est humide de désir.

Peter me manque plus que jamais.

Avec un gémissement, je retourne au lit. Comme je m'y attendais, je n'arrive pas à me rendormir et je glisse la main sous la couverture pour me donner du plaisir jusqu'à jouir sans avoir cessé un instant de penser à lui.

Malgré ma nuit blanche, je me lève tôt le lendemain matin. Je vais me laver les dents quand j'entends des bruits de pas à l'étage, suivis par des voix tendues.

On dirait que les Kent se disputent.

Atrocement curieuse, je pose la brosse à dents et écoute.

D'abord, leurs voix sont trop étouffées, comme s'ils se trouvaient de l'autre côté de la pièce, mais elles s'approchent de la ventilation – et les battements de mon cœur s'accélèrent quand je comprends le sujet de leur dispute.

Moi.

— Comment peux-tu en être sûr ? s'exclame Yulia avec véhémence. C'est la veuve de son ennemi. Il a tué son mari et l'a enlevée. En quoi ce n'est pas de la maltraitance ? Dans le meilleur des cas, il l'a quand même privée de tous ses choix et a gâché sa carrière. Cette femme est médecin – *médecin*, Lucas. Elle n'est pas comme toi et moi. Elle n'a jamais fait partie de ce monde…

— Et maintenant, elle y est, l'interrompt Kent d'une voix sèche. De toute façon, ça ne nous regarde pas. Je lui dois une faveur, et il se trouve que c'est elle.

— *Elle*, c'est un être humain, pas une faveur. Laisse-moi au moins lui parler, savoir s'il la maltraite ou…

— Pourquoi ? Tu ferais quoi ? Tu la libèrerais pour finir sur sa liste de cibles ? Tu sais à quel genre de personnes son équipe s'en prend ces derniers temps. Nous avons bien assez de nos problèmes avec Novak.

— Oui, évidemment, répond Yulia avec contrariété. Mais c'est une civile innocente, Lucas, et une invitée dans cette maison. Je veux m'assurer que tu as raison et que c'est ce qu'elle veut, parce que sinon, je ne pourrai pas me regarder en face. Tu peux le comprendre ?

Son mari garde le silence pendant un moment et je me mords le pouce, le cœur battant, tandis que je guette sa réponse. J'avais raison de placer mes espoirs en Yulia : elle compatit à mon sort.

— Je comprends, dit-il enfin. Mais je ne peux rien y faire. Je refuse que tu mettes ta vie en danger pour cette femme.

— Mais…

— Mais rien. Sokolov m'a demandé de la protéger en attendant son retour, et c'est précisément ce que je compte faire.

— Lucas…

La voix de Yulia est plus douce, presque caressante.

— Laisse-moi juste lui parler. C'est tout ce que je demande.

Je ne ferai rien sans ton accord. Je ne suis pas bête et je n'ai pas plus envie que toi de me mettre Peter à dos. Je veux juste m'assurer qu'elle va bien… la rassurer si elle a peur. Ça ne peut pas faire de mal, si ? Une petite discussion.

Kent ne répond pas, mais je discerne des froissements de tissu, suivis par un bruit métallique sur le sol – une boucle de ceinture, peut-être ?

— Yulia… fait Kent d'une voix chargée. Ma belle, tu n'es pas obligée de… Oh, putain. Putain de merde…

Ses paroles se terminent par un gémissement et je rougis quand je comprends ce qui se passe.

Une fois de plus, j'ai l'impression d'être une perverse, mais je garde le silence – pour savoir s'ils parlent à nouveau de moi, comme j'essaie de m'en persuader. Or je ne perçois que des bruits de sexe pendant les dix minutes qui suivent et, à contrecœur, je termine de me brosser les dents avant de retourner dans ma chambre.

Peut-être – je dis bien peut-être –, la tactique de persuasion de Yulia portera ses fruits et m'offrira une échappatoire.

En tout cas, maintenant j'ai bon espoir.

Peter

Nous passons la journée précédant l'attaque à revoir les différentes versions du plan, calculant les probabilités de réussite et trouvant des solutions aux problèmes éventuels. Notre plan est risqué, mais il a de bonnes chances de fonctionner – si nous trouvons le timing idéal.

Le soir, nous sommes fin prêts, et c'est tant mieux, car l'oligarque ukrainien commence à s'impatienter. Dans deux jours, Arslan doit voter une loi qui anéantira les affaires de notre client en Turquie, et nous devons passer à l'action avant que ça se produise.

Alors que je referme mon ordinateur pour prendre quelques heures de repos avant mon prochain tour de garde, Anton m'appelle d'une voix inhabituellement excitée.

— Regarde ça, dit-il.

L'adrénaline déferle dans mes veines quand j'aperçois un nouvel e-mail de nos hackers.

Je m'empresse de le parcourir sur l'écran d'Anton et affiche un sourire cruel.

Mon adversaire a enfin commis une erreur.

La femme de Walter Henderson III, Bonnie, a visité un vignoble à Marlborough, en Nouvelle-Zélande – nous l'avons appris grâce à une photo postée sur Instagram par l'innocent propriétaire du vignoble en question. Le programme de reconnaissance faciale de nos pirates informatiques l'a identifiée quelques heures à peine après sa publication.

— Préparez-vous, dis-je à Anton et aux jumeaux après avoir terminé la lecture du message. Quand nous aurons terminé, demain, nous mettrons le cap sur la Nouvelle-Zélande.

— Et Sara ? demande Ilya. Tu comptes la laisser chez Kent ?

J'hésite avant de secouer la tête.

— Non.

Je ne supporte pas d'être séparé d'elle une journée de plus.

— Elle nous accompagnera.

Et avant de me coucher, j'appelle Lucas pour prendre de ses nouvelles.

Sara

JE PASSE LA JOURNÉE À FAIRE LES CENT PAS DANS MA CHAMBRE, DE plus en plus anxieuse à chaque instant. Quand arrive l'heure du dîner, je suis à deux doigts de m'arracher les cheveux.

Dans moins de douze heures, la mission périlleuse de Peter commencera, et Yulia n'est toujours pas venue discuter avec moi – pas plus que son mari ne m'a donné la pilule qu'il m'avait promise.

— Je devrais l'avoir plus tard dans la journée, m'a-t-il dit quand il m'a apporté mon déjeuner. Ou demain, peut-être.

Demain, il sera trop tard, mais je me tais pour ne pas alerter mon geôlier sur l'importance que revêt cette pilule à mes yeux. Dans le pire des cas, je peux toujours la conserver pour un usage futur, en priant afin que ma phase féconde n'ait pas été trop fertile ce mois-ci.

Des coups légers contre la porte me tirent de mes pensées.

— Sara ? demande une voix de femme. Je peux entrer ?

Mon cœur bondit de joie.

— Oui ! Je t'en prie, entre.

La porte s'ouvre et Yulia entre à reculons dans la pièce, avec un lourd plateau chargé d'assiettes recouvertes.

— Attends, je vais t'aider.

Je me précipite vers elle et l'aide à poser le plateau sur la commode sans cacher mon excitation.

Elle me sourit.

— Merci. Comment se passe ton séjour jusqu'à présent ?

— Bien, je réponds en souriant. Et la cuisine est délicieuse, bien sûr. Merci pour tout.

Les yeux bleus de Yulia rayonnent de plaisir.

— De rien. Et le reste ? Tu as tout ce qu'il te faut ? Lucas m'a dit que tu avais demandé un ou deux médicaments…

Je hoche la tête avant de me décider. Peter rentre peut-être demain et je n'ai pas de temps à perdre. Par ailleurs, je sais déjà que Yulia est de mon côté.

— J'ai besoin de la pilule du lendemain, dis-je de but en blanc. Et aujourd'hui, c'est le dernier jour pour la prendre.

Sa jolie bouche s'arrondit d'étonnement.

— Oh. Waouh. Lucas ne m'a rien dit. Il a envoyé l'un de ses gardes en ville aujourd'hui pour faire quelques emplettes, mais je sais qu'il s'est passé quelque chose et que l'homme a été retenu. Laisse-moi vérifier s'il a pu l'acheter, d'accord ?

— Attends, dis-je en attrapant le bras fin de Yulia quand elle se retourne pour partir. S'il te plaît. J'ai besoin de ton aide.

Elle prend un air circonspect.

— Qu'est-ce que tu veux dire ?

Je laisse retomber ma main.

— Je dois partir. Maintenant. Ce soir. Avant le retour de Peter. S'il te plaît, c'est très important. Je ne suis pas sa petite amie, je suis sa prisonnière. Il m'a enlevée, et maintenant il...

— Attends, Sara. S'il te plaît.

Elle lève la main, paume en avant. Bien que ses manières demeurent mesurées, je me rends compte qu'elle est bouleversée. Elle ne s'attendait sans doute pas à ce que je l'implore si ouvertement.

— Il te maltraite ? Il t'a fait du mal ? demande-t-elle avec précaution.

— Il m'a tailladée avec un couteau et il m'a torturée, dis-je.

Aussitôt j'éprouve une pointe de culpabilité en voyant l'horreur sur le visage de Yulia. Je devrais probablement mentionner que les tortures ont eu lieu avant le début de notre relation telle qu'elle est aujourd'hui, mais si je veux obtenir son aide, je ne peux pas me permettre d'embellir ma captivité.

Aussi attentionnée et compatissante que soit Yulia, je ne peux pas oublier que c'est l'épouse d'un trafiquant d'armes et que sa vision de la moralité diffère peut-être de la plupart des gens.

— Il veut aussi me forcer à porter son enfant, ajouté-je pour enfoncer le clou pendant qu'elle est encore sous le choc. C'est pour ça que j'ai absolument besoin de la pilule du lendemain aujourd'hui. Dans deux heures, le délai de trente-six heures sera passé. Bien sûr, la pilule ne me sera d'aucune utilité si je suis toujours ici quand Peter reviendra. Il fera ce qu'il veut de moi, et personne ne l'arrêtera. S'il te plaît, Yulia.

Une fois de plus, je lui prends le bras.

— Tu n'es pas obligée de me laisser fuir. Laisse-moi

simplement passer un appel ou envoyer un e-mail. Personne ne saura que c'est toi qui m'as aidée. S'il te plaît.

Elle blêmit un peu plus à chacune de mes phrases. Je me sens mal, car je comprends la position impossible dans laquelle je la place. Elle semble fermer les yeux sur les affaires sordides de son mari, mais Yulia n'est pas comme lui – ou du moins, elle a suffisamment d'empathie pour se mettre à ma place. En même temps, elle sait à quel point Peter est dangereux et ce qu'elle risquerait en trahissant sa confiance.

— Es-tu… commence-t-elle avant de se racler la gorge. Es-tu avec lui de ton plein gré ? Le premier soir, pendant le dîner, j'ai senti une tension entre vous, mais la manière dont il te regardait… Puis ton expression quand vous vous êtes quittés… Je faisais des allers-retours entre la table et la cuisine, mais j'ai cru voir… Me suis-je trompée ? Il te fait du mal ? Il te force constamment ?

Mon visage s'embrase tant la question me paraît intime, et je baisse à nouveau la tête.

— Ce n'est pas… Enfin, il m'a enlevée, que crois-tu ?

Je suis étonnée par sa moue dubitative.

— Je crois que c'est parfois complexe, dit-elle au bout d'un moment. Toutes les relations ne suivent pas le même chemin, et parfois…

Elle s'arrête, comme si elle se ravisait.

Je la regarde en fronçant les sourcils. Il y a un sous-entendu, pourtant quel qu'il soit, je ne peux pas me permettre de m'y attarder. Je dois la convaincre de m'aider avant qu'il soit trop tard.

— Yulia, s'il te plaît, lui dis-je. C'est ma seule chance. *Tu* es ma seule chance. Si je suis encore ici à son retour, je ne reverrai plus jamais mes parents, je n'aurai plus jamais aucun contrôle sur ma propre vie… S'il te plaît. Je sais que tu comprends ma situation. Peter Sokolov a tué mon mari et m'a torturée. Il m'a harcelée et kidnappée, et il me garde prisonnière depuis près de cinq mois. Je dois partir avant qu'il revienne, et il te suffit de me donner accès à un téléphone. Rien qu'une seconde. Je pourrais contacter le FBI, et…

— Et toutes les agences des forces de l'ordre encercleront notre maison, déclare alors Kent en poussant la porte sans frapper.

Sa mâchoire est crispée de colère et ses yeux clairs ne sont plus que deux fentes quand il traverse la chambre pour attraper la main de Yulia avec une telle force que les jointures de ses doigts blanchissent.

— Viens, dit-il à sa femme en serrant les dents.

Au désespoir, je le regarde qui l'entraîne hors de la chambre.

— Je suis désolée, articule-t-elle avant qu'il claque la porte, m'enfermant une fois de plus à l'intérieur.

Cette fois, je sais que c'est fini. J'ai perdu ma seule chance de m'évader.

JE PLEURE PENDANT DEUX HEURES AVANT DE M'ENDORMIR – POUR plonger dans une série de cauchemars. Je ne sais pas pourquoi ça recommence, mais quand je me réveille, toute tremblante et en sueur après un autre rêve réaliste dans lequel je me noyais dans l'évier de ma cuisine, je sais que je ne parviendrai pas à me rendormir ce soir.

Je rejette la couverture et bascule mes jambes au bord du lit pour me lever. Soudain, le verrou produit un léger déclic et la porte tourne en silence sur ses gonds.

Stupéfaite, je ramène la couverture devant mon corps pour me couvrir, mais personne n'entre.

Enveloppant la couverture autour de moi, je me précipite vers la porte. Au bout du couloir, j'aperçois une grande silhouette élancée disparaître au coin, ses cheveux blonds brillant comme un phare au clair de lune.

Yulia.

Elle est revenue pour moi.

J'ignore comment elle a pu agir en cachette de son mari, mais je ne perds pas de temps à m'interroger sur ma chance. J'enfile en hâte une robe et une paire de sandales et me faufile dans le couloir en direction de la cuisine en prenant soin de ne faire aucun bruit.

Je dois trouver un ordinateur – n'importe quoi qui me permette d'entrer en contact avec le monde extérieur.

— Tiens.

On me fourre brusquement un jeu de clés dans la main et je réprime un cri quand Yulia surgit devant moi comme si elle s'était détachée du mur sur ma droite. À la lueur de la lune qui traverse la baie vitrée, son visage pâle semble provenir d'un autre monde.

— La Mercedes est juste devant, murmure-t-elle d'un ton pressant sans me laisser le temps de me remettre de ma surprise. J'ai désactivé les alarmes du périmètre, ouvert les grilles automatiques et envoyé les drones en direction de la plage. Tu as dix minutes, c'est compris ? Il y a une station-service à sept kilomètres au sud-ouest. Va directement là-bas et tu trouveras un téléphone.

Je hoche la tête, le cœur battant, en serrant les clés qu'elle m'a données.

— Merci. Merci beaucoup.

— Vas-y.

Après un dernier coup d'œil inquiet dans son dos, Yulia me pousse vers la porte d'entrée et je ne perds pas une seconde.

Les clés à la main, je m'élance hors de la maison et monte dans la voiture.

— Cinq minutes, murmuré-je dans mon casque. Préparetoi.

Ça fait précisément vingt minutes que les lumières sont apparues au premier étage de la résidence d'Arslan. Ce qui signifie que notre cible va franchir la porte d'entrée et monter dans son véhicule blindé dans cinq à dix minutes. Comme nous l'avions espéré, il aime ses habitudes et sa routine est toujours la même chaque matin de la semaine. Son heure de départ varie parfois, ainsi que le trajet qu'il emprunte et l'endroit où ses gardes du corps garent sa voiture, mais ce moment qu'il passe chez lui – quand il prend son petit déjeuner dans un cadre familier qu'il croit parfaitement sûr – est entièrement prévisible.

Dans quelques minutes, il y aura un court laps de temps pendant lequel il sera dehors avec ses gardes du corps, et c'est là que nous frapperons.

— Le lance-grenades est chargé et Ilya a préparé la voiture, m'annonce Yan dans le casque.

Il est sur le toit de la maison qui se situe de l'autre côté de la rue par rapport à celle où Anton et moi nous trouvons.

— Bien.

Je jette un œil vers Anton, à plat ventre à côté de moi, l'œil dans le viseur de son fusil de précision.

— Tu es prêt ?

Il hoche la tête sans quitter sa cible des yeux.

— Je vais viser la tête au cas où ils porteraient des gilets pare-balles.

— D'accord.

Je reporte mon attention sur mon propre M110 et ajuste mon viseur. Les tirs à la tête sont délicats, surtout une fois que votre cible a commencé à réagir, mais c'est le meilleur moyen de s'assurer la mort.

On trouve trop souvent des gilets pare-balles cachés sous les vêtements de nos jours.

Les secondes s'égrènent, chacune plus longue que la précédente. C'est facile de s'impatienter dans un moment comme celui-ci, alors je me concentre sur ma respiration régulière et je fais en sorte que rien ne se dresse dans la ligne de mire.

C'est trop important pour rater mon coup.

Spontanément, Sara s'impose à mon esprit. Je me demande ce qu'elle fait, si elle dort toujours ou si elle est déjà debout. Aussi excitante que soit cette mission – et elle l'est, je ne mentirai pas –, je préférerais être chez nous, au Japon, son corps chaud et nu dans mes bras quand elle se réveille. En seulement quelques mois, mon bel oiseau est devenu plus important que tout à mes yeux et ma passion pour elle a étouffé tout ce qui m'intéressait autrefois.

Le bruit d'une porte qui s'ouvre me tire de mes pensées.

— Il arrive, murmure Yan dans le casque.

Je me force à me concentrer. Je me préoccuperai de Sara plus tard.

Si nous survivons à cette journée, évidemment.

Sara

Dix minutes. Les pneus de la voiture crissent quand je démarre dans la longue allée et franchis en trombe le portail ouvert, si violemment agrippée au volant que mes doigts s'enfoncent dans le cuir.

Je n'ai que dix minutes.

En partant du principe que les estimations de Yulia étaient justes. Je ne sais pas comment elle a échappé à son dangereux mari pour désactiver toutes ces mesures de sécurité, mais il est possible qu'il soit déjà à mes trousses.

Il n'y a aucun lampadaire sur cette route à une voie, aucun panneau – rien ne m'indique où je vais. La lune et les phares de ma voiture sont les seules sources de lumière. Je n'ai aucune idée de la direction du sud-ouest, si bien qu'en atteignant une route à deux voies, je tourne au hasard sur ma gauche, instinctivement.

Si j'ai choisi le mauvais sens, je suis foutue.

J'ai l'impression que mon cœur va exploser dans ma poitrine et ma respiration résonne à mes oreilles. De la sueur se forme sous mes aisselles et coule le long de mes flancs. Mon genou tremble quand j'appuie sur la pédale d'accélération, pied au plancher. Rouler du côté gauche de la route avec le volant du même côté, c'est particulièrement troublant pour une Américaine telle que moi, mais je n'ose pas ralentir.

Huit minutes.

Sept minutes.

Je peux le faire.

Je peux y arriver.

Les phares d'une voiture en sens inverse m'aveuglent et mon taux d'adrénaline monte en flèche. Est-ce Kent ? Ses gardes ?

La voiture passe sans s'arrêter et je pousse un soupir de soulagement, décollant le pied de la pédale d'accélération lorsque la route tourne brusquement devant moi. Je ne voudrais surtout pas perdre le contrôle et traverser la glissière de sécurité, comme George l'a fait ce terrible soir. De toute façon, même à vitesse réduite, je roule quand même à 110 km/h. Si la station-service n'est qu'à sept kilomètres, je devrais l'atteindre en un rien de temps.

Une autre minute s'écoule avant le prochain virage. C'est alors que je les aperçois.

D'autres phares, derrière moi cette fois.

Cramponnant le volant, j'enfonce l'accélérateur.

La voiture accélère à son tour.

J'ai l'estomac noué. Du coin de l'œil, j'aperçois un panneau de limitation de vitesse. 50 km/h – soixante, non, *soixante-dix* km/h de moins que ma vitesse actuelle. Et si cette voiture gagne du terrain, c'est qu'elle roule encore plus vite.

C'est officiel.

Je suis poursuivie.

La route serpente et j'étouffe un cri quand une autre voiture me croise à toute vitesse, m'aveuglant de ses phares pendant une seconde déterminante. L'aile de mon véhicule érafle la rampe de sécurité, projetant des étincelles dans un crissement de métal. J'ouvre la bouche et relâche la pédale d'accélération tout en tournant le volant pour éviter la rambarde, ramenant la voiture au milieu de la route sinueuse.

Les phares des poursuivants se rapprochent alors que de nouveaux virages s'annoncent, et j'aperçois deux véhicules derrière moi, volumineux et noir. Deux 4x4. À présent, mon pouls gronde furieusement dans mes oreilles et mes mains sont si moites qu'elles glissent sur le volant. Luttant contre la panique, j'enfonce à nouveau l'accélérateur, mais les voitures redoublent de vitesse. Quand la route redevient droite, l'une d'elles s'avance sur le côté tandis que l'autre vient se rabattre juste devant moi.

Le désespoir me tient dans un étau de glace.

C'est fini.

Ils m'ont eue.

En tremblant, je décolle mon pied de la pédale.

C'était ma seule chance d'évasion, et je l'ai laissé filer.

Le 4x4 de tête réduit lui aussi sa vitesse, tandis que l'autre se range derrière moi. Ils savent que je n'ai pas d'autre choix que d'obtempérer.

C'est officiellement terminé.

J'ai perdu.

Le 4x4 devant moi ralentit encore plus, me forçant à freiner.

Mon compteur affiche 40 km/h, puis 35… puis 30. À présent, je suis presque à l'arrêt et je me rends compte que c'est exactement ce qu'ils cherchent.

Ils vont me faire sortir de la voiture et me ramener chez Kent, où je resterai enfermée jusqu'au retour de Peter.

L'avenir s'étend devant moi, aussi noir et dangereux que cette route sinueuse. Sans espoir d'évasion, sans choix, je serai la propriété de Peter, tout comme notre enfant. Je ne reverrai jamais mes amis et ma famille, je n'aiderai plus jamais les femmes à accoucher. Alors que mes parents se font vieux, je ne serai pas là pour eux et ils ne connaîtront jamais leurs petits-enfants.

Je n'aurai que Peter, et ce qui m'effraie le plus, c'est que cet avenir n'est pas dénué d'attrait.

Je le vois nettement : la façon dont il s'occupera de moi, la tendresse dans ses yeux quand il tiendra notre bébé dans ses bras. Il m'aimera avec une intensité qui m'écorchera l'âme et, enfin, mon propre amour malsain renaîtra de ses cendres. Et au bout d'un moment, tout me paraîtra normal, mon manque total de liberté tout comme la violence de son métier.

Nous serons une famille, comme il le souhaite, et tandis que je vois le compteur descendre au-dessous de quinze, je sais que je ne peux pas le permettre.

Je ne peux pas céder à la part la plus sombre de mon être, celle qui désire cet avenir tourmenté.

Un autre virage sur la route, d'autres phares dans notre direction. Les battements frénétiques de mon cœur s'apaisent et une étrange sérénité m'envahit quand je tends la main et attache ma ceinture. J'ai moins d'une seconde pour agir, et je dois l'employer à bon escient.

Relâchant la pédale de frein, je serre le volant aussi fort que possible et, lorsque la voiture en approche nous croise dans une bourrasque et un éclat éblouissant, je braque sur la droite et m'engage sur la voie inverse, pied au plancher.

La voiture s'élance dans un soubresaut et dépasse le 4x4 qui me barrait la route. J'entends presque mes poursuivants jurer quand je les abandonne dans un nuage de poussière, ma Mercedes furtive prenant de la vitesse avec le vrombissement furieux d'un moteur 8 chevaux. Le compteur grimpe à 100... 110... 120... 130...

Des étincelles fusent quand le métal de la carrosserie râpe à nouveau contre celui de la glissière de sécurité, mais cette fois, je garde le pied sûr et corrige juste ma direction pour maintenir le contrôle.

Je me dis que c'est un jeu vidéo. Rien qu'un jeu de vitesse où je conduis du mauvais côté de la route.

Une fois remis de ma brusque manœuvre, mes poursuivants reprennent la course, mais je n'ai pas l'intention de leur faciliter la tâche. Chaque fois qu'ils se rapprochent, je me place au milieu de la route pour les empêcher de me doubler. Je reste à une vitesse infernale, pied au plancher même dans les virages les plus serrés. Prétendre qu'il s'agit d'un jeu vidéo m'aide un peu – j'ai toujours été douée pour ça quand j'étais gamine.

Une minute de plus sur la route.

Deux.

Trois.

Je peux le faire.

Je peux y arriver.

Au loin, j'aperçois des lumières et mon rythme cardiaque s'accélère.

C'est la station-service. Forcément.

Mon plan est simple : m'arrêter net devant le magasin, sortir d'un bond et courir à l'intérieur en m'égosillant pour qu'on me donne un téléphone. Avec un peu de chance, les hommes de Kent auront trop peur des autorités pour s'emparer de moi en public, mais même s'ils m'attrapent, quelqu'un verra ce qui se passe et appellera la police – un employé de la station-service, d'autres conducteurs…

Ce n'est pas un plan formidable, mais je n'ai que ça.

La station-service se rapproche un peu plus chaque seconde. À mon soulagement, malgré l'heure matinale et mon impression d'être au milieu de nulle part, je vois une boutique illuminée avec quelques personnes à l'intérieur, ainsi que plusieurs voitures sur le parking.

J'espère juste que Kent n'aura pas envie de faire du grabuge si près de chez lui. Heureusement, les 4x4 ralentissent derrière moi, me laissant prendre de l'avance aux abords de la station-service.

Le triomphe déferle dans mes veines quand je libère l'accélérateur pour m'apprêter à mettre ma stratégie à exécution, à savoir m'arrêter et partir en courant.

J'y suis.

Même s'ils m'attrapent avant que j'atteigne un téléphone, mon enlèvement ne passera pas inaperçu.

Je suis à moins de cent mètres de la station-service quand ça se produit.

Un chien déboule sur la route, juste devant moi.

Je réagis par instinct et tourne le volant en appuyant sur le frein. Lorsque ma voiture percute la rampe de sécurité, une dernière pensée incohérente me frappe.

J'espère que Peter et ses hommes rentreront sains et saufs de leur mission.

*P*eter

— MAINTENANT ! JE HURLE DANS LE CASQUE AUDIO.

Yan tire avec son lance-grenades, tandis que les gardes du corps d'Arslan escortent leur patron jusqu'à sa voiture.

Boum !

Pendant un moment, je ne perçois que l'éclat aveuglant du missile qui explose et le sifflement dans mes oreilles, puis je les vois.

Les gardes du corps survivants se dispersent comme des cafards, tandis que d'autres sortent en courant de leurs baraquements pour affronter la menace.

— À toi, dis-je à Anton, qui commence alors à les abattre un par un, son fusil de précision semi-automatique faisant son office avec une efficacité redoutable.

Je le rejoins et, bientôt, une dizaine de cadavres jonchent le sol, la tête explosée par nos balles.

— À deux heures ! s'écrie Yan dans les écouteurs.

Je repère du mouvement au sol. Un garde est accroupi, à couvert derrière le véhicule en feu. Il a son bras dans le dos d'un homme qu'il protège.

La colère s'empare de moi quand je le reconnais.

Deniz Arslan.

Notre cible est encore en vie.

Il est couvert de sang et de terre, mais il marche – ses gardes du corps sont encore meilleurs qu'on le pensait.

— C'est Arslan ! je gronde dans le casque en changeant de position pour orienter mon viseur au-delà des restes en flammes de la voiture.

Je dois atteindre ce fils de pute.

Il doit mourir aujourd'hui.

Au loin, les sirènes hurlent et d'autres gardes du corps affluent dans le jardin d'Arslan. Il nous reste quelques minutes, voire quelques secondes, pour accomplir notre mission.

Sourd aux bruits qui m'entourent et aux cognements de mon cœur dans mes tempes, je me concentre et appuie sur la détente.

Le protecteur d'Arslan tombe et sa cervelle gicle sur l'homme politique lorsque je tire une seconde fois.

— Fait chier !

Par un coup du sort, ma cible tombe et roule – pile au bon moment.

Je pousse un juron à travers mes dents et tire à nouveau. J'entends le rugissement en rafales de l'arme d'Anton à côté de la mienne.

Avec une satisfaction macabre, je vois deux de nos balles

transpercer le crâne d'Arslan, faisant voler son cerveau en éclats.

C'est fini.

Le politicien corrompu est mort.

— Attention ! s'écrie Yan.

Je me lève d'un bond en entendant un hélicoptère au loin.

Comme je m'y attendais, nous allons être pris en chasse.

Il ne nous faut que quelques secondes, à Anton et à moi, pour descendre du toit du voisin et rejoindre Yan en contrebas, dans la rue. De là, nous ne sommes qu'à quelques pâtés de maisons de la palissade du lotissement, et nous détalons le plus vite possible tandis que le hurlement des sirènes se rapproche. L'hélicoptère arrive à grande vitesse, lui aussi.

— Ilya ? Dis-moi que tu es là ! ordonné-je, à bout de souffle, tout en courant à en perdre haleine dans la rue.

— Prêt, je vous attends, répond-il. Vous feriez mieux de vous dépêcher. Ça sera bientôt de la folie par ici.

Serrant les dents, je presse le pas. Yan et Anton en font de même, tandis qu'un véhicule surgit dans un crissement de pneus à moins d'une rue derrière nous.

Les derniers gardes du corps d'Arslan nous rattrapent.

La barrière de trois mètres de haut se profile droit devant et des gardiens du domaine apparaissent sur la route, armés jusqu'aux dents.

— Maintenant ! je crie à Yan.

Il sort alors une grenade et arrache la goupille avec les dents sans ralentir un seul instant.

Les gardes s'éparpillent quand Yan lance la grenade, et Anton et moi dégainons nos armes pour tirer dans le tas sans distinction.

Nous ne sommes pas obligés de tous les tuer, il suffit de les écarter de notre chemin.

À présent, nous sommes devant la barrière et je saute, m'accrochant à une branche pour me hisser. C'est précisément pour ce genre de cas que nous nous entraînons. Nous devons être plus endurants que la plupart des athlètes. Mes muscles hurlent de douleur alors que je reste suspendu à une main, tendant l'autre bras pour aider Anton à grimper. Quand ce dernier escalade en haut de la barricade, il me hisse à son tour avant de se pencher pour aider Yan. Pendant ce temps, je les couvre avec des coups de feu nourris.

Une autre grenade de Yan explose dans une détonation assourdissante, repoussant les gardes tandis que nous bondissons au pied de la barrière. Prenant nos jambes à nos cous, nous repartons au pas de course.

Nous devons absolument rallier le point de rendez-vous.

C'est le seul moyen de nous en sortir.

Le rugissement de l'hélicoptère s'intensifie au-dessus de nos têtes et les sirènes de police hurlent plus fort que jamais.

— Maintenant, Ilya ! m'écrié-je dans le casque.

Sa voiture surgit en trombe à l'angle de la rue et ralentit juste assez pour nous laisser monter.

Nous quittons le lotissement d'Arslan et empruntons les routes de traverse en direction d'un tunnel. Quand les bruits de la poursuite s'estompent, nous échangeons de véhicule et filons tout droit vers notre avion.

Nous avons réussi.

Notre cible est morte, et personne n'a été blessé.

Fou de joie, j'appelle Lucas dès que notre avion décolle.

— C'est terminé, dis-je quand il décroche. Nous sommes en chemin, tu peux dire à Sara de se tenir prête. Nous passons la chercher avant de faire un petit détour par la Nouvelle-Zélande.

Pendant un moment, seul le silence me répond. Puis Lucas prend la parole.

— Peter... fait-il d'une voix grave. À propos de Sara... Je crains qu'il y ait eu un accident.

5 0

*eter*

Mon cœur se change en bloc de glace et mes poumons se pétrifient quand j'entends Lucas. Sara, un accident – c'est impossible, impensable.

C'est mon pire cauchemar devenu réalité.

Lucas me parle, à propos d'une voiture et d'un chien, mais je ne comprends pas. Un grondement m'emplit les oreilles. Je pense à cette autre fois où l'on m'a donné de mauvaises nouvelles par téléphone.

La pestilence de la mort, les longs cils de Tamila roussis et collés par le sang, la petite main de Pasha refermée autour d'une voiture en jouet... Ma vision s'obscurcit et je perds toute perception tandis que l'angoisse me déchire, décimant tout à l'intérieur de moi.

Parcourir une pile de cadavres, entendre le bourdonnement des mouches, savoir que je n'étais pas là pour les sauver...

Je suis incapable de respirer, d'éprouver autre chose que cette horreur qui me retourne les boyaux.

Un accident de voiture. Sara. Son corps écrasé dans un tas de tôle froissée.

La douleur est trop insoutenable, trop intense à supporter. Je ne peux pas me la représenter morte, je n'imagine pas son étincelle vitale s'éteindre.

Un liquide rouge et chaud coule le long de mon avant-bras. Je prends vaguement conscience que mes doigts sont tellement crispés autour du téléphone que je me suis retourné un ongle. Mais je ne tiens pas compte de la douleur. Rien n'a d'importance, si ce n'est cette souffrance qui me creuse la poitrine.

Je ne peux pas perdre Sara.

Je n'y survivrai pas.

—... alors elle pourrait avoir une commotion cérébrale, mais les docteurs ne pensent pas que...

— Une commotion cérébrale ?

Je me raccroche au seul mot qui me paraît incohérent. Mes pensées sont disjointes et lentes, paralysées par la stupeur et un chagrin abyssal.

— De quoi parles-tu ?

— Les médecins estiment que ce n'est pas très grave, dit Lucas d'une voix légèrement exaspérée. Tu n'écoutais pas ? Elle a une vilaine plaie au front, mais ils s'assureront qu'il n'y ait aucune cicatrice. Et bien sûr, je me charge des factures, c'est le moins que je peux faire étant donné les circonstances.

— Aucune cicatrice ?

J'ai un moment de flottement. Le désespoir qui me possède

est trop lourd, trop absolu, mais mes synapses finissent par se réveiller. Je prends une longue inspiration et ajoute d'une voix rauque :

— Elle est… vivante ?

— Quoi ?

Lucas semble perplexe.

— Oui, bien sûr. Je te l'ai dit, elle a une épaule luxée et peut-être une commotion cérébrale. Tu captes mal ou quoi ? Oui, évidemment que Sara est vivante. Sa voiture a heurté la glissière de sécurité, et elle s'est ouvert la tête et démis l'épaule. Nous l'avons emmenée à la clinique en Suisse – celle qu'utilise Esguerra, tu te rappelles ? Peter, est-ce que tu m'écoutes ?

Je l'écoute, mais je ne peux pas le lui dire. Les muscles de ma gorge se sont bloqués par un réflexe spasmodique, tout comme le reste de mon corps. Le soulagement est si intense qu'il me déchire comme les éclats d'une mine, aussi douloureux à sa façon que l'angoisse qui m'oppressait juste avant. Je ne me rappelle pas avoir pleuré quand j'ai perdu mon fils, mais à présent mes joues sont humides. Les larmes accablantes creusent des sillons à vif sur ce qu'il reste de mon cœur.

Je n'ai pas perdu Sara.

Elle est vivante.

Blessée en mon absence, mais vivante.

— Peter ? Tu m'entends ? fait la voix de Lucas, plus forte cette fois. Putain, mec, tu m'entends ?

— J'arrive, dis-je d'un ton chargé.

Une fois que j'ai raccroché, je demande à Anton de faire cap sur la Suisse.

 ara

JE FLOTTE DANS UNE SOMNOLENCE OBSCURE, MES SENS alternant entre une conscience engourdie et le néant absolu. Quand je suis assez cohérente pour réfléchir, je me rends compte de la douleur, mais je parviens aussi à m'attacher à d'autres stimuli… comme des voix.

— Comment as-tu osé faire ça ? Tu te rends compte de ce qu'il fera quand il rentrera ? Nous étions censés la *protéger*.

C'est une voix d'homme sévère, sur le ton de la réprimande. Je connais l'homme à qui cette voix appartient, mais la douleur lancinante dans mes tempes devient insoutenable chaque fois que j'essaie de me rappeler son nom.

— Ce sont *tes* gardes qui l'ont prise en chasse. Tu aurais pu la laisser partir, objecte une femme.

Elle a l'air bouleversée. Je sais que son prénom est étranger et exotique, mais je suis trop embourbée pour m'en souvenir.

— Il abusait d'elle, Lucas…

Oui, Lucas, c'est ça, je me rappelle avec soulagement. Lucas Kent, le trafiquant d'armes qui habite à Chypre.

— Abusait d'elle ? Putain, il vénère le sol qu'elle foule. Tu n'as pas vu comment il la regarde ?

Kent semble à deux doigts de commettre un meurtre.

— Je t'ai dit qu'il m'appelait tous les jours pour savoir si elle mangeait, si elle dormait… si elle était *satisfaite*. Ça te fait penser à un homme qui torturerait une femme ? Et elle m'a demandé de *ses* nouvelles. Une femme qui déteste son ravisseur s'inquiéterait pour lui, d'après toi ?

— Non, mais…

— Mais rien du tout ! Même s'il la torture tous les soirs, ça ne nous regarde pas, bordel ! Je lui rendais un service, et maintenant on aura de la chance si on ne finit pas sur sa liste.

— Lucas, s'il te plaît.

La femme au prénom exotique – l'épouse de Kent, la belle blonde, d'après mes souvenirs – a l'air encore plus émue.

— C'était un accident, rien de plus. Il comprendra. Laisse-moi lui parler, lui expliquer ce qui s'est passé…

— Non, dit Kent d'un ton résigné. Je ne veux pas qu'il sache que tu es impliquée là-dedans. Tu rentreras à la maison avant qu'il arrive. Et moi, je vais emprunter quelques dizaines de gardes à Esguerra jusqu'à ce qu'on puisse en embaucher d'autres nous-mêmes.

— Et toi ? demande la femme de Kent.

L'inquiétude que je remarque dans sa voix accentue la douleur nauséeuse qui me comprime la tête dans un étau. En grimaçant, j'essaie de prendre une position plus confortable et je dois étouffer un cri quand une douleur me transperce l'épaule gauche.

— Je vais rester ici jusqu'à ce qu'il atterrisse, déclare Kent.

Je prends de petites inspirations pour atténuer la douleur lancinante. J'essaie d'ouvrir les yeux, mais quelque chose m'en empêche et je n'ose pas bouger pour savoir ce dont il s'agit.

— Et s'il essaie de te tuer ? objecte la femme de Kent. Si tu as raison, s'il ne veut rien entendre…

— Je conserve une dizaine de gardes avec moi, et puis il sera bien assez occupé avec *elle*.

Je sens que Kent reporte son attention sur moi, puis il ajoute :

— Je crois que je viens de la voir bouger. Les antalgiques doivent s'estomper. Appelle vite les infirmières.

J'entends des bruits de pas précipités et, une minute plus tard, je flotte à nouveau dans un néant ouaté.

QUAND JE REFAIS SURFACE, C'EST EN SENTANT UNE MAIN DE femme me caresser doucement les cheveux. C'est d'autant plus agréable que ma tête me fait l'effet d'un ballon rempli de ciment.

— Je suis vraiment désolée, Sara, murmure une voix.

Cette fois, son prénom me revient. Yulia – c'est ainsi que s'appelle la femme de Kent.

— Je dois partir maintenant, mais je veux que tu saches à quel point je suis désolée. Je croyais que tu aurais plus de temps pour t'enfuir, mais Lucas me soupçonnait d'essayer de t'aider et il a mis en place des alarmes supplémentaires dans le périmètre.

Je suis vraiment désolée. Je ne voulais pas que ça arrive. J'espère que tu me crois.

J'ouvre la bouche pour la remercier, mais je ne parviens qu'à tousser lamentablement. J'ai la gorge aussi sèche qu'un désert et les élancements sont insoutenables dans ma tête en béton. J'ai aussi l'impression d'avoir quelque chose devant le visage qui m'empêche d'ouvrir les yeux. Un épais bandage sur le front, peut-être ?

— Tiens. Tu dois avoir soif.

Une paille me touche les lèvres et je l'accepte volontiers pour aspirer goulûment le liquide tiède.

— Que s'est-il passé ? Où suis-je ? je demande d'une voix éraillée après avoir vidé le verre d'eau.

Ma voix est faible et rauque, mais au moins, je suis à nouveau capable de parler.

— Tu es dans une clinique privée en Suisse, m'explique aimablement Yulia. Tu as eu un accident de voiture. Tu t'en souviens ?

Je hoche la tête avant de le regretter aussitôt.

— Oui, dis-je en haletant, laissant passer une vague de douleur étourdissante. J'ai vu un chien et…

— Oui, c'est exact.

Elle a l'air soulagée. Est-ce pour ça que je souffre d'une blessure à la tête ? Je me demande si c'est grave. Brusquement, mes poumons se figent. Je viens de me rappeler quelque chose de bien plus important.

Je demande d'un ton fébrile :

— Où est Peter ? Est-il…

— Je le crains, dit Yulia.

Mon cœur s'effrite quand j'entends le regret dans sa voix.

— Je suis désolée, poursuit-elle avec la même intonation. Il arrive. Je n'ai rien pu faire.

Une timide inspiration me gonfle les poumons.

— Tu veux dire qu'il va… bien ?

J'ai la voix tendue. Une bouffée d'adrénaline m'envahit et j'ai le bout des doigts qui pique.

— Il n'a pas été blessé ?

Un moment de silence s'en suit, puis Yulia me dit lentement :

— Non, il n'a rien. Sara… est-ce que tu viens de me demander ça parce que tu as peur qu'il n'ait *pas* été blessé, ou qu'il l'ait été, au contraire ?

Devant mon absence éloquente de réponse, elle clarifie :

— As-tu des sentiments pour cet homme ?

J'humecte mes lèvres craquelées, consciente d'un sentiment de culpabilité indésirable. Je ne voulais pas mentir à Yulia ni profiter de sa gentillesse, mais c'est pourtant ce que j'ai fait en mettant l'accent sur les aspects négatifs de ma relation complexe avec Peter.

Non seulement je n'ai pas réussi à m'évader, mais je lui ai causé tout un tas d'ennuis. Le pire, c'est que je suis secrètement soulagée d'avoir échoué, contente de ne pas avoir pu échapper à Peter et à cet avenir que je souhaite et redoute à la fois.

— C'est… compliqué, dis-je enfin, me faisant l'écho de ce qu'elle m'a dit ce jour-là.

Elle prend une profonde inspiration et se lève.

— Je vois.

— Yulia, attends ! m'exclamé-je en entendant ses pas qui s'éloignent, mais il est trop tard.

Elle est partie, et bientôt, les médicaments m'assomment à nouveau.

*P*eter

Une épaule luxée et une entaille au front.

En toute logique, je sais qu'aucune de ces blessures ne menace le pronostic vital, mais tandis que je regarde Sara dans son lit d'hôpital, son visage pâle contusionné et à demi couvert d'un bandage, la peur et la rage s'enflamment dans ma poitrine, défiant toute tentative de logique.

Les quatre heures de vol jusqu'à la Suisse ont été parmi les plus longues de ma vie. Après avoir changé de cap, j'ai rappelé Lucas pour lui demander plus de détails et d'explications, et même s'il m'a répété à maintes reprises que l'état de santé de Sara était stable et qu'elle était soignée par les meilleurs médecins d'Europe, je ne l'ai pas vraiment cru jusqu'à ce que je la voie.

Le destin ne m'a jamais épargné jusqu'à présent.

Assis au bord de son lit, je serre précautionneusement sa main dans les miennes et je sens la chaleur fragile de sa peau et la délicatesse de ses os fluets. Mes propres mains tremblent et j'ai les émotions trop à fleur de peau pour les maîtriser.

Un chien.

Elle a failli mourir à cause d'un putain de chien.

Mon cœur se fend à nouveau avec une douleur aussi intense que lorsque je la croyais morte. Si la rampe de sécurité n'avait pas été aussi solide, si la voiture n'avait pas eu d'air-bags, si l'éclat de verre qui lui a entaillé le front s'était fiché dans son œil… Je frissonne en me représentant toutes les façons cruelles dont elle aurait pu mourir et les blessures graves qu'elle a risquées.

Et tout cela à cause de moi.

Je ne peux pas me soustraire à cette réalité brutale, je ne peux pas refouler la culpabilité étouffante.

Je n'étais pas là, et Sara s'est enfuie.

Elle a volé une voiture et elle s'est échappée vers la liberté, si impatiente de s'éloigner de moi que la vie et la mort n'avaient presque plus d'importance à ses yeux.

La fureur qui bout dans ma poitrine n'est qu'à moitié dirigée vers Lucas. Il paiera pour sa négligence, évidemment, mais je ne peux pas décemment rejeter sur lui l'entière responsabilité de cette histoire.

Elle m'est largement imputable.

C'est mon propre besoin égoïste de la garder avec moi, de la mettre en cage et de la posséder, qui a conduit Sara à prendre ce risque. J'ai failli tuer la femme que j'aime et j'ignore comment me racheter.

Je ne sais même pas, aujourd'hui encore, si je suis capable de la libérer.

Ses lèvres gonflées s'écartent et elle expire lentement. Je me laisse tomber à genoux sur le sol, posant le dos de sa main contre ma joue qu'une barbe de quelques jours a rendue rugueuse, et je ferme les yeux. Sa peau est si douce, ses doigts si petits comparés aux miens. Mon cœur se serre douloureusement. J'ai l'impression de suffoquer, de me noyer dans l'attente et le désespoir. Pourquoi ne m'aimerait-elle pas, tout simplement ? Pourquoi ne peut-elle accepter que nous soyons faits l'un pour l'autre ? Par moments, j'ai cru que c'était possible, j'étais certain qu'elle s'en approchait.

Et peut-être était-ce le cas. Peut-être est-ce encore possible. Le monstre qui m'habite gronde en exigeant que je la retienne, que je la garde quoi qu'il en coûte… quelles que soient les conséquences qu'elle subisse. Avec le temps, elle changera et comprendra que c'était écrit.

Que, si elle veut bien me donner une chance, je peux la rendre heureuse… elle et l'enfant dont j'ai si désespérément envie.

Un faible gémissement me tire de mes pensées et j'ouvre les yeux pour voir bouger les lèvres de Sara.

— P… Peter ? murmure-t-elle.

Une supernova explose dans ma poitrine. Un seul mot et mon monde tout entier est un millier de degrés plus chaud, un million de watts plus lumineux. La douleur et le chagrin sont balayés, les ténèbres qui aspiraient mon âme se dissipent.

— Oui, ptichka, je réponds d'une voix rauque en pressant sa main contre mes lèvres. Je suis là.

Ses doigts fins frémissent quand je les embrasse un par un.

— Es-tu… Est-ce que tout va bien ?

Elle a l'air groggy, sous l'effet des analgésiques.

— Quelqu'un a été blessé ?

Une pointe douloureuse me transperce le cœur.

— Non, mon amour. Personne n'est blessé à part toi.

— C'est bien.

Ses lèvres ébauchent un petit sourire béat.

— Je suis contente.

Je prends une inspiration brève. Une fois de plus, la culpabilité et l'angoisse me submergent. Dans un sens, ce serait plus facile si Sara me haïssait, si elle n'éprouvait à mon égard que de l'aversion et de la crainte. Je pourrais alors m'en aller, me couper de mon obsession pour la laisser vivre sa vie pendant que je retourne dans le vide froid qu'est la mienne. Mais Sara ne me déteste pas, c'est encore plus complexe.

Elle a besoin de moi. Elle me l'a avoué.

— Pourquoi t'es-tu enfuie ? demandé-je dans un souffle, sans quitter des yeux les hématomes sur son menton. C'est à cause de ce que j'ai dit à propos des préservatifs ? Tu redoutes à ce point d'avoir un enfant avec moi ?

Je dois comprendre ce qui l'a poussée à agir de la sorte.

Je dois savoir s'il reste un espoir.

Ses doigts se crispent dans ma main.

— Je… oui. Je veux dire, non. Je ne sais pas. Ce n'est pas ce que je veux, mais peut-être…

Elle parle d'une voix traînante, toujours sous l'effet des antalgiques.

— Mais peut-être… ? j'insiste, le cœur cognant douloureusement dans ma poitrine.

— Mais peut-être dans une autre vie, je l'aurais voulu.

Sa voix faiblit et se change en un murmure rauque.

— Dans un autre monde, un monde où je serais née pour t'appartenir, ce serait différent. Tu ne serais pas un assassin fugitif… Tu ne m'aurais pas enlevée après avoir tué George. Tu serais mon mari et je serais ton épouse attentionnée, et nous aurions un chien derrière une clôture blanche… Nous emmènerions nos enfants au parc et nous fêterions les anniversaires de mes parents… Il y aurait des amis, des barbecues et de la musique… Et tu m'aimerais vraiment… Tu m'aimerais tellement que tu ne m'aurais pas volé ma vie.

Je ferme vivement les yeux quand ses paroles s'enfoncent en moi comme la lame d'un tueur. Son aveu induit par les médicaments ne devrait pas me faire mal, je devrais être heureux qu'elle veuille vivre tout cela avec moi. Mais je ne peux m'empêcher de penser que je ne la possèderai jamais vraiment, que je ne lui donnerai jamais la vie qu'elle souhaite. Même si je réussis à faire de nous une famille, même si Sara se réchauffe à mon contact au fil des ans, le passé nous séparera toujours comme un fossé infranchissable, car le style de vie d'un fugitif est une source éternelle de tourments et de stress. Il n'y a aucun barbecue ni clôtures blanches dans notre avenir, pas de chiens ni de bambins qui jouent dans le jardin.

Elle aimera notre enfant, mais ce n'est pas ce qui la rendra heureuse.

Je pourrais lui donner tout ce qu'elle désire, mais ça ne serait pas suffisant.

Un signal sonore retentit doucement tandis que le souffle de Sara devient plus régulier, et j'ouvre les yeux pour la découvrir à nouveau endormie. Les antalgiques l'aident à se reposer et à guérir.

J'expire faiblement en sentant un poids improbable comprimer mes poumons douloureux.

Je devrais me lever, donner des ordres à mes hommes et les envoyer à la recherche de Henderson, mais je ne peux m'y résoudre.

Je ne suis capable de rien, si ce n'est m'agenouiller au chevet de Sara et lui tenir la main tandis qu'un obscur néant m'envahit.

Sara

QUAND J'OUVRE À NOUVEAU LES YEUX, SANS ÉPAIS BANDAGE CETTE fois, Peter est là, assis sur une chaise à côté de mon lit, un ordinateur sur les genoux. Il a l'air épuisé, plus vidé que jamais. Des cernes noirs bordent ses yeux injectés de sang et ses joues couvertes d'une barbe naissante sont hâves, comme s'il avait perdu du poids. Il travaille sur son portable, mais dès que je bouge, son regard se tourne vers le mien comme du métal vers un aimant.

— Tu es réveillée.

Sa voix est éraillée et il repousse son ordinateur pour se lever.

— Comment te sens-tu, ptichka ? Tu as besoin de quelque chose ? Tiens, de l'eau.

Il prend un verre avec une paille sur la table à côté de mon lit et se penche vers moi pour m'aider à m'asseoir à demi, puis il dépose la paille contre mes lèvres.

Je suis encore un peu engourdie par les médicaments, et j'aspire presque toute l'eau d'un seul trait.

— J'ai dormi combien de temps ? dis-je d'une voix cassée quand il écarte le gobelet.

Malgré l'eau, j'ai l'impression que ma gorge a été frottée avec du papier de verre et ma bouche est si sèche que ma langue me colle aux joues.

— Trois jours, répond Peter en s'asseyant au bord de mon lit. Les médecins se sont dit que ça accélèrerait ta guérison.

Je passe ma langue sur mes lèvres gercées et sens un renflement douloureux sur le côté. Maintenant que j'ai repris mes esprits, je me rends compte qu'il y a toujours un bandage sur mon front – je le sens qui appuie sur mes sourcils – et mon épaule gauche est encore raide et endolorie.

— C'est grave ? je demande en essayant de bouger, ce qui m'arrache une grimace.

La mâchoire de Peter se contracte.

— Un éclat de verre t'a entaillé profondément le front et tu t'es démis l'épaule gauche. Heureusement, tu avais bouclé ta ceinture et l'air-bag a absorbé la majeure partie de l'impact. Mais tu es couverte d'hématomes, y compris sur le visage.

Sa voix se durcit quand il parle et son propre visage se contracte de douleur.

Clignant des paupières pour chasser un soudain assaut de larmes, je tends prudemment la main droite et touche le bandage en travers de mon front. Je devrais sans doute m'inquiéter de cette affreuse cicatrice, mais je suis accaparée par la détresse que je devine au fond du regard argenté de Peter.

Je lui ai fait du mal, à cet homme dangereux et indomptable.

Je lui ai fait du mal alors qu'il avait pourtant déjà tellement subi, alors même qu'il ne connaît que la souffrance.

— Ça ne laissera aucune marque, me dit-il d'une voix rauque en suivant mon geste. Ils ont les meilleurs chirurgiens plastiques ici, et ils vont pouvoir tout réparer. Je te le promets, mon amour – je vais tout arranger.

Je le dévisage. Une vague d'émotions me pique les yeux. C'est peut-être l'effet des antidouleurs, mais je ne supporte pas le chagrin de son regard, l'idée que je lui ai fait du mal. Parce que, contrairement à ce dont j'aimerais me persuader, je suis follement heureuse de le voir, soulagée qu'il n'ait pas été tué, au point de vouloir tomber à genoux pour pleurer toutes les larmes de mon corps.

Si je devais choisir entre lui et ma liberté en cet instant, je cèderais tout pour le garder dans ma vie.

Quelqu'un frappe à la porte et deux infirmières entrent dans la pièce. Je prends une inspiration fiévreuse tandis que Peter se redresse.

— Attends !

Sans prêter attention à la douleur et au vertige qui me saisissent, je m'assois dans le lit et attrape son poignet tatoué.

— Reste avec moi… S'il te plaît, Peter, reste.

Aussitôt, il s'assoit et prend ma main dans sa grande paume.

— Bien sûr.

Sa voix est grave et douce, aussi chaude que la flamme noire qui danse dans ses yeux.

— Tout ce que tu voudras, mon amour.

Il reste avec moi pendant que les infirmières changent le bandage sur ma tête. Quand elles essaient de le chasser en déclarant que j'ai besoin de repos, je le supplie de rester et de me serrer contre lui. Je sais que c'est incohérent, mais j'ai oublié le bon sens et la raison. Je ne peux pas abandonner mes tentatives d'évasion – je dois au moins ça à mon futur enfant et à mes parents –, mais pour le moment, j'ai besoin de Peter à mes côtés.

J'ai envie de me blottir dans ses bras pour ne jamais partir.

Il reste avec moi pendant toute la journée et la nuit qui suit, me câlinant avec tendresse pendant mon sommeil, et quand je me réveille le lendemain matin, je renvoie les infirmières et il m'aide à me doucher avant de m'installer sur ses genoux pour regarder la télévision.

Je reste ainsi accrochée à lui pendant les deux jours suivants, incapable de le lâcher, et il ne m'oppose aucune résistance, même s'il doit me trouver bizarre. Il reste tant de non-dits entre nous, tant de choses que nous n'avons pas résolues, mais la seule qui compte pour l'instant, c'est sa présence.

Il est à moi quoi qu'il arrive, pour l'amour et pour la haine.

À MA GRANDE CONTRARIÉTÉ, JE GUÉRIS LENTEMENT. LA PLAIE QUI me barre le front exige une autre opération pour limiter la cicatrice et mon épaule me fait mal à chaque geste. Après une semaine à la clinique, cependant, je refuse de passer toute la journée dans ma chambre et Peter est à deux doigts de tuer le médecin qui m'autorise à me lever et à marcher dans le couloir sans surveillance.

Ou du moins, sans *sa* surveillance.

Je ne suis pas la seule à me comporter de manière irrationnelle après l'accident. D'après ce que m'ont dit les infirmières, Peter ne m'a pas quittée des yeux plus de quelques minutes depuis son arrivée à la clinique. Il essaie même de m'accompagner aux toilettes au motif que les analgésiques me donnent le tournis. Devant mon refus catégorique, il insiste pour qu'au moins l'une des infirmières soit présente, afin qu'il puisse être tout de suite informé si quelque chose ne va pas. Il doit bien avoir conscience que son degré d'inquiétude est complètement insensé, mais comme moi, c'est au-delà de ses forces.

— Je veux savoir que tu es saine et sauve. Je dois te voir, te toucher en permanence, explique-t-il d'un air sévère quand je lui jure que je me sens mieux et qu'il peut me laisser pendant une heure pour aller en réunion avec ses hommes.

— Tu deviens fou, lui a dit Anton devant moi hier, quand Peter a annulé un appel important avec un client potentiel pour pouvoir assister à mon changement de bandage. Sara est surveillée par huit infirmières, et au moins quatre docteurs. Tu crois vraiment qu'elle a besoin de toi ici ?

À vrai dire, j'ai besoin de lui, mais j'ai gardé le silence pour ne pas aggraver notre folie mutuelle. Je suis pratiquement certaine que Peter n'a pas négligé ses responsabilités envers l'équipe – chaque fois que je me réveille, je le découvre sur son ordinateur portable ou en train de discuter affaires avec ses hommes –, mais les infirmières m'ont dit que toutes les réunions des Russes avaient eu lieu dans la chambre attenante à la mienne pendant mon sommeil et que Peter venait jeter un œil sur moi toutes les dix minutes.

— Votre mari est très dévoué, s'extasie une jeune infirmière allemande alors que Peter lui a demandé de veiller sur moi le temps qu'il prenne sa douche. J'aimerais que mon fiancé soit aussi fou de moi.

Je suis tentée de rectifier, de lui dire que Peter est mon

ravisseur, pas mon mari, pourtant je ne veux pas briser sa jolie bulle. De toute façon, ça ne servirait à rien. Les docteurs et le personnel soignant de cette clinique doivent recevoir de coquettes sommes en échange de leur discrétion, car pour l'instant aucune des personnes à qui je me suis adressée jusqu'à présent n'a semblé disposée à appeler les autorités. Je n'ai pas vraiment essayé de les convaincre. Non seulement suis-je incapable de m'éloigner de mon ravisseur, à un point pathologique, mais je me sens déjà au plus mal d'avoir causé des ennuis à Yulia.

J'espère de toutes mes forces que Peter n'ajoutera pas son nom ni celui de Lucas sur sa liste.

J'envisage de lui en parler, de lui expliquer qu'ils ne sont absolument pas responsables de mon accident, mais chaque fois que les hommes de Peter évoquent Chypre ou les Kent, son regard devient si brûlant et menaçant que je n'ose pas aborder cette question. Pour le moment, Peter semble uniquement concentré sur ma santé et je préfère qu'il en reste là.

Je ne veux pas que mon chevalier blanc se lance dans d'autres déchaînements de violence – alors que tout est de ma faute.

Nous n'avons toujours pas parlé de ma tentative d'évasion ni des événements qui l'ont précédée. Ni lui ni moi n'avons pu nous y résoudre. J'ignore si Peter a toujours l'intention de me mettre enceinte de force, ni même s'il le sait lui-même. Quoi qu'il en soit, il ne m'a pas touchée – pas de manière sexuelle, du moins.

D'abord, je m'en suis réjouie – je n'étais pas en condition pour coucher avec lui pendant les premiers jours –, mais maintenant que je me sens mieux, je commence à m'interroger. Mon ravisseur a toujours envie de moi, je peux sentir son érection quand je me laisse aller dans ses bras. Mais il ne tente rien et se contente de m'embrasser sur les lèvres. Je me suis renseignée auprès des médecins pour avoir la confirmation que c'est sans danger, mais il continue de s'abstenir et je sais qu'il s'en veut pour la collision. Nous n'avons peut-être pas parlé de ce qui est arrivé, mais ça n'en demeure pas moins une barrière entre nous, mes blessures nous rappelant constamment ce qui s'est passé cette nuit-là. Je vois le tourment dans ses yeux quand il regarde mes hématomes qui s'estompent, cette même culpabilité angoissée qui m'a dévorée après l'accident de George.

Ce qui s'est passé nous a peut-être rapprochés, mais je vois bien que Peter est déchiré.

5 4

Après dix jours passés à la clinique, Sara insiste pour se promener toute seule et je la laisse faire, même si Yan pirate chaque fois les caméras de sécurité des couloirs pour me permettre de la surveiller sur mon ordinateur.

Mon obsession pour Sara est telle qu'elle supplante tout, même ma soif de vengeance. J'ai réussi à envoyer mon équipe en Nouvelle-Zélande quelques heures après notre arrivée à la clinique, mais comme on pouvait s'y attendre, le temps qu'ils arrivent, Henderson avait compris l'erreur de sa femme et s'était à nouveau volatilisé. En temps normal, ça m'aurait rendu fou de rage, mais je n'ai pas pu mobiliser suffisamment d'énergie pour ça. J'en suis toujours incapable. Même Lucas, qui est prudemment rentré chez lui avant que j'arrive à la clinique, ne figure toujours pas sur mon radar pour sa négligence envers Sara. J'ai bien l'intention de le lui faire payer, mais pour l'instant, la seule chose qui compte c'est qu'elle soit en vie et en convalescence.

Maintenant, je veille sur elle en permanence, jour et nuit. J'en suis arrivé au point où je mange et dors à peine. Je ne sais pas quoi faire, comment apaiser cette peur obsessionnelle pour sa sécurité. Chaque fois que je ferme les yeux, je rêve du moment où Lucas m'a annoncé qu'elle était blessée, mais cette fois, quand j'arrive à l'hôpital, je découvre qu'il a menti et qu'elle est en train de mourir.

C'est mon nouveau cauchemar et je ne peux le faire cesser, pas plus que je ne peux me résoudre à la laisser rentrer chez elle.

C'est ce que je devrais faire, j'en suis conscient. Garder Sara avec moi la détruira. Je le vois, à présent, aussi clairement que les points de suture sur son front. Même si parfois, elle semblait heureuse au Japon, son cœur saignait à l'intérieur. La séparation d'avec sa famille et la perte de sa carrière sont des blessures qui ne guériront peut-être jamais entièrement. Ici, à la clinique, elle essaie d'aider les médecins avec leurs autres patients – quand elle ne leur demande pas d'appeler le FBI, bien sûr.

Mon petit oiseau n'a pas abandonné l'idée de s'envoler et je crains qu'elle ne baisse jamais les bras.

Ses conversations téléphoniques avec ses parents n'aident pas. Je l'ai autorisée à leur parler tous les jours de la semaine, mais ça ne fait qu'empirer les choses. Maintenant, ça fait cinq mois que Sara est partie, et elle a beau leur affirmer le contraire, sa famille est convaincue qu'elle est retenue contre son gré.

— Pourquoi ne rentres-tu pas ? demande sa mère, frustrée,

tandis que j'épie l'une de leurs discussions. Si tu ne fais que voyager avec cet homme, tu ne devrais avoir aucun problème pour rentrer nous rendre une petite visite. Tu sais qu'on t'a déjà remplacée à l'hôpital, n'est-ce pas ? Ton père et moi, nous les avons suppliés d'attendre, mais ils étaient débordés. Et ton amie Marsha – elle appelle toutes les semaines pour avoir de tes nouvelles. Pourquoi ne l'as-tu pas appelée, elle ou quelqu'un d'autre de l'hôpital ? Ils sont tous inquiets pour toi, ma chérie, et nous aussi. Et le cœur de ton père…

Elle se tait, mais Sara a eu le temps de blêmir sous ses bleus.

— Quoi, le cœur de papa ?

Sa voix prend un accent de panique.

— S'il te plaît, maman, que se passe-t-il avec le cœur de papa ?

— Eh bien, il ne rajeunit pas, et moi non plus, dit Lorna Weisman.

J'entends Sara pousser un soupir de soulagement quand elle comprend que sa mère ne faisait allusion à aucun incident en particulier. Mes hackers gardent un œil sur les dossiers médicaux des Weisman, et s'il y avait eu des complications j'en aurais parlé à Sara. Malgré tout, je me rends compte qu'elle a eu peur. C'est l'une des plus grandes craintes de Sara : qu'il arrive quelque chose à ses parents pendant son absence… qu'elle ne puisse pas aider les gens qu'elle aime plus que tout au monde, parce qu'elle est ma prisonnière, de l'autre côté du globe.

— S'il te plaît, maman, ne parle pas de malheur, dit-elle en prenant une fausse intonation guillerette. Je vais bien, et j'essaierai de rentrer à la maison pour vous rendre visite bientôt.

— Quand ? demande sa mère. Donne-nous une date.

Sara jette un œil dans ma direction.

— Je ne peux pas. Pas encore.

— Pourquoi ? Parce qu'il refusera ?

— Non, maman. Je te l'ai déjà expliqué. Toutes les histoires du FBI sont un énorme malentendu, mais tant que ce ne sera pas réglé, Peter ne peut pas partir…

— Balivernes !

C'est son père qui vient d'intervenir. Il devait écouter la conversation sur haut-parleur.

— Il ne peut pas, mais toi, tu peux – et tu devrais. S'il ne te retient pas captive, alors rentre à la maison. Éloigne-toi de ce criminel. Tu sais qu'on pense qu'il a tué des gens ? Bien sûr, on ne nous dit pas tout, mais nous avons entendu deux ou trois choses et…

— Papa, je dois y aller. Je suis désolée. On se parle plus tard dans la semaine, d'accord ? Je vous aime !

Sara raccroche sans laisser à son père le temps d'ajouter un mot, et bien que son visage demeure prudemment impassible, je sens qu'elle est au bord des larmes. Lentement, je m'approche de son lit et, prenant soin de ne pas appuyer sur son épaule blessée, je l'attire sur mes genoux.

Et je l'étreins tandis qu'elle éclate en sanglots. Mon propre désespoir est à son comble, car je sais que je vais devoir prendre une décision.

Je ne peux pas la laisser partir, mais je ne peux pas non plus la garder.

Ce qui rend mon dilemme encore plus difficile, c'est que depuis l'accident quelque chose a changé entre nous. Je le sens, et c'est ce qui étouffe mes nobles élans chaque fois qu'ils surviennent. Ce que j'ai toujours voulu – que Sara partage mes sentiments – semble enfin être à portée de ma main. La manière dont elle s'accroche à moi, dont elle me regarde ces temps-ci, tout cela nourrit mon besoin compulsif de la garder près de moi, de la serrer très fort pour ne plus jamais la lâcher.

Je veux la garder éternellement dans une cage dorée et m'assurer qu'elle soit toujours en sécurité.

Je veux la protéger contre tout, y compris mes propres envies malsaines.

— Les docteurs ont dit que j'allais bien, tu sais, murmure-t-elle ce soir-là en glissant sa main fine sous la couverture pour la refermer autour de ma queue tendue. Laisse-moi...

— Non.

Au prix d'un douloureux effort, je repousse doucement sa main, même si toutes les cellules de mon corps protestent de perdre sa caresse volontaire.

— Pas ce soir, ptichka. Tu n'es pas encore guérie.

Les médecins ont peut-être autorisé des activités sexuelles modérées, mais je me connais et l'intensité de mon désir pour Sara me terrifie. Mon besoin est trop violent, trop incontrôlable. Je ne veux pas courir le risque de la toucher tant qu'elle ne sera pas intégralement sur pied et je me contrains à attendre qu'elle aille mieux.

Jusqu'à ce que je puisse surmonter mon hésitation insupportable et prendre une décision.

À la fin de la deuxième semaine, les points de suture de Sara commencent à se résorber et les médecins nous annoncent de but en blanc qu'elle n'a plus aucune raison de rester à la clinique. L'un d'eux ose même souligner que dans un hôpital normal, on aurait laissé partir Sara au bout d'une nuit. Je me fous de leur opinion, évidemment, mais ce n'est pas le cas de Sara.

Elle en a assez de rester à la clinique et elle est prête à s'en aller n'importe où, même chez nous, au Japon.

— Je t'en prie, Peter, ça suffit. Je vais parfaitement bien, insiste-t-elle.

Je finis par céder et demande à Anton de préparer l'avion pour demain matin.

— Il était temps, bordel ! ronchonne-t-il. On commençait à croire que tu avais décidé de prendre ta retraite et de t'installer ici.

Je réprime l'envie d'aboyer, parce qu'il a tout à fait raison. Depuis l'accident de Sara, j'ai tout suspendu, ignorant les offres d'emploi qui n'ont cessé de me parvenir. Notre célébrité auprès de la pègre ne cesse de s'étendre, et nous devons maintenant songer à capitaliser.

Encore quelques missions comme celle de la Turquie, et mes coéquipiers et moi nous pourrons bel et bien prendre notre retraite.

Nous aurons assez d'argent pour échapper aux autorités jusqu'à la fin de nos jours.

IL EST TARD CE SOIR-LÀ QUAND JE ME LÈVE POUR CONSULTER MES e-mails. Comme d'habitude, ma boîte est inondée de messages, à la fois de mes clients actuels et potentiels. Certaines offres sont risibles – cinq cent mille dollars pour éliminer un mafieux local, un million d'euros pour supprimer un oncle fortuné –, mais beaucoup valent la peine d'y réfléchir.

J'ai presque terminé de passer tous mes messages en revue quand un nouvel e-mail arrive. Je l'ouvre – et reste bouche bée devant le montant qui s'affiche.

Cent millions d'euros.

Quatre fois plus que notre mission la plus lucrative à ce jour.

C'est une proposition de Danilo Novak, le trafiquant d'armes serbe qui intervient de temps à autre dans les affaires de Kent et d'Esguerra. Et si le montant aurait suffi à éveiller mon attention, le nom de la cible achève de me convaincre.

Novak me demande d'éliminer Julian Esguerra, mon ancien employeur – l'homme qui a juré de me tuer pour lui avoir sauvé la vie tout en mettant en danger celle de sa femme.

Sidéré, je relis le message en songeant à ses nombreuses implications. Entre les lignes, je comprends que Novak a des intérêts en jeu qui réduiraient la difficulté du coup, le faisant passer d'impossible à terriblement dangereux. Néanmoins, si nous acceptions cette mission, Esguerra serait la cible la plus délicate que nous ayons jamais eue.

Mais cette mission suffirait à elle seule à nous garantir la liberté financière à vie.

Assis devant mon écran d'ordinateur, j'entrevois une autre éventualité – tout aussi dangereuse, mais infiniment plus séduisante.

Si je joue bien mes cartes, cette mission pourrait bien être la réponse à tout.

Je pourrais garder Sara… et lui offrir la vie qu'elle désire.

FIN

EN AVANT-PREMIÈRE

Merci de m'avoir lue ! Si vous envisagez de laisser un avis, je vous en remercie par avance. L'histoire de Peter et Sara se poursuit dans *Destin d'éternité*. Si vous souhaitez être informé de sa parution, veuillez-vous abonner à ma liste de nouvelles parutions à https://www.annazaires.com/book-series/francais/.

Envie de retrouver ces personnages ? Ne ratez pas :

- *L'Enlèvement: Toute la Trilogie* – L'histoire de Julian et Nora, où Peter apparaît comme personnage secondaire pour obtenir sa liste
- *Trilogie Capture-Moi* – L'histoire de Lucas et Yulia

Prêts pour d'autres histoires torrides ? Découvrez :

- *Le Colosse de Wall Street* – Les opposés s'attirent dans

cette histoire d'amour entre un milliardaire irrésistible et une jeune femme casanière.

- *La trilogie Mia et Korum* – Une romance sombre de science-fiction
- *La captive des Krinars* – Une romance de science-fiction autonome

Vous préférez l'action, la fantasy et la science-fiction ? Ne manquez pas ces collaborations avec mon mari, Dima Zales :

- La Fille qui voit - L'histoire palpitante de Sasha Urban, une illusionniste qui découvre des pouvoirs secrets inattendus.
- *Les Machines de l'esprit* – Thriller technologique
- *Série Les Dimensions de l'esprit* – Fantastique urbain
- *Trilogie Les Derniers Humains* – Science-fiction dystopique/postapocalyptique
- *Le Code arcane* – Fantastique épique

Et maintenant, tournez la page pour un avant-goût de *Le Colosse de Wall Street*, *L'Enlèvement* et *Capture-moi*.

EXTRAIT DE LE COLOSSE DE WALL
STREET

Un milliardaire à la recherche d'une femme parfaite…

À trente-cinq ans, Marcus Carelli a tout : la richesse, le pouvoir
et un physique qui ne laisse pas les femmes indifférentes. Parti
de rien, il est devenu milliardaire, à la tête de l'un des fonds
spéculatifs les plus importants de Wall Street. Il lui suffit d'un
mot pour faire tomber des sociétés réputées. La seule chose qui
lui manque ? Une épouse trophée, preuve de réussite aussi belle
que les milliards sur son compte en banque.

**Une femme à chats à la recherche d'une nouvelle
rencontre…**

Emma Walsh, employée de librairie âgée de vingt-six ans, est ce
que l'on appelle une femme à chats, d'après son amie. Elle n'est
pas forcément d'accord avec cette étiquette, et pourtant les faits
sont là. Vêtements négligés couverts de poils de chat ? Oui.

Dernière coupe de cheveux chez le coiffeur ? Il y a plus d'un an. Oh, et trois chats dans un petit studio de Brooklyn ? Tout y est, la totale.

Sans compter qu'elle n'est pas sortie avec un homme depuis… trop longtemps pour s'en souvenir. Mais ça peut s'arranger. N'est-ce pas tout l'intérêt des sites de rencontres ?

Un malentendu qui tombe à pic…

Une entremetteuse haut de gamme, une appli de rencontres, un quiproquo qui change tout… Les opposés s'attirent peut-être, mais cela peut-il durer ?

Je suis surexcitée en prenant le chemin du café Sweet Rush, où je dois retrouver Mark pour un café. Ça faisait longtemps que je n'avais rien fait d'aussi fou. Entre la nocturne de la librairie et son emploi du temps d'étudiant, nous n'avons pas pu échanger plus de quelques textos. Je ne dispose donc que de ses deux photos floues. Pourtant, j'ai un bon pressentiment.

Je sens que Mark et moi allons très bien nous entendre.

J'ai quelques minutes d'avance et je m'arrête à la porte pour prendre le temps d'enlever les poils de chat qui s'attardent sur mon manteau en laine. Il est beige, toujours mieux que noir, mais les poils blancs ressortent dès que le vêtement n'est pas parfaitement blanc. Je suppose que Mark ne s'en offusquerait pas – il sait comme les persans perdent leurs poils –, mais j'aime mieux être présentable à notre premier rencard. Il m'a fallu une heure pour réussir à dompter mes boucles et je suis même un peu maquillée, ce qui arrive aussi fréquemment qu'un tsunami dans un lac.

Je prends une grande inspiration et j'entre dans le café, jetant un regard circulaire pour voir si Mark est déjà là.

La salle est petite et chaleureuse. Des compartiments avec banquettes sont disposés en demi-cercle autour d'un bar. L'arôme des grains de café torréfiés et des pâtisseries me met l'eau à la bouche et mon estomac se met à gronder. J'avais l'intention de me contenter d'un café, mais j'opte aussi pour un croissant. Mon budget n'en souffrira pas.

Seules quelques tables sont occupées, sans doute parce que nous sommes mardi. Je les passe en revue à la recherche d'un homme correspondant à la description de Mark et j'aperçois quelqu'un, assis tout seul dans le dernier compartiment. Il me tourne le dos et je ne distingue que l'arrière de sa tête, mais il a les cheveux courts et foncés.

C'est peut-être lui.

Je prends mon courage à deux mains et je m'approche de la banquette.

— Excuse-moi, lui dis-je. Mark ?

Il se tourne alors vers moi. Aussitôt, mon rythme cardiaque s'envole dans la stratosphère.

L'homme en face de moi n'a rien de commun avec les photos de l'appli. Il a les cheveux bruns et les yeux bleus, mais la ressemblance s'arrête là. Ses traits taillés à la serpe n'ont rien de rond ni de timide. De son menton d'acier jusqu'à son nez aquilin, son visage est d'une virilité affirmée, marqué d'une assurance qui frôle l'arrogance. L'ombre d'une barbe de fin de journée obscurcit ses joues creuses, soulignant ses pommettes saillantes, et ses sourcils forment deux traits sombres et épais au-dessus de ses yeux clairs et perçants. Bien qu'il soit assis, je devine qu'il est grand et bien bâti. Ses épaules paraissent immenses dans son costume sur mesure, et ses mains font deux fois les miennes.

Cela ne peut pas être le même Mark que celui de l'appli, à moins qu'il ait passé son temps à la salle de sport depuis ses dernières photos. Est-ce possible ? Une personne peut-elle changer à ce point ? Il n'a pas indiqué sa taille sur son profil, mais j'en avais déduit qu'il complexait à ce sujet, un peu comme moi.

L'homme que je regarde en cet instant n'a absolument aucun complexe à avoir. Pas plus qu'il ne porte de lunettes.

— Je... je suis Emma, dis-je en bafouillant sous son regard intense.

Son expression est froide, indéchiffrable. Je presque certaine de m'être trompée, mais je demande quand même :

— Tu ne serais pas Mark, par hasard ?

— Je préfère Marcus.

Sa voix me surprend. C'est un grondement grave et viril qui réveille en moi un instinct féminin primaire. Mon cœur redouble d'ardeur et mes paumes deviennent moites lorsqu'il se lève en déclarant sans préambule :

— Tu ne corresponds pas à mes attentes.

— Moi ?

C'est quoi, cette histoire ? La colère balaie toutes les autres émotions. Je reste bouche bée, plantée devant ce colosse. Il est si grand que je dois me dévisser le cou pour le regarder.

— Et toi, alors ? Tu ne ressembles pas du tout à ta photo !

— Dans ce cas, nous avons tous les deux été induits en erreur, dit-il, la mâchoire contractée.

Avant que je puisse répondre, il désigne la banquette.

— Autant t'asseoir et manger avec moi, Emmeline. Je n'ai pas fait tout ce chemin pour rien.

— C'est *Emma*, précisé-je, encore furieuse. Non, merci. Je m'en vais.

Ses narines frémissent et il se décale sur la droite pour me barrer le passage.

— Assieds-toi, *Emma*.

Dans sa bouche, mon prénom ressemble à une injure.

— Je dirai deux mots à Victoria, mais pour le moment, je ne vois pas pourquoi nous ne pourrions pas partager un repas comme deux adultes civilisés.

J'ai les oreilles brûlantes de colère, mais je préfère prendre place sur la banquette plutôt que de faire un scandale. Ma grand-mère m'a inculqué la politesse dès mon plus jeune âge, et même maintenant que je suis adulte et que je vis seule, j'ai toujours du mal à outrepasser ses enseignements.

Elle ne serait pas contente si je décochais un coup de genou entre les jambes de ce rustre et l'envoyais se faire voir.

— Merci, dit-il en s'asseyant en face de moi.

De ses yeux d'un bleu de glace, il étudie la carte.

— Ce n'était pas si difficile, n'est-ce pas ?

— Je ne sais pas, *Marcus*, dis-je en accentuant son prénom bon chic bon genre. Je ne suis avec toi que depuis deux minutes et j'ai déjà des envies de meurtre.

Je l'ai insulté comme une grande dame, avec un sourire que ma grand-mère aurait approuvé. Je laisse tomber mon sac à main à côté de moi sur le siège et je prends le menu sans même retirer mon manteau.

Plus vite nous mangerons, plus vite je décamperai.

Soudain, un ricanement grave me fait lever les yeux. À mon

grand étonnement, cet abruti sourit, révélant deux rangées de dents blanches sur son visage au teint hâlé. Je remarque non sans une certaine jalousie qu'il n'a pas la moindre tache de rousseur. Sa peau est parfaitement harmonieuse. Pas même un seul grain de beauté sur la joue. Il n'est pas d'une beauté classique – ses traits ont trop de caractère –, mais il est franchement agréable à l'œil, dans le genre puissant et purement masculin.

À mon désarroi le plus total, une bouffée de chaleur monte dans mon bas-ventre et mes muscles internes se contractent.

Non. Impossible. Ce connard ne peut *pas* m'exciter. Je supporte à peine de rester assise en face de lui.

En grinçant des dents, je baisse les yeux sur mon menu et constate avec soulagement que les prix sont raisonnables. J'insiste toujours pour payer ma part lors d'un rencard, et maintenant que j'ai rencontré Mark – pardon, *Marcus* –, il me semble bien du genre à m'emmener dans un endroit chic où un simple verre d'eau coûte plus cher qu'un shooter de Patrón. Comment ai-je pu me tromper à ce point sur son compte ? À l'évidence, il a menti en prétendant être étudiant et travailler dans une librairie. Dans quel but, je l'ignore, mais tout chez l'homme assis en face de moi exprime la richesse et le pouvoir. Son costume à fines rayures épouse son corps large d'épaules comme s'il avait été conçu spécialement pour lui, sa chemise bleue est fraîchement amidonnée et je suis presque sûre que sa cravate à carreaux subtils vient d'une maison de haute couture qui ferait passer Chanel pour une vulgaire marque de supermarché.

Alors que tous ces détails s'impriment dans mon esprit, un nouveau soupçon me frappe. Serait-ce une plaisanterie à mes dépens ? Kendall, peut-être ? Ou Janie ? Toutes les deux connaissent mes goûts en matière d'hommes. L'une d'elles a peut-être décidé de m'attirer dans un guet-apens, même si je ne comprends toujours pas pourquoi elles me brancheraient avec *lui* ni pourquoi il aurait accepté... Le mystère reste entier.

Les sourcils froncés, je lève les yeux de la carte pour le dévisager. Il a perdu son sourire, concentré sur le menu, le front plissé. Il a l'air plus âgé que les vingt-sept ans indiqués sur son profil.

Cette partie aussi devait être un mensonge.

Je me sens encore plus furieuse.

— Alors, *Marcus*, pourquoi m'as-tu écrit ?

Je pose le menu sur la table et le regarde froidement.

— As-tu seulement des chats ?

Il lève la tête et son front se plisse encore davantage.

— Des chats ? Non, bien sûr que non.

La dérision dans sa voix me donne envie d'envoyer balader les recommandations de ma grand-mère et de gifler son visage sévère et fermé.

— C'est une blague ou quoi ? Qui t'a donné cette idée ?

— Pardon ?

Il hausse ses sourcils épais avec arrogance.

— Oh, arrête de feindre l'innocence. Tu as menti dans ton message et tu as le culot de me dire que *je* ne suis pas conforme à tes attentes ?

Je sens presque la vapeur sortir de mes oreilles.

— C'est *toi* qui m'as contactée et mon profil est absolument transparent. Quel âge as-tu ? Trente-deux ? Trente-trois ?

— J'ai trente-cinq ans, dit-il lentement en retrouvant son expression revêche. Emma, de quoi parles-tu... ?

— Ça suffit.

J'attrape une lanière de mon sac à main et me glisse au bout de la banquette pour me lever d'un bond. Grand-mère ou pas, je refuse de manger avec un enfoiré qui vient d'admettre qu'il m'a menti. J'ignore pourquoi un homme comme lui chercherait à jouer avec moi, mais je ne serai pas le dindon de la farce.

— Bon appétit, dis-je d'un ton sarcastique en tournant les talons.

Je sors avant même qu'il puisse tenter de me barrer le passage.

Toute à ma hâte de m'enfuir, je manque de renverser une grande brune élancée devant le café et le petit gars enrobé qui arrive derrière elle.

Le Colosse de Wall Street est maintenant disponible. Veuillez visiter mon site web à annazaires.com/series/francais/ pour en savoir plus et vous abonner à ma liste électronique de nouvelles parutions.

EXTRAIT DE CAPTURE-MOI

Note de l'auteur: *Capture-Moi* est le premier volume du sombre roman d'amour de Yulia et de Lucas. L'extrait que vous allez lire est écrit du point de vue de Yulia. La scène a lieu à Moscou où Lucas et Julian se sont rendus pour rencontrer de hauts fonctionnaires russes.

Elle a eu peur de lui au premier coup d'œil.

Yulia Tzakova a l'habitude des hommes dangereux. Elle a grandi avec eux. Et elle a survécu. Mais quand elle rencontre Lucas Kent, elle comprend que cet ancien soldat risque d'être le plus dangereux de tous.

Une nuit a suffi. C'était l'occasion de se rattraper après avoir raté sa mission et d'obtenir des renseignements sur le patron de

Kent, un trafiquant d'armes. Quand son avion est abattu ce devrait être la fin de l'histoire.

Alors qu'elle ne vient que de commencer.

Il la désire au premier coup d'œil.

Lucas Kent a toujours aimé les blondes aux longues jambes et Yulia Tzakova est de toute beauté. L'interprète russe a eu beau essayer de séduire son patron elle arrive dans le lit de Lucas et il fera tout pour l'y retrouver.

Puis son avion est abattu et il apprend la vérité.

Elle l'a trahi.

Elle doit payer.

Il entre dans mon appartement dès que la porte s'ouvre. Ni hésitation ni salutation, il se contente d'entrer.

Prise au dépourvu, je recule d'un pas, tout à coup l'entrée me semble si petite qu'elle en est oppressante. J'avais oublié à quel point il est grand, à quel point ses épaules sont larges. Je suis grande pour une femme, du moins suffisamment pour passer pour un mannequin si un contrat le demande, mais il me domine d'une tête. Avec le gros anorak qu'il porte, il prend presque toute la place dans l'entrée.

Toujours sans dire un mot il ferme la porte derrière lui et

s'avance vers moi. Instinctivement, je recule, j'ai l'impression d'être une proie traquée.

— Bonsoir, Yulia, murmure-t-il en s'arrêtant quand nous arrivons dans la pièce principale. Son regard pâle fixe mon visage. Je ne m'attendais pas à vous voir comme ça.

J'avale ma salive, mon pouls s'accélère.

— Je viens juste de prendre un bain. Je veux paraitre calme et sûre de moi, mais il me déconcerte complètement. Je n'attendais personne.

— Effectivement, je m'en rends compte. Un léger sourire apparaît sur ses lèvres et en adoucit la dureté. Et pourtant vous m'avez laissé entrer. Pourquoi ?

— Parce que je ne voulais pas continuer à parler avec la porte fermée. Je respire pour retrouver mon calme. Puis-je vous offrir du thé ? C'est idiot de dire ça étant donnée la raison de sa présence ici, mais j'ai besoin de quelques instants pour reprendre une certaine contenance.

Il hausse les sourcils.

— Du thé ? Non merci.

— Alors voulez-vous me donner votre veste ? Je n'arrive pas à cesser de jouer la carte de l'hospitalité, la courtoisie me permet de cacher mon anxiété. Elle semble très chaude.

Ses yeux glacials ont un éclair d'amusement.

— Bien sûr. Il enlève son anorak et me le tend. Il n'a plus qu'un pull noir et un jean sombre glissé dans des bottes d'hiver noires. Son jean est moulant et révèle des cuisses musclées et des mollets puissants, et à sa ceinture je vois un revolver dans son étui.

En le voyant, ma respiration s'affole et je dois faire un véritable effort pour empêcher mes mains de trembler en prenant sa veste pour la mettre dans ma minuscule penderie. Il n'est pas surprenant qu'il soit armé, c'est le contraire qui le serait, mais son arme me rappelle brutalement qui est Lucas Kent.

Ce qu'il fait.

J'essaie de me dire que ce n'est pas grave pour calmer mes nerfs à vif. J'ai l'habitude des hommes dangereux. J'ai été élevée parmi eux. Cet homme est comme eux. Je coucherai avec lui, j'obtiendrai les informations que je pourrai et puis il disparaîtra de ma vie.

Voilà, c'est ça. Plus vite, ça sera fait, plus vite ça sera fini.

En fermant la porte de la penderie, j'affiche un sourire d'emprunt et me retourne pour lui faire face, enfin prête pour jouer le rôle de la séductrice sûre d'elle.

Sauf qu'il est déjà près de moi, il a traversé la pièce sans un bruit.

De nouveau, mon pouls s'affole, la contenance que je viens de retrouver me fait défaut une fois de plus. Il est si près que je peux voir les stries grises de ses yeux bleu pâle, si près qu'il peut me toucher.

Et une seconde plus tard, il me touche.

En levant la main, il caresse ma joue.

Je le fixe, la réaction de mon propre corps me trouble. Ma peau s'embrase, mes tétons se durcissent, ma respiration s'accélère. Il n'est pas logique de désirer cet inconnu dur et impitoyable. Son patron est plus beau que lui, plus frappant, et pourtant, c'est Kent qui provoque mon désir. Et il n'a encore touché que mon visage. Ce devrait être sans importance et pourtant c'est intime.

Intime et très déconcertant.

De nouveau, j'avale ma salive.

— M. Kent, Lucas, vous êtes sûr que je ne peux pas vous

offrir quelque chose à boire ? Peut-être, un café ou… ma phrase s'interrompt et la surprise me faire perdre le souffle, quand il attrape la ceinture de mon peignoir et tire dessus, aussi nonchalamment que s'il ouvrait un paquet.

— Non. Il regarde tomber le peignoir qui révèle mon corps nu. Pas de café.

Les trois livres de la trilogie *Capture-Moi* sont maintenant disponibles. Pour en savoir plus, veuillez visiter mon site web à http://annazaires.com/series/francais/.

Note de l'auteure : *L'Enlèvement* est une trilogie érotique sombre sur Nora et Julian Esguerra. Les trois livres sont maintenant disponibles.

Kidnappée. Séquestrée sur une île privée.

Je n'aurais jamais cru que cela puisse m'arriver. Je n'ai jamais imaginé qu'une rencontre fortuite la veille de mon dix-huitième anniversaire pourrait ainsi changer ma vie.

Désormais, je lui appartiens. J'appartiens à Julian. Un homme aussi impitoyable que beau. Un homme dont les caresses me consument. Un homme dont la tendresse me fait plus de mal que sa cruauté.

Mon ravisseur est une énigme. Je ne sais ni qui il est ni pourquoi il m'a enlevée. Il y a des ténèbres en lui, des ténèbres qui me font peur tout en m'attirant.

Je m'appelle Nora Leston, et voici mon histoire.

AVERTISSEMENT : Ce roman n'est pas un roman traditionnel. Il traite de sujets troublants comme le consentement discutable et le syndrome de Stockholm et les scènes de sexe y sont explicites. Ce roman est destiné à des lecteurs âgés de plus de dix-huit ans. L'auteur n'approuve ni ne tolère le comportement de ses personnages.

C'est le soir maintenant. Chaque minute qui passe accroit mon anxiété à la pensée de revoir mon ravisseur.

Le roman que je lis ne m'intéresse plus. Je l'ai posé et je tourne en rond dans la pièce.

Je porte les vêtements que Beth m'a donnés tout à l'heure. Ce n'est pas ce que j'aurais choisi de porter, mais c'est toujours mieux qu'un peignoir de bain. Un panty sexy en dentelle blanche et un soutien-gorge assorti, voilà mes sous-vêtements. Et une jolie robe d'été bleu qui se boutonne sur le devant. Étrangement, tout est exactement à ma taille. Est-ce qu'il m'a espionnée pendant un certain temps ? Et tout appris de moi, y compris la taille de mes vêtements ?

Cette pensée me rend malade.

J'essaie de ne pas penser à ce qui va arriver, mais c'est impossible. Je ne sais pas pourquoi je suis convaincue qu'il va venir me voir ce soir. Peut-être a-t-il tout un harem dissimulé dans cette île et qu'il rend visite à une femme différente chaque jour de la semaine comme le faisaient les sultans.

Et pourtant je sais qu'il va bientôt arriver. La nuit dernière n'a fait qu'aiguiser son appétit. Je sais qu'il n'en a pas fini avec moi. Loin de là.

Finalement, la porte s'ouvre.

Il entre en maître des lieux. Ce qui est précisément le cas.

De nouveau, je suis frappée par sa beauté virile. Avec un visage comme le sien, il aurait pu être modèle ou acteur de cinéma. S'il y avait un peu de justice dans ce monde, il aurait été petit ou il aurait d'autres imperfections en contrepartie de ce visage.

Mais non. Il est grand et musclé, parfaitement proportionné. En me souvenant de ce que j'ai ressenti quand il était en moi, mon excitation se réveille bien malgré moi.

De nouveau, il porte un jean et un tee-shirt. Gris cette fois-ci. Il semble préférer s'habiller simplement et il a raison. Il n'a pas besoin que ses vêtements le mettent en valeur.

Il me sourit. Un sourire d'ange déchu, à la fois sombre et séducteur.

— Bonsoir, Nora.

Je ne sais que lui dire, alors je laisse échapper la première chose qui me vient à l'esprit.

— Combien de temps allez-vous me garder ici ?

Il penche légèrement la tête sur le côté.

— Ici, dans cette pièce ? Ou sur cette île ?

— Les deux.

— Beth te fera visiter demain, elle t'emmènera nager si tu veux, dit-il en s'approchant de moi. Tu ne seras pas enfermée, sauf si tu fais une bêtise.

— Quel genre de bêtise ? ai-je demandé, le cœur battant en le voyant s'arrêter près de moi et lever la main pour me caresser les cheveux.

— Essayer de faire du mal à Beth ou de te faire du mal. Sa voix est douce, son regard hypnotique quand il baisse les yeux sur moi. Étrangement, sa manière de me caresser les cheveux m'aide à me détendre.

Je cligne des yeux pour tenter de rompre le charme.

— Et sur cette île ? Combien de temps allez-vous m'y garder ?

Sa main caresse mon visage, se pose sur ma joue. En m'apercevant que je me frotte contre sa main comme un chat que l'on caresse, je me raidis immédiatement.

Ses lèvres dessinent un sourire entendu. Ce salaud sait l'effet qu'il a sur moi.

— Longtemps, j'espère, dit-il.

Sans savoir pourquoi, ça ne m'étonne pas. Il n'aurait pas pris la peine de m'amener jusqu'ici pour me baiser deux ou trois fois. Je suis terrifiée, mais pas surprise.

Je prends mon courage à deux mains et pose la question qui s'ensuit logiquement.

— Pourquoi m'avoir kidnappée ?

Il cesse de sourire. Il ne répond pas et se contente de me regarder, ses yeux bleus restent mystérieux.

Je commence à trembler.

— Vous allez me tuer ?

— Non, Nora, je ne vais pas te tuer.

Sa réponse me rassure, mais évidemment c'est peut-être un mensonge.

— Allez-vous me vendre ? J'ai du mal à le dire. Comme prostituée, ou alors quelque chose de ce genre ?

— Non, dit-il d'une voix douce. Jamais de la vie. Tu es à moi et rien qu'à moi.

Je suis un peu plus calme, mais il reste encore quelque chose que j'ai besoin de savoir.

— Allez-vous me faire du mal ?

Il ne répond pas immédiatement. Une lueur obscure traverse son regard.

— Probablement, dit-il à voix basse.

Alors il s'est penché sur moi et m'a embrassée, ses lèvres sur les miennes étaient douces, douces et ardentes.

Pendant un instant, je suis restée figée, inerte. Je croyais ce qu'il disait. Je savais qu'il disait la vérité en disant qu'il allait me faire du mal. Il y a quelque chose chez lui qui me terrifie, qui m'a terrifiée depuis le début.

Il ne ressemble pas aux garçons avec lesquels je suis sortie. Il est capable de tout.

Et je suis entièrement à sa merci.

Je pense essayer de lui résister de nouveau. Ce serait normal dans ma situation. Ce serait courageux.

Et pourtant je ne le fais pas.

Je sens les ténèbres en lui. Il y a quelque chose de mauvais en lui. Sa beauté extérieure dissimule quelque chose de monstrueux.

Je ne peux pas lui permettre de donner libre cours au mal. Je ne sais pas ce qui arriverait si je le faisais.

Alors je m'immobilise dans ses bras et je le laisse m'embrasser.

Et quand il me soulève et me porte sur le lit, je n'essaie nullement de lui résister.

Au contraire, je ferme les yeux et m'abandonne à mes sensations.

L'Enlèvement est déjà disponible. Allez visiter mon site www.annazaires.com/book-series/francais/ pour en apprendre plus et vous inscrire sur ma liste de diffusion.

À PROPOS DE L'AUTEUR

Anna Zaires est une auteure à succès international du *New York Times* et du *USA Today* de romances de science-fiction et de romances érotiques sombres contemporaines. Elle a découvert son amour des livres à l'âge de cinq ans, quand sa grand-mère lui a appris à lire. Depuis elle a toujours vécu en partie dans un monde de fantaisie dont les seules limites sont celles de son imagination. Elle habite actuellement en Floride et vit heureuse avec son mari Dima Zales, qui écrit des romans de science-fiction et des romans fantastiques, et avec qui elle travaille en étroite collaboration pour chacune de leurs œuvres.

Pour en savoir plus, veuillez visiter http://annazaires.com/series/francais/.